BVT

Als die schweren Tore der Gehörlosenschule im kanadischen Belleville sich hinter ihr schließen, ist Grania zum ersten Mal von ihrer Familie, von ihrer liebevollen Großmutter und ihrer geliebten Schwester Tess getrennt. Draußen ist die laute, hörende Welt, die ihr feindlich und hart erscheint. Drinnen muss sich das Mädchen der Disziplin des Internats stellen und die Gebärdensprache lernen. Stets gegen das Gefühl kämpfend, »anders« zu sein, lässt sie sich zur Krankenschwester ausbilden. Sie verliebt sich in einen hörenden jungen Mann, Jim. Kurz nach der Hochzeit aber geht Jim als Sanitäter in den Ersten Weltkrieg nach Europa. Die Zeit des Wartens beginnt …
Wohl noch nie sind die Erlebniswelten einer Gehörlosen, das Tasten nach dem Verständnis des Unhörbaren, so präzise und zugleich so poetisch dargestellt worden.

*Frances Itani* hat bisher drei Erzählbände veröffentlicht, zwei Gedichtbände und ein Kinderbuch. Sie schreibt regelmäßig für CBC Radio in Kanada. 1995 gewann sie den Tilden Literary Award und 1996 den Ottawa-Carleton Book Award. *Betäubend* ist ihr erster Roman. Frances Itani lebt in Ottawa und Genf.

Frances Itani

# *Betäubend*

Roman

Deutsch von Brigitte Gerlinghoff

Berliner Taschenbuch Verlag

September 2005
BvT Berliner Taschenbuch Verlags GmbH, Berlin
Die Originalausgabe erschien im August 2003 unter dem Titel
*Deafening* bei HarperFlamingoCanada, Toronto

Umschlaggestaltung: Nina Rothfos und Patrick Gabler, Hamburg
Gesetzt aus der Janson MT durch psb, Berlin
Druck und Bindung: Clausen & Bosse, Leck
Printed in Germany · ISBN 3-8333-0305-0

Für meinen Sohn, Russell Satoshi Itani.

Und für meine bemerkenswerte Großmutter
Gertrude (Freeman) Stoliker (1898–1987).

Und für die neuneinhalb Millionen, die in den Jahren 1914–1919
für ihre Länder starben.

Die Künstliche Methode ist ein System, das von einem gewissen Heinicke begründet wurde, einem Sachsen, der mit Erfolg den Beruf des Landwirts, Soldaten, Lehrers und Kantors ausübte … Dieses System zielt darauf ab, den Einfluss der Sprache durch unnatürliche Prozesse zu entwickeln und das Ohr zu schulen. Es erfordert viel mehr Zeit, die Schüler mit diesem System als mit anderen Methoden zu unterrichten, und von Seiten der Schüler schmerzhaftere Anstrengungen. Tatsächlich ist es in vielen Fällen für die armen Taubstummen so schmerzhaft, dass als Folge Blut aus dem Mund austritt.

*Canadian Illustrated News*, 1. August 1874

Laterna-magica-Bilder:
Zuerst sah ich das Bild von Hon. R. L. Borden, und unser Lehrer erzählte uns, dass er der Premier von Kanada ist. Auf dem nächsten Bild, das ich sah, war König Albert I. von Belgien. Dann kam ein anderes von König George V. Er sieht wie der Zar von Russland aus. Ich sah die Bilder von einigen deutschen Gebäuden. Eins davon zeigte eine Kathedrale, auf die englische Soldaten Bomben geworfen hatten. Sie taten recht daran, da viele Deutsche Bomben in England geworfen haben. Sie haben nur dasselbe getan und nicht zu Unrecht. Ich habe gesehen, wie Deutsche in Kutschen durch Belgien gefahren sind. Sie waren prahlerisch, weil sie die Leute nicht um Erlaubnis gebeten haben. Viele Soldaten marschierten auf der Straße.

Gertie Freeman
*The Canadian*, 1. Mai 1915,
Belleville, The Ontario School for the Deaf

*1902*

*»Dein Name«, sagt Mamo. »Das ist das entscheidende Wort. Wenn du deinen Namen sagen kannst, kannst du der Welt sagen, wer du bist.«*

*»Graw …«*

*Mamo nickt. »Gut. Ich glaube, das kommt aus deiner Erinnerung. ›Gra‹ ist der Teil, der Liebe bedeutet. Nun sag Gra-ni-a.« Mamo zeigt die Zähne. Ihre Lippen formen den Namen des Kindes in einzelnen Teilen. So wie Grania eine Orange zerteilt und die Stücke wieder zusammensetzt, um die Orange ganz zu machen.*

*»Gra-ni-a.« Grania entblößt die Zähne, und Mamo lacht.*

*»Sehe ich so aus? Streng dich nicht so an. Sag es leicht. Grania. Immer wieder. Klar und deutlich.«*

*Aber ihr älterer Bruder, Bernard, nennt sie Grainy. Hat das schon seit der Woche, in der sie geboren wurde, getan und will jetzt nicht damit aufhören, weil der Scharlach sie im vergangenen Winter taub gemacht hat. Bernards Lippen lächeln, wenn er die Endsilbe ihres Namens ausspricht. Bei ihrer Schwester, Tress, ist es wieder anders. Wenn Tress sie »Graw« nennt, fällt ihr Kiefer herunter. Tress und Grania haben schon begonnen, mit den Händen ihre eigene Sprache zu erfinden.*

*Mutters Lippen bilden einen geraden Strich. Sie lächelt oder lacht nicht, wenn sie sagt, dass Grania jede Sekunde aufpassen muss, jede Minute. Wenn sie es nicht tut, glauben die Leute, sie sei dumm. Sie muss immer bereit sein.*

*Bereit? Für was?*

*Das Schweigen zu durchbrechen.*

*Aber das Schweigen schützt auch. Grania weiß das. In dem Schweigen sein ist wie unter Wasser sein. Nur wenn sie an die Oberfläche will, nur dann steigt sie hoch.*
*Mamo ruft die Familie zusammen: Mutter, Vater, Bernard, Tress, sogar Patrick, der erst vor kurzem angefangen hat, selbst zu sprechen.*
*»Behandelt sie nicht anders«, erklärt Mamo ihnen. »Sprecht so mit ihr, wie ihr es getan habt, bevor sie krank wurde. Bezieht sie in alles mit ein. Schließt sie nicht aus. Sie mag erst fünf Jahre alt sein, aber hört nie auf, mit ihr zu reden, ob sie es versteht oder nicht. Ermutigt sie zu antworten. In einem Monat wird sie sechs sein, und sie muss zur Schule gehen.«*
*Mutter hat über die Schule noch keine Entscheidung getroffen. Zweimal in der Woche geht sie in die katholische Kirche und betet dafür, dass Granias Gehör zurückkommen wird. Obwohl der Priester den Kopf schüttelt, hat Mutter die Hoffnung nicht aufgegeben.*
*Vater betrachtet sein drittes Kind, seine rothaarige Tochter, ihre zusammengezogenen Brauen, die wachen Augen, ihren Blick, der von einem Lippenpaar zum anderen huscht. Vater versucht, seinen Kummer in Schach zu halten. Er weiß, dass das Kind nie wieder hören wird. Dr. Clarks Diagnose war unmissverständlich.*
*Patrick, der Kleinste, wandert von einem Schoß zum anderen, er schwankt noch, wenn er geht. »Sprich«, sagt er im Tonfall von Mamo. »Sprich, sprich.«*

# I

# 1903–1905

# KAPITEL 1

*Ein taubes Kind lernt 300 bis 500 Wörter im Jahr, vorausgesetzt es ist überhaupt lernfähig. Zuerst werden dem Kind Laute beigebracht und dann, wie sie zu verbinden sind.*

Lecture, The Toronto Fair

*Deseronto, Ontario*

Geh in mein Zimmer.« Mamo zeigt zum oberen Stockwerk hoch. »Hol mir das Paket auf meinem Sekretär.«

Grania sieht auf die Lippen ihrer Großmutter. Sie versteht, schiebt die Portiere aus schwerem Gobelinstoff zur Seite, die Zug von der nach oben führenden Treppe abhält, und rennt hinauf. Im Flur bleibt sie eine Zeit lang stehen, um einen Blick aus dem Fenster zu werfen, das als einziges im Haus die Form eines Bullauges hat, wenn es auch an der Rückseite des Hauses ist und auf Land hinaussieht, nicht auf Wasser. Sie blickt in den Hof hinunter, sieht den schiefen Zaun, die Pferdekoppel und zur rechten Seite die Ställe hinter Vaters Hotel. Weit links kann sie über die Häuserdächer der Mill Street hinweg einen Streifen Feld sehen, der sich in die entgegengesetzte Richtung, zum westlichen Stadtrand hin erstreckt. Ein Baum mit vielen Verästelungen wirft einen langen doppelten Schatten, der bereits seine Nachmittagswanderung schräg über das Feld begonnen hat. Grania besinnt sich auf ihren Botengang und tritt zurück, läuft in Mamos Zimmer, erblickt das verschnürte, blau umhüllte Paket und trägt es eingewickelt ins Wohnzimmer. Mamo zieht einen niedrigen Sessel neben ihren Schaukelstuhl. Ihr Schaukelstuhl begleitet sie ständig: raus auf die Veranda, wieder rein ins Wohnzimmer und auf die Veranda zurück.

»Setz dich hierhin«, sagen ihre Lippen.

Grania sieht genau zu. Ihre Finger haben das Paket schon unterwegs auf der Treppe erforscht, und sie weiß, es ist ein Buch. Auf ein Nicken von Mamo hin löst sie den Knoten und entfaltet die Umhüllung. Das Erste, was sie auf dem Einband sieht, ist ein Wort, ein Wortbild. Das Wort besteht aus einem gelben Seil, das sich über das Deck eines Schiffes windet, auf dem ein bärtiger Kapitän das Steuerrad hält und ein barfüßiger Junge auf einer grob gezimmerten Bank neben ihm sitzt. Der Junge liest ein Buch, das genauso aussieht wie das in Granias Händen – es hat den gleichen Einband. Meer und Himmel und Segel im Hintergrund sind weiche Blau- und Weiß- und Brauntöne.

Grania kennt die Seil-Buchstaben, denn nach dem Scharlach hat sie das Alphabet mit Mamo erneut gelernt. Die gelben Buchstaben schlängeln und runden sich zu einem Sechs-Buchstaben-Gebilde.

»*Sonntag*«, sagt Mamo. »Der Titel des Buches ist *Sonntag*, aber du darfst es in deinem Zimmer aufbewahren und es dir immer, wenn du Lust hast, anschauen. Jeden Tag werden wir uns eine Seite aussuchen, und dann lernst du die Wörter unter dem Bild. Ja?« Augenbrauen hochgezogen. Eine Frage.

Das Buch ist für sie. Das versteht sie. *Ja.* Ihre Finger fahren über den Einband, aber sie muß still sitzen, sonst macht sie Mamo nervös.

»Es gibt viele Wörter in dem Buch«, sagt Mamo. »So viele Wörter.« Sie klopft mit den Fingerspitzen gegen den Buchdeckel. »Eines Tages wirst du sie alle kennen.« Sie murmelt vor sich hin: »Wenn du ein Wort aussprechen kannst, kannst du es auch benutzen«, ohne zu wissen, wie viel Grania verstanden hat. »So machen wir es, Wort für Wort – bis deine Eltern sich entschließen, etwas für deine Schulbildung zu tun. Du hast schon ein Jahr verloren und kostbare Zeit eines weiteren.«

Mamos Finger deutet auf das Buch, und ihre Augen geben das Signal zum Weitermachen. Grania öffnet den steifen Einband und schlägt die dann folgende leere Seite um. Das Wort *Sonntag* steht auch auf der Innenseite, aber diesmal sind seine Buchstaben dunkel und anstatt aus einem gelben Seil aus Zweigen gebildet. Die Seite, die auf die Zweige folgt, ist farbig.

Ein braunweißes Kalb hat auf einem Grasweg Halt gemacht und starrt ein Mädchen an. Das Mädchen nähert sich aus der entgegengesetzten Richtung. Es hat die Größe und das Alter von Grania, wie es scheint; die Kleine könnte sieben oder acht sein. Nur den Rücken sieht man von ihr – blaues Kleid, schwarze Strümpfe, schwarze Schuhe. Ihr Hut – Gänseblümchen purzeln von seiner Krone – hängt an der einen Hand. An der anderen baumelt schlaff eine Puppe in rotem Kleid. Diese Puppe hat genauso rote Haare wie Grania. Niemand auf dem Bild bewegt sich. Das Kalb schaut zu erschrocken drein, um auch nur einen Huf heben zu können.

Grania zeigt auf zwei Wörter unter dem Bild und blickt auf Mamos Lippen.

»BEIDE ANGST«, liest Mamo vor.

Der erste Laut bricht aus Granias Mund. »BEI«, sagt sie. »BEI«.

Mamo bildet die D-Form mit ihrer Zunge. »BEI-DE.«

Grania versucht es wieder und wieder, während sie Mamos Lip-

pen beobachtet. Das D ist nicht leicht. ANGST kennt sie schon. Angst ist das, was sie jede Nacht im Dunkeln hat.
»Üb schön«, sagt Mamo zu ihr. Sie erhebt sich aus dem Schaukelstuhl und lässt den Duft von *Canada Bouquet* zurück, dem Parfum, das sie wegen seines Namens bevorzugt und weil sie dieses Land bevorzugt und wegen des Gestanks auf dem Schiff, den sie vor Jahren hinter sich ließ, und wegen Mr. Eaton, der das Parfum über seinen Versandhauskatalog in winzigen Flaschen zum Preis von einundvierzig Cent verschickt. Die Luft flattert wie ein Fetzen Stoff, wenn sie fortgeht.
Grania atmet den Duft tief ein. Sie schnüffelt an dem geschlossenen Buch und drückt es an sich, als könnte es entschwinden. *Beide* und *Angst* rollen auf ihrer Zunge dick und fast neu ineinander. Sie rennt nach oben in das Zimmer, das sie mit ihrer älteren Schwester teilt. Tress liegt lang ausgestreckt da und liest ihr eigenes Buch, *Die Elfen.* Wenn Tress von der Schule nach Hause kommt, lesen sie und Mamo sich manchmal gegenseitig etwas laut vor. Grania sieht auf ihre Lippen, aber sie kennt die Geschichten nicht.
»Sag«, bittet Grania ihre Schwester und deutet auf die Wörter unter dem Bild. »Sag's mir ins Ohr.«
Tress' Blick erfasst das neue Buch. Sie weiß, es ist ein Geschenk von Mamo. »Wozu?«, sagt sie. »Du kannst es ja doch nicht hören.« Sie schüttelt den Kopf: *Nein.*
»Schrei«, sagt Grania.
»Du kannst es trotzdem nicht hören.«
»Schrei es mir ins Ohr.« Sie senkt ihre Stimme, damit Tress begreift, dass sie sich nicht von der Stelle rühren wird. Sie dreht den Kopf zur Seite und spürt die gewölbten Hände von Tress und zwei explosive Luftstöße.
Tress hört Grania zu, während sie übt: »BEIDANGST, BEIDANGST, BEIDANGST.«

»Ganz gut«, sagt ihr Mund. Sie zuckt mit den Schultern und wendet sich wieder den *Elfen* zu.

*

Das Abendessen wird wie alle Mahlzeiten im Speisesaal des Hotels an dem großen ovalen Tisch eingenommen – einem nur für die Familie reservierten Tisch in der Nische neben der Tür. Während des ganzen Essens denkt Grania an das braunweiße Kalb und das Mädchen im blauen Kleid. Sie sieht sie im Geiste vor sich, als sie mit Mamo am frühen Abend die Main Street entlanggeht und als sie später im Bett liegt, die Augen im Dunkeln geöffnet.

»Beidangst«, sagt ihre Stimme leise. Sie will nicht, dass Tress auf der anderen Seite des Zimmers es hört. Ein Windhauch zieht durch das Schiebefenster über dem Bett ihrer Schwester.

Tress' Fenster befindet sich gegenüber der Dachschräge, die sich zum oberen Hotelbalkon neigt. Von hier oben scheinen Haus und Hotel verbunden zu sein, doch sie sind es nicht, es gibt einen überdachten offenen Durchgang zwischen ihnen. Ein zweites Schlafzimmerfenster geht zur Main Street und zur Bay of Quinte, einer breiten Bucht, die sich vom gewaltigen Lake Ontario hereinzieht, der Teil der Grenze zwischen Kanada und den Vereinigten Staaten ist. Ein einzelner Ahornbaum erhebt sich hinter diesem vorderen Fenster des Mädchenzimmers.

Fast alles, was mit dem Familienleben zu tun hat, findet auf dem die Main Street bildenden kurzen Straßenabschnitt statt. Im Osten, nicht weit hinter Naylor's Theatre, hört die Main Street an dem Punkt auf, wo Land und Bucht zusammentreffen. Das westliche Ende der Main, an dem Grania wohnt, biegt ab und mündet in die ehemalige York Road, die heutige Dundas Street, die im Westen durch die Mohawk-Indianer-Gebiete führt und hinauf zur Stadt Belleville, die zwanzig Meilen weiter an der Bucht liegt. Im Osten verläuft dieselbe Straße durch den nördlichen Teil der Stadt und geht nach Napanee, Kingston und zum St. Lawrence Strom. Ein großer Teil der Stadt Deseronto liegt unterhalb dieser Straße, am Rande der Bucht.

Die Stadt ist eigentlich ein übergroßes Dorf, aber die Rathbun-Werke bestehen seit Jahren hier und haben sie zu einer Industriestadt gemacht, die stolz ist auf ihre Eisenbahn und ihre Dampfschiffe sowie ihre zahlreichen Betriebe, die sich um das Hafengebiet herum ausbreiten. Viele der Fabriken und Holzschober, die Kohlenschuppen, die Werkstätten, die Gleise und die Drehscheibe für die Lokomotiven liegen zwischen Main Street und Ufer. An beiden Seiten der Main mischen sich Wohnhäuser und Geschäftsgebäude wie Konditorei und Bäckerei, das Lebensmittelgeschäft um die Ecke, das Telegraphenamt, die chinesische Wäscherei mit ihren vom Dampf überzogenen Fenstern, die Herrenschneiderei, der Gemischtwarenladen, die Tribune-Druckerei, das Postamt mit seiner hohen Turmuhr, der Friseur auf der anderen Straßenseite, Naylor's Theatre am Ende, das Geschäft für Pferdegeschirr, die Feuerwache und die Eisenwarenhandlung. In den Seitenstraßen gibt es mehr Lebensmittelgeschäfte und Bäckereien, das Bestattungsinstitut, Polizei und Bücherei in einem Gebäude – die Bücherei ist Tante Maggies Arbeitsplatz –, Gemeindesäle und Kirchen sowie den Billardsalon. Mamo nennt die Namen der Gebäude, wenn sie mit Grania durch die Straßen geht, aber Grania weiß, dass sie, wenn sie allein unterwegs ist, nur den Lebensmittelhändler, den Metzger und das Postamt aufsuchen darf.

In Vaters Hotel ist immer Betrieb, denn es liegt an der Ecke zwischen Mill Street und Main, direkt gegenüber dem Bahnhof und dem Kai, wo die Dampfer anlegen.

Im oberen Zimmer der Mädchen, im Nachbarhaus des Hotels,

ist kein Fenster über Granias Bett. An ihrer Seite ist die Wand. Auf der rechten Seite die Wand, an der Vorderfront und auf der linken Seite die Fenster. Rechts und links hat sie von Mamo gelernt. Sie denkt an das Buch *Sonntag* und an die neuen Wörter unter dem Bild. Das Kalb und das Mädchen werden sich beide nie aufeinander zubewegen. Sie warten auf sie, wenn sie am Morgen aufwacht und das Buch aufschlägt. Sie wird die beiden betrachten, und sie werden da sein, sich auf der Buchseite gegenüberstehen und einander anschauen.

*

»Du bist klug«, erklärt Mamo ihr. Sie sitzen auf der Veranda, und Mamo hat den Schaukelstuhl herausgebracht.

Mamo ist unnachgiebig. Sie artikuliert bestimmt und genau in die Luft und erwartet, dass Grania mit ihr Schritt hält. »Du konntest schon von den Lippen ablesen, bevor du taub wurdest. Wenn deine Eltern sich unterhalten wollten – Gespräch unter Erwachsenen –, mussten sie sich umdrehen und flüstern, weil du so neugierig warst. Tu, was du immer getan hast. Bevor du krank wurdest. Du bist die Einzige in der Familie, die sehen kann.«

Grania beobachtet, wie Mamo auf die eigenen Augen zeigt. »Seit du ein winziges Baby warst, hast du immer alles gesehen, was um dich herum vorgeht. Sobald du den Kopf heben konntest, hast du über den Rand deiner Wiege geschaut.« Sie lacht, als sie sich das vorstellt.

Grania weiß, wann Mamo über ihre Kleinkinderzeit spricht. Sie kann es an ihren weicher werdenden Gesichtszügen erkennen.

»Hatte ich den letzten Sinn?«

»Den letzten was?«

»Als ich noch ganz klein war. Tante Maggie sagt, ich hätte den

letzten Sinn. Ich weiß schon immer, was sie tun wird, noch bevor sie selbst es weiß.«
Mamo lächelt. Wenn sie lächelt, erscheint zwischen ihren Augenbrauen eine von oben nach unten verlaufende Linie. »Ich verstehe.« Sie breitet die Arme aus, und Grania läuft hinein und wartet, während Mamo ihr einen Kuss auf die Stirn drückt.
Mamo dreht sich in der Taille zur Seite und zeichnet mit dem Zeigefinger eine Sechs in die Luft. Grania beobachtet, wie die Zahl ihre unsichtbare Gestalt annimmt.
»Sechs. Sechster Sinn, nicht letzter. Wenn du ihn hast, solltest du nicht darüber sprechen.«
Jetzt bildet Mamos Zeigefinger einen Kreis. »Ich werde dich jetzt im Kreis herumdrehen – lass die Augen dabei auf, weit auf. Wenn du stehen bleibst, erzählst du mir, was du siehst. Verstehst du?«
Ein Spiel. Grania versteht. Sie spürt Mamos Hände auf ihren Schultern und lässt sich drehen. Einmal. Zweimal. Als sie anhält, steht sie mit dem Gesicht vor dem Ende ihrer Veranda und blickt auf die Säulen, die in vier Meter Entfernung den Hotelbalkon stützen.
Sie dreht sich zu Mamo um.
»Jetzt sieh mich an«, sagt Mamo. »Benutze deine Stimme, keine Handzeichen. Bleib bei der Sprache, die du schon hast. Was siehst du?«
»Holzpfosten.« Das kommt mit hoher Stimme heraus.
»Mach deine Stimme tiefer.« Mamo lässt ihre Handfläche durch die Luft nach unten sinken. *Sie* benutzt Handzeichen. »Farbe?«
»Weiß. Onkel Am und Jungen haben sie gestrichen.« Zwei ihrer Vettern waren von einer Farm in der Nähe von Bompa Jack in die Stadt gekommen, um beim Anstreichen zu helfen. In jener Nacht durften sie in Vaters Hotel in einem der oberen Zimmer schlafen.

»*Die* Jungen haben gestrichen.«
»Bernard nicht. Der hat an dem Anstreichtag im Speisesaal gearbeitet.«
»Was noch?«
»Mann.«
»*Einen* Mann. Wen?«
»Mr. Conlin. Neben dem Telegraphenamt.« Sie hat auch das Telegraphenschild gesehen, das zwischen zwei Masten angenagelt ist, aber das erwähnt sie nicht.
»Und er trägt?«
Grania zuckt mit den Schultern.
»Guck noch mal hin.« Noch ein Blick. Sie versucht, sich zu konzentrieren, zu erinnern. Dreht sich wieder um.
»Komischer Hut. Er trägt *den* Hut in *der* Post, wo er arbeitet.«
»Braves Mädchen. Farbe?«
»Wie Kohlenkasten. Der Kohlenkasten.«
»Was noch?«
»Hut ist rund wie der von Onkel Am, aber mit einem reingeschlagenen Loch.«
»Ich weiß«, sagt Mamo – diesmal zu sich selbst –, sie vergisst das Spiel. »Er will ihn nicht ersetzen. Dazu ist er zu stolz.« Sie beugt sich vor. »Die Rauferei liegt einige Jahre zurück, und er will sich keinen neuen Hut kaufen.«
»Rauferei?«
»Ah, du liest mir von den Lippen ab, sogar wenn ich mit mir selbst rede. Er half deinem Vater, ein paar Rowdys rauszuwerfen. Sie kamen mit dem Dampfer an. Es waren keine Iren, diese Rowdys. Nun, sie haben's jedenfalls geschafft, sie rauszuwerfen, klar.« Sie lehnt sich wieder in den Schaukelstuhl zurück. »Jemand muß an dem Tag Salz verschüttet haben.«
»Salz?«
»Bedeutet Streit. Ist nicht so wichtig. Guck noch mal. Hat der

Hut ein Band?« Mamos Finger krümmen sich, um die Breite eines Bandes anschaulich zu machen. *Wieder Handzeichen.*
»Dunkel.« Granias Hände kreuzen sich instinktiv vor ihrem Gesicht, Signalflaggen. Sie kann nicht wissen, dass man ihr zwei Jahre später das gleiche Zeichen beibringt.
»Was tut Mr. Conlin?«
Dieses Mal braucht Grania nicht noch einmal hinzusehen. »Darauf warten, dass Cora vorbeikommt, denn Cora ist neugierig. Dann Tabak kauen und wieder ins Postamt gehen. Das Postamt.«
»Du bist diejenige, die neugierig ist.«
Jack Conlin dreht sich zu ihnen um und winkt.

*

In der Nacht schleicht Grania auf Zehenspitzen über den Flickenteppich, der zwischen den Betten sechs Schritte misst. Sie kauert sich am Bett ihrer Schwester nieder und wartet. Tress hat ihr erzählt, dass die Sprungfedern quietschen und sie beide verraten würden, wenn Grania zu ihr ins Bett klettert. Mutter und Vater schlafen im Nebenzimmer, und Mutter wird horchen.
»Keine Diskussion«, hat Mutter warnend gesagt. »Grania soll ihr Bett nicht verlassen.« Zu Tress hat sie das gesagt, als die zum Gutenachtsagen kam, aber Grania hat das Stirnrunzeln ihrer Mutter gesehen und alles von ihren Lippen abgelesen, noch ehe sie aufhörte zu sprechen.
Es gibt noch etwas, was Grania im Dunkeln berücksichtigen muss – die Wände. Tante Maggie, die mit Onkel Am in der Turmwohnung über dem Postamt wohnt, hat Grania erzählt, dass die Wände Ohren haben. Mamo hat bestätigt, dass das stimmt, und sie und Tante Maggie haben gelächelt, während Grania über diese Information nachgrübelte.
Jeden Abend, wenn sie ins Bett geht, rutscht sie nun so weit, wie

sie kann, von der Wand weg, weil sie nicht will, dass die Wand sie hört. Sie will nicht an die Stelle kommen, wo die Wand Laute verschluckt.

Ein Schatten taucht am vorderen Fenster auf, da, wo die Äste des Ahorns sich hochrecken. *Dinge, die sich bewegen, Dinge, die sich nicht bewegen.* Der Schatten huscht über den ovalen Spiegel mit der Verzierung aus Schilfrohr und über das gerahmte Narzissenbild. Er gleitet hinter den Waschtisch mit dem Krug, über den Sekretär und über das Tuch, das Mutter im Alter von vierzehn Jahren mit Zeilen aus dem »Brustharnisch von St. Patrick« bestickt hat. *Gottes Auge für mein Sehen. Gottes Ohr für mein Hören.*

Der Schatten schlüpft aus dem Zimmer. »Achte auf die Dinge, die sich bewegen«, hat Mamo Grania gelehrt. »Achtsamkeit wird dich beschützen.«

Schatten überraschen Grania manchmal. Unter dem Mond sind Schatten. Hin und wieder geht sie abends mit Mamo oder Bernard draußen auf der Straße, und dann fällt der Schein elektrischer Lampen aus einem Fenster und bildet nicht nur einen, sondern zwei Schatten, die neben ihr einherziehen. Darüber ist sie bestürzt und gibt genau Acht, bis die beiden Schatten wieder zu einem verschmelzen.

Aus ihrer Kauerstellung auf dem Fußboden lässt sie sich langsam auf den Teppich fallen. Bei dieser Bewegung stößt sie mit der Schulter an die Bettkante. Die Hand ihrer Schwester kommt unter den Laken hervor und schiebt sich in ihre. Tress stößt einige der Decken über den Bettrand und rafft sie so zusammen, dass sie Granias Schulter bedecken. Die beiden halten sich die ganze Nacht an den Händen und schlafen – die eine im Bett, die andere davor.

*

Mamo nimmt sie an die Hand und führt sie in die Diele zu der Uhr – das ist die, die in dem Jutebeutel mit dem breiten Schulterriemen getragen wurde; den Beutel hatte Großvater O'Shaughnessy selbst genäht. Er trug die Uhr auf der ganzen Fahrt von dem schönen Land, das Irland heißt und in dem er und Mamo in derselben Stadt geboren wurden, aufwuchsen, sich ineinander verliebten und heirateten. Als Großvater auf dem Schiff starb und auf hoher See, nahe der Küste ihres neuen Landes, bestattet wurde, fiel Mamo die Aufgabe zu, die Uhr zu tragen. Bei ihrer Ankunft in Quebec hoben sie und ihre vier Kinder, zwei Töchter und zwei Söhne – Granias Mutter, Agnes, war das älteste –, den O'Shaughnessy-Überseekoffer hoch, nahmen die Bündel und die Uhr im Jutebeutel und gingen von Bord. Mit zitternden Beinen wankten sie an Land. Schwach, wie sie waren, freuten sie sich, festen Boden unter den Füßen zu haben, obwohl ihnen noch eine zweite Reise bevorstand. Sie fuhren über Land nach Mystic, Quebec, wo Mamo einen Vetter hatte, den einzigen Menschen, den sie hier aus ihrem alten Land kannte. Erst später, als Mamos Töchter im heiratsfähigen Alter und ihre Söhne alt genug waren, um zu arbeiten, zogen sie nach Deseronto am Lake Ontario. Dies alles ereignete sich vor Granias Geburt.

Mamo schenkte die O'Shaughnessy-Uhr Vater und Mutter zur Hochzeit. Die Uhr ist so hoch, wie Granias Arm – von der Schulter bis zu den Fingerspitzen gemessen – lang ist, und steht auf dem Tisch aus Kiefernholz in der Eingangsdiele. Sie hat zwei kurze Säulen, die oben herausragen, Säulen, die während der langen Schiffsreise nicht abgebrochen sind. Mamo gab zwar die Uhr weg, aber nicht den Jutebeutel, der in dem Überseekoffer aufbewahrt wird, zusammen mit dem kleinen Holzkreuz, das sie an dem Tag in den Koffer legte, an dem ihr Mann auf hoher See bestattet wurde.

Mamo hält die Uhr an und dreht sie zu ihr, so dass nur sie ihr

Zifferblatt sehen kann. Sie legt Granias Hand an die Seitenwand der Uhr. Die Hand empfängt Glätte, kühles poliertes Holz.
»Ich möchte, dass du die Zeit *fühlst*«, erklärt Mamo ihr. »Wenn meine Hand das Ticken und die Schläge fühlen kann, dann kann deine das auch.«
Grania beobachtet Mamos Lippen und blickt in den Schatten am Ende der Diele, während ihre Hand den Pulsschlag der Uhr aufnimmt. Sie spürt das Ticken am unteren Teil ihrer Finger bis hinein in die Gelenke, wo Finger und Handfläche zusammentreffen. Mamo hält das Pendel an. Der Pulsschlag hört auf, und Grania hebt den Blick zu Mamos Gesicht, und Mamo setzt die Uhrzeiger wieder in Gang.
»Bist du so weit? Zähl mal. Wie viele Schläge?«
Neue Empfindung. *Th-th-th* – eine bestimmte Botschaft, die durch die Haut ankommt. Sie bricht ab.
Grania hat gezählt. »Fünf. Fünf Uhr.«
»Kluges Mädchen. Versuch's noch mal.«
Mamo gibt ein Zeichen.
»Nein«, sagt Grania. »Schlägt nicht.«
»Gut. Jetzt?«
»Drei.« Mit jedem Mal dringt der Schlag stärker in ihre Hand.
Mamo steckt einen Schlüssel in das Zifferblatt der Uhr und stellt sie zum letzten Mal. Mit lachenden Augen gibt sie ein Zeichen.
»Zwölf«, sagt Grania, ohne ihre Hand zu benutzen.
»Schlingel«, sagt Mamo. »Jetzt rätst du. Aber du hast Recht. Und wenn du Recht hast, so hat das nichts mit deinem letzten Sinn zu tun.«

*

Vater bleibt die meiste Zeit in seinem Büro im Hotel, weil er Geschäftliches zu tun hat. Ein Hotel zu haben ist harte Arbeit, sagt er. Alles muss glatt gehen, und die Gäste müssen zufrieden gestellt werden, und das Essen muss gut sein. Mutter und ihre Küchenhilfe, Mrs. Brant, kochen. Vater sitzt beim Mittag- und Abendessen am Kopfende des Familientisches im Speisesaal des Hotels, aber zum Frühstück ist er nie da. Vater bezeichnet sich selbst als Weinhändler, und manchmal riecht er wie Wein oder feuchtes Obst. Seine Gerüche unterscheiden sich von denen aller anderen. Er hat einen Schnurrbart, der an beiden Enden hochgezwirbelt ist und wie Tabak riecht, unter den Wachs gemischt ist. Er trägt eine Weste aus geripptem Stoff mit sechs Knöpfen, die Grania gezählt hat, und eine Uhr mit Kette, die im Knopfloch Nummer fünf auf der Weste festgehakt ist. Vater hat breite, dicke Hände, irische Hände, die arbeiten können, wie er sagt. Er hat welliges Haar, und am kleinen Finger seiner rechten Hand trägt er einen silbernen Ring. Ein Augenlid hängt herab, und er sagt, es sei träge. Er hat einen Bruder in der Stadt: Onkel Am, Hausmeister des großen Postamts auf der Mitte der Main Street. Vaters Freunde in der Stadt sind Onkel Am und Jack Conlin, der Postmeister.

Vater trägt eine Fliege wie sein Vater, Bompa Jack, wenn Bompa Jack sich in Schale wirft. Vater hat einen neuen jungen Hund, Carlow, der in Vaters Büro schlafen darf. Carlow hat um sein linkes Auge herum einen braunen Fleck. Seine Beine sind weiß, und sein Rücken ist braun. Grania darf mit Carlow hinausgehen, hinter das Haus, solange die beiden innerhalb des umzäunten Hofes bleiben. Nach oben in die Schlafzimmer darf Carlow nicht.

Grania ruft ihm Befehle zu. Sie bildet Laute, und er gehorcht. Aber Tress oder Bernard oder Patrick gehorcht er nicht. Nur auf Granias Stimme hört Carlow. Grania beschützt Carlow vor der Katze, die hinter dem Haus herumschleicht und in den Ställen lebt.

Manchmal, wenn Grania sich im Hof aufhält, macht Mrs. Brant

das Fenster an der Rückseite des Hotels auf, wo sie in der Küche arbeitet. Sobald sie Grania entdeckt, schiebt sie zwei Rosinenplätzchen über den flachen Sims, eins für Grania und eins für Carlow. Mrs. Brant ist eine Mohawk-Frau, und sie hat dunkle Haare und dunkle Augen und ein freundliches rundes Gesicht. Sie legt einen Finger auf die Lippen, wenn sie die Plätzchen herüberschiebt, und Grania weiß, dass dies ein Geheimnis zwischen ihnen ist. Grania hat Mrs. Brant sehr gern.

Vater sorgt dafür, dass seine Kinder beim Spielen keinen Krach machen und dass sie wissen, wie sie sich bei Tisch zu benehmen haben. »Nehmt Messer und Gabel«, fordert er sie auf. »Kaut nicht mit offenem Mund. Das gehört sich nicht.«

»Was?«

»Nicht was, Grania, es heißt: wie bitte.« Grania wendet sich im richtigen Moment ab. Für das, was sie nicht sehen kann, kann man von ihr auch kein Verständnis erwarten.

Vaters Schnurrbart hängt über seine Oberlippe, und manchmal weiß Grania nicht, was er gerade sagt. Sie bemüht sich sehr, etwas zu erkennen, aber wenn seine Worte verborgen sind, muss sie Tress fragen, was er gesagt hat. Vater lässt sich ungern bitten, seine Worte zu wiederholen. An bestimmten Tagen geht er zum Friseur Grew auf der anderen Seite der Main Street, an der hölzernen Uferpromenade, um sich den Schnurrbart stutzen zu lassen. An diesen Tagen versteht Grania ihn. Aber bald schon verdichtet sich der Schnurrbart wieder und bedeckt seine Oberlippe. Immerhin sagt Vater manchmal zu Grania: »Du verpasst nicht viel, mein Liebling.« Und das versteht sie.

Grania träumt von Vater, wie er in der Tür seines Büros steht. Eine seiner breiten irischen Hände, die Hand mit dem Ring, liegt auf seiner Uhr. Vater spricht im Traum zu ihr, und er macht ein besorgtes Gesicht, weil er glaubt, Grania sei verloren gegangen. Sie sieht *ihn*, aber er kann sie nicht sehen. Seine Lippen bewegen sich, aber der Schnurrbart hängt darüber, und sie versteht nichts. Angst überfällt sie, und sie läuft auf ihn zu, aber er sieht sie immer noch nicht. Seine Lippen dehnen und verzerren sich. Er gibt die gesprochene Sprache auf und versucht, mit den Händen zu reden. Aber er kennt die Zeichensprache nicht – nicht die, die Grania und Tress erfunden haben. Und obwohl seine Blicke überall sind, kann er sie doch nicht sehen.

Vater liebt Grania. Im Traum weiß sie es. Aber da er so sicher ist, dass sie verloren gegangen ist, wendet er sich ab und geht wieder in sein Büro zurück. Grania ist jetzt ganz verzweifelt. Sie ruft hinter ihm her, so, wie sie Carlow ruft, aber Vater dreht sich nicht um. Carlow stürzt aus der Bürotür heraus und springt mit wedelndem Schwanz an ihr hoch. Carlow versteht Granias Stimme immer.

*

Eine warme Nacht. Eine sanfte Brise erhebt sich von der Bucht. Die weiblichen Hotelgäste sitzen auf der oberen Veranda, nur ein paar Meter von dem Dach entfernt, unter dem die Schwestern in ihren Betten liegen. Die Stunde des Abendessens ist längst vorbei, und die Frauen haben die Korbsessel belegt, die in einer Reihe zum Wasser blicken. Auf der Veranda direkt darunter, auf Straßenebene, bilden ihre Ehemänner eine Gesellschaft für sich, mit Drinks in den Händen, Spucknäpfen zu ihren Füßen. Bernard, das einzige der Kinder, das alt genug ist, um an den Abenden im Hotel zu helfen, arbeitet in der Eingangshalle an der Rezeption.

Sobald Mutter Gute Nacht sagt und die Schlafzimmertür schließt, kommt von Tress das Signal, die hochgehaltene Handfläche, die Schweigen gebietet. In dem Augenblick, in dem die Hand sinkt, rutscht Grania von der Matratze, wobei sie Tress im Auge behält für den Fall, dass sie ihr ein Warnzeichen gibt, wenn sie Lärm macht. Sie geht auf Zehenspitzen über den Flickenteppich, setzt sich hin und zieht die Füße unter das Nachthemd. Vater wird erst nach Hause kommen, wenn sich der letzte Hotelgast zur Ruhe begeben hat. Wo Mutter sich aufhält, ist nicht leicht vorauszusagen. Manchmal bleibt sie in der unteren Küche oder im Wohnzimmer, manchmal ist sie aber auch nebenan im Hotel, wo sie die Menüs für den nächsten Tag plant oder vorbereitet. Mutters Küche ist so gut, dass manche Leute extra wegen des Essens kommen.

Tress richtet sich Zentimeter für Zentimeter auf, bis sie auf der Matratze kniet und einen Blick durch den Zickzackriss im Rollo werfen kann. Von der Hotelveranda sickert genug Licht durch, um ihr Gesicht zu beleuchten. Ihr dunkles Haar ist zurückgestrichen, hinter die Ohren gesteckt. Grania bedeutet ihr mit wedelnder Hand, wie sie sich drehen soll, *hierhin, dorthin*, bis das zickzackförmige Licht auf Tress' Lippen fällt. Sie beobachtet, wie sie von Worten überfließen, während die spionierende Tress die nebeneinander sitzenden Frauen beschreibt, die bei ihnen nur die *Reisedamen* heißen. Tress schildert die Falten und Fältchen eines Musselinkleides, die geschnürten Lederstiefel, die mondförmige Perlenbrosche, den Gürtel mit Schnalle, die Kamee, Haarschnitt und Locken. In kindlicher Zeichensprache, mit den von Tress geformten Worten und unter ersticktem Gelächter, das sie zu verraten droht, dichten sie den bespitzelten Frauen Fantasieleben an. Frauen, die Geld und Muße haben. Ahnungslose Damen, die, ohne es zu wissen, beobachtet werden.

Während Grania Tress beobachtet, wie sie über die Damen berichtet, hat sie keine Angst. Nicht, solange sie ihre Augen offen halten kann, nicht, solange Tress wach bleibt und Wörter ihre Formen in das zickzackförmige Licht auf den Lippen ihrer Schwester gießen. Nicht, solange beide Seite an Seite gegen die Dunkelheit Wache halten.

*

Mamo hält das Buch, während Grania sich das Bild genau ansieht. Auf dieser Seite sind vier Wörter. Ein Junge mit lockigen Haaren sitzt rittlings auf der Ecke eines Holzstuhls, der zu hoch und zu groß für ihn ist. Die Locken erinnern sie an den langbeinigen Kenan, ihren Freund, der in Tress' Schulklasse geht und bei seinem Onkel in der Mill Street wohnt. Kenan ist Waise und hat weder Mutter noch Vater. Der Junge auf dem Bild trägt einen Matrosenanzug mit breitem Kragen, kurzen Hosen und zwei Knöpfen seitlich an jedem Hosenbein. Mit der linken Hand hält er ein offenes Buch fest an seine Brust gepresst. In der rechten Hand hat er einen angebissenen Apfel. Seine Augen sind dunkel, und er schaut aus dem Bild heraus und an Grania vorbei. Das Bild und die Wörter sind schwarzweiß.

»ER NIMMT EINEN BISSEN.«

Mamo zeigt, während sie die Wörter ausspricht und Pausen macht, damit Grania jedes einzelne Wort prüfen und die Trennungen dazwischen erkennen kann. »Er – nimmt – einen – Bissen.« Mamo lässt ihre Zähne nach dem Wort »Bissen« zuschnappen und lacht vor sich hin.

Der Junge auf dem Bild denkt nach. Vielleicht würde er lieber lesen statt essen. Vielleicht sollte er das Buch weglegen, bevor er anfängt zu essen. Vielleicht klammert er sich verzweifelt an das Buch, damit niemand es ihm wegnimmt. Vielleicht hat er ja, wie Grania, nur dieses eine Buch.

»Sprich die Wörter«, sagt Mamo. »Sieh auf meine Lippen, sieh auf meinen Hals.«

Vor lauter Aufregung wird Granias Stimme ganz hoch. Die Wörter lösen sich ineinander auf, und sie merkt, wie sie ihr entgleiten.

»Langsam.« Mamo runzelt die Stirn und bewegt ihre Finger ganz schnell vor ihren Lippen. »Du bist wie ein Haus in Flammen. Versuch's noch mal, aber behalt deine Stimme nah bei dir.«

Mamo drückt sich die flachen Hände an die Brust. *Nah bei dir. Behalt die Wörter nah bei dir.*
»Haus in Flammen?«
»Bedeutet: viel zu schnell. Versuch's noch mal, und dann übst du oben oder draußen. ER NIMMT EINEN BISSEN.«
Grania geht mit dem Buch zu Tress; die liest die Wörter stumm, bevor sie sie in Granias Gehörgang schreit. »Er nimmt einen Bissen, er nimmt einen Bissen, das hat doch keinen ZWECK.«
Aber nichts kann Grania aufhalten. Wenn sie allein ist, steht sie auf Zehenspitzen auf der Treppe an der Rückseite des Hauses, hinter der Waschküche, und beobachtet das Spiegelbild ihres Mundes in der schmalen Fensterscheibe. *Er-nimmt-einen-Bissen.* Sie lernt jedes Wort einzeln. Sie behält ihre Stimme so nah bei sich, wie sie kann. Es ist, als ob sie sich ein Kissen an die Brust drückte, so, wie der Junge auf dem Bild das Buch an seinen Matrosenanzug drückt. Grania hält ihre Stimme nahe an der Vorderseite ihres Körpers und sorgt dafür, dass sie an dieser Stelle bleibt.

*

Nacht für Nacht schleicht sie auf Zehenspitzen über den Flickenteppich. Der Teppich fühlt sich so an, als bewegte er sich unter ihren Füßen. Etwas tippt sie von hinten an. Sie duckt sich hinunter und fragt sich, ob sie zu laut atmet. Ob sie es wagen kann, Tress anzustoßen, damit sie sich ganz langsam herüberbeugt? Nein, Mutter wird es hören, Mutter wird böse sein. Grania wartet auf ein Zeichen von Tress, aber es kommt nichts. Sie sinkt der Länge nach auf den Boden. Sie schläft zitternd ein, wobei sie versucht, ihre Augen aufzubehalten, um die Dunkelheit abzuwehren.
Tress entdeckt sie am frühen Morgen und häuft Decken auf sie. Als es Zeit ist, sich zum Frühstück anzuziehen, rüttelt sie Grania

wach. Es ist Samstag. Sie schlagen die Bettdecken und die gerippten Tagesdecken um und lüften ihre Betten, wie Mamo es ihnen beigebracht hat. Danach winkt Tress Grania heran, zuerst zum Sekretär und dann zu der gemeinsamen Kleiderkammer und dem Garderobenständer mit den Holzstiften. Von Haken und Regalbrettern zieht Tress Strümpfe, weiche Gürtel, Unterhosen, Schals. Alles, was man zusammenbinden kann. Sie legt den Finger auf die Lippen, verlässt das Zimmer und kommt mit zwei von Bernards alten Krawatten wieder. Grania hat keine Ahnung, was aus dem Ganzen werden soll, aber sie hilft Tress dabei, ein langes buntes Seil zusammenzuknüpfen. Tress nickt, hält es prüfend in Armeslänge von sich und untersucht die Knoten. Sie streicht sich ihr dunkles Haar achtlos hinter die Ohren, während sie sich konzentriert. Dann schlingt sie das Seil mehrmals zwischen Hand und Ellenbogen um ihren Arm – so, wie sie es bei Mamo gesehen hat, wenn sie ihr Garn aufwickelt – und versteckt es am Fußende ihres Bettes unter den Decken. Sie klopft die Tagesdecke glatt, und die beiden gehen nach unten, über den Durchgang ins Hotel und in den Speisesaal. Mutter hält sich in der Hotelküche auf. Vater ist um die Zeit, in der die Mädchen zum Frühstück kommen, immer in seinem Büro.

Aber Mamo ist da. Sie trinkt Tee aus ihrer Porzellantasse und bringt Patrick das Wort *Pekoe* bei. Mamo lässt immer etwas Tee in ihrer Tasse, bevor sie vom Tisch aufsteht; es bringt Unglück, wenn man eine erkaltete Tasse bis zum letzten Tropfen austrinkt.

Patrick zupft Grania am Ärmel, als sie sich neben ihn setzt. Mit kleinen eindringlichen Händen dreht er ihr Gesicht zu sich, zwingt sie, ihn anzusehen, sich auf das zu konzentrieren, was er ihr sagen will.

Grania liest von seinen Lippen ab. »Pi-Ko«, sagt sie mit ihrer Stimme. Ihr gefällt das Wort, das Mamos Tee ist. Patrick lacht,

und Mamo streckt die Hand aus, um Granias Wange zu streicheln, und Grania, die an das Seil im oberen Stock denkt, tauscht Blicke mit Tress.
»Ihr zwei habt wohl was zu verbergen«, sagt Mamo. Sie blickt von einer zur anderen.
Grania schaut Tress fragend an, aber Tress will nichts erzählen. Grania weiß, das macht Mamo ohnehin nichts aus. Grania und Mamo haben ja auch ihre Geheimnisse miteinander. Holt Mamo nicht manchmal den Jutebeutel aus dem O'Shaughnessy-Überseekoffer und hängt ihn ihr über die Schulter, wenn sie Grania zu einem Spaziergang mitnimmt?
*Wenn es böse endet.*

*

Den ganzen Tag über ist Grania gespannt.
Am Abend geht sie nach oben, während es am Himmel noch hell ist. Sie bleibt auf dem Flur am Bullauge stehen und schaut weit nach links zu dem Feld am nordwestlichen Rand der Stadt. Der Baum mit den vielen Verästelungen wirft seinen zitternden Schatten aus. Sie geht in ihr Zimmer und steigt ins Bett. Sie starrt auf die sorgfältig gestickten Worte auf Mutters Tuch. Die Worte sagen etwas über Gottes Auge und Gottes Ohr, und sie fragt sich, ob Mutter die Worte wohl in der Kirche gelernt hat. Sie blickt auf die gelben Narzissen im Rahmen. Sie hebt einen Finger in die Luft und zeichnet den Umriss des Krugs auf dem Waschtisch nach. Sie wartet und wartet und befiehlt ihrem Körper still zu liegen, aber er will nicht still liegen. Damit die Zeit schneller vergeht, hämmert sie mit den Fersen so schnell und so fest, wie sie kann, auf die Matratze, aber davon rutschen die Decken heraus. Tress kommt und stemmt die Hände in die Hüften, als sie das Durcheinander an Granias Fußende sieht. Sie schließt

die Zimmertür und macht das Zeichen zum Stillsein, während sie Granias Decken wieder in Ordnung bringt. Sie schlüpft in ihr Nachthemd, kniet sich hin, um zu beten, und macht das Licht aus. Sie greift unter die Decken und zieht das selbst gemachte Seil heraus, wirft das Ende mit der Schlaufe zu Grania hinüber, macht an ihrem Ende auch eine Schlaufe und zieht sich diese fest um einen Fußknöchel. Grania beobachtet alles im Halbdunkel und macht das Gleiche. Das Seil hängt zwischen ihnen herunter, über Tress' Bettkante hinweg, quer über den ovalen Teppich, verläuft nach oben zu Granias Matratze und zu ihrem Fußende hinüber. Es verschwindet zwischen ihren Laken. Jede für sich in ihrem Bett stößt mit den Füßen und bewegt die Beine, bis beide mit der Lage des Seils zufrieden sind.

Jetzt liegt Grania stocksteif auf dem Rücken und wartet. Aber Tress rührt sich nicht. Grania versucht, ihren angebundenen Fuß zu verlagern, und zieht. Sie spürt Widerstand. Dann ein zweimaliges heftiges Rucken als Antwort. Sie ruckt wieder, um sicherzugehen.

Für sie gilt das einfache Rucken, für Tress das zweifache.

Sie rollt sich auf die Seite und dehnt das Seil, bis es ganz leicht gestrafft ist, gerade genug, um Tress am anderen Ende spüren zu können. Nun, da die Namenszeichen mit dem Rucken des Seils geklärt sind, denken sich die beiden komplizierte Ruckmuster aus, hin und her – Muster, die keinen Sinn ergeben, die sie im Dunkeln zu einem lautlosen heimlichen Lachen reizen.

Grania denkt nicht mehr daran, in Geräusche abzustürzen. Sie träumt von der Weichheit des Seils, das an einem Fußknöchel befestigt ist – ein Schal, eine Socke, ein Schlips. Sie liegt vor Anker, treibt nicht länger in der Dunkelheit. Sie hat keine Angst mehr. Sie ist in einen tiefen, ruhigen Schlaf gesunken.

*

Zwischen Frühstück und Mittagessen, als im Speisesaal des Hotels Ruhe eingekehrt ist, geht Mutter über den Durchgang und holt Grania in die Küche im hinteren Teil des Hauses. Sie gießt sich eine Tasse Tee ein und stellt sie auf den Tisch. In der Tasse sind Schaumspuren. Grania möchte ihrer Mutter erzählen, dass der Schaum Glück bringt. Aber Mutter kennt bereits alle Sprüche von Mamo und will sie nicht noch einmal hören. Ist Mamo Mutters eigene Mutter? Dieser Gedanke bereitet ihr Schwierigkeiten, denn dann muss sie ja glauben, dass Mutter einmal ein kleines Mädchen war, das Agnes hieß, und das kann sie sich nicht vorstellen.

»Beobachte, was ich sage. Es ist gefährlich, wenn man nichts hört«, sagt Mutter. »Besonders wenn du draußen bist, vom Haus entfernt. Du kannst verletzt werden. Ich will, dass du zuhörst.« Sie wölbt die Hand hinter ihrem rechten Ohr.

*Hör zu.*

Sie hat einen Schal auf den Küchentisch gelegt sowie einen großen Deckel, der sonst auf die Bratpfanne gedeckt wird.

»Stell dich hierher.« Sie schiebt Grania in die Mitte der Küche und nimmt den Deckel und den Schal auf. »Hör genau zu. Verstehst du? Ich verbinde dir jetzt die Augen. Ich werde das hier auf den Boden fallen lassen. »Versuch zu hören. Zeig dahin, wo du meinst, dass es hingefallen ist – vorne, hinten, auf diese Seite, auf die andere Seite.«

Grania sieht mit Interesse zu. Mutters Lippen sind schmal, ihre Augen dunkel vor Entschlossenheit, während sie den Schal faltet, um eine dichte Binde daraus zu machen. Sie hat ihre Schürze nicht abgenommen, die wie eine Weste über ihr Kleid gezogen und in der Mitte gebunden ist. Die Schürzenbänder sind genauso blau wie die Innenseite des gesprenkelten Topfes, der hinter ihr an einem Wandhaken hängt.

Grania nickt. Sie atmet durch den Mund, als ihre Mutter ihr den

Schal über die Augen und teilweise über die Nase legt und ihn am Hinterkopf verknotet. Sie spürt Hände auf ihren Schultern, und sie wird gedreht, einmal, zweimal, und energisch angehalten. Mutters Hände vermitteln ihr, dass sie still stehen soll.
Der Fußboden ist mit einem von feinen Rissen durchzogenen Linoleum bedeckt. Grania trägt lange weiße Strümpfe und Schnürschuhe. Ein zitterndes Vibrieren dringt in ihre rechte Körperseite. Sie zeigt nach rechts. Mutter entfernt die Augenbinde.
»Nein«, sagt sie. »Aber das ist nicht deine Schuld. Bernard ist reingekommen und hat die Tür zugeknallt. Du hast die Tür gehört. Das ist gut.«
Bernard schaut zurück, als er durch die Diele geht. Er steuert auf die schwere Portiere zu, die am Fuß der Treppe drapiert ist. Er verdreht die Augen und schüttelt den Kopf, gerade so, dass Grania es sehen kann, aber Mutter nicht. Mit einem Satz ist er auf der Treppe und verschwindet, während hinter ihm die Bewegung der Portiere allmählich aufhört. Grania weiß, dass Bernard wegen seiner schwachen Lunge kurzatmig sein wird, bevor er oben ankommt. Sie hat ihn da oben schon gesehen, wie er die Hand auf die Brust gepresst hat und wie sich seine Schultern beim Atmen hoben und senkten.
Der Schal bedeckt erneut ihre Augen, dieses Mal noch fester. Sie versucht, die Augen unter dem Stoff zu öffnen, denn sie hasst das Dunkel. Ihr Körper schwankt und kommt wieder zur Ruhe. Die Schulterblätter halten die Balance. Es kribbelt in ihren Händen, in den Fingern, auch in ihren Waden. Ihre Füße wollen hüpfen. Ist Mutter vor, neben oder hinter ihr? Ein Beben durchläuft sie. Sie zeigt nach links, hinter sich.
Mutter zieht die Augenbinde herunter. Sie lächelt nicht. »Zweimal«, sagt sie und hält zwei Finger hoch. »Ich habe ihn zweimal fallen lassen. Dahinten und in der Nähe.« Sie geht ans Ende der

Küche und führt vor, wo sie den Deckel zuerst fallen ließ. Grania beobachtet sein wackelndes Trudeln und seinen Stillstand auf dem Fußboden.

»Das zweite Mal war gut«, sagen Mutters Lippen. »Vorher war das Geräusch zu weit weg. Nächstes Mal nehme ich einen größeren Deckel.«

Mamo kommt in die Küche, eine Augenbraue hochgezogen. Der Duft von *Canada Bouquet* weht mit ihr herein. »Was zum Teufel soll dieser Lärm?« Im gleichen Moment entdeckt sie die Augenbinde um Granias Hals. Mutter bindet den Schal los und winkt Grania fort. Sie macht nicht weiter, solange Mamo anwesend ist.

»Such Tress und geh raus«, sagt sie. »Holt Kenan und Orryn und spielt.«

Grania geht auf die Gittertür zu, dreht sich aber wieder um, bleibt im Eingang stehen und versucht, die Wörter zu erkennen, die von Mamos Lippen fallen.

»Du verschwendest deine Zeit, Agnes. Wenn du ihr helfen willst, zieh ihr die Schuhe aus. Lass sie die Vibrationen durch die Füße spüren. Schick sie auf eine Spezialschule. Belleville ist nicht weit weg. Es ist klein, aber eine Stadt mit Eisenbahn; es wird einfach sein, sie hin- und zurückzubringen. Die Schule existiert dort seit mehr als dreißig Jahren – dabei werde ich sie weiß Gott vermissen, wenn sie geht.«

Mamo erwähnt nicht, dass sie schon Erkundigungen eingezogen, herumgefragt hat. »Sie muss lesen und schreiben lernen«, sagt sie. »In der Zeichensprache reden, die sie dort unterrichten. Sie benutzt ja jetzt schon die Hände – den ganzen Körper –, wenn sie mit uns spricht. Sie lässt sich nicht zurückhalten. Sie wird schnell lernen – du weißt doch, dass es in der Familie niemanden gibt, der aufgeweckter ist.«

Mamos Stimme klingt gedämpft, als sie ihrer Tochter die Hand auf den Arm legt. »Nimm sie so, wie sie ist, Aggie. Hör auf, dich schuldig zu fühlen. Es ist nicht deine Schuld. Egal, wie sehr du dich bemühst, egal, wie sehr du es willst, du wirst das Kind nicht wieder hörend machen können.«

Aber Mutter hat sich abgewandt. Sie knallt den Deckel wieder auf die Pfanne und dreht den Schal zwischen den Händen. Zu den Fragen, was Grania in Zukunft hört und wohin sie geht, wird Mutter ihre eigenen Entscheidungen treffen. Mutter war der Grund für Granias Taubheit, und sie wird diejenige sein, die ihr hilft, wieder zu hören.

*

Grania und Tress wandern durch die Stadt, von der Bucht weg. Ihre Freunde Kenan und Orryn sind nicht da. Als die Mädchen zum Schulhof kommen, steuern sie auf eine Gruppe Ahornbäume zu, an deren Rand sich zwei Schaukeln befinden. Grania betrachtet die Schule in ihrer sommerlichen Verlassenheit, es ist dieselbe, die Bernard besucht hat und in die Tress jetzt geht. Dieselbe, die Patrick besuchen wird, wenn er älter ist. Die Schule, in die Grania hätte gehen dürfen, wenn der Scharlach sie nicht gehörlos gemacht hätte.

Sie klettert auf die Schaukel und stößt sich mit den Füßen ab. Wenn sie sich hoch genug schwingt, streifen die Blätter ihre Schultern, kurz bevor ihr Körper hinuntersinkt, um gleich wieder aufzusteigen.

Zwei Jungen, die Grania noch nie vorher gesehen hat, laufen auf den Schulhof und zu den Schaukeln herüber; sie schubsen sich gegenseitig, während sie darauf warten, dass sie an die Reihe kommen. Tress kennt den einen Jungen; sein Vater arbeitet am Empfang in dem Hotel, das Deseronto House heißt und sich auch in der Main Street befindet. Die Jungen sehen zu der schaukelnden Grania hoch. Sie rufen ein Wort, und dann zeigen sie auf etwas und rennen weg, sie schauen sich lachend um, während sie über den Schulhof laufen. Grania lacht auch, aber sie ist verwirrt. Sie blickt Tress an, die ihre Schaukel verlangsamt hat und jetzt abspringt. Tress lacht nicht. Ihre Lippen bilden drei Worte.

»Lauf, Graw! Skunk!«

Grania springt ab. Die Mädchen laufen quer über den Hof und fallen neben den Jungen zu Boden. Der Gestank von Skunk ist in der Luft.

»Skunk!«, schreit Grania zu den Jungen hinüber, aber der Skunk hat sich schon an den Rand der Bäume verdrückt und verschwindet.

»Skunk!«, schreit sie wieder. Aber sie merkt, dass das Wort falsch herausgekommen ist. Jetzt lachen die Jungen sie aus.

»Doofie!«, ruft der größere Junge. »Hör sie dir an. Das ist ein Doofie!«

Grania liest das Wort von seinen Lippen ab und sieht einen Ausruf von Tress. Die Jungen laufen weg.

Tress legt ihre Hände auf Granias Schultern und bringt sie dazu, auf ihre Lippen zu sehen.

»Skunk.«

»Skunk!«

»Nein.«

*Warum* ist es falsch. Sie sagt doch, was sie sieht. Sie reißt sich von Tress los.

»Gib nicht auf«, sagt Tress. »Es funktioniert nicht, wenn du aufgibst. Sk! Sk!« Tress macht ein finsteres Gesicht.

»Skunk.«

»Schon besser.« Tress zuckt mit den Schultern. Sie zeigt in die Richtung der Jungen, die jetzt schon weit weg sind. Damit Grania sich besser fühlt, weist sie wieder auf die Jungen und macht das Zeichen für Verrücktsein neben ihrem Ohr – *gekrümmte Finger, wackelndes Handgelenk.* Sie geht wieder zu den Schaukeln.

Aber Grania will da bleiben, wo sie ist. Sie will im Gras liegen und lange schlafen. Das war ein Rückschritt. Sie hat das benutzt, was Mamo ihre »Erschöpfungssprache« nennt, aber es kümmert sie nicht. Kein bisschen. Sie hat Lust, die schlimmsten Laute herauszuschreien, die schwierigen, unmöglichen Laute: »sk« und »ch« und »sch«. Sie hat Lust, sie mit Absicht durcheinander zu bringen. Soll Tress so böse werden, wie sie will. Grania wird ihre eigene Sprache erfinden, und keiner, nicht einmal Tress, wird sie verstehen oder sich einmischen können.

Aber sie braucht Tress. Ohne sie würde sie nicht wissen, was los ist.

Sie folgt ihrer Schwester zu den Schaukeln, klettert hinauf und stößt sich mit den Füßen ab. Ihr Schatten schaukelt unter ihr: *dick-dünn, dick-dünn*, und jedes Wort, das sie kennt, fällt von ihr ab. Sie lässt die Wörter ruhig fallen, eins nach dem anderen, und sie schwingt dorthin, wo ihr Schweigen liegt, an den Ort, wo sie sicher ist. Sie tritt mit den Füßen gegen den Himmel.

*

DANN BEGANN EIN SCHRECKLICHER KAMPF. Drei Kinder an einem Zaun schauen zu, wie ein Cowboy versucht, auf einem bockenden Pferd zu bleiben. Der Körper des Pferdes bildet einen Bogen; seine Hinterbeine schlagen aus.

Grania kennt das Wort Kampf. Ein kurzes Wort, das sich mit einer einzigen Lippenbewegung in die Luft schwingt. Mamo erklärt ihr, dass sie es gut ausspricht. Sie üben die Titelzeile, bis Grania jedes Wort korrekt wiederholen kann.

Mamo schließt das *Sonntag*-Buch für diesen Tag. »Wenn die Kinder sich lustig machen, wehr dich«, sagt sie und legt den Arm um Grania.

Aber was Grania von Mamos Lippen abliest, ist *durstig* machen.

*Wenn die Kinder sich durstig machen, wehr dich.*
Grania kann jedem Wort, ob richtig oder falsch, einen Sinn entnehmen. Manchmal trägt sie einen Ausspruch jahrelang mit sich herum, ehe sie ihr Missverständnis erkennt.
Wenn die Kinder sich *durstig machen*, wird sie bereit sein, sich zu wehren.

*

Als Eatons neuer Katalog per Post aus Toronto eintrifft, dürfen sie mit dem alten spielen. Grania und Tress sitzen auf dem Flickenteppich, jede mit einer Schere von Mamo ausgerüstet. Vorsichtig lösen sie ganze Seiten aus dem Einband. Sie beginnen, ihre Familie auszuschneiden, wobei sie sorgfältig und genau um Hälse, Kinne, Ellenbogen und Zehen herumschnippeln. Die Damen, die sie bevorzugen, sind solche, die Schlüpfer und Hemden oder lange Röcke tragen. An diesen Modellen können andere Kleidungsstücke befestigt werden, sobald die Damen auf Pappe geklebt worden sind. Sie haben schmale Taillen und ausladende, hinten gerundete Hüften, und so entsteht der Eindruck, als ob die Damen jeden Moment nach vorn auf ihre makellosen, lächelnden Gesichter fielen. Die Damen müssen gestützt werden, um stehen zu können.
Die Schwestern machen ihnen winzige Kerben in die Hand. Dann geben sie ihnen Spiegel, damit sie sich betrachten können, und große Hüte mit nach oben gebogenen Krempen und seitlich wippenden Federn. Sie ziehen den Damen königlich wallende Abendkleider an, die über ihre Füße bis auf den Boden reichen. Handelt es sich um Reisedamen, werden sie mit Opossumcapes und Muffen aus Fuchspelz ausstaffiert. Oder mit Zobelkragen, die Kopf und Klauen haben, die sich durch einen Schlitz in der Mitte mit Rücken und Schwanz verbinden lassen, und daraus erhebt sich dann der Kopf einer Dame.

Sie legen ihren Damen Mieder mit breit geschnittenen Papierträgern an, damit sie auf den zarten Schultern halten; sie werden mit Spitzenbesatz und Schleifen verziert. Außerdem bekommen sie Stiefel für die Füße, ein Teeservice für ihre Rolle als Gastgeberinnen, Staubwedel, Fächer und Mangeln mit drei Walzen für die Wäsche der Familie. Da die Damen gezwungen sind, sich immer nur gerade auszustrecken, werden sie schräg auf Sofas gelegt und kriegen die längsten Betten. Sie schlafen nur hin und wieder, weil ihre Augen immer weit offen sind.

Den Damen werden – ohne eigenes Verdienst – komplette Familien zugeteilt. Da ist zuerst einmal ein Baby, das in ein langes Wickeltuch eingehüllt ist. Tress sagt, dass sie, wenn sie erwachsen ist, zwei Babys bekommen will, einen Jungen, der Pritchett heißen soll, und ein Mädchen mit dem Namen Jane. Als Nächstes schneiden sie Mädchen in weißer Unterwäsche aus, die jede Menge Petticoats, Kleider mit breiten Kragen und spitze Schuhe haben. Die Füße der Mädchen sind ständig im Begriff, irgendwo hinzugehen. »Sie gehen aus«, erklärt Tress Grania. In der immer größer werdenden ausgeschnittenen Familie gibt es manchmal einen Bruder und immer einen Mann.

Der Mann wird auf der Seite mit der Unterwäsche ausgewählt, dabei müssen die Schwestern immer wieder lachen. Die Männer auf dieser Seite sehen aus wie Muskelmänner vom Zirkus. Der kräftigste ist bis zum Kinn zugeknöpft; er trägt lange Unterhosen und steht auf schwarzen spitzen Zehen. Die Zehen sind so klein und spitz, dass es so aussieht, als könnten sie sein Gewicht nicht tragen. Aber er ist leicht anzuziehen: mit Zylinder und weiten Anzügen. Er bekommt eine Pfeife in die Hand, einen großen Koffer für die Reise, einen langen Mantel aus Bisam und eine Leiter zum Klettern, falls er Lust hat, draußen zu arbeiten. Sie halten das Gesicht des Mannes ganz nah an das der Frau und bringen die beiden dazu, sich einen Kuß zu geben, ein schnelles

Pappbusserl. Sie heben die Schulterplatten an und entfernen die Kleider wieder, so dass der Mann und die Dame einander in ihrer Unterwäsche anstarren. Der Mann heißt immer Oscar. Die Dame erhält nie einen Namen.

Manchmal hört Oscar nicht auf seine Dame. Um Oscar eine Lektion zu erteilen, geht die Dame allein auf Reisen. Für ihre Fahrt werden ihr ein Überseekoffer und eine Reisetasche zur Verfügung gestellt. Wenn Oscar mit seinen Kindern spricht, dann deshalb, weil er ihnen sagen will, dass sie mit geschlossenem Mund essen und sich gut benehmen sollen. Die Kinder, vor allem die Mädchen, gehorchen ihm, aber sie haben keine Ohren. Auch die Damen nicht. Nicht Granias Damen. Tress macht es nichts aus, wenn ein Ohr herausguckt, aber Grania sucht nur Mädchen und Damen aus, deren eingerollte oder gebauschte Haare ihre Ohren verdecken. Wenn ihr Haar hochgesteckt oder auf dem Kopf zusammengebunden ist, so dass ein Stück Ohrläppchen zum Vorschein kommt, lehnt Grania sie ab. Ihre Mädchen und Damen brauchen keine Ohren. Sie kommen »ohne« ausgezeichnet zurecht.

*

»Mutter«, ruft sie leise. »Mutter.«

Sie wiederholt das Wort verhaltener und hofft, dass die Stimme, die aus ihr kommt, nicht zu aufdringlich ist, hofft, dass sie Mutter ohne Ärger oder Ungeduld zu ihr bringen wird.

Grania ist heiß; das Haar klebt ihr an den Schläfen. Ihre Glieder tun weh; sie hat Halsschmerzen.

»Mutter.« Ein abgehackter Ruf, ein beständiger Code, der durch die Dunkelheit gesendet wird.

Tress taucht neben dem Bett auf. »Was ist los?« Sie macht ihr Geheimzeichen, *flache Hand schnellt hoch.* Sie blinzelt ins Dunkel. »Ist schon spät.«

»Mir ist schlecht. Mutter soll kommen.«
»Du musst lauter rufen. So hört sie dich nie.« Tress reißt den Mund auf und brüllt: »Muut-ter! Graw ruft dich!«
Aber nicht Mutter kommt, sondern Mamo. Mutter ist im Hotel und macht den Teig für die morgige Hühnerpastete. Die Arbeit im Hotel hört nie auf. Mamo ist diejenige, die den Ruf hört.
Mamo entfernt das Nachthemd von Granias Körper. Wäscht und beruhigt; bringt das Fieber herunter und bläst warmen Atem in Granias Ohr. Sie geht zu Tress hinüber und legt ihr die Hand auf die Stirn, aber Tress ist kühl und schläft tief. Es ist immer Grania, die sich Erkältungen oder *La Grippe* zuzieht, wenn die Bakterien herumschwirren. Das Scharlachfieber, durch das sie taub geworden ist, scheint sie geschwächt zu haben, hat sie für Krankheiten anfällig gemacht. Grania und Bernard sind die beiden, auf die man Acht geben muss. Bernard, jetzt siebzehn, wurde mit einer schwachen Lunge geboren. Die anderen beiden, Tress und Patrick, sind, wie ihr Vater sagt, kräftig wie zwei Ochsen im Joch. Tress, jetzt neun, hat von ihrer Mutter außer der hohen Stirn, den dunklen Augen und dem dunkelbraunen Haar auch deren Kraft geerbt.
Mamo denkt an Agnes als junges Mädchen – ein dunkeläugiges Mädchen, das auf Zehen lief, bevor es ging, das mit Begeisterung spielte und immer lachte. Ihres Vaters Tochter. Sein Glückskind, ihre Erstgeborene. Aber Wochen nachdem die Familie Irland auf dem Schiff verlassen hatte, musste Agnes mit ansehen, wie die eingehüllte Leiche ihres Vaters ins Meer glitt. Beim Abschied von Irland noch kräftig und gesund, fiel er auf dem Schiff dem Fieber zum Opfer, einem Fieber, das wie ein todbringender Floh auf den unteren offenen Achterdecks von einem Schlafenden zum anderen sprang. Das Laken war mehrfach um ihn geschlagen; die Mannschaft stand schweigend auf der einen Seite seines Leichnams und blieb dort, während auf der anderen Seite

eine Gruppe von Frauen, die Mamo kaum kannte, klagend betete. Sie standen den schweigenden Männern gegenüber, als wollten sie die Mannschaft mit ihren Klagen für das schlechte Essen und den dort unten herrschenden Mangel an frischer Luft sowie für die Wasserknappheit verantwortlich machen.

Mamo und Agnes standen zusammen, und der Nebel über dem Meer durchnässte ihre Haare, und keine von beiden gab einen Laut von sich. Ihre Hände lagen auf den feuchten Schultern der drei jüngeren Kinder. Mamo hielt das kleine Holzkreuz umklammert, das ihrem Mann gehört hatte, und nachdem seine Leiche in den dunklen Wogen versunken war, ging sie nach unten und legte das Kreuz in den großen O'Shaughnessy-Überseekoffer, und dort ist es seitdem geblieben.

Sie hatte ihrer ältesten Tochter an jenem Tag viel Kraft abverlangt. Und danach musste Agnes plötzlich Verantwortung tragen, mehr Verantwortung, als einem jungen Mädchen je hätte zugemutet werden dürfen. Mamo war sich dessen bewusst, aber ihr blieb kaum eine andere Wahl, da sie mit den drei Jüngeren Hilfe brauchte. Nach dem Verlassen des Schiffes hatten sie noch eine weitere Reise über Land vor sich, die wenig Aussichten verhieß – außer einem Vetter, den Mamo in Mystic, Quebec, hatte. Wenn sie überhaupt noch Hoffnung aufbringen konnten, dann war sie mit der Existenz dieses einen Verwandten verbunden.

Aber Agnes vermisste ihren Vater. Mamo konnte kaum selbst trauern, weil sie sich immer des unausgesprochenen Kummers ihrer ältesten Tochter bewusst war. Agnes hatte einer Witwe auf dem Schiff ein Stück schwarzen Stoff abgebettelt, sie zog und glättete es und schlang es sich um den Hals, ein ausgefranstes Band, das sie nicht ablegen wollte. Ihre Augen trübten sich; ihr Gesicht erstarrte in Erinnerung oder in einem Versprechen, das sie sich selbst gab. Wenn sie weinte, weinte sie, ohne dass Mamo es sah. Und dann, ein Jahr später, auf den Tag genau, löste sie den schwarzen Fetzen von ihrem Hals; sie verbrannte ihn und beendete die Trauer um ihren Vater. Aber sie lachte nicht mehr gern. Sie war nie mehr so, wie sie als Kind gewesen war.

Mamo konnte Herrenanzüge schneidern, und damit hielt sie die Familie am Leben. Schließlich traf sie die Entscheidung, nach Ontario zu ziehen, in die rasch aufblühende Stadt mit der einen großen Firma an der Bay of Quinte. Später, als Agnes Dermot O'Neill heiratete, beobachtete Mamo, wie ihre Tochter noch mehr Verantwortung auf sich lud. Zuerst mit der Geburt von Bernard und seiner schwachen Lunge; danach mit dem Verlust einer Tochter bei der Geburt und schließlich mit den Geburten der anderen drei. In der Zeit zwischen den Geburten von Grania und Patrick kaufte Dermot das Haus und das Hotel. Agnes hatte nie die Möglichkeit, eine Pause einzulegen. Wenn sie die Gelegenheit gehabt hätte, wäre sie vermutlich gar nicht dazu imstande gewesen. Mamo kann sich noch nicht einmal vorstellen, dass Agnes jemals sagen würde: »So, jetzt will ich mich mal ein bisschen ausruhen.«

Mamo weiß, dass Agnes sich Granias Taubheit nicht verziehen hat, dass sie sich das hohe Fieber immer zum Vorwurf machen wird. Weil sie die fünfjährige Grania in der Winternacht, als sie so krank war, über den offenen Gang in die Hotelküche mitnahm, um sie dort auf einem Feldbett bei sich zu haben und sie im Auge behalten zu können, während sie arbeitete. Aber der Scharlach war erbarmungslos. Granias Temperatur war immer höher gestiegen. Dr. Clark wurde gerufen und gab Anweisungen, das Kind abzureiben, ihm in ständigem Wechsel nasse Tücher aufzulegen: von der Leistengegend zu den Unterarmen, dann zum Bauch, zur Stirn und von dort zur Brust. Agnes' Hände, die die kühlen Tücher wringend aus dem Becken zogen, das eine hochnahmen und das andere niederlegten, fuhren auf dem Körper des Kindes herum, als wäre er ein Zifferblatt, Sekunde für Sekunde, Minute für Minute, Stunde um Stunde. Aber das Fieber sank nicht.

Seither ist Agnes hart zu sich selbst, aber was sie nicht erkennt, ist die Tatsache, dass sie auch hart zu dem Kind ist. Agnes will, dass das Kind hört, und das Kind wird niemals wieder hören.

Das sind die Gedanken, die Mamo beschäftigen, während sie an Granias Bett sitzt und vor sich hin döst. Sie ist immer noch in ihrem langen grauen Rock und der Strickweste über der hochgeschlossenen Bluse. Darüber hat sie eine blaugraue Schürze gebunden, deren breites Band hinten geknöpft wird. Mamo trägt nie Gelb. Gelb ist die Farbe der Ringelblume, der Blume des Todes. Sie hält Granias Hand und bleibt die ganze Nacht am Bett des Kindes. Sie träumt von Agnes und dem schwarzen Stofffetzen um ihren Hals. Sie ist überrascht, als Agnes, das Kind von früher, neben ihrem Stuhl steht und ihr unbeschwertes Lachen lacht. Mamo streckt die Hand aus, aber sie ist nicht schnell genug, und als sie aufwacht, ist es Granias Hand, die sie hält.

Jetzt erhebt sich eine andere Stimme in ihrer traumähnlichen Erinnerung. Es ist eine Stimme, die sie ein paar Tage vorher zufällig gehört hat, eine Frauenstimme; sie folgte Mamo, als sie mit Grania, die sie zum Einkaufen mitgenommen hatte, Hand in Hand aus Meaghers Laden ging. Die Tür schlug hinter ihnen zu, und die Stimme der Frau drang durch das Gitter in die Sommerluft. »Haben Sie gesehen, wie sie das Kind angeschaut hat?«, sagte die Stimme. »Oh, diese Liebe in ihrem Gesicht, als sie das arme taubstumme Kind ansah.«

*

»Erzähl mir die Feuergeschichte. Die Geschichte mit dem Namen. Bitte.« Sie sitzt mit Mamo auf der Hintertreppe vor der Waschküche. Jenseits der Treppe ist ein Stückchen Hof und

dahinter die Pferdekoppel. Rechts sind die Ställe. Über und hinter ihnen ist im oberen Stockwerk das Bullaugenfenster.
Mamo hat auch eine Vorliebe für die Geschichte mit dem Namen. Die Geschichte von Granias Geburt und wie sie zu ihrem Namen kam, am Tag des Feuers, des *Großen Brandes von 1896*, am Montag, dem fünfundzwanzigsten Mai, nach dem freien Wochenende, an dem Queen Victorias Geburtstag gefeiert wurde.
Mamo weiß nicht, wie viel Grania noch von der Zeit vor dem Scharlach in Erinnerung hat oder wie viel sie bei den Erzählungen von den Lippen abgelesen hat. Als der Scharlach dem Kind das Gehör nahm, verschwanden ganze Sprachfelder. Andererseits sind erstaunliche Reste geblieben. Ihr Gedächtnis ist außergewöhnlich, aber ihre Erinnerung an die gesprochene Vergangenheit lässt sich anhand der Muster und Kombinationen, die sie äußert, nicht erschließen. Ein Teil von dem, was sie zurückbehalten hat, scheint zufällig zu sein. Es ist, als wären manche Wörter mit Bedacht gehortet worden, während andere weggewischt wurden. Unterdessen ist Zeit vergangen, ohne dass sie mit der Schule begonnen hat. Aber seitdem sie aus dem *Sonntag*-Buch lernt, erkennt sie schon einzelne Wörter. Sie fängt tatsächlich an zu lesen.
»Die Geschichte, Mamo.«
»Ich habe einen Traum – einen Wachtraum. Weißt du noch, was das ist?«
Grania liest von Mamos Lippen ab und nickt. Es bedeutet Überraschungswörter, die zusammengesetzt sind wie wach und Traum. Wie Apfel und Auge, was sie sehr ulkig findet. »Du bist mein Augapfel«, sagt Bompa Jack, ihr Großvater, jedes Mal zu ihr, wenn er von der Farm zu Besuch kommt. Er hat ihr auch beigebracht: »das Pferd am Schwanz aufzäumen« und »den Löffel abgeben«, was noch lustiger ist als Apfel und Auge.
»Als wir zuerst im Jahr 1880 nach Deseronto kamen«, beginnt

Mamo die Geschichte, wobei sie die einzelnen Wörter genau artikuliert, »hieß es noch Mill Point. Ein Jahr danach erhielt es den Namen Deseronto. Lange bevor wir ankamen, hundert Jahre vorher, paddelten der Mohawk-Häuptling, John Deserontyon, und seine Mohawk-Männer in fünfzehn Kanus hierher. Sie verließen ihre Heimat am Mohawk River in New York und machten die lange Reise, weil ihnen der britische King George Land versprochen hatte. Die Mohawks wurden belohnt, weil sie im amerikanischen Krieg, der Unabhängigkeitskrieg genannt wurde, treu zu King George dem Dritten gestanden hatten. Später forderte der Enkel des Mohawk-Häuptlings zusätzliches Land nicht weit von hier, und das Dorf nahm seinen Anfang. Danach wurde das Dorf eine Stadt, und weil Häuptling Deserontyon ein großer Krieger gewesen war, wurde die Stadt nach ihm benannt.«

Mamo weiß nicht, wie viel Grania versteht, aber sie erzählt weiter. Grania schweigt, ihre Augen halten nach den Teilen der Geschichte Ausschau, die sie kennt.

»Mir erzählte ein Mann, nachdem ich das Schiff von Irland verlassen hatte, dass es hier für meine Söhne, wenn sie älter seien, Arbeit gäbe. Ich traf den Mann auf der Reise nach Mystic, und er erzählte uns von Mill Point. Er sagte, es sei schon auf dem Weg, eine wichtige Industriestadt zu werden – eine Rathbun-Stadt. Die Rathbun-Leute stammten aus New York, und sie waren mächtig und reich, und sie waren klug. Sie wussten, dass eine gute Stadt gute Arbeiter braucht. Als es für uns an der Zeit war umzuziehen, brachte ich meine Kinder hierher. Ich wollte nicht irgendwo hinziehen, wo es Landstreicher und Einbrecher und Wäschediebe gab.

Sie haben hier eine Eisenbahn gebaut, die Rathbuns. Und eine Lokomotivdrehscheibe. Und eine Eisenbahnwagenfabrik und Mühlen und die Kaianlagen für Dampfer, und sie brachten Kohle aus den Pennsylvania-Gruben hierher, die weite Strecke von Oswego in New York über den Lake Ontario. Die Kohle kam auf Schleppkähnen und Schiffen, die dann Bauholz wieder mit nach New York zurücknahmen.

Viele Leute zogen in die Stadt – mehr als fünftausend. Die Rathbuns brachten Elektrizität in die Stadt, und sie hatten die ersten beiden Telefone. Das war in demselben Jahr, in dem wir hierher zogen, nämlich 1880. Stell dir das mal vor!« Sie hält inne und denkt an das Gebrüll in den Kästen, die an Wänden hingen, an das ganze Durcheinander, das dabei entstand. Einer ihrer Söhne war bei seiner Arbeit als Spediteur gezwungen, das Telefon zu benutzen. Jetzt ist er Eisenbahninspektor und lebt in Toronto. Ihr anderer Sohn hatte an den Kohlerutschen gearbeitet, bis seine Lunge unter dem schwarzen Staub litt. Nach dem Großen Brand suchte er sich eine andere Stelle und ging fort, um in der in Tweed gebauten neuen Fabrik die Bücher zu führen. Man sagte, die Familie Purdy sei vielleicht daran interessiert, die Fabrik zu kaufen.

Grania forscht nach Wörtern auf Mamos Lippen, die sie kennt.

»Das Mehl, Mamo.« Das Wort Mehl kommt ganz hoch heraus, als ob sie sänge.

»Die Mühle hat gebrannt.« Mamos Finger werden zu Flammen.

»Wegen des Funkens …«

»Du machst Fortschritte. Es war der Tag, an dem du dich entschlossen hast, geboren zu werden. Der Dampfer …«

»*Reindeer!*«

»Ja, sein Name war *Reindeer*. Er befand sich in der Nähe der langen Schindelbrücke, und ein Mann behauptete, ein Funke sei herausgesprungen und die Schindeln aus Zedernholz hätten Feuer gefangen und das Feuer habe sich dann ausgebreitet. Aber am nächsten Tag sagte der Kapitän der *Reindeer*, der Funke sei gar nicht von seinem Schiff gekommen.«

Was auch die Ursache war, es gab jedenfalls überall stapelweise Holz, so weit das Auge reichte – Bauholz und Schindeln und Eisenbahnschwellen. Und der Wind war stürmisch, er blies von Südwest, als am Nachmittag um zwanzig Minuten nach drei das Pfeifsignal Alarm gab. In dem Augenblick brachen die Kricketspieler ihr Spiel ab und stürzten zu der Mühle aus Zedernholz.
Mamos Flammenfinger züngeln jetzt nach vorn und zur Seite. Die Flammen schossen quer über die Schienen und die Water Street, und danach brannten viele Gebäude, mehr als hundert, darunter auch die schöne katholische Kirche, die drei Jahre nachdem sie hierher gezogen war, auf dem Hügel gebaut worden war. Ein Mann kletterte in den Turm hinauf, als ein glühendes Kohlestück gegen die Außenseite schlug und stecken blieb. Er versuchte, das Feuer von innen zu ersticken, schaffte es aber nicht, und so musste er machen, dass er ins Freie kam. Innerhalb von Stunden war nur die Grundmauer des Gebäudes übrig geblieben, als Zeichen dafür, dass es überhaupt einmal existiert hatte. Father Hogan, der damals dort Pfarrer war, hatte sich an jenem Tag außerhalb der Stadt aufgehalten. Als er mit dem Vieruhrzug zurückkam, blieb ihm nichts anderes zu tun, als den Brand zu bezeugen. Gebete konnten die Flammen nicht aufhalten. Mamo bekreuzigt sich in Erinnerung daran, und dann bildet sie mit ihren Fingern einen Kirchturm.
»Die Kirche brannte, das Bauholz brannte, das ganze gute Bauholz auf den Kais.« Grania kann die traurige Klage nicht wahrnehmen, die Mamos Stimme nun erfüllt. Es hat auch noch andere Brände in der Stadt gegeben, früher und später, das stimmt schon. Aber an jenem Tag haben selbst einige von den Müllverbrennungsöfen gebrannt.
»Unser Haus hat nicht gebrannt, Mamo.«
»Nein, unseres nicht. Wir wohnten damals am anderen Ende der Stadt, weg von der Bucht. Das war, bevor dein Vater dieses Haus

und das Hotel gekauft hat. Bevor er mit der Familie in die Main Street zog – und ich mit euch gezogen bin. Aber deine Mutter, die wurde in der Nacht damals von dem Rauch geplagt, und dann hast du dich ja auch entschlossen, geboren zu werden.«

Mamo verstummt und sinnt über das Wunder des Lebens inmitten der Zerstörung nach. Nicht nur die Mühle – sie denkt an das vergeudete Mehl, Crown-Jewel-Mehl, an das ungebackene Brot, die Kuchen und Pasteten –, sondern auch das Kleiehaus, die Holzfabrik, das volle Getreidesilo, sie wurden alle Opfer der Flammen. Es stürmte, die Luft war erfüllt von fliegenden Trümmern, von glühenden Kohle-, Schindel- und Holzbrocken. Die Kaianlagen brannten bis zum Wasser herunter. Hohe bedrohliche Flammen waren meilenweit zu sehen. Schwarzer Rauch stieg zischend auf, und ein weites glühendes Rot stand am Himmel. Die Feuerwehrschläuche waren dreißig Stunden im Einsatz, ohne dass sie auch nur an einer einzigen Stelle geplatzt wären. Napanee schickte eine Feuerwehr und Männer; Belleville schickte Mitglieder seiner Feuerwehr; von Kingston kamen Männer mit einer Chatham-Spritze. Doch trotz all dieser Unterstützung, trotz der Ströme von Wasser, die auf die Mühle und die Dampfkessel und die chemischen Fabriken gerichtet wurden, trotz der Männer und Frauen der Stadt, die mit ihren Wassereimern versuchten, die Flammen einzudämmen, wurden die größeren Feuer erst gelöscht, als ein schwerer Regen einsetzte. Dennoch brannten Stapel von Klafterholz die ganze Nacht und erleuchteten den Himmel. Und durchweichter schwarzer Weizen schwelte noch tagelang in den Ruinen des Silos.

Der Regen begann am Montagabend um halb zehn, ein Sturzregen, der so gewalttätig war wie das Feuer selbst. Blitz und Donner vermehrten das Chaos und die Verwirrung und machten das Elend der Familien, die ein Dach über dem Kopf suchten, noch schlimmer. Die in den Straßen und Passagen zwischen

Gebäuden und vor brennenden Wohnhäusern aufgehäuften Möbel und Kleidungsstücke sogen sich voll Wasser. Wenn die mit Sturmstärke blasenden Winde sich gedreht hätten, wäre auch der restliche Teil der Stadt abgebrannt. Aber wie sich zeigte, gelang es den Bürgern, das Feuer auf den östlichen Teil zu begrenzen. Menschen kamen nicht um; das war das Wunder. Was die Tiere betraf, so wurden die Pferde weggebracht, so schnell die Männer sie entfernen konnten. Gegen Ende der Woche berichtete die *Tribune*, dass eine Zwerghenne und fünf Küken dem Inferno entkommen waren und am Deserontoer Kreuz gefunden wurden, wo ihr Besitzer sie wiedererkannte und in Besitz nahm. Der Redakteur war von der Geschichte angetan, aber Mamo, die andere Dinge erlebt hatte, hatte keine Zwerghenne oder Küken bemerkt.

Vielleicht war es ein Segen, dass so viele Leute die Stadt verlassen hatten, um den Feiertag gebührend zu begehen. Um acht Uhr morgens spielte die Citizens' Band einen schwungvollen Marsch, während sie zum Bahnhof zog, um eine Zugladung von Fahrgästen auf einem Ausflug zu der dreißig Meilen entfernten »Limestone City« von Kingston zu begleiten. Andere, die im Prince Edward County feiern wollten, machten die anderthalbstündige Dampferfahrt, die im Süden quer über die Bay of Quinte, dann die Long Reach genannte Strecke hinunter bis in den Hafen von Picton ging.

Granias Vater war einer von denen, die weggefahren waren. Er hatte sich mit Pferd und Wagen nach Norden begeben, zur Ninth Concession im Bezirk Tyendinaga, um die Farm seines Vaters zu besuchen. Er hatte Bernard und die zweijährige Tress mitgenommen. In seinem Wagen lagen Lebensmittel für seinen Vater und dessen Schwester Martha. Bompa Jack war Witwer, und die ebenfalls verwitwete Martha war auf die Pionierfarm zurückgekehrt, um künftig bei ihrem Bruder zu leben. Wegen ihres Zustands war Agnes mit Mamo in Deseronto geblieben. Und an diesem Tag im Mai hatte die Feuersbrunst fast alles östlich von Fourth und südlich von Dundas niedergewalzt.

Unbeholfen, wie Agnes am Ende ihrer Schwangerschaft war, hatte sie sich systematisch von Fenster zu Fenster bewegt, Läden geschlossen, nasse Handtücher auf den Boden gelegt, um die Spalten unter den Türen zu stopfen. Sobald sie sich ihrem Bett näherte, begannen die Wehen. Dr. Clark und seine Frau Mildred konnten in all der Not und Verwirrung nicht gefunden werden, und es blieb keine Zeit mehr, um noch jemand anderen zu rufen; so kam es, dass Mamo selbst Agnes' drittes Kind holte. Mamo war zwar keine Hebamme, aber sie war oft genug bei Geburten dabei gewesen, darunter ihren sieben eigenen in Irland, bei denen vier Kinder überlebten, und sie hatte zugehört und genau aufgepasst, und sie wusste, was zu tun war. Trotzdem war sie besorgt, weil Agnes beim letzten Mal, nach der Geburt von Tress, einen gefährlichen Blutverlust erlitten hatte.

Agnes nahm sie nicht mehr wahr, dessen war sich Mamo bewusst. Nicht, während sie von der eigenen Angst überwältigt im Bett lag, schwitzend und wirres Zeug redend, entsetzt beim plötzlichen Anblick des eigenen Blutes, entsetzt über ihr Unvermögen, den Schwall aufzuhalten. Gleichzeitig wusste sie jedoch, dass sie das Leben, das außerhalb von ihr beginnen wollte, herauspressen musste. Ihre Wehen dauerten glücklicherweise nicht lange. Aber ihre Haut wurde blass und farblos, und Mamo erschrak angesichts des Kontrastes, als das rotgesichtige Neugeborene, das sie an den Füßen nach unten hielt, seine kurzen ersten Atemzüge herausschrie. Das Baby beruhigte sich und atmete gleichmäßig, und seine Haut nahm eine natürlichere, rosige Farbe an. Mamo durchtrennte die Nabelschnur und band sie mit einer sauberen weißen Binde ab. Sie schlug ein Tuch um das glatthäutige Baby mit den winzigen Füßen und hellen Wimpern und dem dichten roten Haar – so dicht wie das Haar eines sechs Monate alten Kindes und so rot wie ihr eigenes, als sie eine junge Frau war –, und in dem Augenblick fühlte sie, wie das Kind ihre Nähe suchte. Wie die Lebenskraft dieses kleinen Wesens sich zu ihr hinbewegte, wie ein Keil fallenden Holzes, das geradewegs auf ihr Herz zielte. Agnes lag erschöpft auf dem Bett und hustete, weil der Rauch, der über der Stadt hing, ihre Lunge reizte. Die Lunge des Babys schien davon überhaupt nicht beeinträchtigt. Die Nachgeburt glitt in die Schale, die Mamo bereithielt, und in dem Moment begann Mamo zu beten. Sie betete im Stillen, dass Agnes infolge der Blutung nicht ihr Leben verlieren möge. Durch die weiche Bauchdecke ertasteten ihre angewärmten Hände die Wölbung des weit oben liegenden Fundus. Sie wartete und tastete erneut, wobei sie versuchte, ihre Angst nicht zu zeigen. Als sie spürte, dass die Wölbung sank, dass sie ein wenig härter wurde, betete sie wieder, ihre Tochter möge am Leben bleiben. Aus der Kehle des Babys drang ein leiser Laut, als wollte es sie daran erinnern, dass es da war.

»Gib du ihr den Namen, Mutter«, sagte Agnes. »Du hast ihr ins Leben geholfen. Du gibst ihr den Namen.«

Mamo überlegte nur eine Sekunde. *Gráinne.* Aber Nicht-Iren würden nicht wissen, wie der Name ausgesprochen wurde, wenn sie ihn geschrieben sähen. »Wir werden ihn in der englischen, der kanadischen Form schreiben«, erklärte sie Agnes. »Grania.«

Während sie sprach, sah sie, wie Agnes wieder Farbe bekam. Sie sah die Röte durch ihre Wangen schimmern, und sie spürte das Wohlgefühl im Zimmer. Agnes fiel in einen tiefen Schlaf.

»Mamo?« Granias Finger klopfen leicht auf ihren Ärmel.

»Ich hab dich so genannt, weil dein Name Liebe bedeutet. Ich habe die Liebe gespürt, die da auf mich zukam. Von dir zu mir und wieder zurück.« Mamo macht das Zeichen für »Baby«, indem sie ihre Arme wiegt. Sie lässt ihre Finger trippeln, um zu zeigen, wie die Liebe in ihr Herz einzog und zwischen ihnen hin und her ging.

»Haben meine Ohren gehört, als ich noch ein Baby war?« Grania kennt die Antwort schon.

»Deine Ohren konnten jeden Ton hören. Ich habe dir damals in der ersten Nacht was vorgesungen und viele Nächte danach. Du hattest gern, wenn ich sang: I don't want to play in your yard. Dieses Lied gefiel dir am besten.« Mamo singt die Titelzeile beim Sprechen vor sich hin und nickt, während sie sich erinnert. *Ja.*

Grania mag diesen Teil am liebsten, die Namensgebung und die hörenden Ohren und das Lied, und besonders die Liebe, die wie Finger zwischen ihnen hin und her trippelt.

»Gro – nii – a!«, ruft sie, lauter, als sie sollte. Mutter kommt an die Tür der Waschküche und sieht zu den beiden herüber. Mamo weiß, dass sie da ist, sie hat die Schritte hinter ihrem Rücken gehört. Grania weiß auch, dass Mutter da ist, weil sie es an Mamos Gesicht erkennen kann. Keine von beiden dreht sich nach ihr um.

»Ich erzähl ihr gerade die Geschichte von ihrem Namen«, sagt Mamo zu ihrem Rücken. »Wieder einmal.«

Und Agnes, die die Geschichte gut kennt, weil es auch ihre Geschichte ist, wird von den eigenen Erinnerungen überfallen, als sie hinter ihnen an der Waschküchentür steht. Sie erinnert sich an die anhaltende tiefe Angst während ihrer Schwangerschaft und wie sie sich auflöste in der unerwarteten Welle von Kraft und Glück, die sie durchströmte, nachdem das Kind geboren war.

Es war die Nacht des Großen Brandes, und sie weiß noch, dass sie Atemnot hatte, und dann die Freude beim Anblick ihres rothaarigen Kindes. Ihr Mann war fort und auch dann noch nicht im Haus, als Grania geboren war. Ein Gefühl von Leere. Und danach das Milchfieber, das ihr wochenlang zusetzte; und dann die Arbeit, der Umzug ins Hotel, drei Kinder zu versorgen – trotz der Hilfe von Mamo –, Erschöpfung, wieder Angst bei einer weiteren Schwangerschaft, sie überlebt Patricks Geburt, und dann Granias Krankheit, der kalte offene Durchgang im Winter, der Scharlach, der dem Kind das Gehör raubt. Granias Taubheit hatte Agnes verschuldet. Sie konnte nichts anderes tun als sich in die Arbeit stürzen; es gab immer Arbeit. Dies alles fegt den Anflug von Glück in Sekunden hinweg.

Mamo hört, wie sich die Schritte ihrer Tochter entfernen.

»Mehr«, sagt Grania. »Mehr von der Feuergeschichte, Mamo.«

Aber Mamo will heute nicht weiter in die Vergangenheit zurückgehen. Stattdessen sagen ihre Lippen: »Montagskind.«

»Schön von Angesicht«, sprudelt Grania hervor – ein Vers, den sie einmal auswendig konnte.

Mamo sieht sie an und lächelt, aber sie ist nicht überrascht. Sie sagt nur: »Ah, es ist noch da.«

Was sie Grania nicht beschreibt, ist die Flut der Bilder, die sie jetzt überkommt. Ehe Agnes' Wehen begannen, hatte sich Mamo einen Schal um die Schultern geworfen und war durch Wind und staubige Straßen schnellen Schrittes in den östlichen Teil der Stadt gegangen, weil sie dachte, sie könne dort vielleicht von Nutzen sein. Eine unnatürliche Dunkelheit schwebte, während sie ging, wie eine tiefe Wolke über ihr. Schornsteine am Hafen waren zusammengebrochen; Drähte waren ineinander verhakt; ein Durcheinander von Truhen und Stühlen, Matratzen und allen möglichen Utensilien verstopfte die Straße. Sie sah einen Nachttopf, in dem ein Kerzenleuchter steckte. Sie erinnert sich an Frauen, die in ihren Röcken mit den Männern zusammen auf die Dächer stiegen; alle schütteten eimerweise Löschwasser aus – die Eimer wurden ihnen von unten heraufgereicht –, aber ihr Kampf war aussichtslos. Ein Mann mit einem verdreckten

Hahn unter dem Arm streifte sie, der reglose Hahn hatte kleine glänzende Augen, seine Federn waren schwarz versengt. Als Mamo in die Second Street kam, entdeckte sie einen Mann, den sie aus der Kirche kannte, Mr. O'Reilly. Den Mund zu einem »O« geformt, floh er aus seinem brennenden Haus; er trug einen Porzellanteller, auf dem drei Kartoffeln lagen. Sie streckte ihm die Hand hin, aber er wandte sich ab und balancierte den Teller, während er vorbeieilte und seinen Weg zur Anhöhe hinauf fortsetzte. Der Teller war der einzige Gegenstand, den er aus seinem Haus mitgenommen hatte. Als sie sich umdrehte, sah sie ihn oben auf dem Hügel auf der Erde sitzen, über den Teller mit den Kartoffeln gebeugt, als wäre dies der kostbarste Schatz, den er aus dem Feuer dieses Tages gerettet hatte.

Auf der Thomas Street musste Mrs. Hunter, die schottische Mrs. Hunter, deren Gesicht und Arme schwarz von Ruß waren, mit Gewalt von ihrem brennenden Haus fern gehalten werden; davor standen Nachbarn in einer Reihe, während Männer und Frauen vergeblich versuchten, die Flammen unter Kontrolle zu bringen. Mrs. Hunter, die hinter der Linie der Nachbarn hin und her lief, brach in verzweifeltes Jammern aus, als plötzlich knallende Geräusche aus ihrer brennenden Vorratskammer zu hören waren. Der erste dumpfe Knall sowie die Serie der nachfolgenden Knalle stammten von Einmachgläsern, von denen jedes einzelne seinen eigenen Ton zu dem bizarren Rhythmus beitrug. Am Rande eines Infernos, das die halbe Stadt bedrohte, reagierte Mrs. Hunter auf jede neue Explosion aus der Vorratskammer mit einem neuerlichen jammernden Aufschrei. »Oh, meine Chilisoße!«, klagte sie. »Oh, meine Pflaumengläser!« Bei jedem Knall sank sie tiefer in die Hysterie. Die Tatsache, dass es ihr gelungen war, ihre sieben Kinder in Sicherheit zu bringen, bevor ihr Mann vom Hafen heraufgerast war, wurde nicht erwähnt. Ebenso wenig die Tatsache, dass Wände eingestürzt waren, dass jedes

Möbelstück ruiniert war, die Kinderbetten zu Asche verbrannt. Während die Explosion jedes einzelnen Einweckglases zu hören war, konnte Mrs. Hunter nur noch stöhnen: »Oh, meine Stachelbeermarmelade!« Vielleicht, so dachte Mamo damals, erinnerte sich Mrs. Hunters Körper noch an die zermürbende Arbeit vom vorausgegangenen Herbst. Wie er über den Herd gebeugt war und die schweren Einweckgläser mit Zangen aus dem brodelnden, dampfenden Topf hob, der nun geschmolzen war.

Aber das schlimmste der Bilder, die Mamo jetzt in den Sinn kommen, ist das von den Pferden. Drei betrunkene Männer – es war leicht zu erkennen, dass sie betrunken waren – saßen nebeneinander gezwängt auf einem breiten Wagen, und sie peitschten mit entsetzlicher Brutalität auf zwei Pferde ein und zwangen sie die enge Straße hinunter, zwischen Reihen brennender Häuser hindurch. Die Angst der Tiere war schrecklich mit anzusehen, und Männer und Frauen schrien, um die betrunkenen Männer zum Einhalten zu bewegen. Das geschah alles in Sekundenschnelle – tobende Flammen, das Klappern des Wagens, die schweren Gäule, geschlagen, dass ihnen der Schaum um die Mäuler stand, die holpernden Holzräder zwischen den Flammen –, aber so schnell es auch ging, Mamo vergaß es nie. Auf ihrem Heimweg durch dieselben Straßen war sie nicht überrascht, als sie auf eines der Pferde stieß: tot. Der massige Körper mit seinem glanzlosen Fell ragte jäh wie ein dunkler Hügel zwischen Straße und Gehsteig auf. Wahrscheinlich war es aus Angst gestorben. Sein Herz war stehen geblieben. Sie hat den Anblick, die Grausamkeit der Männer, nie vergessen.

In der Nacht, nach Agnes' Entbindung und Granias Geburt, in der die Stadt infolge des Feuers lose Trümmerteilchen ausspie, in der man für Menschen ohne Obdach Betten organisierte, in der Plünderer auf der Straße aus den Truhen der Opfer Geldbörsen stahlen und Farmer aus dem weiten Umkreis kamen, um zu helfen, in der Nacht hatte niemand das Bedürfnis, Onkel Am zu rufen, der sonst immer nach jeder Geburt kam und rundum in den Zimmern, oben wie unten, eine Zigarre paffte, um das Haus von den Ausdünstungen der Geburt und dem Blutgeruch zu befreien. Und es war auch nicht nötig, Verbandszeug auf dem Holzfeuer zu verbrennen, wie es die Hebammen bei ihrer gründlichen Reinigung machten – nicht, wenn die halbe Stadt schwelte.

Als Agnes' Mann, Dermot, sich auf seiner Rückfahrt mit Bernard und Tress der Stadt näherte, drangen Rauch und feine Aschepartikel in seine Lunge, und während er seine Pferde antrieb, beobachtete er ein unnatürliches Glühen am Himmel, das aus meilenweiter Entfernung kam. Sein Herz krampfte sich zusammen. Bei dem Sturm war er gezwungen, am Rande der Stadt unter dem Dach eines verlassenen Schuppens Schutz zu suchen, und danach mussten sich die Wagenräder durch tiefen Schlamm arbeiten. Er wollte die Pferde nicht gewaltsam antreiben. Als er seine Kinder endlich nach Hause brachte, fand er dort eine neugeborene Tochter vor, die auch schon einen Namen hatte, und eine Stadt, die zur Hälfte verschwunden war. Den Geruch von glühender Kohle und Asche sollten er und alle anderen noch Tage und Wochen in der Nase haben.

Fremde reisten von weit her an, um mit Gemurmel auf die Ruinen und Trümmer zu starren: Fünfhundert Leute trafen von Napanee ein; ein extra eingesetzter Ausflugsdampfer kam aus Picton; siebzig Radfahrer aus Kingston rollten an einem Tag in die Stadt und dreihundert am Tag danach. Am Freitag – es war der fünfte Tag nach dem Brand – reiste ein Zwerg mit dem Zug an und stolzierte auf seinen kurzen dicken Beinen die mittlere Main Street entlang, um sich die Verwüstung anzusehen. Scharen von Kindern folgten ihm und riefen jedem, der vorbeiging, zu, dass er aus Toronto gekommen und gebürtiger Engländer sei. Nach dem Auftritt des stolzierenden Zwergs trafen laufend neue Besucher ein, um zu glotzen, und einige, um zu helfen, als die Bewohner aufräumten und aufbauten und versuchten, ihre Geschäfte und Häuser zu renovieren. Aber trotz all der gründlichen Reinigungsarbeiten später im Sommer legte sich – besonders nach Regen – immer noch der drückende Geruch nach verkohltem Holz schwer über die Stadt.

# KAPITEL 2

*»Wenn dein Freund ›Bier‹ sagt, und du verstehst ›mir‹ oder ›Pier‹, so ist das völlig korrekt, denn du hast die richtigen Bewegungen gesehen. Mach dir keine Gedanken darüber, dass du den Unterschied nicht erkennen kannst.«*

Lessons in Lip-Reading

Grania tritt aus dem Haus, läuft die schräge Holzrampe des Gehwegs hinunter, überquert neben Tress die trockene Straße und geht auf der anderen Seite auf die Planken. Als diese aufhören, geht sie am Straßenrand weiter, wo die Erde fest und geriffelt ist. Während sie ihre Schwester genau beobachtet, imitiert sie jede ihrer Bewegungen: wie Tress ihre Schultasche mit den breiten Riemen trägt, wie sie ihre Arme hält.

»Hör auf«, sagt Tress. »Mach mir nicht alles nach.«

Aber Grania kann nicht aufhören. Sie muss das wissen, was Tress weiß. Tress ist ihre Dolmetscherin, ihr Sicherheitsnetz. Tress wird die leeren Stellen ausfüllen, wenn sie Botschaften aus der Furcht erregenden Welt empfängt, zu der sie auf dem Weg sind und die *Schule* heißt.

Tress zuckt mit den Schultern und geht immer weiter, aber dieses Mal wendet sie sich Grania halb zu. Ihr Oberkörper dreht sich zur Seite, so dass Grania ihr Gesicht sehen und von ihren Lippen ablesen kann. In ihrer eigenen Sprache und mit zusätzlicher Mimik geht sie noch einmal die Regeln durch – obwohl die Regeln schon unzählige Male zu Hause erklärt worden sind.

»In der Reihe aufstellen, erstes Klingeln. Die Mädchen auf der einen Seite, die Jungen auf der anderen.«

»Ich hör die Klingel aber nicht.«

»Das Mädchen, das Aufsicht hat, hält die Glocke. Sieh auf ihre Hand. Lauf zu den Türen.«

Obwohl Tress die Tasche hält, lässt sie ihre Finger auf dem anderen Arm rauf- und runterlaufen. »Häng deinen Mantel an einen Haken im Garderobenraum. Sieh die anderen an. Mach das, was sie machen. Schau die Lehrerin an. Wenn sie deinen Namen aufruft, sag: *Hier.*«

»Ich weiß aber nicht, wann.«

»Guck auf mein Gesicht. Ich werde nicken, und du sagst: *Hier*, schnell, schnell.«

»Hierhier«, sagt Grania zur Übung. »Was ist, wenn *du* nicht da bist?«

»Schau auf das Kind, das vor dir auf der Liste steht. Ich sag dir noch, wer das ist.«

Es gibt noch mehr. »Nicht flüstern oder reden.«

»Ich red mit dir.«

»Ich bin bei den älteren Mädchen. Da darfst du nicht hin. Wir können in der Pause reden. Kenan wird da sein, aus meiner Klasse. Du kennst Kenan doch. Und Orryn ist auch da; er ist vielleicht in deiner Reihe.«

Grania denkt jetzt nicht an Kenan und Orryn, ihre Freunde, die in der Mill Street in Nachbarhäusern wohnen. Sie weiß, dass sie da sein werden. Im Augenblick möchte sie noch einmal die Liste durchgehen – was erlaubt ist und was nicht.

Tress ist noch nicht am Ende. »Beim Rechnen darfst du nicht

mit den Fingern abzählen. Die Lehrerin kann Zählen mit den Fingern nicht ausstehen. Sie hat immer einen Maßstock in der Hand, aber sie schlägt nicht.«

Grania hat das meiste davon nicht mitbekommen – bis auf das *Schlagen. Schlagen* hat sie nicht in Erwägung gezogen. Auch über das Rechnen hat sie nicht nachgedacht, obwohl Bernard ihr hilft, Münzen zu zählen, wenn Vater gelegentlich nicht im Hotel ist. Grania schleicht dann um die Ecke und in die geschlossene Bar, und Bernard unterbricht seine Arbeit und öffnet die Schublade der Registrierkasse und lässt sie Kupfergeld zählen, Fünfcentmünzen, Zehner und Fünfundzwanziger. Manchmal schenkt er ihr eine Fünfcentmünze. Die kann sie zu Meaghers Laden mitnehmen und was dafür kaufen.

»Wenn du was trinken willst« – Tress macht ihr eigenes Zeichen für Wasser, sie tippt an ihre Lippen –, »gibt es da einen Kühlbehälter.«

Granias Kopf ist nahe daran zu platzen. Tress weiß all das, was sie nie wissen wird.

»Wenn du an die Tafel gerufen wirst, liegt die Kreide auf dem Rand.«

Ist das mal etwas Vertrautes? Gibt es da eine Tafel wie die, die sie in ihrem Kopf hat? Jedes Wort, das sie mit Mamo gelernt hat, steht mit seinen Windungen vor der weißen, glänzenden Fläche ihrer Fantasie. Sie hat Mamo nie davon erzählt. Oder Tress. Und sie hat ihnen auch nicht erzählt, dass jedes Wort, das sie auf dieser Fläche sieht, aus Buchstaben besteht, die aus einem Seil gemacht sind – einem gedrehten gelben Seil.

Die Tafel in der Schule – das sieht sie sofort an ihrem ersten Tag – ist nicht weiß, sondern schwarz. Sie erstreckt sich über die Stirnwand des Klassenraums und über eine Seitenwand. Darauf stehen Zahlen und Summen und Wörter und Zeilen, und am Ende des Tages ist sie nass und glänzt und trocknet ungleichmäßig, wenn die Aufsicht sie abgewaschen hat. Ein Alphabet aus Pappe verläuft in der richtigen Reihenfolge am oberen Tafelrand. Grania kennt die Buchstaben genau, denn schon vor langer Zeit, nach dem Scharlach, haben sie und Mamo zu Hause ihr eigenes Alphabet in Druckbuchstaben geschrieben und ausgeschnitten. Jetzt druckt Mamo in die Luft, das heißt, ihr Zeigefinger formt Wörter neben ihr, als ob die Luft ein Blatt Papier wäre, das Grania sehen müsste. Die Wörter sind unsichtbar, aber Grania sieht sie doch. Mamo hat immer Großbuchstaben gedruckt, aber in den vergangenen Wochen hat sich das Drucken in Schreiben verwandelt. *Luftschreiben* nennen sie und Grania es. Mamo dreht sich mit dem Oberkörper zur Seite, wenn sie die Botschaft in die Luft schreibt, damit Grania keine Spiegelschrift lesen muss.

Ein Schaubild mit Vokalen hängt im Klassenzimmer an der Wand. Am ersten Tag bilden die Kinder die Laute: Ee – Ii – Aa – Oo – Uu. Grania verfolgt ihre Lippen- und Halsbewegungen, während sie im Chor sprechen. Aber Vokale sind, wie sie schnell merkt, unberechenbar. Sobald sie sich innerhalb von Wörtern bewegen, ist ihnen nicht zu trauen, weil ihre Aussprache sich ständig ändert.

Grania wird nie an die Tafel gerufen. Sie sitzt an ihrem Pult, eins von neunundzwanzig Kindern, in einem Klassenzimmer, in dem ein Holzfeuerofen steht, der an vier Seiten von einer zaunartigen Holzbarriere umgeben ist. Die anderen achtundzwanzig Kinder teilen sich jeweils zu zweit ein Pult. Grania sitzt allein und beobachtet, wie sich die Münder und Lippen und Zungen bewegen. Ihre Lehrerin, eine dralle junge Frau mit einem runden Gesicht und kleinen spitzen Zähnen, lächelt sie am ersten Tag an und führt sie an der Hand zu ihrem Platz, aber danach hat sie keine Zeit mehr, in Granias Richtung zu blicken. Wörter fliegen durch die Luft und sinken nieder: starr und tot.

Nur die Überschriften, die Grania zu Hause mit Mamo gelernt hat, drehen ihre Runden, bewegen und verändern sich in ihrem Kopf. Das hat sie von Mamo, das Geschenk der Bilder und Wörter, der gelernten, der erinnerten und gespeicherten. An der Tafel erkennt sie Wörter wieder, die ihr schon bekannt sind, aber sie lernt wenig neue dazu. Stattdessen sitzt sie an ihrem Platz und unterhält sich still mit den Überschriften aus dem *Sonntag*-Buch, die sie innerlich an sich vorbeiziehen lässt, all die, die sie abends mit Mamo übt. Sie dreht und wendet jeden Buchstaben und verknüpft die Wörter mit einem gelben Seil.

*Segne sie beide, sagte Granny Moore.*

*Sag das Losungswort, sag das Losungswort.*

*Hol sofort einen Arzt.*

*Was soll nur aus uns werden? fragte Dulcie.*

*

Es gibt ein Wörterbuch hinten im Klassenzimmer, auf einem Bord über dem Wasserkühler. Wochen nach Schulbeginn bringt Grania genügend Mut auf, um sich in der Pause auf die Zehenspitzen zu stellen und das Buch herunterzuheben. Es ist schwerer, als sie es sich vorgestellt hat. Ihre Arme sinken herab, als sie es auf einem niedrigeren Brett abstützt und aufschlägt. Sie findet die Seiten mit dem Buchstaben »G« – dem Buchstaben, mit dem ihr Name beginnt. Spalte auf Spalte und Seite um Seite sind mit G-Wörtern gefüllt, Hunderte mehr, als sie zählen kann. Ihr Finger gleitet von einem Wort zum anderen, runter und rauf und wieder runter.

Grania hat Fragen zu all diesen Wörtern. Sie fließt über von Fragen, aber es ist keiner da, dem sie sie stellen könnte. Als die Klingel wieder ertönt, hält die dralle Lehrerin mit den spitzen Zähnen eine Stunde über Hauptwörter. Sie schreibt in Druckschrift eine Reihe von Hauptwörtern an die Tafel und zeigt mit ihrem Maßstock auf jedes einzelne Wort: *Pult, Baum, Pferd, Regen.* Sie dreht sich um, blickt über die Gesichter der Kinder und lächelt, als wären in diesen vier Hauptwörtern außerordentliche Geheimnisse verborgen. Jedes Wort enthält einen Vokal. Die Lehrerin kehrt ihnen wieder den Rücken zu. Grania beobachtet, wie zu der Reihe immer mehr Wörter hinzukommen, aber sie hat keine Ahnung, wie sie klingen.

Nach der Schule holt Grania Carlow und nimmt ihn mit hinter das Haus, wo sie sich auf die Treppe setzt. Carlow wird jetzt groß. Grania ruft Befehle, damit er sie versteht und ihr gehorcht.

»Ee«, ruft sie, und Carlow wedelt mit dem Schwanz.

»Ii«, ruft sie, und Carlow sitzt.

»Aa«, und Carlow springt auf sie zu und leckt ihr die Hand.

Grania vermischt die Laute: Ju und O und Ai und Eei, und sie wirft auch noch Ch- und Sch-Laute ein, und Carlow weiß, was er zu tun hat. Carlow versteht Granias Stimme.

An den Abenden hilft Mamo ihr. Ihr langer Zeigefinger bewegt sich langsam in senkrechten Strichen; ihr Handgelenk hüpft auf und ab, um den Raum zu füllen. »Knie«, sagt sie. »Klingt wie ›nie‹.« Sie zeigt auf ihr Knie und schreibt durch die Luft: K-n-i-e, um zu zeigen, wie das »K« sich listig einschleicht. Das »K« hängt immer noch in der Luft, nachdem Mamos Finger schon aufgehört hat zu schreiben.

»Such ein kleines Wort in einem großen«, sagt Mamo. Sie streckt die Hand nach dem *Sonntag*-Buch aus und wählt eine Seite, auf der nur ein Wort unter dem Bild steht.

»Sandstrand.« Mamos Finger zeigt unter das Bild mit zwei am Strand spielenden Kindern. »Mach aus dem Wort zwei. Der erste Teil ist ›Sand‹. Jetzt fügst du ›Strand‹ hinzu. *Sandstrand.*« Mamo bildet *Sand* mit ihren Lippen.

Grania kennt Mamos Lippen ganz genau – geschmeidig und deutlich sind sie, aber nie extra langsam. Sie erforscht das Wort, während es fällt. Sie sagt »Sand« und »Strand«, immer und immer wieder. Sie dreht das Wort zu einem gelben Seil und hebt es in ihrem Gedächtnis auf. *So klingt es.*

Jetzt betrachtet sie das Bild auf der Buchseite. Das Meer ist irgendwo, wohin sie gern einmal fahren würde. Das Meer ist ganz anders als die Bucht. Auf die Bucht von Quinte kann sie jeden Tag von ihrem Schlafzimmerfenster aus sehen. Aber der Strand, den sie im Sinn hat, ist nicht der, auf den Mamo jetzt mit dem Finger weist; es ist ein anderer, den Grania am Ende des Buches entdeckt hat.

Auf dem Bild dort steht ein Mädchen in einem Kleid mit Schärpe und einem schicken Hut mitten in den Wellen, die bis über seine Knie schwappen. Es fällt schon zur Seite, aber kurz bevor es untergeht, wird es von einem Fischer gerettet. Oder vielleicht ist er Leuchtturmwärter – ein Licht blinkt von einem Turm auf einer Klippe hoch über dem Strand. Der Mann hat einen Bart und eine Seemannsmütze, so ähnlich wie die, die der bärtige Kapitän auf dem Einband des Buches trägt. Es ist deutlich, dass der Mann mit Riesenschritten durch das Wasser geht und dass er fest entschlossen ist, das Mädchen zu retten. Er streckt seine Arme aus und stützt sie, als sie fällt. Aus Gründen, die Grania nicht erkennen kann, scheint das Mädchen – die Augen flackernd vor Angst – nicht imstande zu sein, sich selbst zu helfen. Grania mustert das Mädchen neugierig.

Mamo hilft mit der Überschrift: DAN FING DAS KIND IN SEINEN ARMEN AUF.

Wenn Dan die Arme nun nicht ausgestreckt hätte, wäre das Mädchen dann immer tiefer in die Wellen gesunken? Hätte sie sich dann wieder an die Oberfläche gekämpft? Großvater O'Shaughnessy liegt unter dem Meer, aber das ist etwas anderes. Mamo hat ihr die Geschichte vom Großvater erzählt, der auf dem Schiff starb, nachdem sie das schöne Land, das Irland heißt, verlassen hatten. Damals wurde Mamo Witwe. Ein Laken wurde um den Körper des Großvaters gewickelt – mehrfach rundherum. Gebete wurden gesprochen, und er wurde am Schiffsrand fallen gelassen und auf hoher See bestattet. Frauen klagten, aber Mamo nicht, Mutter auch nicht. Ihre Trauer war stumm. »Manche Trauer ist so groß, dass man sie in sich verschließen muss«, hat Mamo ihr erklärt. Großvater ist jetzt unter Wasser, irgendwo im großen Ozean.

Als Grania allein ist, geht sie an die Schublade in der Kleiderkammer, in der ihre ausgeschnittenen Figuren liegen, und sie holt ein ohrloses Mädchen heraus, das so aussieht, als wäre es in ihrem Alter. Sie löst die Schulterklappen an der Autojacke des Mädchens und die Klappen an der Taille eines langen Rockes mit großen Knöpfen. Anschließend nimmt sie sich die Reste des übel zugerichteten, zerschnittenen Katalogs von Mr. Eaton vor und sucht so lange, bis sie das Bild findet, von dem sie weiß, dass es dort ist. Es ist der einzige Badeanzug für Mädchen oder Damen im ganzen Katalog. Auf den ersten Blick ist schwer zu erkennen, dass es sich überhaupt um einen Badeanzug handelt, abgesehen von der gezeichneten Szene hinter dem Mädchen, das den Badeanzug trägt. Da sind geschlängelte Wellen für das Meer und Sand und winzige Figuren, die vor einem scharf gezogenen Horizont sitzen oder spielen.

Grania schneidet den Kopf des Mädchens ab, weil ein Ohr etwas hervorguckt. Sie schneidet um den Hals, den Matrosenkragen, die kurzen Puffärmel, die enge Taille herum. Sie braucht nur den Badeanzug. Das Baderöckchen reicht bis zu den Knien, wo es auf die langen schwarzen Strümpfe des Mädchens trifft. Grania lässt die Strümpfe ganz außer Acht und schneidet die Beine des Mädchens weg. Sie lässt genug Raum für die Klappen an den

Schultern, hebt den Anzug heraus und passt ihn genau ihrem eigenen ausgeschnittenen Mädchen an.
Ihr Mädchen wird zum Sandstrand gehen. Ihr Mädchen ohne Ohren. Es wird den ganzen Tag spielen, wenn es will; es kniet im Sand und lässt ihn durch die Finger gleiten; es watet in die unruhigen Wellen, hält den Atem an und taucht unter; es öffnet die Augen und spürt den Druck des Wassers von oben. Niemand wird das Mädchen sehen oder wissen, wo es ist. Wenn sie wieder an die Oberfläche möchte, steigt sie im gleichen Moment hoch und taucht zwischen den Wellen auf, so wie die Pappköpfe der Damen aus den Zobelkragen hervorschauen.
Grania bewegt das Mädchen hin und her und übt das Wort »Sandstrand«, indem sie es seitlich in den ohrlosen Pappkopf singt. Nachdem sie das Mädchen und den Badeanzug in die Schublade gelegt hat, setzt sie sich auf den Bettrand und singt das Wort in die eigene Mundhöhle. Sie bildet mit ihren Wangen eine Form darum. Eines Tages wird sie alle Wörter im *Sonntag*-Buch sprechen können. Sie wird Atmung und Bewegung jedes einzelnen Wortes lernen. Wenn sie einen Fehler macht, wird sie es noch einmal versuchen. Sie wird es üben, bis sie jeden Laut kann.
Aber Wörter *haben* keinen Laut. Nicht für Grania. Nur Gefühl, wie sie sich in ihrem Mund bilden und gegen die Innenseite ihrer Kehle vibrieren.

*

»Du solltest in einer Schule sein, die extra für taube Kinder ist«, erklärt Mamo ihr. »Du verlierst Zeit. Da würdest du Neues lernen. Es gibt eine besondere Schule in Belleville.«
Belleville ist die Stadt, die weiter westlich an der Bucht liegt. Grania ist im vergangenen Herbst mit dem Dampfer dorthin gefahren, als Mutter sie und Tress mitgenommen hat, um Win-

terkleidung zu kaufen. Der Dampfer fuhr morgens in Deseronto ab, er legte in Northport an und fuhr dann weiter bis Belleville. Sie waren zwei Stunden auf dem Schiff.

»Müsste ich da still sitzen? Wie in der Schule in Deseronto? An meinem Pult?«

»Ich nehm nicht an, dass du da wie auf glühenden Kohlen sitzt.«

Hat sie die Lippen richtig verstanden? Glühende Kohlen? Wenn die Kinder in der Spezialschule auf glühenden Kohlen sitzen, dann will sie nie dorthin. Sie wird weglaufen. Wie das Mädchen im *Sonntag*-Buch.

*»Du meine Güte«, sagte Mutter. »Dulcie scheint weggelaufen zu sein.«*

*

Grania spielt mit Tress und Patrick auf der Veranda. Sie haben ein Spiel erfunden. Dabei müssen sie einen Laut ausrufen und vom Stuhl zur Brüstung der Veranda hüpfen und wieder zurück zum Stuhl. Sie müssen die Brüstung berühren; sie müssen ganz schnell sein. Wer nicht schnell ist, ist *raus*. Der Letzte, der den Stuhl erreicht, ist *raus*. Grania muss genau aufpassen. Bisher war sie noch nicht *raus*.

Zwei Kinder kommen mit ihren Eltern aus dem Speisesaal des Hotels und springen die Stufen herunter. Die Familie wohnt in einem der oberen Zimmer des Hotels. Die Kinder blicken zu der wenige Meter entfernten Veranda hinüber. Sie würden gern mitspielen. Dann hören sie Granias Ruf. Er ist nicht so wie der Ruf der anderen.

Die Mutter der Kinder tritt nach vorn. »Was ist mit deiner Schwester?«, fragt sie Tress. Sie sieht, dass Tress die Älteste ist. Tress stellt sich vor Grania. Das Spiel ist unterbrochen.

»Mit meiner Schwester ist alles in Ordnung«, sagt sie. »Sie ist meine Schwester, das ist alles.«

Patrick ruft und springt zum Stuhl. Tress und Grania kehren zu dem Spiel zurück. Sie machen Lärm. Grania ist noch nicht ein Mal *raus* gewesen.

*

Niemand in der Küche, und oben ist auch keiner. Grania geht ins Wohnzimmer, um nachzusehen, wer im Haus ist. Die Sonne ist untergegangen, im Wohnzimmer sind die Vorhänge zugezogen. Erst als sie im Zimmer steht, merkt sie, dass sie allein ist.
Die Dunkelheit ist plötzlich hereingebrochen. Sie dreht sich zur Diele um, aber nun ist die Diele dunkel. Mamo sitzt nicht in ihrem Schaukelstuhl, dabei hat ihn jemand von der Veranda hereingebracht. Grania steht hinter dem Schaukelstuhl, ihr Herz klopft heftig. Sie weicht zurück und drückt sich gegen die Wand in der Ecke. Sie will sich vorwärts bewegen, um zur Tür zu kommen, aber sie kann nicht; die Dunkelheit nagelt sie fest. Es wird doch einer kommen und Licht anmachen müssen. Sie stößt einen Ruf aus – weiß nicht, was für ein Geräusch sie gemacht hat. Sie ruft wieder. Wo sind Mamo, Tress, Patrick, Bernard, Mutter, Vater? Wo ist Carlow? Schatten drängen von allen Seiten auf sie zu. Ihre Füße kleben an den Holzbohlen. Als Mamo hereinkommt und eine Lampe anknipst, wird sie von einer kleinen Gestalt erschreckt, die wie ein Stein aus einer Schlinge aus der Ecke hervorschießt. Grania stürzt in ihre Arme. Mamo tröstet und beruhigt, bis das Kind keine Angst mehr hat.

*

Nach der Schule überreicht Mutter Grania einen zusammengefalteten Zettel. Sie soll ihn bei Mr. Whyte im Metzgerladen in der Main Street abgeben.
Grania hat keine Lust dazu. Sie möchte schnell weg zu der Höh-

le, ihrem neuen Spielplatz, wo sie mit Kenan und Orryn und Tress spielt. Sie wendet sich ab und tut so, als sähe sie nichts, aber Mutter lenkt ihre Aufmerksamkeit wieder auf sich. »Gib den Zettel ab. Warte auf das Fleisch. Komm sofort wieder nach Hause.«

Mutters Gesicht ist gerötet; ihre Lippen sind zusammengepresst, weil sie an diesem Tag besonders viel zu tun hat. Mamo war auch schon in der Hotelküche und hat Mrs. Brant geholfen, aber da gibt es noch mehr Arbeit. Mamo ist jetzt müde; ihre Arthritis plagt sie. Sie ist wieder im Haus, oben in ihrem Zimmer, hat sich hingelegt.

Grania geht die Main Street entlang. Es ist Ende Oktober, ein sonniger Nachmittag. Sie trägt ihre weiße Bluse mit dem marineblauen Rock. Jedes Mal, wenn ihr Fuß auf dem Gehweg auf ein Holzbrett tritt, dringt ein Triller in ihren Fuß. Musik, denkt sie. Meine Füße machen Musik.

Mr. Whyte nimmt ihr den Zettel aus der Hand, und sie stellt sich an die Seite, während er zwei Frauen bedient, die vor ihr im Laden waren. Granias Schuhsohlen versinken im Sägemehl, das über den eingefetteten Boden ausgestreut ist. Sie schlurft mit den Füßen. Der Raum ist von erstickenden Gerüchen erfüllt. Mr. Whyte trägt seine blutige Schürze, ohne die sie ihn noch nie gesehen hat; hinter dem Tresen, neben seinen Händen, zeigen die schuppigen Füße eines toten Huhns wie starre gelbe Zweige an die Decke.

Er hat gerade eine Kette gesprenkelter Würstchen eingewickelt und wischt sich die Hände ab, womit er den Blutflecken auf seiner Schürze neue hinzufügt. Er wendet sich Grania zu und will mit ihr sprechen, aber der zu seiner Stimme gehörige Teil von ihm ist nicht zu sehen. Sie schaut durch die Gittertür hinaus, weil das Licht im Laden trüb ist und weil Mr. Whyte dauernd den Kopf nach rechts und links wendet, bevor er seine Worte zu

Ende gesprochen hat. Er zuckt mit den Schultern, prüft den Zettel, wählt ein schweres Stück rohes Fleisch aus und klatscht es auf braunes Wachspapier. Jetzt schaut Grania wieder zu. Seine Hände wiegen das Fleisch auf der Waage. Er hebt die Ränder des Papiers hoch, und seine Finger binden das Paket mit einem langen Bindfaden zusammen, der von einer Rolle über seinem Kopf herunterbaumelt. Die Rolle steckt auf einem Haken an der Decke und ist mit angetrockneten Blutspritzern übersät. Er nimmt ein Messer in die Hand – auch darauf ist Blut –, schneidet den Bindfaden ab und verknotet ihn auf dem Paket.

Grania nimmt das Fleischpaket in Empfang. »Vielen Dank«, sagt sie, aber die Worte stecken in ihrem Hals und kommen falsch heraus. *Behalt die Stimme nah bei dir.* Gut, dass Mamo nicht hier ist. *Hier bei ihr.* Grania lächelt, überaus zufrieden mit sich, weil sie den Unterschied von »hier« und »ihr« kennt. Wie »seh« und »See«. *Ich seh die See auf dem Bild.* Sie denkt an das ausgeschnittene ohrlose Mädchen und den Sandstrand und an Großvater O'Shaughnessy auf dem Grund des Meeres und an Mamo, die ihr erzählt hat, dass er in Frieden ruht. Mamo sagt, dass in dem schönen Land, das Irland heißt, jeden Tag frische Brisen vom Meer hereinwehen.

Mr. Whyte sieht sie erneut an und lächelt, weil er glaubt, ihr Lächeln gelte ihm. Er nimmt einen Bleistift und trägt den Preis des Fleisches ins Hauptbuch ein. Er verbeugt sich höflich, als wäre er Teil eines Bildes aus ihrem *Sonntag*-Buch. Grania möchte von den Gerüchen in seinem Laden wegkommen. *Dulcie ergriff das Paket und rannte.*

Wenn sie nicht sofort ins Freie kommt, wird der Geruch von Tierblut nie mehr aus ihren Kleidern weichen. Sie schiebt die Stange vorwärts, die quer über der Tür liegt, läuft die kurze Rampe zum Gehweg hinunter und hört nicht auf zu laufen, bis sie den nächsten Block erreicht.

Sie wird langsamer, um sich umzusehen, hebt das Paket in Brusthöhe und drückt es fest an sich. Bald werden die Arbeiter aus den Mühlen und Fabriken strömen und nach Hause gehen zu ihrem Abendessen. Sie entdeckt Kay, ein Mädchen, das in der Schule neben Tress sitzt. Kay lächelt, und ihre Hand deutet ein Winken an. Kay hat ein freundliches Gesicht, das so aussieht, als hütete es ein Geheimnis. Ihre Wangen sehen so aus, als wären Eicheln darin versteckt. Grania mag Kay und winkt zurück.
Sie kommt zu der Ecke mit dem Postamt und will gerade auf die kleinen Buckel und Rillen aus getrocknetem Schlamm steigen, bevor sie die Straße überquert, als sie etwas Nasses an ihrer Haut fühlt. Sie blickt an sich herunter und sieht mit Entsetzen, dass ein knallroter Fleck vorn auf ihrer weißen Bluse zerlaufen ist.
Das gibt Ärger. Sie läuft um das Postamt herum zur Seitentür und die breite Treppe hoch, noch eine Treppe hoch, immer weiter hoch, dann hämmert sie an Tante Maggies Tür. Bei manchen Besuchen lässt Onkel Am sie auf den Glockenturm über der Wohnung steigen, aber heute nicht. Onkel Am wird irgendwo im Gebäude arbeiten.
Tante Maggie öffnet die Tür, sieht den roten Fleck, sieht das Paket, sieht die Tränen und zieht Grania an der Hand herein. Sie legt das Fleisch auf den Tisch, knöpft Granias Bluse auf und hilft ihr beim Ausziehen, während sie den Kopf schüttelt und ihre Lippen *Ts Ts* machen.
»Das müssen wir in Ordnung bringen. Deine Mutter …«
Sie beendet den Satz nicht. Sie hüllt Grania in einen Morgenrock und macht sich an die Arbeit, nämlich ans Einweichen und Ausspülen der Bluse in einem Eimer mit kaltem Wasser. Mit jedem schnellen Eintauchen und Ausschwenken wird das Wasser rot, dann rosa, dann blass und schließlich klar.
»Wir müssen uns beeilen«, sagt Tante Maggie. »Bevor deine Mutter einen Suchtrupp losschickt.« Sie hebt die Bügeleisen

hoch, die immer hinten auf dem Herd bereitstehen, und wechselt zwischen ihnen ab, dabei drückt sie die Bluse auf ein Handtuch, das sie auf einer Ecke des Küchentischs zusammengelegt hat.

»In null Komma nichts«, sagt sie, aber Grania nimmt die Worte nicht auf. Die Bluse ist frisch und trocken, mit Ausnahme der Säume.

»Lässt sich nicht ändern«, sagt Tante Maggie. Sie hält die Bluse, so dass Grania nur hineinschlüpfen muss. Die Bluse klebt an ihrer Haut, aber der Fleck ist nicht mehr da.

Grania läuft zur Tür, die Treppe hinunter, läuft wieder hinauf, weil sie das Paket vergessen hat, hält es von der Bluse ab und fängt auf der letzten Strecke des Heimwegs an zu rennen.

Mutter ist im Speisesaal beschäftigt, als Grania über den Durchgang in die Hotelküche huscht. Dort ist Mrs. Brant; sie legt den Finger auf die Lippen. Grania lässt das Paket auf die metallene Ausziehplatte am Küchenschrank gleiten, und Mrs. Brant steckt ihr ein Plätzchen mit Rosinen zu und scheucht sie ins Haus zurück. Mutter weiß nicht einmal, dass Grania sich verspätet hat.

*

Am darauf folgenden Nachmittag bringt sie Mamo ein neues Wort. Ein Wort, das sie von Tante Maggies Lippen abgelesen hat. *Suchtrupp.* Kleines Wort im großen?

»Wer hat das gesagt? Wann?« Mamo ist interessiert, reckt den Kopf, sitzt kerzengerade im Schaukelstuhl, der auf die Veranda herausgetragen wurde. Sie zieht sich ihr Tuch mit den Fransen enger um die Schultern.

»Tante Maggie. Sie hat gesagt, Mutter wird einen *Suchtrupp* losschicken.«

Mamo überlegt einen Moment.

»Ein Cowboy-Wort«, sagt sie. »In Amerika. Obwohl uns das Wort in Irland durchaus vertraut ist. *Der Sheriff und sein Suchtrupp jagen einen Übeltäter.*«

»Oh«, sagt Grania verständnislos. Sie hat das letzte Wort auf Mamos Lippen gesehen: *Übeltäter.*

Also wird es ihr Geheimnis bleiben. Ihrs und Tante Maggies. Niemandem, nicht einmal Tress, wird sie von dem *Suchtrupp* oder dem Übeltäter oder von dem Blut erzählen.

»Hast du dir ein Bild ausgesucht?«, sagt Mamo, während sie das *Sonntag*-Buch aufschlägt.

Das hat sie, aber nun gehen ihre Finger zu einer anderen Seite, nicht zu der, die sie eigentlich für heute ausgesucht hat.

Ein Junge mit einem breitkrempigen Hut ist gerade dabei, ein Lagerfeuer zu verlassen, und er schaut zurück. Er macht ein trauriges Gesicht. Ein kurzes Seil hängt von seinen Händen herab. Ein Cowboy, der neben dem Feuer auf der Erde sitzt, droht dem Jungen mit der Faust. Ein weiterer Cowboy hat sich in einer Decke zusammengerollt und schläft. KOMM NICHT OHNE DAS PFERD ZURÜCK.

Mamo liest die Wörter unter dem Bild. Sie nickt mit dem Kopf. »Na gut. Da hast du ein schwieriges Bild gewählt. Dafür brauchen wir vielleicht ein paar Tage, aber wir werden so lange daran arbeiten, wie es nötig ist. Ein Wort jeweils. Pass genau auf. Wenn du ein Wort sagen kannst, dann kannst du es auch benutzen. Vergiss das nie.«

*

Freitagnachmittag, Grania und Tress laufen aus dem Eingang der Mädchen, Orryn und Kenan aus dem der Jungen. Stundenlang hat Grania nichts anderes gemacht als nur dagesessen. Jedes Mal, wenn sie versucht, von den Lippen der Lehrerin abzulesen, bewegt diese den Kopf oder wendet sich ab. Nach der Mittagspause hat Grania ein Bilderbuch bekommen, das sie sich ansehen sollte, aber sie hat den Kopf auf den Einband gelegt und ist eingeschlafen. Orryn hat sie in den Rücken geknufft, um sie aufzuwecken, und die Lehrerin hat es nicht einmal bemerkt.

Sie will sich nicht mit mir abgeben, sagt Grania sich und fällt in einen langsameren Schritt. Aufgeregt schlägt sie mit der flachen Hand seitlich an ihren Rock und erzeugt einen Rhythmus: Kann-sich-nicht-ab-ge-ben. Leh-re-rin-kann-sich-nicht-ab-ge-ben.

Kenan, der die längsten Beine hat, ist der Erste von den vier Freunden, der zum Wasser hinunterrennt, die Main Street im Osten entlang, am Postamt vorbei, an Naylor's Theatre vorbei, über die Straße und auf dem versteckten Weg zum Rand des alten Rathbun-Piers. Grania, heute ganz langsam, kommt als Letzte; die anderen drei sind schon in der Höhlenwohnung verschwunden. Sie schlurft am Ufer entlang, vergewissert sich mit Blicken in alle Richtungen, dass auch keiner in der Nähe ist, duckt sich unter das breiteste Brett und betritt den winzigen, aus der Erde ausgehobenen Raum. Über der erdigen Decke erstrecken sich Planken des verrottenden Piers einige Meter über dem Wasser. Der Pier wurde vor langer Zeit aufgegeben, lange bevor sie ihn übernahmen. Die Höhle ist an den Seiten sorgfältig abgedeckt – das Werk von Kenan und Orryn.

Nur Tress, Kenan, Orryn und Grania wissen von dem Versteck und wo die breitesten Bretter sind, die sie hochheben müssen, um hineinkriechen zu können.

Der Raum ist groß genug für sie, wenn sie zusammengedrängt – auf jeder Seite zwei – einander gegenübersitzen. Aus schmalen zusammengenagelten Brettern haben sie auf der einen Seite eine kleine Bank errichtet. Auf der anderen Seite stehen ein Melkschemel und ein Stumpf aus Treibholz. Grania, die als Letzte eingetroffen ist, sitzt auf dem Stumpf und steckt ihren Rock ringsum fest, damit er nicht auf der Erde schleift. Manchmal hüpft ein kleiner Frosch über den Boden. Die Höhle ist zwar trocken, riecht aber nach Feuchtigkeit und altem Brand, nach dem Feuer, das an dem Tag, an dem Grania geboren wurde, durch die Stadt fegte. Der erdige Boden ist hart und glatt wie der Erdkeller von Bompa Jack auf der Farm. Licht sickert von oben herunter, es dringt durch eine Ritze zwischen den Brettern – Streifen von Nachmittagssonne.

»Losungswort?«, sagt Orryn halbherzig.

»Wüümer.«

Grania macht mit ihrem rechten Zeigefinger das wackelnde Wurmzeichen, und alle lachen, Grania auch, weil das Wurm-Losungswort sie immer alle zum Lachen bringt. Es ist Granias Wort, und sie sagen es auf Granias Art: *Wüümer*.

Grania schaut zu Tress, um zu sehen, über was die anderen gerade geredet haben. Tress macht ein wichtiges Gesicht, als wollte sie gleich etwas ankündigen. Mutter hat ihr die dunklen Haare geflochten und hochgesteckt, dadurch sieht sie älter aus. Sie strafft die Schultern, hebt das Kinn und blickt in die Runde, zu den drei anderen.

»Ich werde Kenan heiraten«, sagt sie. »Wenn ich erwachsen bin.« Sie dreht sich halb zur Seite, und ihr Zeigefinger schreibt *heiraten* in die Luft. Grania liest die Luftschrift, die weiträumigen Buchstaben, die sich zusammenfügen, bevor sie verschwinden.

Orryn mit seinem schwarzen Haar, das so aussieht, als hätte er Wasser darauf geklatscht, um es zu glätten, lacht darüber, als wäre es lächerlich. Orryn lacht und scherzt gern. »Stimmt das?« Er will es von Kenan selbst hören.

Kenan lächelt sein liebes Lächeln. Die lockigen Haare fallen ihm in die Stirn. »Es stimmt. Aber wir wollen es meinem Onkel oder Tress' Eltern erst sagen, wenn wir erwachsen sind.«

Grania blickt von einem Gesicht zum anderen und fragt sich, ob das wohl etwas ist, was alle Kinder entscheiden, wenn sie zehn Jahre alt sind.

*

Als Coras Tochter Jewel Mr. Whytes Sohn heiratet, gehen Tress und Grania die St. George Street zur presbyterianischen Kirche hoch, wo sie sich an den Zaun drängen und beobachten, wie die Hochzeitsgäste herausströmen und die Stufen herunterkommen. Die Kirche ist mit ihrem Turm aus Stein nicht so wie die neue katholische Kirche, die nach dem Brand gebaut wurde. Die katholische Kirche, wo Mutter zweimal die Woche betet und in die Grania jeden Sonntag mit der Familie geht, hat einen viereckigen Turm und an zwei Stellen Doppeltüren. Grania war noch nie im Innern der presbyterianischen Kirche.

Die Hochzeitsgäste tragen auffallende Kleider und Hüte; einige der Frauen haben kurze Capes um, mit Rüschen am Hals. Mrs. Whytes Rock hat unten lauter dunkle Silberstreifen, die rundherum gehen, und Volants. Grania prägt sich die Einzelheiten ein, um Mamo davon zu erzählen. Sie und Tress versuchen, Jewel in ihrem Brautkleid ganz aus der Nähe zu sehen. Jewel und Mr. Whytes Sohn ziehen nach der Hochzeit nach Ottawa, in die Hauptstadt von Kanada. Ein Windstoß ergreift Jewel, als sie den Arm ihres frisch gebackenen Ehemanns nehmen will, und sie verzieht das Gesicht, als die Falten ihres Kleides gegen ihre verborgenen Beine schlagen.

Cora sieht auf die Straße, und als sie Grania mit Tress entdeckt, sagt sie zu ihrem Mann: »Wer wird nur dies bedauernswerte Kind heiraten, wenn es einmal erwachsen ist? Sie mag ja ein süßes Stimmchen haben, aber außer ihrer Familie kann kein Mensch ein Wort verstehen. Wenn sich nicht irgendein Taubstummer findet, wird sie wohl den Rest ihrer Tage mit ihrer Mutter verbringen müssen.«

Grania packt Tress am Arm und reißt sie vom Zaun weg.

»Das denkt *die*«, ruft sie.

Tress läuft neben ihr und versucht mitzukommen. »Was? Hast du von Coras Lippen gelesen. Hat sie was Gemeines gesagt?«

Ja, und nochmals ja. Es ist leicht, Coras Lippen zu lesen. Aber Grania will es nicht erzählen.

Später geht sie zu Mamo. »Warum presst Cora ihren Mund so zusammen?«

»So ist sie eben«, sagt Mamo.

Mamo redet weiter, aber diesmal mit sich selbst. Auf diese Weise nimmt Grania Informationen auf: Sie beobachtet, wie Mamos Lippen zusätzliche Wörter in die Luft streuen. »Das gehört zu der Bürde, die wir alle tragen müssen. Coras selbstgerechte Art.«

»Bürde?«

»Hast du das gesehen? Schwere Last. Cora ist eine von den schweren Lasten der Stadt.«

Das versteht Grania nicht. »Ich finde, sie sieht aus wie eine Spitzmaus.« Grania denkt an Coras langes, schmales Kinn, ihre spitze Nase, ihre dünnen Knöchel und Füße.

»Sag das mal lieber nicht, wenn Cora es hören kann.«

Mutter hat noch etwas anderes zu sagen. Grania beobachtet Mutters Lippen. »Ich kenne Cora schon seit der Zeit vor meiner Heirat«, sagt sie. »Cora hatte das Pech, ohne Geschwister aufzuwachsen. Wenn du in einem Haus mit vielen anderen zusammen aufwächst, hast du an mehr zu denken als nur an dich. Cora hatte nur sich selbst, und sie wurde selbstsüchtig. So was passiert bei einem Einzelkind. Damit ist alles gesagt. Sie war ein Einzelkind.«

Grania ist verwirrter denn je.

Was meint Mutter damit – »ein einsames Kind«? Wieso macht Einsamsein Cora selbstsüchtig?
Grania fragt nicht. Aber das weiß sie genau: Wenn sie erwachsen ist, wird sie nicht den Rest ihrer Tage mit ihrer Mutter verbringen.

*

»Lass dich von der Taubheit nicht aufhalten«, sagt Mamo zu ihr. »Lass dich davon nicht unterkriegen.«
*Unterkriegen?*
In der Schule in Deseronto will sie von den hörenden Kindern nicht getrennt sein, aber sie ist immer getrennt. Sie sitzt am Rand des Klassenzimmers, allein auf einer Bank für zwei. In der Pause machen sich die Kinder über sie lustig. Nicht jeden Tag, aber an manchen Tagen sagen sie ihr, dass sie komisch redet.
»Sag mal *spucken.*«
»Schpucken.«
»Ha, ha. Du hast *schpucken* gesagt.«
Grania zeigt ihnen das Zeichen für Verrücktsein, die gekrümmte Hand wackelnd neben dem Ohr.
Der langbeinige Kenan kommt zu ihrer Rettung auf den Schulhof. Eines Tages wird Kenan Tress heiraten. Dann gehört er zur Familie, und er wird Grania beschützen. Mamo sagt, dass Kenan ein guter Junge ist. Kenan ist Granias Wachhund.
Nachdem Kenan die anderen weggejagt hat, geht Grania an den Rand des Schulhofs und lehnt sich gegen einen Baumstumpf. Sie schaut zu seinem Nachbarn auf, einem hohen Baum, und beobachtet die Blätter und Zweige, die in der Spitze flattern und schweben. Wenn sie hier bei dem Stumpf und dem Baum ist, ist sie sicher. Die spottenden Kinder können machen, was sie wollen. Für sie ist es am besten, allein zu sein.
Mittags hat sie die Pause vergessen. Die Kinder rufen und spie-

len, rennen und brüllen. Sie bilden Paare, fassen sich an den Handgelenken und wirbeln im Kreis herum, bis sie schneller und schneller werden und schließlich auf der Erde landen. Grania macht mit. Sie stemmt die Füße fest auf den Boden und dreht sich und dreht sich, bis ihr schwindelig wird. Sie fällt außer Atem auf das Gras und bleibt dort mit gekreuzten Beinen liegen, steckt aber ihren Rock fest. Die anderen sitzen und bilden plötzlich einen Kreis mit Grania in der Mitte.

Spontan entsteht ein neues Spiel, entfaltet sich schon, während es ersonnen wird. Ist das ein Wort? Ein Laut? Grania beobachtet, wie sich ein Mund bewegt, dann ein anderer, und Lachen auf den Gesichtern ringsum. Sie wird davon angesteckt und lacht mit. Jemand auf ihrer Seite sagt etwas; andere Gesichter sehen zu. Sie wendet den Kopf, verpasst jedoch den Laut, das Wort. Was es auch ist, es springt von einem Kind zum anderen, erhebt sich wie Eintagsfliegen auf der Wasseroberfläche, schnell und nie zu erhaschen. Ein Wort, das weghüpft, ein Lippenpaar nach dem anderen. Aufgeregt reckt sie sich nach dem Laut, kann ihn aber nicht sehen. Die Kinder haben ihn vor sich, über sich, hinter sich, an der Seite.

Aber hinten existiert nicht. Nicht für sie. Hinten ist Dunkelheit, außerhalb des Denkens. Das ist der Ort, wo sich Laute sammeln, Laute, die sie nicht hören soll.

»Was?«, schreit sie in den Kreis der Kinder, aber ihre Stimme ruft bei ihnen nur Lachen hervor. *»Wenn die Kinder sich durstig machen, wehr dich«*, hat Mamo ihr geraten.

»Sagt es!« Ihre Stimme wird höher.

Jetzt johlen sie. Sie werden es nie sagen. »Doofie!«, rufen sie. »Doofie!«

Grania stemmt sich hoch, blickt wild um sich, und sie weichen zurück. Sie ballt die Fäuste, aber Tränen steigen in ihr auf. *Wehr dich.* Sie stürzt sich auf ein Mädchen, aber es läuft weg. Die Kin-

der zerstreuen sich, und Grania ist plötzlich allein. Sie macht sich auf die Suche nach Tress. Tress legt ihr beide Hände auf die Schultern und bringt sie dazu, sie anzusehen. »Gib nicht auf«, sagen ihre Lippen. »Gib nicht auf.«
Aber Granias Schultern hängen entmutigt herunter. Sie trottet auf den Eingang der Mädchen zu und steht dort ganz für sich. Sie wartet und schaut, bis das Handgelenk der Aufsicht die Glocke schwingt: *rauf-runter, rauf-runter.*

*

In ihrem gemeinsamen Zimmer zu Hause lässt sie Tress keine Ruhe, bis Tress ihr ins Ohr schreit. »SPUCKEN-SPUCKEN-SPUCKEN.« Was macht es schon, dass Grania nichts hört? Ein Teil ihres Kopfes wird hören, auch wenn ihre Ohren sich weigern.
Jetzt ist sie an der Reihe. »Hör zu«, bittet sie. »Sag mir, wenn meine Stimme falsch klingt.«
*Sag's.*
Tress hört eine Weile zu, aber sie ist ungeduldig. Sie muss Hausaufgaben machen.
»Sieh mich an, Graw. Was sage ich?« Sie sitzt Grania gegenüber, bewegt die Lippen und tut so, als spräche sie. Aber Grania erkennt, dass ihre Schwester ihr was vormacht. Ihr Hals, ihre Zunge, ihre Wangen, ihr Atem bilden keine richtigen Wörter.
Grania wirft sich auf sie, hockt auf ihr. »Du solltest mir lieber helfen«, sagt sie. »Hilfmirhilfmir, dass ich es richtig sage.«
Aber Tress ist nicht in der Stimmmung. »Einen Moment«, sagt sie. »Warte.« Sie hält eine Handfläche hoch und blickt zur geschlossenen Tür. »Mutter ruft. Ich soll dir sagen, dass du runterkommen sollst.«
Aber Mutter braucht Grania gar nicht. Tress wollte sie nur loswerden.

Grania geht in den Hof hinaus. Carlow sieht sie an, als wartete er schon. Der Fleck über seinem Auge gibt ihm das Aussehen eines Piratenhundes.

»Spucken!«, ruft sie, und er kommt mit einem Satz herüber.

»Übeltäter!«, ruft sie, und er setzt sich neben sie und schlägt mit dem Schwanz auf den Boden.

»Hol den Suchtrupp!«, schreit sie. Sie steigt die Hintertreppe hinauf, und er steigt mit ihr hoch. Wieder und wieder übt sie SPUCKEN, und Carlow hört zu und bleibt dicht neben ihr und stellt ein Ohr auf.

*

Nach dem Abendessen geht Grania ins Wohnzimmer und findet Mamo dort allein vor. »Bläst du in mein Ohr, Mamo?«

Mamo sieht von ihrem Schaukelstuhl auf. Sie muss nicht fragen, was los ist.

»Du gehörst in die Schule«, sagen ihre Lippen. »Egal, was passiert, du gehörst dahin.«

Sie zieht Grania auf ihren Schoß – ein großes Mädchen inzwischen. Macht nichts. Mamo schiebt ihre Finger unter Granias Haar und bläst sanft in ihr Ohr.

Grania hat die Wörter von Mamos Lippen fallen sehen. Sie spürt Mamos beruhigenden Atem und singt vor sich hin: *Geh, hörst. Ich geh, höre.*

Aber irgendetwas stimmt daran nicht.

Mutter sagt, bevor sie zum Einkaufen in die Main Street geht: »Also ich geh, hörst du.«

Was aber meint Mamo? *Egal, was passiert, du geh, hörst.*

Als es Schlafenszeit ist, ist Grania ganz erschöpft vom Nachdenken. Sie geht nach oben, bindet sich das Seil um den Fußknöchel und steigt ins Bett. Tress kommt kurz danach herauf.

Grania wartet. Sobald sie sicher ist, dass ihre Schwester mit dem anderen Seilende verbunden ist, zieht sie ihr Bein mit einem boshaften Ruck an. Sie grinst im Dunkeln in sich hinein.

*

Samstagmorgen. Mamo holt den Jutebeutel aus dem Überseekoffer. Sie langt nach unten und streicht mit den Fingern über das kleine Holzkreuz und spricht ein kurzes Gebet, bevor sie den Deckel wieder schließt. Sie streift den Riemen des Uhrenbeutels über ihre Schulter und gibt Grania ein Zeichen, dass es Zeit ist für ihren gemeinsamen Spaziergang.

»Was macht ihr eigentlich auf euren Spaziergängen?«, will Tress wissen.

»Steine sammeln«, sagt Grania prompt. »Am Ufer.«

Und tatsächlich bringt sie einen gesprenkelten Stein und ein Stück Kohle mit und legt alles auf die Fensterbank im Schlafzimmer.

Aber Tress glaubt, schon vorher einiges in dem Beutel gesehen zu haben, noch *ehe* Mamo und Grania das Haus verlassen haben.

»Nein«, sagt Grania. »Nein.« Sie erinnert sich an das, was Mamo ihr gesagt hat. Es ist ihr Geheimnis.

*Wenn es böse endet.*

*

Samstag. Es ist der erste Juli, der Feiertag Dominion Day. Vaters träges Auge ist in der Sonne fast geschlossen. »Auf geht's, mein Liebling«, sagt er. Seine irischen Hände heben sie auf die Wagenbank, aber nicht bevor die schwarze Stute ihr Auge zur Seite gedreht und sie angeguckt hat. Grania erwidert den Blick, und die Stute macht eine ruckartige Bewegung mit dem Kopf, als wollte sie Granias Gegenwart bestreiten. Onkel Ams Pferde sind

die besten in der Stadt, nach Vaters Pferden. Jeder weiß, es gibt keinen größeren Pferdeliebhaber als Vater. Manchmal verbringt Vater mehr Zeit mit seinen Pferden als mit der Führung des Hotels. Das hat Grania von Mutters Lippen abgelesen.
Tress klettert zu Grania hinauf; Patrick hat sich neben Onkel Am plumpsen lassen. Mutter und Vater und Mamo und Bernard bleiben zu Hause, um für die Gäste zu sorgen. Das Hotel ist für das Feiertagswochenende ausgebucht, und Mrs. Brant wird nicht da sein, aber dafür hilft ihre Tochter Mutter beim Gemüseputzen und -zubereiten in der Hotelküche.
Bernard steht auf den Stufen des Hotels. Er hat wellige Haare wie Vater. Sein Mund formt »Tschüss, Grainy«, und er winkt. Grania muss nicht hören können, um zu wissen, dass er immer leise spricht.
Sie sieht die neben ihr sitzende Tress an, um sich zu vergewissern, dass sie auch nichts verpasst hat. Es gibt keine Gefühlsregung, die sie nicht auf dem Gesicht ihrer Schwester lesen kann. Tress gibt ein Zeichen in ihrer selbst gemachten Sprache, das Zeichen, das sie erfunden haben für das, was Mamo »überhaupt keine Geduld« genannt hat – *Wir wollen endlich losfahren, wir wollen endlich losfahren.*
Onkel Am schiebt den Hut nach vorn, um die Augen zu beschatten. Er gibt den Pferden das Zeichen, und die Räder rumpeln vorwärts. Grania bindet ihr Hutband unter dem Kinn fest.
Die Räder holpern rauf, runter, vorwärts, alles gleichzeitig. Grania schließt die Augen gegen die Sonne und macht sie wieder auf, als ihr einfällt, dass Mamo ihr aufgetragen hat, ihre Grüße zu überbringen und vor allem zu erzählen, was sie sieht. »Ich möchte von deinem Großvater und seiner vermischten irischen Familie hören«, sagte sie. »Dein Vater ist bestimmt der einzige Mann im County, der zwei Onkel hat, die Priester sind, und einen anderen, der bei der Orangeman's Parade König Billys

weißes Pferd reitet.« Dabei lächelte Mamo, und Grania suchte die von oben nach unten verlaufende Linie zwischen ihren Brauen.

Das Jahr zuvor hatte Grania sich die Orange-Parade vom Dach des Postamts aus angesehen. Sie wurde auf der Leiter hochgeschoben, die man aus der Treppenhausdecke vor Onkel Ams Wohnung heruntergelassen hatte. Sie kletterte durch die Bodentür und sah plötzlich auf das flache Dach vor dem Glockenturm. Eine zweite Leiter, im Wohnzimmer, führte in den Turm, aber dies war anders; auf dieser Leiter kam sie nach draußen. Onkel Am hielt sie an der einen, und Tante Maggie hielt sie an der anderen Hand fest, damit sie nicht zu nahe an den Rand ging und in Gefahr geriet, vom Dach zu fallen. Sie konnte die Flaggen und die Fähnchen unten auf der Straße flattern sehen. Tress konnte sie dagegen nicht sehen, obwohl Tress, die auf Patrick aufpasste, ihr später erzählte, sie hätten zu ihr hinaufgewinkt. In diesem Jahr wird Grania am Zwölften wieder mit Onkel Am und Tante Maggie auf das Dach klettern. Vaters Onkel wird auch wieder König Billys weißes Pferd reiten. Im letzten Jahr blieb Bernard in der Nähe des Hotels, um jederzeit einspringen zu können, wenn die Massen nach der Parade in den Speisesaal drängten. Bernard ist immer derjenige, der im Umkreis des Hauses bleibt. Er ist der Häusliche. So nennt Mutter ihn. Bernard ist nie gern weit weg von zu Hause.

Onkel Ams Rücken wirkt zuverlässig und stark, während er die Zügel hält. *Pferd, Auge, Sonne, Hinterteil, Hickory-Bäume am Straßenrand.* Grania stellt die Bilder in ihrem Gedächtnis zusammen, damit sie sie Mamo beschreiben kann. *In den Ahornbäumen werden Blätter hin und her geworfen. Die Bucht ist eine dunkle Rundung unterhalb der Stadt.* Als sie an der katholischen Kirche vorbeifahren, knufft Tress sie, weil sie genau an der Stelle sind, wo Mamo sich immer bekreuzigt, wenn sie im Wagen vorbeifährt. Das zweistöckige Haus neben der Kirche sieht mit seinen leeren Veranden oben und unten kahl und leer aus. Am oberen Ende der Kirchenstufen wird eine der Doppeltüren mit einem Brett offen gehalten. Father O'Leary, der ein Muttermal hinter dem Ohr hat, das wie eine Tabakspfeife aussieht, ist bestimmt in der Kirche und lässt die warme Luft herein. Mutter nennt das den Jahreswechsel, wenn es gleich nach Sommeranfang draußen wärmer ist als drinnen. Obwohl Grania jetzt draußen ist, stellt sie sich die Kirche vor, wenn sie darin ist. Dumpf und kühl, der Duft von glühenden Kohlen und Wachs, eine feierliche Schwere in der Luft. Ein Ort, wo Kinder sich benehmen müssen. Wenn alle anderen beten, bewegt Grania die Lippen aufs Geratewohl und tut so, als wüsste sie, was da vor sich geht.

Es dauert fast drei Stunden bis zur Farm ihres Großvaters. Da die Fahrt über holprige, ausgetrocknete Straßen so lang ist, werden sie über Nacht bleiben. Bompa Jack ist Vaters und Onkel Ams Vater. Grania versucht, die Reihe der Väter und Brüder und Onkel und Großonkel in ihrem Kopf zu ordnen. Tress und Patrick schlafen zeitweise während der Fahrt, aber Grania bleibt die ganze Zeit wach. Sie speichert Bilder von großen Steinen auf Feldern und von endlosen Bäumen, die ihre Schatten werfen. Sie weiß, dass Bompa Jack die Bäume Busch und nicht Wald nennt. Sie entdeckt ein Kaninchen, das aus dem Busch hoppelt und sich am Straßenrand niederlässt. Das Kaninchen erschreckt die Pferde nicht. Onkel Am dreht sich um und sieht, dass sie als Einzige wach ist, und seine Lippen sagen: »Hast du das gesehen?« Und sie nickt.

Großvater steht in Hemdsärmeln und mit Hosenträgern vor dem Farmhaus, um sie bei ihrer Ankunft zu begrüßen. Er ist breit gebaut und hat ein strenges Gesicht, und er ist nicht so groß wie seine Söhne. Grania weiß, dass Bompa Jack hinter seiner strengen Miene ein Lächeln verbirgt. Sie erkennt sein Lachen schon immer, bevor es hervorbricht. Er nimmt seinen Hut ab und blinzelt zu den Mädchen herauf, breitet die Arme aus.

Grania springt ohne jede Scheu hinunter, aber Tress steigt auf der anderen Seite hinab, bevor sie reihum geküsst und gedrückt wird. Grania blickt zur Scheune hinüber, zum Weidenzaun, zu dem kegelförmigen Misthaufen hinter dem ersten Tor, zu dem glatten Felsen, der aus dem Hang hinter dem Haus herausbricht. Sie sieht den an den Seiten offenen Melkstall, die Stelle, wo Bompa Jack einen Salzstreuer aufbewahrt; so kann er eine frische Tomate an seinem Hemd abreiben, einen Bissen nehmen, eine Prise Salz dazutun und die Tomate im Stehen essen. *Er nimmt einen Bissen.* Grania denkt an den Jungen im *Sonntag*-Buch, an den angebissenen Apfel, das offene Buch, das er an die Brust drückt. Die Worte aus dem gelben Seil sind in Granias Kopf aufbewahrt.

Die Farmküche ist mit Besuchern gefüllt, mit Großonkeln, Onkeln und Tanten, die alle um den langen Tisch herum sitzen. Sie erheben sich von ihren Stühlen, als Onkel Am und die Kinder hereinkommen, und jeder wird umarmt und gedrückt. Eine weißgoldene Teekanne steht am fernen Ende des Tisches auf einem Untersatz. Einer der Großonkel, ein Priester aus Marysville, ist ganz in Schwarz gekleidet. Alle reden gleichzeitig, und Grania sieht hier und da ein Wort, während ihr Blick von Gesicht zu Gesicht huscht. Es ist zu schwierig zu erkennen, wo Unterhaltungen anfangen oder wo sie fortgesetzt werden. Wörter und Lachen entstehen um sie herum, und sie versucht zu folgen, aber sie kann es nicht, weil so viele Menschen gleichzeitig reden.

Ihr Großvater winkt sie an das Ende der Tafel, wo er auf einem breiten Stuhl sitzt. Er blickt sie direkt an und vergrößert die Worte auf seinen Lippen. Obwohl er zu ihr spricht, kann sie sehen, dass er auch zu seinen Söhnen am Tisch spricht.

»Das Andenken an eure Mutter wird immer lebendig sein, solange dieser Rotschopf da ist«, erzählt er ihnen. »Jedes Mal, wenn ich sie wiedersehe, ist sie meiner Sarah ähnlicher. Die Augen, das gleiche Braun. Die Haare, das gleiche Rot. Seht euch ihre Arme an, seht euch die Form ihrer Hände an.« Er nimmt eine Hand von Grania und streckt ihre Finger über seinen aus.

»Du bist mein Augapfel«, sagt er. »Sagst du mal meinen Namen?«

»Bompa.«

»Grampa«, erklärt er ihr. »Grampa Jack.«

Sie beobachtet das »J«, wie es von seinem Kiefer fällt, die nach oben gehende Klammer des »K«.

»Jack«, sagt sie. »Aber dein richtiger Name ist John.«

»Die Iren hier oben auf der Ninth, das sind alles Joes, Jims und Johns«, sagt er. »Darum bin ich Jack.«

»Jack«, sagt sie wieder. »Bompa Jack.«

»Für mich gut genug. Du bist genauso schnell von Begriff, wie du vor der Krankheit warst.« Das Wort *taub* sagt er nicht.

Bompa Jacks Schwester, Großtante Martha, bereitet die nächste Mahlzeit mit Hilfe der jüngeren Tanten vor. Großtante Martha teilt das Haus mit Bompa Jack. Sie ist größer als er und trägt eine eng ansitzende randlose Haube im Haus. Von allen, die Grania kennt, ist sie die Einzige, die das tut, aber Mutter hat Grania erzählt, dass Tante Martha die alten Bräuche liebt. Die Haube ist grau und sieht streng aus, aber sie hat rosenrote Bänder, die unter dem Kinn gebunden werden. Grania bewahrt dieses Bild in sich auf, damit sie Mamo davon berichten kann.

Auf der Anrichte stehen eine Reihe Rhabarberkuchen mit Gitterdecke, und Grania merkt sich auch das. Mamo wird sicher fragen: »Und was haben euch die Frauen zum Abendessen serviert?«

Der Holzherd ist angemacht worden, und die Luft in der Küche ist warm und von Bratenduft erfüllt. Bompa droht immer damit, für Tante Martha einen neuen Ehemann zu suchen.

»Die Köchin hat immer noch schöne Beine«, sagt er und zeigt auf ihre Fesseln, als sie quer durch die Küche geht. »Wir werden doch noch einen neuen Mann für sie finden.«

Wieder bricht Gelächter aus. »Er ist ein alter Narr«, sagt Tante Martha aus ihrer Haube heraus zu Grania. »Das ist alles, was er ist.«

»Und immer noch eitel«, sagt er. »Ich würde es begrüßen, wenn die Kamera zu diesem Anlass hervorgeholt würde.« Er blickt zu Martha, als wüsste Martha, wo alles ist.

Grania sieht das Wort »Kamera« und meint, sie sehe auch das Wort »Schule«. Sie schaut zu Tress, um sich zu informieren, aber Tress hat sich zur Seite gewandt. Manchmal ist es nicht leicht, Bompas Rede zu folgen. Wie der Friseur Grew, der Vaters Schnurrbart stutzt, versucht Bompa Grania das Verstehen dadurch zu erleichtern, dass er seine Worte übertreibt. Aber seine Lippen verzerren sich am Ende, und Grania verliert den Zusammenhang aus den Augen, und die Wörter laufen schließlich alle zusammen.

Als die Kamera in Bompas Hände gelegt wird, lässt er sich sein Hemd bringen. Sein neues. Und seine Fliege.

Sein neues Hemd ist acht Jahre alt, aber es sieht neu aus, weil es nur zweimal im Jahr getragen wird – an Weihnachten und am Todestag von Granias anderer Großmutter. Großmutter Sarah erlitt Brandverletzungen beim Ahornwaldbrand, als ihr langer Wollrock ein paar Funken fing und plötzlich in Flammen stand, und niemand konnte sie retten. Jedes Jahr im April, an ihrem Todestag, erzählen sich die Kinder die Geschichte, wenn auch keins von ihnen sie gekannt hat, als sie noch lebte. Sie verbrannte während des von Bompa Jack so genannten »Ahornmonds«. Sie lief mit ihrem in Flammen stehenden Rock zu einem flachen Bach, brach durch das Eis, um ihre Kleidung nass zu machen und das Feuer zu löschen. Aber die Verbrennungen waren zu schwer. Und trotz Pflege und täglich gewechselter Verbände starb sie noch vor Ablauf der Woche.

Onkel Am verschwindet nach oben und kommt mit Bompas frisch gebügeltem Hemd und seiner schwarzen Fliege zurück. Bompa streift die Hosenträger von den Schultern, so dass sie bis unter die Taille herabhängen. Er zieht das neue Hemd an und lässt es über die Arbeitshose fallen. Dann bindet er sich einen Moment lang die Fliege. Er sieht aus wie eine Katalogausgabe seiner selbst.

»1901 habe ich zwölfeinhalb Cent für die Fliege bezahlt«, sagt er und sieht von einem zum anderen. »Sie wurde mir von T. Eaton persönlich geschickt.« Aber die Geschichte kennen alle schon.

Er sieht zu Grania. »Komm raus«, sagen seine übertreibenden Lippen. »Ich möchte, dass du fotografierst.«

Er gibt sie ihr in die Hand, und alle gehen hinaus, und er zeigt ihr, wie sie die schwarze Box-Kamera ruhig gegen ihre Taille halten soll, wie sie peilen und schauen muss, dass sie ihn in die Mitte des winzigen viereckigen Fensters bekommt, wie sie auf den eingelassenen Knopf drücken muss. Er will nur Kopf und Schultern darauf haben; seine Hand zeichnet in der Luft einen Rahmen um ihn. Die Tanten und Onkel stehen zu einem Halbkreis erstarrt im Hintergrund, als könnten sie durch ihre Reglosigkeit auch ein Teil der Komposition werden. Obwohl Bompa Jack weiß, dass es geklickt hat, bleibt er noch in seiner Pose: Schultern gestrafft, verborgenes Lächeln, Lippen geschlossen, um eine energische Kinnpartie zu präsentieren. Als er es für angebracht hält, sich zu bewegen, lockert er seine Fliege, schlüpft aus dem neuen, acht Jahre alten Hemd und zieht sich das Arbeitshemd wieder an. Dieses Mal klappt er den abgetragenen Kragen im Nacken nach innen um. Hier draußen in der Sonne ist es warm. Er zieht die Hosenträger hoch, und nun sieht er wieder wie Bompa Jack aus.

Ein zweites Foto von Bompa wird aufgenommen, diesmal in seiner üblichen Kleidung und mit allen Verwandten zusammen. Jeder hat ein ernstes Gesicht für das Foto aufgesetzt. Grania holt tief Luft, bringt die Kamera in eine gerade Stellung und drückt sie an den Körper. Mit der Handfläche schirmt sie das winzige Fenster gegen die Sonne ab.

Das letzte Foto macht Bompa Jack. Es ist ein Foto von Grania und Tress und Patrick; sie sitzen auf der grob gezimmerten Bank, die unter Bompas Lieblingsbaum gezogen worden ist.

Das Abendessen wird früh aufgetragen, weil einige der Tanten und Onkel noch vor dem Dunkelwerden zu ihren Farmen und Häusern zurückkehren müssen. Eine Lampe, die auf der breiten Fensterbank steht, wird jetzt angezündet. Alle fassen sich rund um den Tisch an den Händen, während der Großonkel, der Priester ist, das Tischgebet spricht. Die Unterhaltung stockt, als die Speisen herumgereicht werden. Es gibt Bratkartoffeln, die in der Pfanne zusammen mit dem Roastbeef gebräunt worden sind. Eine andere Pfanne enthält Soße, die mit dunkelbraunen Stückchen gesprenkelt ist, die vom Braten abgebrochen sind. Als Tante Martha vor dem Abendessen den Fleischsud aus der Bratpfanne in die Soße goss, schaute sie Grania an, als wären sie Verschworene, und ihre Lippen sagten: »Das Wertvolle in der Pfanne bewahren wir immer bis zum Schluss auf.« Es gibt neue Karotten aus dem Garten und Rahmerbsen und eine Kanne Tee für die Erwachsenen und Milch für die Kinder, die aus dem Melkstall geholt und in einen Krug aus Emaille gegossen wurde. Dann gibt es noch Rote Bete und eingelegte Maiskölbchen und zum Schluss gekühlten Rhabarberkuchen mit frischer Sahne.

Nachdem alle gegessen haben und die Betten zugeteilt worden sind – Tress und Grania werden sich im oberen Stock ein schmales Zimmer teilen, das einen Vorhang an der Tür und ein Astloch im Fußboden hat – und nachdem die Onkel mit ihren

Frauen zu ihren Farmen heimgegangen und der Priester nach Marysville zurückgekehrt ist, sitzt Grania zusammen mit Bompa Jack, Onkel Am, Tress und Patrick und Großtante Martha auf der Veranda. Die Sonne sinkt immer tiefer, bis man keine Lippen mehr beobachten kann.

Sie ist froh, die Unterhaltung fahren zu lassen. Sie ist todmüde von dem dauernden Bemühen, sich die Ereignisse des Tages zu merken. Die Beobachtung von Augen und Hälsen und Lippen und Zähnen und Zungen hat sie erschöpft. Sie sinkt in den warmen Dunst der Familie um sie herum und schläft ein. Die hoch gewachsene Tante Martha trägt sie nach oben ins Bett. Tress und Patrick kommen direkt hinterher. Sie alle folgen dem starken Petroleumgeruch und der Flamme, die sich schnell und zuckend bewegt, während Bompa die Lampe hochhält und vor ihnen die Treppe hinaufsteigt.

Am frühen Morgen geht Grania, bevor Tress wach wird, auf Zehenspitzen hinunter und beobachtet Bompa Jack. Er steht in der Küche am Waschständer, der unter seinem Abfluss einen Eimer hat. Bompa Jack schäumt sich das Gesicht mit seinem Rasierpinsel ein und rasiert sich Wangen und Hals in langen seifigen Streifen. Er stülpt sich seinen Hut auf den Kopf und setzt sich mit Grania an den Tisch, während Tante Martha Tee kocht und das Frühstück zubereitet.

Als es für Onkel Am Zeit wird, die Pferde fertig zu machen, gibt Bompa Jack jedem der Kinder ein Geschenk: Für Tress hat er eine goldene Anstecknadel, die Großmutter Sarah gehörte; für Patrick ein kleines geschnitztes Pferd, das er in der Hand halten kann; für Grania die Kamera, die er ihr in die Hände legt. Die Abschiedswünsche werden schnell gesagt, denn es ist Sonntagmorgen, und Onkel Am will sie gleich auf der Heimfahrt noch zur Kirche in Marysville bringen. Wieder meint Grania, als die Kinder umarmt und geküsst werden, das Wort *Schule* zu sehen.

# KAPITEL 3

*Die Vibration spielt eine wichtige Rolle – die Stimme kommt nämlich in manchen Augenblicken bei der Bildung der Buchstaben aus dem Brustkorb, dann aus der Kehle, der Nase, dem Kinn und oftmals aus dem obersten Teil des Kopfes.*

Lecture, The Toronto Fair

August. Die Hitze sickert in Granias Haut. Sie geht mit Mutter an Bord eines Dampfers, um Deseronto zu verlassen, und die Fahrt geht über die Bucht und dann über den Lake Ontario – eine lange Reise von fast neun Stunden –, bis sie im Staat New York eintreffen. Als sie abgeholt werden und dann in Tante Annies Haus in Rochester ankommen, ist es schon Zeit für Grania, ins Bett zu gehen. Tante Annie geht voraus: die Treppe hinauf, über einen halbdunklen Flur in ein Zimmer, wo Grania und Mutter zusammen in dem schmalen Bett schlafen werden. Tante Annie ist Mutters jüngere Schwester. Sie hat Augen, die wie Mamos aussehen, und ihr Kinn bewegt sich genauso wie das von Mutter, wenn sie redet. Tante Annie und Mutter haben einiges nachzuholen, und so ist es spät, als Mutter ins Bett kommt.

Am Morgen nehmen sie ein Taxi. Es hat ein flaches Dach und

hohe Räder, und Grania steigt hinter Mutter hinauf und setzt sich so gerade hin, wie sie kann, und sucht Halt am harten Widerstand der Tür, als der Wagen schlingernd und ruckend durch die Straßen fährt. Sie werden zu einem modernen Bürogebäude gebracht, wo sie im zweiten Stock zur Arztpraxis eines Spezialisten kommen, der alles über Ohren weiß. Sie werden in das Wartezimmer geführt, und Grania setzt sich auf einen unbequemen Stuhl, der zu hoch für sie ist, und sie versucht, in alle Richtungen gleichzeitig zu sehen. Als der Arzt an die Tür kommt, wedelt Mutter mit der Hand, um Grania zu bedeuten, dass sie ihr folgen soll. Dann muss sie sich in einem kleineren Zimmer auf den Rand eines gepolsterten Tisches setzen. Der Arzt hilft ihr hinauf. Er hat eine fleckige Haut, schwere, hängende Wangen; seine Augen sind strahlend blau. Grania ist erleichtert, als sie merkt, dass seine Augen freundlich sind. Während das Gesicht des Arztes Mutter zugewandt ist, betrachtet Grania eingehend vier Schaubilder, die an der Wand hängen, die ihr am nächsten ist.

Sie ist erstaunt, dass auf jedem Bild ein Ohr zu sehen ist. Ein riesengroßes, farbiges Ohr. Jedes riesige Ohr unterscheidet sich vom nächsten, jedes enthüllt ein Labyrinth von gewundenen Gängen und Formen. Buchstaben und Wörter und Pfeile weisen in die Ohren hinein und aus ihnen heraus. In dem einen ist eine schwarze Form zusammengerollt wie eine schraffierte Schlange. In einem anderen ähnelt ein Netzwerk von dicht zusammenliegenden Gängen einem Bienenstock, der aufgeschnitten worden ist, damit das Leben darin sichtbar wird. Die Gänge auf diesem Schaubild laufen in verschiedene Richtungen. Im dritten Ohr befindet sich eine Form wie eine gebogene Anstecknadel. Ein grüner Ballon – oder ist es eine Erbse? – steckt im Gang dieses Ohrs. Das letzte enthält die Form eines winzigen Hufeisens.

Grania hat noch nie vorher Ohren von innen gesehen.

Der Arzt erforscht das Innere ihrer eigenen Ohren mit einer Lampe. Er fährt mit einem glatten Stab an einer Reihe von Glocken entlang, die an einem Holzrahmen auf seinem Schreibtisch hängen. Er nimmt einen kleinen eckigen Hammer, der dem gleicht, den Grania in der Praxis von Dr. Clark in Deseronto gesehen hat. Danach etwas Zweizinkiges und Silbernes. Der Doktor klopft damit auf den Schreibtisch und hält es hinter Granias rechtes Ohr. Er klopft wieder und hält es hinter das linke Ohr.
Bum. Bum.
Während er das macht, denkt sie *See*, das Wort, das sie singt, wenn sie allein ist. Der Arzt lenkt ihre Aufmerksamkeit wieder auf sich und signalisiert ihr, dass sie die Augen schließen soll. Er hält etwas an ihren Kopf, und dieses Mal sendet es Vibrationen in ihren Schädel.
Sie öffnet die Augen. Er hebt eine Hand, um seine Lippen zu verdecken, aber sie sieht, dass seine Wangen sich bewegen. Er nimmt die Hand herunter.
»Hast du es gehört?«, fragen seine Lippen. Hast du das Wort gehört, das ich gebildet habe?«
Er beugt sich zu ihr. Mutter beugt sich in ihrem Sessel vor. Vier Augen lauern auf die Antwort.
Sie macht eine Pause.
»Grania«, sagen Mutters Lippen.
»Nein«, sagt sie mit ihrer Stimme. »Nein.«
Aber sie fühlt. Sie fühlt, wie die See tief innen in ihrem Kopf singt.
Sie beobachtet Mutters Enttäuschung.
»Sie blockiert uns«, erklärt Mutter dem Arzt. »Sie konzentriert sich nicht, wenn sie keine Lust hat, aufmerksam zu sein. Sie wendet sich von mir ab.«
»Sie wählt also aus?«

»Genau.«
»Das Mädchen ist vollkommen gehörlos«, sagt er. »Hier kann ich leider gar nichts tun. Der Scharlach hat das bei Tausenden angerichtet. Sie ist neun Jahre alt – also kein kleines Kind mehr. Verschwenden Sie keine Zeit mehr, schicken Sie sie in eine Schule mit anderen Gehörlosen. Sie hat schon einige Jahre verloren. Es gibt hier in Rochester eine Schule – eine gute Schule. Ich könnte Ihnen eine Überweisung schreiben, Erkundigungen für Sie einziehen.«
»Nein.« Mutter steht auf und sieht Grania an. Ihre Lippen sagen, dass sie nach Kanada zurückkehren. Sie fahren nach Hause.
»Es ließe sich leicht ein Gespräch vereinbaren«, sagt der Arzt.
Aber Grania sieht Mutters entschlossenes Kinn. Grania ist froh, dass sie nach Hause fahren.
Sie verlassen die Praxis, aber nicht bevor Mutter stehen bleibt und sich zu dem Arzt umdreht. Sie hat sich ihrer guten Manieren erinnert. »Vielen Dank, dass Sie mein Kind untersucht haben«, sagt sie. »Vielen Dank für Ihren Rat.«

*

»Über was reden sie? Ist es über mich?«
Vater und Mutter sind im Wohnzimmer, und Grania ist hinausgeschickt worden. Sie und Tress halten sich in der Küche auf. Mamo ist nirgends zu sehen; sie könnte oben in ihrem Zimmer sein oder draußen auf der Treppe. Tress hebt das Kinn, wendet den Kopf, damit das Ohr, das dem Wohnzimmer am nächsten ist, hören kann.
*Hör zu.*
»Nicht laut genug«, sagen die Lippen. »Ich kann nicht hören, was sie sagen.«
Aber Grania sieht Tress an, dass es nicht stimmt.

»Sag's mir.«
»Da gibt's nichts zu sagen.«
»Schicken sie mich weg?«
Tress' Hand macht das Zeichen für *Stillsein.*
»Sags mir«, sagt Grania wieder. Sie versucht, ihre Stimme zum Flüstern zu bringen.
»Schicken sie mich auf die Schule für Taube?« Zwischen ihr und Tress schwebt ein winziger Lufthauch. Jetzt ändert sich ihre Stimme.
»*Sag's.*«
Sie spürt, dass ihre Hände von Tress hochgerissen werden. Auf dem Gesicht ihrer Schwester liegt ein Ausdruck – was ist es bloß? Etwas, das vorher nicht da war. Aber was? Etwas Verzerrtes, ihr Mund. Tress blickt weit, weit zurück. Oder vielleicht auch weit, weit nach vorn.
»Sie schicken dich weg, du sollst in der Schule wohnen«, sagt sie. Grania ist erschrocken, als sie sieht, dass Tress weint, und dann fängt sie auch an zu weinen. Ihr ganzer Körper zittert. »Die Schule in Belleville«, sagt Tress jetzt. »Die für Taubstumme.«

*

Es ist Granias letzter Tag zu Hause. Nach einem besonderen Abendessen am Ecktisch im Speisesaal des Hotels wandern sie und Mamo Hand in Hand am Ufer der Bucht entlang und gehen zu dem Platz mit den Steinen am Rande des Wäldchens. Mamo trägt den ausgebeulten Uhrenbeutel, dessen Riemen sie sich um die Schulter geschlungen hat. Als sie wieder nach Hause kommen, zieht Mamo im Schaukelstuhl Grania auf ihren Schoß, und sie schaukeln eine Weile zusammen, und Mamo bläst ihr ins Ohr.
Vater kommt ins Haus, um sie zu holen, und nimmt sie mit in

sein Büro im Hotel und setzt sie auf seine Knie. Sie weiß, dass er an diesem Abend draußen war, denn seine Ärmel riechen nach Stall und Pferd. Er drückt sie an sich und gibt ihr einen Kuss, und sie sitzen still zusammen. Carlow sitzt auf dem Fußboden und legt eine Pfote über sein Piratenauge, und Grania sagt: »Juu«, damit er sich besser fühlt. Vaters Schnurrbart ist von Grew gestutzt worden, und als er anfängt zu reden, versteht Grania das meiste von dem, was er sagt. Er rät ihr, sie soll, wenn sie in der Schule Angst vor der Dunkelheit hat, ihre Ängste laut aussprechen. Sie soll sie in die Dunkelheit hinausjagen.

Grania ist überrascht. Woher weiß Vater, dass sie Angst vor der Dunkelheit hat. Vielleicht weiß Vater auch von dem Fußseil?

»Sag deine Ängste einfach in die Dunkelheit hinein, mein Liebling, dann werden sie verschwinden«, sagen ihr seine Lippen.

Grania versucht zu verstehen, und sie nickt und riecht Vaters Tabak, und er führt sie an der Hand über den Durchgang wieder ins Haus zurück.

Nun liegt Grania in ihrem Bett, von Mutter fest eingepackt. Es ist schon spät, und sie denkt an Patrick und Bernard in ihren Betten in ihrem gemeinsamen Zimmer am Ende des Flurs. Sie denkt an Mamo in ihrem Zimmer, an ihre Eltern auf der anderen Seite des Schlafzimmers. Haben sie Angst? Sie denkt an alle Familienmitglieder und sendet ihre Gedanken in die Dunkelheit hinaus. Wollen alle, dass sie fortgeht?

Sie zieht heftig an dem Fußseil; ihre Rettungsleine, das Band nächtlicher Zwiesprache wird sie künftig nicht mehr mit Tress teilen. Sie spürt die Stille auf der anderen Seite des Zimmers. Sie bewegt ihren Fuß. Keine Reaktion. Sie ruckt wieder an dem Seil. Tress ist plötzlich neben ihr, steht an ihrem Bett, beugt sich herüber und zeigt auf die eigenen Lippen.

»Hör auf«, sagt sie. »Ich muss schlafen, Graw. Ich bin müde.«

Grania schließt die Augen und befiehlt ihrem Körper, sich ruhig zu verhalten. Wenn sie sich zu sehr bewegt, wird Tress sich losmachen und das Ende des Seils von ihrem Fuß abstreifen. Wenn das passiert, wird Grania ohne Halt in die flutende Dunkelheit hinaustreiben.

Sie spannt ihr Bein an, als Tress auf der anderen Seite des Flickenteppichs wieder in ihr Bett zurückkehrt. Das Muster der Blätter hinter dem Fenster zittert auf dem Rollo. Sie muss die Verbindung zu Tress aufrechterhalten, aber sie muss auch einschlafen. Sie versucht, ihre Gedanken zu beruhigen, aber sie kann die Bilder in ihrem Kopf nicht ausblenden.

Sie steht auf, riskiert Tress' Zorn.

Tress ist noch wach. »Was ist denn jetzt wieder los?« Instinktiv hebt sie den Kopf, so dass Grania ihre Lippen in dem zickzackförmigen Lichtschein sehen kann.

»Ich kann nicht schlafen. Es ist zu dunkel.«

»Sag deinem Hirn, es soll aufhören zu denken.«

»Was?«

»So mache ich es. Ist ganz leicht. Ich sage meinem Hirn, es soll aufhören zu denken, und dann schlaf ich gleich ein.«

Grania geht wieder ins Bett, aber ihr Gehirn will nicht aufhören zu denken. Je mehr sie es versucht, desto mehr Bilder bringt ihr Gehirn hervor. Sie treibt zwischen Halbschlaf und Wachsein dahin. Sie befindet sich in einem Meer von Gängen. Sie folgt Handzeichen und gemalten Pfeilen und der trägen Bewegung von Schlangen. Ihre Ohren sind unter Wasser, aber sie kämpft dagegen an, ganz unterzugehen. Das Strandmädchen am Ende des *Sonntag*-Buches treibt dahin, erhebt den Kopf von der Buchseite, um Grania anzusehen, als sie vorüberzieht. Sie trägt ihren Hut und Kleid und Schärpe, und sie wartet immer noch darauf, gerettet zu werden. Eine Flottille ohrloser Damen mit gertenschlanken Taillen und schleifenden Röcken segelt vorüber. Oscar, der ausgeschnittene Mann mit den schwarzen spitzen Zehen,

treibt in seiner Katalog-Unterwäsche vorbei. Trotz seines stattlichen Bauches ist er offenbar nicht in Gefahr unterzugehen. Großvater O'Shaughnessys Körper taucht auf, dreht und überschlägt sich in seinem zusammengerollten Laken. Das ausgeschnittene Mädchen in dem neuen Badeanzug versinkt kurz und stößt durch die Wellen wieder nach oben, aber sie ist allein und gibt kein Zeichen, dass es die anderen gesehen hat.
Grania wirft sich in ihrem Bett lautlos hin und her, als sie von oben den Druck des Wassers fühlt. Sie zwingt ihre Arme und Beine, sich zu bewegen. Sie steigt an die Oberfläche. Am Morgen wacht sie auf und findet sich mit ihrer Schwester zusammen – eng aneinander gekuschelt – in einem Bett. Warm und sicher liegt sie tief in den Decken von Tress' Bett.

*

Mamo sitzt im Schaukelstuhl im Wohnzimmer, sie ist allein im Haus. Die Nacht zuvor hat sie schlecht geschlafen. Bernard ist nebenan im Hotel; Patrick ist bei Mrs. Brant in der Hotelküche und Tress in der Schule. Es ist ein schöner Septembertag, aber Mamo geht nicht auf die Veranda. Trotzdem merkt sie, da die Fenster offen sind, eine Veränderung in der Luft. Der Herbst hat begonnen. Am frühen Morgen hat sie ihr Geschenk in den neuen Segeltuchkoffer des Kindes gelegt, bevor er hinten auf den Wagen geladen wurde. Agnes und Dermot sind noch nicht von Belleville zurückgekommen.
Mamo kommt es vor, als würde sich ihr Gesicht nicht mehr glätten, als würden ihre Lippen nicht mehr sprechen. Sie kann nichts tun, nur dasitzen, mit der Schulzeitung *The Canadian Mute* auf dem Schoß, und das Kind in Gedanken auf jedem Schritt seiner Reise begleiten.
Das Kind, das Kind. Sie blickt auf die Zeitung hinunter und

liest: *Jedes Kind sollte mindestens alle zwei Wochen einen Brief von zu Hause bekommen. Einige Schüler hören selten, wenn überhaupt, etwas von zu Hause, und das ist schändlich. Andererseits ist es besser, wenn Eltern nicht zu häufig schreiben, da es den Geist des Schülers von der Arbeit ablenkt.*

Mamos Briefpapier liegt oben in der Schublade ihres Sekretärs bereit. Müde wendet sie die Seite um.

*Jedes Jahr werden uns eine Anzahl außerordentlich intelligenter Jungen und Mädchen geschickt, und wenn ihre Eltern uns Zeit geben, hoffen wir, aus ihnen mannhafte Männer und edle Frauen zu machen.*

Mamo seufzt. Sie greift nach einem einzelnen Blatt und entfaltet es: die offiziellen Richtlinien, die von der Schule übersandt wurden. Zum dritten Mal studiert sie diese, als handelte es sich dabei um ein Dokument aus einem fremden Land:

> Die Ontario-Institution für Taubstumme:
>
> Alle Taubstummen im Alter zwischen sieben und zwanzig Jahren, die Einwohner der Provinz Ontario sind, werden, sofern sie nicht geistig zurückgeblieben und frei von ansteckenden Krankheiten sind, als Schüler zugelassen. Die Ausbildung dauert sieben Jahre oder, im Falle eines späteren Eintritts, bis der Schüler das zwanzigste Lebensjahr erreicht hat. Schulferien von knapp drei Monaten sind im Sommer jeden Jahres. Eltern, Vormünder oder Freunde, die dazu in der Lage sind, zahlen für den Unterhalt pro Jahr 50 Dollar. Unterricht, Bücher und medizinische Betreuung werden kostenlos zur Verfügung gestellt. Ein qualifizierter Arzt besucht die Institution täglich, und eine ausgebildete Krankenschwester ist immer in Bereitschaft. Es gibt ein gut ausgestattetes Krankenhaus, wo jedes kranke Kind die beste Behandlung erhält.
>
> Für Taubstumme, deren Eltern, Vormünder oder Freunde

nicht in der Lage sind, den für den Unterhalt erhobenen Betrag zu zahlen, ist die Aufnahme gratis, die Kleidung muss jedoch von Eltern oder Freunden beschafft werden.
Zum gegenwärtigen Zeitpunkt können Jungen das Handwerk des Druckers, Zimmermanns, Schuhmachers und Bäckers erlernen. Weibliche Schüler werden in Allgemeiner Hausarbeit, Schneidern für Herren und Damen, Nähen, Stricken, im Gebrauch von Nähmaschinen und je nach Wunsch in Dekorations- und feinen Handarbeiten unterrichtet. Werkunterricht in Holzarbeiten für Jungen und Hauswirtschaftslehre für Mädchen sind eingeführt worden.

Gut, sagt Mamo bei sich und denkt an die eigenen Fertigkeiten, die sie in dem alten Land erworben hat, wo sie von den Generationen vor ihr gelehrt wurden. Gut. All das wird Grania für ihre Zukunft nützlich sein.

Die meisten Schüler werden jeden Nachmittag in der Zeichensprache geschult. Artikulationskurse finden vormittags zwischen 11 Uhr und 13 Uhr statt.
Wenn die Schüler sich morgens in den Klassenräumen versammeln, beginnt der Lehrer mit einem Gebet. Um ein Uhr mittags kommen die Schüler in der Kapelle zusammen. Nach dem Beten werden sie entlassen, sie gehen still und gesittet hinaus und begeben sich wieder zu ihren regulären Klassen. Die Gebete sind dieselben, die für den Gebrauch an den Public Schools von Ontario vorgeschrieben sind. Methodistische, anglikanische und katholische Schüler werden jeden Sonntagmorgen in die entsprechende Kirche in der Stadt geführt. Katholische Schüler erhalten auch Religionsunterricht, und zwar jeden Freitag von 14 Uhr bis 14.30 Uhr.

Das Nächste ist schwer zu lesen und noch schwerer zu verstehen. Mamo hat diesen Teil zweimal gelesen und mit Agnes und Dermot darüber gesprochen. Sie weiß, es ist eine Regel, die eingehalten werden muss, aber sie stößt bei ihr innerlich auf Widerspruch, als sie sich zwingt, es noch einmal zu lesen:

> Den Schülern ist es nicht gestattet, zu Weihnachten nach Hause zu fahren. Falls Kinder in dieser Zeit abgeholt werden, ist ihnen eine Rückkehr erst wieder im folgenden Herbst gestattet. Für diese Regel gibt es gute Gründe. Der Mehrheit der Schüler ist es nicht möglich, zu Weihnachten nach Hause zu fahren – die Entfernungen sind zu groß und die Kosten zu hoch. Wenn einige nach Hause gingen, so hätte das zur Folge, dass die anderen unzufrieden und unglücklich wären. Außerdem würde die Arbeit in der Klasse in erheblichem Maße beeinträchtigt. Wenn alle oder eine große Anzahl nach Hause gingen, würden einige mit hoher Wahrscheinlichkeit ansteckende Krankheiten mit zurückbringen, wie es in vergangenen Jahren, vor Einführung dieser Regel, häufig der Fall war. Natürlich ist es für Sie ein Verlust, Ihr Kind Weihnachten nicht bei sich zu haben, aber dieses ist eines der Opfer, die aus Liebe gebracht werden müssen.

Es ist genug. Eine Institution, die nur aus Regeln besteht. Mamo lässt die Blätter auf den Boden gleiten. Wie kann sie es aushalten, das Kind ein Jahr lang nicht zu sehen? Kein ganzes Jahr, aber neun ganze Monate. Und Weihnachten nicht zu Hause! Sie selbst hat die Eltern gedrängt, das Kind auf diese Schule zu schicken. Sie schließt die Augen und macht keinen Versuch, die Tränen zurückzuhalten, die ihr über die Wangen laufen.

# KAPITEL 4

*Vor mehreren Jahren besuchte ich eine große Schule für Taube und brachte allen Schülern bei, ihre Stimme zu benutzen. In einigen Fällen war die Wirkung zweifellos unangenehm, ähnelte die Stimme doch irgendwie dem Schrei eines Pfaus.*

Alexander Graham Bell

*Belleville, Ontario*

Nachdem sich die schweren Türen hinter ihr geschlossen haben, wird sie in den Schlafsaal gebracht und zu ihrem Bett geführt. Es ist der zweite Mittwoch im September. Grania O'Neill, Schülerin Nummer zweihunderteinundsiebzig, ist die Letzte, die zugelassen wurde, die Letzte, die ankommt. Sie sieht sich um und fängt an zu weinen, und sie weint zwei Wochen lang. »Wein doch nicht«, sagen die Lippen der Erwachsenen um sie herum. »Sei ein braves Mädchen und wein nicht mehr.«
Nur das hörende Lehrerkollegium muss das Schluchzen und klägliche Schniefen aushalten, das sich in ihrem Körper Bahn bricht. In den letzten drei Tagen dieser Periode weint sie lautlos. Ihre Klassenkameraden sehen es, mischen sich aber nicht ein, da sie sich an ihren eigenen Eintritt hier erinnern. Es hat noch

andere Neuankömmlinge und noch andere Tränen gegeben, aber Grania ist das einzige Kind, das ununterbrochen zwei Wochen lang weint.

Am 27. September zieht die Heimleiterin Grania wie jeden Morgen die Decke weg, um sie aufzuwecken, und geht dann weiter zu den anderen Betten. Die Lampen sind an. Es ist fünf Uhr fünfzehn. Grania hat gerade geträumt, dass Vater in der Tür seines Büros steht. Seine Lippen verzerren sich, als er ausruft: »Wo bist du, mein Liebling?« Er wendet sich ab, als Grania aufwacht, obwohl Grania ihm hinterherruft und ihm zu zeigen versucht, dass sie nicht verloren gegangen ist.

Sie setzt sich auf, lehnt sich gegen den Metallrahmen des Bettes und beschließt, dass es mit ihrem Weinen nun vorbei ist. Sie presst ihr Unglück zusammen, so, wie sie und Tress einmal Blätter in dem Buch *Die Elfen* gepresst und das Buch dann oben ins Schrankfach gelegt haben. Sie steht auf und folgt den anderen Mädchen in den Flur und in den Waschraum. Sie vergießt nie wieder eine Träne in dieser Institution, in all den Jahren nicht, in denen sie dort Schülerin ist. Das Weiße in ihren Augen rötet sich hin und wieder sehr stark, aber Grania ist nicht mehr dafür bekannt, dass sie weint.

Was sie nicht sieht, ist das gebundene Hauptbuch der Institution, das Register mit den Eintragungen, in dem am Tag ihrer Aufnahme verschiedene Daten festgehalten wurden.

Geburtsdatum: 25. Mai 1896
Geburtsort: Deseronto, Ontario
Ursache der Taubheit: Scharlach im Alter von fünf Jahren
Hörverlust: Total

Sie wurde 1903 gegen Pocken geimpft, hat keine ansteckende Krankheit, und in ihrer Familie gibt es keine weiteren Fälle von

Gehörlosigkeit. Ihr Vater, Nachname O'Neill, ist Besitzer eines Hotels in Deseronto.

Die abschließenden Fragen auf der linken Seite des Hauptbuchs lauten:

*Anzahl und Namen der Kinder in der Familie, einschließlich des gehörlosen Kindes?*

*Natürliche Anlage des Kindes? Intelligent, beschränkt, dumm oder schwachsinnig?*

Neben der letzten Frage steht, mit schwarzer Tinte und feiner Feder geschrieben, nur das eine Wort: *Intelligent.*

Eine zusätzliche Anmerkung wird später mit blauer Tinte angefügt. Sie stellt fest, dass das Kind ein Jahr auf einer *regulären Schule für hörende Kinder* verbracht hat und dass es zu Hause eine gewisse Schulung erfuhr. *Das Kind scheint eine besondere Begabung,* so fährt die Anmerkung fort, *für das Lippenlesen zu haben.*

Eine vierstellige Buchnummer, 1496, die während der restlichen Jahre ihrer Kindheit ihre Nummer sein wird, ist neben Granias Namen eingetragen.

*

Grania versucht, von den unvertrauten Lippen Fremder zu lesen, sieht aber nur Gesichter, mahlende Wangen und auf und ab hüpfende Kinne. Das ist so erschreckend, dass sie sich noch mehr in sich zurückzieht und gar nicht erst versucht, ihre Stimme zu benutzen. Nicht so, wie sie es gewöhnt ist, mit ihrer Familie zu sprechen. Zu Hause kann sie alles sagen und wird verstanden.

An einem Donnerstagabend nach der zweiten Woche der Tränen folgt sie den anderen Kindern in einem Meer von Gesichtern und schwirrenden Händen in den Essraum. Sie sitzt am Tisch, nimmt zwei Bissen von dem Fleisch auf ihrem Teller und findet, dass das Fleisch komisch schmeckt. Was sie von den Lippen in ihrer Umgebung, hilfsbereiten Lippen, abliest, bedeutet, dass sie ein so genanntes Schweizer Steak isst – gehacktes Rindfleisch, das in Brühe und Ketchup gekocht wurde. Zu Hause hat sie nie derartig zubereitetes Rindfleisch gegessen. Im Speisesaal des Hotels steht auf jedem Tisch Ketchup, aber Mutter tut es nie ans Fleisch, wenn sie kocht. Es war Granias Aufgabe, die Ketchup-Gefäße zu füllen. Sie muss daran denken, wie Tress ihr geholfen hat, den großen Krug zu kippen, damit sie die kleinen Gefäße füllen konnte, und als sie an Tress denkt, legt sie den Kopf auf das Tischtuch. Sie weiß instinktiv, dass sie weinen würde, wenn sie wach bliebe. Aber sie hat sich entschlossen, nicht wieder zu weinen. *Manche Trauer ist so groß, dass man sie in sich verschließen muss, hat Mamo ihr gesagt.* Unter den kegelförmigen Lichtstrahlen der hängenden Deckenlampen schläft sie ein. Eines der älteren Mädchen am Tisch weckt sie und macht Zeichen in der Gebärdensprache. Grania hat schon einige Zeichen von den Mädchen in ihrem Schlafsaal gelernt – es war notwendig, sie schnell zu lernen –, aber sie hat keine Ahnung, was ihr jetzt mitgeteilt wird.

Sie blickt in Panik um sich, und was sie sieht, ist ein großer Saal voller Fremder. In diesem Augenblick überfällt sie der Gedanke, dass sie ebenso gut in einem Waisenhaus sein könnte, so vollkommen verlassen ist sie. Hier gibt es keine Tress, die für sie vermittelt, keinen älteren Bruder, keinen kleineren Bruder, keinen Vater, keine Mutter, keine Mamo, die sie trösten könnte. Mutter hat sie immer zu Hause behalten, und jetzt, mit neun Jahren, hat man sie weggeschickt. Mamo ist Teil der Verschwörung, durch die sie hierher gekommen ist. Mamo *will*, dass Grania fern von zu Hause zur Schule geht. »Du brauchst den Unterricht«, erklärte sie Grania, als sie sie vor der Abreise auf dem Schoß hielt. »Du musst lernen, was andere taube Kinder auch lernen.«

Grania denkt an die schweren geschlossenen Türen am Eingang der Schule, an die Marmortreppe, die zu einem breiteren Absatz führt. Durch die großen Türen wird sie nie aus eigener Kraft fliehen können. Sie starrt auf ihren Teller, bis die Mädchen vom Tisch aufstehen dürfen, und folgt den anderen nach draußen und über den Weg in ihren Schlafsaal. Während sich die anderen auf das abendliche Lernen vorbereiten, die stille Zeit, bevor das Licht ausgemacht wird, sitzt sie auf der Bettkante und vergegenwärtigt sich in allen Einzelheiten, wie sie zwei Wochen zuvor angekommen ist und wie gleichzeitig ihre Eltern abgefahren sind.

*

Als Vaters Pferde vor dem Haupteingang angehalten hatten, hob man Grania von ihrem Sitz herunter. Dann wartete sie, während ihr neuer großer Segeltuchkoffer hinter ihr abgeladen wurde. Neugierige Mädchen drängten sich an einer Seite der schweren Doppeltüren und starrten herüber. Jedes Mädchen hatte eine Schleife im Haar, die wie ein Schmetterling flach am Hinterkopf festgesteckt war. Grania wollte die starrenden Mädchen nicht anschauen und wandte sich ab. Die Sonne stach grell herab wie ein gelbes Auge. Das Pferd, das Grania am nächsten stand, blickte voller Mitgefühl. *Pferd, Auge, Sonne*, sagte sie zu sich und speicherte die Bilder. *Vater, Mutter, Türen, Dunkel.* Aber hier war keine Mamo, der sie es erzählen konnte. Mamo war zu Hause in Deseronto geblieben. Grania atmete tief ein. Der Geruch der Luft hatte sich geändert. Ohne Vorwarnung zog der Herbst ein und verdrängte den Sommer.
Was als Nächstes geschah, weiß Grania nicht mehr so genau. Sie und ihre Eltern könnten durch die großen Türen gegangen sein. Oder vielleicht stand auch eine erwachsene Person von der Schule zu ihrer Begrüßung vor dem Gebäude. Schlugen die Tü-

ren hinter ihr zu? Haben Vater und Mutter neben dem Wagen Auf Wiedersehen gesagt – oder drinnen, neben der Marmortreppe? Die Türen hatten ein Geräusch gemacht. Sie erschrak. Oder hat sie sich das Geräusch nur eingebildet?
Erinnern kann sie sich noch, dass Mutter sich über sie beugte, um sie zum Abschied zu küssen. In Mutters dunklen Augen lag irgendein neuer Ausdruck, und Grania hatte für einen Moment gehofft, Mutter würde ihre Hand ergreifen und sie wieder mitnehmen. Dann nahm Vater Grania in den Arm, und seine Lippen sagten: »Auf Wiedersehen, mein Liebling.«
Sie hat in ihrem Gedächtnis kein Bild von ihren Eltern, wie sie wieder in den Wagen steigen.
Eines aber weiß sie ganz sicher. Obwohl die mit Pferd und Wagen zurückgelegte Strecke – oder mit dem Dampfer oder Zug oder sogar mit dem Auto, wenn ihre Familie eins besäße –, nur zwanzig Meilen betrug, könnte sie ebenso gut zweihundert Meilen von der Familie entfernt sein, die sie erst im Sommer des nächsten Jahres wiedersehen würde.
Ihr Koffer wurde nicht gleich in das Wohnheim der Mädchen gebracht, in das die große, hagere Heimleiterin, Miss O'Shaughnessy, sie in den Augenblicken führte, in denen ihre Eltern wegfuhren. Stattdessen kam er in einen Kellerraum, wo man seinen Inhalt desinfizierte. Später, noch an demselben Abend, wurden ihre Kleider, nach Desinfektionsmitteln stinkend, in den Schlafsaal gebracht. Zusammen mit ihnen packte sie ihren Hornkamm aus, ein Geschenk von Patrick, eine Haarbürste aus Olivenholz von Bernard, einen dazu passenden Handspiegel von Tress, die schwarze Box-Kamera von Bompa Jack und eine kostbare Filmrolle. Ihre Eltern hatten ihr eine kleine Geldbörse geschenkt, die zwei glänzende Fünfzigcentstücke enthielt. Auf jeder Münze sah man auf der einen Seite den König mit Krone und auf der anderen einen Blätterkranz. Das Taschengeld wurde der Heim-

leiterin übergeben, damit es von der Schule verwaltet werden konnte.

Ein Porträtfoto von Mamo in einem steifen Papierrahmen, das in Deseronto im Fairbairn Studio aufgenommen worden war, steckte in Granias *Sonntag*-Buch und trug lauter X- und O-Zeichen: Das sollten Küsse und Umarmungen sein, wie Grania wusste. Das Foto war neu, eine Überraschung. Darauf saß Mamo auf einem Stuhl mit hoher Lehne. Sie hatte ihre hochgeschlossene Bluse und die Strickweste an. Ihre Haare mit den weißen Strähnen waren mit langen Haarnadeln festgesteckt, die man aber auf dem Foto nicht sehen konnte, obwohl Grania wusste, dass sie da waren. Grania sah auf Mamos Hände, als ob sie diese zum ersten Mal wahrnähme. Die dicken Adern, die Verdickungen und arthritischen Knoten an ihren Fingern waren alle in dem Rahmen eingefangen.

Aber Mamos Gesicht war dasselbe. Ihre Augen blickten Grania direkt an. Wenn Grania sich bewegte, folgten die Augen ihr. In Mamos Gesicht war *Liebe.* Dieselbe Liebe, die in der Nacht des Großen Brandes zwischen ihnen hin und her gegangen war. Grania ließ ihre Finger trippeln und bewegte sie auf sich zu, genauso, wie Mamo es immer machte, wenn sie die Geschichte ihres Namens, die Feuergeschichte, erzählte.

Mamo hatte das Foto mit Bedacht neben eine Seite des *Sonntag*-Buchs gesteckt, die Grania gut kannte. Das Bild zeigte ein Mädchen in Granias Alter, das eine Uniform trug und Schnallenschuhe. In der Hand hielt es einen dreieckigen Helm aus Zeitungspapier, und es kauerte auf einem breiten Brett, das über zwei offene Fässer gelegt war. Ein Junge mit einem Pappschwert und einer Augenklappe stand auf dem Gras daneben. Das Mädchen schaute mit grimmigem Blick aus der Seite heraus und schien kein bisschen Angst zu haben. Grania kannte die Überschrift auswendig. *Dulcie ist ein sehr tapferes Mädchen, sagte der Pirat.*

Grania denkt an den Spaziergang, den sie und Mamo am Abend vor ihrem Abschied gemacht haben. Sie gingen am Ufer der Bucht entlang, zu dem steinigen Platz am Rande des Wäldchens. Der Platz, zu dem sie den Jutebeutel aus dem O'Shaughnessy-Überseekoffer trugen. *Wenn es böse endet.*
Wie sie da auf dem Rand ihres schmalen Internatsbettes sitzt, befiehlt Grania sich selbst, immer daran zu denken.

*

Sie begreift bald, dass kaum jemand sie versteht, obwohl die Lehrerin sie ermutigt, ihre Stimme zu gebrauchen. Sie beschließt, ihre Stimme innen drin zu behalten, sie nicht herauszulassen. Aber ihre Lehrerin, Miss Amos, gibt sich damit nicht zufrieden. Sie klopft Grania auf die Schulter, beobachtet ihre Lippen, lenkt Granias Aufmerksamkeit wieder auf ihre eigenen Lippen, damit sie die Formen der Wörter sehen kann, die sie sagen will. Grania ist in eine mittlere Gruppe eingestuft worden, einmal, weil sie gewandt ist im Lippenlesen, und dann wegen ihrer Übungen zu Hause mit Mamo. Es wurde beschlossen, dass sie eine kombinierte »Mündliche«- und »Zeichen«-Ausbildung erhält.
Miss Amos unterrichtet sie im »Alphabet mit einer Hand«, und Grania, die bereits die Druckbuchstaben kennt, hat keine Schwierigkeiten damit. Sie lernt auch, den zeichensprachlichen Raum vor ihrem Hals und ihrem oberen Brustkorb zu nutzen. Zeichen am unteren Brustkorb und an der Taille sind schwerer zu erkennen. Sie versucht, Gesichter zu beobachten, ebenso Hände, die sich um sie herum bewegen. »Halte Blickkontakt«, fordert ihre Lehrerin immer wieder. Wenn Grania wegsieht, lenkt Miss Amos ihren Blick wieder zurück.
Miss Amos ist in den Zwanzigern; sie trägt ihr dunkelbraunes Haar aus der Stirn gekämmt und hinten eingerollt. Ihre tägliche

Kleidung besteht aus einem mit Streifen verzierten knöchellangen Rock, einer langärmeligen Bluse und einer schmalen Krawatte, die vom Hals bis zur Taille herabhängt. Diese Krawatte hat jeden Tag eine andere Farbe: hellgrün, altrosa, violett, braun, kirschrot. Miss Amos ist eine energische Lehrerin, sie will, dass die Kinder etwas lernen. Manchmal krempelt sie sich die Ärmel ihrer Bluse an den dünnen Armen bis über die spitzen Ellenbogen auf, als wollte sie sich in die Arbeit stürzen, den Kindern wieder eine neue wichtige Sache beibringen. Sie freut sich, wenn sie etwas schaffen. Sie ist ebenso stolz wie die Kinder selbst, wenn sie ein Ziel erreicht haben.

Mit Grania sitzen noch elf andere Kinder im Klassenzimmer. Acht von ihnen können die Zeichensprache. Lebhaft tauschen sie Signale miteinander aus; sie bewegen sich wie Schauspieler. Grania beobachtet, wie der Ausdruck auf ihren Gesichtern ebenso schnell wechselt wie die Botschaften ihrer flinken Finger und Hände. Sie beginnt die Zeichen für Nahrungsmittel zu lernen. Mit der geschlossenen kleinen Faust klopft sie sich an die Schläfe: *Kohl.* Mit den Fingerknöcheln wischt sie sich eine imaginäre Träne aus dem Augenwinkel: *Zwiebel.* Mit zwei Fingern trommelt sie auf den Handrücken: *Kartoffel.* Sie lernt, für *Sonntagskuchen* ein keilförmiges Stück auf der Hand zu schneiden; für *Käse* reibt sie die Handflächen aneinander. Wenn sie bei einer Mahlzeit im Essraum eine Spinne an der Wand sieht, kreuzt sie die Handgelenke und lässt ihre Finger zum Entzücken der anderen am Tisch in der Luft zappeln. Sie beginnt, langsam Signale von ihrem Körper auszusenden, aber das Geflatter der Hände, wenn Signale zurückkommen, entmutigt sie. Manchmal sieht sie nicht mehr als ein rasches Huschen und kann nicht einmal ein Zeichen von einem anderen unterscheiden. Ihre Augenbewegungen sind nicht schnell genug, um mit der Geschwindigkeit der Hände und Finger um sie herum mitzukommen.

Stattdessen konzentriert sie sich auf Lippenbewegungen, wie sie es zu Hause getan hat. Aber in der Klasse verlangt Miss Amos mehr; sie will, dass Grania vorausschaut, dass sie das Signal erkennt, wenn ein Wort sich bildet, dass sie errät, was es als Ganzes bedeuten wird. Das funktioniert bei langsamer Bewegung mit Miss Amos, der Grania jetzt gefallen möchte, aber außerhalb des Klassenzimmers erwarten die anderen Kinder von ihr, dass sie nicht Lippen, sondern Hände versteht, und zwar in ihrem Tempo. Wenn Grania nichts versteht, wird sie ausgeschlossen.

Der einzige Ort, wo sie Lippen und Hände frei bewegen kann, ganz so, wie es ihr beliebt, ist die Kapelle. Bei den täglichen Gebeten ist sie von anderen gehörlosen Kindern umgeben, niemand ist da, der die unsinnigen Plapperworte, die Granias Stimme heraussprudelt, hört oder zur Kenntnis nimmt oder die sinnlosen Zeichen bemerkt, die ihre Hände hervorbringen. Sie beginnt, sich auf diese festen Zeiten zu freuen, wenn sie in der Kapelle stehen und allen möglichen Unsinn reden kann. Jeden Tag, wenn sie aus der Kapelle kommt, fühlt sie sich erfrischt.

Und dann, an einem Samstag, als sie über den dunkel getäfelten Flur zum Essraum geht, beobachtet sie plötzlich buchstabierende Finger, denen sie sich am Ende des Ganges gegenübersieht. Die Finger buchstabieren den Namen *C-E-D-R-I-C.* Cedric hat Aufsicht, warnt ein älterer Schüler. Was so viel bedeutet wie: *Benimm dich beim Essen.*

Mr. Cedric ist sowohl Lehrer als auch Redakteur der Schulzeitung *The Canadian Mute.* Er ist nicht ungerecht, aber er erwartet gutes Benehmen, wenn er Dienst hat. Erst als Grania gegessen hat und den Tisch verlässt, empfindet sie ein verspätetes Triumphgefühl. Ihr wird klar, dass sie, als sie gerade durch die Tür gehen wollte, den mit Fingern buchstabierten Namen verstanden hat.

Am nächsten Tag werden aus den Sendschreiben, die früher

unverständlich durch die Luft taumelten, einzelne Worte, die zusammenhängen, Sätze, die sie verstehen kann. Eine Sprache nimmt Form an, es ist eine, an der sie allmählich teilzunehmen beginnt. Sie übersieht und missversteht noch manches, verbindet jedoch einen Sinn – ob richtig oder falsch – mit Wörtern, die ihr als Zeichen begegnen. Ihre Hände beginnen zu ihrer Überraschung und zunächst noch unbeholfen, Ideen auszusenden. Ihr Gesicht und ihr Körper setzen Zeichen; ihre Augen nehmen auf. Sie gelangt, sie tritt in eine neue Welt. Sie nimmt an dem größeren Gespräch der Hände teil.

Grania weiß jetzt, dass ihre Gehörlosigkeit in der Schule immer eine größere Bedeutung haben wird, als sie je zu Hause hatte. Die Lehrer führen ihr diese Tatsache ständig vor Augen. Es ist ihre Aufgabe, den Schaden, den die Gehörlosigkeit ihrem Sprachvermögen zugefügt hat, möglichst zu beheben; unnachgiebig versuchen sie, zu kurieren und zu verbessern. Sie wird zwischen den Klassen hin und her geschickt. Ein einziger Lehrer unterrichtet mit Handzeichen, während die anderen Lehrer im Unterricht nur sprechen können. Die neue Schulleiterin, die kurz nach Grania gekommen ist, weiß nicht mehr von der Zeichensprache als sie. Die Kinder beobachten die Leiterin und lachen und ermutigen sie bei ihren Lernversuchen.

Grania sieht Hände, die geöffnet und entspannt sind, und Finger, die steif und zusammengepresst sind, als wären sie aneinander geklebt. Im Unterricht von Miss Amos versucht sie, das Gefühl für ihre Stimme zu trainieren, ihre Lautstärke im richtigen Maß zu halten. Da alle Lehrkräfte bis auf eine hören können, muss sie darauf achten, dass ihre Stimme nicht grell und hart herauskommt, unangenehm klingt.

Durch dies alles und in dem Wissen, dass ihr Zuhause in Deseronto zusammen mit ihren Tränen tief in ihr ruht, bekommt sie allmählich das Gefühl, dass sie mehr Geschwister hat, als sie es sich je hätte vorstellen können. Der Unterschied ist, dass diese Kinder, fast dreihundert an der Zahl, so sind wie sie selbst. Brüder und Schwestern, die keine Angst haben, die Hand zu heben und einer Lehrerin wie Miss Amos mit ihrer hellgrünen Krawatte und ihrer Tolle über der Stirn eine Frage zu stellen.

*

Grania erzeugt schweigend Wörter in ihrem Mund. Ihre Lehrerin erzählt die Geschichte von Sammy und dem Affen und teilt Karten aus, die das Bild eines Affen zeigen, der eine Weste und einen flachen runden Hut trägt. Miss Amos schreibt auf die über die Tafel gezogenen Linien:

*Sammy kaufte einen Affen.*
*Er verkaufte den armen Affen wieder, weil er krank war.*

Als die Geschichte zu Ende ist, klopft sie mit der Hand rhythmisch an ihren Körper, während Grania und die elf anderen Schüler in der Klasse im Chor zu sprechen versuchen:

*P wie in Pein und*
*B wie in Bein*
*und m wie in mein.*

Und Grania klopft seitlich an ihr Kleid.
An den Nachmittagen sitzen sie paarweise auf nebeneinander stehenden Stühlen vor einem niedrigen Tisch, auf dem sich ein rechteckiger Spiegel befindet, der auf der Rückseite befestigt ist. Granias Partnerin ist Nola, ebenfalls neun Jahre alt und infolge einer Gehirnhautentzündung seit ihrem zweiten Lebensjahr taub. Die Mädchen spitzen die Lippen und lassen nur noch eine

kleine Öffnung dazwischen; sie knurren den Spiegel an, zeigen die Zähne; sie öffnen und schließen die Münder. Wenn sie ihre Übung am Tisch beendet haben, kehren sie in den vorderen Teil des Klassenzimmers zurück und stellen sich an Miss Amos' Pult auf und blasen für das »P« Kerzen aus, so schnell, wie die Lehrerin sie anzünden kann. Wieder und wieder üben, tagein, tagaus, Woche für Woche. Die Klasse deklamiert:

*U*
*wie in du*
*wie in Buch*
*wie in Tuch.*

*Puhm*, denkt Grania.
Ihr persönliches Wort aus der Höhlenwohnung unter dem Kai. Irgendjemand hatte gestunken, aber wer? Sie denkt an Kenan, der Tress eines Tages heiraten will, und an Tress und ihren herumalbernden Freund Orryn, und wie sie vor Lachen geschrien haben in dem Versteck und versuchten, ihr beizubringen, das verbotene Wort *Furz* auszusprechen, aber Grania weigerte sich und bildete ihr eigenes Wort: *Puhm.*
Woher stammte das Wort? Sie lacht vor sich hin.
Hat sie laut gelacht? Miss Amos runzelt die Stirn.

*Die Zunge zieht sich in den Mund zurück*
*ah, bah*
*und wau, wau*
*und paff, paff*

und sie ist so müde.

Die Tage fließen ineinander, und sie wird angewiesen, mehr Stimme einzusetzen, mehr Atem, nicht so viel Atem. Sie hält die Finger an die Lippen der Lehrerin und fühlt den Luftstrom bei *bieten* und *piepen.* Und legt eine Hand an die Kehle der Lehrerin bei *Fuchs* und *Flachs.*

»Nur leicht jetzt«, sagt ihre Lehrerin zu ihr. »Ertaste das Wort. Jetzt an meine Kehle, wieder an meine Lippen. Lass die Form des Wortes in deine Finger eingehen. Schöpf es mit deiner Hand heraus.«

*Ei für Eis*
*Sieh den Reis.*
*Sieh den Kreis.*

»Stimme, Stimme benutzen.« Miss Amos' Lippen bilden diese Anweisung wieder und wieder. »Arbeite mit Kontrolle. Du musst deine Stimme kontrollieren.«

Die Kinder schreiben Wörter sorgfältig in Druckbuchstaben auf ihre Tafeln. Sie lernen, Laute von einem Lippenpaar zum anderen zu verfolgen. Sie rufen in die Luft, erproben die eigenen Kehlen, Lippen und Zungen. Aus dem Schweigen in ihnen schreien sie heraus.

*

Am Sonntagnachmittag geht Grania mit den anderen Kindern in die Aula, um sich die Laterna-magica-Bilder des »Lebens Christi« anzuschauen. Das meiste von dem, was Mr. Morris, der Lehrer, der die Bilder zeigt, mit Zeichen erklärt, wird verstanden. Grania sitzt in dem teilweise erleuchteten Raum und sieht mit Erstaunen jede der Jesus-Geschichten in Bildern dargestellt. Sie denkt an den Wandteppich zu Hause: *Gottes Auge für mein*

*Sehen, Gottes Ohr für mein Hören* und fragt sich, ob der heilige Patrick vielleicht taub war und Gottes Ohr zum Hören brauchte.

Nach dem Abendessen, als Grania wieder in ihrem Schlafsaal ist, ordnet sie jedes einzelne ihrer Besitztümer und ändert diese Ordnung immer wieder. Auf dem Boden ihrer Schublade liegen zwei Briefe, die sie von zu Hause bekommen hat, einen von Mamo und einen von Tress. Jeder ist eine Seite lang und ist auseinander gefaltet und gelesen und wieder gefaltet worden. Mutter wird als Nächste schreiben, hat Tress ihr im letzten Brief mitgeteilt. Grania überprüft den Inhalt ihres Schrankanteils und ihr Fach im gemeinsamen Waschraum am Ende des Flurs. Sie hat einen Haken für ihr Handtuch, einen eigenen Becher, einen Platz für Zahnbürste und Seife. In dem für sie bestimmten Fach legt sie Strümpfe und Unterwäsche, zwei Nachthemden, ein extra Paar Schnürsenkel, Taschentücher und breite Haarbänder immer wieder neu zusammen. Die Bänder sind ein Geschenk von Tante Maggie. Sie brachte sie ihr nach Hause und zog sie über eine Glühbirne auf einer der Wohnzimmerlampen, um die kleinen Falten herauszubekommen.

Grania faltet und glättet zwei lange wollene Unterhosen für den Winter und ein geripptes Oberteil. Mit Paysons Tinte, die man nicht herauswaschen kann, ist ihr Name in jedes Kleidungsstück gedruckt. Sie betrachtet ihren Hornkamm, ihre Bürste aus Olivenholz, das Foto von Mamo, das flach in ihrer Schublade liegt – sie will nicht, dass irgendjemand außer ihr Mamo anschaut. Sie hält den Spiegel in der Hand, den Tress ihr geschenkt hat, blickt hinein und sagt Wörter aus ihrer mündlichen Hausaufgabe. Sie steckt eine Feder in ihren Federhalter, taucht sie in Tinte und schreibt ihre Buchstaben nieder. Sie bildet deutliche Wörter und Sätze und liest, was sie von den Zeilen, die Miss Amos im Freitagsunterricht an die Tafel schrieb, übertragen hat. Auf dem Bettrand sitzend, nimmt sie ihr *Sonntag*-Buch auf den Schoß und blättert die Seiten um. Sie erfindet eine eigene Überschrift: *Dulcie war eine Waise, die den Rest ihrer Tage in der Schule verbrachte.*

Wenn es nach dem Abendessen Zeit ist, das Licht auszumachen, liegt sie steif auf dem Rücken und hat ihre Augen in der Dunkelheit weit offen. Sobald sich ihre Augen auf den unter der Tür hindurchdringenden Lichtstrahl eingestellt haben, dreht sie sich auf die Seite und schaut um sich. Einige der Mädchen sind älter, zwölf und dreizehn. Jede ist sich des Wortes *Stille* bewusst, das von hörenden Lehrern und vom Personal verwendet wird, aber nie von den Kindern.

*Was soll's?* hat Nola einmal in der Zeichensprache zu Grania gesagt. *Wen interessiert schon Stille?* Lärm ist etwas, das in den hellen Stunden gegenwärtig ist. Die Stille hörender Menschen herrscht in der Dunkelheit. Jedes Mädchen im Schlafsaal hat *Stille* durch Ermahnungen gelernt, genauso wie Grania *Stille* zu Hause gelernt hat, wenn sie auf Zehenspitzen über den Flickenteppich ging.

Nola bewegt sich aus ihrem Bett in der Ecke. Jeden Abend, nachdem die Heimleiterin die Tür zugemacht hat, schlüpft sie aus ihren Decken und kniet sich auf den Boden. Grania kann ihre Lippen in dem matten Lichtstreifen sehen. Nola spricht immer dasselbe Gebet: *Bitte, lieber Gott, lass mich nicht blind aufwachen.*

Nola hat Grania erzählt, dass sie zu Hause jeden Morgen, seitdem sie taub geworden war, von ihrer Mutter mit der Frage geweckt wurde: »Kannst du sehen?« Jeden Morgen wurde ein anderer Gegenstand hochgehalten, den Nola benennen musste – ein Fingerhut, ein Löffel, ein Zierdeckchen, eine Tasse. Nola ist so oft gefragt worden, ob sie sehen kann, dass sie nun schreckliche Angst hat, blind zu werden. Gegenüber von Nola liegt Bridie mit dem herzförmigen Gesicht. Sie trägt ihr Haar locker nach hinten frisiert; es wird von Haarnadeln gehalten, die sie dauernd verliert. Am Tage ist sie das lebhafteste Mädchen von

allen, aber nachts zieht sie sich die Decken über den Kopf und will bis zum Morgen nicht darunter hervorschauen. Und dann ist da Erma. Erma, die nie aufhört, mit sich selbst und jedem, der nicht hören kann, zu reden, und zwar mit Stimme.
Grace ist nicht vollkommen taub; sie hat ein geringes Hörvermögen. Aber ihr größter Wunsch ist, überhaupt keins zu haben. Sie erzählt den anderen, wie ihr Lehrer im Artikulationskurs sie plagt: »Putz dir die Nase, mach die Gänge frei. Fühl den Druck in deinen Gehörgängen. Hör auf deine Laute.« Sie soll die Stelle in ihren Ohren finden, wo sie taub ist.
»Wie kann ich wissen, wo ich taub bin?«, fragt sie Grania mit den Händen. »Der Lehrer sagt: Schluck, hör zu, putz dir die Nase. Das soll mir sagen, wo ich in meinen Ohren taub bin. Aber wenn noch andere Geräusche im Raum sind, hör ich nichts. Und es sind immer Geräusche da.«
Aber Grace kann ihre Stimme benutzen. Die anderen beobachten sie und wissen, dass sie die beste Sprecherin von ihnen allen ist. Sie kam mit elf an die Schule und wollte sofort wieder gehen, noch an demselben Tag, an dem sie gekommen war. Da sie nicht wegdurfte, lernte sie, was sie tun musste, und das ist der Teil der Geschichte, der Grania am besten gefällt.
Grace brachte sich selbst bei, den Ton auszuschalten. Zuhören mit ganz wenig Gehör macht so müde, und so hat sie sich beigebracht, stattdessen ganz taub zu sein. Sie hat gelernt, sich in ihr eigenes Schweigen fallen zu lassen – dorthin, wo Grania und die anderen leben, ohne eine Wahl zu haben. Und Grace weiß, wie sie dort bleiben kann. Als sie das Taubsein lernte, stopfte sie sich Watte in die Ohren, dann flocht sie sich die Haare und steckte sie als Schnecken über den Ohren fest, damit die Lehrer es nicht sehen konnten. Sie hat alles, was ihr einfiel, ausprobiert, um zu verhindern, dass Geräusche zu ihr drangen.
Celia ist ein Mädchen mit langem Hals, das vorgibt, überhaupt

keine Angst zu haben, aber Grania weiß – wie auch die anderen im Schlafsaal –, dass Celia jeden Vormittag um dieselbe Zeit, halb zwölf, kurz vor dem Mittagessen, in den Waschraum der Mädchen geht, um sich hinter der Toilettentür auszuweinen. Nach drei bis vier Minuten wischt sie sich die Augen, kommt heraus und gesellt sich zu ihrer Klasse im Essraum, wo man sie erleben kann, wie sie lacht und sich mit ihren Freunden in der Zeichensprache unterhält. Aber zuerst muss sie sich immer ausweinen. Celia ist diejenige, die sich bei Grania beklagt, dass ihr Schlafsaal nachts nicht kontrolliert wird. Miss O'Shaughnessy schläft in ihrem eigenen Zimmer am Ende des Flurs. »Jeder glaubt, wir schliefen, aber wir könnten ja auch tot sein«, sagt Celia, indem sie ihre Handfläche umdreht als Zeichen für *tot.* Aber Grania beunruhigt die Möglichkeit, tot zu sein, keineswegs. Grania beunruhigt die Dunkelheit. Sie hasst die Dunkelheit. Sie behält ihre Augen so lange offen, wie sie kann. Sie denkt an das, was Tress ihr zu Hause erzählt hat. *Ich sage meinem Hirn, es soll aufhören zu denken, und dann schlafe ich ein.* Sie versucht, Tress nicht zu vermissen. Aber sie kann nicht anders; sie vermisst sie in jedem Augenblick. Ihr fehlt Tress, die ihr erzählt, was los ist. Ihr fehlt die Sprache des Fußseils und das sanfte Rucken, mit dem sie am Bett der Schwester verankert ist. Grania denkt an das Gespräch mit ihrem Vater, und von dem fremden Bett aus beginnt sie, ihre Ängste laut aufzulisten.

*Lass mich hier nicht für immer leben.*
*Lass sie die großen Türen nicht zuschließen.*
*Lass mich kein Waisenkind sein.*
*Lass mich wieder nach Hause gehen.*
*Lass mich hier nicht für immer leben.*
*Lass mich kein Waisenkind sein.*
*Lass mich wieder nach Hause gehen.*

Sie spricht singend vor sich hin und klopft mit den Fingerspitzen seitlich an ihr Bein, während sie ihre Ängste in die Dunkelheit wirft. Langsam rutscht sie mit dem ganzen Körper nach unten und immer tiefer dahin, wo ihr Schweigen liegt, dahin, wo sie sicher ist.

*

Mitten im Winter wird Fry – ihr richtiger Name ist Freda – in den Schlafsaal geführt. Fry, Schülerin Nummer zweihundertzweiundsiebzig, ist früher in den Vereinigten Staaten zur Schule gegangen und jetzt nach Ontario gezogen, zusammen mit ihren Eltern, Kanadiern, die in ihre Geburtsstadt Toronto zurückgekehrt sind. Auf ihrer Rückfahrt haben sie Fry in Belleville, das am Weg lag, abgesetzt. Fry ist infolge einer Gehirnhautentzündung seit ihrem vierten Lebensjahr taub, sie hat ihr Gehör und ebenso ihre gesprochene Sprache verloren. Seither hat sie Schwierigkeiten, ihre Stimme zu benutzen. Sie war eine gute Schülerin in der amerikanischen Schule, und es gibt kaum etwas, was sie nicht in der Zeichensprache mitteilen kann. Aber ihre alte Schule verlegte sich allmählich ausschließlich auf die »Oral«-Methode, und deshalb sind ihre Eltern wieder mit ihr nach Kanada gezogen.

Die Heimleiterin schiebt und verrückt die Betten im Schlafsaal, stellt sie neu zusammen und teilt dem hoch gewachsenen Mädchen aus Gründen, die nur sie kennt, das freie Bett neben Grania zu. Als Grania hereinkommt, schaut Fry auf und lächelt. Sie hat grüne Augen, die in Granias Augen blicken, und eine glatte Ponyfrisur. Ihre Arme sind mit so vielen Sommersprossen bedeckt, wie Grania sie noch bei keinem Menschen gesehen hat. An beiden Wangen hat sie ein kleines rundes Grübchen, ob sie lächelt oder nicht. Ein Duft nach Lavendel steigt aus ihren Kleidern. Sie und Grania freunden sich sofort an.

Fry kann die Sprache mit den Händen schneller als alle, die Grania je erlebt hat, aber sie hat Hemmungen mit ihrer Stimme. »Meine Stimme ist kaputt«, erklärt sie Grania an diesem ersten Tag, als sie sich auf ihren Bettkanten gegenübersitzen. Sie macht das Zeichen für *zerbrechen* mit ihren Händen und greift nach der unsichtbaren Stimme, die zwischen sie gefallen ist. »Meine Stimme ist kaputt-kaputt-kaputt.«

*

»Erzähl«, sagen Granias Hände. Seit Fry in den Schlafsaal eingezogen ist, hat sich Granias eigene Zeichensprache verbessert. »Wie war das, als du dein Gehör verloren hast?«

Fry antwortet wie aus der Pistole geschossen, wobei sie mit einer Hand die Luft über der Schulter wegschlägt.

»Lange her. Fünf Jahre jetzt. Ich war krank – wochenlang im Bett, nicht mehr viel Erinnerung heute. Aber ich weiß noch, dass mein Herz so stark klopfte, dass ich dachte, es würde explodieren. Das erste Mal, als ich rausging, spürte ich meine eigenen Schritte durch mich hindurchgehen. Wie in einer Trommel gefangen. Ich habe geglaubt, ich höre. Vielleicht war es vor der Krankheit. Vielleicht war es das letzte bisschen Gehör, das ich noch hatte.« Ihr Blick wendet sich ab, dann sieht sie Grania wieder an. »An was erinnerst du dich?«

»An Geräusche. Ich glaub, in meinem Kopf sind Geräusche.«

»Was für Geräusche?« Fry beugt sich vor.

»Türen, die sich schließen.« Die Kanten von Granias Handflächen schlagen zusammen. »Große Türen. Am Büro, im Eingang. Am ersten Tag hier habe ich gehört, wie sie hinter mir zufielen.« Sie bricht ab.

»Du hast die Türen gefühlt«, sagt Fry. Sie schneidet eine Grimasse. »So, wie wir Donner fühlen.«

»Nein, ich hab sie gehört.« Grania beharrt darauf. »Ich hab die

Türen gehört. Manchmal träume ich davon, wie sie zuknallen.« Sie hält einen Moment inne. »Letzte Nacht hatte ich einen Traum. Vater führte mich in sein Büro, um mir zu sagen, dass ich fortgehen würde – in eine Schule, wo die Ohren der Kinder nicht hören können. Ich wurde hierher gebracht, und dann – standen meine Eltern draußen vor der Tür, und ich war drin. Ich hämmerte gegen das Holz, und die Heimleiterin kam.« Sie macht das »O« neben ihrer Wange, das Namenszeichen für Miss O'Shaughnessy. Grania ruft sich ins Gedächtnis zurück, wie sie im Traum zu einer Zahnreihe aufsah, Hautfalten, einem Gesicht, das nicht unfreundlich war, umrahmt von ergrauendem Haar. Die große, hagere Heimleiterin hat Mamos Namen, bevor Mamo geheiratet und vier Kinder bekommen hat und das schöne Land verließ, das Irland heißt.

Grania erinnert sich auch noch, dass sie im Traum, als sich Miss O'Shaughnessys Mund bewegte, etwas stammelte. Sie hob den Zeigefinger, die anderen drei Finger verbanden sich mit dem Daumen. Ihre Hand glitt seitlich von den Lippen ab und wischte ganz kurz an ihrem Kiefer entlang. Das Stammeln ging weiter, aber Grania verstand. Es war ihr erstes Wort in der Zeichensprache – *Schlafsaal*. Das Wort, das sie in das Gebäude führte, wo sie ihre erste Nacht fern von zu Hause schlief.

»Es ist der traurige Ort«, sagt Fry. »Die großen Türen. Wo wir alle weinen, wenn unsere Eltern uns verlassen.«

»Ich habe geweint«, sagt Grania. »Zwei Wochen lang jeden Tag.« Sie hat noch nie mit jemandem darüber gesprochen. Aber jetzt gehört es zu ihrer Geschichte hier. Und sie hat eine Freundin, der sie es erzählen kann.

*

Am dritten Mittwoch im Juni, am Ende ihres ersten Jahres, nach neun langen Schulmonaten hebt Grania den weichen Beutel mit den Holzgriffen, den Vater ihr mitgebracht hat, hoch, damit sie ihre kleinen persönlichen Dinge auf den Dampfer tragen kann. Vater hat schon alles in die Wege geleitet, damit ihr großer Koffer ihnen nach Deseronto folgt. Granias Nase riecht Karbol, wenn sie an den Koffer denkt. Dieser und die Koffer aller anderen werden mit Kleidern und allem Drum und Dran desinfiziert, wenn sie im Herbst zurückkommen.

An den Herbst will sie nicht denken. Sie geht durch die großen Eingangstüren. Heute hält ein Holzkeil jede der schweren getäfelten Türen offen, so dass man ein und aus gehen kann. Grania überquert den Rasen, zwei Schritte hinter Vater. Als sie auf die staubige Straße vor die Tore kommen, dreht sie sich um. Die Wetterfahne auf dem Dachfirst, die Stufen, die Gebäude, alle stehen sie fest zusammen, als wollten sie sagen: »Wir werden im September noch hier sein.«

Sie kehrt allem den Rücken.

Von der Straße aus wirken die Wellen der Bay of Quinte weich und grau. Es ist fast ein Uhr mittags. Um vier werden alle Schüler fort sein, die kleinen in der Obhut der großen, die großen in der Obhut der Lehrer oder Aufsichtspersonen, die sie an Sammelplätzen oder bestimmten Treffpunkten entlang der Eisenbahnlinien abliefern – im Westen und Osten, Norden und Süden. Seit dem frühen Morgen werden Koffer und andere Gepäckstücke und jede Spur der Schüler und des Schuljahrs von Pferd und Wagen, Eilkutschen und Mietdroschken mit flachen Dächern und offenen Seiten weggeschafft. Nach der letzten Versammlung haben sogar Autos vor dem Eingang gehalten, um die wenigen Kinder aufzunehmen, die in privaten Fahrzeugen nach Hause gefahren werden.

Grania und Fry umarmen sich zum Abschied. Tränen laufen Fry über die Wangen, und sie streift sie mit der flachen Hand ab. Sie wissen beide, dass nach ihrer Rückkehr im September Grania

ganz zu den »Mündlichen«- und Fry zu den »Zeichen«-Schülern kommen wird. Egal, was passiert, so schwören sie sich, sie werden immer die besten Freundinnen bleiben.
Miss Amos trägt am letzten Schultag eine fröhliche erdbeerrote Krawatte und eine Jacke über ihrer langärmeligen Bluse. Sie ist damit beschäftigt, eine Gruppe Kinder, die sie zu betreuen hat, um sich zu scharen, aber sie schaut hoch, als Grania weggeht, und sie winkt. Mehrere der älteren Schüler, der »seniors«, setzen ein ernstes Gesicht auf. In dem Moment, in dem sie durch die Tore gehen oder fahren oder einen Bahnsteig betreten oder auf einem Kai warten – in dem Moment, in dem sie das Schulgelände verlassen –, sind sie sich bewusst, dass sie in eine Welt kommen, in der überall das Unvorhergesehene und Plötzliche lauert. Sie müssen sich eingliedern, sie müssen einen normalen Eindruck machen. Sie sind dabei, sich wieder der hörenden Welt anzuschließen.
Als Grania hinter Vater hergeht, bilden die Finger ihrer freien Hand das T-Zeichen für Tress, während sie den Buchstaben seitlich an ihr Kleid klopft. Sie reist zu der Schwester, die sie seit dem vergangenen September nicht mehr gesehen hat. Sie will laufen, aber Vater geht mit gleichmäßiger Geschwindigkeit auf die Brücke zu, und sie holt ihn ein und hält mit ihm Schritt. Sie sieht ihn von der Seite an, als sich der Dampfer nähert. Sein Schnurrbart muss gestutzt werden, aber es ist ihr egal. Sie steht dicht neben ihm und denkt an Grew, den Friseur, an die Main Street und Vaters Hotel und die Turmwohnung und Carlow und ihre Freunde Orryn und Kenan und die Höhle. Sie denkt an ihre Brüder, an Mutter und Mamo. Sie denkt an die Fahrt, die sie vor sich hat, eine Reise von gerade mal zwei Stunden, in denen der Dampfer nach Northport fährt, wo er kurz anlegt, und schließlich zum Kai von Deseronto und nach Hause.

*

Nach viel Lachen und Umarmungen von Mamo und Mutter und Bernard und Patrick, der so groß geworden ist, nachdem sie alles, auf das ihr Blick fiel, angefasst hat, um sich zu vergewissern, dass es noch so ist, wie sie es verlassen hat – Schaukelstuhl, Holzbehälter, Kamin, Uhr –, und nachdem sie Mamos *Canada Bouquet* eingeatmet und Carlow einen Vokal zugerufen hat, nach alldem laufen Tress und sie nach oben und machen die Tür zu ihrem Zimmer hinter sich zu. Die Betten stehen noch an derselben Stelle, dazwischen der Flickenteppich. Die gerahmten Narzissen, der ovale Spiegel, die Stickerei mit dem Spruch über Gottes Auge und Gottes Ohr hängen an ihren Haken an der Wand. Der Ahorn vor dem Fenster steht in vollem Laub.

Und jetzt werden die Grenzen ihrer alten Geheimsprache gesprengt, als sie anfangen, die neue Gebärdensprache, die Grania mitgebracht hat, einzubeziehen. Grania unterrichtet Tress mit Geduld und Sachkenntnis, indem sie die Finger, Handflächen und Daumen ihrer Schwester immer wieder in die richtige Position bringt.

*Dies ist das Zeichen für Mädchen* – sie zieht den Daumen am Kiefer entlang, als wollte sie ein Haubenband unter ihrem Kinn binden. *Dies ist das Zeichen für Spiel* – sie macht das »Y«-Zeichen und schüttelt beide Hände aus. Als das Hockeyteam der gehörlosen Jungen gegen die sprechenden Jungen in Belleville spielte, wurde ihre Klasse zu einem Spiel mitgenommen. *Dies ist das Zeichen für Wettrennen, für Laufen.* Sie erzählt Tress vom Victoria Day: wie die Kinder zu einem Picknick auf einer Waldlichtung an der Bucht zusammenkamen. Die älteren Mädchen führten eine kunstvolle Übung im Keulenschwingen vor, und sie war fasziniert von den genau aufeinander abgestimmten Bewegungen. Sie selbst möchte keine Keulen schwingen, aber sie könnte die Übung mit Tüchern lernen, wenn sie älter ist. Tress hat Keulenschwingen oder die Übung mit Tüchern noch nie gesehen, und Grania steht auf

dem Flickenteppich und schwingt ihre Arme herum und versucht, ihr das Bild der fliegenden Keulen zu vermitteln.
Was Grania von den Feiern des Victoria Day noch am stärksten in Erinnerung hat, ist, dass sie vor allem Spaß haben und mit Fry an Wettrennen teilnehmen wollte. Sie kamen beim Dreibeinrennen auf den zweiten Platz und beim Stiefelrennen auf den ersten, und jede gewann eine Orange und zwei Bonbons. Am Ende des Nachmittags halfen sie und Fry bei den Kleineren; es ging darum, dass sie in die Schlafsäle kamen, langsam den Hang hinaufmarschierten. Miss Amos versuchte, die Kleinen in den jüngeren Klassen aufzumuntern, und führte sie in den mit Zeichen begleiteten Sprechgesang ein:

Wenn die Queen Geburtstag hat,
am vierundzwanzigsten Mai,
dann wollen wir 'nen freien Tag,
sonst gehn wir mal bei ihr vorbei.

An diesem Abend bekamen sie Pflaumen, Brot, Butter und Milch zum Abendessen, und später, nach dem Dunkelwerden wurden sie wieder hinausgeführt, um sich ein Feuerwerk aus Leuchtkugeln, Raketen, Rädern und Springbrunnen anzusehen.
Die Nacht explodierte lautlos vor ihren Augen, während sie sich müde und aufgeregt aneinander lehnten und ihre Wärme teilten. Sie saßen auf ihren Röcken im Gras des Schulrasens, der ringsum von elektrischen Lichtern in Lampions beleuchtet war. Das alles versucht sie Tress mitzuteilen.

*

Jahre später, nachdem Grania sich die Zeichensprache wirklich *angeeignet*, sie in sich aufgenommen hat – auch wenn die hörenden Lehrer schließlich ihren Gebrauch verbieten werden, während sie sich bemüht, ihnen mit ihrer Stimme zu gefallen –, Jahre später erkennt sie, wie nahe an der visuellen Zeichensprache sie und Tress im Grunde mit ihren Zeichen waren, die sie in der Kindheit für sich erfunden hatten. *Folgen*, ein Daumen zieht den anderen; *wollen* und *essen* und *lächeln* und *Wasser* und *Fliege.*

Tress ihrerseits versucht in diesem ersten Sommer, als Grania wieder zu Hause ist, alles, was sich nach Granias Weggang im Haus und im Hotel ereignet hat und ihr noch in Erinnerung ist, zusammenzutragen und zu erzählen. Sie tauschen sich mit Begeisterung aus, wobei Grania noch genauso leicht von den Lippen ihrer Schwester abliest wie vorher – auch die unsichtbare Luftschrift kann sie noch lesen. Tress' Zeigefinger schreibt *C-o-r-a*, während sie die alten Klagen vorbringt. Cora hat sich in Tante Maggies Arbeit in der Bücherei eingemischt, und Tante Maggie wollte sich das nicht gefallen lassen und hat Cora ihren Standpunkt klar gemacht. Grania versucht, die Geschichte ihrer Schwester aufzuhalten, den Sinn des Ganzen zu erfassen. *Ein Standpunkt*, so stellt sie schnell fest – und rückt ihr Verständnis zurecht –, ist ein Ausdruck wie *Augapfel* oder *den Löffel abgeben.*

Die Schwestern machen eine Pause und lassen sich auf ihren Betten nach hinten fallen. Sie erkennen fast im gleichen Augenblick, dass es unmöglich ist – etwas nachholen zu wollen. Zu viel ist passiert. Drei Jahreszeiten sind vergangen. Sie werden in den kurzen Momenten der Gegenwart leben müssen, wie Reisende, die Teile ihres Lebens ablegen, wie die Reisedamen, die sie immer über das Dach hinweg beobachtet haben. Wie Wolkenfetzen, die in einem Sommerwind entschwinden.

Als Grania drei Tage zu Hause ist, schickt Mamo sie, das *Sonntag*-Buch zu holen. Außer den Bildern und ihren Titeln enthält es auch noch Geschichten – Hunderte von Wörtern in Geschichten, die Grania noch nicht kennt. Als sie das Buch hinlegen, beginnt Grania, Mamo das Fingeralphabet beizubringen – das die alten arthritischen Hände mit Vergnügen lernen. *M-a-m-o*, buchstabiert Grania, und sie bildet ein Namenszeichen, indem sie ein dreifingriges »M« an ihre Wange klopft.

Vater hat Granias Film entwickelt, und Grania stellt ihre Fotos auf den schwarzen Seiten ihres neuen Albums zusammen, das zu Hause auf sie gewartet hat: ein Geschenk von Bompa Jack. Es gibt Fotos von Fry und von Fry und Grania zusammen, Fotos von Nola, Miss Amos, Bridie, Erma, Celia und Grace. Und da ist auch eins von Mr. Cedric, zusammen mit den älteren Jungen in der Druckerei, wo sie alle gestreifte Schürzen tragen und ein freundlicher Junge mit dem Namen Charles Dorschner ein Exemplar von *The Canadian Mute* in die Höhe hält. Ein Foto ist von der großen Eisbahn im Winter, ein anderes von einer Jungengruppe, die vor den Stufen des Gibson Hospital neben einer tiefen Pfütze steht, das Grania in ihrer ordentlichen Handschrift mit *Jungen in der Schule* betitelt hat.

Wenn Vater nicht da ist, betet Mutter um ein Wunder, und bevor Grania in die Schule zurückkehrt, machen sie und Mutter die lange Fahrt nach Osten, zuerst mit dem Zug und dann mit dem Dampfer den St. Lawrence Strom hinunter, zum Schrein der Heiligen Anne de Beaupré in der Provinz Quebec. Grania schaut zu den riesigen hölzernen Kerzenleuchtern und dem aufragenden Kruzifix hoch und sieht, wie um sie herum Männer und Frauen im Wechsel aufstehen, sich setzen, aufstehen. Sie fühlt Mutters Hände zu beiden Seiten ihres Kopfes. Mutter betet und bekreuzigt sich, und Grania bewegt sich lautlos und wartet auf das, was geschehen wird, aber in ihren Ohren ändert sich nichts. Sie bewegt die Lippen in ihren eigenen stammelnden Gebeten, als Mutter ihr sagt, sie solle zur Ste. Anne beten, aber sie lässt es Mutter nicht hören. Mutter versteht ihre Stimme und wird wissen, dass sie die Worte erfindet. Sie beobachtet sie, um zu sehen, was sie als Nächstes tut, und sie folgt ihr, als sie auf dem Rückweg zum Kai von der Kirche zum Cyclorama gehen. Sie werden hineingelassen und steigen hohe Stufen hoch, um sich die Darstellung Jerusalems anzusehen, und Grania, die sich an der Umrandung festhält, geht im Kreis um die Plattform herum und bleibt dicht bei Mutter für den Fall, dass eine große Hand aus dem riesigen Panorama kommt und etwas aus ihren Ohren zieht. Etwas, das sie am Hören hindert und das Mutter weghaben will. Mutter bekreuzigt sich wieder und betet, und Grania passt genau auf und wartet und bewegt stammelnd ihre Lippen. Aber in ihren Ohren passiert nichts.

Mutter besteht während der Fahrt darauf, dass Grania ihre Stimme benutzt. Mutter hat nichts von der Zeichensprache gelernt, die Grania am Anfang des Sommers mit nach Hause gebracht hat. »Zu viel zu tun«, sagt sie, wann immer Grania versucht, ihr etwas beizubringen. »Ich habe zu viel Arbeit.«

Am Ende des Sommers ist Grania trotz der Fahrt zum Schrein und trotz Mutters Gebeten immer noch taub.

Im September, als ihre Abreise naht, führt Grania Carlow in den umzäunten Hinterhof, setzt sich neben ihn auf die Treppe und klopft ihm auf den Rücken. Als sie zu singen beginnt, bringt ihre Stimme Töne hervor, die rasch sinken. Rauf und runter und raus aus dem Kopf stürzen ihre Worte wie Schwärme von Schwalben. Sie singt immer wieder »Ich will in deinem Haus nicht spielen«, weil das die einzige Zeile des einzigen Liedes ist, das sie kennt. Carlow hört zu und versteht. Und Mamo, die im Haus hinter dem Waschküchenfenster steht, hört auch zu und versteht.

Grania geht nach oben und legt ihre Kleider zusammengefaltet in ihren festen Segeltuchkoffer. Der Koffer wird nach Belleville vorausgeschickt, und sie reist – wieder mit dem Dampfer westwärts die Bay of Quinte entlang, dieses Mal von Tante Maggie begleitet, die in der Stadt Besorgungen machen muss – zum Schulanleger am Fuße des Hangs gegenüber dem Schulgelände.

Die Einzelheiten ihres ersten Schuljahrs fern von zu Haus sind schon in einem festen Gehäuse ihres Gedächtnisses eingeschlossen. Sie versucht, davor die heimatlichen Sommererinnerungen aufzubewahren, so dass sie diese mitnehmen kann in die Schule von Belleville.

Und da ist noch etwas anderes. Was Grania weiß. Bevor sie Vater und Mutter und Mamo und Tress und die Jungen umarmt und bevor sie am Kai, ihrem Haus gegenüber, an der Ecke von Mill Street und Main, an Bord des Dampfers geht, blickt sie nach Norden, zurück auf die Stadt, die sie zum zweiten Mal verlässt. Da ist ihr Elternhaus mit der Veranda und dem schiefen Zaun an der Seite zur Mill Street; da ist der offene Durchgang, der die beiden Häuser verbindet, und die Säulen und Stufen von Vaters Hotel. Da hockt Carlow neben dem Pfosten der Veranda und sieht ihr verloren nach. Sie schaut und winkt und wirft einen langen Blick nach oben zu dem Fenster des Zimmers über der Straße, das sie sich mit Tress teilt. Sie weint nicht. Was sie in diesem Moment weiß und was sie klar erkennt, als sie zurückblickt, ist, dass es Dinge gibt, die sie nie wird mitteilen können, Dinge, die nie verstanden werden – nicht einmal von Tress oder Mamo. Dinge, die den Abschnitt ihres Lebens ausmachen, der jetzt, losgelöst und fern, in dem Land gelebt wird, das *Schule* heißt.

# II

# 1915

# KAPITEL 1

*Am Freitag, dem 7. Mai, wurde die* Lusitania, *das größte und schnellste Passagierschiff der Welt, zehn Meilen südlich von Kinsdale, nahe Queenstown, Irland, von einem deutschen U-Boot torpediert und versenkt. Die Deutschen gaben den Leuten auf dem Schiff keine Vorwarnung, und es sank innerhalb von fünfzehn Minuten. 1150 Personen – Passagiere und Mannschaft – ertranken, darunter 50 Säuglinge und 100 weitere Kinder unter zwei Jahren, Greisinnen sowie verzweifelte Ehefrauen und Mütter, die an das Bett ihrer verwundeten Männer und Söhne eilen wollten. Die Zahl der Überlebenden betrug nur 767. Etwa 140 Leichen wurden geborgen und in Queenstown beigesetzt. Um die Ermordung von 150 Kleinkindern zu feiern, bekamen die »Kultur«-beflissenen Schulkinder in Deutschland einen halben Tag schulfrei. Will der Kaiser mit diesem Mord der unschuldigen Kinder Herodes Konkurrenz machen?*

The Canadian

*Belleville, Ontario*

Man erzählt mir in der Schule, dass Sie sich freiwillig zur Armee melden wollen.« Es war weder eine Frage noch eine Feststellung – vielleicht etwas von beidem.

Jim nickte. »Aber nicht vor dem Herbst.«

Der Mann zwischen ihnen lag ausgestreckt auf dem Rücken auf

dem langen Holztisch in der Küche, wohin man ihn vor ihrer Ankunft getragen hatte. Sein Gesicht war aschgrau, und er sah sie beide an. Sein Blick ging blitzschnell zwischen ihnen hin und her, als könnte er von ihren Gesichtern alles ablesen, was er wissen musste. Eine gelb gewordene, wulstige Narbe lief durch eine Augenbraue des Mannes und gab seinem Gesicht den erfahrenen Ausdruck überstandenen Unglücks. Seine Frau hatte ihm ein Kissen in den Nacken gestopft, um seinen Kopf zu stützen, und abgesehen davon, dass man nicht wusste, wie es um sein Bein stand, sah er so aus, als würde es ihm nach einiger Zeit wieder gut gehen.

»Würden Sie mir ein sauberes Handtuch bringen?«, bat der Arzt, und die Frau ging an ihnen vorbei aus der Küche.

Dr. Whalens Stimme war tief und bedächtig. Die Stimme lang erlernter Geduld. Diesen Eindruck hatte Jim von ihm: ein müder Mann, der die notwendige Geduld besaß, um die Arbeit zu bewältigen, mit der er von Sonnenaufgang bis Sonnenuntergang konfrontiert war. Jim wusste, dass er auch nachts gerufen wurde. Außerdem war er der offizielle Arzt an der Ontario-Schule für Gehörlose. Er arbeitete auch an den Wochenenden, wenn ein Baby sich zur Geburt entschloss oder wenn ein Patient in seiner Praxis – oder ein Kind im Schulhospital – besonderer Aufmerksamkeit bedurfte. Die Institution an der Trent Road war seit fünfundvierzig Jahren Teil der Landschaft am Rand von Belleville. Als Zugezogener wusste Jim jetzt, dass die Lehranstalt einige Jahre zuvor ihren Namen gändert hatte, dass es sich für eine kleine Stadt von zehntausend Einwohnern um eine große Schule handelte und dass gehörlose Kinder aus allen Teilen der Provinz und auch aus anderen Provinzen hierher geschickt wurden.

Am Oberschenkel des Mannes befand sich eine Art Aderpresse. Nein, Jim sah jetzt, dass es mehr eine Bandage als eine Aderpresse war. Sie deckte eher ab, als dass sie zusammenpresste. Es war das Hemd von irgendjemandem, der Stoff vom vielen Waschen blassgrün. Man hatte es flach gefaltet und die Ärmel herumgewickelt und zusammengebunden. Es war überraschend wenig Blut auf dem Behelfsverband oder dem Hosenbein des Mannes, das an der Seite bis zur Taille aufgeschlitzt worden war. Stiefel und Strumpf hatte man ihm an dem einen Fuß ausgezogen. Jims Blick erfasste die Schere auf einem Eckbord neben der einzigen Stufe, die ins Nebenzimmer führte, in dem die Frau des Mannes verschwunden war. Der Rand der Stufe war glatt und abgetreten, dort ging es in ein Ess- oder Wohnzimmer. Jedes Farmhaus hatte ein Wohnzimmer. Jims Großeltern im östlichen Kanada hatten eins gehabt, und jetzt sein Onkel in Ontario – Onkel Alex, bei dessen Familie Jim zunächst gewohnt hatte, als er angekommen war.

Der Sohn des Verletzten, der zwölf oder dreizehn sein musste, stand am anderen Ende der Küche, wo Jim und Dr. Whalen hereingekommen waren. Sein Gesicht war ebenso blass und ängstlich wie das seines Vaters, aber in seinem Blick lag die Hoffnung, dass man ihn vielleicht bitten könnte, etwas zu tun. Dr. Whalens schwarzer Ford war über der Schulter des Jungen durch das hintere Küchenfenster zu sehen. Ein Gewehr lag auf einem Ständer über dem Fensterrahmen. Neben dem Herd und dem Wassertank war noch ein Fenster. Elektrisches Licht gab es nicht, aber es war früher Nachmittag und hell genug in der Küche.

Dr. Whalen öffnete den Notverband und sprach zum ersten Mal direkt mit dem Mann.

»Also, Herbert.« Das veranlasste die, die um ihn standen – die Frau war inzwischen mit drei gefalteten Handtüchern zurückgekommen –, und den liegenden Mann, ihn erwartungsvoll anzusehen. »Ich denke, das kriegen wir wieder hin. Kannst du den Fuß bewegen? Die Zehen?«

Als hätte ihm die Stimme des Arztes Mut gemacht, bewegte

Herbert nicht nur Fuß und Zehen, sondern hob auch das Bein an. Ein jäher, unerwarteter Schmerz durchfuhr ihn. Seine Kinnlade fiel zur Seite, und er knirschte mit den Zähnen, sein Bein sackte wieder auf den Tisch.
»Nein, nein, so nicht«, sagte Dr. Whalen. »Mach mal langsam.« Er drückte das Bein in seine natürliche Lage und hob kurz den Blick zu Jim, der die lederne Arzttasche aufklickte. Sie klaffte in zwei Hälften auseinander, und der Doktor griff, ohne hinzusehen, nach Spritze und Nadel. Mit einer stumpfen Messerklinge sägte er am oberen Ende einer Ampulle und brach die gläserne Spitze ab. Er injizierte den Inhalt in den Oberarm des Patienten. Der Mann schloss die Augen.
Dr. Whalen arbeitete jetzt schnell, reinigte die Wunde, goss eine Lösung darauf, während Jim Herbert stützte, damit die Fläche vollständig freigelegt werden konnte. Es handelte sich um einen gefährlich breiten, ungleichmäßigen Riss, der, gut fünfzehn Zentimeter lang, seitlich und hinten am Oberschenkel verlief. Jim sah die herausquellenden Schichten von Fettgewebe und Muskel an der Oberfläche; sie hatten sich gelöst, anstatt fest unter der Haut zu liegen, wo sie hingehörten. Die Wunde blutete kaum. Schon war die gebogene Nadel eingefädelt; die Naht war in zehn Minuten fertig.
»Wenn du dir eine Arterie aufgerissen hättest, wärst du jetzt ein toter Mann, Herbert. Es ist nicht mal ein Knochen gebrochen. Du wirst eine Narbe zurückbehalten, eine dicke, und sie wird hässlich sein, aber es ist das Beste, was ich bei dieser Wunde tun kann. Ruh dich ein bisschen aus, ja? Und kletter nicht wieder auf das Blechdach.«
Herbert brachte eine Grimasse zustande. »Ich brauch das Bein zur Arbeit«, sagte er. »Kann keine Farm bewirtschaften, wenn ich auf einem Fuß rumhüpf.« Er sprach mit schwerer Zunge, aber er bekam schon wieder Farbe, die Narbe, die durch die Augen-

braue ging, war jetzt weniger auffällig. Eine andere Katastrophe, mit der er fertig geworden war.
Das Bein wurde gewaschen und ordentlich verbunden. Was von der Hose übrig geblieben war, wurde aufgeschnitten, und Herbert stieg, von ihnen gestützt, vom Tisch herunter und ließ die ausgebreitete Hose zurück. Er hopste auf einem Stiefel zum Küchensofa. Es sah komisch aus, aber niemand lächelte. Der Junge war jetzt draußen und bestaunte das Auto, das in der Sonne glänzte, er umkreiste es, langte hinein und berührte die Lenksäule. Er trat zurück, um die gefältelten Rücklehnen und die Sitze mit dem Rautenmuster zu bewundern. In der Küche legte die Frau eine Decke über Herberts Schoß und Beine und brachte die Männer zur Tür. Auf den Gesichtern des Jungen und der Frau war nichts als Erleichterung zu lesen.

*

»Mein Sohn geht im Juli.« Dr. Whalen setzte die frühere Unterhaltung fort, als wäre sie nicht durch die vierzig Minuten im Farmhaus unterbrochen worden. »Artillerie. Er sagt, er will Kanonier werden.«
Bei dem Wort Kanonier sah Jim auf seine Hände hinunter. Seine Großmutter, die ihn aufgezogen hatte, hatte ihm mit diesen Händen beigebracht, Klavier zu spielen.
Dr. Whalen fing den Blick auf. »Haben Sie schon mal an etwas auf dem medizinischen Sektor gedacht? Sanitäter? Feldambulanz? Krankenträger? Sie haben einiges gesehen, als Sie im letzten Winter mit mir gearbeitet haben. Sie könnten eine Menge tun, um zu helfen, Jim. Ich würde selbst gehen, aber ich bin zu alt.«
Sie folgten der Cannifton Road und dem schmalen Bett der Moira auf ihrem kurzen Weg in die Stadt zurück. Belleville, auf

halber Strecke zwischen Montreal im Osten und Toronto im Westen, lag am nördlichen Ufer der Bay of Quinte, derselben Bucht, auf die Granias Stadt, Deseronto, blickte.

Die Moira floss südlich durch Belleville und mündete in die Bucht, knapp östlich von der Gehörlosenschule. Die Schule wurde 1870, ein wenig vom Ufer der Bucht zurückgesetzt, erbaut; dorthin fuhren die Männer jetzt.

In den Monaten, in denen Jim nun schon für Dr. Whalen arbeitete, hatte es einen kalten Winter gegeben. Zwei Monate zuvor, im März, hatten Männer mit Pferden und Pflügen die Bucht vor der Schule vom Schnee befreit und das Eis darunter markiert, in Blöcke gesägt und im Wasser geflößt. Das Eis, das eine Dicke von eineinhalb Fuß hatte, war Block für Block herausgezogen und auf Schlitten verladen worden; einzelne Blöcke wogen dreihundert Pfund. Die Schule besaß ihr eigenes Kühlhaus. Das war nun dank des langen Winters für den Rest des Jahres gut versorgt.

Trotz des im Frühling abfließenden Wassers sank der Pegel der Moira, auch wenn man vom Ford aus eine beträchtliche Strömung sehen konnte. Dabei wirkte hier alles still und friedlich, als der Wagen dem Lauf des Flusses folgte. Wolken ballten sich in großer Höhe auf der anderen Seite des Himmels, und hinter dem Auto hob sich der Staub.

»Ich bin mir noch nicht ganz im Klaren, was ich will«, sagte Jim jetzt. »Es könnte November werden, ehe ich wegkomm. Onkel Alex hat mir das Versprechen abgenommen, dass ich noch bis zum Herbst, bis zum Holzhacken bleibe, wenn ich Ende des Sommers mit der Arbeit bei Ihnen aufhöre.«

»Die *Lusitania* hat meinem Sohn bei seiner Entscheidung geholfen, Jim. Die Frauen und Babys zu ertränken war ein feiger Akt. Ein brutaler Akt von feigen Männern.«

*

Jim hatte Dr. Whalen gegenüber nichts von Grania erwähnt, aber an sie hatte er während der ganzen Unterhaltung mit dem älteren Mann denken müssen. Er war der jungen Frau mit dem roten Haar im vergangenen Herbst begegnet, als er gerade erst drei Wochen für Dr. Whalen arbeitete. Ihre Stille hatte ihn gebannt. Er hatte vor sich hin gesummt; er war von draußen hereingerannt, die Steinstufen des Schulhospitals hinuntergesprungen und dann in den unten gelegenen Verbandsraum gegangen.
Er war augenblicklich verstummt, denn da stand sie wie eine kleine Insel für sich mitten im Raum. Vielleicht ein Moment der Sammlung, bevor sie sich die Aufgaben einteilte, die sie drängen würden, an mehreren Stellen gleichzeitig zu sein. Obwohl dies ein Krankenhaus war, konnte er aus dem Saal darüber das Geschrei herumtobender Kinder hören. Drei Steinstufen hatten ihn nach unten geführt und durch den halbdunklen Gang, und nun empfand er die Helle des künstlichen Lichts in dem offenen Raum. Er war an der Seite hereingekommen, durch den Liefereingang, wo die Backsteine mit dichtem Weinlaub überzogen waren. Er dachte an die Dichte der Weinreben. Er dachte: *Sie hat sich nicht gerührt, warum hat sie sich nicht gerührt?* Aber schließlich war er ja derjenige, der da mit Päckchen stand, die sich bis unter sein Kinn stapelten.
Die Weinblätter waren an der Außenseite dunkler. Das wollte er ihr sagen. Er wollte etwas von den lindgrünen Ranken zwischen den Blättern sagen; wie verschlungen sie waren – vielleicht waren sie absichtlich zurückgeschnitten worden, um die Fenster des Stockwerks darüber einzurahmen. Aber sie würde das wissen. Sie arbeitete schließlich hier; sie würde denken, er sei nicht ganz richtig im Kopf.
Das Krankenhaus, mit Namen Gibson Hospital, war ursprünglich als Isolierstation für Kinder mit ansteckenden Krankheiten geplant; es wurde im ersten und zweiten Stock durch einen

mittleren Flur geteilt. Jim vermutete, dass oben auf der einen Seite Betten für Jungen und auf der anderen Betten für Mädchen waren. Es gab drei Treppenaufgänge, zwei davon konnte er von seinem Standort aus sehen. Der dritte war von außen sichtbar geworden, als er über den unteren Balkon, der sich an der Hausfront erstreckte, einen Blick ins Innere geworfen hatte. Das Ganze wirkte wie ein geräumiges und elegantes zweistöckiges Haus. Der untere Balkon wurde von einem zweiten, direkt darüber, beschattet. Und die junge Frau in dem Kittel über ihrem wadenlangen Rock, mit dem Rücken zu ihm und mit leuchtend roten hochgesteckten Haaren – er hatte sie vorher noch nie gesehen.

Er ging ein paar Schritte vorwärts und legte die Päckchen, die von Dr. Whalen kamen, auf die glänzende Platte der Anrichte. Miss MacKay, die Dienst habende Krankenschwester, trat aus einem kleinen Flur am Fuß einer Treppe in den Raum. Was ihn überraschte, als sie mit ihm sprach, war, dass die junge Frau mit den roten Haaren – sie stand Miss MacKay gegenüber – sich immer noch nicht bewegt hatte. Er ging hinter ihr vorbei zur Anrichte, und seine Arme mussten sich am Rande ihres Gesichtsfeldes bewegen, so stellte er es sich jedenfalls vor. Sie ließ kein Anzeichen von Erschrecken erkennen. Sie zog eine Liste aus der Tasche, sah sie durch und steckte sie wieder ein.

Sie war taub. Es tat ihm Leid, dass er sich ihr von hinten genähert hatte, aber es war zu spät. Er hatte schon einmal hier im Schulhospital Packungen abgeliefert, aber sie war nicht da gewesen. Jeder hörende Mensch wäre einen Meter weit gesprungen, wenn er sich so von hinten angeschlichen hätte. Nein, ein Hörender hätte bereits das Geräusch seiner Füße wahrgenommen, hätte seine Schritte auf den Stufen des Ganges gehört.

Er hatte sie nicht erschrecken wollen. Aber sie war gar nicht erschrocken.

»Das ist Grania«, sagte Miss MacKay, sie vorstellend. »Grania O'Neill. Sie arbeitet seit einigen Jahren bei uns, seit ihrem Abschluss. Sie hat den Kurs in häuslicher Krankenpflege mitgemacht, als sie Schülerin war, und dann ist sie geblieben. Wir sind in dieser Zeit mit Personal sehr knapp, eigentlich immer. Aber es ist schlimmer geworden, seitdem eine unserer Schwestern sich freiwillig gemeldet hat – täglich scheint sich irgendjemand von der Schule zu verabschieden.«

Grania beobachtete Miss MacKays Lippen, und Jim beobachtete Grania – ein visuelles Dreieck. Miss MacKay erklärte. »Er hilft Dr. Whalen; er arbeitet für ihn. Er kommt aus dem Osten, von Prince Edward Island, und jetzt lebt er in Belleville.«

»Jim Lloyd«, sagte er. Er streckte die Hand aus, keine Pakete mehr darin. Er sah, wie Miss MacKays Finger seinen Namen in die Luft buchstabierten, eine kurze, aber emphatische Pause zwischen den beiden.

Granias Augen waren auf die rechte Hand der Pflegerin gerichtet, nicht auf Jims Gesicht – oder nur flüchtig. Dann sah sie ihn an und erwiderte den Gruß. *Ihre Stimme. Ein singender Tonfall.*

»Guten Tag.« Eine kleine weiche Hand in seiner. Sie sah einen sprechenden Mann, einen schlanken jungen Mann mit dunkelbraunem Haar und dunklen Augen, dessen Arme herunterhingen, als säßen sie nur locker in den Gelenken.

Er hatte lange, schlanke Finger, und er war größer als sie, und er hatte ein ernstes Gesicht. Sie sah den Ernst in seinen Augen.

Was Jim in Granias Gesicht sah, war Kraft. Eine Kraft, so still, dass sie sich ihrer womöglich gar nicht bewusst war. Ihre Haut war blass und klar, ihre Stirn leicht gerunzelt, was ihr einen eigenartigen Ausdruck verlieh, als ob sie gerade dabei wäre, ein Problem zu lösen. Sie hatte braune Augen, und wenn er sie ansah, spürte er, dass sie etwas wusste, vielleicht etwas Friedfertiges oder Weises, dass kein anderer wissen konnte.

Miss MacKay redete weiter. »Wir haben eine Karte und einen Brief von unserer Schwester aus England erhalten. Während der Überfahrt durften sie nachts ihre Kleider oder Stiefel nicht ausziehen. Sie mussten bereit sein, schnell in die kleinen Boote zu kommen, falls sie von einem U-Boot torpediert wurden!« Sie war atemlos, als sie die Worte *torpediert* und *U-Boot* aussprach, als handelte es sich um Bedrohungen, über die täglich gesprochen wurde.

Jim wandte sich wieder Grania zu.

Aber Grania war fort. Sie war über die Hintertreppe nach oben verschwunden. Er hörte leichte Schritte, oben ein Innehalten. Und dann war der mit ihr verbundene Klang in dem allgemeinen Lärm innerhalb und außerhalb des Hauses verloren gegangen.

# KAPITEL 2

*Der Sohn eines unserer Angestellten, der mit dem ersten kanadischen Truppenkontingent an der Front ist, nahm an der inzwischen berühmt gewordenen Schlacht bei Langemarck teil, wo sich die Kanadier besonders ausgezeichnet haben. Er ist nur sehr knapp einer deutschen Kugel entkommen, die an ihm vorbeizischte und ihm ein Ohrläppchen abriss. Er stürzte zu Boden, und ein Hauptmann fiel tot über ihn. Im späteren Verlauf der Schlacht, als er half, eine der großen Kanonen zu bewegen, wurde sein Fuß unter einem Rad zerquetscht; jetzt liegt er im Lazarett, wo es ihm gut geht, und er hofft, bald wieder »dabei« zu sein.*

The Canadian

Grania hatte geträumt, denselben alten Traum. Sie saß auf ihrem Bett und strich ihre langen Haare zurück. Sie nahm zwei gebogene Kämme und schob sie geschickt zu beiden Seiten in ihr Haar, um es zu bändigen. Sie schlug die Decke zurück und schlüpfte in ihren Morgenrock, und als sie am Spiegel vorbeilief, bemerkte sie, dass sich im Bett auf der anderen Seite des Zimmers etwas rührte. Fry rollte sich herum und öffnete erst das eine und dann das andere grüne Auge. Ein weißer, mit Sommersprossen übersäter Arm lag auf der Decke. Seit Grania sie kannte, hatte sie ihre Arme mit Zitronenhälften abgerieben, denn sie behauptete, das würde die Anzahl der Sommersprossen vermindern, aber Grania hatte in all den Jahren, in denen sie ein Zimmer teilten, nicht den geringsten Unterschied festgestellt.

Sie waren jetzt in dem neuen Wohnheim; sie hatten es ein Jahr zuvor bezogen, kurz vor dem Juni-Besuch des Herzogs und der Herzogin von Connaught, ihrer Tochter, Prinzessin Patricia, und ihrer Begleitung. Die königlichen Gäste waren in einem großen Auto gekommen, das auf das Schulgelände glitt, während die jüngeren Kinder, die den Weg säumten, ihre kleinen Union Jacks schwenkten. Grania hatte an diesem sonnigen Tag ein Foto mit ihrer Box-Kamera aufgenommen, aber das Ergebnis war enttäuschend verschwommen, die Gesichter nichts als undeutliche Flecken. Man konnte nur die breitrandigen Hüte und langen Kleider der Herzogin und der Prinzessin sehen sowie ihre geschlossenen Sonnenschirme, die auf die Planken des draußen aufgestellten Podiums zeigten. Der Herzog und die beiden anderen Männer trugen Zylinder. Die Flagge, die zwischen Bäumen hinter dem Podium aufgezogen war, hing schlaff herunter. Auf dem Foto erschien die Szene ziemlich traurig. Aber das war sie in Wirklichkeit ganz und gar nicht. Es herrschte große Begeisterung an jenem Tag. Das war vor Ausbruch des Krieges. Jetzt war einer aus der Schar der Besucher schon tot: Oberst Farquhar, Kommandeur der Princess Patricia's Kanadischen Leichten Infanterie, war bereits an der Front gefallen.

Die offizielle Eröffnung des neuen Mädchenwohnheims hatte im Grunde erst nach dem königlichen Besuch, im Oktober, am Tag vor der Halloween-Party der Kinder stattgefunden. Premierminister Hearst hatte ihm an diesem Tag die Ehre seines Besuches erwiesen, aber die Mädchen waren schon lange vorher eingezogen.

Grania hielt jetzt Fry ihre erhobene Handfläche entgegen. *Sonntag,* signalisierte sie. *Kirche. Schlaf nicht wieder ein.* Fry hatte zwar keinen Dienst, aber sie musste die jüngeren Kinder zum Frühstück bringen. Danach war sie dafür verantwortlich, dass die älteren katholischen Kinder vor sieben Uhr nach St. Michael kamen. Wie Grania gehörte Fry zu den wenigen Schülern, die nach ihrem Abschluss in der Institution geblieben waren. Fry arbeitete in der großen Küche, aus der neun Monate im Jahr das Essen für mehr als dreihundert Kinder und das Personal kam. Ende Juni würden Fry und Colin heiraten. Der große blonde Colin war mit Fry in der »Zeichen«-Klasse gewesen, als sie Schüler waren, und arbeitete jetzt als Mr. Cedrics Assistent in der Druckerei.

Die Übrigen aus Frys und Colins Klasse waren seit langem verstreut, ebenso wie Granias Mitschüler aus der »Mündlich«-Klasse. Viele waren in die Wohnorte ihrer Eltern zurückgekehrt. Einige junge Männer waren in andere Städte gegangen, um als Setzer zu arbeiten. Ein Junge, ein guter Freund von Colin, arbeitete in Pittsburgh und schrieb häufig an Colin. Im Juli würden Colin und Fry in ein Haus in Reichweite der Schule ziehen, wo sie im oberen Stockwerk drei Zimmer zur Miete gefunden hatten. Im September würden sie dann wieder zu ihrer Arbeit in Küche und Druckerei zurückkehren.

Grania dachte an Jim. Er gehörte jetzt seit mehr als acht Monaten zu ihrem Leben, und das war so gekommen, weil er von einem fern gelegenen Ort aufgetaucht war – Prince Edward Island, einem Ort am Meer, von dem sie nichts wusste. Nach ihrer ersten Begegnung im Schulhospital im vergangenen Herbst war er unbeirrt immer wiedergekommen, um mit ihr zu sprechen; er kehrte immer unter dem Vorwand, einen Botengang für Dr. Whalen zu machen, wieder zurück, selbst wenn ihm kein guter Grund einfiel. Im Winter hatte er sie mit Erlaubnis ihrer Eltern zu Onkel Alex und Tante Jean mitgenommen, auf ihre Farm, nicht weit von Read. Ostern war er mit Grania im Zug nach Deseronto gefahren, um ihre Familie kennen zu lernen.

Tress und Kenan, die im Jahr zuvor geheiratet hatten und in Deseronto in gemieteten Zimmern in der Dundas Street wohnten, waren ins Hotel gekommen, um mit der übrigen Familie zu Mittag zu essen. Alle hatten Jim begeistert aufgenommen mit Ausnahme von Granias Eltern, die höflich, aber zurückhaltend waren. »Bring ihn mit«, schrieb Mutter vor dem Besuch an Grania. »Aber mach nichts offiziell bekannt.«

Waren ihre Eltern besorgt, weil er in den Krieg ging, besorgt, dass Grania allein zurückbliebe? Kenan würde auch bald gehen, und Tress würde allein sein. Oder machten sie sich Gedanken, weil Jim hören konnte? Auf jeden Fall sollte nichts bekannt gegeben werden. Noch nicht. Aber Grania wusste, es würde dazu kommen.

Zu Hause hatte Patrick Jim ständig ausgefragt, als er herausfand, dass er im Herbst Soldat würde. Patrick wollte nur über den Krieg reden. Bernard hatte Jim ruhig und herzlich begrüßt. Mamo verkündete jedem, wenn Jim nicht im Zimmer war, dass es offenkundig sei, dass ihre Grania ihm sehr viel bedeute.

Für Grania war Jim ein beharrlicher und ernster junger Mann, der voller Hoffnung war. Das Zusammensein mit ihm gab auch ihr Hoffnung – wenn man überhaupt im Krieg hoffen konnte. Jim sang oft leise vor sich hin, seine Lippen formten irgendein persönliches Lied. Sie sprach seinen Namen, *Jim*, laut aus und lächelte in sich hinein. Er hatte ihr gesagt, wenn sie seinen Namen ausspreche, klinge es wie *Chim*.

Grania wusste nicht, wie sich die Dinge entwickeln würden, genauso wenig wie alle anderen, die auf die Sommermonate des Jahres 1915 zugingen. Sie spürte jedes Mal die unterschwellige Anspannung, wenn vom Krieg die Rede war; sie erlebte die Angst der Familien, wenn sich ein geliebter Angehöriger in Uniform verabschiedete. Sie versuchte, nicht daran zu denken, dass Jim im Herbst Soldat wurde. Zeitungen sagten voraus, wie sie es im Herbst zuvor auch getan hatten, dass der Krieg dieses Mal bestimmt Weihnachten vorüber sein würde. Aber der Strom junger Männer, der das Land verließ, riss nicht ab. Immer mehr hatten sich seit dem Untergang der *Lusitania* verpflichtet. Und Grania wusste, und Jim wusste, dass er in ein paar Monaten nach »drüben« gehen würde.

*

Im vergangenen Herbst, wenige Augenblicke nachdem Miss MacKay Grania Jim im Verbandsraum vorgestellt hatte, war Granias ehemalige Lehrerin aus ihren letzten Schuljahren, Miss Marks – jetzt ihre Freundin –, die Stufen von draußen heruntergekommen. Sie führte eine lange Reihe von Schülern an, deren Maße festgestellt werden sollten. In jedem Herbst wurden Größe und Gewicht registriert und die Haare nach Nissen untersucht. Eine nach der anderen wurden die Nummern auf den Schülerseiten des Hauptbuchs – im so genannten Gesundheitsbericht – eingetragen, zusammen mit den Kopf-, Arm- und Beinmessungen. Diese würden dann im Juni, am Ende des Schuljahrs, zum Vergleich wiederholt.

Miss Marks hatte die Schüler unten bei Miss MacKay gelassen und folgte Grania die Treppe hinauf. Sie wedelte mit der Hand, um Granias Aufmerksamkeit auf sich zu lenken.

»Du hast es vergessen«, sagten ihre Lippen. Sie lächelte. »Es gibt da einen Trick.« Sie wischte sich mit der Hand über die Stirn: *vergessen.* Miss Marks hatte die Zeichensprache gelernt und zeigte und sprach gleichzeitig.

Grania runzelte die Stirn. *Trick?*

»Wenn du jemanden kennen lernst. Ich hab den jungen Mann da unten gesehen. Es gibt immer Tricks.«

Granias Augen beobachteten aufmerksam die vertrauten Lippen.

»Tricks, die ich seit meinem ersten Tag hier von tauben Kindern gelernt habe. Ich mag zwar hören können, aber ich lerne auch immer noch.«

»Du bist die Lehrerin, die genauso viel sieht wie wir.«

»Nicht so schnell.«

»Was für ein Trick?«

»Wenn du befürchtest, nicht verstanden zu werden, dann bring den Gesprächspartner zum Sprechen. Du übernimmst die Führung. Wir spielen das immer in der Klasse durch. Stell Fragen, während du Lippen, Zunge, Eigenarten beobachtest – alle Anhaltspunkte, die du brauchst, um Zeit zu gewinnen. Du kannst bei allen hier von den Lippen ablesen. Aber die hörende Welt ist da draußen, jenseits der Tore.«

»Ich gehe jeden Sommer dahin zurück.«

»Zurück zu deiner Familie. Schutz.«

»Stimmt.« Granias Zeigefinger bog sich von ihrem Kinn weg nach vorn, *stimmt.* »Du willst, dass ich mich in eine Unterhaltung *einbiete.*«

Sie lachten beide, ein interner Scherz. Monatelang, vielleicht sogar jahrelang, hatte Grania eine der Lehren im Artikulationskurs als »sich einbieten in die Unterhaltung« verstanden. Miss Marks hatte das erkannt und korrigiert, aber nur durch Zufall und lange nachdem Grania die Schule beendet hatte.

»Das nächste Mal, wenn ein junger Mann an der Tür erscheint …«

Aber Grania machte sich bereits selbst Vorhaltungen.

*Ich hätte unten bleiben sollen. Ich hätte mich in die Unterhaltung »einbringen« können. Ich hätte mehr sagen können. Ich kenne die Worte doch. Ich hätte mich beteiligen sollen.* Aber sie hatte es nicht getan. Jim Lloyd war ein hörender Mann, und sie war weggelaufen. Sie hatte sich die Treppe hinauf in Sicherheit gebracht.

*

In diesem Augenblick wünschte sie, sie wäre früher aufgewacht. Sie eilte um die Ecke des Hauptgebäudes und war sich der Düfte bewusst, die aus der Küche wehten. Die Köchin bereitete Pfannkuchen für hungrige Kinder zu, die gerade wachgerüttelt wurden – die älteren halfen den jüngeren – und über die Flure liefen, um dann vor den Reihen von Waschbecken zu stehen. Da das Melken vor dem Frühstück besorgt werden musste, waren die Farmjungen schon auf und draußen bei den Ställen. Auf den Esstischen würde an diesem Morgen Ahornsirup in Hülle und Fülle stehen. Der »Zuckerschnee« war gekommen und schon wieder verschwunden, die Bäume der Farmer waren angezapft, der neue Sirup war da, der alte nicht länger rationiert. Die Kinder liebten ihren Sirup und ihre Samstagabend-Bonbons, wenn sie eine Kupfermünze hatten, die sie ausgeben konnten, sobald der Korb herumging.

Grania spürte die Unebenheit unter ihren Sohlen und wäre fast über einen Erdklumpen gestolpert. Neue Triebe waren durch das alte Gras des vergangenen Jahrs gestoßen, und die Oberfläche war feucht von Tau. Jedes Jahr schoben die älteren Jungen die schwere Walze über die Rasenflächen, um die Klumpen einzuebnen. Sie drehte sich um und sah nach, ob ihre Füße Abdrücke hinterlassen hatten. Sie hatte im Flüsterton gezählt – dreihundertundsechzehn Schritte vom Schlafsaal bis zur Tür des Krankenhauses, Teil ihrer inneren Ortskenntnis. Als sie näher kam, nahm sie eine Bewegung wahr und sah hoch. Miss MacKay stand auf der oberen Veranda und schüttelte eine Decke aus. Sie winkte und machte das Zeichen für *La Grippe.* Wie der größte Teil des Personals konnte sie auch hören, aber sie kannte sich mit der Zeichensprache besser aus als die meisten. Sie hielt sich die Nase und schleuderte die Finger einer Hand nach außen: *La Grippe fast vorbei.*

Grania signalisierte zurück: *Das hoffen wir.* Sie lachte, ein gedämpfter Laut aus ihrer Kehle. *La Grippe* war durch die Schlafsäle gefegt und hatte alle erschöpft. Erst einen Monat vorher waren die Kinder aus einem anderen Grund in Quarantäne gekommen: Es hatte so viele Fälle von Masern in Belleville gegeben, dass niemand Spaziergänge oder Streifzüge in die Stadt unternehmen durfte.

Grania warf einen Blick nach rechts, während sie um das Gebäude herumging, und blieb stehen, als sie Soldaten auf der Straße neben der Schule marschieren sah. Hinweise auf den Krieg gab es überall; sie war davon umgeben. Soldaten traf man häufig bei der Exerzierhalle und am Bahnhof von Belleville, wo sie Lebewohl sagten und zu anderen Soldaten in die nach Osten fahrenden Züge stiegen. Braun uniformierte Männer wurden auch auf Zwick Island gesehen, wo sie manchmal exerzierten, und auf der Front Street und an der Cannifton Road.

Als die Nachricht von der *Lusitania* erstmals die Schule erreichte, hatte Cedric alles stehen und liegen lassen, um einen Leitartikel zu schreiben, und Colin und die Jungen in der Druckerei hatten für den Neusatz Überstunden machen müssen. Grania war entsetzt über die Meldung. Sie erinnerte sich an einen kleinen Jungen, der in einem Sommer, als sie die Ferien zu Hause verbrachte, in der Bay of Quinte ertrunken war, und sie hatte wieder die schmerzerfüllten Gesichter seiner Eltern vor Augen. Nach der Beerdigung hatte Mamo zornig den Kopf geschüttelt und gesagt, es sei bekannt, dass die Familie des Jungen in ihrem Garten Tagetes, die Totenblume, ziehe. Jetzt war es Grania unmöglich, das Bild des einen toten Jungen auszuweiten zu der Vorstellung von hundertundfünfzig toten Kleinkindern, die vor der Küste Irlands im Meer trieben.

Das schöne Land, das Irland heißt. Es war nicht leicht, sich das auch noch vorzustellen. Das Bild, das sie immer in sich getragen hatte, war ihr von ihrer Großmutter durch ihre Erzählungen vermittelt worden. Mit dem Untergang der *Lusitania* wurde Mamos Erzählbild durch ein anderes ersetzt – eins mit trüben Fluten und dunkler See und ertrinkenden Babys, die von den Wogen weggerissen wurden. Dieses Bild lauerte im Bewusstsein, dieses eine, das plötzlich auftauchte, egal, wo Grania sich während des Tages gerade befand.

Als sie die Stufen hinunterkam und in den Verbandsraum lief, sah sie auf die Uhr. Sie war nicht zu spät. Sie trug ihren Strickmantel, ein Geschenk von Mamo, das gegen die Kühle um diese Jahreszeit schützte, und sie wappnete sich, bevor sie ihn auszog. Manchmal, am frühen Morgen, wirkte jedes Gebäude auf dem hundert Morgen großen Gelände starr und unwirtlich vor Kälte. Aber die Sonne stand am Himmel. Das verhieß einen warmen Tag.

Grania war in dem Jahr, in dem sie die Schule abschloss, ermuntert worden, im Gibson Hospital zu arbeiten, weil sie die Begabung dazu habe – so oder ähnlich hatte die Oberschwester es ihr gesagt. »Die Begabung, diese geschickten Hände einzusetzen.« Sie hatte keinen empfindlichen Magen. Wenn ein Kind sich übergeben hatte, konnte sie alles sauber machen, ohne sich selbst übergeben zu müssen. Sie konnte einen Verband wechseln und ein Gerstenkorn ausdrücken. Sie konnte eine Tagesdecke mit spitzwinkligen Zipfeln glätten. Sie konnte ein Bett machen, mit und ohne Kind zwischen den Tüchern, und hatte beides schon hundertmal getan. Sie arbeitete sechs Tage in der Woche und hatte hin und wieder zwei Tage frei. Die Krankenstation wurde während des Schulsemesters nie geschlossen – außer an dem »wundersamen« Weihnachtstag im Jahr zuvor, als kein einziges Kind an verdorbenem Magen oder an einer Halsentzündung gelitten hatte.

Heute würde es ihre Aufgabe sein, sobald die kranken Kinder gewaschen und gebadet waren, das Hauptbuch für den nächsten

Morgen vorzubereiten, bevor Dr. Whalen Visite machte. Die Oberschwester, Mrs. Sutton, würde auch am Montag wieder da sein. Die Oberschwester arbeitete nie an den Wochenenden, außer in Zeiten von Epidemien, und die hatte es seit dem Winteranfang, als dreißig Betten von Kindern mit Windpocken belegt waren, nicht mehr gegeben. Das Zeichen war auf den Schulkorridoren genügend bekannt – zwei an der Wange kratzende Finger –, und Schüler suchten sich gegenseitig das Gesicht nach verräterischen Punkten ab.

Grania dachte an Fry und hoffte, dass ihre Freundin es geschafft hatte, wach zu bleiben; Fry war dafür berüchtigt, dass sie verschlief. Wenn sie und Colin erst einmal verheiratet waren, würde es Colins Aufgabe sein, sie morgens aus dem Bett zu werfen. Wenn er dablieb. Er hatte alle erdenklichen Tricks erfunden, um Soldat zu werden, obwohl er wusste, dass die Armee keine tauben Jungen gebrauchen konnte. Und Fry wollte ihn nicht ziehen lassen. Sie hatten darüber gesprochen, nach Toronto zu gehen, wo ihre Familien lebten; Colin war sicher, dass er dort Arbeit in einer Druckerei finden würde. Aber wenn Fry ihre Stelle in der Schulküche aufgäbe, bliebe für sie nur noch die Aussicht, als Dienstmädchen zu arbeiten. Inserate aus Toronto standen oft in der Schulzeitung: *Gutes taubes Mädchen für Hausarbeit gesucht.*

Wenn Fry gehen sollte, hätte Grania ihre beste Freundin verloren.

*

Nach der Arbeit, am späten Nachmittag, hatte Grania noch eine Stunde zu überbrücken, bis sie Fry traf. Sie wollten nach dem Abendessen einen Spaziergang durch den Obstgarten machen, bevor die Abendkühle sich ausbreitete. Sie blieb am Hauptgebäude stehen, um sich ein Exemplar der Schulzeitung zu holen und mit ins Wohnheim zu nehmen, und sie blätterte schon im Gehen darin.

Die Schulzeitung, die seit 1892 zweimal im Monat gedruckt wurde, hatte als *The Canadian Mute* begonnen, aber ihren Namen im Laufe des Schuljahrs 1913 geändert, nachdem sich auch der Name der Schule geändert hatte. Zeitung und Schule ließen den Begriff *stumm* fallen. Wenn Schüler in der Schule angemeldet waren, wurde den Eltern ein Exemplar zugesandt, in der Hoffnung, dass sie die Zeitung für fünfzig Cent im Jahr abonnieren würden. Die Zeitung leistete mehr, als nur Neuigkeiten aus der Schule zu berichten; sie tauschte mit Gehörlosenschulen in vielen Teilen Nordamerikas Informationen aus. Schüler abonnierten sie weiter, nachdem sie die Schule verlassen hatten, und einige sandten selbst auch Nachrichten. Mr. Cedric war seit vierzehn Jahren Chefredakteur und Lehrer in der Druckerei.

Grania las Cedrics Leitartikel immer, ebenso andere Beiträge, Geschichten und die *Notizen von Interesse*, aber ihre Lieblingsseite waren die *Lokalnachrichten*, weil hier die Kinder für sich selbst sprachen. Cedric nahm Korrekturen vor, berichtigte die Grammatik und brachte die Texte der Kinder in das von ihm so genannte »Königs-Englisch«. Viel Zeit verwandte er darauf, die Äußerungen der Kinder zu glätten, bis sie zu einer Stimme verschmolzen. Aber manche Äußerungen sperrten sich gegen das Glätten, und nach denen suchte Grania – Stimmen, die zu ausgeprägt waren, um unterdrückt zu werden.

Diese Woche – wie immer – richtete sich das Interesse der Schüler auf Katastrophen. Da die *Lusitania* nach Redaktionsschluss torpediert worden war, handelten die meisten Texte von anderen Unglücksfällen. Grania lag auf ihrem Bett, mit den Kissen als Kopfstütze, und las, was die Kinder zu sagen hatten.

*Ich erhielt einen Brief von meiner Mutter, der mir sehr willkommen war. Mein Vetter ist in den Krieg gezogen. Mein Onkel fiel hin und brach sich den Arm und die Nase. Ein anderer Vetter hat sich einen Nagel in den Daumen gerammt und hat Blutvergiftung bekommen. Sie wohnen in England.*

*Mein Bruder schrieb, dass viele Kugeln über seinen Kopf flogen, als er im Schützengraben lag, und dass er ein Geräusch hörte wie summende Bienen.*

*Gestern haben mir einige Jungen erzählt, dass deutsche Soldaten einen kanadischen Soldaten gefangen genommen haben, und sie haben dem Kanadier Nägel in die Hände geschlagen. Er wurde sehr schwer verwundet. Das waren Bestien.*

*Ich habe gehört, dass mein Onkel am Ersten dieses Monats gestorben ist. Er hinterlässt eine Witwe und sieben Kinder. Der Onkel litt an Herzbeschwerden. Er hat es jetzt besser als in dieser schlechten, schlechten Welt.*

*Ich habe einen Onkel, der seinen Dienst auf den Bermudas leistet. Als er fortging, sah er so sehr wie ein tapferer Soldat aus, dass ich kaum meine Tränen zurückhalten konnte.*

Grania lächelte über das, was der kleine Paddy da geschrieben hatte; er war zwölf Jahre alt, und sein Herz zerschmolz bei jeder Gelegenheit. Ein anderer Junge, Charles, schrieb:

*Mr. Sails ging in die Scheune und fing 35 Hühner ein. Er hackte ihnen die Köpfe ab und trug sie in die Küche, wo die Federn gerupft wurden. Die Köchin tat sie in den Kochtopf.*

Hühnchen-mit-Klößen-Tag, ein Sonntag, zwei Wochen zuvor. Grania und Fry, die ihren freien Tag hatten, halfen den Kindern, die an langen Tischen saßen. Jedes Kind hatte einen Teller, Messer und Gabel. Jeder Tisch hatte eine Decke, fünf Kinder an einer Seite und an beiden Enden Schüsseln aus Emaille. Colin ging an der anderen Seite des Essraums an den Reihen hin und her und steckte den kleinen Jungen Servietten in die Kragen. Colin würde ein guter Vater sein, wenn er und Fry einmal Kinder hätten. Was Mr. Bell, so dachte Grania, nicht glücklich machen würde – wenn er hier wäre und davon erführe. Colin war im Unterschied zu Fry taub geboren und hatte taube Eltern. Mr. Bell hatte sich besorgt über Ehen zwischen tauben Menschen geäußert, obwohl er als junger Mann in Boston mit tauben Kindern gearbeitet und selbst eine taube Frau geheiratet hatte. Jetzt lebte er nahe am Meer in Nova Scotia, nicht weit von der Provinz, in der Jim aufgewachsen war. Grania blätterte eine Seite des *Canadian* um und las die Notiz über Mr. Bells neues Buch, das man aus New York beziehen konnte.

> *Professor Alexander Graham Bell hat die menschliche Stimme gründlich untersucht und in diesem Werk den menschlichen Kehlkopf mit allen seinen Zugängen auseinander genommen, als wäre er nur ein Telefon. Seine faszinierenden Entdeckungen sind interessant und in hohem Maße instruktiv.*

Vielleicht haben unsere Schüler hier in der Schule jetzt bessere Lernchancen, dachte Grania. Bessere, als wir vorher hatten. Die Ausbildungszeit war kürzlich von den sieben Jahren, die sie vor ihrem Abschluss absolviert hatte, auf zehn Jahre ausgedehnt worden. Vielleicht, dachte sie bei sich, haben die Schüler jetzt eine wirkliche Chance, Lesen, Schreiben, Buchstabieren besser zu lernen, diese großen Probleme, die oft nie überwunden werden.

Fry hatte sich die ganze Schulzeit hindurch mit dem geschriebenen Englisch abgequält, und Grania hatte an so manchem Abend lange mit ihr gearbeitet, versucht, ihr zu helfen, ihr das zu vermitteln, was Mamo ihr beigebracht hatte.
Sie wandte sich wieder der Zeitung zu – noch ein Schülerbericht:

*Ich habe einen netten Brief von meiner Cousine bekommen. Sie war bei einer Tanzveranstaltung in Kalifornien. Sie erhielt den ersten Preis im Walzertanzen. Sie hat den Foxtrott und all die neuen Tänze gelernt.*

*Ich habe es satt, immer von diesem Krieg zu hören.*

Ich auch, dachte Grania, ich auch. Ihr Körper verkrampfte sich, wenn sie daran dachte. Es war ein Krieg, in den Jim bald gehen würde. Aber sie hatte die Hoffnung noch nicht aufgegeben, dass er vorüber sein würde, bevor Jim wegginge.

Die letzten beiden Notizen waren von Cedric geschrieben:

*König George V. hat während der Dauer des Krieges den Genuss von Alkohol in seinem Haus verboten. Dem Beispiel Seiner Majestät sind viele Prominente in England gefolgt, darunter Lord Kitchener und Premierminister Asquith.*

*Die Kinder setzen natürlich Vertrauen in alles, was von zu Hause kommt, und verlassen sich darauf, und wenn ihnen in der Schule beigebracht wird zu schreiben »ein Paar Stiefel«, und sie lesen dann in einem Brief von zu Hause »ein Pahr Stifel«, dann befinden sie sich gewissermaßen in einem Zwiespalt.*

Grania fragte sich, ob die Eltern, die den Brief geschrieben hatten, Cedrics selbstherrliche Kolumne wohl lesen würden.
Ein Schatten glitt über die Schwelle; sie sah die Bewegung, noch bevor Fry das Zimmer betrat.
Fry ließ sich auf ihr Bett plumpsen und streckte die Beine aus. »Vier Wochen«, signalisierten ihre sommersprossigen Hände. »Vier Wochen noch, dann sind Colin und ich verheiratet.«

*

»Du wirkst so weit weg«, sagte Fry in der Zeichensprache zu Grania.
Sie saßen nebeneinander auf einem Erdhügel im Obstgarten, oben hinter den landwirtschaftlichen Gebäuden. Spargel wuchs wild unter den Apfelbäumen, die in voller Blüte standen. Grania staunte über die Baumreihen und ihr geometrisches Muster; sie konnte von jedem Punkt aus um sich blicken, egal, in welche Richtung – nach vorn, nach hinten, diagonal –, die Reihen der Bäume standen immer schnurgerade wie Radspeichen um eine Nabe, ob der Grund unter ihnen nun gewellt oder flach war. Auf allen Seiten hatte jeder Baum den gleichen Abstand zum nächsten, und für Sonne und Wachstum war genügend Raum.
Die Erde war noch warm von der Sonne des Tages, die Luft schwer von Düften. Der aromatische Geruch, der die beiden Freundinnen umgab, wandelte sich mit der wechselnden Brise – manchmal stark, manchmal schwach. An der Intensität des Duftes merkte Grania, wann sie zu den Blättern hochsehen konnte, um die Stärke des Windes zu erkennen. Die langsamen zielgerichteten Flüge der Bienen hatten in den letzten Minuten abgenommen; die Sonne sank allmählich. In der Ferne segelten drei flache Wolken über die Bucht. Es lag ein solcher Frieden über diesem Ort, dass Grania wünschte, sie könnte ewig so sit-

zen bleiben. Sie zog den Duft tief ein und dachte an Mamo und ihr *Canada Bouquet*, und sie bemühte sich, kein Heimweh zu haben. Bald würde sie wieder den ganzen Sommer bei ihrer Familie in Deseronto sein. Jim hatte versprochen, sie zu besuchen, sooft er konnte. Sie vermisste ihn schon, obwohl es erst drei Tage her war, dass er mit Dr. Whalen das Schulhospital besucht hatte. Am nächsten Wochenende wollten sie mit Colin und Fry ein Picknick in Jones Woods an der Bucht machen. Grania und Fry hatten schon Pläne, was sie zum Essen mitnehmen würden.

»Ich bin weit weg«, gab Grania ihrer Freundin zur Antwort. »Aber ich komme gern in den Obstgarten. Ich kriege nie genug davon.« Ihre Hand machte eine wellenförmige Bewegung. »Weißt du, wenn ich ziehende Wolken sehe, dann denke ich *Lied*. Oder vielleicht *Musik*. Das Problem ist, ich weiß nicht, was zu diesen Wörtern gehört. Mamo hat mir erzählt, dass sie mir immer ein Lied vorgesungen hat, das mir gefiel, als ich klein war. Bevor ich taub wurde.«

»Die Hörenden«, sagte Fry, »fragen immer dasselbe, wenn sie uns kennen lernen. *Vermisst du die Musik? Vermisst du das Singen der Vögel?* Als ob es nichts Schlimmeres gäbe.«

»Musik und Vögel sind wichtig für die Hörenden.«

»Wenn ich schlecht gelaunt bin, sage ich: Wie kann ich etwas vermissen, das ich nicht kenne? Also was soll's, wenn ich die Vögel nicht hören kann. Ich kann sie sehen.«

Grania hatte nie versucht, Fry zu erklären, dass sie glaubte oder sich einbildete zu glauben, dass Musik und Gesang überall waren. Nicht nur in den Wolken, sondern auch in Vogelschwärmen, in Eichenblättern, die das Fenster des Schlafsaals streiften, in den Beinen der Kinder, die über die Rasenflächen jagten. »Es ist doch lächerlich, nicht?«, sagte sie mit Handzeichen. »Meine Erinnerung an Töne ist in all diesen Jahren – vierzehn Jahren –

verschwunden, aber ich habe das Gefühl, als ob sich mein Gehirn an Musik erinnert.«

»Nein, nicht lächerlich.«

»Und ich habe immer noch dieselben Träume, die ich hatte, als ich zuerst hierher kam.« Sie zuckte mit den Schultern. »Die Träume ergeben keinen Sinn. Jeder quasselt mit Stimme, und ich verstehe es. Niemand ist taub, niemand hört. Lieder, die ich nicht kenne, Töne, an die ich mich nicht erinnern kann. Alles wird dauernd miteinander verquirlt.«

Frys Hände zerbrachen das Zeichen für *Ei* und stellten dar, wie Rührei gemacht wurde, und sie und Grania sahen sich an und fingen an zu lachen.

»Tust du dir manchmal Leid?«, fragte Fry. Ohne die Antwort abzuwarten, fuhr sie fort. »Ich ja. Manchmal denk ich, das Leben der hörenden Menschen ist einfacher, obwohl ich ja weiß, dass sie auch Probleme haben. Aber die Hörenden müssen nicht noch mal neu sprechen lernen. *Dein* Gehirn hat die Töne vergessen; *mein* Gehirn hat die Sprache vergessen. Auch wenn meine Mutter da war und sie vertreten hat. Jeden Tag, jeden Tag hat sie alles versucht, damit ich mich erinnere. Die ganze Zeit hat sie mich korrigiert. *Sprich richtig. Denk nach, bevor du sprichst.* Ich war ihre Bürde. So hat sie mich genannt. *Meine schwere Bürde.*«

Frys Arme und Schultern sackten herunter, während sie *schwer* kennzeichnete. Grania kannte diese Geschichten schon, und sie streichelte den Arm ihrer Freundin. Sie kamen nicht über die alten Erinnerungen hinweg.

»Cora war unsere Bürde – Bürde der Stadt, Deserontos.« Granias rechte Hand formte *C-o-r-a*, indem ihre Finger den Namen buchstabierten. Sie hatte Fry viele Geschichten von der neugierigen Cora erzählt. »Deine Mutter hat versucht, dich zum Erinnern zu bringen. Meine Mutter hat gehofft, mich zum Hören zu bringen.« Ihre Finger hüpfen leicht, als sie mit erhobener

Hand das Zeichen für *Hoffnung* andeutet, um dann mit beiden Händen das Wort *beten* zu bilden. »Mutter hat ihre Schuldgefühle nie verloren. Ich denke, sie glaubt immer noch, dass ich eines Tages, wenn sie nur genug betet, nicht mehr taub sein werde.«

Sie spürte die harte Mauer, die Mutters Willen verkörperte, Mutters Ziel. Drei Jahre nachdem sie die Schule beendet hatte, konnte sie hier im Obstgarten immer noch Mutters Willen spüren.

*

Grania erinnerte sich an den Ruck des Dampfers, wie er sich erbebend und stoßend dem Ufer des St. Lawrence Stroms und dem Kai von Ste. Anne genähert hatte. Sie erinnerte sich an die Prozession der Männer und Frauen – größtenteils Frauen –, die in langen Kleidern und dunklen Hüten auf die Landungsbrücke schritten. Achtzig Wallfahrer zogen an dem einzigen Baum zwischen zwei Laternen vorbei, an dem ersten Eingang mit dem riesigen Schild: *Magasin de CYCLORAMA.* Vom Deck aus hatte Grania das ferne Schild immer größer werden sehen, bis sie und Mutter das Schiff verließen. Als sie auf den Kai gingen, buchstabierten ihre Finger *C-Y-C-L-O-R-A-M-A* an ihr Kleid. Sie bildete das Wort an der anderen Seite, weg von Mutter, damit sie ihre Finger nicht sehen konnte. Mutter wollte, dass sie ihre Stimme gebrauchte, nur ihre Stimme. Es war der erste Sommer nachdem sie in die auswärtige Schule geschickt worden war.

Drei Fahnen – eine davon die amerikanischen Stars and Stripes – hingen seitlich über die hohen Mauern des Rundbaus. Nachdem sie an dem Ladeneingang vorbeigegangen waren, verlor Grania ihre Mutter aus den Augen und wurde zwischen zwei korpulenten Frauen eingeklemmt, die den Kopf gesenkt hatten und ihre Lippen wie bei einem öffentlichen Sündenbekenntnis bewegten.

Sie glaubte zu ersticken, wand sich aber heraus und fand ihre Mutter wieder. Ein dürrer Mann, dessen Wangen- und Fingerknochen unter der Haut hervorstachen, stand mit einem Strohhut in der Hand am Zaun vor dem Laden, und er führte die Menge in beschleunigtem Tempo weiter. Grania war erstaunt, dass ein so gebrechlich wirkender Mann sich so schnell bewegen konnte. Er führte sie zuerst zu der großen Kirche Ste. Anne auf dem Hügel. Danach zum Cyclorama – Grania wusste noch, wie klein sie sich neben den riesigen Mauern, die sie ringsum einschlossen, gefühlt hatte.

Später, noch in demselben Sommer, wollte Mutter mit ihr nach Montreal fahren, zu der kleinen Kapelle auf dem Berg, wo eine Statue des heiligen Joseph stand. Mutters Schwester, Annie, war einmal im Sommer von Rochester nach Montreal gereist und hatte Mutter von ihrer Wallfahrt geschrieben. Sie hatte zum heiligen Joseph gebetet und war den staubigen Weg zur Kapelle hinaufgepilgert, und sie war von Bruder André persönlich angesprochen worden. Mutter war überzeugt, dass Bruder André Granias Ohren würde heilen können. Aber Vater hatte Nein gesagt. Grania würde nicht nach Montreal fahren. »Keine Wunder mehr«, erklärte er Mutter. Grania hatte den Zorn auf seinem bleich werdenden Gesicht gesehen. »Keine Wunder mehr für Grania.«

*

Fry wedelte mit den Fingern herum, um Granias Aufmerksamkeit zu bekommen, um sie zurückzuholen.

»Sogar jetzt noch«, gab Fry zu verstehen, »stolper ich über Wörter. Du hast mich beobachtet. Wenn ich ein Wort nicht finden kann, buchstabier ich mit den Fingern unter dem Tisch wie ein kleines Kind. Aber manche Wörter sehen für mich immer noch gleich aus. Wenn ich spreche, merk ich, dass die Hörenden sie verschieden aussprechen. Kein Wunder, dass wir verwirrt werden. Wenn du mir nicht geholfen hättest, könnte ich überhaupt kein Englisch.«

»Doch, könntest du«, sagte Grania. Aber sie wusste, dass Fry dauernd mit der Grammatik und dem geschriebenen Wort kämpfte.

In gleicher Weise war Grania ermuntert worden, ihre Stimme zu benutzen – immer nur die Stimme. In den höheren Klassen hatte Miss Marks ihr dabei geholfen, die Verzögerung zu verringern, das verzögerte Verstehen mit der gesprochenen Antwort auszugleichen. Sie lockte Grania und ihre Mitschüler, weiter in die Sprache hineinzugehen, als diese es je für möglich gehalten hätten. Miss Marks war es auch, die gesagt hatte: »Wenn ihr von den Lippen eures Gesprächspartners ablest, dreht euch mit dem Rücken zum Licht. Das Licht sollte auf das Gesicht des Sprechenden fallen. Dreht euch immer mit dem Rücken zum Licht.«

Grania hatte sich immer bemüht, dieser Lehrerin, die sie mochte, zu gefallen. In ihren Jahren als Schülerin hatte es gute und weniger gute Lehrer gegeben. Manchmal waren sie sehr streng, und immer bestimmten Ordnung und Disziplin jede Tätigkeit. Aber Grania hatte sich sehr gemüht, Zunge, Kehle und Atem mit jedem einzelnen Wort, das sie äußerte, in Einklang zu bringen. Und Miss Marks hatte zugehört und ermutigt und immer wieder zugehört.

Nun, da Grania und Fry in der Schule arbeiteten, beobachteten sie jedes Jahr um diese Zeit, wie schwer es den älteren Schülern wurde, diese behütete Umgebung für immer zu verlassen. Viele hatten keine andere Wahl, als in ihre Elternhäuser zurückzukehren. Etwas, das Grania und Fry, so hatten sie sich geschworen, nie tun würden. Grania erinnerte Fry jetzt daran.

»Wenigstens sind wir nicht so geworden wie der alte Mr. Wadsworth«, sagte sie. »Weißt du noch, wie viele Sorgen wir uns gemacht haben?«

Fry nickte. Mr. Wadsworth, ein tauber Mann, lebte an einem Kiesweg allein in einer Hütte, die nur einen Raum hatte, auf einem winzigen Flecken einer Farm, die irgendjemandem gehörte – jemandem, der Mitleid mit ihm hatte. Er trug überall Papier und Bleistift mit sich herum und hatte das sein Leben lang getan. Wenn er einen Nachbarn besuchte oder an einem Abendessen von der Kirche oder einer Tanzveranstaltung auf irgendeiner Farm teilnahm, saß er geduldig da und wartete, bis jemand sich zu ihm setzte und Botschaften auf sein Papier schrieb.

Grania hatte sich oft vorgestellt, wie er abends nach Hause kam, sich allein hinsetzte, die Zettel durchsah und auf die Unterhaltungen des Tages zurückblickte:

*Wie geht es dir?*

*Gut, gut.*

*Schönes Wetter heute, nicht?*

*O ja.*

Sie sah zu ihrer Freundin, an der sie sehr hing, und wieder dachte sie an die Abende und Wochenenden, an denen sie versucht hatte, ihr mit der Schriftsprache zu helfen. Fry konnte immer noch nichts mit Artikeln und Präpositionen anfangen – die Grania als *Verbindungswörter* betrachtete. Fry hatte nie verstanden, wieso sie der Mühe wert waren.

Grania dachte an das *Sonntag*-Buch. *Mamo hat mich gerettet*, sagte sie zu sich selbst, nicht zu Fry. *Mamo hat mir das Leben gerettet.*

Sie fragte sich, ob Jim wohl verstand, wie wichtig Mamo für ihre Kindheit und für ihr jetziges Leben war. Jim hatte seine Eltern verloren – sie waren an Typhus gestorben –, und er war von liebevollen Großeltern aufgezogen worden. Aber sie waren auch gestorben. Grania hatte seinen Onkel Alex und seine Tante Jean kennen gelernt. Sie fragte sich, ob Jim ihre größere Familie nach ihrer Heirat als seine eigene betrachten würde. Und sie würden heiraten. Trotz Mutter, die geschrieben hatte: »Nichts bekannt geben.«

Es war schon möglich, dass Mutter in all den Jahren, in denen sie geglaubt hatte, sie werde Grania irgendwie zum Hören bringen, nie auch nur einen einzigen Gedanken darauf verwendet hatte, dass Grania eine eigene Zukunft haben könnte.

# KAPITEL 3

*Wir kommen, Mutter Britannia, wir kommen*
*dir zu Hilfe.*
*Verpflichtet sind wir unseren Vätern, und*
*wir wollen unsere Schuldigkeit tun.*
*Von den Dschungeln Rhodesiens, vom*
*Schnee in Saskatoon*
*kommen wir, Mutter Britannia, und*
*wir hoffen, dich bald zu sehen.*

The Canadian

*Deseronto, Ontario*

Tress' Ehemann, Kenan, war fort. In zwei Wochen würde auch ihr Ehemann, Jim, gehen, zusammen mit Hunderten anderer aus der Region, die sich gemeldet hatten.

*Ehemann.* Sie war noch nicht daran gewöhnt, diese Laute zu bilden. *Chim*, sagte sie und wiederholte seinen Namen. *Chim.* Sie lief in Tante Maggies Küche umher, einem großen, hellen Raum mit einer hohen Decke, die ein spiralenförmiges Muster hatte. Seit ihrer Kindheit kannte sie diese Küche, aber nun erschien sie ihr schattig und unvertraut, weil sie in einer fremden Wohnung war, wo sie versuchte, ein Abendessen vorzubereiten. Bevor ihre

Tante sich verabschiedet hatte, hatte sie verschiedene Türen geöffnet, um Grania Fächer in Küchenschränken und Speisekammer zu zeigen, und sie hatte ihr gesagt, sie und Jim könnten alles benutzen, was sie wollten. Sie hatten das Angebot angenommen, in der Turmwohnung zu logieren; Granias Tante und Onkel waren für einige Zeit nach Oswego, auf die andere Seite des Lake Ontario, gereist, um im Staat New York Tante Maggies Schwester zu besuchen. Tante Maggie hatte eine Arbeitskollegin gebeten, sie in der Bücherei zu vertreten. Onkel Am war auf der Leiter, die in die Rückwand des Wohnzimmers eingebaut war, in den Turm gestiegen, und Jim hinter ihm; er hatte Jim gezeigt, wo man das Werk der Turmuhr ölen musste. Er informierte ihn auch darüber, wie die Kontrollen um das Gebäude herum, in den Büros unten und in der Sicherheitsabteilung durchzuführen waren, über alles, was in seiner Abwesenheit gemacht werden musste. Im Augenblick war der ganze obere Stock, die einzige Wohnung im Gebäude, Jims und Granias eigenes Reich.

Grania lebte mit einem Mann zusammen, teilte ihren Schlaf mit einem Mann. Sie lag nachts neben einem Mann auf der blauen Decke, die über den Teppich im Wohnzimmer gebreitet war. Sie dachte an das Ungewöhnliche dabei, aber zugleich mit dem Ungewöhnlichen an die Liebe, die ganz natürlich zwischen ihnen war. Am Morgen legte sie die Decke zusammen, die gepolsterte Unterlage, das Bettzeug und verbannte alles aus dem Blickfeld. Sie schliefen nicht in Tante Maggies und Onkel Ams Bett. Sie wollten ihre eigene Sphäre. Und es war ja nicht das erste Mal, dass Grania auf einem Teppich schlief.

Jim hatte sich beim Canadian Army Medical Corps verpflichtet, er würde zu einer Feldambulanz-Einheit gehen, wo seine Ausbildung beginnen sollte. Man hatte ihm zwei Wochen gegeben, um seine Angelegenheiten zu regeln. Er war jetzt den Tag über in der Stadt und würde mit dem frühen Abendzug zurück sein.

Sie hatten am 23. Oktober in der Kirche in Marysville geheiratet, und danach wurde auf Bompa Jacks Farm gefeiert. Mamo war dabei, Mutter und Vater, Tress und die Jungen, Großtante Martha, Tanten und Onkel und Großonkel, Fry und Colin und Jims Onkel Alex und Tante Jean. Jim hatte seinem Onkel Alex versprochen, er werde so lange in Kanada bleiben, bis das Holzhacken im Herbst erledigt war, und er hatte sein Versprechen gehalten. Dr. Whalen schickte einen Scheck mit guten Wünschen und sagte, er freue sich, dass Jim zu den Sanitätern gegangen sei. Sein eigener Sohn, inzwischen Artillerist, war, wie geplant, im Juli eingerückt.

Grania dachte an die Stille, die sie während der Trauung umgeben hatte. Oder vielleicht hatte sie auch alle ausgeschlossen außer Jim. Sie hatte den ganzen Tag das Gefühl gehabt, sich in einem Kokon zu befinden; sie erinnerte sich kaum an Einzelheiten, bis sie auf Bompas Farm ankamen. Dann schob man die Küchenmöbel ans Ende des langen Raums, und man tanzte, und sie wurde umarmt und geküsst, und ihr wurden die Hände geschüttelt, und sie wurde mit Geschenken und Glückwünschen überhäuft. Aber den ganzen Nachmittag und Abend hindurch war sie sich der Nähe Jims bewusst, egal, wo er sich befand – ob in der Küche, in der Tür zum Wohnzimmer oder im Esszimmer, wo das festliche Buffet auf dem selten benutzten irischen Leinen und dem noch weniger benutzten ovalen Tisch mit der extra langen Ausziehplatte aufgebaut war. Wenn sie hochsahen und den Blick des anderen auffingen, hätten sie auch Seite an Seite stehen können. Ihm wurde gerade bewusst, dass er sich mit ihr quer durch ein Zimmer voller Menschen heimlich unterhalten konnte; dass seine Lippen verstanden wurden, egal, wie viel Lärm, egal, wie viele Leute zwischen ihnen waren. Er hatte angefangen, seine Handlungen zu beschreiben, als ob sie nicht selbst sehen könnte. Er lachte. *In ein paar Minuten leihe ich mir die Mundorgel aus. Ich werde spielen und einen Freudentanz aufführen.* Seine Füße machten eine kleine hüpfende Bewegung. *Ich arbeite mich gleich durch das Zimmer und bitte dich um einen Tanz.* Er hörte auf zu lachen. *Meine Liebste*, sagten seine Lippen lautlos. *Meine Liebste.*

Grania knipste jetzt die Deckenlampe an. Sie hatte mit ihrer Arbeit im Schulhospital Mitte Oktober, zehn Tage vor ihrer Hochzeit aufgehört. Jetzt wohnte sie über dem Postamt in Deseronto und schälte Kartoffeln. Sie erinnerte sich an die Eimer voll Kartoffeln, die sie und Fry und die älteren Mädchen im Spülraum der Schule jedes Jahr geschält hatten, wenn sie Weihnachten in der Küche aushalfen. Fry war noch in der Schule und arbeitete immer noch in der großen Küche. Nach ihrer Heirat waren sie und Colin in ihre gemieteten Zimmer gezogen. Jetzt, da das Herbstsemester im Gange war, gingen sie morgens zusammen zur Arbeit.

Grania zog das Mehlfach auf und sah nicht eher hoch, als bis sie Vibrationen spürte. Jim stand in der offenen Tür zwischen Küche und Flur. Er klopfte an die Wand, um sie nicht zu erschrecken, wenn er plötzlich neben ihr auftauchte. *Dinge, die sich bewegen ...* Wenn sie nicht so in Gedanken gewesen wäre, hätte sie ihn dort stehen sehen. Er hatte nasse Haare, seine braune Jacke war bis zu den Armen und bis zur Brust durchweicht, und – das sah sie jetzt – sein Rücken war auch klatschnass.

»Hattest du Angst? Bei dem Unwetter?«

»Unwetter?« Sie las das Wort von seinen Lippen ab und blickte nach links zum Fenster, das sich in einer Schräge zwischen Decke und Fußboden befand. Sie konnte die Erhebungen und Ecken des Turmdachs sehen. Ihr Blick umfasste den Fensterplatz, Tante Maggies Efeupflanze, den bedrohlichen Himmel dahinter. Für die Tageszeit war es zu dunkel da draußen. Sie hatte das Licht angemacht, ohne darauf zu achten, was draußen geschah.

»Hast du nichts gemerkt? Hast du es nicht gespürt?«
Sie ging durch den Flur zur Straßenseite der Wohnung und sah aus dem Esszimmerfenster nach unten. Das Unwetter, das in der letzten halben Stunde in der Stadt gewütet hatte, war vorüber, und sie hatte nicht einmal aufgeblickt. Zweige waren heruntergeschlagen worden und wirbelten in der Main Street umher. Blätter flogen durch die Luft. Es gab da unten große Pfützen, dicken, tiefen Schlamm, die Straße war schmutzig und von Furchen durchzogen. Schon waren Räder stecken geblieben. Drei Männer schoben an einem Auto. Ein müde aussehendes Pferd wurde von einem festgefahrenen, verlassenen Wagen weggeführt.
Jim hatte seine verdreckten Stiefel oben auf dem Treppenabsatz ausgezogen, aber noch mehr Schlammspritzer waren an seine Hosenbeine gekommen. Er legte seine Jacke ab, stellte sich neben sie ans Fenster und schüttelte den Kopf, dann griff er hinüber und schloss die Vorhänge des Esszimmers.
Sie standen sich gegenüber. Er war zehn Zentimeter größer als sie, und sie sah zu ihm hoch. Wie in einem Tanz drehten sie sich beide mit dem Rücken zueinander. Er lehnte seinen Kopf gegen ihren, und sie fühlte sein nasses Haar. Dann standen sie sich wieder von Angesicht zu Angesicht gegenüber. Er legte beide Hände auf ihr hochgestecktes Haar und summte leise. Sie spürte das Summen und beugte sich vor. Sie legte eine Hand an seine Kehle. Seine Haut war kühl. Er sang oder summte immer noch. Sie trat einen Schritt zurück, um zu sehen, ob er reden wollte.

*

Sie hatte ihm das Alphabet beigebracht und einiges von der Zeichensprache, und er konnte langsame Wörter bilden, aber sie hatten auch angefangen, sich ihre eigene Sprache zu schaffen.

Sie entstand ganz natürlich zwischen ihnen wie die Liebe, ein erfundener Code, den keiner knacken würde.
Die geringste Bewegung ihres Zeigefingers gegen ihr Kleid, und schon kam er an ihre Seite.
Sein Namenszeichen, ihr Geschenk an ihn – ein »C«, das umkippte, um zu einem »H« zu werden, das sie einmal an ihr Herz tippte. *Chim.*
Und er, entzückt von der neuen Sprache der Hände, gab ihr dafür ein »G« an seinem Herzen.
Als sie Tress' Freunde in Deseronto besuchten, strich er sich mit einer Fingerkuppe über die Lippen und gab ihr quer durchs Zimmer das Signal: *Jetzt bring ich dich nach Hause.* Aber es bedeutete auch noch etwas anderes. Granias Wangen wurden flammend rot, als er diese öffentlich-private Vorstellung gab, obwohl es niemand bemerkt hatte.
In der Turmwohnung lagen sie bei aufgezogenen Vorhängen auf der blauen Decke, so dass sie den Nachthimmel sehen konnten. Er lag im Dunkeln neben ihr, und sie drehte sich auf die rechte Seite, um sich eng an ihn zu schmiegen.
Sie wollte reden. Das Zimmer war dunkel, wenn der Mond nicht schien, aber sie brauchte den Mond nicht. Sie schloss die Augen und hob die Finger der linken Hand zu seinen Lippen. Obwohl er zunächst überrascht war, begriff er und fing an zu sprechen. Seine genau artikulierten Worte gingen in ihre Fingerspitzen ein, und sie antwortete flüsternd, und so unterhielten sie sich Seite an Seite. Sie hatte einen guten Unterricht gehabt; ihre Hände und ihr Körper erinnerten sich an die unzähligen Male in der Schule, als sie auf einem Stuhl ihrer Lehrerin gegenübergesessen hatte.
*»Leg deine Fingerspitzen auf meine Lippen. Nur leicht jetzt. Ertaste das Wort. Jetzt an meine Kehle, wieder an die Lippen. Lass die Form des Wortes in deine Finger eingehen. Schöpf es mit deiner Hand heraus.«*

Er hatte noch keine Sprache kennen gelernt, welche die Liebe so völlig umfasste.
Sie hatte sich noch nie so sicher gefühlt.

*

Er hatte bald gemerkt, dass sie, um zu verstehen, keine vollständigen Sätze brauchte, dass sie eine außerordentliche Fähigkeit besaß, sich auf das Unmittelbare zu konzentrieren, dass sie die Lücken blitzschnell füllen konnte. Er sah Zweifel auf ihrem Gesicht, wenn ihre rötlichen Brauen das kaum merkliche Stirnrunzeln bildeten.
Er beobachtete ihr Schweigen.
Aber Grania wusste, wann sie beobachtet wurde.
»Erzähl mir«, sagte er. Er wollte alles wissen. Er beobachtete ihre braunen Augen, die auf sein Gesicht gerichtet waren, ihren Blick, wie er zum Hintergrund, nach rechts, links, wieder zu seinen Lippen flog. *Was sah sie? Er wollte es wissen.* »Erzähl mir, damit ich es weiß. Vom Taubsein. Fang mit dem Schlimmsten an.« Er beugte sich zu ihr, angespannt lauschend.
Sie saßen auf der blauen Decke, auf die sie ihre Tabletts gestellt und wo sie gefrühstückt hatten. Sie konnten von der Straße unten nicht gesehen werden. Die Spätherbstsonne wärmte das Zimmer, und er sah die verschiedenen Rottöne in ihrem Haar, als das Licht schräg auf sie fiel.
»Das Schlimmste?« Sie dachte einen Augenblick nach. »Nicht die Informationen zu haben, die alle anderen haben. Nein – noch schlimmer ist, wenn Informationen zurückgehalten werden – die kleinste Einzelheit – von jemandem, der meint, etwas sei nicht wichtig genug, um es weiterzugeben.«
»Mehr. Etwas, das ich nicht wissen kann.«
Darüber musste sie nicht lange nachdenken.

»Wie ich die Welt sehe.«
»Keiner sieht so viel.«
»Meine Sicht ist geteilt. In Dinge, die sich bewegen, und in Dinge, die sich nicht bewegen.«
Sie sah das Erstaunen auf seinem Gesicht; beobachtete, wie er die Information speicherte. Das gefiel ihr. »Das konntest du nicht wissen.«
»Aber jetzt weiß ich es.«
»Es hält mich lebendig«, sagte sie. Bewegung und Schatten. Darauf verlass ich mich. Mamo hat mir dabei geholfen, aber ich hab es auch selbst gelernt. Vielleicht als ich Kind war – Instinkt.« *Ein Pferd bewegt sich, eine Schaukel, ein Tor, ein Schlitten, eine Tür, ein Ast im Wald, ein laufendes Kind. Der Wind bewegt sich; er hebt, fegt sogar Gegenstände von einer Stelle zur anderen.* Sie dachte an Miss Marks im Unterricht in der obersten Klasse, als sie versuchte, die verschiedenen Bedeutungen von »fegen« zu erklären.
»Als ich dich das erste Mal sah«, sagte er, »im letzten Jahr im Verbandsraum des Hospitals, da bin ich von hinten gekommen und habe nicht gemerkt, dass du taub bist. Aber du hast dich nicht gerührt. Nichts an deinem Körper hat sich bewegt. Du hättest überrascht sein müssen, als du mich sahst. Jeder andere wäre zusammengefahren, hätte sich erschrocken.«
Sie beobachtete und erwog die Worte. *Immer eine Verzögerung.*
»Ich erinnere mich. Aber du warst keine Bedrohung. Nicht dort. Von der Seite konnte ich Miss MacKays Augen zucken sehen. Als du näher kamst.«
Sie streckte die Hand aus und berührte seine Schulter. Sie lagen Auge in Auge. Sie schob ihre Hand in seine. »Du musst mir auch was erzählen, etwas von dir, was ich nicht wissen kann.«
*Erzähl.*
»Du wirst nie wissen, wie ich singe. Manchmal wünsche ich, du könntest mich hören.«

»Ich weiß aber, dass du singen kannst. Du kennst die Texte von allen Liedern. Jeder redet von deiner Stimme. Du singst immer, wenn du an ein Klavier kommst. Dein Großvater Lloyd hat Geige gespielt – das hast du mir erzählt. Mamo hört dich gern Klavier spielen und singen, wenn du zu Hause bist – bei meinen Eltern zu Hause – bei mir.« Sie korrigierte sich. *Verheiratete Frau.* »Du singst, wenn du neben mir bist. Du summst die meiste Zeit. Meinst du, ich weiß das nicht?«

»Du kannst es nicht wissen. Du wirst mich nie singen hören«, neckte er sie. »Hast du mich die ›Sparkling Waltzes‹ summen hören, als wir auf unserer Hochzeit bei Bompa Jack getanzt haben?«

»Ich hab das Summen gefühlt. Ich beobachte deine Worte. Ich seh deine Finger auf den Tasten. Ich spür deinen Gesang. Ich folge deinem Körper, wenn wir tanzen. So hör ich zu. Ich hör deinem Körper zu.«

Sie sprachen nicht über den Abschied. Sie erklärte sich mit dem Schweigen nicht einverstanden; es gab einfach nichts zu sagen. Er hatte seine Arbeit bei Dr. Whalen beendet; er war geblieben, um seinem Onkel beim Holzhacken zu helfen; er würde in den Krieg ziehen. Sie glaubte, dass sein Onkel Alex ihm das Versprechen abgenommen hatte, um seine Abreise hinauszuzögern, in der Hoffnung, dass der Krieg inzwischen vorbei sein würde. Aber der Krieg war nicht vorbei.

Sie dachten über das Ende ihrer Zeit im Turm nicht hinaus. Sie wussten, dass Jim am Tag der Abreise nach Belleville fahren und dann mit dem Zug gen Osten reisen würde. An der Küste angekommen, würde er schließlich das Meer überqueren.

Was Grania tun musste, war: daran glauben, dass er zurückkommen würde. Sobald er *da drüben* war, würde er schreiben. Er würde ihr keine Information vorenthalten. Vorenthalten bedeutete, sie auszuschließen, und das wäre schlimmer als alles andere. Er würde nur das zurückhalten, was er nicht erzählen durfte. Wenn er genug schrieb, so dass sie in der Lage war, sich ein Bild von ihm dort zu machen, könnte sie ihm nahe bleiben. Er wusste, in welcher Umgebung sie lebte, und das würde er mitnehmen.

*

Er wollte ihr etwas über Laute erklären.

»Frag mich«, sagte er. »Frag, was du wissen willst.«

Aber sie hatte keine Fragen zu Lauten. Sie hätte welche erfinden müssen. Es war ihr bewusst, dass er sie verstehen wollte. Sie öffnete eins der schmalen Fenster und sah, dass ein frischer Wind von der Bucht hereinkam. Die Wipfel der Bäume, die unten die Straße säumten, schwankten heftig hin und her. Krach war wie eine heftige Bewegung; das hatte Mamo ihr erklärt. Vater sagte immer zu Grania, Tress und Patrick, als sie Kinder waren: »Macht nicht so viel Krach« – und das bedeutete Geräusch.

»Die Blätter«, sagte sie, um ihm eine Freude zu machen, »machen sie ein sehr starkes Geräusch, wenn sie so sind wie jetzt?«

»Eigentlich nicht die Blätter. Der Wind heult, aber nicht die Blätter.«

Sie kam wieder auf die Decke zurück, zog die Füße unter ihren Körper und wunderte sich. *Der Wind heult. Was wusste sie alles nicht? Vieles. Aber sie wusste, dass Wölfe am Waldrand heulten, in der Nähe von Großvaters Farm. Er war hinausgegangen und hatte einen in der Nacht mit der Flinte erschossen, weil er zu nahe an die Scheune kam. Er erzählte ihr, dass der Schrei des Wolfs in klaren Nächten dem Schreien eines Babys glich.*

»Bompa Jack«, sagte sie. »Wenn die Wölfe heulen, spürt er ihre Stimmen hinten im Nacken.«

»Das ist ein anderes Heulen. Der Wind heult, aber sein Geräusch kann sich verändern. Das kommt ganz darauf an.«

*Es muss wohl,* dachte sie. Sie legte einen Zeigefinger über den anderen, machte das Zeichen und ließ die Hände auf den Schoß sinken. *Das kommt ganz darauf an.* Laute waren allemal wichtiger für die Hörenden.

Nachts lagen sie umschlungen unter einer leichten Decke. Die Vorhänge im Wohnzimmer blieben offen, so dass der Mond, wenn er denn da war, sich zeigen konnte. Grania legte sich so, dass sie mit dem Kopf auf dem weichen Teil von Jims Bauch lag, direkt unterhalb seiner Brust. Eine Zeit lang sang er leise, so dass sie sein Lied fühlen konnte. Sie kannte die Stelle, wo es begann, den Ursprung des Singens, den Beginn der Atmung. Die Worte kreisten auf einer dünnen Luftsäule, waren aber auch mit dem unteren Resonanzboden verbunden, auf den sie den Kopf gelegt hatte.
Sie war sich sicher, dass sie Jims Herzschlag von allen anderen Herzschlägen unterscheiden könnte. Er pulsierte an ihrer Haut, und ihre Atemzüge vereinigten sich in demselben Rhythmus. Er schob einen Arm unter ihre Schultern und ihr Haar. Es war ein Wunder für ihn, wie sich ihre Körper nach der Liebe ineinander fügten, wie sie auch im tiefsten Schlaf vollkommen zusammenpassten.

*

Grania war gerade aus dem Büro des Roten Kreuzes zurückgekehrt, wo sie einen Nachmittag in der Woche freiwillig arbeitete. Nach Jims Abreise würde sie an zwei Tagen dort sein. Jim war im Turm gewesen und hatte die meiste Zeit Arbeiten um das Gebäude herum erledigt. Als sie in die Wohnung trat, hatten sie für einen kurzen Augenblick das Gefühl, als wären sie in ihrem eigenen Haus. Die Nacht zuvor hatten sie über ein eigenes

Heim nach dem Krieg gesprochen, nach seiner Rückkehr. Sie würden ein Kind bekommen. Zwei Kinder oder drei. Sie hatten sich erlaubt, darüber zu sprechen. Und sie lachten beide, als Grania zu Jim sagte, dann müsste er auf die Laute der Babys achten, müsste ihr jedes Geräusch beschreiben, das sie machen würden. Sogar ihre Schreie, ihre ersten Schreie.

Jim hängte ihren Mantel für sie auf. »Ist es gut«, fragte er, »nach Hause zu kommen? Deine Aufmerksamkeit abzuschalten, dich zu entspannen? Wenn du dich nicht auf alle Lippen um dich herum konzentrieren musst?«

»Nein«, sagte sie, aber sie spürte, wie das Wort in die Höhe ging, als sie erklären wollte. *Kontrolliere die Stimme*, sagte die andere Stimme in ihrem Kopf, diejenige, die sich ungebeten einschlich.

»Nein. Die meiste Zeit *habe* ich abgeschaltet. Nur wenn ich mir die Mühe machen will, dann schalte ich mich ein – dann bin ich sehr angespannt.«

Sie löste die Nadeln an ihrem Hut und bewegte sich auf ihn zu. Aber sie sah sein Erstaunen. *Dulcie kommt nach oben, um Luft zu schöpfen, und sieht seinen Gesichtsausdruck.* Sie dachte an das ohrlose ausgeschnittene Mädchen, das einen Badeanzug trug und die meiste Zeit in der Schublade neben den Katalogdamen lebte.

Wieder einmal hatte Jim etwas missverstanden, das er zu wissen glaubte. Es war also ein Geheimnis, das Schweigen, in dem sie lebte. Irgendwo zwischen vorsätzlicher und unfreiwilliger Aufmerksamkeit. Wo sie sich, trotz großer und kleiner Frustrationen, in ihre eigene Sphäre zurückzog.

Sie sah seine Enttäuschung.

»Das hab ich als Kind gelernt«, sagte sie. »Es ist leicht, etwas von sich abfallen zu lassen. Zu wählen, um was man sich kümmern will und um was nicht.«

Er erkannte, wie behaglich sie es in ihrem inneren Refugium hatte, wie persönlich und friedlich. Bei ihm ließ sie diesen Einblick zu. Wenn sie sich auf die Welt draußen konzentrieren wollte, hielt sie inne und erfasste die Situation. Danach nahm sie alle Hinweise auf.

Der kurze Einblick, den sie ihm erlaubt hatte, genügte. Dieses innere Refugium war ein Ort, den er nie kennen lernen würde. Es war die Quelle ihrer Kraft, ihrer Stille, das erkannte er. Trotz allem, was sie ihm erzählte, trotz aller Fragen, die sie zu beantworten versuchte, begriff er, dass er außerhalb dieses Refugiums stand. Aber wenn er von ihr getrennt war, fühlte er, wie seine Kraft zu ihr hinströmte, genauso, wie er den Strom ihrer Kraft auf sich gerichtet fühlte.

*

»Was sonst noch?«, fragte er.

»Wenn mehr als zwei Leute in einem Zimmer sind und wenn die Hörenden sich unterhalten und das Thema wechseln, dann erkennt das die taube Person im Zimmer nicht. Wir sind noch bei der früheren Unterhaltung, bei der, die sie schon verlassen haben.«

»Erklär das mal.« Er wandte sich ihr zu.

»Wir hören die Nebenbemerkungen, die plötzlichen Abweichungen nicht. Wir können jeweils nur ein Paar Lippen beobachten. Wenn jemand spricht, und wir sehen nicht hin, ja dann …«

Er nickte, nahm auf, was er noch nicht gewusst hatte.

Sie wanderten in der Nachmittagssonne Arm in Arm die Main Street entlang. Sie trug ihre Box-Kamera in der freien Hand. Fast am Ende der Stadt gingen sie an den nebeneinander liegenden Veranden des Hotels und ihres Elternhauses vorbei. Wie seltsam, als ein Außenstehender hineinzuschauen. Jemand von der eigenen Familie und doch nicht.

Drinnen war niemand zu sehen; kein Licht in der Diele und im

Wohnzimmer. Von der Straße aus sah sie nur Schatten und die dunkle Ecke des Klaviers. Eines Abends, nachdem sie und Jim mit der Familie gegessen hatten, waren alle – sogar Vater – durch den Gang ins Wohnzimmer zurückgegangen, und Jim hatte sich auf dem runden Schemel ans Klavier gesetzt und gespielt. Er brauchte keine Noten; er konnte nach Gehör spielen. Seine Großmutter hatte ihm als Kind die Noten beigebracht, und er hatte allein gelernt, den richtigen Ton zu treffen. Seine langen Finger sahen so aus, als ob sie über die Tasten flögen. Grania hatte neben ihm gestanden und den Gesang auf seinen Lippen beobachtet. Sie legte die eine Hand auf seine Schulter und die andere oben auf das Klavier. Ihr Körper war ruhig geworden, als sie seine Musik in sich reingelassen hatte.

Von der Straße aus war es leicht, sich die Räume im Haus vorzustellen und wo jeder war. Sie beschwor Bilder herauf von Mamo, Mutter, Tress, Vater, Bernard, Patrick, dessen gewiss, was jeder von ihnen um vier Uhr nachmittags an einem Wochentag tun würde. Sie hielt Jims Arm fester. Sie war jetzt unabhängig. *Eine verheiratete Frau.* Aber als Jim im Laufe des Sommers nach Deseronto gefahren war, um mit ihren Eltern zu sprechen, hatte es zu Hause Gespräche gegeben, die dem kaum angemessen waren und bei denen Grania dachte: *Was kommt wohl als Nächstes?*

»Natürlich kommst du nach Hause.« Das war Mutter. »Du kannst doch als verheiratete Frau nicht irgendwo allein leben, während Jim im Krieg ist. Wo wolltest du denn wohnen? Was wäre, wenn ein Fremder an deine Tür käme? Was, wenn wir uns mit dir in Verbindung setzen müssten? Und wenn du in Gefahr wärst?«

Gefahr? Grania hatte sich noch nie Gedanken über Gefahren gemacht. Im Wohnheim hatte sie immer das Zimmer mit Fry geteilt. Sie hatte geplant, dort zu bleiben und im Schulhospital zu arbeiten. Jim war derjenige, der sich in Gefahr begab. Sie

hatte Mamo einen Hilfe suchenden Blick zugeworfen, aber Mamo ergriff ausnahmsweise mal Mutters Partei.
Mamo führte verschiedene Argumente an. Das Hotel brauchte Hilfe. Ein weiterer Angestellter war in den Krieg gezogen. Bernard arbeitete bereits nachmittags und abends weit über das normale Maß hinaus. Mutter und Mrs. Brant benötigten Hilfe in der Küche und im Speisesaal. Mrs. Brant wurde älter und konnte sich nicht mehr so gut bewegen. Mamo wurde von ihrer Arthritis geplagt, und sie konnte nicht mehr so aushelfen wie früher. Und Mutter war erschöpft. Grania wusste, dass ihre Mutter abgenommen hatte. Ihr Gesicht war hager, ihre Schürze enger gebunden. Sie schien sich dauernd Sorgen zu machen.
Das letzte Argument war, dass Tress der Familie eröffnet hatte, sie wolle, sobald Kenan in den Krieg ziehe, nach Hause übersiedeln. Grania und Tress würden sich wieder ihr altes Zimmer teilen, in ihren früheren Einzelbetten schlafen, leben, als wären sie nie fort gewesen. Bernard und Patrick hielten sich aus der Diskussion heraus, aber alle wollten, dass Grania nach Hause kam.
Grania erkannte den wahren Grund – den einen, der nicht ausgesprochen wurde. Keiner glaubte wirklich daran, dass sie ein eigenes Leben führen könnte. Mutter hatte sich schließlich mit der Hochzeit einverstanden erklärt, und Grania war damit einverstanden, nach Hause zu kommen. Sie weigerte sich, ihre Heirat bis nach dem Krieg zu verschieben, obwohl Mutter das wollte. Der Preis für Granias Weigerung war, dass sie nun von einem behüteten Bereich in den anderen überwechseln würde. Dennoch, Mamo hatte die Heirat gesegnet. Sie hatte vor der Familie eine emphatische Erklärung abgegeben, als Mutter ihre Argumente vorbrachte und Vater schwieg – aber auf Mutters Seite stand, wie Grania glaubte. »Jim«, hatte Mamo gesagt, »ist ein wirklich anständiger Mann.«
Jetzt sollte Grania nach Hause zurückkehren, als wäre alles beim

Alten geblieben. Dabei war alles anders geworden. Grania hatte nicht mehr zu Hause gelebt – außer in den Sommermonaten –, seit sie neun Jahre alt war. Tress machte es nichts aus, wieder zurückzugehen; sie hatte die Stadt nie verlassen. Im September hatte sie die gemieteten Zimmer nach Kenans Weggang aufgegeben und war wieder nach Hause gezogen. Sie hatte sich schon wieder in dem alten oberen Zimmer eingerichtet.

Die verheirateten Schwestern hatten ihre Unabhängigkeit wieder verloren.

Tress hatte ihren Eltern klar gemacht, dass sie bei dem ersten Anzeichen für ein Ende des Krieges anfangen würde, ein Haus zu suchen. Grania wusste, dass Vater sie und Tress so lange, wie sie wollten, zu Hause behalten würde. Obwohl er die meiste Zeit in seinem Büro verbrachte oder bei seinen Pferden oder bei Bompa Jack auf der Farm, wollte er seine Familie um sich haben. Er wollte das Bewusstsein haben, dass seine Söhne und Töchter in der Nähe waren. Und die Richtigkeit von Mamos Argumenten konnte nicht bestritten werden: Es war Kriegszeit; Menschen gingen fort; das Hotel brauchte Hilfe.

Nein, die Schwestern waren nicht so unabhängig, wie sie dachten.

Grania hob den Blick zu ihrem früheren Fenster über der Veranda und erwartete fast, das Gesicht von Tress zu sehen. Der Baum vor dem Haus hatte die meisten seiner Blätter abgeworfen. Sie sah zu Jim und beobachtete seine Lippen von der Seite, als sie vorbeigingen. Er summte wieder, das konnte sie erkennen. Er wollte auch, dass sie während seiner Abwesenheit bei den Eltern wohnte. Sie hatte die Schule verlassen, ihre Arbeit im Krankenhaus aufgegeben und Lebewohl gesagt.

Gerade in diesem Augenblick wollte sie an keins von diesen Dingen denken. Aber sie war noch nie gut darin gewesen, etwas wegzuschieben.

»Was sonst noch?«, sagte sie. »Was die Geräusche betrifft.« Sie näherten sich dem steinigen Platz am Rande des Wäldchens, nahe dem Ufer. Sie hatte ihm nicht von ihren Spaziergängen hierher erzählt, wenn Mamo den O'Shaughnessy-Uhrenbeutel trug. Sie hatte noch nie jemandem davon erzählt.

Er sah sich um und entdeckte eine dicke Hummel, die auf eine Herbstblüte zuflog. Die Hummel sauste seitwärts in ihre Richtung und verschwand in einem Zickzackflug, den sie mit den Augen verfolgte.

»Hummel«, sagte er. »Die Hummel ist klein und dick, aber sie macht ein lautes Geräusch.«

*»Wie?«, sagte Mamo immer. »Klingt wie …?«, und dann erklärte sie es.*

»Wie ein ›M‹.«

Grania beobachtete, wie er ein unbeholfenes »M« mit drei Fingern seiner rechten Hand formte.

»Wie ein ›M‹, das durch einen in Papier eingewickelten Kamm gepresst wird«, sagte er. »Wenn es auf der anderen Seite herauskommt, verwandelt es sich in ein Surren.«

»Mit dem Surren durch den Kamm kenn ich mich aus. Tress und ich haben das als Kinder gemacht. Das Surren fühlte sich auf meinen Lippen an wie Pelzhaare.«

»Du musst mir was erklären«, sagte er. »Etwas, was mir aufgefallen ist.«

Sie wartete.

»Wenn wir mit Leuten zusammen sind, bei deinen Eltern oder bei Bompa Jack – oder sonstwo –, und da ist plötzlich ein Geräusch im Haus, ein lauter Aufprall oder etwas, das Vibrationen aussendet, dann schaust du nie in Richtung des Geräuschs. Stattdessen blickst du jemandem ins Gesicht, um zu sehen, was passiert ist, um herauszufinden, was los ist. Du suchst nicht nach dem Geräusch, du suchst nach einer Information.«

»Mag sein. Ich denke nicht über jede Einzelheit nach.«

Sie gingen auf den Weg, und Jim beugte sich vor und nahm eine Hand voll roter und gelber Blätter von der Erde auf und warf sie nach ihr. Einige landeten in ihren Haaren.

»Fühl mal, wie sie rascheln«, sagte er. Schlurf mit den Füßen hindurch. Sie machen ein Herbstgeräusch, das mit keinem anderen zu vergleichen ist.«

Sie erzählte ihm nicht, dass sie jahrelang in Blättern gespielt, sie gesammelt hatte, den kleinen Jungen in der Schule geholfen hatte, wenn sie ihre Handwagen im Park damit füllten. Bevor sie von zu Hause wegging, um in der Internatsschule zu leben, hatte Mamo sie oft hierher geführt. Sie hatten mit ihren Füßen in den Blättern gescharrt. Aber niemand hatte ihr je erzählt, dass Blätter ein Geräusch ohnegleichen machen.

*Also dann, was für ein Geräusch ohnegleichen?*

»Wenn sie zuerst fallen, ist alles ganz weich. Die Schuhe schieben sich in sie hinein – schuusch-schuusch – mit jedem Schritt.«

Sie sah den Laut auf seinen Lippen, war sich aber nicht sicher genug, um es selbst zu probieren.

»Aber wenn die Blätter spröde und trocken sind und der Schuh sie in Stücke bricht, dann kann man knusprige Krusten hören. Viele Krusten. Alle auf einmal.«

»Krusten?« Sie lachte bei dem Wort.

Ihr Lachen liebte er am meisten. Der Klang eines inneren Seufzers.

Und die Art, wie sie flüsterte, wenn sie für sich allein war. Ein Flüstern, das wie ein leise gesungenes *Versteh, versteh* klang.

Und ihre Hände, wie sie Sprache formten.

Und die Art, wie sie seinen Namen aussprach. Er bat sie manchmal, ihn zu sagen, und dann lauschte er und wollte, dass sie ihn noch einmal sagte. Er kam wie ein verknapptes »Ch« heraus, das sich mit dem »m« verband fast ohne Vokal dazwischen. *Chim.*

Er sammelte Laubstücke auf und strich damit an ihren roten

Haarsträhnen entlang. Er hatte vorher nicht gewusst, dass Haar so weich und zugleich so dick sein konnte. Sie gingen weiter, ohne zu sprechen, und blieben am anderen Ende des Waldes stehen, wo der Weg herauskam. Ein Weidenzaun begann dort, wo der Pfad endete. Sie machte ein Foto, Jim an den Zaun gelehnt. Sobald er sich wieder bewegen durfte, klopfte er mit den Fingern gegen den Holzzaun. Über Geräusche gab es noch mehr zu berichten.

Aber sie hatte sich in sich zurückgezogen. Die Geräusche waren außerhalb von ihr und überall. Das wusste sie.

»Erzähl mir alles mit Worten«, sagte sie. »Das genügt. Das Übrige werde ich mir selbst zusammensetzen.«

*

Sein Arm drückte sich an ihren, als sie in der zweiten Reihe des Naylor's Theatre saßen. Er trug seine Uniform. Sie war von bräunlicher Farbe, Khaki, kratzig und dick. Sie hatte Hunderte davon gesehen, als sie in Belleville arbeitete, wenn Soldaten an der Schule vorbeimarschierten. Und auf den Straßen und am Bahnhof, wenn Züge durchfuhren. Sie erwiderte seinen Druck mit ihrem Arm, und so bewahrten sie die Spannung und ließen sie zwischen sich hin und her fließen. Die Tage und Nächte, die sie noch zusammen hatten, hielten sie zusammen. Es blieb nur noch wenig Zeit.

Sie nahm den Hut ab, wie es im Programmheft gefordert wurde, und legte ihn auf den Schoß, gerade als das Licht gedämpft wurde und der Kronleuchter nach oben ins Gewölbe glitt. Die Women's Patriotic League war für die Unterhaltungsveranstaltungen am Freitagabend zuständig. Diese Woche gab es Musiksolos, Rezitationen, die Rede eines Obersten, der aus Belleville zu Gast war, und Tableaus, lebende Bilder. Jim hatte die Karten gekauft und dafür gesorgt, dass sie nahe an der Bühne saßen, damit Grania Farbe und Bewegung der Darbietungen, die dramatische Regungslosigkeit der Tableaus sehen konnte.

Von diesen gab es vier: *Die Hinrichtung von Lady Jane Grey; Good-Bye Daddy* – ein Soldat, der sich von Sohn und Tochter verabschiedet –, ein Bild, das Grania nicht gern sah, wenn auch das Publikum ringsum begeistert war. *Ein Herbstmädchen* war das dritte; und das letzte *Die Verbündeten.* Grania erkannte Mädchen aus der Stadt und einige von den jungen Männern. Sie studierte jede einzelne der ausgefallenen bewegungslosen Posen. Keine Lippen zum Ablesen. Frauen in ihrem Umkreis klatschten hingerissen. Grania rührte sich ebenso wenig wie die Figuren auf der Bühne.

Während der Darbietung des Mandolinenspielers empfand sie nichts, aber sie beobachtete seine klimpernde Hand. Bei dem Klaviersolo gelangte die Musik allmählich über den Holzboden in ihre Füße. Sie war überzeugt, dass sie den Rhythmus der Vibrationen aufnahm; sie konzentrierte sich sehr darauf. Jim nahm im Dunkeln ihre Hand und zog sie zu sich. Er fuhr einige Sekunden mit der Fingerspitze an den Konturen ihrer Handfläche entlang, und sie saß reglos da und atmete kaum. Sie fürchtete, ihre Kehle könnte einen Laut von sich geben. Menschen umgaben sie zu beiden Seiten, saßen vor und hinter ihnen. In diesem vollen Saal, in dem jeder Platz besetzt war, legte Jim ihre Hand mit dem Rücken auf seine und schrieb mit der anderen ein Wort auf ihre Handfläche. Sie spürte, wie ihr die Röte in die Wangen stieg. Sie sah nicht, wie die Szene sich änderte, nicht eher, als bis die Lichter heller wurden und der Oberst auf der Bühne stand, um seinen Vortrag zu halten.

Jedem war klar, dass der eigentliche Grund für das Konzert war, die Werbung für die Rekrutierung zu verstärken. Grania konnte die Lippen des Obersten nicht sehen. Sie verstand nichts. Sie wusste, dass diese Rede der Kamm einer Welle der Überredung war, die durch das Land rollte, verfügbare junge Männer sammelte und sie in den Kampf für *Mutter England* schickte. Sie beobachtete, wie die Leute um sie herum Beifall klatschten.

Kenan war fort. Der Freund aus ihrer Kindheit, Orryn, war im Jahr zuvor, am Anfang des Krieges, gegangen und war jetzt Leutnant. Grews Sohn Richard, ein Gefreiter, war einer der Ersten in der Stadt gewesen, die sich verpflichtet hatten. Grew hatte Richard eine Lehre machen lassen, damit er Friseur wurde wie er selbst, aber Richard war unter den ersten Soldaten gewesen, die nach Valcartier gefahren waren. Danach war er an Bord eines der zweiunddreißig Schiffe gegangen, die das erste Kontingent nach Plymouth beförderten. Im Fenster des Friseurladens hatte Grew stolz eine Postkarte ausgestellt, die Richard geschickt hatte und die alle zweiunddreißig Schiffsnamen aufführte. Ein Pfeil zeigte auf »mein Schiff« – die *Royal Edward*, das dritte Schiff von unten in der mittleren Kolonne.

Grew war der Klavierspieler des heutigen Abends. Manchmal spielte er auch bei den Filmvorführungen. Seine langen Beine hatte er mühsam verstaut, den langen Körper über die Tasten gebeugt. Grania fragte sich, was Grew, dessen Sohn in Frankreich war, von dieser Patriotismus-Schau hielt. Richard hatte schon Kämpfe erlebt. Welche Gefühle Grew auch haben mochte, er ließ sie sich jedenfalls nicht anmerken.

Als die Menge schließlich hinausströmte auf den Gehweg vor dem Theater, setzte Grania den Hut auf und hakte sich fest bei Jim ein. *Mein Mann*, sagte sie zu sich selbst. *Mein Mann.* Im Publikum hatten noch einige andere Männer in Uniform gesessen. Draußen schüttelten Leute Jim die Hand. Sie fing einen Blick von Cora auf, wandte sich aber schnell von den forschenden Augen ab. Vor nicht allzu langer Zeit hatte sie an Cora gedacht. An dem Tag, an dem Jims Uniform ausgegeben wurde, war er am Morgen aus der Turmwohnung gegangen und hatte zum letzten Mal seine braune Hose – seine Zivilkleidung – getragen. Aber die scharfen Bügelfalten seiner Hose saßen falsch, nämlich an den Seiten. Bis auf diese eine hatte Jim seine Hosen sonst immer selbst gebügelt. Grania hatte das im Handarbeitsunterricht in der Schule nicht gelernt, aber sie hatte ihn überraschen wollen. Er hielt die Hose hoch und lachte, und trotz Granias Einwänden zog er sie an. Ihre Wangen waren ganz heiß geworden vor Verlegenheit – wenn Cora das nun sah, was dann? –, aber Jim hatte es überhaupt nichts ausgemacht. Er ging in der Hose mit den seitlichen Bügelfalten aus der Tür, und als er wiederkam, trug er seine Uniform.

Er summte wieder, als sie die Straße entlanggingen, seine Finger trommelten dabei gegen ein Hosenbein. Grania musste an all die Wörter denken, die sie auf diese Weise für sich buchstabiert hatte, indem sie seitlich an ihren Rock klopfte. Sie lachte laut auf, als sie sich sie beide vorstellte, wie sie verschiedene Botschaften klopften. Ihre geklopften Wörter waren auch eine Art Musik. Musik, wenn sie aus dem Gleichgewicht oder allein war.

»Was summst du da?«, fragte sie. »Welche Melodie?« Sie beobachtete seine Lippen, um die Antwort zu lesen. Sein Gesicht sah so aus, als fühlte er sich ertappt.

Er blieb stehen und wandte sich ihr zu. »Das Mandolinensolo«, sagte er. »Ich kriege es nicht aus dem Kopf. Ich habe es wiedererkannt, aber ich kann mich nicht auf den Titel besinnen.«

Er nahm sie an die Hand und zog sie über die Straße, und sie gingen zurück, den Gehweg östlich hinauf, in entgegengesetzter Richtung zur Wohnung. Sie wusste nicht, wohin er sie führte, aber sie protestierte nicht. Er kannte den Weg, diesen einen, der zur Bucht am Ende der Stadt ging, wo der alte ausgebrannte Kai lag. Er lachte und entfernte sich von ihr und stieg vom Gehweg hinunter, verschwand im Dunkel. Einen Moment blieb sie stehen, sah in die Schwärze, in die er getaucht war. Sie und Tress waren in den Sommermonaten in der Abenddämmerung hierher gewandert, wenn Glühwürmchen um sie herum flimmerten, eine Galaxie huschender Laternen, die immer wieder neue Formen aus Licht bildeten.

Sie wartete auf ein Anzeichen von Bewegung aus Jims Richtung. Als es ausblieb, ging sie auch vom Weg hinunter und marschierte furchtlos vorwärts. Sie hatte keine Angst vor der Dunkelheit, wenn er mit ihr darin war.

Ein niedriger Rest des verlassenen Kais ragte harmlos in die Bucht hinein, die senkrecht stehenden Balken schwarz vom Alter. Die Höhle, in der sie früher mit Tress und Orryn und Kenan gespielt hatte, war darunter – zusammengefallen vielleicht oder sogar aufgefüllt. Dort standen jetzt Seitenmauern aus Zement, am Boden lagen nur Balken mit breiten Zwischenräumen. Diese führten am Ende zu einer etwas niedriger gelegenen Plattform aus Zement, die plötzlich über dem Wasser aufhörte.

Jim war dahinten im Dunkel. Der Mond war zwar da, aber er hatte sich hinter einer Wolke verkrochen. Plötzlich tauchte er vor ihr auf, sie erschrak jedoch nicht. Dieses Mal war sie diejenige, die den Weg wies; zielstrebig ging sie vom Ende des Pfads zu der Stelle, wo in der bröckligen Mauer ein Tritt war. Sie fand die Vertiefung leicht, und trotz ihrer schweren Jacke, trotz des Rocks, den sie hochzog, um klettern zu können, schwang sie sich schnell hinauf. Sie bewegte sich schon am Rande eines Balkens, bevor Jim hinter ihr den Tritt für seinen Stiefel gefunden hatte. Sie zeigte darauf, und er stemmte sich hoch. Sie kroch zentimeterweise auf dem Balken entlang. Als sie das Ende erreichte, stieg sie auf die Plattform hinunter und blickte zurück, um Jim in voller Größe mühelos über einen der Balken schreiten zu sehen. *Verrückt,* dachte sie. Eine Wolke von Insekten konnte von der Bucht hereinschwirren und ihm ins Gesicht fliegen, und er konnte die Balance auf der schmalen Fläche verlieren. *Wenn er fällt, wird er verschwinden.*

Aber zu dieser Jahreszeit gab es keine Wolken von Insekten mehr. Und er bewegte sich sicher. Sie saß auf der Plattform und ließ die Füße über den Rand baumeln und beobachtete ihn, wie er die Arme seitlich ausstreckte, vor- und zurücklief, balancierend, prüfend, als wäre er ein Seiltänzer, der sich vor einem Auftritt warmläuft. Ihr fielen die Muskelmänner mit den schwarzen Turnschuhen ein, die schnurrbärtigen Männer auf der Unterwäsche-Seite in Mr. Eatons Katalog, ihre dünnen Beine und beweglichen spitzen Füße. Ins Dunkel hinein und wieder heraus, Jim entschwand und war wieder da. So hatte sich alles zwischen ihnen abgespielt. Er war von weit her gekommen und war in ihr Leben eingetreten, und jetzt trug er Uniform und würde sie verlassen müssen. Aber er hatte versprochen zurückzukommen.

Er trat wieder aus dem Dunkel hervor und ließ sich neben ihr nieder. Ein leichter Wind kam auf, sie spürte ihn auf der Haut. Der Mond war jetzt unverhüllt. Sie atmete leicht ein und fragte sich, ob ihre Atmung hörbar sei. Sie fragte sich, ob Jim wohl schon einmal so still gewesen war, dass kein Laut von ihm nach außen drang. Als wollte er auf ihren unausgesprochenen Gedanken antworten, schlang er den Arm um ihre Taille, und dann saßen sie in vollkommener Stille. Sie legte die Hand auf seinen Schenkel, erstaunt über das eigene Verhalten, über die Leichtigkeit, mit der sie es tat. Er ergriff ihre Hand und betrachtete sie unter dem Licht des Mondes.

Sie gab kein Zeichen. Sie nahm das Wasser unter ihnen wahr, Algen, die sich um die Balken wanden, den fauligen Holzgeruch. Jim war nahe, unerschütterlich und zuverlässig neben ihr. Das war der Mann, der sie liebte. Das war der Mann, den sie liebte. Seine Haare waren kurz geschnitten, und sie strich über die

Stoppeln in seinem Nacken. Wieder nahm er ihre Hand, aber dieses Mal erforschte sie seine Handfläche und seine langen, schlanken Finger, jeden einzelnen, der unter ihren pulsierte.

»Erzähl mir«, sagte sie. *Chim.* Ihre Stimme. Die Brise kräuselte das Wasser unter ihnen, und sie wollte wissen, was er wusste. »Erzähl mir, ob ein Geräusch entsteht, wenn sich die Wellen schnell bewegen.«

Seine Faust stieß aus dem Handgelenk nach vorn in die Luft – das Zeichen für *Ja*, das sie ihm beigebracht hatte. Er rückte sich zurecht, so dass er ihr halb gegenübersaß, und er kam näher, damit sie seine Lippen im Mondlicht sehen konnte. »Aber Wellen machen ein anderes Geräusch, wenn sie ans Ufer rollen.«

»Erzähl.«

»Nicht laut. Nicht in der Bucht. Mehr wie Schlürfen. So wie ein Hund aus seinem Napf trinkt. Wie Carlow.«

Sie lachte, als sie sich erinnerte, wie sie Carlow Vokale zugerufen hatte. Jetzt verbrachte er die meisten Stunden in Vaters Büro, wo er auf einem Flickenteppich lag, den Mamo für ihn gemacht hatte.

»Am Meer«, sagte Jim, und sie beobachtete die Worte, »sind die Wellen höher.«

»Geräusch?«

»Lautes Geräusch.«

»Wie laut?«

»Ein ständiges Unter-Rauschen.«

»Unter-?« Sie dachte, sie lese *Unterwäsche*, und lachte vor sich hin.

Er hörte den Klang; es war wie ein Seufzer, und er lachte auch. »Ich habe mir das Wort ausgedacht. Rauschen. Unter-Rauschen. Das zweite Geräusch unter dem ersten. Wenn die weißen Wellenkämme anrollen, sind sie nie allein. Sie vermischen und überlagern sich« – Jims Hände und Arme flossen, liefen in der Luft kreuz und quer übereinander –, »und wenn du denkst, sie zerbersten, gleiten sie ohne viel Tamtam auf den Strand.«

»Ohne Tamtam.«

»Bei Nordwind ist es anders.« Er kannte das Zeichen für »anders« und wandte es jetzt an, indem er seine gekreuzten Zeigefinger in der Dunkelheit auseinander fahren ließ. »Alles wird schneller. Und es geht ein Wind. Nicht gefährlich – wenn es keinen Sturm gibt. Ist der Wind schwach, macht der Ozean ein flaches Geräusch: ein Klatschen.« Er schlug eine Hand gegen die andere. »Das stärkste Geräusch ist das Tosen. Eines Tages stand ich auf den Dünen, und das Tosen war so stark, dass ich mich erst an das Geräusch gewöhnen musste, ehe ich hinuntergehen konnte, um am Strand entlangzulaufen. Zuerst glaubte ich, es komme von einem der neuen Flugzeuge.« Er zeigte zum Himmel.

»Ich stand auf den Dünen«, sagte sie. Sie bemühte sich, seine Lippen zu erkennen. »Auf den Sandbänken auf dem Lake Ontario. In dem Jahr, in dem wir unseren Abschluss gemacht hatten, haben wir dort mittags gegessen – es war ein Schulausflug. Wir fuhren mit Autos und kamen unterwegs durch Picton. Fry und ich wollten in dem großen See schwimmen, aber wir waren schön angezogen, und niemand hatte einen Badeanzug mitgenommen. Wenn wir allein gewesen wären, hätten wir ohne alles ins Wasser gehen können.«

Aber das hätten sie nicht getan. Nicht am Tage. Vielleicht bei Nacht. Aber sie und Fry wären nachts nie dort gewesen. Stattdessen wanderten sie mit den anderen Mädchen an den Dünen entlang und folgten den Konturen des Sees und dem breiten Sandstrand.

Sie zog sich ins Schweigen zurück, bis Jim sie anstupste.

»Ich möchte ans Meer«, sagte sie. »Um dieses starke Geräusch zu erleben.«

Seine Faust stieß wieder nach vorn. Seine Finger zeigten auf seine Lippen. Es war dunkel; sie kam nicht mehr mit; es war unmöglich, die Wörter zu erkennen. *Zeit zurückzugehen.* Sie stiegen hinunter und gingen den Pfad entlang zur Main Street. Dieses Mal führte Jim, eine Hand hinter sich, damit sie ihn anfassen und ihm folgen konnte. Sie schwiegen, als sie die leere Straße überquerten. Naylor's Türen waren jetzt geschlossen; das Theater war dunkel. Den Rest ihres Weges zum Postamt gingen sie schnellen Schrittes. Keiner von beiden versuchte, zu sprechen oder Zeichen zu geben. Grania hielt den Kopf gesenkt. Jim sah sie auf dem ganzen Rückweg zum Turm nicht an. Sie gingen zur Seitentür herum und stiegen die Treppe hoch. Auf dem obersten Absatz angekommen, betraten sie die Wohnung, und da standen sie und klammerten sich aneinander.

*

In der Stunde, bevor sein Zug von Belleville abfuhr – die Männer waren zum Bahnhof marschiert, hatten sich anhand der Namenliste registrieren lassen und sich zu ihren Familien gesellt, um Lebewohl zu sagen –, begann Granias Körper sich zu verkrampfen, es war wie ein Knoten in ihrem Inneren. Die Musikkapelle, die auf den Bahnsteig marschiert war, spielte weiter, und sie spürte den Schlag der Trommeln. Sie sah auf die Menge ringsum, auf das erzwungene Lächeln in vielen Gesichtern, und spürte die geballte Erregung der vielen Menschen.
Ihr Blick umfasste die glänzenden Gleise, die Reihe der Güterwagen, die auf ein Nebengleis umgeleitet worden waren und auf die Durchfahrt des Truppenzugs warteten. Wasser tröpfelte durch den Boden eines der Wagen, als ob innen ein Eisblock anfinge zu schmelzen, und die Erde darunter wurde dunkel. Kohlestücke lagen verstreut an den Rändern der Schienen. Der

Truppenzug wirkte ungewöhnlich breit, bedrohlich nahe. Grania gab Jim den Proviant, den sie zurechtgemacht hatte, und er schaffte es irgendwie, den Stoffbeutel, in dem er sich befand, an einem Gurt seines ausladenden Tornisters zu befestigen. Sie beobachtete ihn von der Seite. Keiner von ihnen sprach. Er nahm ihre Hand und hielt sie fest in seiner, und sie fühlte nur den Druck seiner Haut auf ihrer Haut.

*Lass nicht los. Der Krieg ist nahe. Der Krieg bricht herein.*

Gegen ihren Willen schloss sich ein Teil von ihr ab. Ihm erging es ebenso. *Er geht vor der Zeit.* Sie fand furchtbar, was mit ihnen beiden geschah, aber sie wusste auch, dass genauso, wie er wegzog, sie sich zurückzog und den sicheren Hort in sich suchte. Wenn sie ihn finden könnte, würde sie dort bleiben, bis er zurückkehrte.

Aber dass es auch erregend war, an diesem Augenblick teilzuhaben, ließ sich nicht leugnen. Jim und alle diese Männer gingen fort, um ihrem Land zu dienen. Viele der Soldaten lachten, und Grania sah, dass sie sich gegenseitig etwas zuriefen. Jim grinste jetzt und bahnte sich einen Weg zwischen den Menschen hindurch, die vorwärts drängten. Bevor er in den Wagen stieg, drehte er sich halb auf dem Bahnsteig um und blickte suchend, bis er sie in der Menge entdeckte. Hände und Arme winkten überall. Man umklammerte kleine Union Jacks. Päckchen wechselten die Besitzer; Fotos wurden in Hände gedrückt; man reichte Proviant durch die offenen Fenster – Lunchpakete, Feldflaschen mit Tee. So viele Männer lehnten sich aus den bogenförmigen Rahmen der Zugfenster, dass es schien, als würden sie wieder nach draußen gequetscht. Hände und Ellenbogen stützten sich auf Fensterleisten und hielten sich fest. Eine große 5 wurde direkt vor Grania mit Kreide auf die Seitenwand des Wagens geschrieben, in dem Jim verschwunden war.

Sie merkte nicht, dass ihre Finger seitlich an ihren Mantel klopften. Die Menge drängte erneut, und wieder war sie gezwungen, sich vorwärts zu bewegen. Jim schob sich durch den Gang nach rechts; sie sah sein Profil von Fenster zu Fenster auftauchen und wieder verschwinden, bis er ziemlich am Ende einen Sitzplatz fand, an der anderen Seite des Wagens. Er ließ sein Gepäck fallen und kam zu einem Fenster in der Mitte zurück, beugte sich von hinten vor. Die Männer hingen, zu dritt und zu viert nebeneinander, aus dem Fenster. Jim suchte die Menge wieder ab, bis er sicher war, dass sie Augenkontakt hatten. Er hob die rechte Hand an seine linke Brustseite und machte ihr Namenszeichen – sein persönliches »G« zwischen Finger und Daumen, zupfte am Uniformrock, der sein Herz bedeckte. Er lächelte und ließ die Arme zu beiden Seiten fallen. Sie erinnerte sich, wie er ausgesehen hatte, als sie ihm zum ersten Mal im Verbandsraum der Schule begegnet war, wie seine Arme herunterhingen, als steckten sie nur lose in den Schultergelenken. Sie konnte die Soldaten rechts und links neben ihm rufen und schreien sehen. Einer sagte etwas zu Jim, und er schaute nach rechts, ehe er antwortete, aber seine Worte sah sie nicht. Er blickte wieder zu ihr, und dieses Mal wandte er sich nicht mehr ab. Der Zug begann sich zu bewegen, Richtung Osten.

Grania machte das »C«, sein eigenes Namenszeichen, das Letzte, was er sah. Sie ließ das »C« in ein »H« fallen – *Chim.* Ihre Verkrampfung löste sich.

Jim fuhr zur weiteren Ausbildung nach Osten und sollte einer Sanitätseinheit als Verstärkung zugeteilt werden. Anschließend würde er an die Küste verlegt, wo er eingeschifft würde. Er kannte weder seinen Bestimmungsort noch den Namen des Schiffes, noch das Datum, an dem es auslaufen oder wann es in Europa ankommen würde.

Sie stand eine Zeit lang in der Menge, nachdem der Zug verschwunden war. Die Musikkapelle marschierte ab. Der Himmel war blass, durch eine spärliche Sonne gedämpft. Der Winter nahte. Kleine Wolken steckten wie dünne Wattebäusche am Himmel. Kinder spielten um den Bahnsteig herum. Ehefrauen, Mütter und Väter, Großeltern und Freunde sahen so aus, als wüssten sie nicht, was sie tun oder wohin sie gehen sollten. Die Abfahrt des Zuges schien ein Signal zu sein, dass sie den Tränen freien Lauf lassen durften, und Frauen schluchzten ungeniert, während die älteren Männer neben ihnen ihre Schultern eng umfasst hielten und den Blick abwandten ins Leere.

Grania hatte keine Tränen. Sie blieb mit mehreren anderen zurück, nachdem sich der Hauptstrom der Menge verlaufen hatte. Sie holte tief Luft und hielt den Atem an und starrte auf die leeren Gleise, als bestünde Hoffnung, dass wider alle Vernunft ein zweiter Zug einfahren und die Männer, die abgereist waren, zurückbringen würde. Sie wandte sich ab, und ohne zu wissen, wohin, begann sie zu gehen.

# III

# 1916

# KAPITEL 1

*Annähernd 20 000 000 Männer stehen in Europa kampfbereit. Berechnet man 2,80 Meter Stoff pro Uniform, so beläuft sich die Bekleidung dieser Männer auf knapp 55 000 000 Meter Stoff. Würde man die Enden aneinander nähen, so würde dieser Stoffstreifen eine Strecke von 34 000 Meilen bedecken oder eineinhalbmal um die Erde gehen. Die Knöpfe dieser Uniformen würden zusammen etwa 2000 Tonnen wiegen, und um sie bequem befördern zu können, wären tausend Pferde erforderlich.*

The Canadian

Der Erste, den Jim kennen lernte, nachdem er der 9. Sanitätseinheit zugeteilt worden war, war Irish, der schon seit der Gründung der Einheit bei Nummer 9 war. Er hatte ein langes, schmales Gesicht, sandfarbene Haare, die dick und widerspenstig waren, und eine Lücke zwischen den vorderen Zähnen. Eine Zigarette hing zwischen seinen Lippen. Während sie sich in der Schlange zum Frühstück vorwärts bewegten, zerdrückte er das glühende Ende mit den Fingern, schnipste die Asche weg und steckte sich die Zigarette in die Tasche. Jim, der ihn beobachtete, fand die Hände des Mannes unwahrscheinlich groß. Seine Handgelenke und Finger waren so breit und dick, dass

Jims eigene Hand in der des anderen verschwand, als sie sich begrüßten.

Während sie sich vorstellten, hatten sie innerhalb von Minuten herausgefunden, dass die Farm von Jims Onkel Alex und Tante Jean nur vier Meilen von dem Ort entfernt lag, wo Irishs Familie seit Generationen lebte, ganz in der Nähe von Read, Ontario. Die meisten Freunde von Irish, die sich als Soldaten verpflichtet hatten, waren beim 21. Bataillon.

»Deinen Onkel Alex hab ich schon mal gesehen«, sagte Irish. »Es ist kaum zu glauben, dass wir, du und ich, uns nicht schon früher über den Weg gelaufen sind.«

»Ich bin erst vor etwas mehr als einem Jahr vom Osten dahin gezogen. Ich kenne noch nicht so viele Leute.«

»Deine Eltern?«, fragte Irish.

»Beide tot. Meine Großeltern haben mich aufgezogen, aber sie sind jetzt auch tot. Meine Großmutter ist kurz vor dem Krieg gestorben. Ich hab mit ihr an der Nordküste von Prince Edward Island gelebt. Nach ihrem Tod bin ich nach Ontario gezogen und hab Onkel Alex auf der Farm geholfen – du weißt sicher, dass seine Kinder noch klein sind. Nach einiger Zeit hab ich dann in Belleville gewohnt – hatte dort ein Zimmer und Arbeit: Ich hab Dr. Whalen bei seinen Besuchen in der Umgebung begleitet. Ich hab mich um sein Pferd gekümmert, die Arzneimittel eingepackt, Nachrichten überbracht, all so was. Als der Doktor ein Auto gekauft hat, hab ich fahren gelernt. Dann«, fügte er hinzu, »bin ich zurückgegangen, um meinem Onkel im Herbst beim Holzhacken zu helfen. Danach hab ich Grania geheiratet.« Er sagte ihren Namen leise, als spräche er mit sich selbst, als wäre er sich nicht sicher, ob er ihren Namen laut aussprechen dürfte.

Irish nickte. »Ich bin nicht verheiratet. Aber ich werd es sein, sobald ich wieder nach Hause komme. Sie hat gesagt, sie wird warten.«

Er zog ein Foto aus der Tasche. Es war nicht mehr als ein winziges Viereck und war aus einem größeren herausgeschnitten. Er hielt es Jim hin, und Jim sah eine sympathische junge Frau mit hochgestecktem Haar und einem etwas scheuen Blick, als hätte sie der Kamera nicht so recht getraut. Sie trug einen hohen Kragen und eine ovale Brosche am Hals. Das Foto war ohne schützende Hülle und an der unteren Ecke geknickt. Irish strich mit seinem breiten Daumen glättend über die Oberfläche, bevor er es wieder in die Tasche steckte.

»Clare«, sagte er, und Jim nickte, als wäre er vorgestellt worden.

Jim präsentierte sein Foto von Grania. Er hatte es bisher noch niemandem gezeigt. Er hatte es selbst aufgenommen, mit Granias Box-Kamera, kurz nachdem sie beschlossen hatten zu heiraten. Sie hatten mit Colin und Fry in Jones Woods, in der Nähe der Bucht, ein frühsommerliches Picknick veranstaltet. Die Frauen hatten Sandwiches mit hart gekochten Eiern und Salat sowie einen mit Marmelade gefüllten Kuchen mitgebracht. Nach dem Essen gingen Jim und Grania spazieren, und zu ihrer Überraschung blieb er plötzlich stehen, stellte sich vor sie hin und machte ein Zeichen mit den Händen. Er drückte eine Handfläche fest in die andere und zeigte dann auf sich.

»Heiratest du mich?« Er hob die Augenbrauen, eine Frage.

»Was?«, sagte sie. »Wie hast du …?«

»Colin. Er hat mit mir geübt, bis ich es konnte.« Er wiederholte das Zeichen.

Sie brach in Lachen aus. Ihr nach innen gerichtetes Lachen. Aber sie hatte schon genickt: *Ja, ja.*

Danach hatte er das Foto aufgenommen. Granias Gesicht wirkte ruhig und entschlossen, die Haut blass, selbst auf dem Foto. Sie war es nicht gewöhnt, selbst vor ihrer Kamera zu stehen. Sie hatte ihren Hut abgenommen, und die langen roten Haare bedeckten die Ohren und waren hinten locker festgesteckt. Er wusste noch, wie sie, ohne zu blinzeln, geschaut hatte, während er in das Fenster der schwarzen Box-Kamera hinuntersah.

Er knöpfte das Bild – das durch einen winzigen Rahmen aus Pappe geschützt war – in die untere Tasche seines Uniformrocks ein und klopfte mit der Hand von außen darauf.

»Wir haben im letzten Oktober geheiratet«, sagte Jim. »Anschließend wurde auf der Farm ihres Großvaters gefeiert, oben auf der Ninth, in Tyendinaga Township. Ihre Familie, das sind alles Iren. Ihre Großmutter mütterlicherseits, ihre Mamo, lebt bei der Familie. Wir hatten zwei Wochen, Grania und ich, bevor ich wegmusste, und wir haben sie in Deseronto verbracht, da ist sie geboren.«

»Ich war schon mal in Deseronto«, sagte Irish. »Ich bin mit dem Dampfer dahin gefahren.«

»Granias Vater hat ein Hotel – das an der Main Street, direkt gegenüber vom Kai und vom Bahnhof.«

»Das kenn ich«, sagte Irish. »Ich bin da ein- oder zweimal zum Essen gewesen. Es ist bekannt für sein gutes Essen.«

Die Schlange bewegte sich schnell, und sie luden gebratene Eier, Brot und Kartoffeln in ihre Kochgeschirre und steuerten einen langen Tisch an, wo sie sich ans Ende quetschten und nebeneinander saßen.

Um ein Uhr mittags wurden sie als Zweiergruppe bestimmt, weil sie beide die gleiche Größe hatten, ein Meter achtzig. Sie hatten den ganzen Vormittag mit zwei anderen Männern gearbeitet, die Irish schon kannte, Evan und Stash. Stash hatte schwarzes Haar und dicke Augenbrauen und blickte grimmig, aber Jim erkannte an seiner Stimme, dass er ein sanftmütiger Mann war. Evan war mit seinen feinen Zügen und dem dünnen hellen Haar das Gegenteil von Stash. Er schien nervös, bewegte sich ständig, saß nie still. Er sprach schnell.

»So ist er eben«, sagte Irish zu Jim. »Aber man kann sich auf ihn verlassen. Das haben wir alle schon festgestellt.«
Dieser Irish wird mein Freund, sagte Jim in jener Nacht zu sich, als er im Dunkeln auf seinem Feldbett lag. Die Beine taten ihm weh, und die Arme waren steif. Es hatte zwischendurch Ruhepausen von zehn Minuten gegeben, weiteres Training, einen Vortrag über Erste Hilfe, einen zweiten Vortrag, weitere Plackerei, frühes Abendessen, bei dem Irish ihn ringsum vorgestellt hatte. »Das ist Jimmy-Boy«, sagte er. »Guckt euch mal seine Arme an. Wenn sie nicht abgehen, haben sie bestimmt die richtige Länge, um eine Tragbahre zu schleppen.«
Und die anderen lachten und hießen ihn willkommen.
Jim hatte gehofft, am Abend in die Stadt gehen zu können – die Geldwechsler waren den Neuankömmlingen auf den Fersen, sobald sie ins Lager einmarschiert waren –, doch er war zu müde. Er hatte englisches Geld, aber das Einzige, was er haben wollte, war mehr Essen. Er war dauernd hungrig. Der Hunger hatte schon Wochen zuvor begonnen, als er in Belleville in den Zug stieg. Er hatte Hunger, während der Zug gen Osten rollte, und hatte Hunger, als der Zug immer wieder an kleinen Bahnhöfen hielt. In manchen Städten reichten Frauen, Wildfremde, Sandwiches und Gefäße mit Tee zu den offenen Fenstern herauf, während die Musikkapellen spielten und die Jungs einstiegen. Jedes Mal, wenn das geschah, war er überrascht und dankbar gewesen. Der Proviant, den Grania für ihn eingepackt hatte, war schon verzehrt, kurz nachdem der Zug aus Belleville herausgefahren war. Er hatte Hunger auf dem Schiff während der Überfahrt über den Atlantik und auf der Bahnreise durch die englische Landschaft. Er hatte auf die vorbeifliegenden Hecken und Winterweiden geschaut, und als er im Lager ankam, hatte er immer noch Hunger.
Hunger hin, Hunger her, er hatte jedenfalls die Augen offen

gehalten. Es war kalt und feucht draußen, aber er konnte es gar nicht fassen, dass er an Ort und Stelle, dass er jetzt hier war. Er hatte festen englischen Boden unter den Füßen – das Mutterland. *Mutter England.* Er hatte diese Worte oft genug zu Hause gehört. Er schwor sich, am frühen Morgen einen Brief an Grania zu beginnen, dann konnte er ihr erzählen, wo er sich befand und was hier los war und alles, was er gesehen hatte.

»Meine Liebste«, sagte er lautlos, als wollte er in dieser Minute einen Brief beginnen in dem Glauben, sie werde seine Gedanken irgendwie durch die Dunkelheit empfangen. Aber was herauskam, war: »Ich bin so müde.« Seine Arme streckten sich, und er fiel auf der schmalen Pritsche in Schlaf. Die Worte in seinen Träumen richteten sich keineswegs an Grania, sondern waren mit den Bildern des harten Tagestrainings und mit Geschichten vermischt, die nach dem Abendessen erzählt und in der Runde ausgetauscht worden waren. Und aus allem erhob sich die Stimme von Irish.

»Es war ungeheuer schwere See, Jimmy. Ungeheuer schwere See bei der Überfahrt. Wir sind am dritten Tag da draußen in einen Sturm gekommen und mussten unten bleiben. Die Jungs haben gekotzt, haben direkt aus den Hängematten auf die Tische gekotzt, von denen wir morgens essen sollten. Ich hab noch nie so einen widerlichen Gestank eingeatmet und hoffe, ich werd es auch nie wieder tun. Ich hab während des Sturms einen Blick nach draußen riskiert, und ich hab hochgeguckt und hab nichts weiter gesehen als eine massive grüne Wand, die sich über dem Schiff erhoben hatte. Ich war so entsetzt, dass ich sofort wieder nach unten gestürzt bin, obwohl ich dachte, es sei ziemlich egal, wo ich war. Uns hatte es so stark erwischt, dass ich mir sicher war, dies ist mein Ende. Einer der Jungs wurde über Bord gespült, Jimmy. Uns wurde erzählt, dass einige versucht hatten, ein Boot klarzumachen und runterzulassen, aber es gab keine Hoffnung. Er war verschwunden, in der Dunkelheit versunken in den Wogen, und danach haben die Jungs nur noch düster vor sich hin gebrütet. Es hat keinen Einzigen gegeben, der nicht unglücklich war, aber wir wurden auf Trab gehalten, und dann haben wir aufgehört, an ihn zu denken – als hätte er nie existiert. Er wurde von einer Sekunde zur andern hinweggerafft. Er hatte nicht mal eine reelle Chance gegen Fritz.«

Krieg, dachte Jim, wieder hellwach geworden. Bisher besteht er nur aus Worten und Träumen. Wir wissen im Grunde nichts, außer dass der Mann über Bord auch ich hätte sein können auf meinem Schiff oder Irish oder jeder andere von uns.

Er wälzte sich auf den Rücken und starrte ins Dunkel und streckte die Arme zu beiden Seiten aus. Seine eigene Überfahrt hatte aus endlosem körperlichem Drill, frischer Luft, manchmal Sonnenschein, manchmal Regen bestanden. Übungen mit dem Rettungsboot wurden zu unregelmäßigen Zeiten anberaumt, damit die Jungs auf Zack blieben. Nachts lagen sie dicht zusammen, und er fand nur schwer Schlaf. Und dann, nach der Hälfte der Überfahrt, entdeckte er zufällig eine leere Lattenkiste in einer Nische am Ende eines Korridors, und dann konnte er sich in den meisten Nächten davonschleichen und für sich sein. Es war zwar kalt in der Kiste, aber Frieren war immer noch besser, als da unten die stickige Luft von tausend Körpern einzuatmen.

An einigen Abenden hatte er sich, bevor er in die Falle ging, dem gemeinsamen Singen angeschlossen. Die Jungs – mit Schwimmwesten über den Uniformen – drängten sich um eins der vier Klaviere an Bord. Ein paarmal hatte Jim gespielt. Sie begannen mit flotten Liedern wie »Casey Jones« und »Tipperary«, und danach gingen sie zu »Silvery Moon« über, um dann völlig sentimental bei »Love's Old Sweet Song« zu landen. Jim kannte jedes Wort von jedem Lied. Hin und wieder sang er allein.

Später, in der U-Boot-Zone, wurden die Rettungsboote außenbords gehängt; den Männern fiel es nicht schwer, bei Stimmung zu bleiben. Sie machten sich eher Sorgen, nicht rechtzeitig nach Frankreich zu kommen. Sie wollten den Krieg erleben, nicht im Meer untergehen. Ihre größte Angst war, dass der Krieg vorbei sein könnte, bevor sie hinkamen.

*

Tage und Wochen übten die Männer von der Sanitätseinheit im Lager bei Hindhead, bis sich alle Arme im Schlaf ausstreckten. Nach Patienten, nach Tragbahren. Fuß gegen das Scharnier, Bahre aufklappen, Fuß gegen das andere Ende, Bahre auf die Schulter hieven. Jim lernte Methoden des Tragens: Sitz mit vier, zwei und drei Händen, die Methode des Feuerwehrmanns, das Tragen auf dem Schiff in Kielrichtung. Wie man einen Graben überquert, eine Mauer überwindet, wie man einen Wagen belädt, einen Wagen entlädt, Pferdesanka, Motorsanka. Und dauernder, nie ganz befriedigender Drill. Zweier-Träger, Dreier-Träger, Vierer-Träger. Wiederholung, Wiederholung, Träger, die antreten und abzählen – marschieren, sich bücken, ergreifen, aufstellen, wenden, wieder in die Gruppe eingliedern. Sie liefen umeinander herum, bildeten parallele Reihen, wechselten sich ab in der Rolle des Patienten, sammelten die Tornister der Kameraden ein, die den Verwundeten darstellten, und wetteiferten mit anderen Gruppen, während sich ihnen die Routine einprägte. Jim konnte eine schwere Trage mit geschlossenen Augen aufschnappen lassen und mit dem Fuß zuklappen, und er tat es auch.

Wenn die Männer keine Geländemärsche machten oder übten, hoben sie Entwässerungsgräben aus, legten Rohrleitungen, wechselten sich bei schwierigen Sanitätsaufgaben ab, reinigten die Ausrüstung, polierten Knöpfe, kümmerten sich um ihre Uniformen, pflegten die geschundenen Füße. Sie besuchten Vorträge, die sich an verschiedene, in der Ausbildung gemischte Einheiten richteten. Viele der Vorträge wurden von Sanitätsoffizieren gehalten. Dieser Teil der Ausbildung faszinierte Jim am meisten, denn die versammelten Jungs hatten verschiedene Aufgaben der Ersten Hilfe zu leisten.

Einige in der größeren Gruppe kamen in Lazarette an der französischen Küste. Ein Mann, den er hier kennen gelernt hatte und der wie er selbst von Prince Edward Island stammte, aber aus Charlottetown, war als Ersatz nach Étaples gegangen, um im Kanadischen Kriegslazarett Nummer 1 zu arbeiten. Die meisten blieben bei der Sanitätseinheit. Jim und Irish, inzwischen ein geschicktes und verlässliches Team, blieben bei Nummer 9.

Sie legten Druckverbände an und salbten Gliedmaßen ein; sie wickelten sich gegenseitig Mull um die in Gamaschen steckenden Beine. Jim merkte, wie seine Zunge allmählich in die neue Sprache der Tourniquets, Klammern und Diagramme glitt. Er verband Köpfe und versorgte fingierte Oberarmbrüche. *Die Natur hat einen Teil hervorgebracht, der immer zugänglich ist: der seitliche Brustkorb.* Er befestigte Schlingen an einem mit Zahnlücke grinsenden Irish, der ihn ermahnte, wenn ein Knoten zu fest auf einem Knochen lag. Er verwendete den Kreuzknoten, nicht den Altweiberknoten. *Ein Kreuzknoten rutscht nicht und kann doch leicht gelöst werden.* Und er half Irish, dessen Finger so breit waren, dass er sich vor allem schwer tat, wenn er den Knoten machen sollte.

Sie lernten, mit Frakturen des Oberschenkelknochens umzugehen. *Das Maschinengewehrfeuer wird auf den Teil zwischen Hüfte und Knie gerichtet sein; die meisten Frakturen befinden sich daher in diesem Bereich und sind entweder kompliziert oder offen. Es kann sich als notwendig erweisen, vor dem Transport Schock und Blutung zu behandeln.* Sie wurden über den Nutzen und die Verabreichung von

Morphium unterrichtet. *Nachdem Morphium gegeben worden ist, muss die Stirn des Patienten mit einem »M« gekennzeichnet werden.*

Sie benutzten alles Mögliche, was gerade zur Hand war, um Arme oder Beine zu schienen und ruhig zu stellen. Wenn sie den Auftrag bekamen, Armschienen zu improvisieren, suchten sie Stöcke oder alte Papierrollen, oder sie drehten Kleidungsstücke zusammen. Da die Jungs, die sie tragen würden – wenn sie doch nur erst zu ihnen über den Kanal kämen –, Gewehre hätten, wurde ihnen auch beigebracht, mit Bayonetten zu improvisieren, wenn genügend Zeit bliebe, eine feste Schiene herzustellen.

Eines Tages wurde ihnen gezeigt, wie man einer Orange Wasser injiziert. *Die Orange stellt den Muskel dar.* Sie stießen ihre erste Nadel in die zerbeulte Frucht und hielten den Atem an. *Jeder Verwundete bekommt das Serum gegen Tetanus.*

Jim nahm an Spezialkursen teil und wurde sich bewusst, was einwandfrei sauber war und was nicht. Wenn er in ein Kriegslazarett käme, müsste er seine Hände nach vorn ausgestreckt halten, nachdem er einen schmutzigen Verband berührt hätte, und er müsste sich selbst als verunreinigt ansehen. Er würde seine Hände so halten, bis er an Wasser käme und sie mit Seife schrubben könnte. Eine neue Wahrnehmung tat sich in seinem Bewusstsein auf – eine Wahrnehmung der unsichtbaren Welt. Er hatte nie zuvor auch nur einen Gedanken an diese unsichtbare Welt verschwendet, aber jetzt begriff er, dass sie von Bakterien, die sich laufend vermehrten, nur so wimmelte. Er legte seinen ganzen Stolz in diese Ausbildung, und jedes Mal, wenn er etwas Neues lernte, fügte er es zu der Summe dessen, was er bereits wusste, hinzu. Sein Vorrat an Wissen wurde immer größer. Er beobachtete genau und hörte aufmerksam zu.

Abends fiel er auf sein Bett, manchmal noch angezogen. Er und Irish wanderten ein paarmal in die Stadt, sahen sich dort um und wanderten wieder zurück. Die Stadtbevölkerung war freundlich; alle wollten reden. Aber er musste früh aufstehen, es gab keinen Gedanken daran, lange aufzubleiben. Er lag vollkommen erschöpft auf seiner Matratze, mit tauben Schultern und schmerzenden Händen und Handgelenken. Manchmal schrak er innerlich zusammen bei dem, was er sich als das schwere Dröhnen ferner Kanonen vorstellte. *Da drüben.* Vielleicht war es auch Donner. Schreckliche Dinge geschahen fern von ihm. Er hatte Angst, aber er wollte trotzdem mitten in diesem schrecklichen Geschehen sein. Das beunruhigende Echo im Süden und jenseits des Kanals hielt ihn von dem notwendigen Schlaf ab, öffnete ein inneres Auge, einen ungeschützten Raum, der sich nicht schließen wollte.

Eines Abends schrieb er aus dem Lager einen Brief an Grania, nachdem das Dröhnen wieder begonnen hatte. Er kannte die Regeln. Kein Ortsname durfte erwähnt werden, keine Truppenbewegung, keine pessimistischen Grübeleien.

*Meine Liebste,*

*ich übe nach wie vor. Das ist alles, was wir tun, vom frühen Morgen an, bis wir abends ins Bett fallen. Es scheint, als würden wir niemals fertig.*

*Manchmal höre ich ein Geräusch wie Donner. Wie kann ich dir dieses Geräusch nur beschreiben? Eine Invasion in der Dunkelheit, ein Puls, der im Kopf stärker wird. Es fängt als gleichmäßiges Pochen an, und dann zieht es sich wie ein Faden durch jeden Nerv meines Körpers.*

*Irish und ich können es gar nicht erwarten, bis wir unseren Beitrag leisten. Wir alle – alle Jungs hier in der Sanitätseinheit. Sobald wir den Befehl zur Abreise haben, werde ich versuchen, es Dir mitzuteilen.*

*In Liebe*

*Chim*

*

An einem Mittwochmorgen um acht Uhr dreißig erhielten er und die anderen ihre ledernen Erkennungsmarken. Um zehn trugen sie steife neue Stiefel und nahmen an einem Appell teil. Jim sah erstaunt um sich. Er war einer von zehntausend Soldaten aus vielen verschiedenen Orten, welche die Genehmigung von Sir Sam Hughes mit den buschigen Augenbrauen und den kleinen Augen erwarteten. Einige von den Jungs sagten, dass Sir Sam ein mächtiger exzentrischer Mann sei. Ein Mann, der es, wie Jim erkannte, genoss, die Inspektion zu leiten. Nachdem die Formalitäten vorbei waren, der ganze zeremonielle Pomp, nahm Jim wieder an dem Drill mit der Trage teil. Dieses Mal sprang die Aufregung von einem Mann zum anderen über. Sie wussten, sie würden bald aufbrechen, aber wann? Die Australier und Neuseeländer kamen bereits von anderen Schauplätzen und frisch ausgebildet in Frankreich an, und die kanadischen Jungs wollten auch dorthin. Jeder beliebige Ort, an den sie geschickt würden, wäre besser als der endlose Drill auf dieser Seite des Kanals. Bis jetzt hatten die höheren Dienststellen offenbar beschlossen, sie vom Krieg fern zu halten, obwohl ihre kanadischen Landsleute schon seit über einem Jahr in Frankreich und Belgien standen.

Am Freitag wurden sie wieder zum Appell gerufen, und ihr Gepäck wurde von Offizieren des Oberkommandos inspiziert. Danach war Vorbeimarsch und dann Freizeit. Jim hatte am ersten Tag seiner Ankunft im Lager angefangen zu rauchen, und er machte jetzt Halt, um eine Schachtel in der Kantine zu kaufen. Er zog eine Zigarette heraus und steckte die Packung in die Tasche. Er hatte ein paar Stunden frei und wollte allein sein. Er wollte einmal von dem ständigen Lärm und Betrieb des Lagers wegkommen. *Es könnte mein letzter Tag in England sein*, dachte er und begann einen lautlosen Brief in seinem Kopf. *Dieser könnte es sein.*

Er hörte den kreisenden Möwen zu, als er aufbrach. Die Luft

war kalt. Er wanderte in südlicher Richtung, stellte sich den Himmel an der Küste vor, diesen besonderen Himmel, den er kannte und liebte. Er versuchte, nicht an seine Kindheit auf der Insel zu denken. Er versuchte, nicht an Grania zu denken und an das, was sie vielleicht in diesem Augenblick in Deseronto tat. Er sah graue Wolkenfetzen im Osten und größere, flachere Wolken im Süden. Die Straße zog sich über Meilen an einer Reihe niedriger Hügel hin, und danach gab es nur noch Marsch und Stoppelfeld. Er kam zu einer kleinen Steinmauer und folgte ihr am Rande eines eingefriedeten Feldes. Dort blieb er still sitzen, bis seine Hände und Füße allmählich erstarrten.

Sein Leben änderte sich. Die Ereignisse kamen Schlag auf Schlag, eins stellte das andere in den Schatten. Er war in eine große bewegliche summende Maschinerie geraten, wie die Welt sie noch nie erlebt hatte, und er wusste es nicht nur, er fühlte es auch. Er stand jetzt, stampfte mit den Füßen auf, bewegte die Finger und sah wieder zur Küste. Von dort war nur Stille zu vernehmen. Kein Laut. Doch, einer – von den Vögeln, die in den Hecken und Büschen um ihn herum verborgen waren. Die Sonne wies ihn darauf hin, dass es fast vier Uhr war. Er drehte sich um und ging zum Lager zurück.

*

Am Sonntag nach der Kirchenparade, nach Gerüchten und Spekulationen, nach endloser Vorbereitung erhielten die Männer von Nummer 9 den Bescheid, dass sie am nächsten Tag nach Frankreich aufbrechen würden. Sie würden offiziell zur Dritten Kanadischen Division gehören. Von diesem Moment an durfte sich niemand mehr außerhalb der Lagergrenzen aufhalten.

Jim und Irish kämpften gegen ihren üblichen Hunger und die Müdigkeit an und transportierten Betten, Strohmatratzen und

Tische in die Versorgungslager. Seesäcke und überflüssiges Gepäck wurden nach Shorncliffe geschickt, um dort auf ihre Rückkehr zu warten. Als diese Instruktionen erteilt wurden, fielen nur wenige Bemerkungen. Keiner der Jungs machte seine Witze über die Hinterlassenschaften. Niemand wollte derjenige sein, der heraufbeschwor, was schließlich eintreten könnte.

Jim ging in die sich schnell leerende Kantine zurück und kaufte Schokolade, Kekse und Lachs in der Dose. Er und Irish falteten ihre zusätzlichen Decken zusammen und brachten sie zurück. Sie durften nur eine behalten und tragen. Sie gingen in den Schreibraum, der von einer Kirche am Ort zur Verfügung gestellt worden war, und setzten sich mit Papier, Feder und Tinte nieder, um Briefe an Grania und Clare zu schreiben, dann ließen sie diese zur Beförderung zurück. Am Morgen bekamen sie, nach einem ersten Frühstück mit Bohnen und Porridge, je zwei dicke Sandwiches mit Rinderpökelfleisch. Um elf Uhr wurden sie mit dem Zug nach Southampton gefahren und standen dann neben einem Schiff, das früher Vieh transportiert hatte. Die Pferde wurden eingeladen und nach den Pferden die Männer. Die Sanitätseinheit Nummer 10 war auch an Bord. Die Mannschaft warf umständlich die Leinen los, das Schiff bewegte sich in den Hafen hinein und ging dort vor Anker. Da blieb es liegen, ohne dass ein Grund für die Verzögerung angegeben wurde. Niemand machte sich die Mühe, etwas zu erklären, und wie immer wurde wild spekuliert. Eskorte erwarten? Minen? U-Boote? Jim hatte sich die ständigen Mutmaßungen der Uninformierten bereits im Lager anhören müssen, und er hörte sie jetzt wieder. Egal, wie viele Male einer der Jungs behauptete, er sei sicher, dass die Abfahrt unmittelbar bevorstehe, das Schiff blieb da, wo es war, fest vor Anker.

Er begann im Geiste einen Brief an Grania, einen der vielen, die nicht abgeschickt werden konnten.

Manchmal weiß ich nicht mehr, was ich Dir wirklich geschrieben habe und was ich Dir im Geiste erzählt habe. Wir dürfen kein Tagebuch führen. Selbst wenn es erlaubt wäre – es gibt so viel zu schleppen, dass ein zusätzliches Blatt Papier schon zu viel wäre. Wenn ich Dir jetzt, in dieser Minute, schnell ein paar Zeilen schreiben könnte, wäre es dies, was ich Dir erzählen würde:

Die Angst in den Augen der Pferde, als sie auf die Rampe geführt wurden, ihr dunkles Fell, die Wärme ihrer Körper; die Nervosität von einigen. Meine drängelnden Kameraden, so eng gepfercht wie die Pferde. Die gute Laune und die schlechten Witze. Der Gestank, wenn man in schweren Kleidern, unter schwerem Gepäck auf engem Raum zusammen ist. Das Gefühl der Stagnation, während wir hier sitzen, uns irgendwo anlehnen oder stehen. Wir sind zum Aufbruch gerüstet, aber man hat uns auf einem Viehtransporter zusammengedrängt, der uns in England festhält und uns nicht näher an die Küsten Frankreichs bringt.

Ein Eindecker taucht aus dem Nichts auf. Das Summen am Himmel hängt über uns wie ein Omen. Die Maschine ist ein wundervoller Anblick. Ich versuche, mir das erregende Gefühl von Freiheit vorzustellen, das der mir unbekannte Mann haben muss, der da über den Himmel fliegt und auf uns herunterschaut, einen glücklosen Haufen Männer, die in der Enge eines alten Viehdampfers gefangen sind.

Man konnte nichts tun als warten. Er entdeckte Irish, setzte sich zu ihm und lehnte sich dabei gegen einen Stapel Holzkisten. Irish steckte voller Geschichten; sie gingen ihm nie aus. »In jeder Familie gibt es Geschichten in Hülle und Fülle«, hatte er Jim kurz nach ihrer ersten Begegnung erklärt. »Geschichten, die nur darauf warten, erzählt zu werden.«

»Werden wir nun fahren oder nicht, Jimmy?«, fragte er jetzt und rutschte zur Seite, um Platz zu machen. »Geduld ist eine Tugend nach den Worten meiner seligen Großmutter, dabei war sie selbst keine geduldige Frau. Hab ich dir eigentlich schon mal erzählt, wie gut sie mit Nadel und Faden umgehen konnte? Die Geschicklichkeit war sehr willkommen, als mein Großvater in seiner Scheune von einem Dachsparren gefallen war und sich mit einer Sense selbst skalpiert hatte. Es gab zu der Zeit in der Gegend keinen Arzt, mein lieber Jimmy, so hat Großmutter ihre jungen Söhne zusammengetrommelt, und gemeinsam haben sie ihn dann ins Haus geschleppt und auf den Küchentisch gelegt, den er selbst gezimmert hatte, und sie hat den abgerissenen Skalp wieder angenäht. Während der ganzen Prozedur hat sie nicht aufgehört, mit ihm zu schimpfen. Und Großvater ist heute noch quicklebendig, aber Großmutter nicht.«

Jim fragte sich mit seinen neuen Kenntnissen über Bakterien, wie der Großvater es wohl geschafft hatte, einer Infektion oder Blutvergiftung zu entgehen. Aber Irish, der seine Gedanken lesen konnte, lachte und sagte: »Um meinen Großvater umzuhauen, dazu gehört schon mehr als ein paar Keime. Er ist heute noch ein vitaler Mann.«

Die Jungs um sie herum spielten in kleinen, eng zusammensitzenden Gruppen Karten. Am anderen Ende des Bootes sangen einige; ein Leutnant hielt eine winzige Briefunterlage in der Hand und versuchte, die Schiffe in der Nähe zu zeichnen. Der Geräuschpegel war hoch, denn im Hafen herrschte noch Ruhe. Aber auf einmal verstummten alle, und an der Seite entstand ein plötzliches Brausen.

Ein großes Lazarettschiff war in den Hafen eingefahren und näherte sich jetzt, und es glitt so majestätisch an ihrem Schiff vorbei, wie es war. Nach den gemurmelten Informationen, die herumgingen, war es mit Verwundeten vom nahöstlichen Kriegsschauplatz beladen, Männern, die vom Mittelmeer nach England transportiert wurden. Das Gefühl von Respekt, Stolz und Leere, das Jim bei diesem Anblick erfüllte, spiegelte sich auf den Gesichtern um ihn herum. Er konnte Tragbahren erkennen, die von Zwischendecks nach oben gebracht wurden. Uniformierte Männer und Krankenschwestern bewegten sich zwischen ihnen, bereiteten schwere Fälle auf die Verlegung in einen wartenden Lazarettzug sowie in motorisierte Sanitätswagen vor, die man jetzt aufgereiht am Kai sehen konnte.

> Die Verwundeten auf dem Schiff dort haben alles getan, und wir haben noch nichts getan. Sie haben gekämpft und gedient und waren Teil des Geschehens, und nun sind sie verletzt und verdienen, gepflegt zu werden. Bisher habe ich mich noch um keinen einzigen Verwundeten aus Fleisch und Blut gekümmert. Bisher habe ich den Feind noch nicht gesehen.

Nachdem ihr Schiff fünf endlose Tage still gelegen hatte, lichtete es am frühen Abend die Anker und fuhr langsam aus dem Hafen hinaus. Die Lichter wurden gelöscht, und über alle senkte sich Schweigen, das nur am Anfang von dem Befehl, die Schwimmwesten anzulegen, unterbrochen wurde. Jim atmete tief durch. Zwei unheimliche dunkle Gebilde gesellten sich zu dem Schiff und eskortierten es über die düsteren Fluten des offenen Kanals. Sein Herz hämmerte, sein Mund war trocken. Stunden später glitt der Viehtransporter auf der anderen Seite in den Hafen von Le Havre, wo die Nacht allmählich schwand. Es war noch dunkel an diesem Samstagmorgen. Es war der 8. April 1916.

*

Ich habe einen Hunnen gesehen. Es war noch nicht ganz dämmerig, als wir das Schiff verließen, und da war er plötzlich – der deutsche Fritz, ein Gefangener –, er arbeitete auf dem Kai neben den Angehörigen des Empire. Ich konnte nicht anders, ich musste hinstarren, und ich versuchte, mehr zu erkennen. Die vom Empire verluden schwere Kisten, aber sie waren diejenigen, die bedrückt aussahen. Der Hunne war der Fröhlichste des ganzen Haufens. Das überraschte mich, aber was habe ich denn erwartet? Ein Ungeheuer, einen Hunnen wie auf den Plakaten, die ich zu Hause gesehen hatte? Stiernackig, mit quadratischer Stirn und böse funkelnden Augen? Wenigstens einen mürrischen Gefangenen hatte ich erwartet. Aber die Jungs sagen, die deutschen Gefangenen seien froh, aus allem heraus zu sein. Ihr Krieg ist vorbei. Es war trotzdem aufregend, den Fritz zu sehen. Er hatte meine Größe, helle Haare, sah gesund und munter aus. Er schaute mich direkt an, und er lachte. Ein normaler Mensch. Es ist kaum zu glauben, dass er seinem Aussehen nach so ist wie wir.

Ich musste sofort Wache schieben, nicht um den Fritz zu bewachen, sondern unsere eigenen Jungs, für den Fall, dass sie versuchten, das Sperrgebiet zu verlassen. Wir bekamen Regencapes, Überzüge für die Mützen, Flachmänner, Rote-Kreuz-Bänder, Salmiakgeist, Halbhandschuhe und Gasmasken, die wir immer bei uns tragen müssen. Bald sollen wir auch noch mehr im Umgang mit Gas trainiert werden. Bei meinem ersten Gas-Kurs bin ich aus der erstickenden Baracke herausgetaumelt, die Augen entzündet und so voller Tränen, dass ich ganz blind war. Ich stolperte an der Außenstufe und fiel aufs Knie, und dann kriegte ich eins aufs Dach, weil ich den Ausgang blockierte. Das Wichtigste, was man beachten muss, ist, dass man in derselben Sekunde den Atem anhält, in der dieser Befehl gerufen wird. Schon ein halber Atemzug darüber hinaus, und man ist geliefert. Es gab an dem Tag außer mir noch viele andere, die gelitten haben. Manche Dinge kann ich in meinen Briefen nicht sagen. Dinge, die mir durch den Kopf gehen. Ich möchte Dir alles erzählen, aber das Auge des Zensors befindet sich inzwischen in meinem eigenen. Jedes Mal, wenn ich vor einem Blatt Papier sitze, starren vier statt zwei Augen auf die leere Seite. Ich will so viel in meinem Gedächtnis behalten, wie ich kann.

Es hatte ein frühes und heftiges Gewitter gegeben, und sie marschierten bei stürmischen Winden – Nachwirkungen des Unwetters – weg von der Geschäftigkeit des Hafens, weg von den Häusern der Stadt, wo Frauen auf den Straßen arbeiteten. Sie gingen an einem älteren Mann vorbei, der sich bemühte, ein gebrechliches, lahmendes Pferd anzuschirren. Ein Handpflug lehnte an der Wand eines Schuppens. Jim warf einen Blick auf das winzige Stück durchweichter Erde und fragte sich, ob der Gaul das überhaupt schaffen konnte – letzten Endes auch der Mann. Der eine war lahm, der andere krumm. Er hätte auch gedacht, es sei noch zu früh in der Jahreszeit, um die Erde zu bestellen, obwohl die Knospen der Lärchen am Weg entlang schon offen waren.
Eine dick angezogene junge Frau, vielleicht die Tochter oder Enkeltochter des älteren Mannes, stand im Eingang eines zweiten Hauses. Ihr Gesicht zeigte keine Regung, als die Kanadier vorbeimarschierten. Parallel zu den Sanitätern fuhr eine grauhaarige Frau auf einem Fahrrad einen nassen Pfad unterhalb der Straße entlang. Ein bandartiges Kopftuch bedeckte teilweise ihr Haar; ihr Mantel war gegen die Feuchtigkeit und Kälte bis zum Hals zugeknöpft. Sie lenkte nur mit einer Hand, mit der ande-

ren hielt sie eine Hacke über der Schulter fest – so wie die Jungs in der Ausbildung gelernt hatten, ihre leeren Tragen zu transportieren. Sie ignorierte die Gegenwart der Männer und wandte nicht den Kopf, als sie auf der Straße über ihr marschierten.

Sie marschierten, wie sie es geübt hatten: hundertundzwanzig Schritte pro Minute. Nach fünfzig Minuten machten sie eine Pause von zehn Minuten, in der sie sich auf die Erde plumpsen ließen und nach ihren Zigaretten griffen.

Jim zog den Rauch in die Lunge, kostete den ersten Geschmack aus, als er über die Zunge glitt. Alles war neu, jeder Anblick etwas Wundersames. Und die Geschichten gingen in der Pause weiter. So viele Geschichten, von Mann zu Mann weitergegeben. Nicht überraschend bei den Millionen von Männern aus dem Empire, die von Ort zu Ort zogen und unterwegs Geschichten auflasen. Irish ließ sich neben ihm auf den Boden nieder, und bald gesellten sich auch Evan und Stash zu ihnen. Stash begann, von einem Kanadier zu erzählen, dessen Geschichte ihm zu Ohren gekommen war: Man hatte ihm zwei linke Stiefel zugeteilt und ihn gezwungen, darin zweiundzwanzig Meilen durch zähen Schlamm zu waten. Der Soldat versuchte, sich zu beschweren, aber keiner hörte ihn an, da zusätzliche Stiefel nicht mehr zu bekommen waren. Am Ziel, als der Marsch vorüber war, schoss er sich in den Kopf. Jim konnte die Geschichte nicht aus seinen Gedanken verbannen, als sie aufstanden und ihren eigenen Marsch fortsetzten.

> Stash schwor, dass die Geschichte wahr sei, aber es ist schwer, so etwas zu glauben. Es ist eine weitere Geschichte von einem Krieg, den wir nur von den Rändern her kennen.

Als sie in dem Lager ankamen, wo sie übernachten sollten, wusste keiner genau, wie viele Nächte sie dort bleiben würden.

Wieder gingen Gerüchte um. Ein Stapel bedruckter Postkarten wurde verteilt, eine Karte pro Mann. Jim empfing seine, sah sie an, nahm einen Bleistift aus der Tasche und fing an, quer über die Fläche Linien zu ziehen.

*

Bei eisigem Wind führte er eine Vorhut, die für die Verpflegung sorgen sollte, nach Le Havre zurück, ein langer, bitterkalter Marsch. Während die eigenen Füße schmerzten, musste er dauernd an den Jungen denken, der gezwungen worden war, zwei linke Stiefel zu tragen. Wie konnten der Korporal, der Sergeant, die Offiziere das zulassen? Er dachte den ganzen Tag an den Jungen und dann erneut am Abend, als er neben Irish in den hinteren Teil eines Viehwaggons gepfercht wurde. Evan und Stash waren zusammengeblieben, befanden sich aber näher an der Tür. Außen war ein Schild befestigt worden – *Wagen mit 33 Soldaten.* Zum Liegen war kein Platz, und so waren die Männer Schulter an Schulter, Körper an Körper gepresst, die meisten in sitzender Haltung, sie schimpften und fluchten die ganze Nacht. Einem der Jungs gelang es, ein Brett zu lockern und Luft hereinzulassen, und nun gab es noch mehr Geschimpfe wegen der Kälte. Am Morgen stiegen sie in Abbeville aus, reckten und streckten sich und erhielten ihren heißen Tee und Brot.

Jim stand da und zitterte, der Tee verbrannte ihm den Rachen, aber die hinuntergleitende Flüssigkeit tat ihm gut. Eine Französin kam heran, sie verkaufte Kuchen aus einem breiten, flachen Korb, der an Schultergurten hing. Sie war jung und hatte ein kleines, zartes Gesicht, und ihr Haar war mit einem Taschentuch bedeckt. Ihr Rock – zu lang für sie – war am Saum ausgefranst, weil er ständig über den rauen Boden schleifte. Es nieselte ununterbrochen. Sie sah Jim ins Gesicht und sagte nur:

»Monsieur«, und er zog ein paar französische Münzen heraus, um einen viereckigen Kuchen zu kaufen, der so klein war, dass er in seine Hand passte. Er war gelb und klebrig, aber nicht süß, und er biss langsam hinein, wollte, dass es dauerte. Die junge Frau lächelte ihn an unter ihrem Taschentuch, und später, nachdem er wieder in den Wagen geklettert war, musste er an ihr Lächeln und ihr kleines, zartes Gesicht denken. Neben Irish eingequetscht, hüllte Jim sich in das eigene Schweigen ein, als das Geschimpfe wieder losging.

Der Zug blieb auf seiner Fahrt häufig stehen, tuckerte langsam durch Boulogne und Calais, hielt an, um Kohle und Wasser aufzunehmen. Weit weg und ohne erkennbares Muster waren immer wieder lang gezogene, leise dröhnende Geräusche zu hören. Der Zug fuhr meilenweit durch flaches Land, und es war vier Uhr dreißig, als die Männer endlich an dem belebten Bahnhof in Poperinghe, Belgien, ausstiegen. Jim und Irish wurden abkommandiert, um beim Abladen von Sanitäts- und Lastfahrzeugen von den flachen Wagen zu helfen, und sie arbeiteten im Regen. Als sie fertig waren, war der Bahnhof dunkel, ohne Lichter, und die Männer waren durchnässt. Von allen Seiten hörten sie, während sie sich ständig bewegten, um warm zu bleiben, vom Beschuss der Stadt in der vorausgegangenen Nacht. Sechs Mann waren getötet worden. Jim versuchte, nicht entsetzt zu sein, dass diese Nachricht so nüchtern weitergegeben und aufgenommen wurde.

Sein eigenes Gefühl von Dringlichkeit verstärkte sich auf dem Marsch in das Lager, wo sie über Nacht bleiben sollten. Wagen mit Munition, Lastautos und Motorräder ratterten in beiden Richtungen vorbei, pausenlose Bewegung rundherum. Die Straße war eng und chaotisch, aber in dieser ganzen Hektik lag Zielstrebigkeit. Manchmal war der Verkehr so dicht, dass die Straße vollkommen blockiert war und sie an der Seite warten mussten.

Jim begriff erst später, viel später, als ihm gezeigt wurde, wo er schlafen konnte, dass der Lärm der großen Kanonen sie auf dem ganzen Weg begleitet hatte.

Ich wünschte, ich könnte Dir von diesen Dingen schreiben. Ich bin dicht hinter der Front und wurde in eine kleine Baracke eingewiesen. Sie ist überfüllt, aber zur Abwechslung meckert keiner. Ich glaube, die Männer sind froh, dass sie einen Platz haben, wo sie ihren Kopf hinlegen können. Irish und ich haben uns geschworen, dass wir zusammenhalten. Wir kennen uns erst kurze Zeit, aber ich habe das Gefühl, als wäre ein Bruder nach langer Trennung in mein Leben getreten. Ich glaube, ihm geht es genauso. Heute Morgen war ich als Erster auf und habe eine Tasche für meine Gasmaske in meinen Uniformrock eingenäht. Irish schlief noch. Ich erkenne allmählich, wann er wach ist und wann er schläft, weil er auch im Stehen schlafen kann. Wenn er stehend schläft, sieht er verwirrt aus, als wollte er unsere Vorgesetzten dazu bringen, seine Fähigkeit, wach zu bleiben, nur ja nicht in Zweifel zu ziehen. Wenn er wach ist, erzählt er dauernd Geschichten. Was die Ereignisse des heutigen Tages betrifft, weiß ich bisher so viel: Wir gehen hinauf nach Ypres, um die Sanitätseinheit Nummer 1 abzulösen. Bis zur letzten Minute erhalten wir keine andere Information. So läuft das hier. Uns wurde lediglich gesagt, dass vier von uns für die Schützengräben ausgesucht würden, alle Übrigen gehen zum Verbandsplatz, um sich einzuarbeiten. Wir starten mit einem Marsch. Es darf nicht gesungen und es darf nicht geraucht werden.

*

Er stolperte mehr als einmal auf dem Weg, der uneben und gefährlich war. Kein Mond, keine Sterne, er marschierte durch eine Dunkelheit, die ständig von Feuerwerkskörpern und Blinkfeuern durchbrochen wurde. Er ging hinter Irish, Evan, Stash und den anderen Trägern, die sich im Gänsemarsch ihren Weg zur Frontausbuchtung bahnten. Sie waren kurz vor Einbruch der Dunkelheit losgegangen, geführt von einem einfachen Soldaten, Angus, der sich in den letzten Wochen laufend innerhalb und außerhalb des Kampfgebiets befunden hatte und dessen Aufgabe es war, sie zu ihrem Bestimmungsort bei St. Eloi zu führen. Angus schritt energisch aus, nicht nur weil er den Weg kannte, sondern auch, weil er fror. Er redete nicht, und im Gegensatz zu den ihm folgenden jungen Männern bewegte er sich ganz so, als wäre er ein Veteran. Trotzdem gab es Momente, in denen sie ihren Weg verfehlten und sich zusammendrängten, während er anhielt und in der Dunkelheit die Route überprüfte. Dann bewegten sie sich weitere zwanzig Minuten in geänderter Richtung vorwärts, bis Angus erneut Halt machte. Die anderen kamen zum Stehen wie Dominosteine, die im Begriff sind zu kippen. Angus tauchte im Dunkeln unter. Ein Pfeifen war über ihnen zu hören, dann ein lauter Schrei. Es war Evan, der schrie. Er schlug hart auf dem Boden auf und rollte sich auf einen Streifen Schlamm. Die anderen blieben auf den Füßen. Angus erschien wieder aus dem Dunkel und streckte Evan eine Hand hin. Er bemerkte Evans schüchternen Blick und klopfte ihm auf den Arm. »Mach dir keine Sorgen«, sagte er, »das war eine gute Reaktion.« Die Freundlichkeit in Angus' Stimme überraschte Jim. Tatsächlich hatten in ihrem Umkreis Explosionen begonnen. Ein solches Getöse, dass man unmöglich erkennen konnte, auf wessen Seite das schwere Geschütz eingesetzt wurde. *Auf beiden, es muss auf beiden sein*, dachte Jim. *Hoffentlich kommt das meiste von uns.* Er folgte Angus in einen Bau, den er erst sah, als er direkt neben ihm stand, und er stieg plötzlich in einen Raum voller verwundeter Männer hinunter. Die meisten lagen auf Tragbahren am Boden. Obwohl es sich hier um den Vorgeschobenen Verbandsplatz handelte, war es nicht mehr als eine tief liegende Lehmhütte, die außen und innen mit Sandsäcken verstärkt war. Ein Stück dunkler Gummivorhang, der den Eingang verdeckte, wurde zur Seite geschoben, als sie eintraten, und dann wieder über die Öffnung gezogen. Der Sanitätsoffizier, der S. O. im Dienst, stand mitten im Raum. Seine Lippen waren in Bewegung. Er sprach mit einem Soldaten, der auf einer der drei erhöhten Tragen lag; diese waren auf parallele Blöcke gestellt worden, die in den erdigen Boden gerammt waren. Die erhöhten Liegen waren mit Schwerverwundeten belegt. Jim sah das wacklige »M« auf der Stirn des ihm am nächsten liegenden Soldaten. Das Gesicht unter dem »M« hatte die Farbe grauer Wolle; der Kopf – von einem Ohr quer herüber zum anderen – war aufgeplatzt.

Angus hatte sich schon in den hinteren Teil der Hütte verzogen, ohne auf das Geschehen in der Mitte zu achten. Der Kopf des verletzten Jungen war ein grauenvolles Gemisch aus Blut und Knochen. Der Anblick war so erschütternd, dass Jims Augen sich davor verschließen wollten, aber es war schon zu spät. Er hielt den Atem an, ging jedoch vorwärts, weil der S. O. ihm und Irish ein Zeichen gab. Der S. O. wand sich zwischen weiteren Tragen hindurch, die an jedem freien Platz an den Rändern des Bodens abgestellt worden waren, und Jim wunderte sich, wie er es schaffte, dabei nicht versehentlich auf einen Verwundeten zu treten.

»Bringt ihn raus in den Hof.« Eine Hand zeigte auf den Soldaten mit dem offenen Schädel und dann auf die Rückwand der Hütte, wo sich, wie Jim jetzt sah, noch ein Gummivorhang befand. Der Arzt hatte augenscheinlich geflüstert, aber Jim stellte in einer sekundenlangen Stille zwischen den Explosionen fest, dass er die Worte des Arztes verstanden hatte. Trotzdem fuchtelte der S. O. erneut mit der Hand. *Zeichensprache.* Er kehrte wieder in die Mitte der Hütte zurück und beugte sich über die mittlere Trage, wobei die Leichtigkeit seiner Bewegungen Jim erstaunte, denn sein Gesicht zeigte deutlich, wie erschöpft er war. Der Oberkörper des Jungen, über den er sich beugte, war blutüberströmt. Der obere Teil der Uniform war gewaltsam weggerissen worden. Jim bückte sich, um die Bahre des Jungen aufzuheben, den er wegbringen sollte, und er bemerkte überrascht, dass der Junge nicht tot war. Lange, zitternde Seufzer drangen aus dem gestreckten, bloß liegenden Hals. Man hatte das Hemd des Jungen geöffnet, und sein Brustbein wurde jedes Mal stark eingezogen, wenn seine Lungen um einen Atemzug rangen. Zwischen diesen verzweifelten Versuchen, Luft zu bekommen, gab es lange Pausen. Jim packte die Griffe und spürte oder hörte vielleicht auch, wie Irish das Signal zum Hochheben gab, und sie ließen die Blöcke hinter sich und trugen ihn hinaus. Dabei gingen sie an zwei gehfähigen Verwundeten vorbei, die gerade hereinkamen und sich an die Seite drückten, um sie herauszulassen. Der Vorhang schloss sich hinter ihnen, und sie standen wieder in der Dunkelheit.

Sie befanden sich in dem Hof, einem Stück durchweichter Erde, aus der Gestank und Stöhnen unmittelbar aufzusteigen schienen. Es war ein kleines Rechteck aus gestampfter Erde, wo Leichen niedergelegt worden waren, die meisten direkt auf den Boden. Andere lagen auf Bahren. Jemand hatte Stroh über die toten Gesichter der Jungen geworfen. Eine Hand ragte, mit der Fläche nach oben, unter einer Decke hervor, die über eine Leiche gebreitet war. Das Gesicht war nicht zu sehen, aber die Hand schien etwas zu erwarten, empfangen zu wollen. Jim sah auf den Jungen hinunter, den sie zwischen die Toten und die Sterbenden gestellt hatten, und sprach ein kurzes Gebet. Er dachte, der Junge sehe ihn einen Moment lang an, aber er war sich nicht sicher, ob ihre Blicke sich getroffen hatten.

Andere Träger kamen jetzt mit beladenen Bahren aus der Hütte heraus und schlugen schnellen Schrittes die Richtung zum Hauptverbandsplatz ein. Dort würden die Verwundeten behandelt und wieder sortiert werden. Niemand bemerkte hier, dass ein weiterer Körper hinausgebracht worden war; niemand bemerkte Jim. Der Lärm um ihn herum war erbarmungslos. Er wollte bleiben, um dem Jungen zu helfen, aber was konnte er tun? Seine Füße folgten Irish, und er blickte seinem Freund ins Gesicht, und er sah, dass es ganz weiß war, und dann sah er nichts mehr, denn sie stiegen wieder in die Hütte hinunter, und dort war es finster. Ein Ruf, und rasch wurde eine Kerze angezündet; ein Streichholz flackerte auf, ein zweites und noch ein drittes – jedes für eine Kerze, die in einer Flasche steckte oder in geschmolzenem Wachs, aufrecht in einem verbeulten Kochgeschirr.

Jims Augen richteten sich wieder auf die hier liegenden Soldaten, diejenigen, die noch nicht vom Arzt behandelt worden waren. Er begann, Einzelheiten wahrzunehmen: Uniformfetzen, dickes, verdrecktes Tuch, das durch die Haut in Muskel und Wunde getrieben war, offenes Fleisch, das mit Erde und Schlamm verschmiert war. Wunden, die schmutzig waren, verunreinigt. Wie konnte der S. O. hoffen, Gewebe und Knochen säubern zu können? Jim dachte an die Vorträge, die er während seiner Ausbildung in England gehört hatte – er hatte sich die Hände geschrubbt, sie ausgestreckt. Hier auf dem Boden der Hütte standen zwei Eimer mit schmutzigem, blutigem Wasser, die man in eine Ecke gestellt hatte, damit sie nicht umgestoßen würden.

»Infirtaris«, sagte sein Mund. »Inoaknonis.« Er sprach die Begriffe bewusst aus, ein singendes Sprechen zu sich selbst. Es hätte ihn ohnehin niemand hören können; der Lärm, das Donnern der Geschütze erfüllte alles. Er hatte ziehende Schmerzen in den Ohren, und als er auf seine Hände hinuntersah, stellte er fest, dass sich seine langen Finger hektisch bewegten, als führten sie sich selbst durch eine Reihe bizarrer Übungen. Er schaute in ein ausgefranstes Loch, das der Bauch eines Mannes war. Ein Knäuel von Gedärmen lag außerhalb des Körpers, und jemand hatte einen groben Versuch gemacht, die Schlingen mit zwei Bauchverbänden wieder hineinzuschieben. Die Eingeweide sahen so rötlich, so sauber aus in diesem halbdunklen Raum, dass Jim beinah angefangen hätte zu schreien. Die Finger des Soldaten pressten sich krampfartig zusammen, fast so wie Jims Finger sich bewegt hatten. Jim konnte nicht erkennen, ob der Mann das Bewusstsein verloren hatte, denn die Finger entspannten sich plötzlich und hörten auf, sich zu bewegen. Ein schottischer Hochländer lag schweigend da, die Arme über der Brust zusammengelegt, als hätte man ihn für den Sarg hergerichtet. Er hatte eine Beinverletzung, vielleicht nicht so ernst. Als er ihn ansah, den Frieden auf seinem Gesicht, erinnerte sich Jim an Herberts Angst, als er ausgestreckt auf dem Tisch in der Farm gelegen hatte, während Dr. Whalen seinen Schenkel nähte. Herbert hatte Glück gehabt.

Die Patienten auf den Tragbahren hatten eine Tetanusspritze bekommen. Einige von ihnen, diejenigen, die nicht in den Hof draußen kommen würden, wurden gekennzeichnet: mit rechteckigen Pappschildern, die mit Sicherheitsnadeln an ihre Uniformen gesteckt wurden.

Zum Nachdenken war keine Zeit. Der Geräuschpegel stieg weiter an, und Jim verlor für einen Moment innerlich die Kontrolle, als er das Gefühl hatte, sein Kopf explodierte. Ein Unteroffizier an der Tür machte ihm Zeichen, und Jim begriff, dass er und Irish einen Transport zur nächsten Station übernehmen sollten –

einen Infanteristen mit kaputtem Oberschenkel. Knochenteile und rötlich weiße Sehnen waren freigelegt worden und eine Schicht starker Verbände darüber gedeckt. Wenn sie ihn zum weiter zurückliegenden Hauptverbandsplatz bringen könnten, würde er aussortiert und behandelt – zusammen mit den anderen, die jetzt dort hinkamen. Danach würde er wieder verlegt, und zwar zum Truppenverbandsplatz und dann zum Ausladebahnhof und weiter zur Küste und dann nach England – in den Heimaturlaub.

Jim sammelte sich und beschloss, während er die Bahre aufhob, ruhig und vernünftig zu sein. Keine Möglichkeit, sie auf die Schulter zu heben, weil es den Luxus von vier verfügbaren Trägern nicht gab. Stash und Evan waren schon aufgebrochen, sie trugen einen weiteren Verwundeten.

Der Mann war schwer, aber nicht so schwer wie manche, die Jim während seiner Ausbildung getragen hatte. Er warf einen Blick zu Irish hinüber und merkte, dass auch er rauswollte aus diesem Loch voller Qual und Tod. Sie stiegen nach oben, hinaus, passten die Hände den vertrauten Griffen der Trage an. Knatterndes Maschinengewehrfeuer schloss sie ein, und Jim fiel es schwer, sich nicht zu ducken. Er machte ein paar Schritte, und der Himmel flammte auf. Wenn er sich duckte, würde er den Patienten fallen lassen, und wenn er einen Mann mit einem zerschmetterten Oberschenkel fallen ließe, verschlimmerte sich die Verletzung, und die Schmerzen des Mannes würden unerträglich werden. Der Soldat war ohnehin schon erschreckend still. Jim sah die Umrisse von zwei Trägern vor sich und von zwei weiteren vor diesen. Er beschleunigte seinen Schritt, da er die Führung hatte. Er und Irish hatten so gründlich, so eng zusammen geübt, dass ihre Füße im Gleichschritt gingen vom ersten Moment an, in dem sie unterwegs waren. Sie versuchten, in den Spuren der anderen zu bleiben, und begannen ihren Marsch mit ihrem ersten Transport über ein Land, das weit und flach war, mit Löchern übersät, voller tückischer Schlammgruben, die manchmal knietief waren.

Irish und ich gehen in der Nacht viermal hin und her. Ich zwinge mich zu sehen, was gesehen werden muss, und zu tun, was ich zu tun habe. Wir marschieren durch einen Lärm, der stampfenden Lokomotiven gleicht und von oben auf uns niedergeht. Es ist ein solches Donnergetöse und so nah, dass ich den Himmel ständig nach Anzeichen eines Gewitters absuche. Ein Gewitter brächte Erleichterung. Meine Haut fühlt sich an, als würde sie gleich bersten in diesem Lärm, der überall ist.

Wenn wir am Morgen zu unseren Unterkünften kommen, wollen wir uns fallen lassen, aber im gleichen Augenblick erhalten wir den Befehl, wieder zu neuen Unterkünften weiterzuziehen. Mäuse haben sich in meinem Tornister eingenistet, als ich über Nacht weg war. Ich lasse ihn fallen, der Inhalt fliegt in der Gegend herum. Wir frühstücken. Wie können wir essen nach allem, was wir erlebt haben? Wir können, wir sind ausgehungert. Eier und Kartoffeln, wir stopfen uns voll. In den paar Minuten, die mir noch bis zu unserem Aufbruch bleiben, kaufe ich einer alten Frau einen halben Eimer heißes Wasser ab und wasche mich. Ich fülle meine Wasserflasche. Die Sonne ist da. Der Raum mit den Verwundeten, der Hof des Todes, das sind obszöne Träume in der Helligkeit des Morgens. Ich habe meine Arbeit in diesem Krieg begonnen.

# KAPITEL 2

*Mein Dad hat gesagt, wenn man fünf Männer zusammen reden sieht und eine Granate in der Nähe einschlägt, dann sind sie auf einmal nicht mehr da, wenn sich der Rauch verzogen hat, weil sie in Stücke gerissen wurden. Als die Deutschen zuerst ihr Gas einsetzten, hat es Dad erwischt, und er musste ins Lazarett. Jetzt hat er jeden Morgen, wenn er aufsteht, einen schlimmen Husten. Dad muss noch ungefähr zwei Monate im Knox College Hospital bleiben.*

The Canadian

Egal, wo sie war oder was sie in die Hand nahm und las, Nachrichten vom Krieg waren jetzt direkt an sie gerichtet. Ob Lokalzeitungen, Zeitungen von Toronto, Ottawa oder Belleville oder *The Canadian* von der Schule: nirgends eine Chance, unbeeinflusst zu bleiben. Sie wurde ständig mit ungefilterten Informationen, wahren oder falschen, bombardiert. Es machte die Sache auch nicht besser, als die Regierung in Ottawa kurz nach Jims Abreise Zahlen von Opfern veröffentlichte: Bisher waren 539 Offiziere und 13 017 Mannschaften gefallen.

Sie konnte Jims Namen kaum aussprechen außer vor Mamo und Tress. Gleichgültig, was sie tat, ob Tag oder Nacht war, immer war er der Hintergrund, vor dem ihre Gedanken aufstiegen. Als er mit dem Zug abgefahren war, blieb sie über Nacht in Belleville bei Fry und Colin. Einen Tag nachdem sie nach Deseronto zurückgekehrt und wieder in ihr Elternhaus gezogen war, schrieb sie ihren ersten Brief an ihn. Sie schickte diesen ab und einen zweiten und dann noch einen, aber keiner von den Briefen erreichte ihn vor seiner Überfahrt. Als sie schließlich Antwort erhielt, erfuhr sie, dass fünf Briefe auf einen Schlag in England angekommen waren.

An dem Tag, an dem sie ihren ersten Brief im Postamt der Stadt aufgab, wurde ihr klar, dass es von diesem Tag an ein Glaubensakt wäre, Name, Dienstgrad, Nummer – alle notwendigen Angaben zu seiner Einheit – in Druckbuchstaben darauf zu schreiben und zu erwarten, dass die Worte ihr Ziel erreichten. Die Adresse, die sie auf den ersten Briefumschlag schrieb, war so lang, dass es ihr unmöglich erschien, sie im Gedächtnis zu behalten. Das hatte sie damals gedacht.

Inzwischen brachten ihr die Zeitungen Gedanken nahe, die ihr niemals zuvor in den Sinn gekommen wären.

*Für Briefe oder Päckchen, die an Kriegsgefangene gehen, braucht kein Porto gezahlt zu werden.*

An Kriegsgefangene hatte sie früher mit keinem Gedanken gedacht.

*Zucker und Schokolade gehören wegen ihrer kräftigenden Eigenschaften zur Tagesration der Soldaten in den Schützengräben.*

Es hatte in den Geschäften der Stadt einen Ansturm auf Zucker und Schokolade gegeben. Die Vorräte waren ausgegangen, weil so viel nach Übersee geschickt wurde.

*Wenn ein Soldat Schokolade bekommt, kann er besser gegen die Erschöpfung ankämpfen und einem Nervenzusammenbruch widerstehen.*

Davon hatte sie nichts gewusst.

Vor Weihnachten waren sechshundert Soldaten in Belleville angekommen und hatten die Konservenfabrik in der Pinnacle Street als Unterkunft benutzt. Sie waren wahrscheinlich kurz nach Jim verschifft worden; Grania vermutete, dass sie auch zur Dritten Kanadischen Division gehörten.

Als sie im Schulkrankenhaus gearbeitet hatte, hatte sie immer Soldaten in Richtung Marktplatz oder Zwick Island marschieren sehen. Bei gutem Wetter hatten sie nicht weit vom Schulkai, an der Bucht, direkt unterhalb der Haltestelle, Picknick gemacht. Sie fragte sich – wenn sie und Jim je eigene Kinder hätten, ob sie ihnen erzählen würde, dass es mal eine Zeit gegeben hatte, als sie Kind war, in der Züge auf Wunsch an der Meilenzahl 114.9, an der Taubstummen-Haltestelle, hielten. Cedric hatte in der Schulzeitung wie immer eine Meinung dazu. *Taub*, schrieb er einmal, *hat auch noch die Bedeutung von langweilig, hohl, unempfindlich. Bei dem Wort stumm stellt man sich unwillkürlich einen Menschen vor, der an einer Beerdigung teilnimmt.*

Grania vermisste Fry, die einmal in der Woche schrieb. Ihre Briefe kamen einen Tag nachdem sie in Belleville abgeschickt worden waren, in Deseronto an. Den Brief dieser Woche hatte Grania gerade von der Post abgeholt, und sobald sie Vaters Geschäftsbriefe in sein Büro gebracht und Bernard ein kleines Päckchen abgeliefert hatte, zog sie sich in eine ruhige Ecke der Hotelhalle zurück, um zu lesen, was ihre Freundin zu berichten hatte. Frys Neuigkeiten waren nicht überraschend.

*Colin hat versucht, Soldat zu werden. Der dritte Versuch. Aber in letzter Minute wurde er ertappt.*

Grania stellte sich Colins blaue Augen vor, wie sie geglüht haben mussten vor Entschlossenheit, als er noch einmal versucht hatte, sich durchzumogeln. Dieses Mal hatte er es dank seiner beachtlichen Fähigkeiten im Lippenlesen bis zum Ende der Musterung geschafft.

*Er wandte sich ab, um sich anzuziehen, und Arzt hat etwas gesagt. Colin weiß nicht, was. Als er nicht geantwortet hat, wurde Arzt misstrauisch. Dann wurde spezieller Hörtest gemacht.*

*Mir tut es nicht Leid. Ich weiß, du hast es schwer, machst dir Sorgen, während Jim da drüben ist. Colin tut freiwillig Dienst mit Kadetten. Tagsüber exerzieren sie, er hilft, wenn er mit der Arbeit in der Druckerei fertig ist.*

Grania wusste, dass Colin erneut einen Umzug nach Toronto in Erwägung zog, um dort als Setzer zu arbeiten. Ein tauber Mann, der ein eigenes Geschäft besaß, hatte zweimal Kontakt zu ihm aufgenommen. Es war eine der wenigen Möglichkeiten für die Jungen, nach dem Schulabgang Arbeit zu bekommen. Sie hatten schon in der Druckerei gearbeitet; ihre optische Genauigkeit war außergewöhnlich, und sie konnten unmöglich von dem Lärm gestört werden. Vor einiger Zeit hatte in *The Canadian* ein Artikel über Druckerpressen gestanden, die im Besitz von tauben Personen waren und von diesen auch betrieben wurden – es gab fünf im Westen und zwei in Toronto. Frys Eltern wohnten noch in Toronto, und sie würden sich freuen, wenn die beiden mit ihnen in derselben Stadt lebten, aber für Grania würde das bedeuten, dass ihre Freundin weiter weg wäre. Im Augenblick besuchten sie sich gegenseitig so oft, wie sie konnten. Als Grania das letzte Mal den Zug nach Belleville bestiegen hatte, begleitete sie Mamo, die einen neuen Mantel brauchte. Sie und Mamo hatten sich mit Fry getroffen, und sie hatten alle zusammen in der Front Street Tee getrunken.

*Colin kennt früheren Schüler, der sich tatsächlich gemeldet hat. Kannst du dich noch erinnern, wie stolz wir im letzten Frühjahr waren, als Owen Schule besuchte? Er trug Rote-Kreuz-Abzeichen an seinem Ärmel. Jetzt ist er Korporal, und wir denken, er hat Exhibition Grounds in Toronto verlassen und arbeitet jetzt im Militärkrankenhaus in Diätküche. Lehrer hier sagen, er wird nie nach Übersee geschickt. Aber Owens Erfolg gibt Colin Hoffnung. Und es ist nicht erstes Mal, dass Colin zurückgewiesen wurde.*

*Wenn man uns nur ließe, könnten wir mehr tun. Du und ich könnten für*

*Empire arbeiten. Mit unserer Ausbildung in häuslicher Krankenpflege könnten wir helfen, Kranke und Verwundete zu versorgen, wenn die Jungs nach Kanada zurückkommen. Stattdessen tun wir freiwillig Dienst und stricken Lungen- und Knieschützer. Ich glaube, wir sind auch in Fabriken nicht willkommen, wo Frauen unseres Alters jetzt arbeiten, solange viele sprechende Männer in Übersee sind. Ich bin nicht traurig, Grania, aber Colin ist noch etwas anderes passiert, und das macht mich mutlos.*

Grania legte das letzte Blatt von Frys Brief beiseite. Sie fühlte sich selbst mutlos. Seit drei Wochen hatte sie keinen Brief mehr von Jim erhalten. Die Briefe aus England kamen auch auf dieser Seite des Ozeans stapelweise an, und nicht unbedingt in der richtigen Reihenfolge. Alles hing von den Schiffen ab.

Zumindest war Jim noch in England, als er das letzte Mal geschrieben hatte, obwohl sie sich nicht sicher war, wo genau. Er sagte, er übe und warte ungeduldig darauf, über den Kanal zu kommen. Schlimmer war es für Tress: Kenans Briefe an sie wurden neuerdings von *Irgendwo in Frankreich* abgeschickt.

Grania nahm die Seite mit den *Lokalnachrichten* zur Hand, die Fry aus der Schulzeitung herausgerissen und ihrem Brief beigelegt hatte. Die Zeitung kam zweimal im Monat mit der Post, aber da Fry wusste, wie gern Grania las, was die Kinder schrieben, sorgte sie immer dafür, dass Colin ein erstes Exemplar nach Hause brachte. Sie sandte die Lokalseite voraus, obwohl Granias abonniertes Exemplar ein bis zwei Tage später folgte.

Diese Woche beschäftigten sich die Kinder mit dem Feuer in Ottawa. Katastrophen würden immer eine Hauptattraktion bleiben.

*Wir haben gehört, dass das Parlamentsgebäude in Ottawa letzte Woche abgebrannt ist. Es wurde daran gedacht, dass die Deutschen es in Brand gesteckt haben, aber da haben wir uns geirrt. Sir Wilfrid und Lady Laurier hatten einige Damen zu einer Party eingeladen; sie hörten, dass das Parlamentsgebäude in Flammen stand, und Sir Wilfrid besorgte sich ein Auto, um sofort dorthin zu fahren. Als Sir Robert Borden von dem Brand hörte, lief er ohne Hut und Mantel los, um ihn zu sehen, dadurch hat er beides verloren.*

Einige Eintragungen handelten vom Krieg:

*Es gibt sehr viele verwundete Soldaten. Bei manchen Männern sind die Beine ab, und manchen wurden ein oder zwei Arme von Granaten oder von was anderem abgerissen.*

*Meine Tante hat zwei Söhne im Krieg. Sie sind nach Frankreich gegangen, und sie ist allein zu Haus. Die arme Tante! Ihren Söhnen geht es gut, sie machen sich keine Sorgen um die Zukunft, und so versucht meine Tante, das Leben von der heiteren Seite zu betrachten und ihre Söhne den Händen ihres Himmlischen Vaters zu überlassen, weil sie weiß, dass Er alles gut macht.*

*Unser Schulleiter kam in die Kapelle, wo wir uns eine Laterna-magica-Vorführung ansahen. Er trug einen Edison-Phonographen und spielte Musik, aber ich konnte sie nicht hören, denn ich bin ein taubes Mädchen. Die hörenden Leute hatten viel Spaß an der Musik. Sie sahen sehr vergnügt aus.*

*Im letzten Monat haben wir gefragt, ob wir Karneval feiern könnten. Wir haben uns lustige Kleider angezogen. Ich trug ein ganz schlichtes Gewand und ging als Suffragette – Wahlrecht für Frauen, Sie wissen schon.*

Grania drehte die Seite um und las eine von Cedrics Notizen:

*Taub und sprachlos, hat Jaime, der sechsjährige Sohn des Königs und der Königin von Spanien, die größte Freude an einem Filmtheater, das zu seiner Unterhaltung im königlichen Palast gebaut worden ist. Trotz seiner Gebrechen ist das sechsjährige Prinzchen ein gescheiter, fröhlicher kleiner Junge. Er wird bald in dem französischen Institut für Taubstumme in Paris aufgenommen, aber die Ärzte haben wenig Hoffnung, dass sein Gehör wiederhergestellt wird.*

Sie faltete das herausgerissene Zeitungsblatt zusammen und legte es weg. Dann nahm sie die letzte Seite von Frys Brief, um sie zu Ende zu lesen. Manchmal erging es ihr auch so mit Jims Briefen. Sie musste sich aufraffen, um sie in einem Zug zu lesen.

*Dienstag nach der Arbeit ging Colin in Stadt und lief über Fußgängerbrücke über Moira. Er war unterwegs zu Front Street, um was für Cedric zu erledigen, als zwei Frauen, die er noch nie gesehen hatte, auftauchten. Sie sprachen gleichzeitig, und er konnte nur wenige Worte von ihren Lippen ablesen. Sie steckten weiße Feder an seinen Mantel und liefen weg. Er kam ganz niedergedrückt nach Hause. Eine Stunde war er erregt und lief immer hin und her, bevor er es mir erzählte. Er sagte, er habe die Feder abgerissen und auf die Straße geworfen und sei nach Hause gekommen. Cedrics Auftrag ist noch nicht erledigt. Das geschah einen Tag nachdem er noch einmal versucht hatte, Soldat zu werden.*

Grania war sich sicher, dass eins der Worte, die Colin nicht von den Lippen der beiden Frauen ablesen konnte, *Feigling* war. Ihre Tante Minna hatte in einem Brief an Mutter aus Toronto geschrieben, dass dort einige Frauen – Frauen, die keine Söhne hatten oder deren Ehemänner zu alt waren, um zu dienen – in den Straßen auf und ab marschierten, als wären sie von Gott dazu ernannt; sie riefen jungen Männern zu, die sie sicher und

geborgen hinter den Mauern ihrer Elternhäuser vermuteten: »Kommt raus, ihr jungen Feiglinge! Kommt raus und meldet euch!«
Sie dachte an Colin: taub geboren, von tauben Eltern, groß und gesund aussehend mit seinem kräftigen Körper, dem lockigen hellen, knapp in der Mitte gescheitelten Haar. Er hatte bestimmt sehr sorglos gewirkt, als er die Straße in Belleville entlangschlenderte. Wer konnte wissen oder sich von seiner Erscheinung her auch nur vorstellen, wie viele Male er versucht hatte, sich an den Offizieren und Amtsärzten vorbeizuschmuggeln? Colin – die Hände tief in die Taschen geschoben – war immer wieder bemüht gewesen, *sich anzupassen.* Aber in seiner Haltung lag etwas so Absichtsvolles, dass er damit nur die Aufmerksamkeit auf sich zog. Als er auf der Straße mit den Frauen konfrontiert war, muss er sich gefragt haben, was denn los sei, was die beiden von ihm wollten. Die Erkenntnis war ihm wohl gekommen, als er die weiße Feder sah, und dann brannten seine Wangen sicher vor Scham und Zorn.

*

Fry und Colin, jetzt in den Zwanzigern, hatten schon als Teenager gewusst, dass sie einmal zusammenleben würden. Nicht so wie Tress und Kenan im Alter von zehn beschlossen hatten zu heiraten, wenn sie älter wären. Nicht so. Es war eine Erkenntnis, die sich in den letzten Jahren, in denen sie Schüler waren, durchgesetzt hatte. Alle anderen wussten das und stellten es nicht in Frage. Colin stand immer in der Vormittagspause dabei, wenn die Mädchen miteinander tanzten – und seine Augen ließen Fry nicht los. Es machte ihm nichts aus, dass er von seinen Freunden gehänselt wurde. Immer zwei und zwei, die Arme um die Taille gelegt, so tanzten die Mädchen. Musik war nicht notwendig; da gab es nur das Rascheln von Röcken, die scharrenden Schuhe, den Rhythmus, der aus dem Schweigen entstand. Die Gruppe brach plötzlich auseinander, wenn sich alle für eine Scheibe Brot und einen Löffel Melasse anstellen mussten. Grania schüttelte sich, wenn sie an den dicken Sirup dachte. Wie sie gewürgt hatte, um ihn runterzubekommen.

Nachmittags kehrten die Mädchen in die Klasse zurück, um nähen zu lernen, während die Jungen in die Druckerei, die Schuhwerkstatt oder zum Tischlern gingen. An den meisten Nachmittagen machten die Mädchen feine Handarbeiten, lernten sticken und vervollkommneten sich darin. Es wäre schwierig gewesen, aus der Schule in Belleville zu kommen und keine Expertin im Nähen zu sein. An anderen Tagen besserten sie aus.

Miss Wyse, die Handarbeitslehrerin, griff immer in den Kleiderkorb; er wurde mitten in die Klasse gestellt, während die Nähmaschinen an einer Seite standen und auf einem langen Tisch an der Tür ein Stoffballen ausgebreitet lag. Licht flutete durch die hohen Fenster herein. Aber am Flicktag gab es keine feinen Handarbeiten. Einmal im Monat besserten die Mädchen die Kleidung der Jungen aus, was meistens Hosenflicken bedeutete. Jedes Mädchen nahm Nadel und Faden und begab sich in den Kreis der Stühle. Miss Wyse verteilte die Hosen, für jede eine.

»Warum können die Jungen nicht selbst flicken?«, hatte Fry Grania einmal mit Zeichen gefragt.

Miss Wyse signalisierte ihr, sie solle arbeiten. Keine Unterhaltung, keine Zeichen.

Aber als die Lehrerin das Zimmer für ein paar Augenblicke verließ, sahen die Mädchen nach den Namen in den Hosenbünden, sprangen von den Stühlen und tauschten. Grania hatte Edgars Hose bekommen und schüttelte den Kopf: *Nein.* Edgar war ein Junge, der im Karneval auf der Eisbahn versuchte, den Mädchen ein Bein zu stellen. Edgar war blöde. Sie gab sich mit Charlies

Hose zufrieden. Wenn Colins Hosen identifiziert waren, wurden sie schnell im Kreis herumgereicht. Fry nähte immer die Flicken auf Colins Sachen. Keine hat ihr je das Recht streitig gemacht, für Colin zu flicken.
Und jetzt, nur ein paar Jahre später, tat Colin alles, was er konnte, um Fry zu verlassen und in den Krieg zu ziehen.
War es egoistisch zu wünschen, dass die Männer zu Hause blieben? Sie wurden in die Gefahr geschickt. Viele wurden getötet. Es war der Krieg der anderen.
Grania wusste, was Jim sagen würde: *Dies ist auch unser Krieg. Wir werden gebraucht.*
Eines Abends, als er in Tante Maggies Küche in der Turmwohnung gesungen hatte, fragte sie ihn, was das für ein Lied sei, und er sagte: »Dear Hame hid awa' in the Glen.« Er schrieb den Titel für sie auf; er hatte den Text in jener Woche gelernt. Während sie das Geschirr nach dem Abendessen wegräumten, neckte sie ihn, dass er bei Tellern, Töpfen und Pfannen sang. Jetzt erkannte sie, dass jeder Augenblick, den sie in den zwei Wochen im Turm gemeinsam verbracht hatten, Teil eines ausführlichen Abschieds war. Sie hatten alles andere und jeden anderen ausgeschlossen. Erst später, nach Jims Abreise, kam ihr zu Bewusstsein, wie intensiv ihre gemeinsame Zeit im Grunde gewesen war.
Er hatte sich am offenen Zugfenster über die Rücken der Soldaten gelehnt. Er hatte mit der Hand ihr Namenszeichen gemacht. Sie trug das Bild in ihrem Gedächtnis – Jim, wie er die Hand auf seine Uniformbrust legt, der Waggon mit der Kreidenummer 5. Auf diesem Bild waren keine Buchstaben aus gelbem Seil. Nur ihr Mann, der sie mit den Augen in der Menge suchte.
Dieselben Züge, die das Land von West nach Ost durchquert hatten, junge Männer aufgelesen hatten, die Hurra schrien und den Takt schlugen zu aufpeitschender Marschmusik, fuhren jetzt in umgekehrter Richtung durch das Land. Sie brachten die-

selben Waggons halb leer von einer Küste zur anderen. Dampfwolken stiegen in die Luft und lösten sich auf, während Verwundete, die gehen konnten, halfen, die anderen auszuladen, denen Arme oder Beine fehlten oder die auf andere Weise schwer behindert waren. An manchen Tagen, an denen ein Zug durchgefahren war, wimmelten die Bahnsteige in den Städten von alt gewordenen jungen Männern mit leeren Blicken. Grania hatte sie in Deseronto und in Belleville und in Napanee gesehen.

Jim hatte Kanada mit innerer Begeisterung verlassen, sein Ziel war das Land des Königs – His Most Excellent Majesty of the British Dominions jenseits der Meere – und des Verteidigers des Glaubens. Sie dachte an die Kinder in der Schule, als Cedric in der überfüllten Aula sein Lineal wie einen Marschallstab erhoben und sie das Motto der Empire-Day-Bewegung gelehrt hatte. *Ein König, eine Fahne, eine Flotte, ein Empire.* Die Hände der Kinder hatten die Zeichen der Loyalität gebildet, mit ihren ernsten Gesichtern und jugendlichen Gestalten hatten sie stillgestanden. Sie war eins von diesen Kindern gewesen. Auch Colin. Auch Fry.

*

Grania faltete Frys Brief zusammen und ließ ihn in ihre Tasche gleiten. Sie blickte auf und sah Bernard durch die Halle kommen. Er lächelte, blieb aber nicht stehen, um mit ihr zu sprechen. Sie dachte wieder an Fry und Colin und wunderte sich nicht, dass die beiden niedergeschlagen waren. Colin hatte man Feigheit vorgeworfen. Grania spürte, wie in ihr der Zorn hochstieg, aber sie wusste, dass es nichts gab, was sie tun konnte. Nichts, was sie drei tun konnten, außer dass sie weiter versuchten, ihr Leben selbst in die Hand zu nehmen.

Miss Marks war es gewesen, die den Schülern geholfen hatte zu verstehen, was es bedeutete, Verantwortung für sich zu übernehmen, und Grania dachte jetzt an sie. »Einige Dinge in eurer Umwelt werdet ihr außer Acht lassen müssen«, hatte sie ihnen erklärt. »Aber versucht, euch selbst zu orientieren. Wenn ihr euch auf andere verlasst, dass sie euch erklären, was vor sich geht, dann werden andere für euer Leben zuständig sein. Manche Dinge könnt ihr beeinflussen, manche nicht. Lasst euch nicht entmutigen. Lernt, was ihr tun könnt.«

Grania hoffte, dass Colin sich an diese Lehren erinnerte. Er wünschte sich sehnlichst, seinen Beitrag zum Krieg zu leisten, aber das würde man nicht zulassen. Es erforderte Mut, die Beleidigungen von Menschen zu ignorieren, die im Gegensatz zu Colin wenig darüber wussten, wie man sich würdig verhielt.

# KAPITEL 3

*Wir verließen den Bahnhof und gingen in ein Hotel, in dem wir bis Montag wohnten. Ein Soldat machte seine Mama mit meiner Mama bekannt, deshalb war meine Mama nicht so allein. Der Soldat war lahm, und seinen rechten Arm fühlte er kaum noch, aber er war heiter. Es geschah alles an einem Tag, als sie zum Camp Borden marschierten. Einige Mädchen warfen ihnen Zigaretten zu, und sie wollten alle eine auffangen, und unser Freund stürzte, und seine Kameraden stürzten auf ihn. Er hat zwei Brüder in Uniform. Der eine wurde für verrückt erklärt, und der andere kam gleichzeitig mit meinem Dad nach Hause.*

The Canadian

Am späten Nachmittag, als Grania vom Einkaufen nach Hause ging, schaute sie beim Postamt vorbei. Sie griff ins Postfach und hielt auf einmal die erste Sendung aus Frankreich in der Hand. Ein Beweis, dass Jim im Krieg war, sich am Krieg beteiligte, ein Teil des Krieges war. Sie versuchte, die Nachricht mit einem Blick aufzunehmen: die nach rechts geneigte Handschrift, die Struktur, das Datum: 8. April 1916. Sie dachte an Jims lange Finger, seine sanften Hände, wie die eine die Karte hielt und die andere den Bleistift. Sie hob die Karte an die Nase, konnte jedoch nichts weiter ausmachen als den Geruch von bearbeitetem Papier, von Benutzung.

Was sie in der Hand hatte, war eine Feldpostkarte von blässlicher, bräunlicher Farbe mit Bleistiftstrichen, die durch das Gedruckte gezogen waren. Abgesehen vom Datum und einem dunklen, amöbenartigen Fleck neben der Jahreszahl *1916*, war das einzige handgeschriebene Wort auf der ganzen Karte ein Name. Er hatte ganz am Ende unterschrieben: *Chim.*

Sie trat einen Schritt zurück, holte tief Luft und lehnte sich an die Mauer des Postamts. Warum schien die Karte mehr eine Bedrohung als ein Gruß zu sein? Jim hatte sie in den Händen gehalten. Das bedeutete, dass er am Leben war – am 8. April. Natürlich war er am Leben; wenn nicht, hätte sie ein Telegramm erhalten. Aber jetzt war der 3. Juni. Es musste auf der ganzen Strecke Verzögerungen gegeben haben; dies hier hatte länger gebraucht als seine früheren Briefe aus England. Sie nahm die Karte mit beiden Händen und las die Zeilen, die darauf gedruckt waren.

*Auf diese Seite darf nichts geschrieben werden außer dem Datum und der Unterschrift des Absenders. Wenn etwas anderes hinzugefügt wird, wird die Karte vernichtet.*

Jim hatte die Instruktionen befolgt und jeden Satz auf der Vorderseite der Karte durchgestrichen bis auf: *Ich bin bei guter Gesundheit.* Striche waren gezogen durch:

*Ich wurde ins Lazarett eingeliefert*
*krank*
*verwundet*
*und bin auf dem Wege der Besserung.*
*und hoffe, bald entlassen zu werden.*
*Ich werde an die Basis geschickt.*
*Ich erhielt Deinen/Dein*

*Brief vom –*
*Telegramm vom –*
*Päckchen vom –*
*Brief folgt bei nächster Gelegenheit.*
*Ich habe keinen Brief von Dir erhalten*
*seit einiger Zeit*
*schon lange nicht mehr.*

Grania sah jetzt, dass noch etwas nicht durchgestrichen und herausgehoben war. Es stand am Ende der Karte und lautete *seit einiger Zeit.* Irgendwie kam ihr *seit einiger Zeit* persönlicher vor als das obere *Ich bin bei guter Gesundheit.* Aber da sie eine ganze Anzahl Briefe abgeschickt hatte, konnte sie nicht wissen, welcher angekommen war und welcher nicht. Zu dem Zeitpunkt, als Jim die Karte geschrieben hatte, hatte er nur erwähnt, dass er *seit einiger Zeit* keinen Brief mehr erhalten hatte.

Sie hatten sich vorgenommen, ihre Briefe nach seiner Abfahrt zu nummerieren, aber sie hatte das aussichtslose System fast sofort wieder aufgegeben. Briefe brauchten vier, fünf oder sechs Wochen – die Karte war fast zwei Monate unterwegs gewesen –, und sie war überzeugt, dass es ganz vom Zufall abhing, was überhaupt ankam. Sie hatte kurze Briefe von Jim erhalten, in denen er ihr erzählte, er sei nicht in Gefahr und lerne neue Dinge bei seiner Ausbildung, die Jungs drängten vorwärts und wollten nach Frankreich. Manchmal schrieb er ihr von Geräuschen. Oder er erwähnte seinen neuen Freund, der, wie sich herausstellte, von einer Farm stammte, die nicht weit von Bompa Jacks Farm war. Von der Zeit an, in der er zu der Sanitätseinheit gekommen war, hatte er immer etwas von Irish zu erzählen. Irish war der Erste gewesen, der Jim, dem Neuankömmling in der bereits bestehenden Einheit, Freundschaft angeboten hatte.

Sie blickte auf die Karte, und wieder las sie *Ich bin bei guter Ge-*

*sundheit* und *seit einiger Zeit*, als stellten diese Worte alles dar, was zwischen ihnen ungesagt war. Sie rieb mit dem Finger über den Fleck am oberen Rand. Vielleicht enthielt er ja eine wirklich persönliche Botschaft. Sie glättete die Ecken der Karte und steckte sie behutsam in ihre Handtasche und trat auf die Straße hinaus.

Aber sie stellte fest, dass sie nicht unmittelbar nach Hause gehen konnte. Sie sah Grew auf der einen und Cora auf der anderen Straßenseite direkt auf sich zukommen. Schnell huschte sie um die Ecke des Postamts und lief hinein, die Treppe hinauf, über den Absatz und die Büros im zweiten Stock hinaus. Nicht noch einmal, weder jetzt noch irgendwann sonst, wollte sie sich von Cora sagen lassen, sie habe ein süßes Stimmchen. Sie stieg weiter die Treppe hinauf und atmete den Geruch von Eichenholz ein, spürte die Luft des Spätfrühlings, spürte den eigenen Pulsschlag, während sie der Krümmung des Geländers folgte. Ihre Handfläche streifte über das reichlich verfleckte Holz, die Finger zogen das Muster nach. Als sie oben ankam, war sie nicht enttäuscht, Tante Maggie und Onkel Am nicht vorzufinden. Ruhig sperrte sie die Tür auf.

Sie war das erste Mal in der Turmwohnung seit dem Tag nach Jims Abreise, als sie hier ihre Sachen zusammengepackt hatte, bevor sie nach Hause übersiedelte. An demselben Abend waren Tante Maggie und Onkel Am von ihrer Reise über den Lake Ontario nach Oswego in New York zurückgekommen.

Sie warf einen Blick nach links, dann nach rechts, nach links und wieder nach rechts. Jedes Zimmer ging von dem breiten Hauptflur ab. Sie hängte ihren Mantel an einen Haken, wanderte bis ans Ende der Wohnung und begann, jeden Raum zu inspizieren, als wäre sie eine Fremde auf Besuch, die an einen Ort zurückkehrte, den sie einmal vor langer Zeit gekannt hatte, in einem heimlichen Leben, an das sie sich nun erinnerte.

*Hier ist die Küche, der lange Raum ganz hinten auf der linken Seite. Da, wo Tante Maggie kocht.* Und wo Jim in einer gusseisernen Pfanne Toastscheiben perfekt gewendet hatte, und seine Lippen sangen, wenn er sie Grania zum Frühstück servierte. *Auf der anderen Seite des Flurs ist das Zimmer, in dem gegessen wird.* Aber sie und Jim haben dort nie gegessen; sie haben ihre Mahlzeiten nach Art eines Picknicks vor den Fenstern des Wohnzimmers eingenommen, wo sie den Blick auf die Bucht hatten und die Tabletts mit dem Essen zwischen sich auf den Teppich stellten.

*Geh jetzt zurück; das sind die Schlafzimmer.* Aber nicht, wo sie und Jim ihr Bett aufgeschlagen hatten.

*Wende dich nach rechts und geh in den Salon. Was für ein eleganter Raum, so selten benutzt von Tante Maggie und Onkel Am. Das Zimmer, das Grania und Jim sich ausgesucht hatten – sie sah auf den Teppich, wo sie die blaue Decke ausgebreitet hatten, mit Kissen und zwei Decken darauf. Hier, wo sie geschlafen, hier, wo sie sich geliebt hatten.*

Sie blieb im Salon und schloss die Tür zum Flur hinter sich. Ein kleines viereckiges Fenster in der hinteren Wand sah auf die inneren Treppen hinunter, auf denen sie gerade heraufgekommen war. Die äußeren Fenster, die auf die Straße hinausgingen, begannen über der Fußleiste und nahmen die ganze Vorderfront des Zimmers ein. Dahin ging sie jetzt und blickte über die Main Street und den südlichen Stadtrand. Die Turmwohnung war die einzige in der Straße, die eine Aussicht aus dieser Höhe gewährte. Trotzdem verspürte Grania den Drang, noch höher zu sein. In der hinteren Ecke des Zimmers, links neben dem inneren Fenster, waren Leitersprossen in die Wand eingebaut, die direkt zum Turm hinaufführten. Sprosse für Sprosse kletterte sie hoch, vorsichtig wegen ihres Rocks, und erinnerte sich an einen Tag, an dem sie mit Jim hier hinaufgestiegen war. Als sie die Falltür erreichte, stieß sie diese auf und hakte sie fest, dann trat sie hinaus auf die obere Plattform.

Als Kinder durften sie und Tress auf der Leiter in den Turm steigen, aber nur wenn Onkel Am hinter ihnen war, um sie jederzeit auffangen zu können, wenn sie abrutschten. Er hatte sie abwechselnd zu dem südlichen Zifferblatt der Uhr hochgehoben, zu dem Aussichtspunkt, von dem sie über die Rathbun-Werke am Rand des Wassers bis zu den Armen der Bay of Quinte sehen konnten. Jedes Mal, wenn Grania in die Weite geschaut hatte, hatte sie sich vorgestellt, in dem Leuchtturm zu sein, der in ihrem *Sonntag*-Buch blinkte. Auf der Sandstrand-Seite. *Dan fing das Kind in seinen Armen auf.* Während ein Teil von ihr nie akzeptieren konnte, dass das Mädchen auf dem Bild sich so passiv in die Wellen fallen ließ, konnte ein anderer Teil von ihr es durchaus verstehen. *Unten* war die Ruhe, unter der Oberfläche. Über der Oberfläche konnten ganz verwickelte Dinge passieren, und sie passierten auch.

Nun stand Grania innerhalb der vier Zifferblätter der Uhr und dachte *unten* und *unterhalb* und *dahinter*. Sie versuchte an Orte zu denken, wo für die hörende Welt alles still und ruhig wäre. Nicht hier, innerhalb einer Uhr.

Der einzige Mensch, der in diesen Tagen den Turm bestieg, war Onkel Am. Es war seine Aufgabe, das Triebwerk und die Räder zu ölen, mit einem dicken Tuch über die Eisenstruktur zu wischen, die langen, hervorspringenden Stangen, die horizontal mit der Mitte jedes Zifferblatts verbunden waren, rotieren zu lassen, damit die äußeren Zeiger im Kreis gedreht und korrigiert werden konnten. Jim war hier oben gewesen, um die Uhr in Onkel Ams Abwesenheit zu ölen. Als Grania mit ihm heraufgeklettert war, hatte sie ihm den Aussichtspunkt gezeigt. Grew war auch schon einmal hier oben gewesen, knapp zwei Jahre zuvor. Sein Sohn war mit dem Dampfer abgefahren, um sich in der Kaserne von Belleville zu melden, und Grew war die Treppen hinaufgerast und hatte Onkel Am gefragt, ob er auf den

Turm steigen dürfe, damit er beobachten könne, wie der Dampfer – und sein Sohn – nach Westen in die Bucht hinausfuhr.
Sie stellte sich seine langen Beine auf der Leiter vor, vielleicht ließen sie jede zweite Sprosse aus. Ihr fiel ein, dass er auf dem Turm geblieben war, als der Dampfer schon lange nur noch ein Punkt in der Ferne gewesen war. »Er stand noch da«, hatte Tante Maggie kopfschüttelnd erzählt, als nichts mehr zu sehen war außer Wasser und Himmel.«
Grania verstand, warum Grew hier oben geblieben war, um an den Horizont zu starren. Ebenso wie sie verstand, warum die wenigen zurückbleibenden Menschen auf dem Bahnsteig in Belleville ausgeharrt hatten, lange nachdem der Truppenzug abgefahren war. Jim hatte in dem Zug gesessen, und sie war unter den wenigen gewesen. Die Zurückbleibenden hefteten ihre Blicke auf den entschwindenden Punkt, der den Zug verschlungen hatte. Als sie sich endlich abwandte, stand sie vor einer Wende ihres Lebens.
*Jim war in den Krieg gezogen.*

*

Sie hatte den Bahnhof verlassen, ohne nach rechts und links zu blicken, sie wollte kein bekanntes Gesicht sehen, sie wollte nicht sprechen oder sich mitteilen. Sie weinte nicht; sie weinte weder jetzt noch später. Ihre Füße hatten sie in Bewegung gehalten.
Am späteren Nachmittag ging sie durch vertraute Straßen und stieg die Außentreppe zu der Wohnung hoch, die Fry und Colin in dem kleinen Haus nicht weit von der Schule gemietet hatten. Sie hätte niemandem sagen können, wo sie sich in den dazwischen liegenden Stunden aufgehalten hatte; bis zu diesem Tag wusste sie nicht, wohin sie gegangen war. Fry war zu Hause, und als sie Grania sah, stellte sie keine Fragen, sie zog sie herein

und nahm sie fest in den Arm und ging in die Küche, um eine Kanne Tee zu kochen. Wenn Grania allein sein wollte, wäre Fry nicht beleidigt. Wenn sie über Nacht bleiben wollte, könnte sie auf dem Sofa schlafen. Es war nicht viel Platz, aber sie war willkommen.

Aber Grania hatte nicht allein sein wollen. Sie saß in der Küche und beobachtete Fry, die mit den Händen Neues über ihre gemeinsamen Freunde in der Schule berichtete. Grania lächelte nicht oder tat so, als freute sie sich. Als Colin nach der Arbeit nach Hause kam, hatte auch er Verständnis. Sie war zufrieden, am Abendbrottisch sitzen zu können und ihn zu beobachten, wie er von allem erzählte, was an diesem Tag in der Druckerei vor sich gegangen war. Auf dem Nachhauseweg, so erzählte er ihnen, war er an zwei Soldaten vorbeigekommen, die auf der Straße vor der Schule Wache gestanden hatten. Sie waren dort aufgestellt worden, damit keiner von den Truppen in Belleville das Sperrgebiet ohne Erlaubnis verließ. Colin hatte salutiert, als er vorbeigegangen war.

Grania hatte die Unterhaltung beobachtet, aber nicht das Bedürfnis verspürt, zu nicken oder sich einzumischen. Was ihr am teuersten war, lag dicht verschlossen irgendwo in ihrer Brust. Sie hatte das Gefühl, als wäre sie gezwungen, tagelang, wochenlang, monatelang nur flach zu atmen, bis Jim wieder nach Hause käme. Sie erinnerte sich, wie Mamo ihr geholfen hatte, ihre Stimme nahe bei sich zu behalten; sie wusste auch noch, wie sie in der Schule belehrt wurde, ihre Worte zu halten, bevor sie sie herausließ. Aber dieses war anders. Keine Worte – etwas anderes war in ihrem Innern eingeschlossen. Dicht verschlossen irgendwo in ihrer Brust.

*

Grania streckte jetzt die Hand aus und berührte die Wand der riesigen Turmglocke. Sie war größer als sie selbst und schwebte in der Luft. Ein massiver, steifer Klöppel, der am Uhrwerk befestigt war, saß über dem äußeren Rand der Glocke, zum Schlagen bereit. In Tante Maggies Salon verbarg ein hoher Mahagonischrank geschickt die langen Kabel des Uhrenpendels, die durch den Turm bis nach unten reichten und über einem tiefen Sandbett hingen. Als Grania anfänglich in den Salon gekommen und an den bis zur Decke reichenden Wänden des Schranks vorbeigegangen war, hatte sie nicht an das tiefe Sandbett auf dem Boden gedacht. »Sollten die Kabel mal herunterkrachen …«, sagte Onkel Am einmal, aber er sprach den Satz nicht zu Ende. Der Mahagonischrank war von unten durch die Decke in den Turm gebaut worden. Niemand vermutete, dass innen Kabel hingen.
Die nach außen gekehrten Zifferblätter der Uhr erhoben sich vor ihr, und Grania wandte sich nach Süden, zur Vorderseite, zu dem riesengroßen milchweißen Zifferblatt, das die Bucht beherrschte. Sie suchte nach der Stelle zwischen zwei Zahlen, wo jemand vor langer Zeit die Farbe weggekratzt und eine ungleichmäßige Lücke zwischen der IIII und der V – den Aussichtspunkt – geschaffen hatte. Hier oben hinter der Uhr war sie immer wieder überrascht, die Zahl IIII zu sehen. Wenn sie unten in der Main Street stand und hinaufsah, dachte sie nie darüber nach. Hatte sie nicht in der Schule ihre römischen Zahlen gelernt? Sollte die Zahl Vier nicht IV sein? Aber Uhren waren so. Außer der O'Shaughnessy-Uhr, die normale Ziffern hatte.
Sie presste ihr Gesicht an die abgekratzte Stelle und sah hindurch. Dabei entspannte sie sich und fühlte, wie sie selbst zum Fixpunkt wurde. Niemand wusste, dass sie hier war. Doch es war ihr Auge, das auf die Stadt hinuntersah.
Heute war zwar kein Waschtag, aber einige Wäschestücke flatterten doch auf der Leine in McClellands kleinem Hof an der

gegenüberliegenden Straßenseite. Kissenbezüge waren nahe der kleinen Veranda angeklammert, was bedeutete, dass sich Damenunterwäsche, diskret verborgen, darin befand. Das Glas in den Seitenfenstern des Hauses flimmerte, der Schein wurde durch Schatten verzerrt, die in der schnell verblassenden Sonne dauernd wechselten. Als Grania durch die Uhr sah, trat Mrs. McClelland mit einem Pullover um die Schultern heraus, stieg auf die Veranda und löste die Klammern von den Kissenbezügen und ihrem Inhalt und eilte ins Haus zurück. Obwohl der Juni bereits begonnen hatte, war die Abendluft immer noch kühl.

Patrick ging vorbei, nicht ahnend, dass er von oben beobachtet wurde. Auch Mildred Clark ging schnellen Schrittes die Straße entlang, wahrscheinlich nach Hause. Seit Jahren schon behandelten Dr. Clark und seine Frau Mildred Brüche und Wassersucht, Quetschungen und Geschwüre, Frauenleiden und Männerbeschwerden, gebrochene Knochen, Hexenschuss und Verzweiflung. Jeder Totenschein war von Dr. Clark unterzeichnet, und die meisten Geburtsurkunden der Stadt trugen ebenfalls seinen Namen.

Grania ließ den Blick über die Häuser auf der Südseite der Straße schweifen, über die letzten Spuren der Industrie, die Wege, den Bahnhof und den Kai bis zu dem Bogen der Bucht, die wie ein aufgewühltes Meer vor ihr lag.

Da war Forester Island. Dort der ausgestreckte Finger von Long Reach und der Bay of Quinte, Wasser um und zwischen den hineinragenden Landzungen. Prince Edward County lag dahinter, und jenseits davon dehnte sich die riesige Wasserfläche aus, der Lake Ontario, Teil der Trennungslinie zwischen Kanada und den Vereinigten Staaten. All das stellte sie sich von hier aus vor, so wie sie sich Jims Ozean vorstellte, den sie noch nie gesehen hatte. Wo Schiffe sich durch die Wogen kämpften, die gegen ihre Seiten schlugen. Wo das tosende Geräusch der Wellen umso lauter war, je höher sie waren. Hatte Jim nicht während der Überfahrt davon berichtet? In Briefen, die im Halbdunkel geschrieben wurden, als er über denselben Brechern schwebte, die er schilderte? Von seinem geheimen Schlafplatz, aus der leeren Kiste, in die er jeden Abend nach dem »Zapfenstreich« kroch, schrieb er ihr, sobald die Dunkelheit Ecken und Umrisse des schwarz gewordenen Schiffes umhüllte. Es roch nach den unten zusammengepferchten Körpern, die im Schlaf stöhnten. Unten waren auch die Pferde untergebracht, deren Schweife zum Schutz umwickelt waren, damit sie nicht gegen die Schiffswände schlugen. Ein Leutnant hatte Jim entdeckt, aber er sagte, er könne bleiben, wenn er sich ruhig verhalte und nichts anstelle, denn die Zustände da unten kannte er.

Verglichen mit den Hängematten, die über Tische gespannt waren – die Insassen wurden vor sechs Uhr morgens geweckt, damit das Frühstück aufgetragen werden konnte –, war die Kiste für Jim ein luxuriöses, geräumiges Quartier. Ein Raum, in dem er eigene Wärme erzeugte, die Knie mit Papier polsterte, in dem er schrieb, um ihr zu erzählen, dass er von ihrem Gesicht träumte, ihrem langen roten Haar, das sich unter seinem Arm verfangen hatte, der glatten Haut ihrer Fingerspitzen, die leicht über seine Lippen strichen. So leicht, dass er in seinen Träumen nicht erkennen konnte, ob ihre Finger seine Gedanken in der Dunkelheit aufnahmen.

*

Im Turm ist jetzt kein Licht mehr. Grania steht reglos da. Sie konzentriert sich, bis ihre Gedanken so durchdringend scharf sind, wie sie sie nur schleifen kann. Sie ist sich ihres Herzens bewusst, das Blut in Kopf, Körper und Gliedmaßen pumpt. Sie sammelt ihre Stille um sich, ihren Trost, ihre Sicherheit, die

Stille, in der sie lebt. Sie breitet sie aus, bis sie außerhalb von ihr ist und jeden Raum ringsherum füllt. Sie wirft sie über ihre Angst um Jim – hat er nicht versprochen, dass er überleben wird? – und schiebt sie weiter von sich, rollt sie am Ufer der Bucht aus und dehnt sie bis in das Wäldchen am östlichen Stadtrand und über den Friedhof und über die große Wasserfläche des Sees hinaus, nach Osten durch die Wälder, von denen sie gelesen hat, und dann die lange Wasserstraße des mächtigen St. Lawrence Strom hinab in Richtung Meer. Je mehr sie sich konzentrieren kann, desto weiter erstreckt sich ihre Stille, und sie breitet sich langsam und gleichmäßig aus wie Mondlicht auf dem Wasser.

Sie überquert jetzt schon den Ozean. Und auf der anderen Seite bahnt sie sich ihren Weg durch Wälder, in denen meilenweit Bäume nur an einer Seite mit Moos bedeckt sind. Sie zieht über flaches Land an den Küsten, sie gleitet in und um hohe und schmale Häuser, die in sich zusammengefallen sind, über zerborstene Baumstümpfe, Kalkgruben, Schlackenhalden, eingestürzte Dächer und zertrümmerte Ziegeleien. Sie fällt plötzlich in ein dichtes Labyrinth von Tunneln und Schützengräben, entwurzelten Bäumen und krachenden Ästen, Brüstungen, Feuerleitern und Unterständen und seltsam geformten Verkleidungen aus Blech. Sie sucht nach einem einzigen Mann und findet ihn. Er ist mit seinem Freund Irish zusammen; mehr als vierundzwanzig Stunden vorher wurden sie zum Einsatz gerufen. Da sie immer Hunger haben, hatten sie auf ihrem Marsch an der Frontlinie natürlich Extrarationen Schiffszwieback und McConachie-Stew bei sich. Sie haben ihre Stahlhelme abgeholt, die sie zum ersten Mal tragen. In kleinen Gruppen haben sie sich bewegt, während um sie herum Granaten explodierten. Ihr erstes Ziel war das Haus, wo im Keller die Verbandsstation untergebracht ist; danach sind sie wieder weitergezogen.

Teilweise musste sich Jim gekrümmt – manchmal im Laufschritt – durch einen Verbindungsgraben bewegen. Der Schweiß läuft ihm in Strömen herunter; er ist fix und fertig, als er ankommt. Es gab Augenblicke, in denen er dachte, er werde fallen und den Graben blockieren und andere zwingen, über ihn hinwegzusteigen, damit sie weiterkämen. Die Luft ist schwer von Rauch und Dunst; die Schäden an der Straße sind enorm. Die Deutschen hatten am Morgen des zweiten Tages begonnen, kanadische Stellungen an den Frontlinien der Dritten Division zu bombardieren. Danach explodierten unterirdische Minen. Jetzt gibt es mehr als dreißig Mann Verstärkung, Krankenträger von der 9. sind zur Verfügung gestellt worden, um mit den Trägern von der 8. und der 10. zusammenzuarbeiten. Ihnen wird gesagt, dass viele Männer der Canadian Mounted Rifles am frühen Morgen getötet oder gefangen genommen wurden; manche wurden begraben, als die Erde explodierte und auf sie niederprasselte. Einige Überlebende wurden herausgeholt, aber viele blieben zurück. Alle vorderen Stellungen im Abschnitt der Kanadier haben schwer gelitten, darunter Mount Sorrel und Sanctuary Wood. Männer sind halb verrückt geworden von dem Pfeifen und Einschlagen der Geschosse, den hochschlagenden Flammen, dem ständigen Knattern und Dröhnen. Die Verbandsstation in Maple Copse wurde direkt getroffen und eingedrückt, und diejenigen, die noch am Leben waren und gerettet werden konnten, wurden wieder weiter nach hinten gebracht. Verwundete sind auf allen vieren gekrochen oder haben versucht, sich auf dem Bauch aus der Schusslinie zu ziehen, in der Hoffnung, irgendwo einen Unterschlupf zu erreichen. Einige von denen, die abtransportiert wurden, lagen verwundet am Verbandsplatz, aber der ist jetzt verlassen, und der Dienst habende Offizier versucht, Ordnung zu schaffen, versucht, die Verwundeten in kleine Gruppen einzuteilen, besonders die gehfähigen Verwundeten, die zurückbegleitet werden können oder die jemandem helfen können, der schwerer verwundet ist als sie. Jim und Irish wird die Verantwortung für kleine Gruppen übertragen, und sie schleppen die schwersten Fälle stundenlang, ohne eine Pause zwischendurch, so dass ihre Arme und Schultern taub geworden sind. Gasalarm wird gegeben, und sie ziehen die verhassten Masken vors Gesicht und atmen heftig, und der Speichel tröpfelt, und die Augengläser beschlagen, und sie tragen die Verwundeten immer weiter. Man sagt ihnen, es sei falscher Alarm gewesen, und erleichtert reißen sie sich die Masken herunter, auch wenn ihnen die Augen wehtun und brennen. Der Verbindungsgraben, den sie für etliche Transporte benutzen, ist teilweise eingestürzt und von blutigen Körperteilen und toten jungen Soldaten verstopft, aber für die Toten kann nichts getan werden. Männer, die vor ihnen hier waren, haben einige der Leichen aufgenommen und über den Rand gestoßen, damit sie selbst durchkamen, und der Boden ist mit noch mehr Toten übersät. Der Soldat, den sie tragen, hat einen Kopftreffer abbekommen; das halbe Gesicht ist weg; es fehlt einfach. Ein schrecklicher Laut kommt von der Stelle unter dem Loch, wo Lippen und Mund sein müssten. Einige der Träger haben ihre Bahren am Weg abgesetzt, um die Wunden der schwer verletzten Soldaten zu verbinden, dabei werden sie selbst getroffen. Ein toter Träger kniet mit einem offenen Verband in der Hand auf der Erde, aber für die Toten kann man nichts tun.

Jim macht einen Schritt und spürt, wie ein Arm unter seinen Fuß rollt. Er weiß, dass es ein Arm ist, denn als der Himmel explodiert, sieht er mit einem raschen Blick nach unten eine Faust am Ende eines Ärmels. Er geht weiter, versucht, nicht zu denken, versucht, diejenigen, die leben, aus dieser Hölle herauszubringen. Geschützdonner und Blut und Erde fallen herunter, und die Luft schwirrt von Metall. Sie überqueren die Zillebeke Road und wollen zum Zillebeke Bund, wo neue Gräben ausgehoben worden sind und wo Pferde- und Motorsankas auf sie warten sollen. Sie bringen die Verwundeten dorthin und zu einem Bauernhof in der Nähe, und von dort aus werden die verletzten Männer dann nach hinten in die Keller der Nervenheilanstalt gebracht.

Sie helfen beim Ausladen und kehren zurück, um mehr zu holen. Der Weg ist übersät mit Kratern und fast unpassierbar. Sie kommen an toten Pferden vorbei, dunklen Fleischmassen; sie laufen neben Soldaten her, die Vorräte, leere Bahren, Rationen und Decken an die Front bringen. Einer ruft, dass noch zweihundert Träger mehr bereitgestellt werden; sie müssen weitermachen, bis der Ersatz kommt. Aber die Deutschen haben die Linie durchbrochen, sie sind vorgerückt, haben einige Stellungen eingenommen und befinden sich mitten in Sanctuary Wood. In der Ferne, hinter den Kanadiern, steht Ypres unter Dauerbeschuss und ist von Rauch und Feuer eingehüllt, obwohl diese Stadt kaum noch mehr beschädigt werden kann, so gründlich wurde sie ein Jahr zuvor zerstört.

Die Stationen wechseln laufend. Als die Straße blockiert ist, werden die Männer über Land zu der Mühle, nach Menin Mill, dirigiert, wo Keller frei gemacht und mit neuen Vorräten gefüllt worden sind. Ein Schuppen ist neben der Mühle errichtet worden, und jene, die ein bisschen Glück haben, kommen gerade an, als andere Spirituskocher aufstellen und sich daranmachen, heißen Kakao und Brot auszuteilen. Jim und Irish ergreifen eine Tabaksdose voll Kakao und kippen sie hinunter. Dann brechen sie wieder auf, denn es gibt noch mehr Verwundete, die zurückgetragen werden müssen.

Zum Schluss, als es schon fast hell wird und die beiden gerade einen Soldaten anheben, schlägt eine Granate so dicht neben ihnen ein, dass sie an Schädel und Rücken von Backsteinen und Granatsplittern getroffen werden und zu Boden stürzen. Sie stehen auf, keuchend, sie sind am Leben, und Irish schreit: »Wir müssen hier weg!«, und sie manövrieren die Trage, so schnell sie können, aus der Gefahrenzone. Sie helfen den Sanitätsoffizieren und transportieren immer weiter nach Mill, nach Hell Fire Corner, zu Sammelplätzen, wo Sanitätswagen kurz halten. Und so kommen die Verwundeten vom Vorgeschobenen Verbandsplatz zum Hauptverbandsplatz und von dort zum Truppenverbandsplatz. Während Jim und Irish Patienten abladen, erfahren sie, dass Generalmajor Mercer, der die Dritte Division befehligt, vermisst sei und für tot gehalten werde. Die Nachricht wird mit Entsetzen und Ungläubigkeit aufgenommen, aber sie macht sie nur noch entschlossener, weiterzumachen, weiter alles zu versuchen, alles zu tun, was getan werden muss.

Nach zwei Tagen ohne Ruhepause, nach einem Gegenangriff auf die Dritte sagt man Jim und Irish, sie sollten sich einen Platz suchen, wo sie etwas Schlaf kriegen könnten, und sie kauern sich zusammen, dicht beieinander, unten in den Überresten eines Unterstands, der weit genug hinten liegt, um als sicher zu gelten – so sicher, wie sie in Reichweite deutscher Geschütze sein können. Dieser Unterstand ist zum Teil eine Erdhöhle, zum Teil zugeschüttet; sie verändern ihre Lage, bewegen sich, teilen sich das wenige Wasser, das noch übrig ist. Sie haben nichts zu essen, sind aber zu müde, um etwas zu suchen, und Jim ist dankbar für die Unterbrechung, dankbar für die körperliche Erschöpfung. Aber sein Geist ist erfüllt von dem, was er hinter sich gelassen hat, und er zweifelt, ob er je wieder schlafen kann. »Das hier ist die Hölle«, sagt er, »das wahrhaftig finstere Tal.« Der Himmel wird von explodierenden Sternen erhellt, während er spricht.

Obwohl so weit hinten, liegt er zusammengerollt im Geschützdonner, und der ist so anhaltend, dass er sich tiefer duckt und blinzelt, als ob Ducken und Blinzeln seinen Körper schützen und seine Ohren verschließen könnten. Er fragt sich, wie es wohl wäre, wenn er seine Ohren vor dem Lärm verschlösse – in dem

Wissen, dass der Krach ihn ohnehin erreichen würde, nämlich durch seinen Körper. Er ist mit Blut verschmiert und schmutzig, und seine Augenlider sind mit Ruß bedeckt, und er zwingt sich, sie zu schließen, und eine Stille – vielleicht ist es Granias Stille, die ihn gesucht und gefunden hat – umfängt ihn, schafft eine andere Art Schutz, einen, der sich den Umrissen seines schlanken jungen Körpers anpasst und ihn sicher macht. Für einen Augenblick, für den Bruchteil eines Augenblicks ist die ganze Welt auf beiden Seiten des Ozeans still. Und Jim schläft. Und dicht neben ihm sein Freund Irish, der seinen Körper überall zur Ruhe bringen kann, schläft auch.

*

Grania rieb sich die Augen. Sie blickte auf ihre Hände und Arme und spürte, wie ihr Körper schwer wurde. Sie entfernte sich vom Zifferblatt der Uhr und wandte sich zum Gehen, aber dabei streckte sie aus Gewohnheit die Hand aus, um sich an dem Eckbalken abzustützen. Unter den Fingerspitzen fühlte sie die vergessene Säule der Daten, die in das Holz geschnitten waren. Über der Säule standen zwei Worte, die sie kaum sehen konnte, aber von denen sie wusste, dass sie da waren: *Eis weg.* Die Einkerbungen von Onkel Am, Teil der Stadtgeschichte; jedes Datum gab den Tag an, an dem in jedem Jahr das Eis zerbrach und die Bucht verließ. Seit er in die Turmwohnung gezogen war, hatte er immer wieder etwas angefügt, befriedigt – vielleicht sogar getröstet – von der Kontinuität. Grania strengte sich an, in der Abenddämmerung zu lesen: *12. April, 29. März, 21. März, 4. April, 17. April.* Die Aufstellungen gingen durch die Jahre, bis sie die Gegenwart erreichten, das Datum dieses Jahres, das vor noch nicht zwei Monaten geschrieben worden war.

Sie hielt sich an der Leiter fest und stieg Sprosse für Sprosse tiefer. Sie zog die Falltür zu und stieg weiter hinunter, bis ihre Füße den Boden berührten. Der Salon war dunkel. Weder Tante Maggie noch Onkel Am waren zurückgekehrt. Von unten drang ein Flimmern herauf, das sich allmählich in der Main Street ausbreitete, als hier und da in Häusern und Geschäften elektrische Lichter aufflammten. Grania stand an den offenen Vorhängen und beobachtete, wie ein unsichtbarer Wind die Baumwipfel bewegte und zur Stadt hin beugte. Wolken jagten über den Himmel, aber der Horizont blieb neutral dunkel. Der frühe Nachthimmel hatte die Farbe der Bucht, es war unmöglich, die Grenze zwischen ihnen zu erkennen.

Ein Licht zuckte auf dem Wasser – vielleicht eine Laterne von irgendeiner Stelle auf dem Land. Der südliche Arm der Bucht verschwamm in Dunkelheit. Grania blieb am Fenster stehen, bis helles Licht von hinten aus dem Flur auf sie fiel. Sie erschrak nicht, aber sie drehte sich um. Tante Maggie öffnete die Tür und machte die Lampe in der Ecke an, die ihr Gesicht beleuchtete.

»Ich habe deinen Mantel im Flur gesehen«, sagten ihre Lippen im Lampenschein. Sie fragte nicht, wie lange Grania schon dort allein im Dunkeln gestanden hatte.

# KAPITEL 4

*Wir wissen, dass unsere Soldaten sich immer tapfer verhalten werden und dass sie da, wo Gefahr droht, stehen werden, um ihren Beitrag zu leisten, indem sie in diesem großen Weltkrieg für das Empire kämpfen. Sollten einige fallen, denn fallen müssen manche in der Tat, wird Trauer herrschen …, aber es wird den Angehörigen ein großer Trost sein zu wissen, dass ihre Lieben für eine große, ruhmreiche Sache gelitten haben.*

The Canadian

Er wachte auf und lag mit Wange, Hand und Arm auf kühler Erde. Er hatte von Grania geträumt. Er war verwirrt, und als er die Erde unter sich fühlte, fragte er sich einen Moment, ob er in einem Grab liege. *Halt inne, sagte Grania zu ihm. Ich halte inne und konzentriere mich. Ich versuche, die Situation zu erfassen, und dann nehme ich zusätzliche Hinweise auf.* Er sah zum Himmel hoch; der war trübe, aufgewühlt, als hätte die Schlacht da unten ihn in Aufruhr versetzt. Er drehte den Kopf zur Seite, um einen Blick auf Irish zu werfen, der immer noch schlief, das Kinn auf die Brust gesenkt, die Arme eng an sich gepresst, als wäre er gezwungen worden, sich klein zu machen, um dort hineinzupassen. Seine großen Hände hatte er in die Achselhöhlen gesteckt.

Jim hob den rechten Arm, um auf seine Armbanduhr zu gucken. Er blickte auf die Schmutzschicht, die er an den Fingern und unter den Nägeln hatte. Drei Tage vorher war er gebeten worden, anhand einer Liste Vorräte zu überprüfen, die aus einem Versorgungswagen ausgeladen wurden, aber er konnte seine Hand kaum dazu zwingen, den Bleistift zu halten. Er war einen Moment beunruhigt gewesen und tat es dann als Erschöpfung ab. Er drehte die Hand jetzt um, als wollte er sie um Erklärung bitten, was schief gegangen war. Aber er dachte wieder an Grania, an ihre kleine Hand in seiner. Ihre Fingerspitzen hatten seine Hand erforscht, als sie an dem Abend nach der Veranstaltung im Naylor's auf dem alten Pier gesessen hatten. Er sollte nicht an sie denken. Nicht hier. Aber er brauchte den Gedanken an sie.

*Was hast du erwartet?* fragte er sich, und er antwortete: *Dieses nicht.*

Wenn Grania bei ihm wäre, könnte er ihr von den Händen erzählen. Wenn er nur nicht immer auf die Hände blicken müsste. Im Tod verrieten sie mehr als das Gesicht; das wusste er nun. Die Hände machten die letzte Aussage: im Zorn geballt, in Ergebenheit entspannt, in erstaunter oder versöhnlicher Geste erstarrt, völlig überrumpelt. An die Brust gekrallt oder unnatürlich erhoben in einer flehenden Gebärde. *Wie kann das sein? Mein Leben, es reißt sich los?*

Er dachte an den Jungen, der noch lebte und den er bei seiner ersten Nachtschicht in den Hof der Toten bringen musste. Wie konnte das erst ein paar Wochen her sein? Alte Sandsäcke und Stroh hatte man auf die Gesichter der toten Jungen geworfen, aber das verhinderte nicht, dass ihre Hände ausgestellt waren. Er hatte das Irish gegenüber erwähnt, aber Irish hatte die Hände nicht bemerkt und empfahl ihm, nicht hinzusehen, wenn es ihn störte. Jim erwähnte es nicht wieder. Es gab eine stillschweigende Übereinkunft, selbst zwischen ihnen beiden, über das, worüber man sprach und worüber man nicht sprach. Jim erzählte Irish nicht, dass er manchmal das absurde Verlangen hatte, auf der

Erde neben einem der jungen Toten außerhalb des Verbandsplatzes zu knien oder neben einem, den man in einem Schützengraben zur Seite gerollt hatte. Auf der Erde zu knien und dem Jungen, wenn es sein musste, die Finger zu brechen. Nur um die verkrampften und zornigen Hände zur letzten Ruhe zu betten.

Irish fuhr aus dem Schlaf auf.

»Wenn ich nur daran denke«, sagte er. »Dieser verdammte Drill kommt immer wieder.« Er sprach von weit her, tauchte aus den wenigen Stunden Schlaf auf, als setzte er eine andere Unterhaltung fort und als erwachte er nicht zusammengerollt in einem Erdloch, verkrampft und steif vor Kälte. »Ich hasse es, wie der immer wieder neu anfängt. Die Arbeit läuft bei uns wie am Schnürchen, Jimmy-Boy. Aber pass mal auf, sobald wir hier rauskommen, traktieren sie uns wieder mit dem Drill, als hätten wir keinen Schimmer von dem, was gemacht werden muss.«

»Ich hass es genauso«, sagte Jim. Aber er wusste auch, dass der Drill sie in Bewegung hielt, wenn das Gehirn schon lange ermüdet war. Eine Art Gedächtnismaschine, die im Körper installiert war: koordinierte stabile Teile, gut geölte Arme und Hände und Beine und Füße. Zwei Männer oder vier für eine Tragbahre, es war ganz gleich. Ohne Trage war es der dreihändige Sitz. *Träger umfasst mit rechter Hand eigenes linkes Handgelenk, mit linker Hand rechtes Handgelenk des anderen Trägers; Träger zur Linken umfasst Handgelenk des ersten Trägers mit rechter Hand und lässt die linke Hand frei zum Stützen.* Ausführliche Anweisungen flossen von einem Hirnareal zum anderen, ob das Gehirn die Informationen aufnehmen konnte oder nicht.

Jim streckte die Beine aus und versuchte, Empfindungen in die Waden und Füße zu bringen. In den letzten beiden Tagen, als er sich so schnell bewegt hatte, so vornüber gebeugt mit verkrampften Rückenmuskeln, hatte es Momente gegeben, in denen sein Herz raste.

Der Körper erinnerte sich an das wilde Herz. Der Körper erinnerte sich an glitschige, tückische Böden, flache Gräben, die Gefahr der Blighty Bridge, an Matten und Laufbretter, die über die schlimmsten Plätze gelegt waren, an Flüssigkeit, die durch die Ritzen sickerte. Der Körper erinnerte sich an die Schwammigkeit, das Taumeln und Schlingern der Toten. Füße und Beine hatten ihre eigenen Erinnerungen. In Belleville hatte er von Dr. Whalen gelernt, dass Botschaften der Nerven von den Beinen zur Wirbelsäule und von dort ins Gehirn gesendet wurden. Jetzt wusste er, dass das Gehirn eine feste gräuliche Masse war, die wie Brocken eines schmutzigen Schwamms aus gespaltenen Köpfen quoll. Sie drang aus Nasenlöchern und aufgerissenen Mündern von innen nach außen. Er wusste auch: Dieses Wissen würde in der Materie seines Gehirns verschlossen bleiben – für immer.

Aber er wollte Grania von den Händen erzählen. Er würde neben ihr liegen, und sie würden mit den eigenen Händen sprechen. Wenn es dunkel wäre, würde sie mit ihren Fingerspitzen über seine Lippen streichen, und sie würde seine Worte in das Verständnis hineinholen, das sie mit ihm teilte.

Er wollte ihr sagen, wie Leid es ihm tat, dass er sie verlassen hatte. Er war so voller Hoffnung gewesen, so erfüllt von dem Wunsch, im Krieg zu helfen. Aber zu Hause konnte sich niemand eine Vorstellung davon machen, was dieser Streifen Erde am Frontverlauf jetzt enthielt: Narben und Tod und das Andenken an unmögliche Taten. Das Schreckliche dabei war, dass keiner zu Hause es je wissen würde. Denn was da geschah, ließ sich nicht erzählen. Junge Gesichter, entschlossen und beunruhigt, wenn die Jungs nach vorn marschierten – um bald darauf die Ration Rum zu erhalten, mit der sie gewappnet waren für den Sturmangriff –, waren schon Stunden später zu einer blassen Grimasse erstarrt, wenn Bahrenträger der Truppe und Bahrenträger der Sanitätseinheiten versuchten, die Schlachtfelder leer zu räumen. Manche Toten wurden nie geborgen.

Jim schüttelte sich und versuchte, Bilder heraufzubeschwören, die hoffnungsvoller waren als austretende Gehirne. Einige Wochen zuvor waren er und eine Gruppe auf einem Marsch zur Front im Dunkeln zu einem kleinen Waldstück geführt worden, wo sie versuchen sollten, ein paar Stunden Schlaf zu bekommen. Zu seiner Überraschung war er bei Sonnenaufgang in einem durch die Blätter fallenden Lichtstrahl aufgewacht. Die Wärme auf seinen Lidern war ein unverhofftes Geschenk. Er öffnete die Augen in einem erstaunlichen Netzwerk, bestehend aus Sandsäcken, einem im Zickzack verlaufenden Tunnel mit Wellblechdach und einem Unterstand in der Erde. Die Bäume waren noch nicht zerschossen, obwohl der Rest eines zerborstenen Stumpfs zum Himmel zeigte, nicht einmal einen halben Meter von der Stelle entfernt, wo sein Kopf lag. Es war unschwer zu erkennen, dass der Stumpf noch einen Tag zuvor Teil eines lebenden Baums gewesen war.

Vögel sangen in diesem Gehölz. Er hatte ihnen zugehört und den Moment so lange ausgedehnt, wie er konnte. Mit geschlossenen Augen war es möglich, ihrem Gesang zu lauschen und zu glauben, dass der Krieg nicht existierte. Er hatte die Augen geöffnet und geblinzelt. Die Öffnung zwischen den Lidern verengt und weiter verengt und festgestellt, dass er geradewegs in einen weichen, warmen Himmel blicken konnte, ohne verletzte oder beschädigte Zweige oder pockennarbige Baumstämme wahrzunehmen. Aber auf einmal waren verirrte Kugeln pfeifend über ihn hinweggesaust, und ein voll belaubter Ast fiel neben ihm herunter. Er blieb flach auf der Erde und kroch mit den anderen hinter ihm in Sicherheit.

Es gab auch Bilder von Ypres. Er hatte sie nach seiner denkwürdigen ersten Fahrt mit dem Pferdesanka durch die Stadt der

Toten bei sich gespeichert. Alle Jungs wollten die Stadt sehen, obwohl jeder, der dort gewesen war, mit Trauer davon sprach. Er hatte Ausdrücke wie Größe, Glanz, Pracht gehört, aber diese Begriffe bezogen sich auf ihren früheren Zustand. Gegenwärtig lag die Stadt in Trümmern.

Backsteine und Schutt häuften sich da, wo sie hingefallen waren. Eine Straße war durch zerbrochene Pflastersteine und Trümmer freigelegt worden. Ein Mann mittleren Alters in einer zusammengewürfelten Uniform saß allein unter einem gezackten Bogen und starrte mit leerem Blick vor sich hin. Ein großer Teil der Einwohner hatte die Stadt verlassen oder war hinausgebracht worden, aber plötzlich tauchten Leute aus Löchern und unterirdischen Kellern auf, als der Pferdesanka vorbeirumpelte. Säulen in zerstörten Kirchen ragten in den belgischen Himmel. Zwischen Säulen aufgebrochene Stuhlreihen im Freien, die mit einer Pulverschicht des Steingerölls bedeckt waren. Es schien, als wäre die Zivilisation an einem Tag, an dem sie nicht darauf gefasst war, angegriffen worden und in einem einzigen Moment der Zerstörung erstarrt. Er dachte an die Tableaus, die er und Grania in Naylor's Theatre gesehen hatten. *Sie stürzen alle*, murmelte er leise, als die Pferdehufe über die improvisierte Straße klapperten. *Huscha, huscha, sie stürzen alle.* Stundenlang ging ihm die Zeile nicht aus dem Kopf.

Die Conciergerie war nur noch ein Schornstein, der sich über einen Berg Ziegel und zerbröckelter Steine erhob. Verformtes Metall und verdrehte Triebwerke einer riesigen Uhr lagen unter einem Turm, und er erinnerte sich, wie er mit seinen Händen die Triebwerke der riesigen Uhr in Deseronto geölt hatte. Er war hinter Grania die Leiter in den Turm hinaufgestiegen, und sie hatte ihm die abgekratzte Stelle auf dem Zifferblatt gezeigt, und sie hatten hindurch- und auf die Bucht geblickt. Er hatte hinter ihr gestanden und die Arme um sie geschlungen, so dass seine Hände auf dem vorderen Streifen ihres Rockes und ihrem weichen Bauch lagen. So blieben sie dort eine ganze Weile, und alles war so friedlich da oben über der Stadt.

In Ypres sah er das frühere Krankenhaus, leicht zu erkennen, aber jetzt nur noch eine aufrecht stehende vordere Mauer ohne Gebäude dahinter. Zwei Statuen hatten in ihren Nischen überlebt, aber eine Glocke lag verbeult am Boden. Auf dem Hauptplatz befanden sich die Ruinen der majestätischen Tuchhalle und der einstmals herrlichen Kathedrale, sie waren entweder direkt getroffen oder durch Feuer zerstört worden. Als Beweis, dass mindestens zwei weitere Bewohner es abgelehnt hatten wegzugehen und sich noch hier versteckt hielten, kam eine Frau von hinten aus einem zertrümmerten Haus. Sie schob einen älteren Mann in einer Trageschlinge, die sorgfältig an zwei Schubkarren befestigt war. Die Frau war jung, von Kopf bis Fuß schwarz gekleidet, samt Kopftuch, das tief in die Stirn gezogen und unter dem Kinn gebunden war. Der gebrechliche alte Mann war in Decken eingepackt und lag in einer Vorrichtung, die an eine Hängematte erinnerte und zwischen den zusammengebundenen Schubkarren aufgehängt war. Sie schwebte dicht über dem Vorderrad. Bündel von Habseligkeiten lagen zwischen den Griffen der ersten Schubkarre, derjenigen, die von der Frau angehoben und geschoben wurde. Das ganze provisorische Fahrzeug hatte nur zwei Räder; und obwohl es lang und sperrig und offensichtlich schwer war, konnte die Frau es wie eine Art Hängematten-Schubkarre vorwärts bewegen. Jim staunte angesichts der Tatsache, dass sie es überhaupt schieben konnte. Sie sah nicht auf, als der Pferdesanka in entgegengesetzter Richtung vorbeirumpelte, aber sie ging entschlossen weiter, wich aus und steuerte den westlichen Rand der Stadt an. Sie schien die Richtung genau zu kennen und versuchte, die Stadt auf Seitenwegen zu verlassen, die neben der Straße durch den Schutt gelegt worden waren. Die

Hauptstraße wurde von den Truppen benutzt, die sich nachts auf die Front zu- und von ihr wegbewegten.
Dieses Bild der jungen Frau, wie sie mit den Holzgriffen in den Händen die zusammengebundenen Schubkarren schob, stand Jim jetzt vor Augen. Sie hatte ihren Vater oder Großvater oder vielleicht einen kranken alten Nachbarn aus der zerstörten Totenstadt gefahren.

Irish und ich haben den ganzen Tag Sandsäcke geschleppt. Ich wollte mich verausgaben, damit ich dann einfach umfallen und schlafen konnte. Wir verstärkten Unterkünfte mit Sandsäcken und sogar mit Eisenteilen. Der Tag ging in die Nacht und wieder in den Tag über. Nachts war alles in Bewegung: Pferd, Maulesel, Wasserwagen, Motorräder, Kanonen, Soldaten, Munition, Krüge mit Rum. Stash und Evan arbeiteten mit uns, und das machte alles leichter. Zwischen den Transporten letzte Nacht saßen wir in kleiner Runde – wir vier und ein Junge von der Einheit Nummer 8, der Christie heißt – auf der Erde und aßen Rinderpökelfleisch und Brot – zu fünft einen Laib. Wir hatten auch Honig, Irish hatte ihn organisiert und teilte ihn aus, quetschte ihn auf das Brot. Wir haben immer Hunger. Jeder, den ich kenne, versucht, ein paar zusätzliche Happen aufzutreiben. Aber jemanden zu haben, mit dem man es teilen kann, ist noch wichtiger als das Essen selbst – da gibt's keinen, der das nicht wüsste. Irish erinnerte uns daran, wie er neun Dutzend Dosen mit Marmelade fand, als er in der alten Mühle die Herdtür aufriss an dem Tag, an dem wir dort aufräumen sollten. Neun Dutzend Dosen waren in dem Herd aufgestellt, eine Reihe nach der anderen – da hatte sich jemand Zeit genommen, alles schön zu ordnen. Irish zog mit seinen großen Händen immer vier gleichzeitig heraus und fand noch mehr Dosen auf dem Fußboden gestapelt, hinter Brettern, die in einer Ecke lehnten. Jemand war in Eile weggegangen. Oder vergaß den Schatz und zog weiter. Wir steckten uns jeder zwei Dosen in die Tasche und machten zwei weitere auf und aßen die Marmelade gleich mit den Fingern. Nachdem wir fünf unser Brot und den Honig aufgegessen hatten, waren wir wieder auf unserer Strecke, und dann schlugen in rascher Folge drei Granaten neben uns ein. So knapp war es bisher noch nie. Evan und Stash waren dicht hinter uns, und Evan warf sich auf die Erde. Das taten wir alle. Aber Evan ist nervös und hat ein Besorgnis erregendes Zucken in der Wange. Er dreht an seinen Fingern, wenn er aufgeregt ist oder Angst hat. Er sagt, es steht geschrieben, was sein wird. Das sagen die Jungs hier alle und glauben daran, aber ich bin mir nicht so sicher. Was Irish und ich wissen, ist dies: Wenn wir die Verwundeten tragen und einen von uns erwischt es, dann trifft es uns beide. Wir arbeiten eng zusammen, und daher wird es so sein.

Am Abend wurde ich nach Einbruch der Dunkelheit losgeschickt, um Rationen von einem Lastwagen zu holen, aber dann legten die Maschinengewehre los, und ich musste mich auf die Erde werfen. Ich hasse dieses Geräusch, dieses Weghacken. Als die Gefahr vorbei war, setzte ich mich wieder in Bewegung, aber meine Stiefel gaben in dem Morast einen lauten schmatzenden Ton von sich, und ich war mir sicher, dass man mich auf beiden Seiten hören konnte. In der Nacht geht immer so ein entsetzliches Flüstern um, das nie aufhört.

Nachts half ich einem Infanteristen, der mir erzählte, er heiße Oak. Wir legten ihn in einen Sanka, der in die Heilanstalt zurückfuhr. Er war unter herabfallender Erde begraben worden und hatte Schussverletzungen, und ich belebte ihn mit Salmiakgeist. Ein Korporal mit einem Granatsplitter im Auge hatte ihn bis zum Verbandsplatz gebracht. Wir hörten später, dass dem Sankafahrer unterwegs ein Finger abgeschossen worden war. Ein Colonel, der sich mit dem jungen Oak in demselben Wagen befand, starb noch vor der Ankunft beim Truppenverbandsplatz. Der Colonel war schlimm zerhauen.

Wenn wir von den Toten hören, nicken Irish und ich nur. Es gibt nichts zu sagen, es fehlt auch die Energie, etwas zu sagen. Eben war einer noch quicklebendig, im nächsten Moment ist er schon tot. Wir haben jetzt auch davon gehört, dass Lord Kitchener ertrunken ist; das Schiff, auf dem er war, wurde von einer Mine vor den Orkney-Inseln versenkt, und er ging mit ihm unter. Der Tod ist zweifellos überall und auf allen Seiten.

*

In der letzten Nacht vor ihrer Ablösung wurden Jim und Irish zum Verbandsplatz gerufen. Dort waren nur wenige Leute, und der S. O. schickte sie los, um einen Jungen zu holen, der als verwundet gemeldet war. Ein Soldat, der sich allein hereingeschleppt hatte, beschrieb den Aufenthaltsort des Jungen. Träger von der Truppe hielten sich woanders auf, um Verwundete aufzusammeln. Der Junge, so wurde ihnen gesagt, sei gegen einen niedrigen Schlammhügel gestützt, er habe ein langes Metallstück im Körper.

Es war dunkel, die Schießerei hatte sich gelegt, und es war so weit alles ruhig, aber die Pause würde wahrscheinlich nicht lange anhalten. Keine Sterne, kein Mond. Jim und Irish hatten genaue Anweisungen und gingen so geräuschlos wie möglich und vermieden die grässlichen Fallen. Stiefel lagen überall, und Deckel von Kochgeschirren steckten im Morast. Jim versuchte, sich nicht zu fragen, ob sie von Lebenden oder Toten waren. Sie fanden den Jungen schnell, genau an der beschriebenen Stelle, und sie beugten sich – jeder an einer Seite – zu ihm hinunter. Der Junge atmete hastig, reagierte kaum. Jim sah mit einem Blick, dass sie keine Wahl hatten, wie sie ihn tragen sollten. Ein Projektil hatte ihn durchbohrt, etwas gezacktes Langes, das am Schlüsselbein eingedrungen war und schräg in der Mitte des Rückens wieder hervortrat. Der Metallgegenstand – sie wussten nicht, was es war – war irgendwo abgesplittert und dann in seinen Körper gelangt. Jim tastete nach verräterischer Feuchtigkeit, aber wenn der Junge Blut verloren hätte, dann wäre es bereits in die Erde gesickert. Sie wagten nicht, ihn hinzulegen – das Metall konnte sich verschieben und die Schlagader oder ein größeres Organ verletzen. Nach seiner Atmung zu urteilen, war es vermutlich durch einen Lungenflügel gegangen. Sie ließen die Bahre stehen, und der Drill schaltete sich ein.

*Wirf dir den Arm des Patienten über den Kopf.*

Der Arm des Jungen hielt Irishs Hals wie im Würgegriff umklammert. Seine Hände waren weich; Jim hatte sie gefühlt, die Finger waren unverkrampft.

*Patient sitzt auf Händen der Träger.*

Er und Irish sahen sich über die Schultern des Jungen an. Sie konnten kaum das Weiße in den Augen des anderen erkennen.

*Träger stehen zusammen auf und gehen los: Träger zur Rechten mit rechtem Fuß; Träger zur Linken mit linkem Fuß.*

Jim gab das Signal, sie stießen sich ab und kamen schnell aus der gebückten Haltung zum Stehen. Der Kopf des Soldaten fiel zur Seite und schlug gegen Jims Helm. Um den Kopf des Jungen zu stützen, musste Jim den eigenen Kopf weiterhin schräg halten; dagegen protestierte sein Hals, als sie sich auf den Weg machten. Eine Explosion entlud sich auf der rechten Seite. Fritz grollte, übte Vergeltung. Die Explosion war zwar in einiger Entfernung,

aber sie zwang sie schneller wieder nach unten, als sie hochgekommen waren. Ihre Knie schlugen auf dem Boden auf, aber der Soldat zwischen ihnen blieb so aufrecht wie vorher. Jim sah plötzlich Irishs Gesichtsausdruck, als eine Leuchtkugel den fernen Himmel erhellte.
»Wir haben das doch früher auch schon gemacht, Irish.«
*Das Kommando wird von Träger Nr. 2 gegeben. Fertig! Knien! Heben! Marschieren und kleine Schritte machen.*
Während sie aufstanden, hörte Jim einen lauten Schlag, einen Peitschenknall hinter sich. Seine Beine gaben nach, und er fand sich wieder auf den Knien – auf einem Knie; sein anderes Bein war nach hinten verdreht. Irish war auch unten. Wie durch ein Wunder hatten sie es geschafft, ihren Patienten nicht fallen zu lassen. Es wurde Jim plötzlich klar, wie sehr sie hier aufpassen mussten; sie wussten schließlich nicht, wohin sie den Fuß setzten, und sahen unter dem sternenlosen Himmel die herumflitzenden Ratten nicht, die beim Fressen aufgescheucht wurden.
»Wir werden eine schöne Rattenjagd haben«, hatte er eines Morgens vor Tagesanbruch einen Jungen sagen hören. Jim hatte vor einem Verbandsplatz gestanden, als die Männer loszogen. »Nach der Schlacht. Mal sehen, mit was sie sich drüben auf Fritzis Seite mästen.« Kurz darauf waren die Rumrationen ausgeschenkt worden. Jim sah, wie die leeren Krüge von der Front zurückgebracht wurden. Der Junge war nicht zurückgekehrt. Nur wenige von den Jungs waren an jenem Tag zurückgekehrt.
Eine weitere Leuchtkugel, dieses Mal näher, und dann noch eine illuminierten den Horizont, als lockte drüben auf der anderen Seite des Landstrichs ein Jahrmarkt.
Halb hoch, halb runter, Jim zählte flüsternd. Sie erhoben sich zusammen, doch im Bruchteil einer Sekunde fanden sie sich zum dritten Mal unten wieder. Sie sanken auf die modrige Erde. Jim konnte kaum fassen, was geschehen war. Er sah sich und

Irish auf den Knien, den halb bewusstlosen Jungen immer noch aufrecht zwischen ihnen mit dem Arm um Irishs Nacken. Jim spürte ein plötzlich aufsteigendes Lachen – es ließ sich nicht unterdrücken. Er begann sich zu schütteln, als bahnte sich ein tiefes Heulen in ihm seinen Weg nach außen. Das Geschützfeuer wurde schnell erwidert. Er fragte sich, ob es auf ihn gezielt war, dabei wusste er, dass er lautlos gelacht hatte.

»Was ist los, verdammt noch mal?«, flüsterte Irish. »Sei doch still.«

Vielleicht hatte er ja doch ein Geräusch verursacht. Aber jetzt hörte er aus Irishs Richtung Gelächter. Dann schüttelten sie sich beide unkontrolliert, sie blieben eine Zeit, die ihnen lang vorkam, auf den Knien, bis sie ganz außer Atem waren und die Muskeln in ihrem Brustkorb sich hoben und senkten. Durch die Dunkelheit konnte Jim bei seinem Freund die Lücke in der Weiße seiner Vorderzähne sehen.

Der wandelnde Sitz. Der Körper dazwischen. Das Feuer hörte auf. Jim stellte mit Erleichterung fest, dass es nicht ihnen gegolten hatte. *Wenn Blitze aufleuchten, wenn überall Leuchtkugeln und Feuerwerkskörper explodieren, dann sieht man plötzlich Silhouetten, marschierende Männer, auf beiden Seiten, hinaus ins Niemandsland. Arbeitsgruppen. Einige tragen Drahtrollen. Die Figuren erstarren, bis die Decke der Dunkelheit wieder über sie fällt. Und dann fängt die Bewegung von neuem an.*

Tränen rollten Jim ungehindert über die Wangen, und er betete, dass der Junge nicht mitbekam, was da vor sich ging.

Er flüsterte: »Heb um Gottes willen an, Irish, wenn ich das Kommando gebe.«

Dieses Mal bestand keine Gefahr, dass der Junge zur Seite kippte. Sie hielten von Anfang an die Balance, und sie standen auf vier Beinen wie eine einzige Maschine. Wenn man sie beschießen würde, würde Jim es nicht merken, weil er sein Gehör abstellte. Und er dachte auch nicht an das Gewicht, das er trug. Er konzentrierte sich nur darauf, einen Fuß nach vorn zu setzen, den zweiten Fuß, den ersten Fuß, den zweiten Fuß. Sie stolperten, korrigierten sich, gingen vorwärts. Links, rechts, links.

*Vermeide den Transport über Gräben oder Mauern.*

Die Zeile aus dem Training brachte ihn an den Rand der Hysterie; er fing womöglich wieder an zu lachen. *Denk nicht nach. Wenn du es tätest, würdest du, weiß Gott, die Schleusen noch für anderes öffnen.* Stattdessen begann er sein Lied: *Infirtaris* …

Er und Irish ließen ihren Patienten hinunter und in den Schützengraben, und plötzlich fühlte Jim sich hier mehr ausgeliefert als draußen im Freien. Arme und Beine, Rücken und Hände waren taub, als sie ihren Mann hineinbrachten. Sie hatten vierzig Minuten gebraucht. Der S. O. mit seinen aufgerollten Ärmeln, Arme und Hemd blutbespritzt, sah die beiden an, sah ihnen ins Gesicht und nickte. Sein Blick erfasste das Geschoss, das am Schlüsselbein und Rücken des Soldaten herausstand, und er zog die Luft zwischen den Zähnen ein und rief nach jemandem zum Assistieren. Er griff nach Morphium und Phenol und machte sich an die Arbeit.

*

*Meine Liebste,*

*ich schicke Dir diesen Brief von unserem neuen Einsatzort. Nach dem Frühstück wurden wir ohne vorherige Ankündigung aufgefordert, unsere Sachen zusammenzupacken und uns für den Abmarsch zu rüsten. Irish und ich marschierten nicht, wie sich herausstellte, sondern fuhren die ganze Strecke mit einem Sanitätswagen. Wir kampierten auf einem großen Feld, und jetzt sind wir in Scheunen, Dachböden und Zelten untergebracht. Ich bin in einem Zelt. Ich darf den Namen der nahe gelegenen Stadt nicht nennen. Der Zensor wird in diesem Brief schon genug streichen. Eine meiner ersten Arbeiten bestand darin, einen Berg Ausrüstung durchzusehen, die den Verwundeten gehörte, die auf Heimaturlaub nach England zurückgeschickt wurden. Wenn möglich, kommt das Gepäck hinterher. Es war eine Heidenarbeit, aber es ist mir gelungen, die Dinge zu entwirren. Eigenartig, was die Jungs alles für Andenken horten: einen Kaninchenfuß; ein Kugellager; eine winzige Taschenlampe; ein Stück farbige Kordel; einen Taschenkalender, nicht größer als sechs Quadratzentimeter; die Hülse einer verschossenen Kugel, in die man ganz patent einen Bleistift gesteckt hatte; ein Foto – jeder besitzt ein Foto.*

*Die Jungs, um die wir uns hier kümmern, liegen in einem Raum mit drei Reihen Betten. Es hat was von einem Lazarett und einem Erholungsheim, und Irish und ich werden beide für die Dauer von – ZENSIERT – hier sein. Die Verwundungen sind nicht schwer genug für einen Heimaturlaub, und sobald die Jungs geheilt sind, werden sie an die Front zurückgeschickt. Einige haben Infektionen; viele haben geschwollene Gelenke durch Arthritis. Jede Beschwerde, die Du Dir vorstellen kannst.*

*Ich lerne die Bedeutung von Bezeichnungen, die ich nicht kannte, als ich für Dr. Whalen gearbeitet habe. DAH bedeutet gestörte Herztätigkeit. PUO steht für Pyrexie unbekannten Ursprungs, eine ausgefallene Art, von Fieber zu sprechen. Aber Du kennst diese Dinge sicher von Deiner Arbeit im Schulkrankenhaus.*

*Irish und ich fahren Wasser herum, servieren Frühstück, füllen Vorräte auf, helfen dem medizinischen Personal und machen im Allgemeinen alles, was uns übertragen wird. Es ist mehr oder weniger wie die Arbeit der Sanitäter. Ich habe jetzt Nachtschicht und hoffe, diesen Brief ohne Unterbrechungen beenden zu können. Ich habe gestern ein Bad genommen, das erste in drei Wochen. Ich hörte von einem unserer Jungs, die aus dem Lazarett in Étaples zurückkamen, dass sie dort ein Bad haben, das 70 Männer gleichzeitig aufnehmen kann. Er erzählte, dass aus Kanada endlose Lieferungen mit Zigaretten ankom-*

*men. Die Jungs erhalten im Lazarett Orangen und Schokolade und Zigaretten, die sie mitnehmen sollen, wenn sie wieder an die Front geschickt werden. Einige von den Verwundeten im Lazarett teilen ihren Freunden mit, sie könnten die Pakete öffnen, die in ihrer Abwesenheit ankommen, und die Fressalien werden unter den Männern verteilt. Ein Festschmaus wird in den Schützengräben weit mehr geschätzt als in den Lazaretten, wo alle gut versorgt werden. Ich werde soeben gerufen, um etwas Oxo warm zu machen. Ich muss schließen. Alles Liebe, Chim.*

Er erzählte Grania in dem Brief nicht, dass er bei seinem ersten Rundgang durch die Stadt zwei Männer von der Sanitätseinheit Nummer 10 getroffen hatte und erfuhr, dass einer der Jungs, die er bei der Ausbildung in England kennen gelernt hatte, von einer Granate getötet worden war. Es war nichts von ihm übrig geblieben, das man in einen Sandsack hätte tun können, sagten sie.
Jim hatte ihn als einen rothaarigen intelligenten Jungen in Erinnerung, er hieß Egan und sah wie siebzehn aus. Er war von der Schule abgegangen, um Soldat zu werden, und hatte sich älter gemacht, als er war. Einige der Minderjährigen waren monatelang an der Front, bevor ihr wahres Alter entdeckt und sie nach Hause geschickt wurden. Manche wurden nach England zurückgeschickt, um die Zeit zu überbrücken bis zu ihrem nächsten Geburtstag. Wenn ihnen das kampffähige Alter bescheinigt wurde, kehrten sie an die Front zurück, oft zu ihren alten Einheiten. Es war nicht leicht, an Egan zu denken, den es nicht mehr gab. Wie die Männer von Nummer 10 berichteten, war er nicht beerdigt worden.
Ein paar Wochen früher, zu einem Zeitpunkt, als alles ruhig war, wurden Jim und Irish zu einer in der Nacht arbeitenden Gruppe geschickt, um zu helfen, einen Graben zu befestigen, der einmal als Verbandsplatz benutzt worden war und nun wieder verwendet

werden sollte. Die Seitenwände waren vom Regen ausgewaschen worden und eingestürzt. Die kleine Gruppe brach nach Einbruch der Dunkelheit auf, kam eine halbe Stunde später an ihrem Bestimmungsort an, und die Männer begannen zu graben. Aber der Gestank war unerträglich; je mehr sie gruben, desto grässlicher wurde er. Jim musste alles an Selbstbeherrschung aufbieten, um nicht davonzulaufen. Er räumte eine Schaufel voll Erde weg, und in der Dunkelheit sah er zwei Knie in dem Erdwall auftauchen. Und dann gruben Männer ringsherum Körperteile französischer Soldaten aus. Der glitschige Schlamm war voll von Schädeln und Armen und Händen. Sie wurden angewiesen, aufzuhören und die Stätte zu verlassen, und sie waren froh, vor Tagesbeginn dort herauszukommen.

Als Jim in der Stadt war, die in der Nähe ihrer neuen Unterkünfte lag, war er an einer kleinen Kirche vorbeigekommen, und er hatte kehrtgemacht, war zurückgegangen und hatte die Kirche betreten. Es war feucht, aber friedlich darin, und es hielt sich niemand sonst dort auf. Er setzte sich in eine Bank und stützte die Füße auf flache Leisten, die den Boden bedeckten. Er blieb dort so lange, wie er konnte, ruhte sich aus und dachte nach. Er dachte daran, wie hoffnungslos das Leben des rothaarigen Egan gewesen war, dessen Körper nicht mehr existierte.

Ich habe angefangen, nachts mit mir selbst zu reden. Ich versuche, ganz leise zu sein, keinen vom Schlaf abzuhalten, aber Irish, nicht weit von mir, hat es gemerkt. Eigentlich müsste ich erschöpft sein; es gibt da draußen so viel Arbeit. Wir sind für den Bau von Latrinen und Verbrennungsöfen zuständig. Stash ist unser bester Maurer; es stellte sich heraus, dass er etwas davon verstand, als wir einen Kamin bauen sollten. Stash ist es auch immer gelungen, streunende Hunde und Katzen anzulocken; diesmal hat er ein weißes Kätzchen gefunden und in sein Hemd geschoben, während er gearbeitet hat. Wo die Herumtreiber auch sind, sie finden ihn bestimmt.

Am Sonntag haben wir einen Gottesdienst besucht, und danach musste ich Wache schieben. Heute werde ich die Nachtschicht übernehmen. Krankenträger sind eine flexible Mannschaft hinter den feindlichen Linien; wir werden bei vielerlei Aufgaben eingesetzt. Ich sah ganz aus der Nähe einen schweren Fall von Gefechtsschock. Zwei Freunde von der 8. brachten ihn herein. Der Junge zitterte am ganzen Leibe; sein Kopf zuckte, und seine Augen gingen ziellos hin und her. Arme und Hände, Beine und Füße zuckten auch. Er konnte nicht stehen und musste an beiden Seiten von den Jungs gestützt werden, bevor sie ihn in ein Feldbett legen konnten. Das ist ein schrecklicher Anblick, der jeden berührt. Es ist, als beobachtete man einen Krampf, der nie aufhört. Er war neunzehn Jahre alt, und das einzige Wort, das er herausbringen konnte, war Mutter. Er rief es immer wieder. Ein Militärgeistlicher kam herein und sagte zu uns, wir sollten uns keine Sorgen machen, der Junge habe nur die Nerven verloren. Aber es war mehr als das; es war ein ernster, verstörender Fall.

Wir haben gehört, dass bei Hooge Gegenangriffe unserer kanadischen Truppen am Dreizehnten erfolgreich waren, dass sie Schützengräben zurückerobern konnten. Nach den schrecklichen Verlusten wirkt diese Nachricht auf alle belebend. Geschichten kursieren wie immer. Einer der Träger von der 10., den ich traf, erzählte mir, dass ein schwer Verwundeter den ganzen Weg zum Verbandsplatz im Unterstand gekrochen ist, und als er dort ankam, taumelte er bewusstlos die Stufen hinunter. Sie behandelten seine Wunden und brachten ihn zum Truppenverbandsplatz zurück, und jetzt ist er glücklich auf dem Weg nach England.

Ich habe von dem Bad geschrieben, aber nicht von dem Wie und Wo. Ich habe die Läuse in unserer Kleidung nicht erwähnt. Die machen keinerlei Geräusch, legen Eier in die Nähte und Säume unserer Kleidung und ernähren sich von unserem Blut. Wenn wir mal eine Gelegenheit haben, untätig dazusitzen, ziehen wir sie, eine nach der anderen, heraus und zerquetschen sie. Die Jungs nennen sie Streusel. Wenn ein Feuer in der Nähe ist oder ein Herd, verbrennen sie sie darauf, um zu hören, wie jede einzelne zerplatzt. Manche schrubben mit Zahnbürsten, die in Kreosot getaucht wurden, an ihren Säumen. Aber auch wenn wir uns für einen Tag oder nur eine Stunde von den Biestern befreit haben, sind wir, sobald wir wieder arbeiten, uns um die Jungs kümmern oder in Erdlöchern oder Scheunen oder Quartieren sind, sofort wieder verlaust.

Wir wurden zu einem Badeschuppen in der Stadt gebracht, der von vier Schotten aufgestellt worden war, die den Auftrag hatten, das Ding zu errichten. Vier einheimische Frauen standen dabei – der Raum war eine Art offenes Lagerhaus –, während wir nackt waren. Manche von den Jungs rissen Witze und lachten über die Anwesenheit der Frauen, aber ich nicht. Wir wurden angewiesen, uns auszuziehen und unsere schmutzigen Sachen einer der Frauen zu geben, und dann wurde uns kaltes Wasser übergeschüttet. Wir hatten zwei Minuten, um uns abzuseifen, und dann wieder raus und kurz in den Bottich getaucht. Er war nur etwas wärmer, aber besser als der Guss mit kaltem Wasser, und dann waren wir endgültig raus, und eine andere Frau überreichte uns saubere Unterwäsche und frische Socken.

Irish war vor mir in der Reihe, Evan vor ihm. Ausgezogen, waren wir ein schmutzig aussehender Haufen. Mittendrin begann Evan, von einem Fuß auf den anderen zu hüpfen, gleichzeitig jammerte er und stieß am laufenden Band Flüche aus. »Um Gottes willen«, sagte Stash zu ihm, »sei doch still und hör mit dem Gehampel auf.« Aber Evan rief, er sei mit Ungeziefer verseucht. Andere riefen zurück: »Hast du mal was Neues zu erzählen?« Seine Kleidungsstücke waren eingesammelt worden, deshalb wusste ich nicht, warum er sich immer weiter kratzte und schabte. Als ich hinsah, ich schwöre es – Irish sagte später, er habe seinen Augen nicht getraut, und allen anderen ging es ebenso –, waren Evans beide Beine von den Knien abwärts von Flöhen bedeckt. Es sah aus, als hätte er ein Paar lange Socken hochgezogen, die aus schwarzen beweglichen Körpern gestrickt waren. Als die Jungs erkannten, was los war, spritzten sie nach allen Seiten auseinander, damit die Flöhe nicht auch noch auf sie gehen konnten.

Wir versuchen immer noch, in jeder freien Minute, die wir haben, Essen aufzutreiben. Irish gelang es heute Abend, durch irgendeinen Tauschhandel extra Brot, Milch und Kuchen zu organisieren; auf diese Weise hatten wir eine gute Mahlzeit. Zum Abendessen gab es Fleisch, aber es stank und schmeckte verdorben. Hin und wieder fängt einer der Jungs einen Hasen und reicht ihn an jemanden weiter, der daraus einen Eintopf machen kann. Wir sind alle dankbar für die Organisierer.

# KAPITEL 5

*Ein Gaumenlaut*
*K Kuss Kind*

*»Leg die Hand vorn an den Hals. Wenn der Laut gebildet wird, schieb die Hand weiter.*
*Lass die Aspiration explodieren.*
*Dieser Laut erfordert eine ganze Menge Atem.«*

Illustrierte Lautlehre

Geschichten kursierten weiterhin. Die Gruppe solle an Gas-Kursen teilnehmen, bei denen Tränengas eingesetzt würde. Ein Mann in der 49. habe Selbstmord begangen; die Gruppe müsse zu dem alten Friedhof hinauf und die ganze Nacht Sandsäcke füllen; einer von denen, die sich selbst verletzten, habe eine leere Konservendose genommen und sich durch das Blech in die Hand geschossen, um sichtbare Pulverspuren an der Haut zu vermeiden; der Major werde einen Vortrag über Bandagetechniken halten, Anwesenheit sei vorgeschrieben; die Straße hinter dem Hauptgraben müsse ausgebessert werden, um Bahren mit Rädern benutzen zu können. Und es gab dauernd Gerüchte, die Sanitätseinheit Nummer 9 würde der 7. Brigade folgen, die in Kürze an die Somme ging.

Jim und Irish, Evan und Stash schlugen etwas Freizeit für sich heraus, als sich die Gelegenheit dazu bot, und wanderten am Abend in ein nahe gelegenes Dorf, wo sie sich nach einem Wirtshaus umsahen. Sie hatten von einer kleinen Kneipe gehört, die besser sein sollte als andere, und nachdem sie eine Meile bis zu dem Dorf zurückgelegt hatten, liefen sie kreuz und quer durch die engen Gassen, um das Lokal zu suchen. Evan behauptete, den Weg zu kennen; er hatte sich unterrichten lassen. Nachdem sie gestritten und schon aufgegeben hatten und dann doch wieder Evan gefolgt waren, stießen die vier plötzlich auf den Gasthof, fast am Ende einer Straße, die sich zu einer kurzen Gasse und dann zu einem Pfad verengte.

Es war ein ganz normales kleines Haus, überhaupt kein Restaurant oder Wirtshaus. Das vordere Zimmer war umgebaut worden, und nun standen quadratische Tische mit Stühlen darin, so viele in dem einen Raum zusammengedrängt, dass man kaum aufstehen konnte, wenn man einmal saß. Vom Eingang aus hatte Jim einen kurzen Einblick in eine winzige Küche, die nicht viel mehr enthielt als eine Anrichte und einen Herd aus Backstein sowie zwei steinerne tiefe Ausgüsse – der eine mit schmutzigem Geschirr und Krügen gefüllt, der andere mit ungeschälten Kartoffeln. Am Ende des stickigen Raums hingen zwei Würste an Haken neben einer Brettertür.

Der Hauptraum, der nur die doppelte Größe der Küche hatte, war düster und brechend voll und von Rauchschwaden durchzogen. Lärm sprang von einer Wand zur anderen. Kerzen, wie sie in Päckchen von zu Hause verschickt wurden, waren in Flaschen gesteckt und standen senkrecht auf Untertassen, wo man sie mit Wachs befestigt hatte. Der flackernde Schein der Flammen warf Schatten in den Raum, wenn die Männer mit den Armen fuchtelten. Alle redeten gleichzeitig, und dazwischen erhob sich Gelächter. Mehrere Stimmen begrüßten die vier mit lauten

Rufen, als sie eintraten und sich ihren Weg zu dem einzigen leeren Tisch im Lokal bahnten.

Jim setzte sich und dachte, wie gut es doch war, Lachen zu hören. Er bestellte das Gleiche, was die anderen aßen – Eier mit Wurst und *frites* –, und Madame Camillone, eine Frau mit schmalem Gesicht in den Vierzigern, die mit ihrer pummeligen Schwester Marie zusammen das Lokal führte, verschwand im Flur neben dem Eingang und kam sieben oder acht Minuten später mit dem Essen zurück. Der Rotwein war aus dieser Gegend. Ein *verre* wurde jedem der Jungs serviert, ein *verre*, das war ein kleiner Krug. Gläser waren nicht zu bekommen.

In einer hinteren Ecke hatten Stimmen begonnen, falsch zu singen, während die vier aßen, und Jim erkannte das Lied sofort. Er hatte die Umrisse eines ramponierten Klaviers gesehen, als er hereingekommen war, aber es war an die hintere Wand gerückt, und Stühle waren dagegen geschoben; es wäre kein Platz gewesen für jemanden, der sich an die Tasten setzen und spielen wollte. Das Lied, das die Jungs sangen, war »The Aba Daba Honeymoon«, und es mischten sich viele Stimmen fröhlich in den Gesang. Einige Tische lieferten verschiedene Versionen, und die eine flog in die andere. Das Ergebnis war ein Stakkato prasselnder Worte, die über den Köpfen zusammenstießen.

Irish, der als Erster mit dem Essen fertig war, rief Jim ins Ohr: »Warum singst du nicht für uns, Jimmy-Boy. Zeig ihnen, was du am Klavier zuwege bringst.«

Jim schüttelte den Kopf. Abgesehen von Irish und den beiden anderen blieb er lieber für sich. Die wenigsten Jungs in der 9. wussten überhaupt, dass er spielen konnte. Jedenfalls war er für den Augenblick damit zufrieden, auf dem harten Stuhl in der warmen, geräuschvollen Umgebung zu sitzen und den Wein zu spüren, wie er ihm über den rauen Rand des Krugs auf die Zunge und in die Kehle rann.

Madame Camillone und Marie machten einander über die Köpfe der Jungs hinweg Zeichen, und Jim sah Maries plumpe Hände signalisieren, dass sie jetzt nach hinten gehen würde, um mit dem Abwasch zu beginnen.

Irish zeigte jetzt auf Jim, und die anderen nahmen den Hinweis auf und begannen zu klatschen und zu schreien, er solle ans Klavier gehen und singen.

Es gab kein Entrinnen. Er nahm den letzten Schluck aus dem Krug, den er zwischen den Händen gewärmt hatte, und stand auf, fühlte Hände in seinem Rücken, während er zur Wand geschoben und geschubst wurde. Stühle wurden scharrend zurückgesetzt, um Platz zu schaffen. Er sah, dass auf dem Klavier die obere Platte fehlte. Ein Stuhl tauchte augenblicklich vor den Tasten auf. Die Jungs warteten, während Jim sich niederließ, und er sah eindringlich auf seine Hände, die jetzt auf den Tasten ruhten. Er hatte die Lloydschen Hände. Jeder aus der Inselfamilie war musikalisch gewesen. Nachdem seine Großmutter gestorben war, hatte er das einzige Zuhause, das er kennen gelernt hatte, verlassen und war tausend Meilen von der Atlantikküste nach Ontario gefahren, und jetzt hatte er den Beruf eines Krankenträgers, und das war gut. Er und Irish und Evan und Stash wussten, was sie tun und wie sie es tun mussten.

Er dachte an Großvater Lloyd, der die Geige mit einer Zärtlichkeit hielt, als wäre sie etwas Lebendiges, und hatte wieder das alte Gefühl wie damals, als der Ältere hinter ihm stand. Seine Finger sanken auf schmuddelige Tasten, die weißen mehr grau als weiß. Das Klavier musste gestimmt werden, aber er machte weiter, als stünde Großvater direkt hinter ihm. Er wusste nicht, wie sie Takt gehalten hatten; sie hatten den Rhythmus immer hin und her gehen lassen. Lose Drähte im Klavier hatten sie beide nicht gestört; auch nicht ein klangloser Ton hier und da – obwohl auf diesem Klavier viele Töne klanglos waren.

Für den Anfang jagten seine Finger durch »Alexander's Ragtime Band«, und die Jungs im Raum klatschten stürmisch. Dazwischen schlug er einen Akkord an, als begleite er einen Inseltanz, und dann spielte er »Our Boys in Brown«. Danach verlangsamte er den Rhythmus und sang »I Wonder Who's Kissing Her Now«, und die Jungs ringsum fielen ein. Madame Camillone und Marie hatten ihre Arbeit verlassen und drückten sich nebeneinander in den Türeingang, die Schürzen braun von Schmutz und mit Wein bespritzt.
Jim war schon aufgestanden und wollte an seinen Tisch zurückgehen, als er es sich anders überlegte und beschloss, noch eine Melodie zu spielen. Er ließ sich erneut auf den Stuhl fallen, und dieses Mal, als er sang, verebbten die anderen Stimmen, so dass seine Stimme die einzige war, und sie füllte den Raum. Das Lied hatte er in Deseronto gelernt während der kurzen Zeit, in der er mit Grania in dem Turm gewohnt hatte. Sie hatten auf der blauen Decke gelegen, und er hatte das Lied für sie gesungen, jede Zeile, und sie hatte ihm die Stelle zwischen Zwerchfell und Bauch gezeigt – die Stelle, die, wie sie sagte, der Ursprung des Liedes war.

*On life's fitful ocean' mid glamour and strife,*
*As I wander afar among men*
*O, my heart often sighs for fond tho'ts will arise*
*O a hame hid awa' in the glen.*

Er sang drei Strophen mit seiner kräftigen, klaren Stimme, die Augen zu der Wand vor ihm erhoben, ohne sie zu sehen. Als er geendet hatte, standen drei Schotten auf und hielten anerkennend ihre Krüge hoch. Abgesehen von Jims Stuhl, der scharrend vom Klavier weggerückt wurde, war es lautlos still, als er an seinen Tisch zurückkehrte. Seine Freunde blickten zu ihm hoch, und er blieb einen Moment stehen, um in ihre Gesichter zu sehen, bevor er sich setzte. Evan war entspannt; ausnahmsweise war das Zucken in seiner Wange einmal nicht zu sehen. Stash blickte grimmig, konnte sich aber eines Lächelns nicht erwehren. Er begegnete Jims Augen und nickte. Und Irish – ein leises anerkennendes Pfeifen kam aus seiner Zahnlücke. Und dann stiegen plötzlich überall Geschrei und Gelächter auf, und alle begannen, gleichzeitig zu reden.

Irish klopfte ihm mit seiner großen Hand auf die Schulter. »Ganz prima, Jimmy-Boy. Es war zwar kein irisches Lied, aber es hat sich einfach toll angehört und hat allen gefallen. Aber du musst deine Frau dazu bringen, dass sie einen rechtschaffenen Mann aus dir macht. Und das nächste Mal singst du uns eine irische Melodie.«

Die vier standen inmitten der Rufe und Unterhaltungen auf, um zurückzugehen, und nachdem sie die beiden Schwestern bezahlt hatten, schoben und wanden sie sich zwischen den eng stehenden Tischen hindurch und traten hinaus auf die holprigen Pflastersteine der dunkel gewordenen Straße.

*

Den ganzen Donnerstag desinfizierten Jim und Irish, Evan und Stash Wolldecken. Am Abend gegen neun hatten sie genau achthundert behandelt und übereinander gestapelt. Danach, als die Zelte abgebaut waren, wurde ihnen geraten, im Schulhaus am Ort zu schlafen. Donnerstagabend, nach Einbruch der Dunkelheit, verließ Stash das Lager und wanderte in das Dorf zurück, das sie besucht hatten; das weiße Kätzchen gab er in die Obhut von Madame Camillone und Marie in der Kneipe. Er kam mit vier kostbaren Eiern zurück, die von den Jungs – obwohl sie schon ihr Abendbrot gegessen hatten – sofort gekocht und mit einem von Evan organisierten Laib Brot verzehrt wurden. Die Schwestern hatten »Jiim«, der Klavier gespielt hatte, schöne Grüße ausrichten lassen.

Am Freitag, dem achten September, saßen sie nachts um zwei nach einem Marsch von elf Stunden im Wagen dritter Klasse eines Bummelzuges. Als sie hielten, bekamen sie Bohnen in der Dose und Schiffszwieback zu essen und lauwarmen Tee zu trinken. Sie waren so erschöpft, dass kein einziger von den Männern der Sanitätseinheit die Kraft hatte zu meckern.

Jim starrte aus dem Fenster und fragte sich, ob Schlaf ein legendärer Teil seiner Vergangenheit sei. Alle anderen hatten gleich nach dem Einsteigen gepennt. Schnarchlaute und Gerüche erfüllten den Wagen. Der Zug fuhr an Wäldern mit dunklen, unheimlichen Grüntönen vorbei. Reisende und Wälder schienen an einer trübsinnigen, unterseeischen Welt teilzuhaben. Um sieben Uhr morgens fuhr der Zug durch Calais, später durch Boulogne und Étaples, wo Jim Sanitätsoffiziere und Krankenschwestern an den Gleisen und zwischen Zelten und Gebäuden gehen sah. Man sagte, dass es auf den Friedhöfen in der Nähe der Lazarette getrennte Unterkünfte für Offiziere und Mannschaften gebe. Er dachte an den Freund, den er in der Ausbildung kennen gelernt hatte und der jetzt hier arbeitete. Wullie hatte ihm im August einen Brief geschrieben, in dem er erzählte, dass der König dem Kanadischen Lazarett Nummer 1 unangemeldet einen Besuch abgestattet hatte. Am nächsten Tag hatte es einen Gottesdienst auf dem Friedhof gegeben, es war der zweite Jahrestag der Kriegserklärung. *Jedes Grab war mit Fahnen und Blumen geschmückt*, schrieb Wullie. *Es war eine traurige und würdevolle Veranstaltung, und über dem Ganzen lag eine eigenartige, feierliche Schönheit.*

Jim blickte auf ein graues Meer und dachte an Grania. Wie sehr sie sich wünschte, an den Ozean zu kommen, seinen Ozean an der Ostküste, genau auf der anderen Seite des Wassers, von der Stelle aus gesehen, wo er sich jetzt befand. Er hatte seine Kindheit auf hügeligem Land und roter Erde verbracht, die der Nordküste und dem Golf von St. Lawrence gegenüberlagen, dort, wo er sich in den Atlantik ausdehnte. Er versuchte jetzt, dieses Bild heraufzuholen, und dachte an das Haus mit dem Salon, wo er aufgewachsen war. Von früher Kindheit an, nachdem seine Eltern gestorben waren und die Eltern seines Vaters ihn aufgenommen hatten, war er sich der Welt der Musik bewusst gewesen. Er hatte gelauscht, wenn Großvater den Bogen elegant über die Saiten seines Instruments führte. Der ältere Mann besaß die gleichen schlanken Finger, die Jim von Generationen männlicher Lloyds, die vor ihm lebten, geerbt hatte. Jim war dabei, als Großvater Lloyd steppte, zwei Wochen vor seinem unerwarteten Tod, als sein Herz plötzlich stehen blieb.

Jim erinnerte sich an das alte Küchenhaus auf der Steilküste – früher gehörte es zu einer jetzt verlassenen Hummer-Konservenfabrik –, an die sich wandelnde Front der Dünen, wenn sich Sand an den Hängen häufte oder in Winterstürmen weggespült wurde. Er dachte an Wellen, die sich an der Küste brachen und die Hänge dieser selben Dünen hinaufleckten und den roten Sand jedes Jahr verlagerten. Er dachte an den dicken Matsch der roten Straßen und an die Schweinerei, wenn man versuchte hindurchzukommen; an das Packeis im Golf, wenn sich Streifen von roter Erde durch die im Frühjahr schmutzigen Brocken zogen, die unterhalb der Klippen aufbrachen. Einer von Großmutters Jagdhunden war in demselben Winter, als Großvater starb, über die Steilküste verschwunden. Es war Großvaters Lieblingshund gewesen. Jim folgte seinen Spuren bis an den Rand der Steilküste, und weder er noch seine Großmutter konnten sich das Verhalten des Hundes erklären. Großmutters Gänsen war es nicht besser ergangen. Im Frühsommer wurde das Dutzend, das sie aufgezogen und gehegt und gepflegt hatte, tot am Teich, in der Nähe des Farmhauses, gefunden.

Im Herbst waren die Tage sonnig und die Abende kühl, und Wildgänse schrien über ihren Köpfen, wenn Schwärme von ihnen in zielstrebigen V-Formationen die Küstenlinie verfolgten. Die Insel nahm zarte Farbtöne an und ließ nicht erkennen, dass diese Jahreszeit Wind und stürmisches Wetter nach sich ziehen würde.

Jims Onkel Alex, der jüngere Bruder seines Vaters, war bei der Landwirtschaft geblieben, aber in Ontario, er hatte die Insel als junger Mann verlassen. Da es nach Großmutters Tod keinen weiteren Angehörigen der Lloyds mehr auf der Insel gab, wurde die Farm verkauft. Ein Teil des Geldes war an Jim gegangen und lag nun auf einem Konto der Bank of Montreal – ein Startkapital für ihn und Grania, wenn er heimkehrte.

Heim. Frau. Sie hatten ihrer beider Leben verbunden. Er versuchte, sich Granias Gesicht zu vergegenwärtigen: die Art, wie ihre Augen seine Lippen beobachteten, ihre Konzentration und intensive Aufnahmebereitschaft, ihren immer fragenden Blick. Er stellte sich die Berührung ihrer Fingerspitzen vor, und er war betrübt, tief betrübt, dass an dieser französischen Küste kein Schiff wartete und ihn über den Atlantik nach Hause brachte. Stattdessen saßen er und die Jungs in einem Zug, der sie mit seinen rhythmischen Geräuschen, von einer Seite zur anderen schwankend, an die Somme beförderte.

*

Ganze Lagerstädte waren hinter den feindlichen Linien wie Pilze aus der Erde geschossen – erstaunliche Städte, in denen Lärm und Geschäftigkeit nie aufhörten. Schon die Anstrengungen, die darauf verwendet wurden, Lebensmittel und Wasser zu transportieren, waren erstaunlich. Und dann herrschte eine nicht enden wollende Betriebsamkeit im Zusammenhang mit Abwässern, Beseitigung von Müll, Bewegung von Kanonen – beeindruckend, die Aufstellung der großen Kanonen zu erleben –, von Munition, Pferden, Mauleseln, Versorgungswagen, Ersatzgruppen, Sanitätswagen, medizinischen Artikeln, Wolldecken, Zelten und Ausrüstung. Die ganze Maschinerie war größer, als sich ein Einzelner mit seiner Fantasie ausmalen konnte. Während die Jungs hin und her eilten, hörten sie Geschichten über den Kampfgeist der Australier bei Pozières. Die »Aussies«, die für ihren unerschütterlichen Mut bekannt waren, hatten im Juli und August gekämpft und den Gebirgskamm von Pozières unter ungeheuren Opfern von den Deutschen erobert. Geschichten von ihrer erstaunlichen Tapferkeit und Ausdauer machten die Runde.

Irish war erkältet, seit die Männer von der 9. ihren Marsch begonnen hatten. Sie durchquerten wellige offene Ebenen der französischen Landschaft, die von kleinen Wäldern unterbrochen wurden, in denen sie ihre Ruhepausen hielten. Vor und nach dem Marsch wachten Offiziere darüber, dass sie ihre Füße mit Walfischtran einrieben und ihre Socken wechselten. Zu dem Zeitpunkt, als sie in einem Obstgarten übernachteten, hatte Irish leichtes Fieber. Er aß Brot, Käse und Bohnen, die Jim ihm brachte, und fiel auf der Stelle in einen Tiefschlaf. Jim und Evan stützten ihn und schleiften ihn halb in die Scheune. Dort häuften sie Stroh auf, zogen seine Decke über ihn und verließen ihn, um wieder in den Obstgarten zurückzugehen.

Post war in der Sanitätseinheit angekommen, während Jim sich in der Scheune aufhielt: Für ihn gab es drei Briefe von Grania und eine Packung Fondant. Er verteilte die Süßigkeiten und behielt vier Stück für sich und Irish, dann ging er zum Bach hinunter, wo einige der Jungs gewaschen hatten. Gespülte Socken und Unterwäsche in allen Größen säumten das Ufer, ausgefranst und mit Löchern durchsetzt – und auch mit Läusen, schätzte Jim, als er einen Blick auf das kunterbunte Durcheinander warf. Lange Bänke waren aufgestellt worden, an denen sich einige Männer rasierten. Stash saß irgendwo an einem Ende, in der einen Hand einen Brief von zu Hause, mit der freien Hand den Rücken seines neuesten Lieblings streichelnd, eines kleinen Köters mit übergroßen Ohren, die steil in die Höhe standen und seinem winzigen Gesicht einen dauerhaft komischen Ausdruck verliehen. Jim lernte den neuen Herumtreiber kennen, der auf den Namen Tock getauft worden war. Er ging weiter am Ufer entlang, bis er allein war, und nahm die Briefe aus seiner Uniformjacke, breitete sie auf der Erde aus und ordnete sie nach dem Datum. Er strich die Knicke glatt, stellte sein Foto von Grania neben die Briefe und las sie langsam, so langsam, wie er konnte, und versuchte, Grania zu sich heranzuholen, während er las.

Am Morgen hatte er Mühe, seinen Freund aufzuwecken. Irish lag auf der Seite, die eine große Hand schlaff geöffnet und darauf das winzige Foto von Clare. Nach dem Frühstück mit Käse und Porridge nahmen sie ihr Gepäck auf und marschierten bis zwölf Uhr dreißig. Die zusätzlichen Socken, die am Abend vorher gewaschen worden waren, hingen zum Trocknen außen am Gepäck, während die Männer marschierten. Irish fühlte sich nicht besser. Am Mittwoch, auf dem Marsch zu der beschädigten Stadt Albert, hatte er hohes Fieber, und sie drängten ihn, sich krankzumelden.

»Ich finde es furchtbar, dich gerade dann allein zu lassen, wenn wir an die Front gehen, Jimmy-Boy«, sagte er, und es stimmte. Sie arbeiteten Hand in Hand, und alle wussten es.

Aber Irish war zu krank, um eingesetzt zu werden. Es regnete, und er war durchnässt, und seine Beine und Wickelgamaschen waren mit Schlamm bedeckt. Er hatte Mühe, einen Fuß vor den anderen zu setzen. Das Einzige, was ihn aufheiterte, war der Anblick der Marienstatue in Albert, die sich fast kopfüber vom Kirchturm neigte und jeden Moment zu fallen drohte. Aber sie fiel nicht. Tagelang hörten die Jungs von der berühmten Statue mit der schrägen Jungfrau.

*

Die kürzlich eroberten deutschen Schützengräben waren ein Wunder, ein tiefes Labyrinth von Räumen, die mit gehobelten Brettern verstärkt waren und sogar elektrisches Licht hatten. Einer der Gräben war zu einem Vorgeschobenen Verbandsplatz geworden. Aufgrund der Kalksteingebiete ringsum waren die Linien der Gräben mit ihrem an den Seiten aufgehäuften Kalkstein leicht zu erkennen. Irish war in Albert zurückgeblieben und lag dort in einem Hinterzimmer des Hauptverbandsplatzes auf einem von mehreren niedrigen Feldbetten, die auf dem Steinboden aufgestellt waren. Die Fenster waren verdunkelt worden, und in allen Räumen des Gebäudes roch es ständig und penetrant nach Acetylengas. Seine Temperatur war auf 40 Grad gestiegen, als er den S. O. schließlich zu Gesicht bekam. Die Nächte waren jetzt kälter, und sein Zustand hatte sich dadurch verschlechtert, dass er versucht hatte durchzuhalten. Er hatte sich immer wieder erkältet.

Finner, sein Ersatz, ging neben Jim, während vier Gruppen ihrem Sergeant folgten und um fünf Uhr morgens Chalk Cliffs verließen und die Treffpunkte ansteuerten. Jim dachte an die deutschen Gefangenen in ihren Drahtkäfigen, die er die Nacht zuvor weiter hinten gesehen hatte. Er hatte sie im Vorbeigehen direkt angestarrt und sich wieder gefragt, was für ein Mensch der Feind wohl war. Einige von den deutschen Soldaten saßen

auf der Erde, zerrissen alte Sandsäcke, um sich daraus Ersatzgamaschen zu machen, und sie wickelten sich die braunen Fetzen wieder und wieder um die Waden. Die Deutschen redeten untereinander und schenkten den Jungs von der Sanitätseinheit keine Aufmerksamkeit, als sie vorbeigingen.
Evan war nervöser als je zuvor; das Zucken in seiner Wange ging wie ein Pulsschlag, und er drehte auch wieder an den Fingern. Während sie marschierten, behielt Jim ihn im Auge: Evan ging vor ihm und rechts von Stash. Sie bewegten sich zu zweit vorwärts, mit Abständen zwischen den einzelnen Zweiergruppen. Neben Jim redete Finner ununterbrochen mit leiser monotoner Stimme, die jede Stille ausfüllte, die zwischen den Einschlägen der Geschosse auszufüllen war. Seine Stimme ging Jim auf die Nerven, aber Jim wusste, dass Finner selbst nervös war. Er sah jung aus, kaum alt genug, um hier zu sein. Vielleicht, dachte Jim, weil der Rest von ihnen so alt aussah und sich auch so fühlte. Finner war erst ein paar Tage bei ihnen; er war einen Tag bevor sie nach Brick Fields marschierten, zu ihnen geschickt worden. Auf jeden Fall wollte oder konnte er nicht den Mund halten. Jim versuchte, Finners Stimme an den äußersten Rand seines Bewusstseins zu verbannen. Er zog sich in sich selbst zurück und bewegte sich vorwärts, sorgsam darauf achtend, wohin er trat. Es gab überall Einschusslöcher von Granaten und Krater, und die Männer kamen an einer riesigen Grube vorbei, wo eine Mine explodiert war. Das öde Land um sie herum war entblößt, ohne jeden Grashalm, ohne jeden Busch und Strauch oder Baum. Was vor ihnen lag, war zu einer totalen Wüste aufgeworfen worden. Als sie die Schützengräben erreichten und den Verbandsplatz fanden, war ein unbeschreibliches Bombardement im Gange. Die Erde bebte, und die Luft prallte von allen Seiten gegen Jims Kopf. Das konzentrierte Geräusch drang nicht nur durch die Ohren, sondern auch durch den Mund in ihn ein. Die Toten

waren begraben und halb begraben; die Verwundeten lagen oder saßen mit schmerzvoll starrenden Blicken.
Jim machte sich im Schützengraben an die Arbeit, kniete, als er einen Verband anlegte. Er griff nach seiner Bahre und bewegte sich auf Finner zu. Evan und Stash waren weitergegangen und im Moment außer Sicht.
Sie betteten einen Soldaten, dessen Arm geschient war und der Granatsplitter im Knie hatte. Während sie noch dastanden und gerade aufbrechen wollten mit ihrer Bahre, stürzte ein Leutnant auf sie zu. Ein Kanadier, den sie noch nie vorher gesehen hatten. »Haut ab!«, schrie er. »Verschwindet hier. Die Jungs treten zum Sturmangriff an, direkt vor uns.«
Jim hatte die Führung und bemühte sich, den Verwundeten wegzubringen, aber er musste langsam vorgehen wegen der Tragbahre und wegen des rutschigen Bodens unter ihren Füßen. Er und Finner erreichten einen Verbindungsgraben und dann einen Pfad, und obwohl der Beschuss heftig war und von allen Seiten kam, gelang es ihnen, das offene, ungeschützte Gebiet zu überwinden. Sie trugen ihren Patienten bis zur Straßenbahnlinie am Friedhof, wo die Verwundeten auf Lastwagen geladen wurden, die zum nächsten Sammelpunkt fuhren.
Auf dem Rückweg gingen sie an Evan und Stash vorbei, die herauskamen, und Jims Blick streifte ihre Gesichter. Stash konzentriert wie immer. Evan blass, das Zucken in seiner Wange noch ausgeprägter. Immer mehr Krankenträger passierten die Frontlinie in beiden Richtungen. Jim spürte, wie sich sein Magen verkrampfte. Er hatte die vage Erinnerung, vor Stunden das letzte Mal gegessen zu haben. Er und Finner wurden diesmal weiter nach vorn geschickt. Die Toten und Sterbenden waren innerhalb und außerhalb der Schützengräben, lagen im Wasser und im Schlamm. Das Räumen ging immer weiter, während sie die Verwundeten, einen nach dem anderen, zurücktrugen, so dass sie

wieder weitertransportiert werden konnten und schließlich den Verbandsplatz in Brick Fields erreichten. Neu angekommene Träger erzählten Jim und Finner, dass zwölf Chirurgen pausenlos an den Operationstischen arbeiteten, die am Verbandsplatz in Albert aufgestellt waren. Im Geiste sah Jim das Undenkbare vor sich – Blut, das sich aus den Jungenkörpern auf den Fußboden und die Tische, über die Hände und Arme und weißen Schürzen der Chirurgen ergoss, während sich diese an die Arbeit machten. Viele der Jungen starben am Schock, bevor sie behandelt werden konnten, ihre Körper waren aus dem Gleichgewicht.

Sie versuchten, einem jungen Infanteristen zu helfen – einem Jungen, der nicht älter aussah, als Egan gewesen war. Er musste natürlich älter sein, dachte Jim. Er kniete, um zu sehen, was er tun konnte. Der obere Teil der Stirn war eingeschlagen worden, aber nicht die Augen – eine Schädelsache. Jim hatte gehört, wie die S. O.s von den Patienten als »Schädel« sprachen, wenn Stücke von Raketen oder Granaten im Kopf steckten oder wenn die Schädelplatten eingedrückt waren. Die runden Augen des Jungen waren direkt auf ihn geheftet, als er und Finner ihn anhoben. Alle Jungs fürchteten, verstümmelt zu werden. Sie würden lieber eine einzelne Kugel in Kauf nehmen und sagten ihm das auch dauernd. Eine einzelne Kugel war gnädig, weil dabei die Gefahr, dass es zu Vereiterung oder Wundbrand kommen könnte, geringer war – wenn sie überlebten. Der Junge mit der Verwundung an der Stirn überlebte keine hundert Meter des Transports; sie legten ihn in den Schlamm neben verquollene und verzerrte Leichen, die dort schon seit einiger Zeit lagen.

Sie arbeiteten den ganzen Tag und die ganze Nacht. Am folgenden Tag stellte Jim fest, dass Finner endlich den Mund hielt. Er konnte sich nicht erinnern, wann das eingetreten war – an diesem Tag oder am Tag zuvor oder in der Nacht. Er dachte an

Irish und dass sein Freund aus diesem Ganzen heraus war. Irish hatte oft gesagt: »Das sind die Bilder, mit deren Grauen die Seele sich für alle Zeiten vollfrisst, Jimmy«, und Jim wusste, dass er Recht hatte.

Es regnete jetzt schon seit einiger Zeit, und der gelblich graue Schlamm setzte sich an Stiefeln und Kleidern fest und verlangsamte ihr Tempo, denn er machte die Traglasten und die eigenen Beine und Füße noch schwerer. Die Decken auf den Verwundeten waren verdreckt. Jim und Finner hatten ihre letzten Rationen schon vor langer Zeit gegessen. Eine Granate schlug in ihrer Nähe ein, und sie stürzten sofort, vom Schrecken überwältigt, zu Boden. Jim landete in einer halb mit Wasser gefüllten Grube, und seine leere Bahre flog in die entgegengesetzte Richtung. Er bewegte Arme und Beine und kroch hinaus, völlig durchnässt – obwohl das bei dem Regen keine Rolle spielte. Er schaute sich nach Finner um und sah ihn auf der Seite im Schlamm liegen, aber Finner bewegte sich und kam auf die Knie.

Als sie das nächste Mal am Verbandsplatz waren, stießen Evan und Stash zu ihnen. Sie sollten alle wieder nach vorn gehen, um sich mit einer anderen Trägergruppe zu treffen, die vorausgeschickt worden war. Sie gingen in einer Reihe einzeln hintereinander, Stash in Führung, und rutschten und schlitterten plötzlich über Planken, die man zur Befestigung des Bodens gelegt hatte. Vorneweg transportierten ein halbes Dutzend Maulesel Kisten mit Munition auf dem Rücken, und gerade als die Träger vorbeigehen wollten, rutschte der hintere Esel von den Brettern in die Schlammschichten. Das Tier strampelte in seiner Panik, und instinktiv streckten sie die Hände nach ihm aus, aber sie mussten stehen bleiben und mit ansehen, wie seine verwirrten Augen tiefer und tiefer sanken, fast unmittelbar zu ihren Füßen. Stash sah so aus, als wollte er ihm hinterherspringen, aber der Esel steckte schon bis zum Hals darin und verschwand. Er ging

vollständig unter, und eine innere Stimme sagte zu Jim: *Kein Kopf mehr*, und er dachte über die Normalität dieses Gedankens nach.
»Das ist doch ein kleiner Maulesel, um Himmels willen!«, rief Stash in die Luft. »Es ist ein Lebewesen. Da müssen wir doch was machen können.«
Aber da konnten sie nichts machen. Eine Stimme rief wütend von hinten: »Bewegt euch! Geht weiter.« Die Stimme in Jim sagte: *Maulesel geraten nicht in Panik, Pferde ja. Sie werden hier verwendet, weil es einfacher ist, sie von Koliken zu kurieren.* Aber es war entsetzlich, wie beide hier verbraucht wurden. Das war einer der Schrecken des Krieges – die furchtbare Verschwendung von lebendigen Geschöpfen. Tausende und Abertausende von Pferden und Mauleseln lagen begraben und unbegraben über die narbige Landschaft verstreut in diesen Gegenden von Belgien und Frankreich.
Stash war immer noch zornig, als sie sich den anderen Gruppen anschlossen. Die Erde um sie herum spritzte hoch, und Rauch wehte durch die Luft. Darauf folgte eine Stille, die aberwitzig erschien. Die Wolken hingen niedrig, der Spätnachmittagshimmel war so grau wie die Erde. Rechts von Jim befand sich ein Zickzackeinschnitt in einen Schützengraben, und dahinter ein schartiges Stück Wellblech, das als Schutzdach verwendet wurde. Der Graben war überfüllt und roch nach ungewaschenen Männern. In einem solchen Unterstand wollte Jim nicht sein. So viele Menschen aufeinander zogen Schwierigkeiten geradezu an. Er stand da und rührte sich nicht, versuchte, sich in die Stille fallen zu lassen, die sich auf allen Seiten herabgesenkt hatte.
Der zuständige Offizier erteilte den Trägern, die vor ihnen angekommen waren, seine Befehle. Während er organisierte, band er lange Streifen von weißen Binden an Stöcke. Ein Jaulen wurde hörbar, und schon kam die Explosion links von Jim. Kaum einer duckte sich. Aber sie alle beobachteten, wie Stash sich ein

paar Meter entfernt mit einer Hand an die Kehle griff. Er stieß einen zischenden Laut aus, klappte wie ein Taschenmesser nach vorn und sackte zu Boden. Evan, der ihm am nächsten war, kniete sofort neben seinem Freund. Ein verirrtes Metallstück hatte Stash am Hals getroffen, und er war auf der Stelle tot.

Jims Beine flogen über die kurze Strecke zwischen ihnen. Er fiel neben Evan auf die Knie, der Stash schon umgedreht hatte, das Gesicht nach oben. Da war nur wenig Blut. Die beiden Männer zogen ihren Freund zur Seite, und Jim stand da und sah ungläubig auf ihn herunter, er schwor, dass er ihn anständig begraben würde. Er hörte, dass der Offizier ihm zurief: »Raus da mit den andern!« Finner stand mit aschfahlem Gesicht hinter dem Offizier. Man hatte ihm einen Stock in die Hand gedrückt. Einige der Träger erhoben ihre Stöcke mit den Verbandsstreifen über ihre Köpfe. Jim spürte einen krampfartigen Schmerz in den Eingeweiden, und er dachte, er müsse sich übergeben. Evan sah so aus, als stünde er unter Schock, aber seine Füße hatten sich schon von Stashs Leiche weg- und auf den Offizier zubewegt. In Vierergruppen, drei in Jims Gruppe – jede Gruppe mit einer Tragbahre –, kraxelten sie nach oben und begannen, sich ihren Weg quer durch das Niemandsland zu suchen.

Sie tauchten in Krater ein, stiegen über Draht, Hindernisse und sanken bisweilen knietief ein. Sie waren von einer Stille umgeben, die noch unheimlicher war als die, die sich auf sie gesenkt hatte, bevor sie den Schützengraben verließen. Sogar während er sich bewegte, dachte Jim, was sie für ein Anblick seien, ein nie da gewesener Anblick. Jede Gruppe hielt ihr weißes Banner hoch, das nicht mehr war als eine vom Regen durchnässte Bandage, die vom Ende des Stockes herunterhing, um sie zu schützen.

Sie brauchten nicht lange zu suchen. Überall in der Gegend beugten sich Träger über Gefallene, untersuchten Körper, ließen die Toten liegen und luden die Verwundeten auf. Jim, Evan und Finner gingen weiter nach vorn, wobei Evan an den Fingern drehte und Finner den Stock hochhielt. Aber das Gehen war beschwerlich, sie mussten sich mühsam durchkämpfen. Vor ihnen, hundertundfünfzig Meter weiter oder mehr, sah Jim zwei neue Träger aus dem trüben Nebel auftauchen. Zwei weitere folgten und noch zwei, und ihm kam plötzlich die Erkenntnis, dass er den Feind beobachtete. Das waren Deutsche. Wie die Kanadier trug jede Gruppe der Deutschen einen Stock mit Verbandsstreifen. Vorsichtig bewegten sich die Männer der beiden Seiten aufeinander zu, Schritt für Schritt, Schritt für Schritt. *Vorsicht*, sagte Jim zu sich. *Ganz ruhig.* Ein deutscher Soldat hob den Arm und zeigte mit dem Finger auf Jim und dann auf den Schlamm neben sich. Der Deutsche war unbewaffnet. Er kniete sich hin, dann stand er auf und zeigte wieder, dieses Mal benutzte er die Zeichensprache, um Jim zu bedeuten, dass er mit der Trage kommen solle. Als Jim, Evan und Finner den Rand des Kraters erreicht hatten, auf den der Deutsche zeigte, sahen sie, dass sein Partner unten im Krater war und einem Soldaten von der 42. bereits einen von seinen eigenen Verbänden angelegt hatte. Der Junge war bei Bewusstsein, er lag rücklings an einem schrägen Erdwall. Er sah so aus, als wäre er schon einige Zeit dort. Seine Schulter war entblößt und hatte eine Verletzung abbekommen, die bis zur anderen Seite durchging, und Jim wusste, dass er unter Schock stand, weil er nicht aufschrie, als er ihn berührte. Der Körper des Jungen begann unkontrolliert zu zittern. Finner ließ den Stock mit der weißen Bandage fallen und sprang in den Krater. Der Deutsche, der den Verband angelegt hatte, half mit, den Jungen herauszuheben, bis sie ihn auf einer Ebene mit den Füßen der anderen hatten und auf die Trage legen konnten. Jim richtete sich auf, die Griffe gepackt, und stand Auge in Auge mit dem Deutschen, der ihn herangewinkt hatte.

Das Gesicht des Feindes erwiderte seinen Blick. Die Augen unter dem typischen Helmbogen waren ausdruckslos. Er war breit, größer als Jim und schwerer, aber etwa im gleichen Alter. Seine Augen waren graublau. Quer über sein Kinn zog sich ein Schmutzstreifen, als hätte er mit der Hand darüber gewischt. Seine Uniform war ebenso verdreckt und mit Schlamm verkrustet wie die Uniformen der Kanadier.

Weder Jim noch der Deutsche sprachen. Jim dachte an Stashs Körper, wie er zusammengeklappt war, als er zu Boden sackte. Er bemühte sich, den Mann zu hassen, der vor ihm stand. Aber da war nur Kälte, kein anderes Gefühl. Kälte und der Hass auf den Krieg.

Er wandte sich ab und brach zur eigenen Truppe auf, und dabei sah er überall in der trostlosen, zerstörten Landschaft paarweise Männer, deutsche und kanadische, die ihre Verwundeten verbanden, die Verletzten auf Bahren hoben und sie zu den eigenen Truppen zurücktrugen.

*

Nachdem Jim und Evan drei Männer hinausgetragen hatten, legten sie den Körper ihres Freundes behutsam auf eine Bahre und trugen ihn so weit nach hinten, wie sie konnten, um sicherzustellen, dass er begraben würde. Jim und Finner hatten von einem Korporal der Sanitätseinheit die Anweisung erhalten, zu einem Schützengraben zu gehen und dort zu bleiben und sich auszuruhen, bis sie gerufen würden. Evan wurde nach Chalk Cliffs zurückgeschickt.

Der Graben war eingestürzt, das Dach eingestürzt, aber an einer Seite war genug Platz, um zwei Männern Unterschlupf zu geben. Sie krochen mit ihren müden Gliedern dankbar hinein. Jim griff nach einem Bodenbelag, der teilweise im Schlamm eingegraben war. Er säuberte ihn, so gut er konnte, und wickelte ihn um sie beide. Einige Sekunden verbrachte er damit, den Regen von ihren ohnehin schon durchweichten Stiefeln abtropfen zu lassen. Er und Finner hatten beide schon vor langer Zeit ihre Wickelgamaschen aufgegeben. Wie alle anderen Träger in den vergangenen Tagen hatten sie diese als Außenbandagen für Verwundete verwendet.

Er sank gegen den weichen Schlamm zurück und wollte seinen Körper dazu zwingen, sich zu entspannen, wohl wissend, dass dies hier kein Platz war, wo er schlafen konnte. Er nahm ganz deutlich Verwesungsgeruch wahr, und hinter Finners Schulter entdeckte er etwas, das wie Haare aussah. Ungläubig starrte er plötzlich auf ein großes Auge, das in die Erdwand eingebettet war. Losgelöst von Höhle und Schädel, die es einst umschlossen hatten, hätte es dort hingepflanzt sein können. Jim schloss die Augen, versuchte abzuwehren, was er gerade gesehen hatte. In diesem Moment fasste Finner nach hinten, um einen Klumpen hinter seiner Schulter wegzuschieben, und seine Hand ging durch Skelettteile eines Maulesels. Eine faulig stinkende Flüssigkeit und Gas strömten heraus. Sie sprangen beide auf, und Finner fuhr mit den Händen und Armen und Kleidern wie wild im Schlamm herum, um sie zu reinigen. Ohne ein Wort zu sagen, suchten sie sich einen anderen Unterschlupf und krochen hinein, dieses Mal ohne Bodenbelag.

Jim lag mit offenen Augen dort. Er dachte an den überraschten Ausdruck auf Stashs Gesicht, daran, wie sein Freund sich mit der Hand an die Kehle gefasst hatte, als wollte er den Tod abfangen, ehe der Tod ihn fangen konnte. Jim drehte sich mit dem Rücken zu Finner, sorgte aber dafür, dass sie noch eng zusammenlagen, um sich ein wenig zu wärmen. Lautlos bewegte er die Lippen: *Der Herr ist mein Hirte; mir wird nichts mangeln. Er lässt mich ruhen* … Ebenso lautlos liefen ihm Tränen über die

Wangen. Finners Körperwärme ging langsam in ihn über. Die beiden Männer sanken tiefer ein und gruben sich in den stinkenden Schlamm.

*

»Hast du schon mal Schmerzen gehabt?«

Von seinem Stuhl schaute Jim auf den Soldaten in dem schmalen Bett. Der junge Mann schien überrascht zu sein, den schrillen Ton zu hören, der seine eigene Stimme war.

Ohne Jims Antwort abzuwarten, fuhr er fort.

»Ich sag mir dauernd, ich müsste das doch ertragen können.« Seine Stimme wurde leiser. »Aber der Schmerz ist überhaupt nicht erträglich. Er will nicht weggehen. Er hat ein Eigenleben. Ich begreife das jetzt, aber ich weiß nicht, was ich tun soll.«

»Beschreib mir, wo der Schmerz ist.« Jim senkte die eigene Stimme zum Flüsterton und hoffte, die Patienten in den angrenzenden Betten würden nicht aufwachen; sie schliefen sowieso so unruhig. »Vielleicht kann man ja was tun.«

»Da kann man nichts tun. Er ist überall in meinem ganzen Körper. Ich hab schon gedacht, das untere Ende von mir sei halb weggeschossen worden. Aber das kann nicht sein, verstehst du, ich kann nämlich mit der Hand runterlangen und kann die Haut auf meinen Beinen fühlen.« Er hielt inne und holte tief Luft. »Auf dem Weg hierher, als ich in dem Sanitätswagen durchgeschüttelt wurde, da hab ich versucht, mich zu konzentrieren. Ich hab versucht, darüber nachzudenken, wie ich den Schmerz wegbekomme, wie ich ihn aus mir herausreiße. So wie wir Läuse ins Feuer geschnipst haben. Für die Streusel war der Schmerz wenigstens schnell vorbei.«

»Wie heißt du?« Jim wusste es sehr wohl; er konnte es von dort, wo er saß, auf der Fieberkurve lesen.

»Thompson. Die Jungs nennen mich Tommy. Komisch, nicht,

dass meine Familie meinen Namen nie abgekürzt hat? Ich hatte nie einen Spitznamen, bis ich hierher kam. Weißt du – wie ist denn dein Name?«

»Jim.«

»Weißt du, Jim, du denkst immer – wenn du da rausmusst, in das Niemandsland, und kämpfen musst – du denkst also: *Ich kann es nicht.* Und dann sagst du dir selbst: *Ich kann es, ich muss es, ich hab keine Wahl. Andere Jungs haben es auch gemacht und sind jetzt da draußen.* Du hörst das Zischen der Maschinengewehrkugeln über deinem Kopf, aber du weißt, du musst hoch, raus aus dem Graben. Du hörst das Schrillen der Pfeife von Number One, und du sagst dir: *Ich kann hier nicht bleiben. Steh auf. Steig rauf und geh.* Das schlimmste Geräusch von allen ist die Stille, bevor die Pfeife ertönt. Und nachdem ich das gemacht habe, nachdem ich zum Sturmangriff angetreten bin – bitte, da bin ich, lebendig und im Lazarett, und jetzt denkst du vielleicht, den Schmerz könnte ich auch in den Griff kriegen.«

Jim wünschte, der Junge würde sich beruhigen. Er hatte Morphium bekommen, wie die Krankenschwester Jim berichtet hatte, aber es schien nicht zu wirken. Nur die schweren Bauchverletzungen kamen hierher. Der S. O. hatte fünfzig Stunden ohne Unterbrechung gearbeitet und schlief auf einer Tragbahre auf dem Fußboden des Lagerraums auf der anderen Seite des Ganges. Er hatte allen nahe gelegt, ihn nicht zu wecken – nur bei *echten* Notfällen.

Jim war für die Nachtschicht eingeteilt und hatte sich um ein Uhr nachts gemeldet. Irish war jetzt fast wiederhergestellt. Sein Fieber war zurückgegangen, und er hatte sich der Gruppe vor dem Geländemarsch nach Warloy wieder angeschlossen. Irish hatte vorerst noch leichte Aufgaben und arbeitete am Tag. Sie waren in einem riesigen Zelt untergebracht, und alle Jungs hatten ein Bad genommen und sich rasiert. Der verkrustete Schlamm

war abgekratzt worden, und es hatte neue Wickelgamaschen gegeben. Jeder hatte saubere Socken und Unterwäsche. Im Augenblick waren die Jungs der Sanitätseinheit wieder sauber.
Nach der letzten Dienstperiode hatte Jim eine Beförderung abgelehnt. Er und Irish blieben zusammen, egal, was passierte. Finner war jetzt Evans Partner, er ersetzte Stash.
Die Betten standen in engen Reihen zusammen, und es war Jims Aufgabe, auf diese Seite der Wachstation ein Auge zu haben, während die beiden Krankenschwestern Verbände wechselten – sie hatten am anderen Ende des Saals begonnen. Der Geruch nach Desinfektionsmittel und Reinigungslösung machte die Luft schwer und ließ seine Nasenschleimhaut anschwellen. Wenn noch mehr Patienten kämen, würde er hinausgehen und mithelfen, sie hineinzutragen, und während er draußen wäre, würde er ein paarmal tief Luft holen. Im Moment musste er hier auf einem Fleck sitzen. Am frühen Morgen, um halb fünf, würde er in die winzige Küche gehen und die flüssige Nahrung zubereiten. In der Zwischenzeit musste er dem Jungen zuhören, der nicht aufhören wollte zu reden.
»Das hat alles keinen Sinn. Zum Sturmangriff im Maschinengewehrfeuer antreten ist sinnlos. Soldat werden macht keinen Sinn, jetzt nicht mehr. Ich hab in einer Zeitungsredaktion gearbeitet. Ich konnte es gar nicht erwarten, zu kündigen und hierher zu kommen.«
Jim dachte an das ausdruckslose Gesicht des deutschen Krankenträgers mit den graublauen Augen. Nein, das hatte alles keinen Sinn. Der Krieg rückte immer weiter vor wie ein kopfloses, gedankenloses Ungeheuer, das nicht aufgehalten werden konnte. Ein grausames Märchen, das nicht enden wollte.
»Vielleicht solltest du versuchen, dich ein bisschen auszuruhen«, sagte Jim flüsternd. »Ich könnte eine Tasse Oxo besorgen. Ich gehe mal und sehe nach.«

Am Ende des Saals schrie ein Junge auf, als wäre er weit weg. Die Jungs unterhielten sich in ihren Albträumen. Jim wusste seit langem, dass die Verwundeten unaufhörlich im Schlaf sprachen.

»Wenn ich schlafen *könnte, würde* ich schlafen. Es gibt doch Strategien, nicht?« Tommy flüsterte, als wären er und Jim sich in diesem Punkt einig. »Wie wär's mit einer Strategie zur Überwindung von Schmerzen? Wenn ich an meine Atmung denke, dann pocht der Schmerz zusammen mit meinem Atem. Aber wenn ich eine Lage erreichen würde, wo ich ihn verteilen könnte oder hinter ihn gelangte, hätte ich vielleicht noch etwas, um ihm entgegenzutreten.«

Er quasselte weiter. Er sah jetzt nicht Jim an, sondern starrte an die niedrige Decke über seinem Kopf.

Der Krieg machte die Jungs alt. Einige von ihnen, die zwanzig waren oder einundzwanzig oder dreiundzwanzig, sahen aus wie dreiundneunzig. Wenn Grania hier wäre und sein Gesicht sähe, würde sie wahrscheinlich an ihm vorbeisehen; sie würde ihn vielleicht gar nicht wiedererkennen. Er hatte das Ausbildungslager in England erst fünf Monate zuvor verlassen und war jetzt schon ein alter Hase. Viele der Jungs, mit denen er ausgebildet worden war, waren bereits gegangen. Draufgegangen.

»Schmerz hat eine Farbe«, sagte Tommy laut. Eine der Krankenschwestern am Endes des Saals sah in Jims Richtung und runzelte die Stirn. Tommy schloss die Augen, als schaute er nach innen, direkt in die Farbe des Schmerzes. »Grün ist das, worauf ich hoffe. Schwarz ist bodenlos. Wenn ich an Rot oder Orange herankäme, könnte ich irgendwo dazwischen schweben.«

Diejenigen, die noch lebten, buddelten sich wie Uferschwalben in Löcher der Grabenwände ein. Zwei junge Infanteristen, von denen Jim gehört hatte, waren in flache, nebeneinander liegende Unterstände gekrochen und hatten die Beine noch draußen, als

eine Granate einschlug. Die vier Beine wurden an den Knien abgerissen.
»Wenn ich sterben muss, dann will ich anständig sterben, in meinen Stiefeln und bis zum Schluss im Kampf«, sagte eines Nachts ein Junge von der 49. zu Jim. Dieser Junge lebte noch; Jim hatte ihn von der Front kommen sehen.
Jeder Einzelne, der überhaupt eine Zeit lang an der Front bleiben musste, versuchte, seinen Kopf zu schützen, machte sich sein eigenes Schlupfloch. Einige der Jungs spannten Segeltuchplanen auf und tauchten darunter, wenn sie eine Granate kommen hörten – in dem Wissen, dass die Plane sie keineswegs schützen würde. Sie wussten alle, dass Deckung eine Illusion war. Es war etwas, das man in seiner Fantasie erschuf, das einen befähigte, weiterhin zu gehen und zu atmen. Viele der Jungs suchten *nie* Deckung – außer bei Sturm und Graupelschauern – und liefen unversehrt herum. Die Jungs, die jedes Mal schutzsuchend untertauchten, wenn sie ein Geräusch hörten, waren oft diejenigen, die in Stücke gerissen wurden. Die anderen, die den Kampf immer wieder überlebten, wurden Glückspilze genannt – von manchen. Wenn ihr Glück andauerte, hefteten sich einige an ihre Fersen, besonders Neuankömmlinge, die hofften, in ihrer Nähe sicher zu sein. Andere wieder hielten sich so weit wie möglich von ihnen fern; sie glaubten, weil ihre Unverletzlichkeit so lange gewährt hatte, wären sie jetzt an der Reihe. Irish äußerte sich nicht viel zu diesen Dingen. Aber eines Tages grinste er und zeigte auf seine Vorderzähne. »Guck dir diese Lücke an, Jimmy-Boy«, sagte er. »Das ist ein Glückszeichen.«
Jim wünschte, sein Freund hätte das nicht gesagt.
»Der Schmerz ist ein Schwindler«, sagte Tommy. Dieses Mal wurde Jim von seiner Stimme aufgeschreckt. Er dachte, Tommy sei längst in Schlaf gesunken.
Hatte Stash einen Schmerz gefühlt? Seine Hand war nach oben

gezuckt, und im gleichen Moment war dieser zischende Laut zu hören gewesen. Jim dachte an den Ausdruck in Irishs Gesicht, als man ihm von ihrem Freund erzählt hatte. Irish hatte keinen Ton gesagt; er hatte sich abgewandt und nie wieder von Stash gesprochen. Evan redete auch nie von seinem früheren Partner. Er nahm die Promenadenmischung Tock zu sich und trug den Hund an dem Tag, an dem sie marschierten, hinaus und schenkte ihn einem kleinen Jungen am Rande eines Dorfes, wo sie eine Ruhepause einlegten.

In den Tagen vor ihrem Abmarsch von dem Schlachtfeld, wo Stash gestorben war, hatten Evan und Jim die neue Kriegsmaschine besichtigt – glücklicherweise auf ihrer Seite. Sie wurde von manchen Landboot genannt und von anderen Panzer. Sie war riesig und schwer, aber mindestens eine von diesen Maschinen hatte die Soldaten innen nicht geschützt. Ihre verkohlten Überreste wurden zum Begräbnis daraus entfernt, und der ausgebrannte Panzer war nun vor einer Baumgruppe nutzlos zur Ruhe gekommen. Viele der Jungs besuchten ihn, um ihn zu berühren und zu bestaunen, aber einige wurden selbst getötet; die Deutschen feuerten gezielt auf diese Stelle. Evan und Jim gingen zwar dahin, um ihn anzugucken, aber sie blieben in sicherer Entfernung.

Jim dachte an Grania: wie sie den Kopf an ihn lehnte, wenn er sang, wie sie seine Lippen beobachtete, nach Worten forschend, die er sagen wollte. Manchmal hatte er das Gefühl, als wüsste sie schon vor ihm, was er sagen würde. Ein Brief hatte auf ihn gewartet, als er den langen Weg von Chalk Cliffs zurückgegangen war. Er hatte das Blatt glatt gestrichen und darauf gestarrt, als wäre es eine Botschaft von einem unbekannten Ort. Er hatte in den Worten Grania gesucht; er hatte Gesicht, Augen, Lippen, Körper, ihr Wesen gesucht. *Frau.*

Grania liebte ihn. Ihr Brief sagte es. Aber wie konnte er ihr von

Liebe schreiben an einem Ort, wo Körperteile in den Schlamm gewühlt waren; wo der Tod vom Himmel fiel in ein geschwärztes Albert, das wiederholt bombardiert wurde; wo ein Mann, der in Barriefield bereitwillig Soldat geworden war, enthauptet wurde, als er einen Sanitätswagen in Frankreich fuhr; wo eine Kugel seine Schläfe um Zentimeter verfehlte, als er hellwach zwischen Sandsäcken gelegen hatte, um eine weitere schlaflose Nacht durchzustehen.

»Eins weiß ich bestimmt«, sagte Tommy, dessen Stimme plötzlich dünn und schwach klang.

Doch Jim wollte nicht hören, was Tommy wusste. Er wollte schreien: *Hör auf! Hör auf, in dieser Weise von deinen Schmerzen zu reden. Reiß dich zusammen!*

Aber auch wenn er dies nur dachte – er, der vollkommen gesund war, der es wagen konnte, sich zu bewegen, zu essen, zu pinkeln, zu scheißen, mit heilem Mund und heiler Zunge zu sprechen –, auch wenn er dies nur dachte, war eigentlich er derjenige, dem man die schlimmste Disziplinlosigkeit vorwerfen konnte. Er saß hier aufrecht in einem Krankensaal, umgeben von Verwundeten. Und er war nicht getroffen worden.

Er war derjenige, der sich zusammenreißen sollte.

# IIII

# 1917–1918

# KAPITEL 1

*Drei Doppeldecker besuchten Belleville von Deseronto aus und landeten auf einem Feld. Jeder trug einen Offizier und einen Beobachter. Als sie sich näherten, bekamen das Vieh und die Pferde bei der Arbeit einen großen Schrecken und rannten auf den Feldern herum.*
*Als die Maschinen landeten, eilten viele Bürger auf den Platz, und einige von der Schule liefen auch dorthin, um die Doppeldecker zu sehen. Für viele war es das erste Mal, dass sie eine Flugmaschine aus der Nähe sahen.*

The Canadian

Cora hatte sie gesehen, Grania war sich sicher, aber sie war schon in der Halle verschwunden, als Grania, Mamo und Tress bei der Tür an der Mill Street ankamen. Es war nicht kalt, aber ein Herbstwind wehte direkt von der Bucht. Mamo ging wegen ihrer Arthritis langsam. Zu Hause hatte sie Schwierigkeiten, sich aus dem Schaukelstuhl zu erheben, wenn sie lange gesessen hatte, aber sie schaffte es, jeden Abend die Treppe zu ihrem Zimmer hinaufzusteigen, und sie machte sich jeden Morgen auf den Weg über den Durchgang zum Frühstück, wo sie gern ein wenig länger bei ihrer Tasse Pekoe-Tee saß. »Ich mach immer so weiter«, sagte sie. »Wenn ich mich ständig bewege, geht's mir gut.«

Im Arbeitsraum vom Roten Kreuz hatten die meisten der anwesenden Frauen ihre Plätze eingenommen. Einige saßen oder standen um den langen Tisch in der Mitte, um Pakete zu packen und Seesäcke herzustellen; andere saßen auf Stühlen, die zu einem Kreis gruppiert waren, und nähten oder strickten Schals, Pulswärmer oder Socken für die kommenden Wintermonate (*Socken brauchen keine Verstärkung unter den Fersen oder an der Fußspitze*).

Grania entdeckte ihre Freundin Kay am anderen Ende des Zimmers und winkte ihr zu. Kay trug immer noch Trauer – schwarzer Hut, schwarzes Kleid –, obwohl ihr Mann schon zweieinhalb Jahre zuvor, im April 1915, gefallen war. Grania war damals noch in der Schule tätig gewesen. In ihrem Kummer arbeitete Kay jeden Freitagnachmittag freiwillig beim Roten Kreuz und strickte für die Jungs an der Front. Nach dem Tod ihres Mannes hatte sie ihr Haus aufgegeben, aber anstatt in ihr Elternhaus zurückzukehren, war sie zu ihrer Großmutter gezogen, einer Witwe, die ein kleines Haus an der Thomas Street besaß, zwei Straßen hinter der Main.

Ihre Großmutter, in der Stadt als »Granny« bekannt, hatte sich um Kays zweijähriges Kind gekümmert, während Kay jeden Vormittag in der Glasfabrik arbeitete. Aber Granny hatte jetzt selbst Probleme; sie war vergesslich und hatte begonnen, ziellos herumzuwandern. Grania sah Kays geheimnisvolles Lächeln nur noch selten, aber über was hätte man auch lächeln sollen?

Im Arbeitsraum waren Vorräte gestapelt: in Ecken, auf einem Pult, das an die Wand geschoben war, und in offenen Schrankfächern. Cora hatte eine Notiz in Augenhöhe an der Tür befestigt, so dass niemand die neusten Informationen vom Oberkommando, den Dominion Headquarters, übersehen konnte. Die neuen Instruktionen enthielten eine Liste von Einzelheiten, die an die Stelle der früheren »Comfort Bags« treten sollten. Ungeziefer abweisende Hemden und Cholera-Gürtel waren nicht mehr erforderlich. Als selbst ernannte Leiterin meinte Cora, sie müsse darauf achten, dass Anordnungen buchstabengetreu befolgt wurden. Es gab auch einen im ganzen Dominion ausgetragenen Strick-Wettkampf, und Cora hatte diesbezüglich etwas bekannt zu geben.

Im Nähkreis waren die Augen der Frauen gesenkt und verfolgten die Stiche. Grania beobachtete, wie die Unterhaltung sich von einem Lippenpaar zum anderen bewegte. Wie immer in einer Gruppe sprangen die Wörter schnell in der Runde herum und waren nicht zu lesen. Wenn Mamo und Tress bei ihr waren, dann war Grania einbezogen. Sie brauchte nur zur Seite zu blicken, zu einer von beiden, ihren vertrauten Lippen zu folgen – Lippen, die Worte formten, ohne auch nur zu flüstern, Lippen, die schweigend kommentierten, wie sie es immer getan hatten, seit sie fünf Jahre alt war. Damit sie nicht ausgeschlossen war.

Cora las laut vor, das Gesicht schräg über ein Blatt Papier geneigt. Tress ging schnell zum Eingang und löste die Kopie des Blattes ab und brachte sie Grania, damit sie folgen konnte. Die Strickerinnen blickten vereint auf, aber während sie Coras Stimme zuhörten, blieben ihre Hände keinen Moment untätig. Grania stellte sich die müßige Frage, wie wohl Coras Stimme klang. Sie nickte Tress zu und dachte wieder daran, dass sie immer, wenn sie in die dunklen Augen ihrer Schwester sah, das Gefühl hatte, direkt in Mutters Augen zu blicken. Sie sah das Blatt durch, während Cora las.

*Taschentücher bestehen künftig aus ungesäumtem Mull, 45 x 45 cm, sind gewaschen und gebügelt und werden im Dutzend zusammengebunden. Es werden keine Rasierpinsel in Seesäcke gepackt wegen der Milzbrand-Gefahr. Kerzen für den Schützengraben aus Zeitungspapier und Wachs sind nicht ausreichend und sollen nicht an Lager-*

*häuser versandt werden, da sie nicht mehr nach Übersee verschifft werden können. Bettunterlagen, 43 x 43 cm, 6 Schichten Zeitungspapier, 1 Schicht nicht absorbierende Watte, sind mit billiger Gaze – nicht mit Mull – zu umhüllen. Man möge Muster vom Dominion HQ benutzen.*

Anderthalb Stunden lang sortierte und schichtete und packte Grania. Jeder einzelne Gegenstand, der durch ihre Hände ging, wurde sorgfältig an seinen Platz gelegt: Waschlappen, Zahnbürste, Zahnpasta, Schreibblock, Bleistift, Rasierseife, Rasiermesser, kleiner Kamm, Schokolade, Obstkonserve, Kaugummi, Kakao, Currypulver, Streichhölzer, Feuerzeug, Schreibfedern, Toilettenpapier und schließlich eine Mundharmonika.

Sie hoffte, dass bei Jim eine Mundharmonika ankam. Sie stellte sich seine langen Finger vor, die um das kurze, dicke Metall gekrümmt waren, seine Handflächen über der Doppelreihe dunkler Löcher, wenn er sich das Instrument an den Mund hielt, und seine rechte Hand, die sich rhythmisch wölbte. Es war fast zwei Jahre her, dass Jim sich eine Mundharmonika an die Lippen gehalten hatte und die letzten Gäste auf der Veranda bei Bompa Jack ihm zuhörten – Stunden nach der Hochzeitsfeier, nachdem man das Fest gerühmt und genossen hatte, nachdem die Küchenmöbel wieder an ihren richtigen Platz gestellt worden waren, weil die Tanzerei vorbei war, nachdem die Hochzeitsgäste, die nicht tanzten, die Gelegenheit genutzt hatten, auf hochlehnigen Stühlen im Salon zu sitzen, Neuigkeiten auszutauschen und zu plaudern.

Bompa Jack hatte zur Hochzeit wieder dieselbe alte Krawatte getragen, zusammen mit der einzigen guten Hose, die er besaß, und einem wirklich neuen Hemd, das Großtante Martha aus Eatons Katalog bestellt hatte. Als das Tanzen aufgehört hatte, hatte er sich wieder sein bequemes Arbeitszeug angezogen. Grania erinnerte sich, wie froh sie war, neben Mamo auf der Veranda zu sitzen, als sich die Abenddämmerung über das Melkhaus und die Scheune senkte und ihre Formen in Silhouetten verwandelte. Die Verwandten, die noch auf der Farm waren, bewegten sich draußen und drinnen. Vater und Mutter, Tress und Mamo blieben über Nacht. Bernard und Patrick waren früh gegangen, um in die Stadt zurückzukehren und im Hotel nach dem Rechten zu sehen.

Und dann war die große Müdigkeit gekommen – denn es war ein aufregender, ereignisreicher Tag gewesen, an dem sie stundenlang von den Lippen der Gratulanten abgelesen hatte. Sie war erleichtert, als es dunkel wurde und sie den Unterhaltungen nicht länger folgen konnte. Sie hatte gedacht, sie würde vielleicht in einem tiefen, langen Schlaf versinken. Und dann war Jim zu ihrer Rettung gekommen, und sie waren in dem Auto fortgefahren, das Onkel Alex ihnen geliehen hatte.

*Dulcie, die von ihrem frisch gebackenen Ehemann gerettet wurde, winkte den Hochzeitsgästen zum Abschied zu, und das Paar fuhr davon.*

Nun war Großtante Martha tot; sie war im Frühjahr an einem Schlaganfall gestorben, und Bompa Jack war wieder allein. Vater fuhr alle zwei Wochen zur Ninth Concession, um seinen Vater zu besuchen; er nahm Vorräte aus der Stadt mit, die Bompa Jack vielleicht gebrauchen konnte, und blieb über Nacht. Grania war Ende August mit ihm gefahren, und Vater hatte sie beim Abendessen an Bompas Tisch überrascht. Denn er redete hier mehr, als er jemals zu Hause gesprochen hatte, erzählte von der Zeit, als er ein Junge war und auf der Farm in ebendiesem Haus aufwuchs. »Wir haben unsere Arbeiten im Haus gemacht, und sobald die fertig waren, durften wir Karten spielen – außer sonntags«, sagte er. Er wedelte mit der Hand über den Tisch, an dem sie saßen. »Die Jungs gegen die Mädchen. Bruder Am und ich waren große Spieler damals. Wir haben ›45‹ gespielt, und im

Herbst, wenn die Gänse fett waren, haben wir zweimal eine Gans gewonnen, als wir als Partner gespielt haben. Rummy 500 – das war auch noch so ein Spiel, das wir geliebt haben. Am Samstagabend war manchmal bei irgendeinem zu Hause eine Party; im Winter sind wir mit einer Gruppe Schlitten gefahren. Es war immer eine Geige dabei, einer, der gefiedelt hat. Hin und wieder hat jemand ein Banjo mitgebracht. Wenn genug Leute zusammen waren, haben wir Squaredance in der Küche getanzt. Aber die Sommer waren hart. Da haben wir alle viel Zeit damit zugebracht, Steine von den Feldern zu holen. Eine Knochenarbeit. Und dann haben wir Brennholz gesammelt, um Pottasche zu machen, die wurde dann nach Kingston gebracht und dort verkauft.«

Bompa Jack liebte die alten Geschichten. Grania musste sich anstrengen, um mit den beiden mitzukommen, wenn der eine die Erinnerung des anderen noch durch Einzelheiten ergänzte. Am späten Abend ging Vater hinaus, um eine Flasche Whisky zu holen – Grania hatte allerdings nicht gesehen, dass er eine mitgebracht hatte –, das war, als sie nach oben ins Bett ging.

Granias Hände sonderten hier aus und steckten dort ein und tauchten immer wieder in den Karton, denn wie jedes Einzelne eingepackt werden konnte, hing ganz von seiner Form ab. Sie hatte sich wieder in ihren alten Kokon zurückgezogen und sah nicht mehr zu Mamo und Tress, um zu erkunden, was vor sich ging. Sie dachte an das letzte Paket mit Hühnerkonserven und Kuchen, das sie an Jim geschickt hatte. Im Herbst des vergangenen Jahres hatte Bompa Jack sie gebeten, Äpfel von der Farm mitzuschicken. Er wollte bestimmt, dass sie in diesem Jahr wieder welche einpackte. Das erste Mal war es ein Experiment gewesen; sie hatte acht eingewickelt, jeden einzelnen separat in einer Schicht Zeitungspapier, und alle in der Hoffnung abgesandt, dass sie bei ihrer Ankunft noch essbar wären. Jim hatte sie

Wochen später erhalten und berichtet, dass sie keineswegs verdorben waren. Er war dankbar, dass er sie hatte. In diesem Jahr würde sie, wenn sie eine vernünftige Paketgröße einhalten könnte, mehr schicken – vielleicht ein Dutzend.

Aber wenn sie Pakete zur Post trug, hatte sie immer noch das Gefühl, als ließe sie diese in einen Abgrund fallen, der vielleicht nach *drüben* führte, vielleicht aber auch nicht. Irgendwie war ihr jedes Mal, wenn sie das Gebäude verließ, so zumute, als ob sie etwas, das ihr lieb war, aufgegeben hätte. Das Absenden war ein Akt des Vertrauens und des Zweifels zugleich. Alles, was in Richtung Ozean geschickt wurde, konnte von der Dunkelheit und den Wogen verschlungen werden. Selbst nach all der Mühsal und Sorgfalt, die in die Vorbereitung eingegangen waren, glaubte nur ein winziger Teil von ihr daran, dass das, was sie mit den eigenen Händen zusammengetragen und eingewickelt hatte, das weite Meer überqueren würde, um von den Händen des Mannes, den sie liebte, ausgepackt zu werden. Als sollte dieser Mangel an Vertrauen noch verstärkt werden, wurde der Absender gebeten, einen zweiten Namen auf die Außenseite zu schreiben – falls es nicht an die erste Adresse geliefert werden konnte. Sie hatte begonnen, Orryns Namen als Alternative darauf zu setzen, falls Jim unterwegs war und das Paket nicht zu ihm gelangte.

Oft schon hatte Grania sich Jim vorgestellt, wie er das Papier abriss, den Bindfaden sorgsam zusammenlegte – und zum späteren Gebrauch in die Tasche steckte –, den Inhalt heraushob und untersuchte, jedes Stück für sich. Manchmal kam Monate nachdem sie ein Paket abgeschickt hatte, ein Brief an, in dem er sich für khakifarbene Taschentücher, für Oxo, Süßigkeiten, für den marineblauen Schal, für Knieschützer bedankte. Aber die Empfangsbestätigung war so lange unterwegs, dass sie inzwischen mit dem früheren Vorgang des Absendens nichts mehr zu tun hatte.

Sie dachte an die *Empress of Ireland*, die 1914, wenige Monate vor Kriegsbeginn, gesunken war. Sie hatte in der Schule gearbeitet – es war Ende Mai, an einem Samstagmorgen. Man hatte sie ins Nähzimmer gerufen, damit sie sich die Reisekostüme der Mädchen ansah; das waren die, die sie entwarfen und ausschnitten und für die Heimreise im Juni nähten. Es hatte einen ganzen Tag gedauert, bis die Nachricht von der *Empress* langsam in die Schule drang und in den Raum, wo die Schülerinnen gerade ihre Anproben beendeten. Miss Marks ging an der Tür vorbei und sah Grania bei den Mädchen, und sie kam aus dem Flur herein, um zu sagen – mit Lippen und Händen und ernstem Gesicht –, dass ein Schiff, das nach England unterwegs war, im St. Lawrence Strom untergegangen sei. Es war von dem norwegischen Kohlendampfer *Storstad* – die Lehrerin hielt die Zeitung in der einen Hand und buchstabierte den Schiffsnamen mit den Fingern der anderen – gerammt worden. Viele Passagiere waren ertrunken. Grania wusste noch, wie Miss Marks das »P«-Zeichen mit der Hand nach unten geschüttelt hatte, um zu zeigen, wie die Passagiere tiefer und tiefer sanken.

Zu einem viel späteren Zeitpunkt – im Herbst, als sie wieder in der Schule waren und Grania wieder bei der Arbeit im Krankenhaus – traf die zweite Geschichte der *Empress* ein. Rosaleen, eine Irin, eine hörende Frau vom Hauspersonal des Krankenhauses, kam von draußen die Steinstufen heruntergelaufen. Einer ihrer dicken Absätze war abgefallen, sie hatte ihn auf dem Weg durch die Anlagen verloren, und so lief sie hinkend in den Verbandsraum. Sie schwenkte einen Briefumschlag, einen Brief, den sie vier Monate zuvor an eine Tante in England geschickt hatte. Derselbe Brief – jeder Anwesende durfte ihn ansehen, bestaunen, berühren – war an jenem Morgen zurückgekommen, gestempelt mit den unfassbaren Worten: *Geborgen von Tauchern aus der Empress of Ireland.*

Es war Cedric, der die Geschichte für die Schulzeitung aufdeckte. Die Canadian Pacific hatte Taucher angeheuert, die ein Loch in den Rumpf des gesunkenen Schiffes sprengten. Nicht nur, dass die Taucher Silberbarren und Geld und Juwelen aus dem Schiffssafe geholt hatten, sie brachten auch vier Güterwagenladungen Post herauf, und all dies war getrocknet, sortiert und den Absendern wieder zugestellt worden. Cedric war so begeistert davon, dass er die Einzelheiten veröffentlichte. *Rosaleens Brief ruhte seit dem Untergang im Bett des mächtigen St. Lawrence Stroms.* Das war Cedrics Ausdruck: *ruhte. Die Briefmarke war abgewaschen worden, aber die Schrift war noch ganz deutlich, als der Brief an die Absenderin zurückgeschickt wurde.*

Wie sie gestaunt hatten über diesen einen Brief, der in einem Postsack tief unter Wasser überlebt hatte. Unter Wasser mit Leichen. Grania hatte diesen Teil der Geschichte nicht vergessen. Mehr als tausend Menschen ertranken, als das Schiff unterging. Niemand versuchte, das Unglück den Deutschen anzulasten. Aber als die *Lusitania* torpediert wurde und ihren Platz in den Nachrichten einnahm, war die *Empress* vergessen, weil mittlerweile so viele schreckliche Ereignisse in Belgien dazwischengekommen waren. Nun lagen beide Schiffe in wässrigen Gräbern – das eine im Meer und das andere im Schlamm des St. Lawrence.

Grania dachte an Großvater O'Shaughnessy, an das Tuch, das wieder und wieder um ihn geschlagen wurde, ehe man ihn auf hoher See bestattete. Sie dachte an Mamo, die all die Jahre ohne ihn hatte leben müssen. Grania hatte, als sie Kind war, nie an die Einsamkeit von Erwachsenen gedacht.

Grania sah jetzt zu Mamo hinüber. Aber statt Mamo sah sie Coras Lippen in Bewegung, und Coras Blick richtete sich auf *sie.* Cora erzählte jedem von ihrer Tochter Jewel, die an diesem Tag mit dem Zug aus Ottawa kam. Sie werde sie zu Hause erwarten, und sie würden plaudern – gemütlich plaudern, sagte Cora, sobald ihre Aufgaben beim Roten Kreuz für diesen Tag erfüllt seien. Jewel liebte das Leben in der Hauptstadt. Sie war sogar am Parlamentsgebäude gewesen, als es im letzten Jahr in Flammen stand, und sie konnte im Einzelnen über die Tragödie berichten. Ein Junge, der Zeuge des Feuers geworden war, sei, so erzählte Cora, danach nicht mehr ganz richtig im Kopf gewesen.

Grania tat so, als verstünde sie nicht, was Cora sagte. Sie sah auf ihre Hände hinunter und packte systematisch das Paket weiter. Hin und wieder kam man mit Cora am leichtesten zurecht, wenn man sie täuschte. Wenigstens war Jims Name nicht auf Coras Lippen erschienen. An manchen Tagen kam sie direkt auf Grania zu und fragte: »Hast du heute einen Brief von Jim bekommen?« Wenn Grania keinen hatte, war es schwer für sie, ihre Trauer zu überwinden. Für die meisten Leute in der Stadt war die Post das Ereignis des Tages – Post und Zeitungen. Aber nicht für Cora, die keinen Angehörigen in Übersee hatte.

Grania erinnerte sich an den ersten nassen Kriegswinter, als Orryn in England ausgebildet wurde und aus der Ebene von Salisbury einen Brief an Kenan schrieb. *Wir hatten wieder einen furchtbaren Sturm hier, und das Postzelt wurde umgeweht. Die meisten Briefe wurden in den Himmel gewirbelt und nie wieder gesehen.*

Sie stellte sich Tausende von Briefen vor, die in den Trichter der Dunkelheit gezogen wurden, der über dem Land hing. Nicht wie Rosaleens Brief, der geradewegs nach unten gesunken war. Er hatte im Flussbett des St. Lawrence *geruht* und war wieder aufgestiegen, um an die Absenderin zurückzugehen.

Cora strahlte jetzt; sie war bei einem anderen Thema – Vernon Castle. Sie hatte die Ehre, ihn kennen zu lernen, sagte sie. Sie hatte ihm und seiner Frau Irene die Hand geschüttelt, und sie hatten versprochen, auf der Wohltätigkeitsveranstaltung in Deseronto zu tanzen. Jetzt war er Fluglehrer hier im Camp

Mohawk, die Stadt würde das berühmte Tanzpaar nun öfter sehen.
»Kinostars«, sagten Coras Lippen. »Stellt euch das vor. In unserer kleinen Stadt. Und er hat ein teures Auto.«
Tress und Grania tauschten Blicke, aber Mamo sah nicht auf. Vernon Castle hatte das Hotel besucht. Er war zum Essen im Speisesaal eingekehrt, denn man hatte ihm von Mutters Küche erzählt. Vernon Castle trug seine Uniform mit den Silberschwingen, dem Pilotenabzeichen; sein Gesicht war edel, mit feinen Zügen, einer breiten Stirn und einem Haaransatz, der an eine Möwe erinnerte. Er hatte mit der ganzen Familie geplaudert. Vater kam aus seinem Büro, um ihn kennen zu lernen. Patrick erkundigte sich nach seinem Äffchen und hörte, dass es wieder im Camp sei. Tress und Grania gaben ihm die Hand. Der Staffelkommandeur erzählte der Familie, dass seine Staffel im November nach Texas umziehen müsse wegen der winterlichen Flugbedingungen in Deseronto. Auf diese Weise konnte die Ausbildung auch in den Wintermonaten fortgesetzt werden. Patrick, der noch zur High School ging, war ganz aufgeregt. Castle war sein Idol. Grania wusste, wie sehr ihr jüngerer Bruder darauf brannte, selbst in den Krieg zu ziehen. An den Wochenenden rannte er oft aus dem Haus und stand auf der Straße oder im Hof und sah zum Himmel auf. Wenn Grania ihn fragte, erklärte er ihr, er habe das Brummen eines Flugzeugs gehört. Er hatte auch schon die beiden Ausbildungscamps, Rathbun und Mohawk, besucht, um sich alles anzugucken, und er hatte mit den Männern gesprochen, die sich zu Fliegern ausbilden ließen. Einer von ihnen erlaubte ihm, vorn in seiner Maschine zu sitzen, als sie in einer Reihe mit anderen Flugzeugen geparkt war.
Grania blickte wieder in Coras Richtung.
»Wir haben uns über Ängste unterhalten«, sagten Coras Lippen. Der Satz schien auf Grania gemünzt zu sein.

Grania beendete ihre Tagträume. Sie war bei der letzten Unterhaltung zurückgeblieben. Aber diesmal konnte sie Cora nicht ignorieren, denn die Frau stand direkt neben ihr und warf einen Blick in den Karton, den Grania gerade fertig gepackt hatte.

»Ich habe gerade gesagt, wie beängstigend es sein muss, zu wissen, dass sich einem jemand im Dunkeln von hinten nähern könnte, ohne dass man eine Ahnung hätte.« Sie stand Grania gegenüber, ihre Lippen artikulierten deutlich. Ohne ihr die Möglichkeit zu geben, darauf zu antworten, schnappte sie sich das Informationsblatt der Dominion Headquarters, das Tress heruntergenommen hatte, und rauschte davon, um es wieder an der Tür anzuheften.

»Nein«, sagte Grania und sah sofort, dass ihre Stimme bei Cora angekommen war. Coras Rücken hatte sich versteift.

*Die typisch hohe Stimme der Tauben, so klingt sie, wenn wir sie nicht nahe bei uns behalten.*

Die Strickerinnen sahen von ihren Maschen auf, während die Hände ihren Rhythmus nicht unterbrachen. Mamo und Tress blickten überrascht.

»Nein«, sagte Grania wieder. Sie verstärkte ihre Stimme. Das war nicht das süße Stimmchen, das Cora beschrieben hatte. »Ich denke nie, niemals darüber nach, was hinter mir ist.«

Coras Rücken entspannte sich wieder, aber sie drehte sich nicht um.

*Hinten existiert nicht*, murmelte Grania vor sich hin. *Die Dunkelheit, das ist eine andere Sache. Aber keine, die ich mit dir diskutieren würde.*

Auf dem Nachhauseweg stellte Grania Mamo wieder die alte Frage. »Warum ist Cora so? Warum wirkt sie immer so böse? Warum ist sie wütend auf mich?« Mit den Fingern klopfte sie seitlich an ihren Rock. Ihre bloße Existenz schien Cora zu beleidigen.

Aber Mamo schüttelte nur den Kopf. »Es ist ein langer Weg ohne Biegung«, sagten ihre Lippen. Sie hatte Grania fest am Arm gefasst, und sie nahmen sich Zeit, um auf den Gehweg zu steigen und zu ihrem Haus zu gehen. Tress hatte sie verlassen, um noch schnell zu Meaghers Geschäft zu gehen und sich die neu eingetroffenen Stoffballen für den Winter anzusehen, die in der Zeitung angezeigt worden waren.

Mamo lenkte Granias Aufmerksamkeit auf sich und blieb stehen, um zu sprechen. »Cora sieht mit Scheuklappen auf die Welt«, sagte sie. »Aber wenn jemand ein enges Herz hat, kannst du sicher sein, dass die betreffende Person es weiß und immer mit diesem Wissen lebt.«

*

Während die Frauen drinnen gesessen hatten, um für das Rote Kreuz Pakete zu packen, war Bernard draußen unterwegs gewesen, und Jewel, Coras Tochter, die auf Besuch hier war, hatte ihm eine weiße Feder angeheftet.

Grania wollte sofort losgehen und Jewel zur Rede stellen.

»Sie weiß nichts von meiner Lunge, Grainy. Es ist sinnlos, es ihr oder jemand anderem zu erklären.«

Aber Bernard war gedemütigt worden. Grania sah es an seinem Gesicht, als er das Haus verließ, um durch die Passage zu gehen. Sie dachte während des ganzen Abendessens an ihn und dann wieder, als sie später hinaufging und in ihrem Zimmer herumlief. Sie sah Jims Fotografie an – er blinzelte, an den Weidenzaun am Ende des Waldwegs gelehnt. Sie erinnerte sich, wie er ihr die Blätter aus den Haarsträhnen gezogen hatte. Sie strich mit den Fingern über die Oberfläche des Fotos, und dann sah sie auf die dunkle Bucht hinaus. Sie schloss die Vorhänge und nippte an der Tasse Tee, die sie aus der Küche mit heraufgebracht hatte. Sie

konnte sich nicht beruhigen. Als Tress heraufkam, verließ sie das Zimmer, um hinunterzugehen.
Auf dem Treppenabsatz machte sie Halt und sah durch das Bullauge an der Rückseite des Hauses. Sie stellte sich die Szenerie da draußen hinter der runden Scheibe manchmal als ihren dunklen Ozean vor – ihren Landozean. Sie drückte die Stirn an das dicke Glas. Wieder nahte eine neue Jahreszeit. Ihr Mann war seit zwei Jahren fort. Sie wusste nicht, was sie mit sich anfangen sollte. Mamo hatte ihr das vor langer Zeit erklärt. »Nervös, unruhig«, hatte Mamo gesagt. »Wenn du nicht weißt, was du mit dir anfangen sollst. Das bedeutet es.«
Grania wollte mit Bernard reden.
Sie würde warten, bis alles ruhig war. Sie würde ihn überreden, mit dem aufzuhören, was er gerade machte – putzen oder die Gläser im Getränkeraum polieren. Mit irgendetwas würde er beschäftigt sein. Seine Atmung war gut, solange er sich drinnen von Treppen fern hielt oder draußen von Steigungen. Solange er sich langsam bewegte.
Grania wollte ihn in die Hotelhalle locken, damit er sich neben sie setzte. Sie würden sich verhalten, als ob sie Gäste wären – so wie sie und Grew sich manchmal an Spätnachmittagen gegenübersaßen und die Kriegsnachrichten in den Zeitungen lasen. Sie und Bernard würden sich in zwei der großen Ledersessel sinken lassen. Sie würden sich pausenlos unterhalten. Sie würde ihre Stimme benutzen, und er wäre ganz Auge und Ohr; er würde leise sprechen, und sie würde von seinen Lippen ablesen. Er kannte das Alphabet mit einer Hand, auch wenn er nicht so viel von der Zeichensprache gelernt hatte wie Tress.
Aber Bernard war ein schweigsamer Mensch. Grania fand es unerträglich, dass er Jewels Unverschämtheit einfach hinnahm. Er sollte wissen, wie lieb und teuer er ihr war. Sie wollte ihm auch erzählen, dass sie ihn am Anfang der Woche auf der kleinen

Veranda hinter dem Haus an der Thomas Street gesehen hatte, wo Kay mit ihrer Granny wohnte. Er hatte an der Rückseite Doppelfenster angebracht und geholfen, das Haus winterfest zu machen. Sie wollte sagen: *Lad Kay doch mal zum Tee ein, Bernard. Sie ist auch einsam. Sie ist schon lange allein. Ich lad sie ein, wenn du willst.*

Grania wusste, dass es für Kay immer schwieriger wurde, ihre Granny allein zu lassen. Manche Leute in der Stadt nannten sie »Ausreißergranny«. Sie hatte sich eines Tages zu Tante Maggies unverschlossener Wohnung aufgemacht und war die Leiter zum Uhrenturm hinaufgestiegen. An einem anderen Morgen hatte man sie im Nachthemd auf Mrs. McClellands Veranda gefunden. Kay suchte eine Frau, die ihr Kind während der Stunden hütete, in denen sie in der Fabrik arbeitete. Es war nicht mehr möglich, Granny mit dem Kind allein zu lassen.

Grania wollte über all dies mit Bernard sprechen. Und wenn Bernard geredet hätte, würde sie ihm erzählen – *was* würde sie ihm erzählen? Dass sie am Freitag, dem 21. September 1917, von einer verzweifelten Sehnsucht erfüllt war. Von einer Einsamkeit, die so schneidend war, dass sie glaubte entzweizubrechen.

*

Es war neun Uhr abends, als sie ins Hotel hinüberging. Bernard kam quer durch die Halle auf sie zu, als hätte er gewusst, dass sie kam. Er hielt einen Brief in der linken Hand, und noch ehe sie ihn berühren konnte, machte er mit der geschlossenen rechten Hand kreisende Bewegungen über seinem Herzen: *Zeichensprache.* Seine Lippen sagten: »Tut mir Leid, Grainy, tut mir Leid.« Es war ein Brief von Jim. Die Feder, die verdammte weiße Feder hatte Bernard durcheinander gebracht. Sonst hätte er ihn niemals vergessen. Er hatte den Brief in seine Jackentasche gesteckt, und da war er geblieben. Er wollte ihn ihr geben, als sie vom Roten Kreuz nach Hause kam. »Tut mir Leid«, schrieb er in die Luft in sorgfältiger, gerader Schrift. Sie unterbrach ihn. Ihr Gesicht war ein einziges Lächeln.

»Als ich heute Nachmittag unterwegs war, hat Jack Conlin mich gebeten, ihn dir zu geben. Er war extra aus der Post gelaufen, weil du ihn sofort haben solltest. Ein zweiter Postsack war angekommen. Er hat mich auf der Straße getroffen, und dann kam Coras Tochter ...«, Bernard sah über Granias Schulter hinweg, aber nicht bevor er ihr den Brief in die Hand gelegt hatte.

Grania umarmte ihn und sah sich um. Sie und Bernard hatten die Halle für sich. Sie ging auf einen großen Sessel in der Ecke zu und sank hinein.

Der Briefumschlag war zerknittert, aber nicht eingerissen. Die Handschrift war klein, aber erkennbar die von Jim. Der Umschlag trug eine englische Briefmarke und einen englischen Poststempel, und da war etwas Dickeres unter dem Papier. Grania hielt den Atem an. Sie sah zu Bernard auf, der sie beobachtete.

»Los«, sagten seine Lippen. »Mach ihn auf.«

Sie schnitt den Umschlag vorsichtig auf. Jeder Brief, jeder Umschlag wurde oben im Haus in der Keksdose aufbewahrt.

Sie zog eine Ansichtskarte in Brauntönen heraus. In der unteren Ecke standen in weißen Buchstaben die Worte *The Leas Bandstand, Folkestone.*

Jim war auf Urlaub.

Das Bild zeigte einen runden Musikpavillon auf der linken Seite und eine ausgedehnte Terrasse in der Mitte. Darunter befanden sich auf der rechten Seite ein mit Gras bewachsener Hang und eine schmale Promenade über dem Meer. Eine Reihe Laternen erstreckte sich in die Ferne. Einige Leute auf dem Bild trugen Capes um die Schultern; andere wurden in Rollstühlen aus Korb geschoben. Menschen in weiteren Rollstühlen saßen nebeneinander an der rechten Seite der Terrasse. Luft schöpfend. Vielleicht die Szenerie eines Sonntagnachmittags. Auf dem Gelände links standen hinter einem niedrigen Zaun Klappstühle aus Holz und Segeltuch, jeder mit einer hohen Lehne und einem eigenen kleinen Schutzdach. In dem offenen Musikpavillon spielten uniformierte Musiker auf ihren Instrumenten oder bereiteten sich auf ihr Spiel vor.

Grania drehte die Karte um und las drei handgeschriebene Worte: *Auf der Terrasse.* In den Umschlag hatte Jim ein dünnes Blatt Papier gesteckt. Seine früher großzügige Handschrift war eng zusammengepresst.

*Meine Liebste,*

*ich habe zehn Tage Urlaub. Der Musikpavillon, den Du auf der Karte siehst, ist auf den Upper Leas. Immer nach acht Liedern und Märschen spielen sie »Näher mein Gott zu dir«.*

*Das wünschen sich die Leute offenbar. Es gibt hier welche, die den ganzen Tag nichts anderes zu tun haben, als stundenlang über die Straßen und Promenaden zu flanieren. In Radnor Park habe ich mir Modellyachtrennen angesehen. Manche Segel sind so groß wie ich. Das Wasser ist kalt, aber es gibt einen Strand und genug abgehärtete Leute, die schwimmen und am Strand spielen. Manchmal gehe ich an die Landungsbrücke und beobachte die kleinen Turbinendampfer, wenn sie ablegen. Die Brandung ist hier nicht sehr laut. Ich habe auf dem Pier gesessen und an Dich gedacht. Ich habe einen jungen Neuseeländer kennen gelernt, der auch auf Urlaub ist. Er heißt Kirkpatrick, und er stammt aus einem Ort, der Palmerston North heißt. Er war mit den australischen und neuseeländischen Truppen, den so genannten ANZACs, in Gallipoli und hat interessante Geschichten zu erzählen. Seine Einheit ist jetzt in Frankreich.*

*Ich werde dies bei der Post hier aufgeben. Beigefügt ist ein Souvenir.*

*Ich denke immer an Dich.*
*Glaub mir, ich werde nach Hause kommen.*
*In Liebe, Chim*

Das war alles.
Grania entnahm dem Briefumschlag eine zweite Papierschicht, faltete sie auseinander und fand ein Viereck aus weißer Seide, dessen Ränder mit passendem Faden gesäumt waren. Zwei gestielte Blumen in Rosarot und Mauve waren in die untere Ecke eingestickt. Sie waren von blassgrünen Blättern umgeben und mit einer Seidenschleife gebunden. Die Stiche am Saum bildeten ein fortlaufendes Muster wie eine Perlenschnur. Um die Blumen herum rankten sich die handgestickten Worte: *In Liebe.*
Sie hielt das Taschentuch in der Hand und dachte an Jims schlanke Finger, wie sie die Seide vor dem Kauf berührt hatten. Sie sah wieder auf das Bild der Karte, um sich diesen Ort vorzustellen, wo er seinen Urlaub verbracht hatte. Wenn sie bei ihm gewesen wäre, hätte sie sehen können, was er gesehen hatte. Sie hätte sich an seine Seite schmiegen können, während sie Arm in Arm spazieren gingen, und die raue Luft von Folkestone eingeatmet und beobachtet, wie er das leise Plätschern der dunklen Wellen beschrieb.
Aber der Brief war schon vor Wochen abgeschickt worden. Jim würde gar nicht mehr im sicheren England sein. Nicht jetzt. Er war wahrscheinlich nach Frankreich zurückgekehrt, noch bevor der Brief auf dem Schiff war, das ihn über den Ozean trug.
Sie nahm die Seide und presste sie an sich. Presste sie an die weiche Stelle unter den Rippen, in der Mitte. Die Stelle, wo der Atem einsetzt, bevor er zum Lied wird. Sie hielt das Tuch dort fest und rührte sich nicht.
Plötzlich sah sie auf, befangen, weil sie sich daran erinnerte, dass sie nicht allein war. Aber Bernard hatte sich leise verzogen und

saß in seinem winzigen Büro hinter der Rezeption. Sie rührte sich nicht. Eine lange Zeit saß sie dort so, bis zwei Gäste die Treppe herunterkamen, Männer, die an ihre Hüte tippten und sie grüßten, bevor sie durch den Haupteingang gingen und auf die Straße traten.

*

Den Brief, den Jim nicht abschickte, schrieb er in Gedanken, als er in Folkestone auf dem Bett lag und an die Decke starrte. Sein Foto von Grania stand auf dem Nachttisch. Er lag zwischen sauberen Laken. Als er sie zuerst an seiner Haut gespürt hatte, war es gewesen, als hätten alte Erinnerungen an einen vergessenen Ort seinen Körper berührt. Im Zimmer und in der Stadt herrschte eine unheimliche Dunkelheit. Draußen in den Straßen waren keine Lichter. Bilder wechselten sich ab, zogen an seinem inneren Auge vorüber, als er dort lag, als wäre eine Laterna-magica-Vorführung im Gange, in der ein Bild nach dem anderen projiziert wurde, ohne dass jemand sie steuerte.

Irgendwie habe ich das Gefühl, ohne meinen Partner ungeschützt zu sein, selbst hier in England. Bisher sind Irish und ich ungeschoren davongekommen, obwohl es auch bei uns manchmal knapp wurde. Einige von den neuen Jungs versuchen, in unserer Nähe zu bleiben, wenn sie hören, wie lange wir schon draußen sind, besonders die, die als Ersatz geschickt werden. Irish und ich wissen, dass das keine Glückssache ist. Evan sagt immer: »Wenn es geschrieben steht«, und allmählich glaube ich das selbst.

Irish wird als Nächster auf Urlaub gehen, wenn ich zurückkomme. Er hat Sorge, dass sich Fritz einmischt, bevor er seine Sachen packen kann. Solche Befürchtungen hatte ich auch in den letzten paar Tagen, bevor ich losfuhr. Es ist ganz natür-

lich, dass man denkt, es könnte noch was dazwischenkommen, dass man das Gefühl hat, man sei dort für immer und ewig festgenagelt.
Es ist alles schwierig, aber keiner scheint unsere Führung anzuzweifeln. Wenn Fritz Senfgas einsetzt, dann durchdringt es alles, womit es in Berührung kommt. Die Jungs leiden entsetzlich. Wir versuchen zu helfen, können aber eigentlich nur zugucken. Die Haut wirft Blasen auf, und manche Jungs werden blind oder ertrinken im eigenen Schaum und in ihren Sekreten – langsamer Erstickungstod, kein Raum mehr für die Luft. Wir versuchen unser Möglichstes, die Jungs aus der Gefahr zu bringen. Wir sind gezwungen, selbst Masken zu tragen, und wir stolpern häufig beim Gehen. Das ist unsere ständige Sorge, dass die Masken der Patienten auf dem Transport verrutschen oder abgezogen werden. Unter der Maske ist es erstickend. Man fühlt eine Enge in der Brust, als könne man nicht mehr atmen. Manche der Jungs reißen sich die Maske ab, wenn sie denken, sie seien außer Gefahr, aber letzten Endes leiden sie dann noch mehr.
An dem Tag bevor ich aufbrach, habe ich einen Jungen aus Belleville getragen. Ich wusste seinen Namen nicht, aber er hat mich wiedererkannt, als wir ihn hochhoben und dann auf die Bahre legten – wir waren zu viert. »Du hast immer mit Dr. Whalen gearbeitet«, sagte er. »Überbringst du meiner Mutter eine Botschaft? Gehst du zu ihr, wenn das hier vorbei ist, und sagst ihr, dass ich mein Bestes versucht hab.« Irish schaltete sich ein. »Du wirst nach Hause kommen und es ihr selbst erzählen, Kumpel. Nichts mehr davon.« Wir gingen los, ein Schulter-Transport, und marschierten anderthalb Meilen zurück. Kurz bevor wir ihn zum Verbandsplatz brachten, dachte ich, es habe angefangen zu regnen, und dann merkte ich, dass nur mein Kragen und die eine Schulter nass

waren. Das Blut des Jungen war durch das Segeltuch gesickert. Er war vielleicht kurz nach unserem Aufbruch gestorben oder auf dem Weg. Wir werden es nie erfahren. Ich habe ihn angesprochen, und er hat nicht geantwortet; wir hielten, um nachzusehen, und mussten ihn am Straßenrand zurücklassen, denn auf die Weise konnten wir zurückgehen, um den Lebenden zu helfen. Ein Beerdigungstrupp hat ihn am nächsten Tag aufgenommen. Ich zog Erkundigungen ein und fand heraus, wer er war; ich werde seiner Mutter schreiben. Wenigstens wird er ein Grab bekommen, das bekannt ist – im Gegensatz zu denen, die oben auf der Erde verwesen, die Eingeweide mit Gas gefüllt, die Gesichter von Ratten zernagt.

Einige Tage davor wurde eine Anzahl Verwundeter, die Irish und ich – nach furchtbaren Strapazen – in Sicherheit gebracht hatten, von Granaten direkt an der Stelle getötet, an der wir sie abgesetzt hatten. Am Verladeplatz. Zwei Granaten gingen dort nieder, eine nach der anderen, zwei direkte Einschläge. Die verwundeten Jungs hatten gehofft, nach England zu kommen. Einer der Jungs weinte, weil er wusste, dass für ihn der Krieg vorbei war. Er hatte große Schmerzen, war aber nicht einmal beunruhigt, dass er sein Bein verlieren könnte. Ein anderer, den wir getragen haben, wollte unbedingt raus, er spritzte sich Benzin ins Knie. Wir trugen ihn zum Sammelplatz, aber da er zu denen verlegt wurde, die sich selbst verletzen, hat er überlebt.

Ich fuhr mit dem Lazarettschiff nach England hinüber – das hätte nicht geklappt, wenn mein Freund Wullie in Étaples es nicht irgendwie arrangiert hätte. Ich verbrachte eine Nacht bei ihm und konnte so das Urlauberlager in Boulogne umgehen. Am Tag nach meinem Besuch bereitete das Kriegslazarett Nummer 1 die Evakuierung zahlreicher Verwundeter vor. Die Vorkehrungen fanden alle in der Dunkelheit statt. Das Schiffsdeck war voller Krankenbahren. Ein Junge stöhnte die ganze Nacht zum Erbarmen. Ich weiß nicht, warum, aber die Qual dieses einen Jungen hat mich mehr verstört als Dutzende von Verwundeten, die schreiend auf dem Schlachtfeld lagen. Auf der ganzen Fahrt über den Kanal wechselten die Krankenschwestern Verbände, gingen von einem Patienten zum anderen. Ich bot ihnen meine Hilfe an, für Verpflegung zu sorgen, den Verwundeten schluckweise Wasser zu trinken zu geben, und sie waren froh über die Unterstützung. Einer der Jungen, die auf dem Lazarettschiff arbeiteten, erzählte mir mit Befriedigung, dass im Jahr zuvor bei dem ständigen Strom Verwundeter von der Somme eine Meile Verbandsmull pro Tag allein im Lazarett Nummer 1 verbraucht wurde. Die Jungs rollten noch im Schlaf Mullbinden auf.

Der Kanal war ruhig; mehr als ein Schiff zog seine Bahn durch die Dunkelheit. Wullie erzählte mir, dass es Monate gegeben habe, in denen das Lazarett Nummer 1 3000 Verwundete nach England geschickt habe. Nach Vimy mehr als 5000. Manchmal werden die Verwundeten tagelang an der Küste bei Le Havre zurückgehalten, weil Fritz im Kanal auf der Lauer liegt.

In der kurzen Zeit, in der ich an der Küste war, wurde ich herumgeführt und sah Teile des Lazaretts. Da gibt es viele Gebäude, Baracken, Zelte, und einer mit einem Horn ist für den Feueralarm zuständig. Benzinkanister sind schwarz-rot gestrichen und draußen vor den Zelten für den Müll aufgestellt. Wullie schenkte mir ein neues Rasiermesser und ein Stück Seife für meinen Tornister, und er lud mich in die Kantine ein. Alle waren freundlich zu mir. Bevor ich meine Unterkunft verließ, hatte ich mich entlaust und meine Zeugnisse und Papiere eingesteckt, aber ich badete noch einmal in

Étaples in einem Badeschuppen an der Straße. Es gelang mir sogar, noch einmal die Unterwäsche zu wechseln – das zweite Mal nach meinem Aufbruch.

Die Stille in Folkestone ist beunruhigend. Ich ließ meinen Pass abstempeln und erhielt die Genehmigung, meine Pläne zu ändern. Ich möchte nicht nach London fahren. Es wäre mir nicht möglich, in ein Theater zu gehen und mir eine heitere, beschwingte Vorstellung anzusehen.

Nachts höre ich die Geschütze über das Wasser. Es ist gerade so, als ob nur die Kanonen es ermöglichten, dass man in Schlaf fällt. Eines Tages hast Du mir erzählt – wir saßen auf der blauen Decke –, Du hast mir davon erzählt, wie das Verstehen bei dir manchmal verzögert ist. Ich weiß jetzt mehr darüber. Mehr über die Kluft zwischen dem, was geschieht, und dem, was man versteht. Was existiert und was nicht. So viel stürmt auf uns ein; so viel ist dazu bestimmt, in uns einzudringen. Lärm wirft uns um, blockiert jeden Gedanken, sickert in den Körper wie tödliches Gas, sickert in alles in der Umgebung, bis jede Ritze damit gefüllt ist.

Es ist schwierig für mich, hier zu sein. Ich frage mich, wie es meinen Freunden geht.

Das Erste, was ich hier im Hotel gemacht habe, war, dass ich ein Bad genommen habe und stundenlang darin sitzen blieb, immer wieder heißes Wasser dazugab, während ich aufweichte. Darüber muss ich eingeschlafen sein; ich bin aufgewacht und sprach mit mir selbst. Die meisten Jungs gehen direkt nach London, um die Vorführungen dort in sich aufzusaugen, aber auch sie kommen in leere Zimmer zurück. Manchmal treffen sie ein Mädchen, und es geht mit ihnen ins Hotel, wenn das Hotel es erlaubt. Ich habe sie darüber Witze machen hören. Aber die Krankheiten nehmen zu. Wir haben Tausende von Jungs zur Behandlung an den Ort ge-

schickt, den sie lachend den Schwanzhügel nennen. Sie lachen, aber Gonorrhö und Syphilis sind keine lustigen Krankheiten.
Diese Stadt ist hügelig und steil. Oberhalb der Küste gibt es überdachte Plätze, von denen schmale Holztreppen zu Promenaden am Meer hinunterführen. Ich bin außerhalb der Stadt eine halbe Stunde recht zügig spazieren gegangen und im gleichen Tempo wieder zurückgelaufen. An der ganzen Küste folgen die Städte dicht aufeinander. An meinem vierten Tag hier habe ich einen jungen Neuseeländer, Kirkpatrick, kennen gelernt. Ich habe Dir von ihm geschrieben. Tagsüber laufen wir zusammen herum, und er erzählt mir, wo er schon überall gewesen ist. Er wurde verwundet, eine Schussverletzung oberhalb des Knies, während des Gallipoli-Feldzuges. Hat sich jedoch nach Monaten im Lazarett wieder erholt und ist auch wieder dabei. Er hat viele Freunde bei den Kämpfen dort verloren.
Soldaten aus den nahen Trainingslagern drehen eine Runde auf der Promenade, und wir machen das Gleiche. Heute habe ich in einem Restaurant Messer und Gabel genommen und auf meine Hände gestarrt und über das gestaunt, was ich da machte. Niemand hat mit den Fingern gegessen. Täglich wird nachmittags auf der Terrasse Tee serviert, ein anderes Leben. Ich erkenne jetzt, dass kein zivilisierter Mensch verstehen würde, wie wir leben. Es wäre sinnlos, wollte man versuchen, es zu erklären. Keiner würde es glauben. *Da drüben* ist ein Leben, das wir erfunden haben und das nur wir kennen.

# KAPITEL 2

*Wenn später die Mutter eines Sohnes, die Frau eines Mannes, die Schwester eines Bruders, die Tochter eines Vaters sagt, dass er im Ersten Weltkrieg gefallen ist, was für ein Gefühl wird dann wohl im Zuhörer hervorgerufen? Mitgefühl? Nicht unbedingt vielleicht, sondern eher das Gefühl, eine Frau vor sich zu haben, der eine große Ehre zuteil wurde – die Ehre, einen teuren Angehörigen besessen zu haben, der so tapfer war, dass er in den Krieg zog, um für sein Land zu kämpfen. Es ist ebenso befriedigend und großartig, heute für Kanada und das britische Empire zu sterben wie in den glanzvollen alten Zeiten für Rom.*

The Canadian

War sie die Einzige, die wütend war?

Sie stand in der Waschküche im hinteren Teil des Hauses mitten im Dampf und in wirbelnden Ammoniak- und Seifengerüchen. Dieser Raum bestand hauptsächlich aus viereckigen Waschzubern und Wäschemangeln sowie kleinen Pfützen auf dem unebenen Boden. Alte Keksdosen waren umgekehrt über die Bügeleisen auf dem Ofen gestülpt. Über den Waschzubern war Mutters *Rezept für reine Wäsche* an die Wand geheftet. Mutter machte die Seife selbst und füllte sie auch selbst in Flaschen ab, weil sie diese Arbeit niemandem zutraute.

Grania nahm einen Arm voll Wäsche. Laken und Kissenbezüge

mussten heute in den Schlafzimmern des Hauses gewechselt werden, und sie hatte versprochen, damit anzufangen. Am Rande ihres Blickfeldes nahm sie Bewegung wahr und sah aus dem Hinterfenster in die Augen von Carlow. Seine Hinterbeine standen auf der kleinen Veranda, mit den Vorderpfoten kratzte er an der Scheibe und am äußeren Sims. Er sagte ihr, dass sie allein im Haus war; er wusste immer, wenn alle außer Grania nebenan im Hotel waren. Es war die einzige Gelegenheit, bei der er die Pfoten ans Fenster legte, anstatt zu bellen, um hereingelassen zu werden.

Sie öffnete die Waschküchentür. »So ein kluger alter Hund«, sagte sie, als er vorbeiging. Er bewegte sich steif, und sein Hinterteil wackelte hin und her, während er vom Flur in die Passage ging. Sie rief hinter ihm her: »Hu«, und lächelte vor sich hin und beobachtete, wie ein Ohr sich aufstellte, als er weiterging. Carlow war nicht wütend.

Mutter war jetzt immer müde. Aber je mehr alle einsprangen, um ihr die Arbeit zu erleichtern, desto härter arbeitete sie. An manchen Tagen – wenn alle im Haus beschäftigt waren – schien das Haus geschrumpft zu sein, als hätte es eigentlich nicht genug Platz für die ganze Familie. Zu anderen Zeiten war es wiederum groß und leer – wie jetzt, wenn Grania dort allein war.

Vater hielt sich immer mehr in seinem Büro im Hotel auf. Manchmal ließ er sich abends ein Tablett aus der Küche bringen und aß allein. Bernard übernahm allmählich die Alltagsgeschäfte des Hotels, arbeitete in seinem eigenen kleinen Büro. Grania wusste, dass Vater sich Sorgen um das Geschäft machte, besonders nachdem im Jahr zuvor der Temperance Act erlassen worden war, das Gesetz, das den Verkauf von Alkohol weitgehend einschränkte. Seitdem hatte es Probleme gegeben, und viele Hotels in der Provinz hatten schließen müssen oder waren ver-

steigert worden. Am Anfang mussten die, die geöffnet blieben, strenge Kontrollen über sich ergehen lassen, um ihre Lizenzen zu behalten – die Öffnungszeiten wurden verkürzt, die Vorschriften verschärft. Manchmal kamen spätabends Männer aus der Stadt ins Hotel und verlangten Whisky oder Bier, aber sie wurden abgewiesen. Bernard hatte Grania davon erzählt. Vater hatte begonnen, seinerseits abends auszugehen, manchmal mehrere Abende in der Woche. Wenn Mutter wusste, wohin er ging, dann sagte sie es jedenfalls nicht. Grania war eines Nachmittags ins Wohnzimmer gekommen und hatte gesehen, wie böse Worte zwischen ihren Eltern fielen, aber sie hörten auf zu reden, als sie Grania sahen, und Vater drehte sich um und kehrte durch den Gang ins Hotel zurück. Es könnte im Nebenzimmer einen großen Streit geben, und Grania würde es nicht merken.
Sie fragte Tress, ob sie etwas zwischen den Eltern bemerkt habe, aber Tress – immer Granias Informationsquelle, wenn es um die Familie ging – sagte, davon wisse sie nichts. Trotzdem wunderte Grania sich. Sie stellte fest, dass sie ihre Eltern nur noch selten in einem Zimmer zusammen sah. Nicht, dass sie jemals ihre Gefühle nach außen gezeigt hätten. In ihrer Erinnerung hatten sie immer nur hart gearbeitet. Aber sie streckten nie die Hand nach einander aus oder berührten sich. Nicht vor anderen. Doch bestimmt, dachte sie, bestimmt nachts. Aber sie war viele Jahre fort gewesen, und wenn sie in den Sommerferien nach Hause kam, dann war sie ganz erfüllt von der eigenen Erregung über ihre Heimkehr. Vielleicht hatte es mehr Veränderungen gegeben, als sie sich in den Jahren, in denen sie weg war, vorgestellt hatte.
Auch in der Stadt gab es Veränderungen. Die Camps Rathbun und Mohawk am Stadtrand hatten in den Schönwettermonaten viel Betrieb, denn dort wurden weiterhin Flieger ausgebildet. Das brachte der Stadt Umsatz. Aber das große Hüttenwerk war

stillgelegt worden, und die Angestellten waren woanders hingegangen, um Arbeit zu suchen. Verheiratete Betriebsangehörige zogen mit ihren Familien aus der Stadt. Die Bevölkerung nahm ab. Die Holzlieferung in der Nähe versiegte; die Rathbuns hatten schon seit einem Jahrzehnt keine Baumstämme mehr auf der Moira geflößt. Viele der kleineren Firmen hatten auch zugemacht.

Manchmal waren alle Hotelzimmer belegt, manchmal kamen mehrere Tage überhaupt keine Gäste. Aber Mutters Küche sorgte für ständigen Betrieb im Speisesaal, besonders mittags und an den Wochenenden.

Tress arbeitete mit der übrigen Familie im Speisesaal, aber sie wollte keine Nachrichten vom Krieg hören und bemühte sich, die Zeitungen zu ignorieren. Sie arbeitete zweimal in der Woche für das Rote Kreuz, traf sich mit ihren Freunden und wartete nur auf den Tag, an dem Kenan wieder zu Hause sein würde. Von Kenan kam ebenso oft Post wie von Jim.

Grania trug die Wäsche nach oben und zog die Betten ab, eins nach dem anderen, und fragte sich, ob wohl an diesem Nachmittag Post da sein würde. Am Frühstückstisch hatte sie versehentlich einen Löffel auf den Boden fallen lassen, und Mamo hatte sofort aufgeblickt. »Wer einen Löffel fallen lässt, bekommt einen Brief«, sagten ihre Lippen, und alle lachten. Grania hatte noch drei Löffel genommen und sie auf den Boden geworfen. Der Krach störte *sie* nicht. Mamo schüttelte den Kopf und sagte: »Das funktioniert nicht, Grania. Es darf nicht absichtlich sein.«

Sie warteten alle. Auf Post, darauf, dass die Abstinenz-Gesetze geändert wurden, auf ein Ende des Krieges. Jeder war im April voller Hoffnung gewesen, als die Amerikaner in den Krieg eintraten. Aber der Krieg war immer noch nicht vorbei, und jetzt hatten auch Amerikaner ihr Leben verloren. Es fiel schwer, mit dem Krieg noch etwas anderes als Verlust zu verbinden. Tante

Annie hatte einen Brief aus Rochester geschickt und der Familie mitgeteilt, dass ihr ältester Sohn sich verpflichtet hatte und mit der 1. Infanteriedivision aufgebrochen war. Er war vor Juli in Frankreich angekommen, aber jetzt wusste sie nicht mehr, wo er sich aufhielt.

Wir leben mit einem Gefühl schrecklicher Zwangsläufigkeit, dachte Grania. Der Krieg schreitet voran, und keiner spricht von seinem Ende. Der Kaiser weigert sich, das Blutvergießen zu beenden, solange seine Armee nicht besiegt ist. Solange, solange. Sie ging in die Diele, um die Wäsche zu holen, die sie dort auf einem Tisch abgelegt hatte, trug die Laken in ihr Zimmer, ließ sich auf ihr Bett fallen und presste die Hände an die Ohren, als könnte sie damit die Flut ihrer Gedanken zum Schweigen bringen.

Sie ließ die Gedanken an Jims Abreise zu. Er war in den Waggon gestiegen und hatte sie in der Menge gesucht und sich über die Rücken der anderen gebeugt in einem Zug, der überquoll von grinsenden, jubelnden jungen Männern, manche so jung, dass sie kaum aus der Schule waren. Sie und die Jungen, die in späteren Zügen folgten, kamen aus kleinen und großen Städten, kleinen und großen Dörfern der ganzen Provinz Ontario, von Westkanada und vom Norden. Lange nach ihrer Ankunft in England, Wochen später – Schiffsdaten wurden aus Sicherheitsgründen geheim gehalten –, waren Fotos in den Zeitungen erschienen, auf denen Jungen über der Schiffsreling hingen, als sie ihre Überfahrt begannen so wie die anderen, die ihnen vorausgefahren waren. Manchmal schnitt Grania Zeitungsartikel oder Fotos aus und bewahrte sie in der Schublade ihres Kleiderschranks auf, in der früher ihre Katalogfamilie gelebt hatte. Im Gegensatz zu Tress las Grania die Zeitungen. Sie las jedes Wort, das ihr unter die Augen kam.

An den Spätnachmittagen und Abenden, wenn zwischen Hotelküche und Speisesaal alles ruhig war, saß sie noch in der Eingangshalle, in Bernards Nähe, während er arbeitete. Bernards Gegenwart war tröstlich, auch wenn die beiden nur hin und wieder aufsahen und Blicke tauschten. Grew kam ebenfalls noch nach der Arbeit im Friseurladen vorbei, denn er wusste, dass Vater sich viele Zeitungen ins Hotel liefern ließ – Zeitungen aus Toronto, den *Intelligencer* aus Belleville, den *Citizen* aus Ottawa, Regionalzeitungen aus der Stadt und Napanee. Manchmal, besonders wenn es nur wenige Übernachtungsgäste gab, waren Grania und Grew hier die Einzigen; sie saßen sich, jeder an einem anderen Ende der Halle, gegenüber und lasen über den Krieg.

Gelegentlich ließen Hotelgäste Zeitschriften zurück. Wenn es englische waren, enthielten sie manchmal Fotos vom Krieg. Soldaten, die sich hinter Sandsackwälle kauerten; Schlammlöcher im Boden, als *Unterstände* bezeichnet; reihenweise Karren, die bereitstanden, um von einem Standort zum anderen bewegt zu werden. Diese Fotos und die Maschinerie des Krieges fügten sich für Grania zu einem Bild von *drüben.* Da standen Pferdewagen vor zertrümmerten Häusern und Maulesel mit schweren Lasten auf dem Rücken. Karren und mit Segeltuch überspannte Wagen und Sanitätsautos – immer zog das Kreuz Granias Aufmerksamkeit auf sich, ob es nun auf Holz oder Segeltuch gemalt oder auf eine Armbinde genäht war. In einem Magazin posierten zwei Verwundete vor der Kamera, jeder mit einem Arm in der Schlinge und mit einer Zigarette zwischen den Lippen. Die Männer, deren Gesichter und Uniformen mit Schlamm bedeckt waren, grinsten breit. Manchmal waren auch Tragbahren auf den Fotos, und die Männer, die darauf lagen, waren bandagiert – am Kopf, an Armen oder Beinen. Sie betrachtete ein Stück Hals, ein Auge, ein dunkles Kinn, eine dünne Linie im Gesicht. Jim hatte ihr in einem seiner Briefe erzählt, das Erste, was die Männer ihn fragten, wenn er sie zurücktrug, sei immer: »Reicht das für einen

Heimaturlaub?« Diejenigen, die tatsächlich einen anständigen »Heimatschuss« abbekommen hatten, wurden nach England zurückgeschickt. Manche kamen nach Hause.

Aber immer standen neben den Schlagzeilen, die hoffnungsvoll waren und Siege vermeldeten, Todesanzeigen und Fotos von Gefallenen. Manchmal nahmen nach einer Schlacht die Listen der Toten acht Spalten auf einer Zeitungsseite ein. Listen mit Verwundeten füllten nicht weniger als drei Seiten. In diesem Monat hatte sie eine Notiz ausgeschnitten, nach der seit Beginn des Krieges 331 578 Männer Kanada verlassen hatten, um nach Übersee zu gehen. Sie hatte auf die Zahl gestarrt. Jim war einer von denen. Wenn er sich nicht verpflichtet hätte, wären es nur 331 577.

Grania hasste die stillen Bekanntmachungen, die zahllosen Namenlisten verstummter junger Männer. Und die Gedichte, die endlosen Gedichte patriotischer Bürger, unter denen viele Frauen waren. Gelegentlich erschien ein Gedicht von Rudyard Kipling. Sie hatte Kipling gelesen, als sie in der Schule war. Aber Kipling selbst hatte seinen einzigen Sohn bei Loos verloren, das war in dem September gewesen, bevor Jim Kanada verließ. Kurz nachdem Grania ihre Arbeit im Schulhospital beendet hatte, las sie von Kiplings Trauer und von der Leiche seines Sohnes John, die nach der Schlacht nicht mehr aufgefunden worden war. John Kipling war bei den Irish Guards gewesen.

Vielleicht bedauerte Kipling, dass sein Sohn in den Krieg gegangen war. Vielleicht war er wie Grania auch wütend.

*

Als sie den Speisesaal zum Mittagessen betrat, sah sie als Erstes, dass der Stuhl von Tress vom Familientisch in der Ecke abgerückt war. Das Zweite, was ihr auffiel: Das Essen war noch nicht aus der Küche gebracht worden. Mamo saß nicht auf ihrem angestammten Platz, sondern auf Granias Stuhl neben Tress, einen Arm um Tress' Schultern. Mit den Fingern der rechten Hand trommelte sie auf den Tisch. Mutter stand mit zusammengepressten Lippen hinter beiden Stühlen. In diesem Augenblick fiel Grania wieder auf, wie ähnlich sich Tress und Mutter waren. Die gleiche hohe Stirn, der gleiche Haaransatz. Sie bemerkte auch, dass Tress sich die Haare hinter die Ohren gesteckt hatte. Aber ihr Blick hatte auch das Telegramm erfasst, das zwischen Tress' Händen lag. Sogar von der Tür aus konnte sie die deutliche Druckschrift lesen: TELEGRAPHENGESELLSCHAFT. Tress weinte; ihre Brust hob und senkte sich.

*Panik, plötzlich und schrecklich. So trifft die Nachricht ein.*

Mutter sah auf. Als sie Grania erblickte, formten ihre Lippen die Worte: »Kenan verwundet.« Ihre rechte Hand zappelte unbeholfen in der Luft, als sie L-E-B-T mit den Fingern buchstabierte. Sie wollte sicher sein, dass Grania alles verstand. Bernard näherte sich eilig von der Tür, die in den Getränkeraum führte. Grania erkannte, dass er nicht genug Luft bekam, denn er hielt die Hand an die Brust gepresst. Patrick war in der High School und noch nicht zum Essen erschienen. Vater, den man gerufen hatte, kam aus seinem Büro. Sie setzten sich alle an den Tisch, auch Grania, als wollten sie anfangen zu essen, aber niemand stand auf, um die Speisen zu holen. Tress schluchzte weiter, und während sich für Grania alles zu einem Bild zusammenfügte, spürte sie ein Wort wie einen hämmernden Herzschlag: *JIM, JIM, JIM.*

Aber es war nicht Jim. Es war Kenan, der Freund aus der Kindheit, ihr Beschützer, ihr Kumpel. Die Erleichterung ging unter in einem Schuldgefühl, weil ihr bewusst wurde, dass es der Mann von Tress war, nicht ihrer, der in diesem Telegramm genannt war.

Aber Kenan war nicht getötet worden. Das würde sicher bedeuten, dass er nach Hause käme.

Wie schwer? Wie schwer verwundet?

Das alles schwirrte binnen Sekunden durch ihre Gedanken. Erst später, viel später in der Nacht, als sie gegenüber von Tress, an der anderen Seite des Zimmers hellwach im Bett lag, konnte sie die einzelnen Bruchstücke dieser Situation wieder zusammensetzen.

Grania war den Rest des Tages bei Tress geblieben, und sie war es auch, die sie abends nach oben brachte, Tee kochte, auf ihrem Bettrand saß und die Schultern ihrer Schwester massierte, damit sie sich entspannte, die sie zudeckte und ihre Hand fest in der ihren hielt, bis Tress endlich schlafen konnte. Erst dann, als Tress beruhigt war und sie wach im Dunkeln lag, erst dann tauchte in ihr schlagartig das Bild von dem auf, was Mutter im Speisesaal getan hatte.

Mutter hatte die Nachricht von Kenan mit den Fingern buchstabiert. L-E-B-T. Nicht mit Luftschrift, nicht mit Druckschrift. Mutter, die in all diesen Jahren die Zeichensprache nicht anerkennen wollte, hatte das einhändige Alphabet der Gehörlosen angewandt und das Wort mit den Fingern buchstabiert.

Mutter hatte Grania eine Botschaft in der Zeichensprache geschickt.

*

Am Morgen nach dem Frühstück und nachdem Tress hinausgegangen war, ging Grania wieder nach oben ins Schlafzimmer, schloss die Tür und holte die Keksdose aus dem Schrank.

Sie setzte sich auf ihr Bett und breitete Jims Briefe auf der gerippten Tagesdecke aus. Neben die Briefe legte sie das Foto von Jim, wo er an dem Weidenzaun lehnte. Die Briefe verkörperten eine Trennung von mehr als zwei Jahren und alles, was ihr mitgeteilt worden war. Es waren drei Bündel, jedes war mit einem Band zusammengehalten.

Das erste Bündel, 1915, stammte aus England, wo Jim seine Ausbildung abgeschlossen hatte. Das zweite enthielt Briefe von *Irgendwo in Frankreich.* Aber Grania wusste, dass Jim nicht immer in Frankreich gewesen war; er war auch in Belgien gewesen.

Cedric hatte in der Schulzeitung über Belgien geschrieben, besonders zu Beginn des Krieges. Als die Schüler im Herbst 1914 in die Schule zurückkehrten, waren sie erfüllt von Neuigkeiten und der Begeisterung über ältere Brüder, Väter und Onkel, die Soldaten geworden waren, um dem armen tapferen Belgien zu helfen, einem Land, an das sie bis dahin nie gedacht hatten. In der ersten Zeitung des Semesters schrieb Cedric: *Der Vater von König Albert von Belgien, der seine tapfere kleine Armee mit bemerkenswertem Geschick und mit Mut führte, war taub. Er war bekannt als »Der taube Herzog von Flandern«.*

Damals gaben ältere und jüngere Schüler diese Information von einer Klasse zur anderen weiter. Sie ernannten den tauben Herzog zu einem der Ihren, als wäre er ein Großonkel von ihnen allen. Später zeigte eins der Kinder einen Brief von zu Hause herum, in dem berichtet wurde, dass die Fabrik in der Heimatstadt bei einer Versammlung zur Hilfe aufgerufen und einen Stapel Decken aus Mantelstoff für die belgischen Flüchtlinge hergestellt habe. Grania dachte oft an die *armen belgischen Kinder*, die nun unter dicken Decken aus Ontario schliefen. Und die Dominion Salt Company in Sarnia schickte tausend Säcke Salz. Cedric hatte darüber berichtet, und Grania hatte sich ausgemalt, wie Salz in die ausgestreckten Hände der belgischen Flüchtlinge geschüttet wurde.

Sie schnürte jetzt das dritte Bündel auf, breitete die Briefe aus und nahm sie, einen nach dem anderen, in die Hand. Jims Handschrift, die früher breit und großzügig gewesen war, war mit dem Fortschreiten des Krieges immer kleiner geworden. Sie blätterte, las hier und da einen Satz. Es überraschte sie nicht, als sie feststellte, dass sie den größten Teil auswendig wusste.

*Fritz' große Geschütze zielten auf unsere Pferdelinien. Die Vergeudung von Pferden, der Verlust, ist wirklich schrecklich.*

*Unsere Helme wurden heute Morgen vor – ZENSIERT – inspiziert. Meine Kleider waren durchnässt, von Tau bedeckt. Hier ist in der Nähe ein Fluss, ganz angeschwollen. Äste neigen sich über das Ufer, und ein paar kupferfarbene Blätter hängen noch daran.*

*An einem Nachmittag haben wir beobachtet, wie ein Flugzeug vom Fritz in niedriger Höhe Kunststücke vollführt hat. Wir sind sicher hier, wo wir sind. Wir sind raus, machen eine Ruhepause, und das wird noch einige Zeit dauern. Evan hat am Straßenrand eine Rübe gefunden und sie aufgelesen und gegessen, aber nach einer Stunde über Magenschmerzen geklagt. In den Dörfern sieht man keine Männer, nur die ganz alten. Manchmal kommt ein junger Mann auf Urlaub zurück, krempelt die Ärmel auf, um seiner Familie ein paar Tage zu helfen, und geht dann wieder weg.*

*Ich habe bis Mitternacht gearbeitet und vier Stunden danach. Ich habe noch nie so tiefen Schlamm gesehen wie hier. Unterwegs zur Front sind wir im Gänsemarsch gegangen, dabei mussten wir den Granatlöchern ausweichen, der Junge vor mir hat immer geschrien: »Vorsicht Loch«. Ich habe Irish , der hinter mir ging, dasselbe zugerufen, aber ich war derjenige, der ins Loch gefallen ist. Der Schlamm war dünnflüssig, und ich steckte bis zu den Achselhöhlen drin. Als wir zu unserer Unterkunft zurückkehrten, hatte Irish eine neue Geschichte zu erzählen.*

*Auf den Appell folgte eine Parade im strömenden Regen. Wir standen stundenlang ohne Schutz im Freien. Bei jedem Schritt, den wir tun, ist ein glucksender Laut zu hören. Wir kamen an die Front und schleppten für die nächsten zehn Stunden. Das war gestern. Heute schaufele ich Schlamm.*

*Die kanadische Post folgt uns, wo wir auch sind. Wenn Du nur wüsstest, wie Deine Briefe mich retten.*

*Ich träume davon, sauber zu sein. Ich träume davon, nach Hause zu kommen. Ich träume davon, irgendwo zu stehen und zu glauben, Du seist dort.*

Grania band die Briefe wieder zusammen und stellte die Keksdose in den Schrank zurück. Tress war noch nicht wieder da; sie war zu Jack Conlin gegangen, weil sie eine Wohnung mieten wollte, bevor Kenan nach Hause kam. Jack besaß ein kleines Haus am anderen Ende der Main Street, am östlichen Ende, neben Naylor's, vom Hotel aus in zehn Minuten zu Fuß zu erreichen. Er hatte auch noch ein großes Haus, das in zwei Wohnungen aufgeteilt war. Er und seine Familie lebten in der einen. Alle drei Wohnungen waren zurzeit belegt, aber Tress wollte ihn wissen lassen, dass sie auf der Suche war.

Grania legte sich auf der Tagesdecke zurück und schaute sich im Zimmer um – sah auf den ovalen Spiegel, auf Mutters Wandbehang, die gerahmten Narzissen und den Zickzackriss im Rollo. Es war kaum etwas verändert. Aber Tress' Leben hatte sich gewandelt. Es war plötzlich anders worden. Wenn Grania diejenige gewesen wäre, die das Telegramm bekommen hätte, was würde sie jetzt machen?

Sie stand auf und zog sich Jims braune Jacke an; die hatte er bei ihr zurückgelassen, als er aufgebrochen war. Sie ging hinunter, nach draußen und wandte sich in Richtung Bucht und Wäldchen.

Wenn Jim so weit durch den Krieg gekommen war, konnte er es auch bis zum Ende schaffen.

Aber der Krieg endete vielleicht nie. Drei Jahre vorher waren alle überzeugt gewesen, dass die Jungen zu Weihnachten wieder zu Hause wären. Danach wurde die Vorhersage geändert, nächste Weihnachten, hieß es nun. Und dann hörten die Vorhersagen auf. Der Krieg ging immer weiter, so wie die Erde sich um die Sonne drehte. Zuverlässig und erbarmungslos verschlang er weiterhin Hunderte, Tausende, Hunderttausende von jungen Männern.

Sie setzte einen Fuß vor den anderen, und sie ging und ging. Das Gehen brachte die Männer nicht nach Hause, aber im Moment bewirkte es, dass sie sich besser fühlte.

*

*Irgendwo in Frankreich:*

*Meine Liebste,*

*ich habe von Kenan gehört. Mein Freund Wullie vom Lazarett Nummer 1 hat mir geschrieben, nachdem er erfahren hatte, dass Kenan aus Deseronto stammt. Er erinnerte sich, dass ich Kenans Namen erwähnt hatte und dass er mit Deiner Schwester verheiratet ist, und berichtete mir. Zufällig wurde Kenan an einem Abend aufgenommen, an dem Wullie Dienst hatte. Er sagte, dass Kenan vor einiger Zeit nach England verlegt wurde und dass es ihm, wenn er anfängt zu sprechen, wieder ausgezeichnet gehen wird. Es kommt vor, dass die Jungs eine Zeit lang aufhören zu sprechen – ich habe das hier auch schon erlebt. Sie werden taub, selbst wenn sie nicht verwundet sind. Kenans Verwundung ist ziemlich schwer, schreibt Wullie, und einen Arm werde er nicht wieder gebrauchen können. Aber der Arm wurde*

*nicht abgenommen. Die Verletzungen in seinem Gesicht sind schwer. Aber Tress wird das schon wissen. In Deinem letzten Brief hast Du geschrieben, dass sie von dem Lazarett gehört hat. Was Du ihr von diesem Brief erzählen kannst, erzähl ihr.*
*In Liebe, Chim*

*

Zwei Wochen half Grania Tress in ihrem neuen Haus. Sie polierten Spiegel, mischten Essig und Wasser, schrubbten die in die Wohnzimmertüren eingelassenen Fensterscheiben. Sie neckte ihre Schwester. »Du bist so vornehm, dass du Türen wie in einem Empfangszimmer hast!« Sie moppten und fegten oben und unten, nähten und bügelten Vorhänge, trugen jede einen Arm voll Holz ins Wohnzimmer, schichteten es neben dem kleinen Kamin auf und stapelten den Rest unter dem Dach des Schuppens im Hof. Es hatte schon geschneit; der Kohlenkasten war gefüllt und stand auf der hinteren Veranda. Kohlen wurden geliefert und schossen über eine Rutsche in den Schuppen, so dass der schwarze Staub in einer Wolke aufstieg. Grania stand mit Tress hinter dem Haus und sah zu und spürte die Vibration mit dem ganzen Körper.
Kenan sollte mit dem Schiff nach Halifax fahren und dort in einen Sonderzug steigen, aber Weihnachten würde er noch nicht zu Hause sein. Er und andere verwundete Soldaten sollten während der Reise von medizinischem Personal betreut werden. Er würde bei den »gehfähigen Fällen« sein und bis Belleville begleitet werden, wo Tress ihn abholen sollte. Tägliche ärztliche Versorgung brauchte er nicht mehr. Das genaue Datum und die Uhrzeit seiner Ankunft würden später noch bekannt gegeben – wahrscheinlich gegen Ende Januar 1918, nach Neujahr.
Seitdem Tress die offizielle Nachricht bekommen hatte, waren

jedes Wort von ihr, jeder Blick und jede Geste auf Kenans Ankunft abgestimmt. Er war unterwegs. Grania, die ihre Schwester beobachtete, bemerkte, dass sie oft von dem, was sie gerade tat, aufsah und nach Osten schaute, als könnte Kenan am Ende der Main Street erscheinen. Oder mit seinem langbeinigen Gang aus dem Wäldchen am Stadtrand auftauchen.

Nachdem das erste Telegramm eingetroffen war, folgten noch vier Briefe, von denen jeder Kenans Zustand anders beschrieb. Der erste war vom Kriegslazarett Nummer 1, wo Kenan behandelt worden war, bevor er nach Frankreich transportiert wurde.

*Seine Augen- und Gesichtsverletzungen beschränken sich, so schwer sie sind, glücklicherweise auf eine Gesichtshälfte. Da es gegenwärtig keine Anzeichen für eine Infektion gibt, wird die Schließung der Wunde einen normalen Verlauf nehmen. Das linke Auge wird nicht wieder sehen können, aber unsere Ärzte sind dankbar, dass das rechte unbeschädigt ist. Der linke Arm, wenngleich nicht amputiert, wird nicht mehr gebrauchsfähig sein. Wir haben keinen Grund anzunehmen, dass eine Prothese die Situation in seinem speziellen Fall verbessern würde.*

Der zweite Brief kam von einer »Spezialabteilung für Gesichtsverletzungen«, eine Krankenschwester aus England hatte ihn geschrieben.

*Kenan hat bisher noch nicht gesprochen, aber die Sprache wird wiederkommen, außerdem versteht er alles, was wir sagen. Wir sind sehr ermutigt dadurch, dass er aufrecht sitzen kann. Er zieht sich täglich an und braucht nur wenig Hilfe dabei und geht normal wie sonst.*

Darauf eine knappe Nachricht vom Kanadischen Roten Kreuz, London, S. W.

*Ich möchte Sie darüber informieren, dass Ihr Gatte von unserem bevollmächtigten Inspekteur gesehen wurde. Er fand, dass er gute Fortschritte macht und sich sein Zustand zweifellos täglich in jeder Hinsicht verbessert. Ein weiterer Bericht über seinen Zustand wird Ihnen von dieser Gesellschaft zugeschickt. Hochachtungsvoll.*

Aber ein weiterer Bericht wurde nicht benötigt. Der letzte Brief, den Tress erhielt, kam von einer anderen Krankenschwester und war persönlicher.

*Unser Kenan macht alles in allem ausgezeichnete Fortschritte. Mit Freude teile ich Ihnen mit, dass er ein besonderer Liebling des Personals ist. Wir hoffen, dass er in ein paar Wochen die lange Rückreise nach Kanada antreten kann. Wir werden ihn sicher vermissen, wenn er uns verlässt, sosehr uns auch bewusst ist, dass er zu Hause ungeduldig erwartet wird.*

Tress war ans Ende der Main Street gezogen, sobald das Haus fertig war. Jack Conlin hatte Wort gehalten, dass er sie benachrichtigen würde, wenn er eine Wohnung hätte. Seine Mieter waren wieder auf die Familienfarm gezogen, nachdem der Vater des Mannes gestorben war, und Jack hatte das Haus Tress versprochen. Sie hatte jeden Dollar gespart, den sie von dem überwiesenen Sold und der Trennungszulage erübrigen konnte. Trotz der Einwände von Jack zahlte sie zwei Monatsmieten im Voraus. Sie musste sicher sein, dass es ihr gehörte; sie wollte etwas Eigenes.

Sobald der Großputz beendet war, half die ganze Familie mit, das Haus einzurichten. Vater steuerte einige Möbelstücke aus dem Hotel bei – ein Eisenbett, eine Seegrasmatratze, vier Stühle, eine Kommode. Tress bestellte aus Eatons Katalog einen Küchentisch und für die Veranda einen Tisch mit viereckiger Platte

und zwei Korbsessel. Als die Straßen mit festem Schnee bedeckt waren, brachte Bompa Jack ein Gitter für den Kamin und zwei Wohnzimmerstühle mit dem Schlitten von der Farm.
Mutter sah die Leinenwäsche durch und schenkte Tress die überzähligen Stücke. Mamo stickte und häkelte. Bernard und Patrick rückten mit Vaters Werkzeug an und montierten noch Regalbretter in der Speisekammer, reparierten Schiebefenster und überprüften die Installation der äußeren Windfangtür, da ja bald der Winter kam. Sogar Kay nähte einen Matratzenschoner und brachte ihn ihr als Geschenk.
Als Grania mit Tress durch das enge zweistöckige Haus ging, sah sie Zimmer, die sie an ihre kindlichen Schöpfungen erinnerten, an Räume, die sie mit Möbeln aus den Seiten des Katalogs eingerichtet hatten. Die Küche war der einzige große Raum und erstreckte sich im hinteren Teil über die ganze Breite des Hauses. An die Küche schloss sich eine eingebaute Veranda mit Fenstern und einem grob gefliesten Boden an. Draußen führten flache Steine zu einem Hang, der steil zur Bucht abfiel. Alles andere, drinnen wie draußen, schien in Miniatur hergestellt zu sein.
Oben befanden sich zwei Zimmer, eins auf jeder Seite des Giebels: das Schlafzimmer, inzwischen eingerichtet, und ein leeres Kinderzimmer. Grania wusste um die Enttäuschung von Tress vor und nach Kenans Abreise, als sie erfahren hatte, dass sie nicht schwanger war. Man musste nur an die Vorsätze denken, die Tress gefasst hatte, an die Babys, die sie Pritchett und Jane nennen wollte. Grania erinnerte sich an das Hauptbuch im Schulkrankenhaus, *Nurses' Central Registration.* Irgendwann während des Aufenthalts eines jeden jungen Mädchens in der Ontario-Schule wurde neben seinen Namen ein Datum gesetzt in Verbindung mit dem Wort: *Unpässlich.* Unpässlich bedeutete, dass sich Blut gezeigt hatte, Blut in der Unterwäsche oder auf den Laken. Blut, das gemeldet werden musste.

Blut hatte sich auch in Granias Bett gezeigt, nachdem Jim gegangen war. Aber dieses Ereignis wurde mit Schweigen aufgenommen und blieb unerwähnt, und ihre Enttäuschung behielt sie für sich.

Tress hat ein Haus, dachte Grania, und Kenan ist in Sicherheit. Er kommt bald nach Hause, und er wird nie wieder in den Krieg gehen müssen. Er mag beschädigt sein, aber er kommt nach Hause. Wir haben Kenan nicht verloren.

# KAPITEL 3

*Es war erst gestern. Als ich die Straße zu unserem Quartier herunterkam, traf ich zufällig einen seiner Sergeants, der mir von seinem Tod erzählte. Er war der beste Freund, den ich je hatte.*

Brief von der Front

Den ganzen Tag hatte sich die Stadt auf den schweren Märzsturm vorbereitet. Der Nachmittagszug traf ein, obwohl die Temperaturen gefallen und die Gleise mit Schnee bedeckt waren. Es hatte angefangen, stetig zu schneien, und der Schnee wirbelte hinter dem Hotel herum, bis die Verwehungen den Hintereingang und die Stalltüren blockierten. Die Familie war eingeschlossen. Tress und Kenan saßen in ihrem eigenen Haus am Ende der Main.

Vom Bullaugenfenster beobachtete Grania, wie sich Spitzen und Mulden und geriffelte Wellen bildeten. Ihr Ozeanfeld war jetzt ganz weiß. Um vier Uhr nachmittags fuhr auf der Straße vor dem Haus ein Pferdeschlitten vorbei, und danach gab es überhaupt keinen Verkehr mehr. Die Post hatte es am späten Vormittag noch geschafft durchzukommen, sie wurde von Patrick geholt. Der Schneesturm war vom Nordwesten eingefallen und die ganze Bucht entlanggebraust. Nach dem Abendessen hatte der Schneefall zunächst aufgehört, ihm folgte gefrierender Regen, eine bläulich weiße Schicht, die Türstufen versiegelte und die Veranden der Stadt überkrustete.

War es möglich, dass Jim bei einem Wetter wie diesem draußen lebte? Durchaus. Manchmal schlief er auf Dachböden oder in Schuppen oder in Quartieren oder Scheunen oder auf Strohlagern. Es gab nicht viel Neuigkeiten seit Passchendaele im Herbst, aber die Zeitungen waren voll davon, dass die Kanadier mit großer Tapferkeit Teile der Front hielten. Grania hatte keine Ahnung von Jims Standort. Der letzte Brief, den sie erhalten hatte – mit dem Stempel des Zensors –, war fünf Wochen vorher geschrieben worden, Ende Januar, und berichtete nur davon, dass die Jungs von der Sanitätseinheit an der Front und außerhalb turnusmäßig ausgewechselt würden und dass sie sich keine Sorgen machen sollte.

*Ruheperioden*, schrieb er, *bedeuten dauernde Paraden und Inspektionen. Sie sind entschlossen, uns auf Trab zu halten, aber es herrscht eine entspanntere Atmosphäre hinter der Front, und an manchen Abenden werden sogar Konzerte und Unterhaltungsveranstaltungen geboten. Gestern Abend gab es Parodien und eine Kazoo-Band.*

Eines Nachts schrieb er aus einem Nebenhäuschen in einem französischen Dorf, wo er auf einer Matratze aus feinmaschigem Draht schlief, mit neun Männern in einem winzigen Raum, der aus dreistöckigen Schlafkojen bestand. Er musste auf dem Fußboden sitzen, um den Brief zu schreiben, das Blatt Papier auf den Knien. Weihnachten hatte er hinter der Front auf einem kleinen Bauernhof verbracht. Er und Irish und sieben andere hatten ihr Geld zusammengelegt für Würste und Schweinefleisch, und das gaben sie der Frau auf dem Hof, damit sie ihnen das Fleisch für ihr Weihnachtsessen kochte.

*Alle Jungs nennen sie Mutter, weil sie so gut zu jedem ist. Weihnachten bekamen wir Zigaretten und Tabak, jeder eine Orange und ein paar Haselnüsse. Wir haben alles mit der Familie der Frau geteilt. Einigen der*

*Jungs gelang es ohne große Schwierigkeiten, ein bisschen Rum für unsere Feier zu organisieren.*

Grania dachte an ihr eigenes Weihnachtsfest. Es gab vier Tage lang keine Gäste im Hotel, vom Vierundzwanzigsten bis zum Achtundzwanzigsten, was bedeutete, dass alle eine Atempause hatten. Tress wohnte zu der Zeit noch zu Hause und hatte einen Kranz an die Haustür gehängt. Anfang Dezember schmückten Bernard und Patrick einen kleinen Baum in der Hotelhalle. Mutter wollte auch im Haus einen Baum haben, und er wurde später, in der Weihnachtswoche, in der hinteren Ecke des Wohnzimmers aufgestellt. In der Stadt wurde auf Feiern verzichtet; es war das vierte Kriegsweihnachten. Grania wollte Kay und ihrem kleinen Sohn selbst gemachte Schokolade schicken und bat Bernard, sie hinzubringen. Sie war sich sicher, sich nicht nur einzubilden, dass Bernard sehr schnell zustimmte, Kay zu besuchen.

Am Fünfundzwanzigsten versammelte sich die Familie um den Tisch zur Weihnachtsgans, und alle fassten sich in der Runde an den Händen für das Tischgebet. Mutter sprach ein Gebet, dass Kenan bald aus England nach Hause käme, und ein weiteres besonderes Gebet für Jim, dass er immer behütet sein möge.

Vater förderte eine Flasche Brandy zutage, von der er etwas an die Karotten und den Rosinenpudding tat, und nach dem Essen tranken alle ein Gläschen davon. Mamo hatte für jeden ein Geschenk gestrickt: für Grania einen Wollhut in Kornblumenblau mit einem nach oben gebogenen Rand; für Tress einen Schal in ihrer geliebten Rosenfarbe. Patrick hatte *La Grippe* und hustete ununterbrochen. Grania versuchte, sich von ihm fern zu halten, denn sie war immer noch anfällig für Infektionen, besonders um diese Zeit des Jahres.

Fry und Colin waren in Belleville geblieben, um in der Schule auszuhelfen, weil noch mehr Leute vom Personal sich für den Krieg verpflichtet hatten. Fry schrieb, sie sei mit den Kindern in Griffins Kino gegangen, um einen Film mit Charlie Chaplin anzusehen, und die Kinder hätten während des ganzen Films gelacht. Colin hatte den Schülern geholfen, die Tafeln in der Kapelle mit Weihnachtsszenen zu schmücken. Cedric schrieb seine üblichen vorweihnachtlichen Notizen in den Dezemberausgaben der Zeitung, und Grania las sie in ihrem Zimmer.

ELTERN: Lest dies!
Wollen Sie, dass Ihr Kind ein fröhliches und glückliches Weihnachtsfest verlebt? Wenn ja, dann sorgen Sie dafür, dass Ihre Geschenke rechtzeitig zur Verteilung der Pakete am Weihnachtsmorgen verschickt werden. Es würde uns eine Menge Mühe und Unruhe ersparen, wenn alle vor dem 20. hier ankämen. Wenn sie später gesandt werden, werden sie hier voraussichtlich nicht mehr rechtzeitig befördert. Wir tun alles, was wir können, um Ihr Kind an diesem Tag glücklich zu machen. Wenn es an den Freuden des Festes nicht teilhaben kann, so wird das Ihre Schuld sein.
Bei Geschenken für Mädchen vergessen Sie nicht, genügend Haarbänder beizulegen. Daran fehlt es immer, ebenso an Taschentüchern. Andere nützliche Geschenke sind Morgenröcke, Pantoffeln, Frottiertücher, Überstrümpfe, Fausthandschuhe, Mützen, Schürzen, Schals und Spitzenkragen. Jungen wie Mädchen sind immer begierig auf Schlittschuhe, deshalb vergessen Sie diese nicht, wenn Ihr Kind noch keine hat. Schicken Sie keine Gläser mit Marmelade, Obst oder Ketchup. Jedes Jahr bekommen wir ein Paket oder mehr, in dem so etwas verschickt wurde und unterwegs zerbrochen ist, wodurch dann andere Sachen ruiniert oder beschädigt werden. Die Kinder bekommen hier von solchen Dingen so viel, wie es für sie gut ist.

Grania hatte als Kind, seit sie neun Jahre alt war, jedes Weihnachtsfest in der Schule in Belleville verlebt. In mancher Hinsicht vermisste sie jene Tage voller fieberhafter Erwartung. Diese Aufregung am Morgen, wenn die Kinder um halb sechs geweckt wurden und in den großen Aufenthaltsraum des jeweiligen Wohnheims geführt wurden, wo sie die hohen Bäume sahen, die geschmückt waren mit aufgereihtem Popcorn, Schnüren mit Silberflitter, gehäkelten Körbchen und winzigen Engeln mit Flügeln aus Mull. Nach dem Frühstück wurden die römisch-katholischen und die anglikanischen Kinder von verschiedenen Lehrern zum Gottesdienst in die Stadt begleitet, auch wenn das Wetter schlecht war. Alle zogen sich warm an und gingen in einer langen Reihe hintereinander. In den Kirchen wurden die gehörlosen Kinder nach vorn gebracht. Manchmal trugen sie für die übrige Gemeinde ein Weihnachtslied oder ein Gebet mit Handzeichen vor, und manchmal sahen sie auch nur zu, wenn die Gemeinde sang. Nach dem Gottesdienst wurden sie in die Schule zurückgeführt, um in der Kapelle die Weihnachtsansprache ihres Direktors zu sehen, und dann saßen sie schließlich unruhig auf Bänken vor einem Podium, das im großen Nähzimmer des Hauptgebäudes errichtet war. Jedes Jahr türmte sich auf diesem Podium eine riesige Pyramide mit Geschenken, die von den Angehörigen der Kinder kamen. Jedes Jahr hatte Vater auch ein Paket an die Schule geschickt, mit Mützen und Fausthandschuhen – besonders für die ärmeren Kinder.

Einige Jungen und Mädchen brachten eigene Schlitten mit – eine einfache Methode, um die Pakete in die Schlafsäle zu bringen, wo sie ausgepackt wurden. Erst nachdem Grania »Senior« geworden war, wusste sie, dass jedes Paket von zu Hause schon *vor* Weihnachten geöffnet worden war. Man hatte sie gebeten, der Stellvertretenden Leiterin zu helfen, alle übersandten Kleidungsstücke zu desinfizieren, und dann musste jeder Gegen-

stand wieder an seinen Platz im Weihnachtspaket zurückgelegt werden.
Dieses Jahr brachte Cedric in der Januarzeitung noch eine Fortsetzung in seinem üblichen Stil:

> Wir bedauern, dass die Eltern nicht hier waren, um nach dem Auspacken einen Streifzug durch die Schlafsäle zu machen. Solche Bilder erlebt man nicht oft. Die Betten waren übersät mit allen möglichen Süßigkeiten, während mechanische Spielsachen aller Art über die Fußböden sausten. Diese hielten allerdings nicht lange, die meisten von ihnen waren schon kaputt, bevor der Tag zu Ende war.

Zu Hause war Tress die ganze Zeit in Gedanken mit Kenans Rückkehr beschäftigt gewesen. Jetzt war sie fort. Obwohl sie nur zehn Minuten entfernt wohnte, vermisste Grania sie. Sie vermisste sie genauso wie damals, als sie zuerst in die Schule kam. Sie bemühte sich, das alte Verlustgefühl abzuschütteln, aber es schlich sich schnell wieder ein. Sie freute sich für ihre Schwester, war froh, dass Kenan zu Hause war, froh, dass sie ein Heim für sich hatten. Tress kam dreimal die Woche, um beim Mittagessen im Speisesaal zu helfen, aber Grania, die oben allein am Fenster in ihrem Elternhaus stand, fühlte sich, als wäre sie in einem Netz gefangen.
*Im Käfig eingesperrt. Sag Dulcie, sie soll laufen und Hilfe holen.*
War das Haus stiller, jetzt, da Tress nicht mehr da war? Hatte sich das Schweigen zwischen ihren Eltern noch vergrößert? Grania musste das Schweigen nicht hören, um davon zu wissen. Vater hatte zugelassen, dass Bernard mehr Verantwortung für den Hotelbetrieb übernahm, aber er selbst blieb fern, hielt sich die meiste Zeit in seinem Büro auf. Abends ging er häufig aus, und Grania hatte mehrmals Alkohol gerochen, als er zurückkam.

Was Mutter betraf, so fragte sich Grania, ob sie sich allein fühlte ohne ihren Mann, so wie sie selbst. Es wäre aber unmöglich gewesen, mit Mutter darüber zu sprechen.
Wenigstens war Mamo da. Mamo war immer da. Manchmal saßen sie und Grania nach dem Mittagessen im Wohnzimmer, und Grania las ihr kurze Artikel aus der Stadtzeitung vor. Mamo hatte jetzt, was sie »alte Augen« nannte.
Bevor Kenan Ende Januar nach Hause kam, hatte Grania ein paarmal bei Tress in dem kleinen Haus übernachtet, in dem Bett oben neben ihr geschlafen. Aber Granias Hilfe wurde frühmorgens gebraucht; es war leichter für Mutter, wenn sie zu Hause blieb. Und jetzt brauchten Tress und Kenan Zeit für sich. Die Familie hatte sich so gefreut, ihn zu sehen, ihn willkommen zu heißen. Aber Kenan hatte nicht gesprochen. Er konnte einen Arm und beide Beine benutzen. Aber in den vergangenen fünf Wochen hatte er das schmale Haus am anderen Ende der Straße nicht verlassen. Nicht ein einziges Mal.
Grania war nicht mit Tress nach Belleville gefahren, um ihn abzuholen, aber Mutter und Vater. Sie waren am Bahnhof, weil sie ihn begrüßen und die letzte Strecke bringen wollten. Als Grania ihn nach seiner Ankunft in Deseronto das erste Mal sah, schämte sie sich wegen ihrer Reaktion. Ohne die Tatsache, dass er neben Tress saß, hätte sie ihn nicht wiedererkannt. Der junge Mann, der da vor ihr saß, war kleiner als der Kenan, der 1915 weggegangen war. Vermindert. Sein Gesicht war zuerst teilweise verbunden, als er nach Hause kam, aber jetzt waren die Verbände fort. Sein übriges Gesicht, die unverletzte Hälfte, war furchtbar blass. Sein toter Arm hing als loses Glied von der Schulter. Grania war sich nicht sicher, ob sie einen Laut von sich gegeben hatte, als sie ihn zum ersten Mal wiedersah. Sie wusste auch nicht, ob Tress aufgeschrien oder was sie gesagt hatte. Nun waren Tress und Kenan zu Hause und versuchten, mit allem zurechtzukommen.

Bei diesen Überlegungen fragte sich Grania, ob sie sich denn schon selbst über ihre Rolle als verheiratete Frau klar geworden war. Eine Frau, die einmal für kurze Zeit mit einem Mann zusammengelebt hatte. War sie nicht, gleich nachdem ihr Mann abgefahren war, wieder in ihr altes Haus, ihr altes Zimmer zurückgekehrt, nur um wieder in ihrem Kinderbett zu schlafen?

Wenn Jim nach Hause kommt, sagte sie zu sich … aber das war der Punkt, wo alles ungewiss wurde. Sie hatte keine Vorstellung, wann das sein könnte und wohin sie gehen würden. Eine Zeit in der Zukunft, die an unsichtbare, ferne Ereignisse gebunden war. Andere waren für die entscheidenden Ereignisse verantwortlich, die ihr und Jims Leben beeinflussten. *Chim.* Wenn sie sich seinen Namen vorstellte, fühlte sie sich allein und ohne Bindung. Jeder hat etwas in diesem Krieg verloren, dachte sie. Wir haben so lange gewartet, und wir haben alle etwas verloren.

Sie stand an ihrem Fenster und sah hinaus. In dieser winterlichen Weiße herrschte vielleicht überall Stille. Sie würde Mamo fragen. Unterhalb des Fensters entdeckte sie unberührten Schnee auf der Straße und ein Glitzern über der neuen Eisschicht. Wenn Schnee die Erde zudeckte, saugte er dann auch Geräusche auf? Sie fühlte sich sicher bei Schneestürmen, obwohl das etwas war, was sie nicht hätte erklären können. Vielleicht hatten Hörende und Taube für kurze Zeit in gleicher Weise teil an einer schweigenden Welt. Aber die Logik sagte ihr, dass Bewegung, auch im Schnee, Geräusche verursachte; dass die Eisschicht die Stille veränderte. Und in diesem Jahr gab es viel Schnee und Eis – es hatte im Januar kein Tauwetter gegeben, im Februar keine Schmelze. Fry hatte aus Belleville geschrieben, dass die Stadt sich wegen der drohenden Frühjahrsflut Sorgen mache, die Eisschollen bauten sich gefährlich in der Moira auf.

Aber der Winter war gut zum Schlittschuhlaufen gewesen – auf den Eisbahnen der Schule in Belleville und auch hier in Deseronto auf der Eisbahn, die auf der Bay of Quinte freigelegt worden war. Grania war an einigen Nachmittagen Schlittschuh gelaufen. An einem Samstag hatte sie Kay überredet mitzukommen. Zu ihrer Überraschung hatte Kay zugestimmt und sich sogar getraut zu lachen. Sie hatten beide gelacht und Spaß gehabt. Für einen flüchtigen Augenblick war in Kays Augen und Wangen das alte geheimnisvolle Leuchten erschienen.

Grania roch unten im Haus ein frisches Kaminfeuer. Das bedeutete, dass Vater aus seinem Büro zurück war, ein seltener Abend, wenn er mal im Haus war. Er erhielt laufend die neuesten Informationen darüber, welchen Alkohol er auf Lager nehmen und wie er ihn servieren durfte, aber das Geschäft hatte seit Weihnachten nachgelassen. Ein Arbeiter, den er kürzlich eingestellt hatte, war in den Krieg gezogen. Die Frau, die in Teilzeitarbeit in der Waschküche bügelte, war ebenfalls gegangen; sie wechselte zu einer Fabrik, weil dort höhere Löhne gezahlt wurden.

Der Duft von brennendem Holz war jetzt stärker. Vater hatte sicher die Lampe im Wohnzimmer angemacht, damit er in seinem Sessel in der Ecke lesen konnte. Wenn er Gesellschaft wünschte, war die Tür immer offen.

Grania beschloss, zu ihm hinunterzugehen. Als ihre Hand die Schlafzimmertür berührte, spürte sie die Vibration, das Klopfen des zerbrochenen Fensterladens, der außen gegen die Hauswand schlug. Der Wind hatte sich gedreht und wehte vom Land anstatt von der Bucht. In vielen Nächten war sie bei dem Geräusch des Fensterladens eingeschlafen, ihre Atmung hatte den Rhythmus des launischen Windes angenommen. Als sie die unteren Stufen erreichte und die Portiere zur Seite schob, kam Mutter aus der Küche, in einem Kochbuch blätternd, während sie auch auf das Wohnzimmer zuging. Grania erkannte das Bild des Schoners auf dem bräunlichen Umschlag. Auf der Innenseite standen die Worte: *Esst frischen Fisch. Spart das Fleisch für unsere kämpfenden Soldaten.*

Alles war Krieg, sogar die Kochbücher. Dieses hatte der Naval Service ein Jahr zuvor geschickt, und seither wurde es in der Hotelküche benutzt. Ein Jahr zuvor konnte Mutter Steaks für 18 Cent das Pfund kaufen. Heute Abend hatten sie Büchsenlachs in Sahne gegessen. Morgen könnte es geschnetzelter oder gehackter Lachs sein. Manche Hotelgäste mochten keinen Fisch, obwohl er freitags schon immer serviert worden war – jetzt gab es ihn auch an einigen anderen Tagen der Woche. Sie dachte an das Essen in der Schule: *frisches Brot, Fisch am Freitag, so viel Milch, wie ein Kind bei jeder Mahlzeit wollte, kein Tee oder Kaffee für Schüler unter zwölf.*

Bevor Grania ins Wohnzimmer ging, blieb sie stehen, um einen Blick hinter die Küchentür zu werfen. Da saß Patrick am Tisch und machte seine Hausaufgaben, und sie winkte ihm schnell zu. Bleib in der Schule, dachte sie. Lauf nicht fort nach Kingston, um dich zu verpflichten. Wenn du gingst, würdest du uns das Herz brechen.

Der Zeitungszug war angekommen, als wollte er dem Sturm trotzen. Vater hatte einige Zeitungen aus dem Hotel mit herübergebracht und las *The Mail and Empire*, wobei sein Augenlid herunterhing, so dass er aussah, als schliefe er halb, während er las. Grania betrat das Wohnzimmer, setzte sich Mutter gegenüber in einen Sessel und begann, den *Intelligencer* und die *Deseronto Post* durchzublättern. Der Krieg im Überblick war ein regelmäßiger Beitrag, den sie jeden Abend überflog. Sie sah die laufende Liste der Beschwerden durch: Papierknappheit; der Sonntag ohne Gas; der fleischlose Wochentag; Kriegsmehl; Bonbons ohne Zucker; mehr Fisch; zeitweise keine Kohle. Sie hatte den Krieg satt.

Die Zeitungen, die mit Gerüchten, Spekulationen, Meinungen gefüllt waren, jedes Wort aus der Feder von Leuten, die selbst in Sicherheit waren. Der Krieg war ein Albtraum, in dem sie gefangen waren. Doch einige Leute in der Stadt – einige, die niemanden im Krieg hatten – schafften es, allem den Rücken zu kehren und in ihrem Trott weiterzumachen.

Sie wollte auch allem den Rücken kehren, und wäre es nur, um jeden einzelnen Tag durchzustehen. Ein Brief von Jim, den sie kürzlich erhalten hatte, war wie ein Dokument schwarzer Geschichte, die überhaupt keine Beziehung zu ihr hatte; als sie ihn las, wurde ihr klarer als je zuvor, wie ihr eigenes Leben in der Schwebe war. Er war seit zweieinhalb Jahren fort, und es gab kein Anzeichen dafür, dass der Krieg zu Ende ging. Jedes Ereignis, über das berichtet wurde, war schlimmer als das vorausgegangene – außer Vimy vor fast einem Jahr. Das war einmal eine gute Nachricht. Ein großer kanadischer Sieg. Aber die Freude war bittersüß, da Tausende von jungen Männern dabei zugrunde gingen. Keiner, der einen Ehemann oder Sohn, einen Bruder oder Vater verloren hatte, machte Freudensprünge nach Vimy – trotz allem, was in den Zeitungen stand.

Jim war in Vimy gewesen. Er hatte von der gemischten Stimmung nach dem Sieg geschrieben. Die Beerdigungstrupps und Krankenträger waren den vorrückenden Truppen gefolgt, und es herrschte ebenso viel Trauer wie Begeisterung in jenen erregenden Tagen.

Der einzige Funke von Spontaneität, den Grania in dem dunklen Brief von Jim entdeckte, hatte sich an dem Fund einer Dose mit grünen Bohnen entzündet. *Nicht wie braune Bohnen, die wir immer haben*, schrieb er, als ob dies das aufregendste Ereignis der Woche gewesen wäre. In demselben Brief beschrieb er den Winterhimmel. Als sie den Brief las, meinte sie, neben ihm auf einem Brett im Hof eines Bauern zu sitzen und zu den düsteren Wolken und dem bleiernen Licht aufzuschauen. Aber sie hätte das Geräusch nicht gehört.

*Zuweilen erzittert der Boden unter unseren Stiefeln. Die Luft vibriert. Manchmal geht einer Explosion ein pfeifendes Geräusch voraus. Und dann ist alles still.*

Diese Sätze waren nicht zensiert worden.

Mamo kam herein und rückte ihren Schaukelstuhl an den Kamin. Ihre Augen sahen müde aus – ihre alten Augen. Sie trug eine Brille, die sie von Mr. Eaton bezogen hatte, aber sie konnte nicht mehr so viel lesen, wie sie es gewohnt war. Grania vermochte sich nicht zu erinnern, wann sie das letzte Mal alle vier so wie jetzt im Wohnzimmer gesessen hatten. Und Carlow war auch da, er schlief neben Vaters Sessel.

Manche Leute benutzten ihre Wohnzimmer nie – Tante Maggie zum Beispiel, außer wenn der Onkel die Leiter hinaufstieg, um die Turmuhr zu ölen oder neu zu stellen. Auch Bompa Jack auf der Farm nicht. Sein Wohnzimmer hatte zwei Türen, aber beide waren mit Portieren bedeckt und geschlossen. Das letzte Mal waren sie zu Großtante Marthas Totenfeier geöffnet gewesen. Hier zu Hause wurde das Wohnzimmer jederzeit benutzt. Oft von Mamo, manchmal von Mutter, manchmal von Grania. Wenn Vater im Haus war, so bedeutete das: Bernard sah nebenan nach dem Rechten.

Wenn Bernard nur mal mit Kay sprechen würde. Wenn er es nicht tat, würde es ein anderer tun. Bernard war gutherzig. Der Häusliche. Das sagte Mutter. Und Vater gefiel es, dass Bernard den Hotelbetrieb mochte und vorhatte, dabei zu bleiben. Die Abstinenz-Gesetze würden nicht ewig gelten.

Die Einzige, die an diesem Abend zu Hause fehlte, war Tress. Grania versuchte, sich vorzustellen, was Tress und Kenan an einem Schneeabend wie diesem in ihrem winzigen Haus machen könnten. Tress hatte kaum zu erkennen gegeben, wie sie zurechtkamen. Kenan passe sich an, wurde innerhalb der Familie gesagt. Er ging nicht aus. Er und Tress gewöhnten sich an die *Veränderungen.*

Mamo besuchte sie jeden Sonntag, wenn Wetter und Fußwege es erlaubten; wegen ihrer Arthritis musste sie langsam gehen, sie saß am Nachmittag eine Stunde bei Kenan und erzählte ihm das Neueste aus der Familie. Aber Kenan antwortete nie. Kenans Onkel war einmal gekommen, er stand jedoch nur unbeholfen neben Kenans Sessel und ging kurz darauf wieder, sagte aber zu Tress, sie solle ihn rufen, wenn sie Hilfe brauche. Als Grania sie besuchte, sprachen sie und Tress miteinander und machten Handzeichen. Wenn Kenan im Zimmer war, sah und hörte er ihnen zu, aber er beteiligte sich nicht.

Das Einzige, was Tress Grania erzählte, war etwas, was Grania nicht erwartet hatte – und sich auch nicht hätte vorstellen können. Als sie es hörte, hätte sie Tress am liebsten in den Arm genommen und beschützt. Aber Tress hatte es ihr sehr beherrscht erzählt und dabei ihr Gesicht beobachtet, wie sie reagierte. Kenan war nichts vorzuwerfen.

*Sein Arm fliegt wie eine Schleuder*, sagte Tress. *Der leblose Arm schlägt aus. Er hat keine Kontrolle darüber.*

Grania sah an dem Tag, an dem Tress es ihr erzählte, die Verletzung, eine hässliche Schwellung an Tress' Seite. Sie hatte die Hand auf die Haut der Schwester gelegt. Sie stellte sich vor, wie Kenan sich in ihrem Bett umdrehte, das Eisengewicht des Arms, der hinter ihm liegen blieb. Oder wenn er versuchte, sich hinzulegen, und der Arm dabei nach vorn schwang. Kenan, der keinem wehtun konnte.

Es war auch offenkundig geworden, dass er schreckliche Schmerzen hatte, besonders in der Hand. Der Schmerz in der leblosen Hand schien bisweilen unerträglich zu sein. Am Tag hatte er die Hand tief in die Tasche geschoben, um den Arm daran zu hindern, sinnlos hin und her zu pendeln, wenn er im Haus von Zimmer zu Zimmer ging.

Aber das Schlimmste war, dass er stumm blieb. Dr. Clark besuchte ihn wiederholt und sagte, dass Kenans Hals trotz der schweren Verletzungen im Gesicht keinen Schaden davongetragen habe. Stimmbänder, Zunge, Kehlkopf, Rachen – alles war intakt. »Lassen Sie ihm Zeit«, riet Dr. Clark. »Allmählich wird er wieder ein normales Leben aufnehmen.« Kenan nahm das Veronal, das Dr. Clark ihm verschrieben hatte, aber er lehnte alle Besucher außerhalb der Familie ab. Sein Schweigen hatte sich wie ein Nebel in dem kleinen Haus ausgebreitet, und nun hatte der Nebel auch Tress eingehüllt.

Grania hatte Tress bei einem ihrer Besuche impulsiv vorgeschlagen: »Lass es mich versuchen. Ich komme und rede mit ihm.« Aber sie hatte keine Ahnung, wie sie das anstellen wollte. Zwar hatte sie häusliche Krankenpflege gelernt und im Schulhospital gearbeitet, aber sie hatte noch nie mit etwas Vergleichbarem zu tun gehabt. Sie war erleichtert, als Tress' Lippen etwas gepresst, etwas gezwungen erwiderten: »Was kannst du denn tun, was ich nicht schon versucht hätte?« Tress war darin geübt, schwierige Dinge aus ihrem Bewusstsein zu verbannen; Grania wusste das sehr gut. *Ich sage meinem Hirn, es soll aufhören zu denken*, sagte sie immer, als sie Kinder waren. *Und dann kann ich schlafen.* Aber Tress sah jetzt gar nicht ausgeruht aus. Tress sah aus, als schlafe sie überhaupt nicht.

*

Ein Schatten glitt in das Wohnzimmer, und Grania sah auf. Grew, der Friseur, war irgendwie hereingekommen, ohne dass sie ihn gesehen hatte, und jetzt stand er neben ihrem Sessel, und seine Anwesenheit brach in ihre Gedanken ein. Er musste von der Diele gekommen sein. Wer hatte ihn aus dem Schneesturm draußen hereingelassen, da sie doch alle hier waren? Patrick? Nein, sie sah nur überraschte Gesichter ringsum. Die Tür war nie verschlossen. Grew wusste das und war unangemeldet eingetreten.

Er trug einen langen Wollmantel, eine Mütze und einen dunkelgrünen Schal. Seine Überschuhe hatte er wahrscheinlich an der Tür gelassen, denn seine Schuhe waren trocken. Ein Geruch nach Whisky wehte aus seiner Kleidung herüber. Er hat sein privates Lager, dachte Grania. Die Abstinenz-Gesetze berührten ihn nicht. Dann dachte sie an Vater, der abends immer ausging. Vater und Grew zusammen. Jetzt ergab das einen Sinn. War Grew deshalb gekommen?

Grew zog den schweren Mantel aus, nahm die Mütze ab, hielt den Mantel über dem einen Arm und die Mütze in der anderen Hand. Sein Gesicht sah aus, als wäre es hundert Jahre alt.

Vater machte eine abrupte Bewegung, einen Versuch, ihn aufzuhalten, als hätte er das schon unzählige Male getan. Carlow rappelte sich von seinen Vorderpfoten auf und beobachtete ihn. Grew schwankte, streckte sich dann und erhob sich steif zu seiner vollen Größe. Er schien jeden einzelnen Muskel anzuspannen, um sich aufrecht zu halten. Er beugte sich vor, versuchte, seinen Mantel auf einen leeren Sessel zu legen, stolperte und lief vier oder fünf Schritte durch das Zimmer. *Dinge, die sich bewegen* … Er war so betrunken, dass Grania sich nicht sicher war, ob er Vater wahrgenommen hatte, der mit ein paar Schritten an seine Seite geeilt war. Grew sah keinen von ihnen; Grews Blick ging nach innen. Grania saß aufrecht in ihrem Sessel, angespannt – ebenso wie Mutter und Mamo.

»Komm, Grew.« Sie las von den Lippen ihres Vaters ab. »Ich bring dich nach Hause.«

»Nein«, sagte Grew. »Nein.«

In diesem Augenblick schien er überrascht festzustellen, dass er immer noch die Mütze in der Hand hielt und den grünen Schal um den Hals hatte. Er riss an dem Schal, bis er wegrutschte und dort zu Boden fiel, wo er stand. Die Mütze fiel auf den Schal. Vater bückte sich, um die Sachen aufzuheben, und Grew nutzte den Moment und stürzte in die Ecke des Zimmers, wo er sich schnell auf den runden Hocker vor dem Klavier plumpsen ließ. Da der Klavierstuhl heruntergedreht war, gingen seine Knie in die Höhe, so dass seine Größe lächerlich wirkte.

Sein Oberkörper begann, hin und her zu schwanken. Er kippte nach vorn über die Tasten und dann weit nach hinten; einen Moment sah es so aus, als drohte er vom Stuhl zu fallen. Seine Hände waren in beide Richtungen ausgestreckt; die Töne mussten ihm aus den Fingern fallen. Mutter und Mamo starrten ihn an, als wäre er ein Eindringling, den sie noch nie gesehen hatten. Grania wusste nicht, was er spielte, aber sein rechter Fuß trat eine der Pedalen, und die Musik lief über den Holzfußboden und drang in ihre Füße. Der Klang, der in sie eintrat, war hart und rau wie das polternde Fallen der Kohlen. Er vibrierte an ihrem Arm, als sie die hölzernen Lehnen ihres Sessels umklammerte. *Da stimmt etwas nicht, etwas stimmt nicht.*

Mamo starrte auf den Schal über Vaters Arm. Grews Hände hoben und senkten sich über den Tasten, und Grania wollte die eigenen Hände auf etwas schlagen, damit er aufhörte. Aber sie saß starr wie die anderen, als ob die vier – mittlerweile fünf, denn Patrick stand in der Tür – Eintrittskarten erhalten hätten und die Vorstellung bis zum bitteren Ende über sich ergehen lassen müssten.

Nur Granias Augen hatten den herunterfallenden gefalteten Papierstreifen gesehen, der aus Grews knochiger Hand geflattert war, als er sich am Anfang auf den Hocker warf. Das Papier lag jetzt fast verdeckt auf einem Knie; es bebte, während sein Fuß weiterhin die Pedale trat. Das Papier war schmal: *Telegramm.* Sie brauchte die Worte nicht zu sehen, um die Botschaft zu kennen: *Bedaure zutiefst, Ihnen mitteilen zu müssen, dass der Gefreite Richard Grew offiziell als gefallen gemeldet worden ist.*

Einziger Sohn von …

Nun wussten sie es alle. Mutters Mund stand offen – drang ein klagender Laut daraus hervor? Carlow war aufgeregt, er lief in der Diele hin und her. Grews Hände lagen reglos auf den Tasten, er drehte sich um und erhob sich in voller Größe. Vater, der immer noch die Mütze und den Schal hielt, sagte: »Es tut mir Leid, Grew. Es tut mir aufrichtig Leid.« Und dann fluchte er. »Verdammt«, sagte er. »Der gottverdammte Krieg.«

Granias Beine zitterten, ihre Arme auch. Sie presste eine Hand in die andere, um beide zur Ruhe zu zwingen. *Richard kommt nach Hause, um Friseur zu werden wie sein Vater.* Nein, Richard würde nicht mehr nach Hause kommen. Sie zwang sich, Grew ins Gesicht zu sehen, und dann stand sie auf und ging an seine Seite. Mitten in diesem Schmerz, der nun das ganze Zimmer erfüllte, kam ihr plötzlich ungebeten und unerwünscht eine Zeile aus ihrem *Sonntag*-Buch in den Sinn.

*Er stürzte zu dem Holzschuppen und weinte, als wollte ihm das Herz brechen.*

Sie wusste, dass das Weiße in ihren Augen so gerötet war, als wären winzige Blutgefäße um die Pupillen plötzlich geplatzt. Tränen hatte sie nicht. Sie fühlte Grews fallende Schulter unter ihrer Hand. Wenigstens, dachte sie zornig, brauchte er jetzt nicht mehr nach jeder Schlacht in dieser besorgten Menschentraube vor den Fenstern der Zeitungsredaktion zu stehen. Das brauchte er jetzt nicht mehr.

Wenn Kriegsberichte hereinkamen, wurden die Listen an die Anschlagbretter draußen geheftet: *Vermisste, Verwundete, Kriegsgefangene, Beerdigungen, Gasbrände, Ins Lazarett überführt, Nach England verlegt, Gestorben, Gefallen.*

Wie konnte man weitermachen, wenn alle Nachrichten schlecht waren?
Es wird keiner übrig bleiben, dachte sie. Bald wird keiner mehr übrig sein.

*

Als Grania Patrick das erste Mal in Uniform sah – vorher war er weggelaufen und hatte sich in Barriefield freiwillig gemeldet, und Mutter hatte ihn sofort zurückgebracht und die Verpflichtung rückgängig gemacht, weil er minderjährig war und noch zur Schule ging; und dann war er ein zweites Mal weggelaufen und hatte sich in Belleville gemeldet, kurz nachdem das aufgestaute Eis im Moira River gebrochen war, die Fußgängerbrücke weggerissen und eine Überschwemmung verursacht hatte; und dann zum dritten Mal in Napanee; Mutter hatte aufgegeben und wusste wie alle anderen, dass Patrick an diesem Frühlingstag um vier Uhr aufbrechen würde und hier war, um sich zu verabschieden –, nach alldem fragte Grania ihn: »Was hat Grew auf dem Klavier gespielt, an dem Abend im März, als wir den Schneesturm hatten? Du hast in der Tür gestanden, als die Nachricht von Richard gekommen ist. Wie hieß das Lied?«
Patrick stand vor der Linse, als Grania sich auf das winzige Fenster konzentrierte, das sie mit der Hand beschattete. Sie bemühte sich, die Hände ruhig zu halten, und presste die Kamera an ihre Taille. Hinter ihrem kleinen Bruder konnte sie, als sie ihn in die Mitte der Szene rückte, den Hinterhof des Hauses an der Edmon Street sehen, seitlich standen ihre Wagenschuppen. Eine Ecke des Bretterdachs, das tief über den Hühnerhof des Nachbarn hing. Niemand würde je von vorn erkennen, dass sich einen halben Häuserblock hinter der Main Street Truthähne befanden. Man hatte ihr jahrelang von dem Kollern erzählt.
Vater stand hinter ihr, er lehnte müde an der kleinen Veranda.

Mutter lag oben im Haus auf ihrem gemachten Bett. Tress war vom anderen Ende der Main gekommen, um Auf Wiedersehen zu sagen; sie stand jetzt mit Mamo in der Waschküche am Fenster und wartete darauf, dass Grania ihr Werk vollendete.
Patrick posierte jetzt im Fenster der Kamera, eine unangezündete Zigarette hing von seinen Lippen. Grania hatte ihn noch nie rauchen sehen. Die Arme baumelten locker an den Seiten; die Ärmel seiner Uniformjacke waren etwas zu lang. Seine Gamaschen waren eng gewickelt, darüber bauschte sich die Hose an den Knien. Seine schmalen Stiefel waren auf Hochglanz poliert. Das Haar war kurz, der Hals zu dünn für den Kragen. Ein Ohr schaute unter seiner Mütze hervor. Auf seinem Gesicht lag ein leichtes Grinsen. Er war ein Junge, der übers Meer ging, um ein Abenteuer zu erleben. Die Familie wusste, dass er ein falsches Alter angegeben und sich einen neuen Namen ausgedacht hatte. Er hieß jetzt – er hatte den Namen für Grania mit den Fingern buchstabiert – Vince. Sie wusste nicht, wie oder warum er diesen Namen vor allen anderen ausgewählt hatte. Das Einzige, was ihr einfiel, war, dass er mit dem Buchstaben »V« begann nach Patricks Idol, Vernon Castle. Castle war im Februar bei einem Flugzeugabsturz ums Leben gekommen, während des Trainings in Texas, als er einem jungen Mann Flugunterricht gab. Die Zeitungen waren voll von Erinnerungen an ihn. Es fiel Grania schwer, an den sympathischen Flieger zu denken, der sich mit solcher Eleganz bewegt hatte und dessen geschmeidiger Körper aus dem Himmel auf die Erde gefallen war.
»Sag mir den Titel von dem Lied«, sagte Grania wieder. »Von dem Lied, das Grew an dem Abend damals gespielt hat.«
Sie bekam den Brief zu lesen, den Richards Zugführer geschrieben hatte. Grew erhielt ihn genau einen Monat nach dem Telegramm.

Es drängt mich, Ihnen mitzuteilen, dass ich Ihren Sohn gekannt habe, seitdem er Soldat geworden war. Mit ihm habe ich einen der besten Männer meines Zugs verloren, und ich bin sehr betrübt. Offiziere und Soldaten wünschen gleichermaßen, dass ich Ihnen sage, wie sehr wir ihn vermissen. Sie können äußerst stolz darauf sein, dass er immer bereitwillig seine Pflicht getan hat und dass er gewillt war, sich uneingeschränkt für unser Ziel einzusetzen. Er starb ehrenvoll und im Dienst des Empire und seines Königs. Ich kann Ihnen aufgrund von Zeugenberichten positiv mitteilen, dass er bei einer Nachtpatrouille zwischen den Linien von der Kugel eines Heckenschützen getroffen wurde und dass er sofort tot war. Ich weiß, es wird Ihren Schmerz lindern, wenn sie erfahren, dass er am Ende nicht gelitten hat. Sie sollten auch wissen, dass es einem unserer kanadischen Jungen gelungen ist, den Heckenschützen fast unmittelbar danach zu töten. Wir bedauern zutiefst, dass wir den Leichnam Ihres Sohnes nicht bergen konnten. Kurz nach jenem Ereignis geriet das Gebiet unter schweres Feuer, und wir waren gezwungen, uns zu einem anderen Standort zu begeben.

Grew war mit dem Brief ins Haus gekommen. Er hatte unbeweglich dagestanden, während das eine Blatt von Hand zu Hand ging. Er wollte sich während seines Besuchs nicht setzen. Grania erinnerte sich auch daran, dass alle Familienmitglieder stehen geblieben waren, bis er sich abrupt umdrehte und wegging.
»Es war das von den Irischen Jungs«, sagten Patricks Lippen jetzt. Er bildete die Worte sorgfältig, und sie sah schnell von dem Fenster ihrer Kamera auf, um den Titel des Liedes nicht zu verpassen.
»Das, was Grew gespielt hat, heißt ›Die irischen Jungs in den Krieg gezogen sind‹.«

# KAPITEL 4

*Schrapnells wurden nach ihrem Erfinder, Col. Shrapnell, genannt, einem britischen Offizier, der im Spanischen Krieg kämpfte. In diesem Krieg wurden sie erstmals angewandt, und sie waren so wirkungsvoll, dass der Duke of Wellington Col. Shrapnell einen Brief schrieb, in dem er ihm dafür dankte und ihm zu seiner großartigen Erfindung gratulierte. Die ersten Schrapnells waren rund und natürlich nicht so zerstörerisch wie das weiterentwickelte Geschoss des gegenwärtigen Krieges.*

The Canadian

Das Erste, was ihr auffiel, als sie das Zimmer betrat, war, dass es im Halbdunkel lag. Die Sommersonne draußen schien zwar hell, aber die Vorhänge waren in allen Räumen des Hauses, mit Ausnahme der Küche, dicht zugezogen. Ihr Blick erfasste die Gestalt von Kenan, er saß im Schatten auf dem Stuhl aus gemasertem Birkenholz, der sonst immer im Hotel in einem oberen Flur gestanden hatte. Wenigstens war Kenan nicht mehr im Bett wie so oft jetzt. Tress hatte ihn sicher überredet, nach unten ins Wohnzimmer zu kommen.

Grania nahm das Zucken einer Bewegung auf der anderen Seite des Zimmers wahr, ein Zucken, das sich offenbar ergab, ohne dass Kenan es wollte. *Dinge, die sich bewegen* … Sie spürte einen Anflug von Angst, der sofort vorüber war. Das hier ist Kenan, sagte sie sich. Wir haben unter dem Pier gespielt. Er war mein Beschützer. Wir haben Räuber und Gendarm gespielt.

*Räuber und Gendarm*
*Deine Mutter ist 'n Schwarm*

Wir wussten zwar nicht, inwiefern eine Mutter ein Vogelschwarm sein konnte, aber wir fanden das so komisch, dass wir uns kugelten vor Lachen. Erst in meinem dritten Jahr in Belleville erfuhr ich, dass es zwei verschiedene Wörter gibt, die den gleichen Klang haben. Woher der Reim stammte, schien niemand zu wissen.

Bevor Kenan an die Front ging, stand er mit Grania und Tress auf der Veranda und führte in seinen Stiefeln einen kleinen Steptanz vor. *Charlie Chaplin hat sich nach Frankreich aufgemacht und den Damen dort das Tanzen beigebracht.* Kenan mit der Lockentolle und den langen Beinen. Nun saß vor ihr Kenan mit einem toten Arm und einem vernarbten, halben Gesicht.

Sie warf einen Blick zu Tress hinüber, die mitten im Zimmer stand und wie die Sorge selbst aussah. Ihre dunklen Haare waren straff nach hinten gekämmt, sodass ihre Stirn übertrieben hoch wirkte. Grania hätte ihre Schwester am liebsten an den Händen gefasst und sie zur Tür gezogen. *Lass uns weglaufen, sagte Dulcie.* Jede Überschrift, die sie kannte, kannte Tress auch. Hatte sie ihr nicht alle ins Ohr geschrien? Grania sah wieder zu Kenan. Innerhalb der letzten paar Sekunden war er in der düsteren Stimmung, die spürbar von Tress ausging, tatsächlich noch mehr in sich zusammengesunken.

Was ist mit mir, dachte Grania? Was sieht Kenan in meinem Gesicht? *Pass dich an, versuch, normal zu wirken.* Etwas, was ich immer gut konnte. Gehörlose können das. Wir sind gut dressiert.

Aber hier geht es nicht um mich. Hier sitzt Kenan, mein Freund, mein Beschützer, mein Schwager. Zumindest könnte ich von Zimmer zu Zimmer gehen und die Vorhänge aufreißen, die Fenster mit Stöcken abstützen, die Schiebefenster bewegen, Luft um die Wände, Türen und Böden wirbeln lassen. Das stimmt hier nämlich nicht. Hier fehlt frische Luft zum Atmen.

Nichts dergleichen tat Grania; stattdessen ging sie zu Kenan hinüber und küsste ihn auf die rechte Gesichtshälfte, da, wo er noch eine Wange hatte.

Die Locken hingen ihm in die Stirn, auf der linken Seite. Die Hand des toten Arms war in die Tasche für den toten Arm gesteckt. Sie dachte an Colin, der immer versucht hatte, die Aufmerksamkeit von seiner Gehörlosigkeit dadurch abzulenken, dass er die Hände tief in den Taschen vergrub, aber damit nur erreichte, dass er so aussah, als wollte er sich unsichtbar machen.

Grania sah zu ihrer Schwester. Tress redete und machte Zeichen, nicht an Kenan, sondern an sie gerichtet. Mit einem Blick erkannte sie, dass Tress wieder in die Zeichensprache ihrer Kindheit zurückgefallen war, ohne es zu merken, in die Sprache, die sie viele Jahre zuvor erfunden hatten. Das Körpergedächtnis funktionierte, alles wurde verstanden. Während Tress mit Händen und Armen gestikulierte, fing Grania am Rande ihres Blickfelds ein Zucken und Flattern von Kenans einem sehenden Auge auf.

*O Kenan, Kenan.*

Tress schien plötzlich erleichtert, einen Vorwand zu haben, weggehen zu können. »Ich werd euch zwei jetzt verlassen und einen Besuch machen«, sagte sie. Grania beobachtete, wie die Worte in die Luft flossen. Als Tress sich umdrehte und die Tür fest hinter sich schloss, sagte Grania zu sich: *Wir haben diese Fenster geputzt, wir haben diese Vorhänge aufgehängt, ich habe sie geneckt, dass sie vornehm sei, dass sie Türen wie in einem Empfangszimmer habe.*

Sie setzte sich und sah Kenan an. Die Zimmerdecke war niedrig, und ihr Gewicht machte sie beide kleiner; sie staute die muffige Luft und vermehrte sie. Obwohl nicht die Zeit für Kaminfeuer war, roch es nach kaltem Rauch. Was sie und Kenan einander auch immer zu sagen hätten, hier drinnen würde bestimmt nichts gesagt.

*Der Junge wurde bestraft und eingesperrt.* Ein tränenüberströmter Junge, der in einem Turmzimmer eingeschlossen war, stand auf einer Steinbank und sah durch die Stäbe eines schmalen Fensters. Der Junge war noch immer in dem Zimmer auf der Buchseite eingesperrt – einer Seite, die Grania eine lange Zeit nicht umgeblättert hatte.

Kenan hatte sich nicht bewegt. Er schien auf nichts und niemanden zu warten. Sie musste dafür sorgen, dass sie beide aus diesem Zimmer kamen. Sie dachte an die verglaste Veranda hinten im Haus. Sie konnten dort sitzen und über den schmalen Garten schauen, der sanft zur Bucht abfiel. Sie winkte mit der Hand.

»Komm«, sagte sie laut, aber sie wusste, dass ihre Stimme sie verraten hatte und zu hoch herauskam. *Kontrollier die Stimme*, sagte die innere Stimme, die immer gegenwärtig war.

Trotzdem stand Kenan auf und folgte ihr. Sie gingen durch die Tür am anderen Ende des Zimmers, durchquerten die Küche und betraten die hintere Veranda. Sonnig, nicht viel benutzt, erkannte Grania. Nicht jetzt. Keiner konnte das Sonnige ertragen.

Sie schob den kleinen viereckigen Tisch über den gefliesten Boden und zog die Korbsessel vor die Fensterreihe. Kenans Körper spannte sich, und sie merkte wieder, dass sie mehr Lärm gemacht hatte, als sie wollte.

»Hier«, sagte sie, aber in ihrer Unsicherheit ließ sie das ›r‹ aus. Das Wort blieb ihr zum Teil im Halse stecken.

»Hi-e.«

Nun standen die Sessel nebeneinander, und sie setzten sich. Grania zeigte auf die Steine am Ufer, die grauen Wellen darun-

ter. Die Sonne war hoch in den Himmel gestiegen. Auf der Bucht fuhren Vergnügungsboote – ein kleines weißes und ein größeres, das ein Sonnendach mit Fransen hatte, unter dem zwei Leute einfach nur da saßen. Granias Hände machten das Zeichen für *Frieden*, für *Ruhe*, kreuzten sich in einer ›X‹-Form und bogen sich nach unten.
Kenans rechte Hand machte halb das gleiche Zeichen, halb das ›X‹, und sie sah überrascht zu ihm hinüber.
Sein Gesicht zeigte keinen Ausdruck.
*Beide Angst.* Plötzlich überkam sie die Erinnerung an das Mädchen und das Kalb, an sie selbst und Mamo. Seiten, die in ihr aufgeblättert wurden. Mamo im Schaukelstuhl und Grania neben ihr in einem eigenen kleinen Sessel. Mamos Lippen, die BEIDE ANGST BEIDE ANGST formten.
Jeder hatte vor irgendetwas Angst. Tress hatte Angst vor dem, was mit ihrem Mann und ihrer Ehe geschehen war. Kenan saß neben Grania, eine Mahnung daran, dass Jim auch zerstört werden konnte. Oder wie Grews Sohn getötet werden und verschwinden konnte. Ihr Atem ging schneller. Sie hatte Angst, sie würde hier neben Kenan zusammenbrechen, dem sie doch eigentlich helfen wollte.
»Beide Angst.« Die Worte platzten heraus. Das hatte sie nicht beabsichtigt. Gleichzeitig schüttelte ihre Hand das Zeichen für *beide* in den Raum zwischen ihnen. Wie hatte sie nur erwarten können, eine Hilfe zu sein?
Kenans rechte Hand hob sich, und wieder machte er ihr das Zeichen nach, diesmal das Zeichen für *beide.* Sie blickte ihn direkt an. Seine Lippen bewegten sich, dabei hatte er doch nie das Bild mit dem Kalb und dem Mädchen gesehen, die sich auf der Buchseite gegenüberstanden. Sein Kopf nickte, fast unmerklich.
*Ja*, er *hatte* Angst.
»Puhm«, sagte sie.

*Aus den Tiefen der Kindheit.*
*Aus der Höhle, die sie sich unterhalb des Piers gebaut hatten.*
*Aus der komplizierten und unkomplizierten Vergangenheit.*
*Aus dem Geruch von feuchtem, faulendem Holz, von einem Kinderfurz in dem ohnehin schon dumpfigen Raum, der vier Spielkameraden beherbergte, und keiner bekannte sich dazu; so wussten sie nie oder scherten sich nicht darum, wer es gewesen war. Aber sie erinnerten sich alle an Granias Weigerung, das verbotene Wort zu lernen, das sie ihr beibringen wollten, und sie schrien vor Lachen, als sie es mit einem eigenen Wort ersetzte. »Puhm«.*
*»Sie denkt vermutlich, es ist wie puuh«, hatte Tress gesagt, und sie hatten wieder alle gelacht, sogar Grania.*

»Puhm.« Dieses Mal war es Kenan.
Ein Auge, das beobachtete. Auf Granias Gesicht geheftet, so wie es nach ihrer Vorstellung auf Tress geheftet war, wenn sie nicht auf *ihn* zugehen konnte, wenn er nicht auf *sie* zugehen konnte. Wenn er seiner jungen Frau nicht erlaubte, ihm zu helfen. *Beide Angst.* Aber jetzt hatte er keine Angst.
Und Grania auch nicht mehr.
Hatte er laut gesprochen? Oder bildete sie sich das nur ein?
Seine Lippen bewegten sich erneut. »Puhm.«
Die Muskeln seines Körpers zitterten, sein toter Arm in der Tasche für den toten Arm. Granias inwendiges Lachen ergoss sich mit hoher, keuchender Stimme in die Luft. Und so fand Tress die beiden vor, als sie auf die Veranda lief. Grania, die gar nicht aufhören konnte zu lachen, mit geröteten Augen, während sich ihr inneres Seufzen Bahn brach.
Kenans Gesicht verzog sich zum ersten Mal, seit er nach Hause gekommen war, zu einem halben Lächeln.

*

Sie überprüfte jede Übung, die sie aus der Erinnerung heraufholen konnte. Wochenlang gingen sie die mechanischen Übungen durch, immer jeweils ein Wort. Eine Stunde am Dienstag, eine Stunde am Donnerstag, den ganzen Sommer hindurch. An manchen Tagen blieb Tress während der Unterrichtsstunden im Haus, an anderen Tagen ging sie weg. Wenn Kenan eine zusätzliche Stunde aushalten konnte, besuchte Grania ihn auch am Freitag und ließ Tress und Mamo ohne sie zum Roten Kreuz gehen.

*Sie können Cora erzählen, was sie wollen, sagte Dulcie.*

Kenan beobachtete Granias Lippen mit Interesse. Mit schiefem Kopf lauschte er ihrer leisen, alles miteinander verbindenden Stimme, die ihm so vertraut war wie die eigene Kindheit.

*ein*
*ab*
*Reis*
Eine abrupte Abreise.

ur
ick

Die Uhr tickt. *Aber nicht für Grania. Die Uhr pulsierte für Grania. Wenn sie daran dachte, konnte sie den Puls immer noch an ihrer Handfläche fühlen.*

*mis*
Etwas missglückt.
Es wird Missverständnisse geben.
Ein großes Missgeschick.

Die Übungen, die sie vergessen zu haben glaubte, die sie für Miss Amoss und Miss Marks hergesagt hatte, flossen ihr in die Fingerspitzen und in den Kopf, lösten sich von ihren Lippen wie Kinderreime. Kenan versuchte, *que* und *qui* und *qua* zu sagen – und sein Mund blieb offen. Sie arbeiteten mit *sp* und *sm* – Laute, die sich auf den Lippen so sehr ähnelten.

*Und sie erinnerte sich, wie sie in der Schule an dem Tisch in Kindergröße vor dem schräg gestellten Spiegel gesessen hatte – eine spezielle Einrichtung für kleine Taubstumme –, wie sie auf ihre Lippen starrte, bis sie so verzerrt wurden, dass sie sich abwenden musste.*

*at*
Atme
Atme durch die Nase.

Kenan brachte Laute hervor. Innerhalb von drei Wochen reimte er Nonsens-Silben.

*mafasa*
*safama*

Grania beobachtete, wie er »s« und »f« aussprach. Sie beobachtete, wie die Muskeln seiner narbenlosen Wange vor und zurück gingen. Sie prüfte sein Profil, seine gute Seite, so wie man sie trainiert hatte, ja, trainiert, damit sie den Wortsinn auf Mund und Gesicht des Sprechers sogar von der Seite erfassen konnte.

*weiter*
Mit Sorgfalt weitergehen.
Die guten Nachrichten weitergeben.

Wörter fielen von Kenans Lippen.
Unterricht war für diese Woche vorbei.
Sie legten die rechten Hände ineinander und drückten.

*

Bevor sie über die Main Street nach Hause ging, blieb Grania an manchen Tagen noch und trank Tee mit Tress. Aber Tress zog sich zurück; Grania spürte das, gerade als Kenan allmählich wiederkam. Eines Tages fragte sie, was los sei, aber die Antwort von Tress bestand nur darin, dass sie hektisch in der Küche umherlief, Arme und Hände abrupt und schnell bewegte, die Ellenbogen nach außen gewinkelt. Sie wollte nicht reden.
Auf dem Nachhauseweg führte sich Grania die Reaktion von Tress immer wieder vor Augen. Sie konnte keine Erklärung finden; sie konnte keinen Schritt tun, ohne das Gesicht ihrer Schwester zu sehen. Tress grollte, und ihr Groll legte sich wie eine Wolke auf Grania.
Zu Hause hielt sie Ausschau nach Mamo, aber Mamo war beschäftigt. Mamo hatte angefangen, sich immer mehr in ihr Zimmer zurückzuziehen, was beinah etwas von Geheimniskrämerei an sich hatte. Und sie war immer müde, wenn sie durch den Korridor ging, um sich zu den Mahlzeiten mit der Familie im Speisesaal zu treffen.

*

Ende August waren keine Übungen mehr notwendig, aber Grania kam weiterhin vorbei, um die beiden zu besuchen und bei Kenan zu sitzen. Kenan sprach gut, aber er war noch immer nicht aus dem Haus gegangen. Frauen aus der Stadt brachten hin und wieder Obstkuchen, Melassebrot, Gläser mit Korinthenpudding, eine Schüssel mit überbackenen Kartoffeln. Tress empfing jede Gabe an der Haustür, zusammen mit Botschaften an ihren Mann, aber Kenan kam nie selbst an die Tür, ließ sich nie blicken.

Tress war noch distanzierter geworden, und Grania begann, sich zu fragen, ob sie überhaupt noch kommen sollte. Sie entschloss sich, heute mit Tress zu sprechen, sie zu fragen, ob sie nicht mehr wollte, dass sie kam. Sie warf einen Blick die Treppe hinauf, als sie eintrat – sie war das letzte Mal dort oben gewesen, bevor Kenan nach Hause kam. Sie dachte an das leere Zimmer gegenüber dem Schlafzimmer. Das Kinderzimmer. Aber da war kein Kind. Und es war immer ein Schmerz in Tress' Gesicht, Schmerz mit Groll gemischt.

Tress trug ihre Sommerjacke, als Grania ankam; sie gab ihr schnell mit Handzeichen zu verstehen, dass sie wegmusste. Es gab also keine Gelegenheit zu sprechen.

Kenan saß auf der verglasten Veranda in einem der Korbsessel. Der andere war ihm gegenüber zurechtgerückt, und Grania setzte sich. Sie war müde, und ihre Glieder fühlten sich schwer an. Ein trüber Himmel mit grauen Streifen hing über der Bucht. Sie hatte nichts zu sagen, nichts zu erzählen. Sie sah auf das Wasser. Dies war ihre Bucht; das hier war ihre Stadt; das war ihr Leben. Sie waren alle zusammen Kinder gewesen, mit ihrer Zukunft vor sich: Tress und Grania und Kenan und ihr Freund Orryn, der in Frankreich und noch am Leben war. Und dann wurde Grania im Alter von neun Jahren weggeschickt, und ihr Leben war getrennt von ihnen verlaufen. Aber ihr Leben war auch schon vorher anders gewesen. Sie fing an zu reden. Das alles erzählte sie Kenan von Angesicht zu Angesicht. Ungeplant brach es heraus.

Diese Jahre, in denen sie als Kinder zusammen in einer Industriestadt aufwuchsen. Einer Rathbun-Stadt mit sprunghaft zunehmender Bevölkerung. Die frühen Jahre, nach ihrer Taubheit, aber bevor sie nach Belleville auf die Schule geschickt wurde. Alles, was Kenan mit den Ohren aufgenommen hatte, hatte sie in Bildern in ihrem Gedächtnis gespeichert. Verschiedene Kindheiten, die selbe Stadt. Sie hätten auf verschiedenen Planeten leben können. Hatte sie etwas verpasst? Sie wusste nicht, was sie verpasst hatte. Sie hatte sich ihre Welt auf ihre Weise aufgebaut – ohne Unterhaltungen im Hintergrund, ohne aufgeschnappte Informationen, ohne Gerücht oder Klatsch. Von Mutter und Vater beschützt, mit extra Zuwendungen von Mamo und Tress und später von Patrick und allem, was sie von Bernard haben konnte, der älter als die anderen und die meiste Zeit im Hotel beschäftigt war.

Sie hatte gelernt, dass sie ein zusätzliches Auge haben musste. *Dulcie träumt von einem dritten Auge.* Sie brauchte es als Kind, und sie brauchte es auch jetzt noch.

»Erzähl es mir«, sagte Kenan. Seine sorgsamen Lippen. »Ich möchte es wissen.«

Erzähl.

»Die Namen der Leute, der Leute, die du hören konntest«, erklärte sie ihm. »Ich habe sie mir mit meiner Art zu sehen gemerkt und durch das, was ich in Bildern unterbringen konnte. Mr. Dow hatte auf einer Seite, nämlich links, keine Zähne. Seine erste und zweite Frau starben. Die dritte war jung, aber sie hatte ein altes Gesicht. Tress und ich nannten sie die alte Kindbraut. Father O'Leary hatte ein Muttermal hinter dem rechten Ohr. Es war wie die Pfeife geformt, die er sich immer zwischen die Zähne geklemmt hat. Als er starb, war heißer Sommer – weißt du noch? Ich war von Belleville zurück. Er war in dem Haus neben der Kirche im kühlsten Zimmer, einem Schlafzimmer unten, aufgebahrt. Das Fenster stand auf, und die nassen Tücher wurden immer wieder in die Schüssel mit kaltem Wasser gelegt, die auf dem Schreibtisch stand. Zwei Frauen haben sich dabei abgewechselt, die Tücher auszuwringen, auszutauschen und auf sein Gesicht zu legen, damit es nicht vor der Bestattung schwarz wurde. Mamo hat mich damals mitgenommen; sie sagte, ich solle keine Angst haben, Leben und Tod gehörten zusammen. Kurz bevor die Trauergemeinde kam, wurde die Schüssel mit dem Wasser unter das Bett geschoben.

Mrs. Grimes war so breit, dass ihr Körper sich von einer Seite zur anderen bewegte, auch wenn die Füße vorwärts gingen. Es hat ausgesehen, als ob sie keinen Schritt vorankäme. Ihrem Mann, Anton, hat der Laden gehört. Wenn ich seinen Namen gedruckt sehe, denke ich immer noch: *der Mann mit dem schönen Namen*, und ich sage zu mir selbst: *An-ton.*

Frenchie, der im Hüttenwerk gearbeitet hat, hatte wellige Haare. Ihm habe ich vertraut, aber Meryl, seiner Frau, nicht. Die hatte hinterlistige Augen. Die Familie ist weggezogen, erinnerst du dich?«

»Weiter«, sagte Kenan, an dem die Jahre der eigenen Kindheit in Bildern vorbeizogen.

»Kay hat ihre Backen aufgeblasen, als hätte sie ein Geheimnis verschluckt. Das tut sie immer noch. Sie konnte am besten stricken. Wir haben gemerkt, wie gut sie strickt, als sie anfing, zum Roten Kreuz zu kommen. Sie kommt immer noch, obwohl ihr Mann …« Grania brach ab.

Monate nachdem Kays Mann, Lawrence, gefallen war und nachdem Grania wieder nach Hause gezogen war, hatte sie Kay immer noch nicht besucht. Sie wusste, dass Lawrence eines Nachts zu einem Horchposten zwischen den Linien geschickt worden war und dass der Posten einen direkten Treffer bekam. Das Geschoss hätte jeden töten können, aber es hatte sich Lawrence ausgesucht.

Mit ihrem Besuch bei Kay hätte sie zugegeben, dass wieder ein junger Mann aus der Stadt tot war. Mutter versuchte, sie zu überreden, Mamo drängte sie, zu Kay zu gehen. Aber Grania konnte nicht. Nicht, weil es ihr nicht nahe ging, sondern weil es ihr zu nahe ging. Und Jim hatte sie erst vor kurzem verlassen.

Sie hatte Kay mit Lawrence gesehen, bevor er in den Krieg zog; ihre Liebe war sichtbar. Kays Baby wurde geboren, nachdem Lawrence schon weg war; er hatte seinen Sohn nie gesehen, außer auf der einen Fotografie, die Kay ihm über den Ozean schickte. Der Junge war jetzt drei.

Als Grania imstande war, ihre Angst zu überwinden, ging sie aus eigenem Antrieb zu ihr. Die beiden Frauen umarmten sich in der Tür und saßen sich dann am Küchentisch gegenüber. Grania konnte den Worten auf Kays Lippen leicht folgen; sie kannte sie ja schon ihr Leben lang. Sie wollte Kay fragen, wie sie zurechtkam. Wie sie die Tage ertragen konnte. Aber sie tat es nicht.

Sie las das Wort »öde« auf Kays Lippen. »Das Haus ist öde, eine leere Hülle. Es ist kein Zuhause.« Kay hasste alles in dem Haus außer dem Kind, das sie abgöttisch liebte. Aber sie wollte nicht zurück und unter dem Dach ihrer Eltern leben. Kurz darauf zog sie zu Ausreißer-Granny. Aber damals wurde ihre Großmutter noch einfach Granny genannt.

Kay hatte Mittel und Wege gefunden, selbst ihren Lebensunterhalt zu verdienen. Sie wurde in der Clapperton-Glasfabrik zum Verzieren von Gefäßen und Gläsern eingestellt. Sie arbeitete dort im Kellergeschoss mit zwölf anderen jungen Frauen aus der Stadt. Und sie nahm Näharbeiten an. Sie hatte sechs zahlende Kunden. Sie konnte alles stricken und gut mit der Häkelnadel umgehen. Kay war im vergangenen Winter mit Grania Schlittschuh gelaufen, als das Eis auf der Bucht fest genug war.

Hatte sie laut über Kay gesprochen? An Kenans Gesicht sah sie, dass es zutreffen könnte, obwohl sie sich nicht sicher war.

»Red weiter«, sagte er. »Ich möchte es hören.«

Es stimmte; er wollte es hören. Sie erkannte es an seinem einen Auge. Er wollte hören, was sie sehen konnte.

»Mr. McClelland, der Bäcker, hat ein strenges Gesicht und seitlich am Mund eine Kerbe. Im Sommer hält er die Hand seiner Frau. Sie sitzen auf der kleinen Seitenveranda ihres Hauses an der Main Street, und wenn er mit ihr zusammen ist, sieht er überhaupt nicht streng aus. Coras Tochter Jewel hat Bernard eine weiße Feder angesteckt, und ich habe sie dafür gehasst, obwohl Mamo zu mir gesagt hat, ich dürfe nie hassen. Jewel zieht sich immer gern auffällige Kleider an. Kannst du dich noch an den geliehenen Schmuck und die ausgefallenen Schnürstiefel erinnern? Sie ist nach ihrer Hochzeit nach Ottawa gezogen. Als sie zu Besuch wieder hierher kam, hat sie Bernard die Feder angesteckt.

Billy Needles sieht aus, als wäre er der Jüngste in der Familie, dabei ist er der Älteste. Er lebt noch – im Krieg.«

Sie biss sich auf die Lippe. Es sollte gar nicht darum gehen, wer noch am Leben war und wer nicht.

*Mach weiter.*

»Marguerite hat einen Zwillingsbruder, der nach Montreal gezogen ist. Ich konnte ihren Namen nie richtig aussprechen, nachdem ich ihn in Buchstaben gesehen hatte. Die Schreibweise hat mich verwirrt. Wenn sie von ihrem Zwillingsbruder spricht, schaut sie immer nach links, als ob er immer noch an ihrer Seite wäre. Mr. Whyte, der Metzger, bewegt den Kopf nach rechts und links, wenn er spricht, und seine Frau, Doree, redet so schnell, dass ich noch nie ein Wort von ihren Lippen ablesen konnte. Ob die beiden einander verstehen? Mr. Felix hat einen Schnurrbart, der über beide Lippen hängt; ein hoffnungsloser Fall.

Mrs. Martinez hat einen spanischen Akzent, der mich jedes Mal wieder überrascht, wenn ich sie treffe. Jedes Wort von ihr, das ein ›r‹ enthält, bringt mich in Schwierigkeiten. Ihre Tochter lispelt. Sie hat eine Lücke zwischen den vorderen Zähnen, und sie bildet den Buchstaben ›s‹ ganz anders als alle anderen. Ich verstehe sie; ich muss mich nur selbst ermahnen, dass ich mich auf sie einstelle, wenn wir uns unterhalten.

Minnies Haare hängen so glatt herunter wie ein Meter Pumpwasser – das sagt Mamo. Minnie bringt mich zum Lachen. Jedes Mal, wenn wir uns sehen, hat sie was Lustiges zu erzählen. Ihr Mann hat eine dünne Nase und einen Bart, der stört. Er und ich haben uns noch nie unterhalten, aber er hat die schönsten Hände von allen Männern in der Stadt.«

*Mit Ausnahme von meinem Jim, aber der ist ja nicht aus der Stadt.*

»Die Jamieson-Zwillinge gehen auf ihrem Schulweg immer an die Seitenfenster der Glasfabrik, weil sie wissen, dass dort die Waren zweiter Wahl zum Kühlen auf die inneren Simse gelegt werden. Sie bitten die Mädchen darum, und dann verkaufen sie die Sachen für ein paar Münzen an den Türen.

Jack Conlin kaut Tabak. Wenn er nicht kaut, verstehe ich, was er sagt. Und Cora – bei der kann ich von allen am leichtesten ablesen, und sie ist die einzige Person, bei der ich wünschte, ich könnte es nicht. Früher hat sie mir gesagt, was ich für ein süßes Stimmchen hätte. Aber dann nicht mehr.«

*Cora, die Tress ungläubig gefragt hatte, als sie zum ersten Mal von Granias Heirat hörte: »Sie hat einen Jungen geheiratet, der hören kann? Deine Schwester. Einen Jungen, der hören kann.«*

Grania verstummte. Da hatte sie geredet und geredet. Es herausgesprudelt. Bald würde sie ihm noch erzählen, dass sie Wörter als verschlungene gelbe Seile zu sehen pflegte.

»Das alles.« Kenan sprach leise zu sich selbst. »Das alles siehst du.«

Im Augenblick sah Grania, dass Kenans Gesicht so schön war wie früher. Nur war es jetzt schön und furchtbar zugleich. Er schreckte vor ihrem forschenden Blick nicht zurück, und sie erforschte ihn tatsächlich, die Unebenheiten der Narben, das zerstörte Auge, die tiefen Falten auf einer Oberfäche, die einmal glatte Haut gewesen war. *Keiner sieht ihm ins Gesicht*, dachte sie. *Er gibt niemandem die Möglichkeit.*

»Weißt du, was ich gesagt habe, Grania? Als der Wachtposten mich anrief? Ich wäre deswegen beinah erschossen worden.«

Ihr wurde ganz kalt. Hatte sie seine Lippen richtig gelesen? *Wer* rief? Was hatte Kenan gesagt? Sie wusste, dass er seit seiner Heimkehr noch kein einziges Mal über den Krieg gesprochen hatte. Nicht einmal zu Tress. Grania war sich klar, dass sie genau aufpassen musste. Sie musste jedes Wort erkennen. Sie musste hinter und in den Narben lesen.

»Was meinst du? Sprich langsam.«

*Erzähl.*

»Der Posten, der Wachtposten.« Kenan sprach genau, langsam, direkt zu ihr gewandt. »Er hat mich angerufen, und ich sollte antworten, die Parole. Ich habe mich ihm von der Seite genähert. Wir waren zu einem Grabenangriff losgeschickt worden. Aber plötzlich sind überall um uns herum Granaten eingeschlagen, und wir sind auseinander gerannt, und ich wurde getroffen. Ich hab den Weg verloren und bin an der falschen Stelle zurückgekommen, und ich bin zufällig auf den Posten gestoßen … es war nach Mitternacht … es war so dunkel. So viel Lärm. Dort gab es keine Stille. Manche der Jungs sind verrückt geworden von dem Lärm. Manche habe versucht, sich selbst ein Grab auszuheben.

Ich musste beweisen, dass ich nicht der Feind war – nicht Fritz. Ich musste das im Bruchteil einer Sekunde tun. Der Posten kauerte an einer Ecke – Sandsäcke waren schräg aufgetürmt. Ich hatte meine Richtung verloren; in der Dunkelheit sah ich den Schimmer eines Bajonetts. Ich wusste, er war nervös, ich habe das an seiner Stimme gemerkt. Ich hatte den Eindruck, als käme ein Geräusch von seinem Gewehr, vom Bajonett. Mein Arm ließ sich nicht bewegen. Die andere Hand habe ich mir ans Gesicht gehalten. Ich hatte kein Gewehr. Ich wusste nicht, wie schlimm mein Gesicht verletzt war. Ich konnte kaum was sehen. Ich habe gesagt: ›Schieß nicht auf mich‹, aber ich konnte mich nicht mehr darauf besinnen, was ich sagen sollte. Ich habe dann gemerkt, dass ich gleich umkippen würde. Ich konnte nur noch denken: *Ich muß an diesem Mann vorbei, ich muß an diesem Fremden vorbei.* Und dann ist plötzlich ein Wort aufgetaucht. Ich habe gehört, wie meine Kehle – den Mund hatte ich voll Blut – den Laut *Wüümer* bildete. Dein Wort, Grania. Unser altes Losungswort. Die einzigen Laute, mit denen ich mir je Eingang zu etwas verschafft habe.«

Grania rührte sich nicht.

»Das hat mir das Leben gerettet. Er hätte mich erschießen können, aber er hat es nicht getan. Er muss einen Blick erhascht haben, muss im selben Moment etwas von meiner Uniform gesehen haben. Wer weiß, was er gesehen hat. Es war so dunkel, man konnte nicht die Hand vor Augen sehen.«

Grania senkte den Blick. »Erzähl es Tress«, sagte sie leise.

Kenan achtete nicht auf sie.

»Der Posten sagte: ›Was zum Teufel hast du da eben gesagt?‹ ›Wüümer‹, wiederholte ich. Er fing an zu lachen, nicht laut, ein leises Grollen. Ich sehe ihn direkt vor mir, wie er lacht. Obwohl ich ihn nur mit einem Auge gesehen habe, werde ich sein Gesicht nie vergessen. Dann hat er *mein* Gesicht gesehen, und er sagte: ›O Gott‹, und in dem Moment bin ich nach vorne auf die Erde gefallen. Ich konnte das Gesicht nicht länger mit der Hand zusammenhalten. Er hat gerufen. Und die Träger kamen angerannt, um mich zurückzubringen.«

»Erzähl es ihr«, sagte Grania. »Sie braucht es, dass du ihr was erzählst. Sie will dir helfen.«

»Ich brauche ihre Hilfe nicht.«

Sie musste daran denken, wie Tress die Gürtel, die Strümpfe, die Schlipse zusammengeknotet hatte. Tress hatte ihr eine Rettungsleine zugeworfen. Tress hatte sie ans Ufer gezogen und sie aus der flutenden Dunkelheit geholt.

»Tress war in unserer Höhle«, sagte sie. »Sie kannte das Losungswort auch.« Sie dachte daran, wie Tress in die abgestorbenen Gänge ihrer Ohren geschrien hatte: »Das Losungswort, das Losungswort!«

»Ja«, sagte Kenan, aber sein eines Auge sah jetzt über Grania hinaus. »Tress war in der Höhle. Sie kennt das Losungswort auch.«

# KAPITEL 5

*Ausstellung in Toronto:*
*In der Vitrine habe ich das Blut auf dem Mantel des preußischen Soldaten gesehen, ebenso auf der Mütze des britischen Soldaten, die von einem Schrapnell getroffen wurde. Ich habe eine belgische Hose gesehen, die von einer Granate weggerissen wurde. Ich glaube, der Belgier, der sie getragen hat, hat sein Bein verloren. Die wundervollen Dinge aus dem großen Krieg sehe ich mir gern an.*

The Canadian

Sie liebt die Eisenbahn. Die Atmosphäre, die Größe, ihre Stärke und ihre Macht. Sie und Tress fahren zuerst nach Belleville, wo sie vor dem Bahnhof warten, um dann in den Zug nach Toronto umzusteigen. Sie liebt den Geruch der Schlacken um die Schienen herum, die Ausdünstungen des Viehbahnhofs weiter hinten, die Geschäftigkeit, wenn die beladenen Gepäckwagen herangeholt werden und die Männern sie an den langen Griffen über den Bahnsteig ziehen. Hinter den Männern sieht sie in einiger Entfernung die Kohleschütten, die kegelförmigen Schlackehaufen, wo die Lokomotiven ihre Glut auskippen, und den Wasserturm mit der lang herunterhängenden Kette. Ihr gefällt, wie die Männer da stehen. Geduldig wartend schieben sie ihre Mützen auf den Hinterkopf, während sie in die Luft sprechen und auf die Gleise starren, bereit, sofort tätig zu werden, alles auszuladen und dann wieder die Gepäckwagen damit zu beladen. Sie genießt die Erwartung, wenn schwarze Dampfwolken jenseits des Fluchtpunkts zwischen den Gleisen aufsteigen. Augenblicke später rollt der Zug ins Blickfeld. Im Herannahen wird er langsamer, und der Lokomotivführer und der Heizer über den Eisenrädern gleiten lächelnd vorbei. Es gefällt ihr, wie der Lokführer, den Arm auf die Fensterleiste gestützt, es schafft, die Wagen der Passagiere direkt an der Stelle anzuhalten, wo sie und Tress stehen, nur ein paar Meter von dem fahrenden Zug entfernt; und wie der Bremser sich herunterschwingt und der Schaffner die Stufe herauszieht und vor die offene Tür stellt. Tress steigt hinauf, und Grania rückt ihren Hut zurecht und folgt ihrer Schwester. Sie wenden sich nach links, an dem Wasserspender vorbei, und wählen einen Zweiersitz, drei Reihen vor dem Ende des Wagens. Grania sitzt am Fenster und lehnt sich zurück, und der trichterförmige Wagen nimmt sie in sich auf; sie schwebt zwischen dem Leben, das sie an diesem Morgen hinter sich gelassen hat, in dem ihr alles vertraut ist, und den plötzlich auftauchenden fremden Gesichtern und der Möglichkeit eines Abenteuers, das sich ihr eröffnen könnte.

Mamo hat ihr und Tress beim Packen geholfen. »Zwei Kleider, die nicht zu sehr knittern; genug Unterwäsche für drei Tage; und behaltet immer schön den Hut auf, außer wenn ihr im Bett seid.« Sie hat alles für sie vorbereitet, sie werden in Toronto bei Mutters Bruder, Onkel James, und seiner Frau, Tante Minna, wohnen. Sie hat die Fahrkarten gekauft. Grania weiß jetzt auch, dass Mamo in den geheimen Stunden, die sie in ihrem Zimmer verbrachte, ein Kostüm für Dr. Clarks Frau, Mildred, genäht hat. Ihre arthritischen Hände erinnerten sich noch der alten Fertigkeiten und schufen ein wunderbares Kostüm aus feinem englischen Wollstoff mit einem wadenlangen Rock und einer langen

Jacke, deren Ärmel an den Handgelenken schmaler wurden. Mit dem Geld, das sie dafür bekam, wurde die Reise nach Toronto finanziert. Mamo hat die Kühle zwischen den Schwestern bemerkt, und sie hat darauf bestanden, dass es Zeit für die beiden sei, einmal herauszukommen.

»Wenn du zurückkommst, wird Post da sein«, hat sie Grania gesagt. Mamo hat sich auch ausgedacht, dass sie zu Kenan in das kleine Haus zieht, wenn Tress drei Tage für sich hat. Eine Abwechslung. Keine der beiden Schwestern hat eine Reise erwogen oder an »eine Abwechslung« gedacht, aber nun finden sie sich auf einmal Seite an Seite, zurückgelehnt in den mit Velours überzogenen Sitzen, an deren Kopfstützen ein Stück frischen Leinens befestigt ist. Aufgeregt rutschen sie hin und her, richten sich ein, orientieren sich stumm und befangen und schauen schließlich aus dem Fenster.

Grania betrachtet den Güterzug, der vorbeigleitet und den Eindruck hervorruft, als bewegte sie sich, obwohl ihr Zug den Bahnhof noch nicht verlassen hat. Flüchtig erfasst sie zwischen den Stäben der Güterwagen Rücken und Nasen von Tieren, heraushängendes Stroh unter den Brettern, schmutziges Wasser – oder ist es Rinderurin? –, das auf die Schienen tröpfelt. Und dann ruckt ihr Wagen an und gleitet vom Bahnsteig. Der Zug gewinnt an Tempo, als er über die schmale Moira fährt, vorbei an den Häusern, Feldern, Weihern. Enten fliegen paarweise erschrocken aus den sumpfigen Gebieten an den Schienen auf, und die Stadt bleibt hinter ihnen zurück.

Sie blicken in Fahrtrichtung, und da die Reise etwas so Neues für sie ist, dauert es zehn bis fünfzehn Minuten, ehe sie eine leise Unterhaltung mit den Lippen – nicht mit den Händen – beginnen; sie wollen nicht von aufdringlichen Menschen angestarrt werden. Tress braucht nicht laut zu sprechen – welchen Grund sollte es dafür geben? –, sondern formt Worte mit den Lippen,

und Grania beobachtet und antwortet leise. Sie behält auch Tress' Miene im Auge, sodass sie sicher sein kann, das Signal zu sehen, wenn ihre Stimme höher wird.
Die Pfirsichkorb-Dame ist im Zug, sitzt mit dem Rücken zur Fahrtrichtung auf dem Gangplatz ihnen gegenüber, und während der Zug hin und her schwankt, ständig sein Gleichgewicht korrigiert, sieht die Pfirsichkorb-Dame aus dem Fenster und in den Gang und führt flüsternd ein Gespräch mit sich selbst. Sie trägt ein langes Kleid, und unter einem marineblauen Strohhut drängen sich Haarbüschel hervor. Jeder im Zug scheint sie zu kennen. Grania und Tress haben sie in den letzten Jahren häufig gesehen, wenn sie zwischen Belleville und Deseronto mit dem Zug fuhr. Sie ist einfach eines Tages aufgetaucht, und seitdem wird sie bis Queensboro gesichtet, wenn sie zu der Erzmine fährt, hin und zurück. Es kann sein, dass sie auf dem Grund ihres Korbes, unter dem Haufen Kleidung eine Fahrkarte oder einen Pass vergraben hat, vielleicht auch nicht; wenn ja, so fragen die Schaffner nie danach. Über ihr zieht sich ein großes Gepäcknetz durch den ganzen Wagen, aber sie stellt den Korb dort oben nicht ab, sie zieht es vor, ihn neben sich oder auf dem Schoß zu haben. Pfirsiche sind nie darin, nur ihre Kleider und immer ein verschlossenes Glas mit Ahornsirup, das herausragt. Ob der Sirup gegessen und das Glas von Zeit zu Zeit wieder aufgefüllt wird, weiß niemand genau. Ihr Mann, so wird erzählt, war früher Bremser bei der Bay-of-Quinte-Eisenbahn und wurde von einer herankommenden Lokomotive getötet, Augenblicke nachdem er auf seinem Gleisabschnitt eine Weiche überprüft hatte. Und Jahre nach dem Unglück begann dann die Pfirsichkorb-Dame mit ihrem Korb, der einen halbkreisförmigen Holzgriff hat und ihre paar Habseligkeiten enthält, mit den Zügen zu fahren. Sie murmelt ununterbrochen lautlos vor sich hin, und Grania kann ihr von ihrem Sitz aus die Worte von den Lippen ablesen. Wenn

Grania lächelt, formen Tress' Lippen die stumme Frage: »Was hat sie gesagt?« , und Grania antwortet leise: »Sie sagt, ihr Fett wackelt, weil es heute dauernd so ruckt.« Tress lächelt und lehnt sich zurück. Wenn sie Kinder wären, hätten sie vielleicht das Zeichen für Verrücktsein neben den Ohren gemacht, aber nun fragen sie sich, wie sie ihr Essen bekommt und ob sie sich in der Zugtoilette oder in den Bahnhöfen wäscht oder ob Leute ihr Geld geben oder ob sie Verwandte in einer Stadt an der Strecke hat. Niemand scheint etwas über sie zu wissen, außer dass sie keine Kinder hat und dass sie immer mit dem Zug fährt.

In Toronto will Grania Weihnachtsgeschenke mit dem Geld kaufen, das sie von Jims Sold gespart hat. Sie erhält jetzt fünfzig Dollar im Monat; als Jim fortging, waren es zuerst fünfundvierzig Dollar. Sie hat sich eine Liste von all dem gemacht, was sie kaufen möchte: eine Windsor-Krawatte für Vater, eine Handlotion mit Mandelduft für Mutter und als Überraschung für Patrick, wenn er nach Hause kommt – in der Hoffnung, dass er dann wieder zur Schule geht –, ein Wörterbuch mit 763 Wörtern. Sie hat es in der Toronto-Zeitung angezeigt gesehen für 19 Cents und hofft, dass noch ein paar Exemplare übrig sind. Sie hat Patrick schon ein vorzeitiges Weihnachtspäckchen geschickt: mit Schokolade und Früchtekuchen und acht einzeln eingewickelten Äpfeln von Bompa Jacks Farm. Patrick wird noch in England ausgebildet, und Grania betet, dass er dort bleiben wird, bis der Krieg vorbei ist. Die Leute sagen, er werde nun wirklich bald vorbei sein, nachdem die August-Offensive begonnen hat. Aber das haben sie schon oft gesagt.

Für Mamo wird sie eine zusätzliche Flasche *Canada Bouquet* kaufen. Für Bernard einen Tipperary-Kragen. Sie ist sich nicht sicher, aber Bernard verschwindet mehrmals in der Woche, wenn er frei hat, und er wurde einmal gesehen, als er in das Haus von Ausreißer-Granny ging. An einem Tag war er da, um die Lieferung der Kohlen zu überwachen. Er sagt keinem was davon, und Grania hegt die Hoffnung, dass er und Kay in ihrem einsamen Leben einen Platz für einander finden werden. Sie hat Tress kein Sterbenswort davon gesagt, weil Tress mit ihren eigenen Sorgen beschäftigt ist. Außerdem weiß Grania, dass Bernard Persönliches gern für sich behält. Wenn sie mit ihm über Kay sprechen wollte, könnte sie das Gegenteil erreichen. Sie hat das Mamo gegenüber erwähnt und war nicht überrascht, als sie erfuhr, dass Mamo es bemerkt hat und auch Stillschweigen bewahrt. Grania sieht zu Tress hinüber und fragt sich, ob es Dinge gibt, über die sie jetzt nicht mehr miteinander sprechen. Aber Tress Augen sind geschlossen; sie ruht sich aus.

In Toronto ist Messe, und Grania und Tress haben sich vorgenommen, während ihres Besuchs hinzugehen. Im Jahr zuvor schrieb eine Kusine aus Toronto, dass bei der Veranstaltung vor der Haupttribüne auch ein nächtlicher Scheinangriff auf Unterstände der Deutschen gezeigt wurde. Grania will ein solches Spektakel in diesem Jahr nicht sehen, nicht während Jim *da drüben* ist, nicht während die Schlagzeilen so viel Wirbel um die große Offensive machen. Auch blutbefleckte Hosen, die genau die Stelle zeigen, wo einem Mann das Bein abgerissen wurde, will sie nicht sehen. Sie hat Phantasie genug, um die Lücken der Bilder zu füllen, und braucht keine Anleitungen. Stattdessen wird sie sich die Tiere ansehen und die Nahrungsmittel, und sie will die Sehenswürdigkeiten im Freien anschauen.

Bei ihrem ersten Ausflug genehmigen sie sich eine Fahrt mit der Straßenbahn und schlendern durch das Kaufhaus von Mr. Eaton. Drei Stunden sehen sie sich bei der Damenbekleidung um, bei Mänteln und Kragen, Serge-Röcken und Glacéhandschuhen. Sie gehen in den fünften Stock in den Grill Room hinauf, und sie gönnen sich die Nachmittagsspezialität für 25 Cent, und sie bestellen, was sie im Speisesaal zu Hause vergeblich suchen würden: Hummersalat mit Mayonnaise; feines Gebäck mit Schlagsahne, zusammen mit einer Portion Tee, die sie sich teilen. »Sind wir nicht vornehm?«, sagt Grania. Ihre Worte sind kaum zu hören, aber Tress weiß genau, was sie sagt, und formt ihre Antworten. Wieder vermeiden sie den Gebrauch der Zeichensprache in der Öffentlichkeit, obwohl sie diese vor ihren Kusinen und Tante Minna und Onkel James anwenden. Wenn Grania den Hinweis auf einen Namen verfehlt oder wenn alle gleichzeitig sprechen, schreibt Tress die Wörter für sie in die Luft.

Tress ist hier entspannt; Grania hat bemerkt, dass sie mehr lächelt und in das Lachen der Kusinen einstimmt. Sie ist wieder mehr wie die alte Tress, aber Grania sieht auch noch den Groll darunter.

An ihrem letzten Nachmittag in der Stadt eilen sie durch belebte Straßen und suchen das Filmtheater, wo Lillian und Dorothy Gish und der gut aussehende schnurrbärtige Robert Harron in *Hearts of the World* die Hauptrollen spielen. Kurz bevor der Film beginnt, kommen sie an; die Leinwand ist die größte, die Grania je gesehen hat. Die Lichter werden schwach, und sie sitzt steif und gerade und konzentriert sich, damit ihr keine Einzelheit entgeht. Tress sitzt dicht neben ihr. Grania runzelt die Stirn, als sie sieht, wie schnell die Szenen wechseln. Sie blinzelt, versucht, der Vielfalt zu folgen, versucht, sich dem Rhythmus der wechselnden Bilder anzupassen. Sie strengt sich an, die Lippen der Schauspieler auf der stummen Leinwand zu lesen und sieht zwei französische Wörter, *Libre* und *Merci* – Wörter, die sie kennt, denn zu Beginn des Krieges gingen sie in der Schule von Belleville von Mund zu Mund. Tress stößt sie an, weil sie die französischen Wörter nicht kennt, nicht so von den Lippen ablesen kann wie Grania, und Grania flüstert ihrer Schwester ins Ohr, was sie bedeuten.

Aber in diesem Film geschieht eine Menge; es passiert so viel, dass Grania kaum ertragen kann, es mit anzusehen. Die Erde bricht auf wie ein Vulkan, der sich hoch in die Luft ergießt. Junge Männer in Schützengräben verziehen die Gesichter zu Grimassen; Männer klettern aus dem Graben und stürzen zu Boden. Weitere Männer laufen, laufen auf den Feind zu und springen in die Schützengräben und stoßen mit Bayonetten zu. Da sind Flammenwerfer und Handgranaten mit langen Stielen und Schlamm und noch mehr Schlamm und Wasser und marschierende Männer, kämpfende Männer, Schlacht auf Schlacht. Sie glaubt fast, dass einer der uniformierten Männer, der an seinem Ärmel ein Kreuz trägt, das Gesicht plötzlich dem im Dunkeln sitzenden Publikum in Toronto zuwenden wird, und dass es Jims Gesicht sein wird.

Tress hat Granias Hand ergriffen. Sie will sie gar nicht wieder loslassen, quetscht sie fest zusammen. In dem Film ist so viel Trauriges: Eine Mutter stirbt, ein Vater stirbt, noch eine Mutter aus dem Dorf. Eingestürzte Häuser und Leichen, die unter Trümmern begraben sind. Der Jüngste, der Bruder mit dem Engelsgesicht, bringt Tress zum Weinen, aber Granias Liebling ist die Unruhestifterin, die junge Frau, die voller Leben und zu lauter Unsinn aufgelegt ist. Die Unruhestifterin hilft sogar, das junge Liebespaar am Ende zu retten. Grania liest die Hochzeitszeremonie von den Lippen ab; die Liebenden veranstalten sie selbst, als sie sich darauf vorbereiten, Arm in Arm zu sterben. Immer wieder drückt Tress unvermittelt Granias Hand, und als sie schließlich draußen auf der Straße in der Herbstsonne stehen, stellt Grania sich vor ihre Schwester und fragt, da sie nicht genau weiß, was ihr alles entgangen ist, warum der Film sie an manchen Stellen so erregt hat und an manchen gar nicht. Und Tress sagt: »Die Musik. Die Musik war so intensiv, so schnell, dass ich Herzklopfen bekam, und ich dachte schon, ich müsste aufstehen und rausrennen.«

Sie gehen in ein Restaurant und trinken wieder Tee, und sie sehen beide so aus, als wären sie selbst aus dem Krieg gekommen. Auf dem Weg zu Tante Minna kaufen sie Postkarten für Jim und Fry und jeden zu Hause, wenn sie auch in Deseronto zurück sein werden, bevor die Karten ankommen. Sie machen beim Postamt Halt, um Briefmarken zu kaufen, und eine Frau an der Spitze der Schlange regt sich auf, während sie warten. Grania beobachtet die Lippen des Beamten hinter dem Schalter; er redet wütend mit der Frau. Er wendet sich halb ab und macht eine grobe Geste. Die Frau stürzt aus dem Gebäude, die Wangen rot vor Demütigung.

»Was ist los?«, flüstert Grania. »Was ist passiert?«

»Deutsche«, sagen die Lippen von Tress.

»Die Frau?«

»Er hat es gesagt. Sie hat gesagt, sie sei keine, aber er wollte ihr nicht glauben.«

»Ich habe ihm von den Lippen gelesen, als sie sich umgedreht hat und rausgegangen ist«, sagt Grania. »Er hat gesagt: ›Ich hasse die Deutschen.‹«

In dieser Nacht, der letzten in Toronto, liegen die Schwestern nebeneinander in dem Zimmer, das eine ihrer Kusinen ihnen für den Aufenthalt hier abgetreten hat. So viel war in der großen Stadt zu sehen, Grania geht die Flut der inneren Bilder noch einmal durch. Sie ist hellwach und blickt in das Halbdunkel des unvertrauten Zimmers.

Tress rührt sich nicht; sie muss eingeschlafen sein. Aber dann spürt sie, wie sich der Fuß von Tress gegen ihren drückt. Es geschieht wieder. Zuerst ist sie unsicher, und dann begreift sie. Zwei Klopfzeichen. Sie wartet und klopft zurück. Einmal geklopft ist sie. Zweimal geklopft ist Tress. Ohne Fußseil zwischen ihnen klopfen sie mit Füßen und Zehen alberne, sinnlose Botschaften, und plötzlich wackelt die Matratze unter ihrem Gelächter. Sie machen weiter, klopfen und lachen, und schließlich hören sie auf und schlafen ein.

Am nächsten Tag verabschieden sie sich von Tante Minna und Onkel James und ihren Kusinen, und sie fahren wieder nach Hause. Als sie in Belleville ankommen und aussteigen, um dann gleich wieder umzusteigen, steht da die Pfirsichkorb-Dame und wartet darauf, in den Zug klettern zu können. Das Glas mit dem Ahornsirup ragt aus dem Kleiderbündel heraus; der Inhalt des Korbs sieht noch genauso aus wie ein paar Tage zuvor.

Grania denkt daran, dass ein Brief von Jim während ihrer Abwesenheit gekommen sein könnte. Aber sie ist froh, dass es mal eine Zerstreuung gegeben hat, froh, dass sie und Tress für kurze Zeit an etwas anderes denken konnten als an Jim im Krieg und Kenans schleppende Genesung.

Sie stehen in der Main Street vor dem Haus und Hotel und sehen einander an.

»Wir sind ernst geworden«, sagt Grania, und sie umarmen sich zum Abschied. »Wir lachen kaum noch.«

Aber Tress hat es eilig, nach Hause zu kommen. Sie legt die Hand an Granias Wange und lächelt halb. Sie umarmt sie wieder, und dann dreht sie sich um und eilt zu Kenan und zu ihrem Haus am Ende der Main.

Wir haben einander vermisst, denkt Grania, als sie ihre Schwester gehen sieht. Aber vielleicht wird jetzt alles besser. Wir haben einander vermisst, und wir haben selten eine Gelegenheit, zu lachen und uns zu amüsieren. Alles, was wir tun, ist, auf das Ende des Krieges zu warten.

# KAPITEL 6

*Wenn das, was wie eine schwere Erkältung erscheint, plötzlich beginnt, sollte man ins Bett gehen, sich warm einpacken, ein heißes Fußbad mit Senf nehmen und reichlich heiße Zitronenlimonade trinken. Es herrscht allgemein Übereinstimmung darüber, dass es möglich ist, die Widerstandskräfte des menschlichen Systems so zu steigern, dass es fast jede Infektion, die Spanische Grippe nicht ausgenommen, abwehren kann.*

The Napanee Express

Im Traum war Winter. Jim war draußen, rasierte sich aus einem Zinnbecher, der teils mit Eis, teils mit geschmolzenem Wasser gefüllt war. Ringsherum war Schnee, und er trug eine dicke Jacke und eine eng anliegende Strickmütze. Als er mit dem Rasieren fertig war – er hatte keinen Spiegel –, drehte er sich um und sagte zu ihr, er werde einen perfekten Engel im Schnee machen. Er fiel hart, kerzengerade nach hinten. Sie war entsetzt, als er seine Arme nicht ausstreckte und den Fall abfing, und dass er mit solcher Wucht zu Boden stürzte. Er sah zu ihr auf und fuchtelte wild mit Armen und Beinen, um Flügel zu machen. Dann stand er auf. Er bewegte die Füße ein paar Zentimeter, um die Richtung zu ändern und fiel wieder. Noch ein harter Sturz, noch ein perfekter Engel. Keine gezackten Ränder, keine Fußstapfen dazwischen. »Ich komme zurück«, sagten seine

Lippen, während er dort im Schnee lag. »Ich hab es dir schon mal gesagt, Grania, ich komme zurück.«

Sie hatte das Rollo den Abend vorher oben gelassen, und als sie am Samstagmorgen aufwachte, konnte sie an dem Licht draußen erkennen, dass Mutter verschlafen haben musste. Mutter verschlief nie; sie kam immer in Granias Zimmer, um sie zu wecken. Jeden Morgen waren sie als Erste auf und gingen zusammen durch den Korridor, um mit dem Frühstück im Hotel zu beginnen.

Vater war auf Bompas Farm. Er war fünf Tage weggeblieben, würde aber heute zurückkommen, um ein neues Pferd in Empfang zu nehmen. Der Zureiter sollte gegen Mittag ankommen, und das bedeutete, dass draußen hinter dem Haus viele Männer herumlaufen würden. Auch am Hotel würde viel Betrieb sein, wenn der Wochenend-Dampfer mit den Ausflüglern am Kai anlegte. Bernard sagte, er werde mittags im Speisesaal aushelfen. Mrs. Brant hatte versprochen hereinzukommen, obwohl es ihr freier Tag war. Grania dachte daran, wie Mrs. Brant ihr immer Rosinenplätzchen zugeschoben hatte, als sie Kind war. Jetzt schob sie Mamo kleine, in Papier eingewickelte Päckchen zu, die im großen O'Shaughnessy-Koffer aufbewahrt werden sollten. Aber nur, wenn keiner in der Nähe war.

Grania hatte Kopf- und Halsschmerzen, aber sie erhob sich schnell und öffnete die Tür zum Elternschlafzimmer. Sie ging zur Seite ihrer Mutter, beugte sich über sie und legte ihr die Hand auf die Schulter.

»Mutter«, sagte sie leise. »Mutter. Wir haben verschlafen.«

Mutter öffnete die Augen; sie war erschrocken. Sie hob den Kopf und sah auf den Wecker und sank zurück. »Ich hab es vergessen«, sagte sie. »Ich hab vergessen, ihn aufzuziehen.« Sie streckte die Hand aus, als sähe sie Grania kaum und drückte ihr die Hand.

Grania sah mit innerem Erschrecken auf das Gesicht ihrer Mutter. Wie verletzlich sie wirkte! Mutter schien zusammengeschrumpft zu sein, seit Patrick sich verabschiedet hatte. Die weichen Linien um Augen und Mund verschärften sich, sobald sie sich aufgerafft hatte und auf dem Bettrand saß.
Sie waren beide spät zu Bett gegangen. Am Abend vorher, als Grania gerade die Tische für den nächsten Morgen gedeckt hatte und den Speisesaal verließ, war eine Frau durch den Haupteingang ins Hotel gestürzt. Sie hatte einen breiten, häßlichen Bluterguss auf der linken Wange, und sie sah sich dauernd um, als verfolgte sie jemand. Bernard trat aus seinem Büro und sprach mit ihr. Grania stand wartend da und fragte sich, was sie tun sollte. Sie versuchte, von den Lippen der Frau etwas abzulesen, aber es war schwierig, weil die Frau den Kopf gesenkt hielt und weinte. Bernard versuchte zu begreifen, was passiert war. Er hatte eine Hand auf den Arm der Frau gelegt und sah von ihr weg in die Dunkelheit der Straße hinaus. Er verließ sie und ging zur Tür und stand draußen auf der Veranda, dann kam er wieder herein. Erst jetzt bemerkte er Grania.
»Tee, Grainy. Kannst du einen Tee machen? Wir wollen sie in den Speisesaal bringen. Da ist jetzt niemand.«
Die Frau war vielleicht vierzig, fünfundvierzig. Ihr Haar war teils grau, teils schwarz und streng nach hinten gesteckt. Ihre Wange war allmählich angeschwollen, und Grania ging in die Küche, um ein Stück Eis aus dem Eisschrank zu holen. Sie musste an etwas denken, das Mutter vor noch nicht langer Zeit gesagt hatte, als sie über eine Familie in der Stadt sprach. »Der Mann«, sagte sie, »behandelt seine Frau nicht gut.«
Grania wusste, was das bedeutete. Es bedeutete, dass er sie schlug. Worte verbargen die Handlungen, als ob jeder wüsste, was hinter den geschlossenen Türen der Familie vor sich ging. Und nun war hier noch eine Frau, entmutigt, gedemütigt,

deren Blicke immer wieder zurück zum Eingang flogen. Sie hatte aufgehört zu weinen, aber sie hatte nicht aufgehört, Angst zu haben.

Mamo war schon ins Bett gegangen, aber Mutter kam durch den Gang und redete mit der Frau, die sie flüchtig kannte. Eine Stunde später brachte Bernard sie zur Wohnung ihres Bruders, zu dem sie unbedingt wollte.

Diese Sache hatte sie alle erregt, und Grania und Mutter waren sehr spät ins Bett gekommen. Jetzt würden sie sich beeilen müssen, um die Zeit wieder aufzuholen.

Grania ließ ihr Bett ungemacht, wusch sich und zog sich schnell an, sie hustete mehrmals, versuchte, sich zu räuspern. Bevor sie nachsah, ob ihre Mutter angezogen und fertig war, stand sie eine Weile am Fenster und sah hinaus. Es schien ein starker Wind zu wehen. Sie sah zum Himmel, und ein ›V‹ von Gänsen zog an ihren Augen vorüber, eine gezackte, ungenaue Form. Diesem Schwarm folgte ein zweiter, ein besser geordnetes ›V‹. Wenn sie nicht hinaufgeschaut hätte, hätte sie beide verpasst. Wieder eine Jahreszeit, die zu Ende ging. Am Tag zuvor hatte Mamo verkündet, die Vögel zögen früh in den Süden; ihre Knochen konnten es spüren. Grania dachte wieder an die Frau mit der übel zugerichteten Wange vom Abend vorher und an die Angst – nicht nur die der Frau, sondern auch die Angst, die sie und Mutter empfunden hatten. Bevor sie schließlich zu Bett gegangen waren, hatte Mutter Grania vor ihrem Zimmer angehalten und so deutlich mit ihr gesprochen, dass Grania es von ihren Lippen ablesen konnte.

»In all den Jahren, in denen ich mit deinem Vater zusammen lebe, hat er nie die Hand gegen mich erhoben.« Und dann fügte sie hinzu: »Aber ich habe sein Interesse verloren, und das ist zum Teil meine eigene Schuld.« Völlig überrascht, wusste Grania nichts darauf zu antworten, aber Mutter drehte sich ohnehin

abrupt um und ging in ihr Zimmer, allein. Grania dachte noch lange über das nach, was Mutter gesagt hatte.
Grania betrachtete sich in dem ovalen Spiegel und versuchte, sich zu beruhigen. Sie hatte Schatten unter den Augen, die sie anstarrten. Ihre Haut war blass, und sie fragte sich, ob sie das am Tag zuvor nicht gesehen hatte. Hatte sie so ausgesehen, als sie in Toronto war? Tress hatte nichts gesagt. Sie eilte aus dem Zimmer. Mutter war schon auf dem Weg nach unten, und Grania holte sie ein, und sie beschleunigten ihre Schritte. Mutter nahm ihren Arm, lehnte sich ein wenig an sie. Sie schalteten die Lampen in der Hotelküche an und machten sich an die Arbeit.
Als Grania wieder frei hatte, war es zwanzig Minuten vor zwölf. Sie hatte Mutter nichts von ihrem wunden Hals erzählt, aber das war auch nicht nötig. Mutter hatte ihre Blässe sofort bemerkt. Aber es wurde nur kurz darüber gesprochen; sie hatten den ganzen Morgen gearbeitet, waren in Küche und Speisesaal dauernd aneinander vorbeigelaufen. Nun wollte Mutter, dass sie neue Speisekarten schrieb, sie beklagte sich, dass die alten befleckt und bespritzt waren, dass die Sache zu oft aufgeschoben worden war. Granias sorgfältige Druckschrift wollte sie auf den neuen sehen. »Tu was, wenn du sitzt«, sagte sie. »Nimm eine von den alten Speisekarten mit«, sagte sie. Als Grania nickte und gerade hinausgehen wollte, hielt Mutter sie fest und legte ihr beide Hände auf die Schultern. »Du siehst aus, als brauchtest du mehr Schlaf«, sagte sie. »Vielleicht steckt dir ja irgendwas in den Knochen.«
Aber Grania wollte hinaus; sie wollte von der erstickenden Luft wegkommen, die ihr die Kehle zuschnürte. Sie würde die Speisekarten später am Nachmittag machen, wenn sie bei Bernard in der Halle saß. Sie kannte die Speisekarte auswendig und brauchte keine alte neben sich, wenn sie mit einer neuen anfing: *Spiegeleier mit Schinken; Porridge und Korinthengebäck; Aggies*

*Spezialsuppe; Fleischeintopf und irisches Sodabrot; Hühnerpastete; gestürzter Obstkuchen.* Donnerstags: *Eiercreme oder warmer Apfelkuchen mit Rosinen.* Freitags: *Gebratener Fisch – Hecht oder Forelle.* Auch Fisch aus der Dose – *Lachs.* Sonntags: *Roastbeef mit Röstkartoffeln.*

Sie ging ins Haus zurück und sah aus dem hinteren Fenster. Vater stand jetzt draußen und sprach mit Jack Conlin, der Tabak kaute. Der Zureiter war auch da; er musste gleichzeitig mit Vater angekommen sein. Er hielt in der einen Hand Zaumzeug und in der anderen eine Gerte, obwohl er, so hieß es, selten die Gerte gebrauchte. Grania warf einen ersten Blick auf Vaters neues Pferd. Es war nervös, als ob es wüsste, dass es nun auf die Probe gestellt werden würde. Staubsäulen wirbelten auf. Ältere Jungen aus der Stadt lehnten in einem Halbkreis am Zaun und warteten. Zwei jüngere Buben saßen oben auf dem Zaun, sie hatten ihre Mützen nach Art der älteren Männer schief aufgesetzt. Andere Freunde von Vater kamen von der Mill Street herein und schlossen das Tor hinter sich. Sie standen im Hintergrund, ein paar Meter von der inneren Koppel entfernt.

Grania wusste, dass Mutter bestimmt versuchen würde, sie zurückzuhalten, wenn sie durchs Fenster sah, dass sie wegging. Aber auf dem Hof war ein solcher Betrieb, dass sie sich wegen Mutter keine Gedanken machte. Der Mittagsdampfer würde in Kürze anlegen, und Mutter würde beim Essen, beim ersten Gang, bedienen. Grania würde man nicht vermissen.

Grania wusste nicht genau, wo Mutter ihre rote Salbe aufbewahrte, deshalb ging sie in die kleine Speisekammer, nahm ein offenes Glas mit Roter Bete vom Regal und tupfte sich von dem dunkelroten Saft einen Tropfen auf jeden Wangenknochen. Das würde die Blässe verdecken. Sie rieb die Tropfen kräftig in die Haut ein. Mutter würde die Täuschung leicht durchschauen; das tat sie immer. Sie konnte Schatten und Rote-Bete-Saft und Blässe erkennen – aber Mutter war nicht im Haus.

Grania sah zum hinteren Fenster, als sie aus der Speisekammer kam, und erblickte laufende Pfoten – Carlow, der kratzend Einlass begehrte. Sie ließ Carlow herein, und er setzte sich auf den Boden und beobachtete sie. Sie beugte sich über ihn, um ihn zu streicheln, und ihr wurde schwindelig, aber sie richtete sich wieder auf. Sie holte Jims braune Jacke und ging aus der Seitentür hinaus, die sie sorgfältig hinter sich schloss. Sie fragte sich, ob es ihr zu warm werden würde, aber Windböen von der Bucht her gaben ihr rasch die Antwort. Ihre Beine waren unsicher, als sie die Richtung zum Ufer einschlug, nach Westen auf das Wäldchen zusteuerte, wo sie und Mamo immer spazieren gegangen waren. Sie warf einen Blick auf den Bahnhof und den Kai auf der linken Seite und wanderte weiter oben an dem Kohlenschuppen vorbei. Etwas Raues kratzte ihr im Hals, und ein Schmerz grub sich wie ein Spaten in die Brust. Sie begann, die Jacke aufzuknöpfen, aber ebenso plötzlich wurde ihr wieder kalt, und sie zog den Stoff enger um sich. Sie kam an den Jamieson-Zwillingen vorbei und beobachtete die Bewegung ihrer Arme, während sie einen Ball zwischen sich hin und her warfen. *Dinge, die sich bewegen* … der Ball taumelte wild im Wind und drehte sich in einem unberechenbaren Bogen. Er verschwamm in dem Moment vor Granias Augen, als die Beine fast unter ihr nachgaben. Einen kurzen Augenblick glaubte sie, sie sei getroffen worden. Aber das war unmöglich – da schwebte der Ball auf halber Höhe wieder zwischen den Zwillingen.

Sie dachte an den Brief, den sie einen Tag vorher von Fry bekommen hatte. Fry hatte die Karte aus Toronto erhalten. Sie schrieb, dass die neue Epidemie die Schule hart getroffen habe. Sie taten ihr Möglichstes, um sich zu schützen, und die meisten Kinder waren geimpft worden. Mehrere waren am Montag erkrankt. Dienstag waren vier Schlafsäle mit kranken Kindern gefüllt. Zu dem Zeitpunkt, als sie schrieb, waren es bereits sechs. Es hatte keinen Zweck, die Kinder ins Schulkrankenhaus zu bringen – mit Ausnahme der schweren Fälle.

*Die meisten haben milde Form dieser Grippe, aber ein Mädchen hat Lungenentzündung. Alle sind müde. Das ist nur Anfang. Sie muss ihren Lauf nehmen, sagt Dr. Whalen. Ich denke, Schule wird hereinkommende und herausgehende Post stoppen. Keine Pakete von zu Hause erlaubt. Kinder dürfen Gelände nicht verlassen, und Lehrer werden gebeten, keinen Besuch zu Hause zu empfangen. Filmtheater und Schulen schließen eine nach der anderen. Manche Leute in Straßen von Belleville tragen Masken.*

*Aber es geschehen auch ein paar gute Dinge. Äpfel wachsen. Nichts hindert Bäume daran – viertausend dieses Jahr – mit Früchten beladen zu sein! Gestern Abend war ich müde, aber ich bin mit Colin durch den Obstgarten gegangen und habe selbst einen Korb voll gepflückt. Colin hilft den Farmjungen, wenn er kann.*

*Andere Neuigkeiten aus der Schule – die Kinder sind damit beschäftigt, Kühen Namen zu geben. Bisher haben sie ausgesucht: Molly, Roos, Mrs. Gordon und Schneekönigin. Und – nicht überraschend – es gibt Gerüchte, dass man die Zeichensprache auslaufen lässt. Wir haben das vorausgesagt, weißt du noch? Bald wird es für taube Lehrer keine Stellen mehr geben. Direktor sagt, Oral-Methode ist die Zukunft – jetzt ahmen wir Vereinigte Staaten nach. Einige Lehrer raten schon vom Gebrauch der Zeichen ab. Wer glaubt nur, dass Kinder aufhören, mit ihren Händen Sprache zu schaffen? Es ist so natürlich wie Luft, die wir atmen. Wenn die Kinder es in Schlafsälen, Klassen, draußen beim Spielen nicht dürfen, werden es stumpfsinnige Kinder, und wir werden es alle bedauern. Schon hören wir von Kindern, die bestraft werden, wenn sie Zeichen benutzen.*

Grania hatte den Brief zweimal gelesen. Sie stand jetzt still, als sie daran dachte, was ihre Freundin geschrieben hatte, und sie beruhigte sich wieder. Ihre Hand klopfte gegen ihren Rock. Blätter fielen, als trügen sie ein Gewicht, aber kurz bevor sie die Erde berührten, ergriff der Wind sie und schleuderte sie wieder nach oben. Die Luft drehte sich in roten und goldenen und braunen Farben. In ein paar Wochen würden alle Bäume kahl sein. Unsichtbare Windböen von der Bucht zerrten an ihren Kleidern, und Schmutzkörner flogen ihr ins Gesicht. Sie würgte, als sie einatmete. In einem kurzen Anflug von Panik dachte sie, sie falle auf die Knie.

*Da stimmt etwas nicht.*

Sie zögerte, aber als sie den Rand des Wäldchens erreichte, war sie wieder sicher auf den Beinen. Das Bild vor ihren Augen verschwamm. Bevor sie den Weg betrat, der teilweise durch Bäume verdeckt war, sah sie über das Wasser und erblickte den Mittagsdampfer, der die Bucht heraufkam. In einer lautlosen Welt pufften schwarze Wolken aus dem Schornstein und wurden von einem Wind erfasst, der sie zu grauen Fetzen auseinander zog. In fünf Minuten würde sich eine Menschenmenge auf den Kai ergießen – Herbstausflügler, die beide Ufer der Bucht besichtigen wollten. Sie würden das Schiff verlassen und die Straße überqueren und den Speisesaal bevölkern, wo sich Bernard in diesem Moment so schnell, wie es seine Konstitution erlaubte, zwischen den Tischen bewegte, ohne ins Laufen zu verfallen. Mrs. Brant würde auf einen Küchenstuhl sinken, die Hand nach einer rettenden Tasse Tee ausstrecken, jetzt, da die Hauptarbeit getan war. Mutter würde Anweisungen ausrufen, alles einer letzten Prüfung unterziehen. Die Schürze über den Kopf reißen und auf die kurze Trittleiter legen. Sie würde zum Empfang in der Halle schreiten, und ihre Hand würde die Glocke erheben. Nicht, dass die Übernachtungsgäste einer Aufforderung bedurften. Die meisten kamen wegen der Küche wieder. Abends lungerten sie am Fuß der Treppe herum, eine ruhelose Schar, die auf das Signal zum Abendessen wartete. Alle kannten die Geschichte von Sir Wilfrid Laurier, der einmal seine Wahlrede unterbrochen, die Straße überquert hatte und ins Hotel gegangen war, um einen Teller von Mutters Suppe zu essen. Jeder der Gäste wusste, dass Sir Wilfrid voll des Lobes war, als er wieder ging.

Grania wusste nicht mehr, was sie hier sollte. Sie war auf dem Weg, hatte aber keine Erinnerung daran, wie sie in das Wäldchen gekommen war. Sie legte den Kopf zurück, um zur Spitze des höchsten Baums hinaufzusehen, und sie stellte fest, dass der Wipfel in Richtung Stadt geneigt war. Ein starker Herbstwind.

*Der Wind heult, aber nicht die Blätter.*

Sie stellte sich das Geräusch des Windes in ihrer Umgebung vor.

*Es kommt ganz darauf an*, hatte Jim ihr erklärt.

Einen Moment lang erforschte sie den Himmel, als könnte dort das Heulen zu sehen sein. Würde Tress sagen, sie sei dumm? Würde sie das Zeichen für Verrücktsein machen, weil Grania versuchte, das Geräusch des Windes zu sehen? Nein, das würde Tress nicht tun. Aber Tress hatte gespielt; sie war wieder auf die alte Nachtsprache verfallen, ohne das Seil zwischen ihnen.

Grania machte wieder einen Schritt vorwärts, und dieses Mal taumelte sie zu Boden, verharrte aber in der halben Hocke, in der sie sich gefangen hatte, überrascht, dass ihre Beine so vollkommen eingeknickt waren. Sie versuchte, sich mit beiden Händen von der Erde hochzustemmen, aber sie konnte sich nicht erheben. Es war leichter, in der mit Laub gefüllten Mulde zwischen kreuz und quer verlaufenden Wurzeln zu kauern. Für einen Augenblick dachte sie daran, dass niemand außer Carlow wusste, dass sie weggegangen war.

Sie schloss die Augen und stellte sich Jim vor. Jedes Mal, wenn sie einen Brief in den Händen hielt, hatte sie die Zuversicht, dass ihre Leben sich wieder vereinigen würden. Aber wenn der Brief gelesen und zu dem Bündel gelegt war – einem vierten

Bündel von 1918 – musste sie gegen das Schwinden dieser Zuversicht ankämpfen. Sie war sich bewusst, wie klein sie im Weltgeschehen war, wie klein ihre Stadt, wie klein ihr Land. Und wie groß der Krieg. Der Kaiser bestrafte alle mit der Fortsetzung des Krieges. Jim war seit drei Jahren fort. Jeden Tag, wenn sie die Zeitungen aufschlug, sah sie unwillkürlich auf die Liste der Verwundeten und Toten. So viele junge Männer von den Farmen der Umgebung, aus den kleinen und großen Städten waren für immer fort. Zum Zeitpunkt seines letzten Briefes hatte sich Jim hinter der Front befunden. Aber an dem Tag, als er den Brief schrieb, packte er gerade seine Sachen: *Wir haben den Befehl, nur eine Decke einzupacken.* Das bedeutete, die Einheit wurde wieder versetzt. Die Zeitungen waren voll von Nachrichten über die Offensive. *Der Hunne ist auf der Flucht,* hatte eine Schlagzeile behauptet.

Natürlich könnte es auch gar keine Briefe geben. Das war, was alle fürchteten, aber niemand sagte. Einer von Onkel Ams Freunden, der in der Fenster- und Türfabrik arbeitete, hatte ein Telegramm *und* Briefe erhalten. Sogar nachdem er schon die Nachricht vom Tod seines Sohnes bekommen hatte, erreichten ihn noch zwei weitere Briefe – der eine an dem Abend geschrieben, als der Junge an die Front gehen sollte, der andere an dem Morgen, als er starb. Es war entsetzlich, sagte Onkel Am. Sein Freund wollte die Briefe, fürchtete aber die Sendungen von seinem toten Sohn ebenso, wie er das imaginäre Telegramm gefürchtet hatte, bevor es eintraf. *Bedaure zutiefst, Sie darüber zu informieren …* Um alles noch schlimmer zu machen, waren jetzt auch Briefe von den Eltern des Jungen, die sie nach Übersee geschickt hatten, zurückgekommen mit einem Stempel auf jedem Umschlag: *Gefallen.* Sie kamen an, als der Junge schon Wochen im Grab lag. »Wenigstens hat er ein Grab«, sagte Onkel Am. »Nicht wie Grews Sohn verloren und begraben in Lehm und Schlamm.

Wenigstens hatte der Junge eine anständige christliche Beerdigung.«

Vor Granias Augen verschwamm alles, und sie presste die Hände an die Wangen, als könnte der Kontakt mit der eigenen Haut ihre Gegenwart bestätigen. Sie dachte an Mutters Rote-Bete-Saft, während sie fiel – dieses Mal fiel sie wirklich auf die Erde. Sie dachte: *Mein Rock wird ganz schmutzig.* Sie dachte: *Ich friere.* Ein Schmerz schoss durch ihren Brustkorb, und einen Moment bekam sie keine Luft. Sie wälzte sich hin und her und spürte, wie sich die Blätter unter ihr verschoben. Sie versuchte, sich aufzusetzen, denn sie wusste, wenn sie nicht aufstehen konnte, würde sie ersticken. Sie kämpfte mit dem Knopf am Jackenkragen und versuchte, ihn mit Gewalt aufzumachen. Mühsam zog sie sich auf Hände und Knie hoch und begann zu kriechen, Rock und Strümpfe durch den Schmutz zu ziehen. Da sie unbedingt die Lichtung erreichen wollte, konzentrierte sie sich ganz darauf, auf dem Weg zu bleiben. Sie spürte etwas Gurgelndes an der einen Brustseite und hob ungläubig die Hand und presste sie unter die linke Brust. Gleichzeitig sagte sie:

*Blasen. Wie können Blasen in meiner Brust sein?* Flüssigkeit drang nach oben und über die Zunge und floss auf ihre Hand, die jetzt hellrot war. Sie versuchte, sich die letzten paar Meter vorwärts zu ziehen, sank jedoch mit dem Gesicht nach unten auf die Erde. Neben dem Gurgeln in ihrem Mund strömte die Luft ein und aus.

# KAPITEL 7

*Wenn wir einen Sänger mitten in einem Lied enthaupten könnten … wäre die Schönheit der Stimme dahin, und man hätte nur eine Wirkung wie bei einer Rohrflöte.*

Alexander Graham Bell

Hast du dir je über deine Schmerzgrenze Gedanken gemacht?«, fragte Irish. »Was das sein könnte?«
Sie hatten ein paar Stunden frei und saßen mit gefüllten Teebechern zurückgelehnt an der Wand. Sie befanden sich in einer winzigen Hütte, die sie aus Altmaterial hinter einer völlig zerbombten Ziegelei in Bourlon gebaut hatten. In den vergangenen Tagen hatten sie sich in Cagnicourt, Queant, Inchy und am jenseitigen Kanalufer, an der alten deutschen Frontlinie, aufgehalten und wurden dann wieder auf die Inchy-Seite zurückkommandiert. Freitagnacht gerieten sie in schweres Feuer und verlegten ihren Standort am Samstag erneut. Alles war beschleunigt, lief auf Hochtouren, die Kanadier kämpften neben den Briten. Irish hatte gehört, dass die Franzosen und Amerikaner 18 000 Gefangene gemacht hatten. Das Hindenburg-System wurde allmählich geräumt. Die eroberten Stellungen reichten bis an den Rand von Cambrai, einem wichtigen Straßen- und Eisenbahnknotenpunkt. Zwischen den Standortveränderungen war Jim auf die Anhöhe

von Bourlon gestiegen, um sich einen Eindruck von Cambrai und den umliegenden Städten zu verschaffen.

Während der Kämpfe waren alle Straßen, die an die Front führten, verstopft mit Geschützen, Panzern, motorisierten Maschinengewehr-Einheiten, Infanterie, Kavallerie, Nachschub von technischen Geräten, Feldküchenwagen, Wasserwagen. Am Samstag hatten Krankenträger die ganze Nacht hindurch am Vorgeschobenen Verbandsplatz Verwundete von den Pferdesankas in die Motorsankas verlegt. Zweihundert Fälle mit der Krankenbahre und hundert, die noch laufen konnten, trafen ein. Die Kämpfe waren hart. Mehr als fünfzehntausend Verwundete wurden in sechs Tagen herausgebracht. Während verwundete Männer in Breitspurzüge verlegt wurden, kehrten leere Waggons mit Verbandszeug, Decken und immer mehr Krankenbahren zurück. Lastwaggons und französische Güterwaggons, auf denen Bahren gestapelt lagen, fuhren ununterbrochen. Das Rote Kreuz mit seinen täglichen Lieferungen und den Medikamenten für die Verwundeten war der Armee dicht auf den Fersen.

Trotz der hohen Anzahl von Verwundeten und Gefallenen ging der Vorstoß unaufhaltsam weiter. Die Schlachtfelder wurden geräumt, die Verwundeten versorgt und abtransportiert, und zwar so, als ob jeder Mann ein Rädchen einer riesigen, gut geölten Maschine war, die weit mehr war als die Summe ihrer einzelnen Teile. *Truppenverbandsplatz, Vorgeschobener Verbandsplatz, Sammelpunkt, Hauptverbandsplatz, Depot.* Jeder kannte seinen Platz, wusste, wo man sich versammelte, wohin die Bahren getragen wurden, wo Bericht zu erstatten war. Die Standorte wechselten, so wie die Divisionen vorwärtsrollten oder einander ersetzten. Die Verwundeten aber kamen zurück, auf Tragen, starken Armen und Schultern, auf Bahren mit Rädern, wenn die Straßen es erlaubten, in Eisenbahnwaggons, Lastwagen, Pferdewagen und motorisierten Sanitätswagen.

Jim sah Irish eindringlich an. Sie hatten schon über alles Mögliche gesprochen, aber nicht über die Grenzen des Erträglichen. Irish holte Clares Bild aus der Tasche und strich mit dem Daumen über die Oberfläche. Jim klopfte mit der flachen Hand auf die Tasche über Granias Foto.

»Jeder Mann denkt über seine Grenze nach«, sagte Jim nach längerem Schweigen. *Zeitverzögerung*, dachte er. *Der Augenblick zwischen Äußern und Verstehen. Oder zwischen Verstehen und Äußern.*

Irish unterbrach ihn nicht. Er wartete. Er steckte Clares Bild wieder in seine Uniformjacke.

»Du hast ja erlebt, wie die Jungs den Verstand verloren haben. Außer sich geraten sind.«

»Aber spürst du, dass es irgendwo lauert?« Irish war hartnäckig. »In der Luft neben dir oder schleichend hinter dir? Besonders hier. Alles geht so schnell, dass wir kaum mitkommen.«

»Es bringt uns aus dem Gleichgewicht«, sagte Jim. »So viel Bewegung, das Tempo bei allem.«

»Das mein ich ja. Alles ist aus dem Gleichgewicht.«

»Aus dem Gleichgewicht sein könnte auch sein Gutes haben, wer weiß? Ich traue dem Kerl nicht, der glaubt, er hätte alles unter Kontrolle. Für mich ist aus dem Gleichgewicht sein etwas Reales, wie ein Begleiter, der mitzieht. Ich könnte von etwas überrascht werden, aber vielleicht auch nicht.«

»Du bist gerissen, Jimmy-Boy. So gerissen, wie du bist, wirst du durchkommen.«

»Gerissen? Ich glaub nicht. Aber ich tu was. Ich ergreif Maßnahmen – um die Dinge in Schach zu halten.«

Das hatte er nicht sagen wollen.

»Maßnahmen? Was für Maßnahmen?«, drängte Irish und lachte ein wenig, wobei die Lücke zwischen seinen Zähnen sichtbar wurde. Sie waren jetzt drei Jahre zusammen, und er hatte noch nie davon gehört.

»Weißt du, ich sing leise vor mich hin, eine Zeile von einem Lied.«
»Erzähl mal.«
*Erzähl.* Jim dachte an Grania.
»Manchmal sag ich – schnell – zu mir selbst:
Infir taris,
Inoaknonis,
Inmudeelsis,
Inclaynonis.«
Irish musste so lachen, dass er kaum sprechen konnte. »Sag das noch mal.«
Jim wiederholte den Vers – diesmal schneller. »Es soll wie Latein klingen. Meine Großmutter hat es mir beigebracht. Sie hat gesagt, es stammt aus der Zeit von Henry VI. Es ist Unsinn. Aber es hilft, wenn ich es bei der Knallerei sage, wenn wir versuchen, jemanden rauszuholen, wo es eng wird.« Wieder eine Pause. »Was anderes auch.«
»Und was könnte das sein?« Dieses Mal sah Irish so aus, als wollte er nicht überrascht wirken.
»Die Jungs«, sagte Jim. »Diejenigen, die schreckliche Angst haben. Sie haben den Krieg nicht akzeptiert. Was Krieg ist. Diejenigen, die wirklich wissen, so kommt es mir vor, dass sie drauf und dran sind zu sterben. Das heißt nicht, dass sie über den Tod nachdenken oder sich dauernd damit beschäftigen. Du weißt, wie sie es hassen, über dieses Zeug zu reden. Sie nehmen es hin. Aber manche können es einfach nicht. Du hast sie ja erlebt, Irish, wie sie nach ihren Müttern geschrien haben, sich die Hände an die Ohren gepresst haben.«
»So oft, dass ich lieber nicht dran denke.«
»Es kann ja nicht nur mir aufgefallen sein, dass die, die sich dauernd mit dem Sterben beschäftigen, die Ersten sind, die fallen. Sie gucken immer wieder über die Schulter. Es ist besser,

wenn wir nach vorn schauen. Unsere kleine Aufgabe in der größeren Ordnung kennen und sie erledigen. Auf diese Weise werden wir eher nach Hause kommen.«

Er dachte an die Jungs, die er zu denen gebracht hatte, die sich selbst Verletzungen beibrachten. Sie wurden an einer Stelle zusammengefasst, als hätten sie Masern oder eine andere ansteckende Krankheit. Manche starben dafür.

Sie hatten ihren Tee bereits getrunken, aber Irish streckte die Hand nach dem letzten Schluck in dem kalt gewordenen Becher aus.

»Nicht, Irish, das bringt Unglück, wenn man einen Rest zurücklässt und ihn dann noch trinkt.« Er wollte seinem Freund den Becher aus der Hand nehmen, aber es war schon zu spät. Irish schluckte und lachte. Jim bedauerte, dass er es gesagt hatte.

Evan kam mit Finner in die Hütte. Vor ihnen brannte Cambrai. Und alles, was Fritz sonst noch in Flammen setzen konnte. Die beiden Männer hatten Bretter mitgebracht, um den Unterschlupf noch weiter herzurichten. Evan hatte auch eine verschrammte Tischplatte dabei – ein Holzbrett von etwa sechzig mal sechzig Zentimetern – und stützte sie mit niedrig geschichteten zerbrochenen Ziegelsteinen ab, bis sie gerade lag. Sie setzten sich alle auf den Boden, jeder bewundernd an einer Seite des Quadrats; es machte ihnen riesigen Spaß. Evan legte etwas Schinken auf die Tischplatte, den er für den nächsten Morgen organisiert hatte. Evan war jetzt härter. Der Tick in seiner Wange existierte zwar noch, aber er war widerstandsfähiger. Und er saß nie still. Jim hielt ihn für den unruhigsten Geist, den er je kennen gelernt hatte. Finner warf eine zusätzliche Decke in die ohnehin schon enge freie Ecke der Hütte. Sie hatten getan, was sie konnten, um die Behausung bequem herzurichten, wenn sie auch wahrscheinlich am Morgen wieder fort mussten.

Finner war erbost über den Koch. Er führte seine Beschwerden alle auf. Das Fleisch zum Abendessen war verdorben und schmeckte scheußlich. Morgens gab es kein warmes Frühstück – nur Rationen. Von diesem Essen bekam er Magenschmerzen. Er zog immer weiter über den Koch her.

»Lass doch die Meckerei«, sagte Irish. »Es ist zwecklos. Vermutlich kann der Mann gar nichts anderes tun. Wenn er kann, würde er uns schon einen guten Haferbrei machen. Wir haben heute abend frei, da wollen wir doch lieber ein bisschen Spaß haben. Auf alle Fälle, Finner, wenn du mit dem Finger auf jemanden zeigst, denk dran, dass drei Finger auf dich zeigen.«

Finner sah auf seine Hand, zeigte mit dem Finger auf Irish und lachte.

*

Wie sich zeigte, wurden sie in den frühen Nachtstunden, lange vor dem Morgen, geweckt. Sie griffen nach ihren Habseligkeiten, nahmen auch den Schinken an sich, verließen ihre Hütte und ihre Tischplatte und liefen in den Wald. Sie hatten sich gerade in einem früheren – kürzlich geräumten – deutschen Schützengraben niedergelassen, als ein schweres Bombardement über dem ganzen Gebiet niederging, das sie eben verlassen hatten. Fritz hatte den Kampf also noch nicht beendet.

Es war stockfinster, aber der Himmel wurde von Explosionen erhellt. Keiner sprach; man hätte sie ohnehin nicht gehört. Sie wickelten sich in Decken und legten sich zurück. Irish war sofort eingeschlafen. Aber bereits in der ersten Feuerpause kam der Sergeant, um sie zu holen; er sagte, dass einige Männer verwundet seien. Er brauche ein paar Jungs, die rausgingen und nachsähen, ob es jemanden gebe, den sie zurückbringen könnten. Eine andere Trägergruppe komme nach. Jim ergriff eine Trage und weckte Irish. Aber jetzt murrte Irish.

Evan und Finner waren hinter ihnen und wandten sich nach links. Jim und Irish gingen nach rechts. Jim sah weit vorn zwei Körper dicht zusammen vor den Trümmern eines auseinander gerissenen Gebäudes. Er zeigte darauf, aber Irish hatte sie schon gesehen. Sie liefen direkt darauf zu, stolperten über unebene Erde. Als sie bei den beiden Männern ankamen, stellten sie sofort fest, dass der eine, der auf dem Rücken lag, tot war. Sein rechter Arm war am Ellenbogen abgeknickt, die Hand offen, als erwartete sie eine vom Himmel fallende Kugel. Der andere Soldat lebte noch, er hatte eine tiefe Wunde am Oberschenkel, aber er konnte sich nicht allein bewegen. Irish riss einen Verband auf; Jim beobachtete, wie die große Hand seines Freundes ihn behutsam auf die Wunde legte. Dann sah Irish auf und gab das Signal. Sie hoben den Jungen auf die Bahre und starteten in Richtung des neu bestimmten Verbandsplatzes.

»Das bringt dir Englandurlaub ein, Kumpel«, erklärte Irish dem Soldaten. »Mach dir keine Sorgen. Nur ein paar Minuten, und wir sind mit dir beim Doktor.«

Jim führte. Sein Körper nahm den alten Rhythmus auf, und Irish ging im Gleichschritt hinter ihm; das Gewicht des Soldaten war gleichmäßig auf sie verteilt. Sie hatten das schon so oft gemacht, so viele tausend Male, es war, als gehörte die Traglast zum eigenen Körpergewicht. *Wir haben Beförderungen abgelehnt*, sagte Jim zu sich. *Also können wir das immer weitermachen, die Jungs in Sicherheit bringen, als Team zusammenbleiben.* Er glaubte auf einmal etwas zu sehen, das sich bewegte, ganz in der Nähe, und er blieb stehen und merkte, wie Irish hinter ihm sich darauf einstellte. *Dinge, die sich bewegen* … Ein Schrei. Das war Irish. Und ein plötzliches Geräusch, das Jim zwang, die Augen zu schließen – nur einen Moment –, und dann ein Zischen, ein Rauschen, etwas, das noch lauter war, eine Explosion, die ihn nach vorn warf und ihm die Füße wegzog. Er machte noch einen Schritt in der Luft, wäh-

rend die Hände die Bahre schon losließen. Er schrie und fasste nach hinten, um die Griffe wieder zu packen, die ihm gewaltsam entrissen worden waren, als er nach vorn geschleudert wurde.
Er versuchte aufzustehen; er zitterte am ganzen Körper; die Wirbelsäule war gekrümmt und wollte oder konnte sich nicht strecken. Der Schock war in ihn gefahren wie ein körperlicher Schlag, und er ließ seinen Brustkorb erbeben, bis er glaubte, sein Herz würde explodieren. Trümmerteile waren in die Höhe gespritzt und fielen jetzt langsam wieder zur Erde, als nähmen sie sich Zeit, um sich wieder neu zu ordnen. Er sah hinter sich. Der Himmel wurde hell, und er konnte im Umkreis hügeliges Land erkennen, als stünde er auf einem offenen Feld auf der Farm seines Großvaters.
»Irish!«, rief er. »Irish! Wo zum Teufel bist du?«
Er reckte sich ganz hoch und fiel wieder auf Hände und Knie. Holzstücke von der Bahre drangen in seinen Albtraum; ein Dreieck aus Segeltuch, Fleisch, weiche Stücke von irgendetwas, die in einem Kreis lagen, der eine so vollkommene Form hatte wie der Himmel über ihm.
»Wo?«, rief er.
Aber da war nichts. Irish und der Junge waren verschwunden.
Da war nichts, was er in die Hand nehmen konnte.
Der Lärm brach wieder aus. Oder vielleicht hatte er nie aufgehört und drang erst jetzt wieder an seine Ohren. Mit beiden flachen Händen tastete er in einem Radius von einem Meter die Erde ab. »Knochen«, sagte seine Stimme langsam und bewusst, und er begann, jedes einzelne Ding, das seine Hand fühlte und seine Augen sehen konnten, zu benennen. »Helm, Gurt, Ärmel, Knopf, Finger.« Denn seine rechte Hand umfasste einen breiten, dicken Finger.
Ungläubig starrte er im Dunkeln darauf. Er schrie und schüttelte die Hände aus, sprang auf und taumelte zurück. Er rieb sich die

Hände an der Hose ab, rieb und rieb und schüttelte sie wieder aus. Der Himmel erhellte sich kurz. Er sah auf die eigenen Füße und zwang sie, sich zu bewegen. Stiefel, Beine und Arme waren mit Schmutz und Blut bedeckt. Aus dem Augenwinkel entdeckte er eine andere Bahre, sie war gegen eine zerbrochene Mauer gelehnt, zurückgelassen, er wusste nicht warum. Warum sollte jemand hier eine Bahre zurücklassen? Es schien seltsam, fehl am Platz. Eine Furche in der Erde brachte ihn fast zu Fall, aber er fing sich wieder. »Bahre«, sagte er. »Überzug, Laterne, Gewehr.« Denn vor ihm stand die Laterne eines Melders auf dem Boden und daneben ein Gewehr, das mit dem Bayonett in der Erde steckte. Ein Verwundeter musste hier aufgelesen worden sein, das Gewehr hatte man zurückgelassen.

Er hatte keinen Plan. Er hielt seinen Körper aufrecht, stocksteif. Er ging weiter, immer weiter und stolperte über einen deutschen Sandsack, der geplatzt war. Er stieg in einen Schützengraben, rechts von dem, den er und Irish vor kurzem verlassen hatten. Er ging an zwei Männern vorbei, die er nicht erkannte, stolperte über eine der Treppen, die Fritz hinterlassen hatte und die jetzt in die falsche Richtung zeigten, stolperte wieder, bog scharf nach links ab und ging weiter. Der Graben erschien ungewöhnlich niedrig. Instinktiv duckte er sich mit dem Kopf nach unten, das Training schaltete sich ein, obwohl hier keine Gefahr bestand. Er blieb nicht stehen, als er an einem anderen Soldaten vorbeiging und eine Stimme sagte: » Bei dir alles in Ordnung, Kamerad?« Etwas in seinem Gesicht musste den Mann erschreckt haben, weil er ihn ansah und sich dann schnell wieder abwandte.

Jim änderte sein Tempo nicht; er sah den Mann nicht an und marschierte weiter. Ein Erdhaufen von einem halben Meter, ein Hügel, fester als seine Umgebung, erhob sich vor seinen Füßen, und er ging um ihn herum, steuerte die Stelle im Wald an, von der er und Irish gekommen waren. Die Silhouetten von Baumstümpfen zeigten in den Himmel; er bemerkte sie im Weitergehen. Er hörte eine andere Stimme, seine eigene Stimme, die deklamierte und jetzt aus voller Kehle sang, in schluchzenden Tönen, die seinen Körper zerrissen: *»IN FIR TAR IS IN OAK NON IS IN MUD EELS IS IN CLAY NON IS …«* Ein Offizier hielt ihn an. Legte ihm die Hand fest auf die Schulter. Zwang ihn, ihm ins Gesicht zu sehen.

»Halten Sie mal«, sagte er. »Bleiben Sie einen Moment stehen. Wie heißen Sie?«

Jim sah ihn an. *Lieutenant, senkrechte Narbe, rechte Wange, alte Wunde. Jemand, den er kennt?*

»Mein Name?«

»Name.« *Jetzt sanft. Die Stimme des Mannes.*

Jims Erinnerung regte sich. *Halten. Nah bei sich behalten. Chim. Besser. Jetzt besser.*

»Mein Name ist Chim, Sir. Jim.«

»Gut, Jim. Gehen Sie zurück zum Verbandsplatz. Dort wird man sich um Sie kümmern. Von dort können Sie auch zu Ihrer Einheit zurück.«

# KAPITEL 8

*Die Grippe-Epidemie hält unvermindert an. Ihre verheerenden Auswirkungen sind nicht auf diese Stadt oder Provinz oder selbst Kanada beschränkt, und telegrafische Berichte weisen darauf hin, dass sie sich mit großer Geschwindigkeit über die ganze zivilisierte Welt ausbreitet. Sie hat die ärztliche Kunst in einem ungewöhnlichen Ausmaß vor Rätsel gestellt und hat vielleicht mehr Opfer gefordert als jede andere Epidemie in zwei Jahrzehnten.*

*Wie sie zu bekämpfen ist: Meiden Sie Haufen, Husten und Herden, aber fürchten sie weder Freund noch Feind. Trainieren Sie Ihren Körper, bewegen Sie sich viel in frischer Luft und achten sie auf Sauberkeit. Denken Sie daran: Ein gereinigter Mund, eine reine Haut, ein gereinigter Darm sind eine Waffe gegen die Krankheit. Um bei Leber und Darm für Regelmäßigkeit zu sorgen und die Gifte darin wegzuschwemmen, ist es am besten, jeden zweiten Tag ein pflanzliches Dragée einzunehmen, das aus Berberitze, Aloe, Jalapenwurzel besteht und in den meisten Apotheken unter dem Namen Dr. Pierce's Pleasant Pellets erhältlich ist.*

The Napanee Express

Donner, sie spürte ihn in ihrem Körper. So wie die Schatten über den Vorhang liefen, musste das Gewitter weit weg sein. Ein dämmriger Morgen. Wenn sie sich nur irgendwie erheben, das Bettzeug wegschieben könnte. Sie sah an die Wände und versuchte, ihren Blick auf irgendeinen vertrauten Gegenstand zu heften: Sekretär, Kleiderschrank, Waschtisch, Krug. Keine gerahmten Narzissen. Der Spiegel mit dem Rand aus Schilfrohr war fort, zurückgeblieben war ein verblasster ovaler Schatten. Anstelle des Spiegels ein kleines Holzkreuz, das an einem Nagel hing. Einer der Dielentische stand am Fußende des Bettes. Warum? Und warum Emailleteller auf der Platte? Sie versuchte, die eigenen Fragen zu beantworten, aber in ihrem Kopf flatterten Wörter herum, als wären sie nie mit Gedanken verbunden gewesen. Sie wollte einen Fuß bewegen, aber der Fuß war schwer. Die Beine waren auch schwer, vom Knöchel bis zum Knie. Ein Eimer stand auf dem Boden neben ihr. Eine leichte Kopfwendung, und sie sah, was darin war: ein Lumpen mit roten Spritzern. Dieser Geruch – Menthol, Knoblauch, Zwiebel – was? Der starke Geruch kam von ihr.

Am Fenster Schatten und Helligkeit. Das Rollo war bis zum Rahmen heruntergezogen, aber der Riss ließ ein gezacktes Licht herein. Sie dachte an Tress. Sie hatten die Reisedamen beobachtet, die nebenan auf der oberen Veranda saßen. Sie zwang sich zur Konzentration. Das Bett drüben war leer. Dann erinnerte sie sich. Tress war ausgezogen, bevor Kenan nach Hause kam. Sie schloss die Augen und sandte eine stille Botschaft aus. Vielleicht würde Tress zurückkommen und den Gestank wegnehmen, das Fenster weit öffnen, ihr helfen. *Hilfe.*

Sie bewegte die Hände über dem Tuch, das ihre Brust bedeckte und erkannte, was sie vorher nicht wahrgenommen hatte. Auf ihr lag eine Breipackung – nass und stinkend. Die Tür öffnete sich in dem Moment, als sie die feuchte Schicht von ihrer Brust schabte und in den Eimer fallen ließ. Mildred, die Frau von Dr. Clark, trat mit ihrer abgewetzten Schwesterntasche und ihrem breiten, wissenden Lächeln ins Zimmer. Hinter ihr tauchte Tress auf, huschte an ihr vorbei und ließ sich an der Seite des

Bettes auf die Knie nieder. Mutter stand mit ihrem zu einem Knoten zurückgenommenen grauen Haar im Türrahmen. Ihre Miene drückte Angst und Unsicherheit aus. Als wäre es verboten, tat sie keinen Schritt vor oder zurück.

Tress' Lippen bewegten sich zuerst. »Du warst immer zwischen Schlafen und Wachen.« Sie zog die Fingerspitzen den ganzen Arm entlang. *Eine lange Zeit.* Sie hob Granias Hand, hielt sie behutsam, begann, über ihr Handgelenk, ihre trockene Haut zu streichen.

»Fieber«, sagte sie. »Hohes. Sehr hohes. Neun Tage lang. Ich durfte das Zimmer nicht betreten. Du warst drei Wochen krank.«

Mildred öffnete die braune Ledertasche und entnahm ihr Thermometer, Trinkröhrchen, grüne Seife, zwei Mund-Masken – von denen sie sich eine umband. Die andere reichte sie Tress und bat sie, die zu tragen. Mutter, die bisher hinten gestanden hatte, ging durchs Zimmer zum vorderen Fenster. Sie hob die innere Scheibe hoch und stützte sie mit dem Stock, der auf dem Sims lag. Das Rollo entglitt ihr und schnellte in die Höhe, und Grania zuckte vor Schmerz zusammen, als ihr das Licht in die Augen stach. Das Rollo wurde wieder heruntergezogen. Mutter verließ das Zimmer und schloss die Tür hinter sich. Sie versuchte, Grania anzulächeln, als sie hinausging, aber ihr Gesicht war angespannt. Grania sah den Versuch zum Lächeln und dachte: *Sorge.* Aber Mutter war fort. Ersetzt durch Schatten und Licht.

Mildred und Tress sprachen hinter dicken Masken, die nach Terpentin und Desinfektionsmittel rochen. Sie sahen aus, als kauten sie hinter dem Tuch, ihr Kinn ging rauf und runter. Ein ferner Teil von Grania wollte lachen, aber sie konnte nicht lachen. Blicke wurden über ihr getauscht. *Was?* Sie schienen nicht zu verstehen, dass sie ihre Augen und ihre schmerzende Brust und ihren schweren, müden Kopf ausruhen wollte.

Tress nahm wieder Granias Hand und strich mit dem gleichen sanften Druck darüber. Ihre Finger schienen sagen zu wollen: *Geh nicht wieder zurück. Bleib bei uns.*

Mildred zeigte auf den Eimer, zog die Betttücher herunter, pellte die restlichen Schichten der Packung unter Granias Rücken ab. Thermometer unter die Zunge. Mildreds blaue Augen nahe und ruhig. Grania kannte diese Augen, das Gesicht hinter der Maske seit ihrer Kindheit.

Das Thermometer wurde herausgezogen und geprüft, während Tress einen Krug mit warmem Wasser von Armen an der Tür in Empfang nahm. Die Decken wurden vom Bett entfernt, und Grania wurde mit einem großen Flanelltuch zugedeckt, bevor sie auf die Seite gerollt, gedreht und gewaschen wurde, wobei Tress sie von hinten stützte. Sie wurde von den Gerüchen befreit, die wie Schichten alter Haut abgezogen wurden. Sie hatte in fauligen Ölen, Kräutern, Zwiebel und wer weiß was sonst noch gelegen. Sie hustete, und ihre Lungen füllten sich mit einer so schrecklichen Schwere, dass sie Mühe hatte, einmal ein- und einmal auszuatmen. Mildreds Kinn bewegte sich hinter der Maske, und sie und Tress tauschten wieder Blicke. Mildred rieb Granias Schläfen mit einem nassen Tuch ab. Tress nickte und machte das Zeichen für sitzen und Stuhl. Grania fühlte Mildreds kräftige Arme, die sie nach vorn zogen. Das Zimmer schwankte, drehte sich, schwankte wieder. Sie wusste, wenn sie bewegt würde, verlöre sie das Bewusstsein. Aber sie spürte, wie Mildred sie mit ihrem Willen beruhigte, als sie auf dem Bettrand saß.

Ein frisches Nachthemd glitt über ihren Kopf, und als es über ihre Nase gezogen wurde, versuchte sie einzuatmen, den reinen Duft zu inhalieren. Dann standen beide Füße auf dem Boden. Tress und Mildred waren zu beiden Seiten, und Grania wurde zu einem Stuhl am Fenster gehoben und halb gezogen. Das verwirrte sie einen Augenblick, denn das war ja Mamos Schaukelstuhl, ihr schwerer Schaukelstuhl mit den Armlehnen, den man von der Veranda heraufgebracht hatte. Die Jahreszeiten gerieten durcheinander. In der einen oder anderen Jahreszeit, Grania konnte sich nicht erinnern, wann er ins Zimmer getragen wurde. Jemand hatte darin gesessen, geschaukelt, vielleicht in Tress' leerem Bett geschlafen und nachts bei ihr gewacht. *Mamo?*

Grania sah mit blinzelnden Augen zum Fenster. Sie wollte die Schwere verbannen, ihren Körper irgendwie nach draußen treiben lassen. Sie wollte die weichen Blätter unter den Füßen spüren. Wenn sie ans Ufer könnte, in das Wäldchen – *war sie gefallen?* Eine aufblitzende Erinnerung. *Der Schuh schiebt sich in die Blätter, schuusch, schuusch.* Zuerst müsste sie wissen, was vor sich ging. Es war schwer, die Augen offen zu halten. Sie versuchte nachzudenken, aber ihr Kopf war umnebelt, und sie war zu müde, um zu fragen.

Tress' Augen starrten oberhalb der Maske, die sich über den Wangenknochen bauschte. Grania beobachtete, wie Mildred das Bett abzog, die Kissenbezüge zu einem Ball zusammenrollte und von einer Gummiunterlage einen Streifen entfernte. Mildred bewegte sich schneller – oder kam es Grania nur so vor, weil sich ihr Sehen verlangsamt hatte? Mildred musste sicher noch andere Patienten besuchen. Tress rührte in einem Teelöffel Aspirinpulver, bis es sich in Wasser aufgelöst hatte, und sie wartete, während Grania gurgelte und ihren Rachen ausspülte. Die beiden Frauen hoben sie in das frisch gemachte Bett und zogen ihr die Decken bis unter das Kinn. Grania schloss die Augen. *Jim*, dachte sie zum ersten Mal, seit sie wach geworden war. *Chim.*

Sie erinnerte sich an nichts mehr, bis sie aufwachte und sah, dass die Dunkelheit hinter dem Rollo hereingeglitten war. Wieder drang der Gestank ins Zimmer und legte sich neben sie. Sie fragte sich, ob das der Tod sein könnte, ob der Tod in ihrem Bett war. Man hatte sie grausam aus einem wunderbaren Traum gerissen, in dem ihr der Saft einer Orange tropfenweise auf die Zunge geträufelt wurde. Jeder Tropfen machte sie stärker. Sie sah sich um und erblickte einen gezackten Lichtstreifen, wusste jedoch nicht, ob Zeit verstrichen war oder ob jemand innerhalb von zwölf Stunden oder vierundzwanzig oder achtundvierzig ins Zimmer gekommen war. Manchmal saß ein Schatten in Mamos Stuhl, manchmal war der Stuhl leer. Irgendeiner schaukelte, oder der Stuhl bewegte sich von selbst vor und zurück. Da war ein schwacher Duft von *Canada Bouquet.* Sie öffnete die Augen und sah Vater. Ein anderes Mal beugte sich Bompa Jack über sie. *Die Köchin hat immer noch schöne Beine. Er würde einen neuen Ehemann für seine Schwester Martha finden.* Aber nein, Großtante Martha war ja tot. Im Frühjahr gestorben. Vor einem Jahr? Zwei? Bompa Jack ging zur Tür, blieb stehen, sah zurück. War die Zimmertür auf oder zu? Grania sah Metall aufblitzen, bevor er verschwand.

Was sie nicht wissen konnte, war, dass seit drei Wochen eine Quarantäne-Karte am Wohnzimmerfenster klebte. Ebenso wenig konnte sie wissen, dass das Hotel geschlossen war und dass Reisende per Zug oder Schiff in der Stadt nicht aussteigen durften. Von ihrem Bett aus sah sie nicht den schwarzen Trauerflor, der unten an die Haustür genagelt war. Noch konnte sie in der Zeitung der Stadt lesen:

*Die sterblichen Überreste dieser geliebten Mutter, Schwiegermutter und Großmutter wurden auf dem Friedhof in Deseronto beigesetzt. Das Gefolge bei der Beerdigung sowie die Blumengebinde sind ein Zeichen dafür, wie sehr sie von vielen Bürgern geschätzt wurde.*

Mamos Krankheit und Tod waren schnell gekommen. *Bedauerliches Opfer der Grippe-Epidemie.* Ihr Grab wurde in braunes, brüchiges Gras und erstarrende Erde gegraben. Die umgebenden Bäume standen ohne Laub. *Wurde geliebt und liebte uns von ganzem*

*Herzen* war in einen matten, flachen Stein gemeißelt, der erst zwei Tage zuvor errichtet worden war. Das Grab lag, wie sie es gewünscht hatte, an der Seite des Hügels, hoch über den graugrünen Fluten der Bucht, die sie ihr halbes Leben an eine sanfte Küste in dem schönen Land, das Irland heißt, erinnert hatte.

*

Grania wachte nicht mit mehr Energie auf als am Tag vorher. Tag? Woche? Sie konnte das Kerosin riechen, das in die Kanalisation des Hauses geschüttet worden war, und obwohl der Geruch einen Würgreiz bei ihr hervorrief, erkannte sie, was es war. Sie versuchte, sich aufzusetzen, wälzte sich aber letzten Endes nur auf die Seite und blickte hilflos zur Tür. Ein Arm hing über die Matratze.

*Jemand wird kommen.*

Sie starrte an die Tür, als ob allein schon ihr Wille jemanden hereinziehen könnte. Sie sah auf ihre baumelnde Hand, die sich aus eigenem Antrieb umdrehte, mit der Handfläche nach oben zeigte und das Zeichen für *sterben* machte. Also dann, da sah sie es. Die Hand hatte es von allein getan.

Fragmente eines Traums drangen in ihr Bewusstsein. Sie und Jim standen zusammen auf der Eisfläche eines Weihers. Der Tod war bei ihnen, aber er lauerte unten im dunklen Wasser. Jim bemühte sich, Grania ans Ufer zu bringen, aber jedes Mal, wenn sie sich bewegten, krachte das Eis unter ihren Füßen. Sie kamen einen Schritt weiter, doch das Eis erzitterte und brach auseinander, und sie merkte, wie sie unterging. Sie öffnete die Augen in der Dunkelheit und hielt den Atem an und blieb dort unten, wo es tief war. Das Wasser drückte von oben auf sie.

Jemand streckte die Hand nach ihr aus und zog sie herauf, und sie klammerte sich ans Ufer, halb im, halb aus dem Wasser. Als sie zurückblickte, sah sie, dass Jims Beine, Körper und Schultern verschwunden waren. Sein Gesicht über dem Wasser zeigte Verwirrung, Hilflosigkeit. Er kämpfte um einen winzigen Halt in dem treibenden Eis und ruderte vorwärts, versuchte, seinen Körper hochzustemmen, über den Rand. Er versuchte es erneut. Grania, jetzt sicher am Ufer, zog ihn mit ihrer Willenskraft an ihre Seite. Sie brachte ihn mit ihrer Willenskraft in Sicherheit.

*

Die Familie glaubte, dass sie außer Gefahr war. Sie las das auf ihren Gesichtern, wenn sie ins Zimmer kamen. Sie trugen keine Masken mehr. Mutter, Mildred, Tress kamen und gingen, hielten ihr Flüssigkeit an die Lippen, wechselten ihre Laken und Nachthemden. Sie sah kaum, wer da war. Sie wusste nur, dass niemand den Tod erkannte, dass sie die Einzige war, die seine lauernde Gegenwart wahrnahm.

Der Tod wartete darauf, dass sie zusammenbrach, das wusste sie. Unter den Decken schnappte ihre Faust zu und machte halb das Zeichen für *brechen, zerbrochen.* Ein Bild von Bridie in der Schule kam ihr in den Sinn. Die kleine Bridie mit dem herzförmigen Gesicht und dem unbezähmbaren Lächeln. Die flinken Hände, die nicht unterbrochen werden wollten. *Unterbrich mich nicht, wenn ich rede*, sagte sie immer zu den anderen Mädchen. *Wenn ich erzähle, unterbrich mich nicht.*

Tress kam ins Zimmer, und Grania taumelte in die Gegenwart, distanzierte sich von der Erscheinung, die am Fußende herumlungerte. Tress sah aus, als wäre sie gerade mit der mörderischen Kälte in Berührung gekommen; ihre Wangen waren rot von dem Gang durch die Mainstreet. Sie rieb sich die Hände und wärmte sie, bevor sie Grania half, sich zu waschen und ein frisches Nachthemd anzuziehen. Sie gab Grania einen Becher Saft. Als ihre Schwester ihr den Rücken zukehrte, sah Grania auf den Becher und dann hinüber zum Tod. Erinnerung stieg in ihr auf, das *Sonntag*-Buch. *Hier, sagte der Mexikaner. Trink das.* Grania könnte den Tod töten. Sie könnte Gift in ihren Becher tun und ihm anbieten, auch daraus zu trinken.

Tress wandte sich ihr wieder zu. *Eigene Sorgen.* Jeder, der hier hereinkam, trug Sorgen mit sich herum. Ihre gewölbten Hände fuhren durch die Luft nach unten, das Zeichen für *jetzt.* Ihre Lippen sagten: »Ich möchte mit dir zu dem Stuhl da gehen.«

Grania wandte den Kopf und weigerte sich, von ihren Händen oder Lippen zu lesen. Sie wollte nicht von Tress' Energie oder ihrem Kummer umfangen werden. Aber Tress ließ sich nicht abwimmeln. Sie bewegte ihre Hand vor Granias Gesicht hin und her, um ihre Aufmerksamkeit zu bekommen. »Mildred hat gesagt, du sollst von jetzt an jeden Tag aufstehen. Dr. Clark hat das auch gesagt.« Sie fügte das hinzu, als wollte sie der Anordnung Gewicht verleihen. Sie zeigte auf den leeren Schaukelstuhl.

Granias Beine zitterten, während sie sich auf ihre Schwester stützte und unsichere Schritte machte. Der Tod kehrte sich verächtlich ab, als sie vorbeigingen. Sie ließ sich in den Stuhl fallen und versuchte, Atem zu schöpfen. Ihre Atmung war bestimmt geräuschvoll genug, um gehört zu werden. Aber Tress ließ sich nichts anmerken.

Grania warf einen Blick zur Seite und erschauerte. Wenn Tress im Zimmer bliebe, würde sie vielleicht nicht untergehen. Aber Kenan brauchte Tress zu Hause. Sie konnte nicht fragen. Sie richtete ihre Aufmerksamkeit bewusst auf ihre Schwester, zwang sich zu sprechen. Ihre Stimme kratzte im Hals.

»Sag mir, welcher Monat ist.«

Tress nickte. Ihre Lippen und eine Hand bildeten *November.* Sie schnippte einen Finger vom Handgelenk weg, um die Zeit zu zeigen. »Ich war schon vor fünf auf. Kenan hat immer noch

Schlafstörungen. Wenn er aufsteht, stehe ich auch auf.« Zwei Finger erhoben sich an der anderen Hand – *aufstehen*. Sie schlang Grania einen Streifen Stoff unter die Arme und knotete die Enden hinten am Stuhl zusammen, damit sie aufrecht sitzen blieb, solange sie das Bett machte. Trotzdem sackte Grania in eine unbequeme Haltung.

»Kenan?«

Aber Tress wollte nicht über Kenan sprechen. Verbarg sich immer noch Groll hinter ihrem Kummer? Grania sah kein Anzeichen dafür. Nun denn, was war mit Bompa Jack? Sie wollte fragen, ob er da gewesen war.

*Was ist wirklich und was nicht?, fragte Dulcie.*

»Bompa Jack«, sagte sie. »War er hier? Als ich krank war?«

Unerwartet huschte ein Grinsen über das Gesicht von Tress. »Hast du ihn gesehen? Hast du das Gewehr gesehen?«

Hatte sie etwas falsch verstanden? Hatte sie ein Wort verfehlt? Nein, hatte sie nicht, denn Tress tat so, als hielte sie ein Gewehr und wollte abdrücken.

»Gewehr?«

»Er ist in die Stadt gekommen, als er gehört hat, wie krank du warst. Er hat das Gewehr von der Farm mitgebracht – das, mit dem er den Wolf erschossen hat. Er hat es auf den Boden unter dein Bett gelegt – es musste der Länge nach liegen.« Tress fuhr mit dem Finger an ihrem Arm entlang. »Er hat behauptet, dass der Stahl des Gewehrlaufs das Fieber herausziehen würde. Widerspruch war nicht erlaubt. Er hat auch Eier mitgebracht. Die wollte er roh mit selbst gebranntem Whisky mischen und dir zu trinken geben, aber Vater hat nein gesagt. Mutter hat aufgeschrien, als er mit dem Gewehr ankam. Vielleicht hat sie gedacht, er würde dich erschießen.«

Grania lachte zum ersten Mal wieder, seit sie in dem Wäldchen hingefallen war. Bei dem Klang wich der Tod in die Ecke zurück.

»Was noch?«
»Onkel Am hat sich eines Nachmittags heraufgeschlichen und eine Karo-Ass-Karte in deinen Schuh gesteckt. In den linken. Er hat gesagt, im rechten würde es nicht funktionieren.«
»Schuh?« Daumen hoben und senkten sich. Arme schwach. *Welche?*
»Schwarze, mit zwei Riemen. Aus dem Schrank. Er hat den Schuh unter dein Bett neben das Gewehr gestellt.«
Grania nickte und sah auf die Schranktür. Sie rief sich Bilder ins Gedächtnis.
»Die Emailleteller. Habe ich davon geträumt?«
»Die wurden vom Ofen in der Küche raufgebracht, als du die Packungen bekommen hast – Brust und Rücken. Mamo hat das gemacht ...« *Ein Zucken. Irgendwas. Das Gesicht von Tress.* Sie fuhr fort. »Jeder hatte ein Heilmittel.«
»Mamo?«
Eine Pause. »Hat eine Erkältung. Will nicht kommen, solange du dich noch erholen musst.« Tress trat schnell hinter sie, um den Stoff zurechtzurücken.
»Der Spiegel. Warum ist er nicht mehr da?« Grania zeigte auf den ovalen Schatten an der Wand, auf das Kreuz, das an seiner Stelle hing. Jemand hatte gebetet.
*Tress wieder vor ihr.*
Etwas zu verbergen, etwas zu erzählen. Erneut wandte sich Tress ab.
»Sag es.« Die Forderung aus der Kindheit. *Sag es mir sofort, sagte Dulcie.*
»Deine Haare, Graw.« Tress kam zurück und beugte sich über sie.
Grania hob die Hand an den Kopf.
Solche Anstrengung, einen Arm zu heben.
Wie war es möglich, dass sie das nicht gemerkt hatte. Ihr Schä-

del war glatt und kahl. Da war kein Haar. Kein einziges. Mit den Fingern strich sie sich immer wieder über den Kopf, bis ihr Arm müde war und sie die Hand in den Schoß sinken ließ.
»Bring mir den Spiegel. Den, den du mir geschenkt hast, als ich in die Schule kam. Er ist in der obersten Schublade.«
Sie war zu schwach, um ihn zu halten, aber Tress stützte ihn ab, während Grania in ein mageres Gesicht mit blutunterlaufenen Augen starrte und auf die knochigen Umrisse eines Schädels.
»Die wachsen wieder.« Tress Lippen beharrten darauf. »Das sagt jeder. Mildred. Sogar Dr. Clark.«

*

Grania legte sich in die Kissen zurück und sah zu dem Rechteck des Fensters über dem früheren Bett von Tress. Die Vorhänge waren aufgezogen, da sie jetzt das Licht ertragen konnte. Abgesehen vom Tod war Grania ganz allein.
Sie erinnerte sich, wie Mutter hereingekommen war und sich auf das Bett gesetzt hatte, um ihr zu erzählen, dass sie mit sich selbst gesprochen habe, sodass man es nachts durch die Wand hören konnte. Grania war zwar überrascht, aber es interessierte sie nicht weiter. Ich schlafe kaum noch, dachte sie. Ich liege im Bett, und tote Männer marschieren durch meine Träume. Tote, die nie wiederkommen werden. Ich denke an Grew und Kay, an Frauen mit kleinen Kindern und Väter und Mütter, die in Trauer zurückbleiben. An sie alle denke ich.
Sie riskierte es, an Jim zu denken. Sie hatte der Familie verboten, ihm zu schreiben, dass sie krank war. Er durfte es nicht wissen. Sie wollte nicht, dass er sich beunruhigte. Er musste sich weiterhin nur darauf konzentrieren, am Leben zu bleiben. Kühn beschwor sie sein Bild herauf. Seine Hagerkeit, sein ernstes Gesicht unter dem braunen Haar, seinen muskulösen Rücken, seine

langen Arme, seine schlanken Finger und Hände. Während ihrer Krankheit hatte sie nicht gegen die tägliche Angst ankämpfen müssen, dass der Junge vom Telegrafenamt an der Haustür erscheinen könnte. Vorher versuchte sie jedes Mal, wenn sie durch die Halle ging, nicht in Richtung Straße zu sehen für den Fall, dass auf der anderen Seite der Glasscheibe eine Silhouette sichtbar werden könnte. Als der Junge dann tatsächlich kam, war sie nicht da. Tress hatte das Telegramm über Kenan erhalten und gelesen, bevor Grania überhaupt wusste, dass es abgeliefert worden war.

Sie dachte an die Nächte, in denen sie im Schlafsaal der Schule gelegen hatte, in dem ersten Jahr, als sie von zu Hause weg war. An die unzähligen Male, als ihre Lippen den Sprechgesang herunterbeteten: *Lass mich hier nicht für immer leben. Lass mich kein Waisenkind sein. Lass mich wieder nach Hause kommen.* Vater hatte ihr geraten, ihre Ängste in der Dunkelheit mutig beim Namen zu nennen.

*Lass Chim nicht sterben.*

Sie hatte ihren Mann drei Jahre nicht gesehen. Wenn er jetzt hier wäre, könnte sie ihm etwas Neues über das Taubsein erzählen. Etwas, das sie früher nicht gewusst hatte. Dass ihr Körper, als sie krank war, völlig taub war. Darüber würde er mehr wissen wollen.

Durch den oberen Teil des Fensters erblickte sie den flachen Streifen Himmel, mehr weiß als blau. Sie bedauerte, dass sie von hier aus die Bucht nicht sehen konnte. Die Äste des einzigen Baums draußen waren kahl und starr. Sie hatte wieder vergessen, was für ein Monat war; sie würde noch einmal nachfragen müssen. Während sie da in ihrem Bett lag und auf den Baum sah, fiel ein Habicht wie ein Wunder vom Himmel und ruhte sich auf dem Ast aus, der dem Fenster am nächsten war. Sie hielt den Atem an. Der lange Schwanz, die grauen Markierungen waren nur Zentimeter von der Scheibe entfernt. Einen Augenblick lang rührten sie und der Vogel sich nicht. Dann war er mit einem Schlag fort.

Sie wandte den Kopf und machte einen Versuch, tief einzuatmen. Sie hustete und versuchte, ihre Lunge zu trainieren. Anordnungen von Mildred. *Dehne deine Lungenflügel aus. Das ist das Wichtigste, was du tun kannst.* Sie dachte an Jim und gelobte, alles zusammenzuraffen, anzunehmen, aufzubieten, was nötig war, um wieder gesund zu werden. Sie blickte nicht in Richtung Tod. Sie brachte sich willentlich dazu, wieder zu husten. Sie dehnte ihre Lungenflügel aus und dehnte sie wieder aus. Sie bemühte sich, noch mehr zu husten.

# KAPITEL 9

*Ohne ihn bin ich verloren. Ich hoffe aufrichtig, dass es für mich bald zu Ende ist … Ich habe das Gefühl, ich könnte ebenso gut die Radieschen von unten ansehen, wie ich hier als Ratte in den Löchern lebe, wo alle meine lieben Freunde tot sind.*

Brief von der Front

Niemals zuvor hatte er mit den Toten gesprochen. Jetzt waren die einzigen wirklichen Unterhaltungen, die er führte, die mit Irish. Bei den Lebenden war er stumm. Der Ersatz war eingetroffen, sein neuer Partner, ein anständiger Kerl, der direkt von der Ausbildung in England gekommen war. Er versuchte, Jim von seinem Mädchen in England zu erzählen, von seinen Freunden, die Soldat geworden waren, und wo sie sich aufhielten und was mit ihnen geschehen war. Aber Jim wollte diese Ausbrüche von Vertraulichkeit nicht. Er wollte nicht unfreundlich sein, aber er wollte auch niemand Neuen kennen lernen, keine Geschichten oder Lebensläufe austauschen. Die Beförderung wurde ihm wieder angeboten, und dieses Mal nahm Jim sie an.

»Kannst du dich noch an das Knacken von Hickory-Nüssen erinnern?«, sagte er zu Irish. »Weißt du noch, wie viel es davon gab? In dem ersten Herbst, in dem ich bei Onkel Alex war, mussten wir einen ganzen Sack voll unterbringen. Nach dem Frost haben wir die Nüsse mit den schwarz gewordenen Schalen aufgesammelt, und wenn sie nicht von selbst herunterfielen, sind wir auf den Baum geklettert und haben an die Äste geklopft, um nachzuhelfen. Den ganzen Zaun entlang standen Bäume. Wenn die Schalen nicht zu knacken waren, dann hat es aber nach einem weiteren ordentlichen Frost funktioniert, sobald sie auf der Erde lagen. Vor dem Winter haben wir sie aufgelesen und in den Erdkeller gebracht. Onkel Alex hat mich damals gebeten, Dr. Whalen welche mitzubringen, und das habe ich auch gemacht.

Im Winter haben wir einen ganzen Haufen davon vor den Herd geschüttet. Eine nach der anderen auf ein Gitter gelegt, das jemand Onkel Alex geschenkt hatte – ein Eisenbahner –, und wir haben sie mit dem Stampfer geknackt. Tante Jean hat ein Wachstuch unter das Gitter gelegt, um die Schalen aufzufangen, aber egal, wie vorsichtig wir waren, Splitter und kleine Stücke sind doch überall auf dem Küchenboden herumgeflogen.«

Er schwieg, dachte an den Kern in jeder kühlen braunen Schale.

»Einen Hickory-Baum hat es auf jeder Farm gegeben, Irish. Du müsstest eigentlich umgeben von ihnen aufgewachsen sein.« Er starrte ins Leere, versuchte, das Gespräch in Gang zu halten.

»Cambrai wurde am Neunten eingenommen. Die Kanadier, die Royal Naval Division im Süden, alle waren so stark. Die australische Infanterie hat ihre letzten Kräfte mobilisiert; sie haben Montbrehain am Fünften erobert, bevor sie es den Amerikanern übergeben haben. Am Elften sind Verwundete nur so in die Verbandsplätze in unserem Breich geströmt – Kanadier und Angehörige des Empire – so viele, dass wir andere Abteilungen zu Hilfe holen mussten. Um den Zwanzigsten saß ich in einem Lastwagen und bin durch Douai gefahren.

Fritz hat die Zivilisten nicht gut behandelt, Irish. Wenn wir weiterkommen, sehen wir Leute, die schrecklich unterernährt und dünn sind. Die jungen Männer wurden gefangen genommen. Ich habe zwei Mädchen gesehen, die vielleicht zwölf und dreizehn waren, sie haben ein Grab geschaufelt. Neben ihnen auf der Erde lag die Leiche eines Mannes. Ich habe gehört, wie die Schaufeln in die Erde gedrungen sind und geknirscht haben, wenn sie gegen einen Stein stießen. Ein streunender Hund kam einen Weg runtergelaufen, seine Rippen standen heraus. Stash hätte gepfiffen und ihn zu seinem neuesten Hätscheltier gemacht. Es war nur eine Szene im Vorbeigehen, aber das Geräusch der Schaufeln ist mir den ganzen Tag in den Ohren geblieben. Und der Ausdruck in den Augen der Mädchen – ich habe gewusst, sie würden nicht eher aufhören, bis sie die Grube ausgehoben hatten, die sie brauchten.

Wir werden in den Dörfern und Städten mit Jubel empfangen. Aber Fritz plündert noch auf dem Rückzug. Sogar aus den Marienbildern am Straßenrand haben sie die Statuen geraubt. Die Ingenieure sind die Eifrigsten von allen; jede Brücke ist gesprengt worden. Es gibt auch versteckte Sprengladungen und Warnungen vor vergifteten Brunnen. Aber die Unterkünfte werden immer besser, je weiter wir vordringen. Unsere Verbandsplätze behandeln jetzt Zivilisten – das hat mich zuerst verstört, weil die meisten, die kommen, Frauen sind. Aber ich bin nicht mehr verstört – sie sind nur bedürftig und haben Hunger, und ihnen fehlt Medizin und Pflege.«

Jim sagte nicht laut, was ihm noch durch den Kopf ging. Wie er eines Nachts nach einem vierzehnstündigen Einsatz auf einer Bahre lag und zu schlafen versuchte und erst dann feststellte, dass er den ganzen Tag nicht an Irish gedacht hatte. Er hatte seinen Freund mitten im Chaos und in der Verantwortung und Erschöpfung vergessen. Er hatte dort gelegen, in die Dunkelheit gestarrt und ein Gefühl von Nutzlosigkeit gehabt, in das sich Empfindungen von Verrat und Scham, weil er lebte, mischten.

»Der nächste Halt für die Kanadier und die vom Empire könnte Mons sein, Irish. Das Ende ist nahe. Fünf Wochen. Wenn du es noch fünf Wochen geschafft hättest. Ich hab schon an Clare geschrieben. Ich hab den Brief an die Adresse geschickt, die du mir gegeben hast. Ich werd deine Eltern besuchen, und ich werd auch Clare besuchen, wenn ich je wieder nach Hause komm.«

# KAPITEL 10

*11/11/18: Frankreich: Kanadisches Corps 0645 stop Kampfhandlungen werden am 11. November, 11 Uhr, eingestellt stop Truppen bleiben auf der zu dieser Stunde erreichten Linie, die dem Corps HQ gemeldet wird stop Verteidigungsmaßnahmen werden beibehalten stop Keinerlei Umgang mit dem Feind stop Weitere Instruktionen folgen.*

Grania versuchte sich gerade aufzusetzen, als Tress, blass und aufgeregt, eine Zeitung schwenkend, hereinstürzte. »Komm ans Fenster, Graw. Du musst«, sagte sie. »Ich helfe dir.« Sie lief ans Bett, aber Grania bestand darauf, allein aufzustehen. Eine Menschenmenge hatte sich vor den Stufen des Hotels versammelt. Männer und Frauen standen auf der Veranda, und noch mehr liefen mitten auf der Straße. Alle winkten und lachten. Am Rand der Menge schlugen Kinder mit Stöcken und Holzlöffeln auf Töpfe und Pfannen. Grania beobachtete, wie sich Hände rhythmisch erhoben und senkten. Manche Arme schüttelten Tischglocken. Mit Fahnen geschmückte Autos fuhren die Straße rauf und runter. Insassen winkten mit ihren Hüten in den Händen, und die Leute sprangen aus dem Weg. Zwei Gestalten in einem offenen Wagen waren wie Charlie Chaplin gekleidet, jede hatte einen bürstenartigen Schnurrbart. Sie schwenkten ihre Charlie-Chaplin-Stöcke und zeigten damit in den Himmel.

Grania erkannte Mr. McClelland, den Stadtbäcker, das sonst so strenge Gesicht offen im Lachen. Und sie sah Cora, die alles beobachtete und fortwährend die Lippen bewegte. Ein Mann ritt auf einem schimmernd weißen Pferd am Straßenrand, direkt unter dem Gehweg. War dies das Pferd von einem ihrer irischen Großonkel, das im Juli auf der Parade geritten wurde?

Bernard war unten auf ihrer Veranda und sprach mit mehreren Leuten. Männer schüttelten sich die Hände und umarmten die Frauen auf der Straße. Mutter tauchte unten flüchtig in einem schwarzen Kleid auf, und dann war sie wieder fort.

Granias Herz hämmerte. »Was?«

»Der Krieg. Er ist aus. Die Nachricht kam telegrafisch heute Morgen um drei. Der Kaiser hat sich aus dem Staub gemacht. Der Lärm draußen ist unerträglich. Ich bin so schnell gekommen, wie ich konnte. Kenan ist zu Hause, versucht, alles von oben aus dem Fenster zu sehen.«

Grania sah auf die Ottawa-Zeitung hinunter, die Tress ihr zugeworfen hatte und die auf den Boden gefallen war.

Eine übergroße Schlagzeile lautete: FRIEDEN! Und darunter: WELTKRIEG ENDET; WAFFENSTILLSTAND UNTERZEICHNET; KAISER IST WEG; REVOLUTION BREITET SICH AUS.

»Vater?«

»Draußen irgendwo auf der Straße. Jack Conlin hat die Post geschlossen und ist hierher gelaufen, um ihn zu holen. Bernard hat gesagt, er würde im Hotel bleiben und alles im Auge behalten.«

»Mamo?«

*Das Gesicht von Tress. Als hätte man sie geschlagen.*

»Wir konnten es nicht.« Sie biss die Zähne fest zusammen und atmete aus, und dann sah sie Grania direkt an. »Wir konnten es dir nicht sagen, Graw, nicht, als du so krank warst.«

Es war also Gewissheit. Was sie sich nicht zu fragen getraut hatte. Granias Beine versagten plötzlich. Sie fühlte die Arme von Tress um sich. Tress zog sie halb zum Bett zurück. Sie setzte sich auf den Rand.

»Die Orange«, sagte Grania. »Ich habe von dem Saft geträumt, Tropfen für Tropfen auf meine Zunge gedrückt. Mamo hat mich gepflegt.«

Tress nickte.

*Der leere Stuhl, schaukelnd.*

»Die Grippe?«

Tress nickte wieder.

»Wann?«

*Beobachte die Lippen. Sag es.*

»Gerade als es dir wieder etwas besser ging, als das Fieber gesunken war. Es ist so schnell gegangen, Graw. Die Beerdigung war vor drei Wochen, aber Dr. Clark hat gesagt, du dürftest es nicht erfahren, bis du wieder bei Kräften bist.«

*Sie hat keine Erinnerung an den Oktober. Er ist weg, verloren. Und sie ist nicht bei Kräften. Sie hat nur versucht, für Jim zurückzukommen. Aber sie hat nicht an Mamo gedacht. Irgendwie glaubte sie, dass Mamo da sei. Mamo war immer da und hat ihr geholfen zu leben. Mamo, die ihre Finger trippeln ließ, um zu zeigen, wie die Liebe schon wenige Augenblicke nach Granias Geburt zwischen ihnen hin und her ging. Jetzt war nichts mehr da als Leere. Gar nichts.*

*Mamo entfernte jede Spur von Gelb aus dem Zimmer, weil Gelb die Farbe des Todes war.*

*Mamo saß all die Nächte im Schaukelstuhl. Der Duft von Canada Bouquet. Mamo hat sie ins Leben zurück gepflegt.*

Sie hielten einander, die beiden Schwestern. Sie waren unendlich müde. Sie hielten einander, und obwohl Grania am ganzen Körper zitterte und das Weiße in ihren Augen sich gerötet hatte, war es Tress, die weinte und weinte und weinte.

# KAPITEL 11

*Beschluss: Der Stadtrat von Deseronto ersucht darum, dass der Premierminister, Sir Robert Borden, fordert, dass der Kaiser, seine Söhne und Mitglieder seines Stabs – zivile und militärische – in der gleichen Weise vor Gericht gestellt werden wie alle offenkundigen Verbrecher. Und ferner, dass mit denjenigen des deutschen Volkes oder ihrer Verbündeten, die in irgendeiner Weise für die Greuel verantwortlich sind, welche die Welt schockiert haben, gleichermaßen verfahren wird, sodass niemand entkommt.*

Protokoll der Sitzung des Stadtrates

Jim war in Sicherheit. Patrick war in Sicherheit, noch in England. Dr. Whalens Sohn und Tante Annies Sohn waren in Sicherheit. Briefe und Zeitungen lagen auf dem Boden verstreut, als Grania im Schaukelstuhl saß und las. Sie war jetzt mehr Stunden am Tag auf.

Eines Morgens, als sie allein im Haus war, machte sie sich zu Mamos Zimmer auf, unterwegs lehnte sie sich an die Wand, um auszuruhen. Die Rollos waren heruntergelassen. Sie setzte sich auf Mamos Bett und blickte um sich in das Halbdunkel, ihr Atem beschleunigte sich, das alte Gefühl der Enge schnürte ihr die Brust zusammen. Sie bewahrte es bei sich auf, presste es an sich, dachte an das, was Mamo ihr gesagt hatte: Manche Trauer sei so groß, dass sie verschlossen bleiben müsse. Das zu verstehen tröstete nicht. Ihr fehlte die Kraft, gegen die Trostlosigkeit oder Verzweiflung anzukämpfen. Mamo war nicht mehr da, um zu lieben oder geliebt zu werden. Sie war nicht mehr unten im Wohnzimmer und las oder rollte in der Hotelküche einen Teig aus oder saß am Familientisch und trank Pekoe-Tee. Grania konnte sich nun nicht mehr umdrehen und schauen, ob sie durch die Tür kam, um ihren Arm zu nehmen, wenn sie über die Diele zurückging. Mamo war krank geworden, und sie war aus Granias Leben gegangen, und jetzt existierte nur noch Leere, wo sie gewesen war.

Grania stand auf, aber bevor sie in ihr Zimmer zurückkehrte, ging sie zum Sekretär und zog den Stöpsel aus Mamos *Canada Bouquet*. Sie musste sich beruhigen. Sie hielt sich die kleine Flasche an die Nase und atmete den Duft ein und versuchte, ihn den ganzen Tag über bei sich zu behalten. Und in den Tagen danach ging sie immer wieder in das Zimmer und atmete den Duft ein und saß auf Mamos Bett.

*

In den Wochen, die auf die Feiern des 11. November folgten, hatten die Zeitungen viel über das Ende des Krieges zu berichten. Picton hatte eine Fackelparade abgehalten. Belleville feierte mit Feuerwerken und Freudenfeuern und einem langen Umzug mit Fackeln. Die gehörlosen Kinder in der Schule schilderten, wie sie Scharen von Menschen erlebt hatten, die Glocken ertönen ließen, und Männer und Frauen, die lustig verkleidet durch die Straßen marschierten. Männer hatten die Figur des Kaisers auf einen Wagen gestellt, der von Pferden durch die Stadt gezogen wurde.

Es gab Spekulationen darüber, wie und wann die Männer nach

Hause kamen, und jeder hatte eine Meinung dazu. Der feige Kaiser war weggelaufen, und die Holländer hatten ihn aufgenommen. Onkel Am kam und erzählte der Familie, dass der Stadtrat acht Tage nach dem Waffenstillstand eine Resolution verabschiedet hatte, die an den Premierminister in Ottawa gehen sollte. Tausend Exemplare wurden gedruckt. Einige landeten in der Hotelhalle, und Onkel Am ließ eine unten im Wohnzimmer zurück.

Die Ausbildungslager Rathbun und Mohawk wurden geschlossen, und die Behörden verloren keine Zeit. Die Motoren wurden aus den Flugzeugen ausgebaut, mit Vaseline eingefettet und gelagert. Grania dachte an Patrick. Sie fragte sich, ob er, wenn nach Hause kam, das Brummen der Fugzeuge und ihre Manöver am Himmel von Deseronto vermissen würde.

Nach dem Waffenstillstand kam mit der Post auch die Schulzeitung. Darin stand ein Vermerk des Direktors über die Spanische Grippe, die fast ganz aus der Schule verbannt war. *Alle Einschränkungen, alle Rücksichten, die mit ihrer Verbreitung begründet waren, bestehen nun nicht mehr.* Auch das Verbot, das den Empfang von Briefen und Paketen betraf, war aufgehoben worden.

Von allen Zeitungen, die in Haus und Hotel kamen, wollte Grania diese eine, die von der Ontario-Schule für Gehörlose kam, *The Canadian*, für Jim aufheben. Denn darin wurden die Feiern zum Waffenstillstand in den Begriffen von Lärm und Klang geschildert.

Sie dachte an Fry. Sie dachte an Colin, der so viele Male versucht hatte, seinen Beitrag zu leisten. Sie dachte an die Hunderte von Kindern in der Schule, wie sie wahrscheinlich von Händen und Fingern und Lippen von dem Waffenstillstand erfahren hatten. Sie dachte an den hörenden Direktor und das hörende Personal im Krankenhaus, an die hörende Heimleiterin und die hörenden Lehrer, an die Aufsichtspersonen in den Schlafsälen, und sie dachte an Cedric, den hörenden Redakteur, der dies in seiner Zeitung gedruckt hatte, damit alle in der Taubengemeinschaft, die über die Provinz, das Land und den Kontinent verstreut war, es lesen konnten:

> In den frühen Morgenstunden begannen die Glocken in der Stadt Belleville zu läuten, und alle Werkstätten und Fabriken oder Werkstätten, die eine Dampfpfeife besaßen, ließen diese Pfeife ertönen; und jede Person, die eine Glocke hatte, brachte sie zum Klingen; und jeder Zug, der durch die Stadt fuhr, verschwendete den Dampf der Eisenbahngesellschaft und stieß einen endlosen schrillen Pfeifton aus, der jeden aus tiefstem Schlaf wecken musste und bewirkte, dass alle Kühe, die friedlich in der Nähe der Gleise grasten, überrascht den Kopf hoben. Da schallten Kirchenglocken, Feuerglocken, Gongs; Dampfpfeifen, Hupen, Hörner, Trompeten, Geigen und Blechdosen; Milcheimer, Zinntabletts, Emailleteller, alte Kessel und Keksdosen. Der Lärm reichte aus, um den fernsten Planeten im Kosmos zu erreichen. Aber wen kümmerte das? Getöse? Es war Musik, die großartigste Musik, und schon ihr Klang war Leben spendend, Hoffnung weckend, der schönste Lärm, den wir uns je erhoffen konnten.

# V

# 1919

# KAPITEL 1

*Prinzess-Haartonikum*
*Wir garantieren nicht, dass unser Tonikum auf dem Zaun Haare wachsen lässt oder nach zwei- oder dreiwöchigem Gebrauch lange, dichte Haare hervorbringt oder einen kahlen Kopf binnen einer Woche mit einem Haarwuchs von zwei Zentimetern bedeckt. Nein, alles, was wir für unser Tonikum in Anspruch nehmen, ist, dass es das beste Haartonikum und Haarwuchsmittel ist, das je hergestellt wurde, und dass es, wenn es wie vorgeschrieben angewandt wird, alles bewirken wird, was ein Haartonikum nur bewirken kann.*

Mittwochnachmittag. Die Zeiger auf der O'Shaughnessy-Uhr geben zehn Minuten vor eins an. Am Vormittag hat Grania nur auf dem hinteren Treppenabsatz am Bullauge gestanden und die Vögel beobachtet, als sie hungrig herbeiflogen, um die Samen und zerdrückten Getreidekörner aufzupicken, die sie unten ausgestreut hatte. Bernard kam vom Hotel durch den Gang, und sie traf ihn in der unteren Diele.
»Grainy? Willst du immer noch gehen?«
Sie nickte. »Hör auf, dir Sorgen zu machen. Mir geht's gut.« Die letzten Worte schmolzen zusammen wie ein Lied; sie konnte sie fühlen. Sie schlüpfte in ihren Mantel und bedeckte den kahlen Kopf mit dem blauen Hut, den Mamo ihr zwei Winter zuvor

gestrickt hatte, und sie wickelte sich einen Schal eng um den Hals. Weicher Schnee polsterte die Verandabrüstung. Auch die Baumäste trugen Schneepocken. Sie war bis unters Kinn gut zugeknöpft, als sie die Straße überquerte und, eng bei Bernard eingehakt, die kurze Strecke zum Friseurladen zurücklegte. Es schneite nicht mehr, aber die schweren Wolken hingen tief und ließen nur spärliches Licht durch, selbst in der Mitte des Tages. Grew beobachtete von seinem Fenster aus, wie sie den Schnee von ihren Überschuhen stampften. Während der Epidemie hatte er seinen Laden für zwei Wochen zugemacht. Tante Maggie sagte, dass viel besuchte Geschäfte, Hotels und Ämter gezwungen worden waren, eine kurze Zeit zu schließen: Naylor's, die Bücherei, ihr eigenes Hotel mit der Quarantäne-Karte im Fenster. Manche Leute in der Stadt trugen Masken. Grania versuchte, sich die Stadt vorzustellen, wie sie sich in sich zurückzog, während der Tod durch sie hindurchfegte. Der Tod hatte sich in ihrem Zimmer eingenistet, aber es war Mamo, nicht sie, die er fortgeführt hatte. Sie wollte sich Mamos Grab vorstellen. Es hatte sie noch niemand hingebracht, und nun würde sie es vor dem Frühling wohl nicht sehen. Sie hatte Tress und Bernard getrennt gebeten, es ihr zu beschreiben. Wenn sie an Mamo dachte, hasste sie den Teil von sich, der so diszipliniert war, dass sie nicht weinen konnte.

Auf der Bank vor dem Friseurladen häufte sich der Schnee. Bernard nahm den Besen, der an der Tür lehnte, und fuhr damit über seine und Granias Überschuhe. Außerdem fegte er mit ein paar Schwüngen die Bank. Grew stand immer noch beobachtend am Fenster und beendete dabei sein Mittagessen. Er schlang ein Stück Brot hinunter und stürzte den letzten Schluck Tee hinterher, als sie zur Tür hereinkamen.

Er ist dünner als je zuvor, dachte Grania. Alles wegen der Nachrichten, die der Tod bringt. *Grew war über den Fußboden des Wohn-*

*zimmers getorkelt, und seine Hände hatten auf die Tasten des Klaviers gehämmert. Seine knochigen Knie kamen hoch, weil der Klavierschemel heruntergedreht war. Schließlich hatte er zugelassen, dass Vater ihn nach Hause brachte.*

Er wischte sich die Hände vorn an seinem Kittel ab und begrüßte sie, indem er einen Finger in die Luft hob, als wollte er gleich eine geheime Sitzung leiten. Es war, als hätten die drei früher eine Verschwörung gebildet und stünden sich jetzt plötzlich in demselben Raum gegenüber. Er reckte sich am Fenster hoch und zog das Rollo herunter. Er drehte das Schild *Geschlossen* um und stellte es nach außen, und er ließ auch das Rollo an der Glastür herunter.

Eine einzige Lampe hing von der Decke und erzeugte einen Lichtschein in der Mitte des Raumes, als wäre sie auch ein Teil des Geheimnisses. *Daumen an die Lippen – vertraulich.* Grew berührte die Lippen mit dem Finger, als wollte er sagen *Schsch.*

Licht von draußen sickerte an den Rändern der heruntergelassenen Rollos herein. Granias Blick huschte zu den Schatten an den Wänden und dann wieder zu Grews gelblicher Haut. Sie guckte auf ihre Hände und sah, dass sie sich in dem Licht auch verfärbt hatten. Sie setzte ihren Hut ab und reichte ihn Bernard. Unter Grews prüfendem Blick schoss ihr das Blut in die Wangen. Er schüttelte den Kopf, langsam, nachdenklich. Sie konnte seine Zunge sehen. »Tst, tst. Die roten Haare«, sagten seine Lippen. »Die schönen roten Haare. Und die Augenbrauen auch.«

Bernard hatte sich bereits in einen leeren Sessel am Fenster gesetzt, jetzt lächelte er ermutigend. »Los, Grainy.« Er zeigte auf den Lederstuhl. »Setz dich dahin.«

Auf dem Tablett neben dem Stuhl lagen kleine Scheren, ein Rasiermesser, eine schmale große Schere. Ihre Finger fuhren über den Streichriemen unter der Armlehne, und sie setzte sich zurück. Grew trat mehrmals auf das Pedal des Stuhls und stellte ihn so ein, dass Grania mit ihm auf gleicher Höhe war. Flaschen und Gläser standen eng zusammen auf der Ablage des Spiegels und verströmten Gerüche nach Kienteer und Alkohol. Die Rasierseifen und anderen Seifen auf einem extra Regal am Waschbecken hatte sie bereits gesehen.

»Das machen wir schon«, sagte Grew. Er artikulierte die Wörter übertrieben, wie er es immer gemacht hatte, weil er glaubte, dass sie ihn besser verstand. Er bedeckte sie von oben bis unten mit einer schweren Schürze und wickelte ihr ein warmes Handtuch um den Hals. Der Geruch nach Alkohol ging, wie sie jetzt feststellte, von ihm aus.

Er nahm die Verschlüsse von zwei kleinen blauen Flaschen ab. Mamo hatte ihr die Farbe beigebracht. Sie hatten das Wort am Nachmittag ihres achten Geburtstags zusammen geübt: IN-DI-GO. Grania hatte einen indigofarbenen Schal geschenkt bekommen und sich um den Hals geschlungen; damit war sie um das Haus marschiert, bemüht, erwachsen auszusehen. *Dulcies Mutter erklärte, mit dem Schal sehe sie zu alt aus.*

»Glyzerin«, sagten Grews Lippen. »Jaborandi.«

Grania warf einen Blick zu Bernard hinüber, der die Schultern hob und vergeblich versuchte, das letzte Wort mit den Fingern zu buchstabieren. Grew sah zu und wartete lächelnd, als hätte er die Erlaubnis bekommen, bei einem Gespräch zwischen Mitgliedern eines exotischen Stammes dabei zu sein.

Er hielt ihr eine von den geöffneten Flaschen unter die Nase, etwas Undefinierbares. Nicht sehr angenehm.

Er drehte den Stuhl, so dass sie dem Spiegel gegenübersaß, und kippte ihn nach hinten, bevor sie sich genauer betrachten konnte. Die Mixtur tröpfelte auf ihre Schädeldecke – sie spürte die Nässe –, und Grews Finger begannen, Kreise um ihre Schläfen und oben auf dem Kopf zu ziehen. Seine Finger bewegten sich mit einem solchen Druck, dass sie gezwungen war, sich zu entspannen, und sie sank zurück und schloss die Augen. Er massierte die Umrisse ihres Schädels, bis ihre Kopfhaut klopfte, und er verrieb auch noch eine kleine Menge in der Region der Augenbrauen, vorsichtig, damit ihr die Lösung nicht in die Augen rann. Nach einer Zeit, die ihr lang vorkam, stellte er den Stuhl wieder aufrecht und schob das Handtuch tiefer, um Kopf und Nacken zu massieren. Als sie auf die Wanduhr sah, stellte sie fest, dass sie erst zwanzig Minuten in dem Stuhl zugebracht hatte. *Dulcie saß auf dem Stuhl des Friseurs, umgeben von Haarbüscheln, die sich in einem Kreis auf dem Boden ausgebreitet hatten. Nie hatte es so einen guten Friseur gegeben.*

»Gut?«, fragte Grew. »Die Durchblutung – besser?«

Sie lächelte zum ersten Mal, seit sie den Laden betreten hatte.

»Besser als Gänseschmalz.« Es war ihre Stimme, die da gesprochen hatte. Ihre Hände bewegten sich, und das Zeichen zuckte von den Fingern, bevor sie diese anhalten konnte.

»Ah«, sagte Grew, »Breiumschlag.«

»Kein Breiumschlag«, sagte Bernard. »Sie haben ihr Gänseschmalz und Terpentin in die Haut gerieben, als sie krank war. Das war nur eins der Heilmittel.«

»Ich habe von dem Gewehr gehört«, sagte Grew. Er versuchte zu lächeln, brachte aber nur eine Grimasse auf seinen ausgezehrten Wangen zustande. Er nahm jetzt ein zweites Tuch und wischte alle Ölspuren weg, damit nichts mit Granias Kleidern in Berührung kam. Er entfernte die Schürze, die sie bedeckt hatte, und das Handtuch von ihrem Hals. Sie fühlte sich leichter und zugleich entblößt. Aber ruhig.

»Nächsten Mittwoch?« Er schrieb etwas für sich auf einen Fetzen Papier und nickte Bernard zu. »Ich werde einen Schuss Salbei dazutun wegen des Geruchs. Ich mach die Mischung schon vorher. Selbe Zeit?« Dies zu Grania, die letzten beiden Worte übertrieben.

Grania dankte Grew leise und rutschte von dem Stuhl herunter. Sie knöpfte noch ihren Mantel zu, als Grew ans Ende des Ladens ging und zu dem Wandschrank hinauflangte. Er stand an der offenen Tür, legte den Kopf zurück und trank aus einer Flasche. Tress hatte ihr erzählt, dass Grew jetzt Veronal nahm, zusammen mit seinem Alkohol. Da inzwischen die Produktion *und* der Verkauf von Alkohol verboten waren, kannte keiner seine Quelle. Auch Vater nicht. Seit Mamos Tod war Vater immer zu Hause geblieben.

Grania folgte Bernard nach draußen, ihre Kopfhaut prickelte unter dem Hut. Sie sah zurück, aber die Rollos waren dicht, und sie konnte nicht einmal einen Schatten dort drinnen erkennen. Grew hatte sich in demselben Moment unsichtbar gemacht, in dem sie gegangen waren.

Sie überquerten die Straße und gingen an Cora mit dem durchbohrenden Blick vorbei, und Grania brachte sogar ein Lächeln über sich. Sie kamen zu Meaghers Laden, und sie sah hinein und erblickte Tante Maggie, die am Tresen stand. Sie klopfte an die Scheibe, und Tante Maggie drehte sich um und sah sie und sandte ihr einen Kuss zu. Grania empfing ihn in der frostigen Luft und zugleich einen Hauch von Hoffnung.

# KAPITEL 2

*Jemand hat die Frage aufgeworfen: »Können Taube denken?« Warum nicht noch ein paar mehr stellen: »Können Taube essen?« – »Können Taube schlafen?« – »Können Taube atmen?« Uns kommt es so vor, als hätte der Narrentöter so manchen Schlag mit seinem Knüppel verfehlt.*

The Canadian

Samstagmorgen ging sie dauernd zum Fenster, um nach dem Pferdeschlitten Ausschau zu halten, der Fry zu ihr bringen sollte. Die Straße von Belleville war immer noch mit festem Schnee bedeckt. Das Tauwetter hatte noch nicht richtig begonnen, obwohl die Tage schon wärmer wurden. Die meiste Zeit des Tages flutete Sonnenlicht durch die nach Süden gehenden Fenster. Bald würden die Schlitten bis zum nächsten Winter in die Scheunen verbannt. Dies war die Jahreszeit, in der Patrick als Junge Axt und Spitzhacke nahm und Kanäle vorn und hinten durch Eis und Schnee schlug, um das Wasser vom Haus abzuleiten, wenn der Schnee schmolz. Mamo hatte sich früher mit einer Hacke aus den oberen Fenstern gebeugt und die vom Dach hängenden, immer dicker werdenden, tröpfelnden Eiszapfen abgestoßen.

Mamos Schaukelstuhl war ins Wohnzimmer hinuntergebracht worden. Grania stellte fest, dass sie die Einzige war, die ihn benutzte. Während sie dort saß, hatte sie das Gefühl, dass es keine Zukunft gab. Es gab Tage, an denen ihre Energie nur so weit reichte, in Mamos Schaukelstuhl zu sitzen und darauf zu warten, dass Jim nach Hause käme. Manchmal sah sie von oben über die eisigen Fluten der Bucht. Jim war in England, vielleicht in Wales, sie war sich nicht sicher, wo. Patrick auch, obwohl die beiden noch nicht zusammengetroffen waren.

Sie hatte einen Brief von ihrem Bruder bekommen. Mit Zehntausenden anderen wartete er auf ein Schiff, das ihn nach Hause bringen würde. Der Brief kam schnell in Kanada an; er musste direkt in einen Postsack gewandert sein, der noch auf ein Schiff befördert wurde, das gerade auslaufen wollte. Er schrieb, dass die Einheimischen erklärten, dies sei der kälteste Winter seit Jahren. Er war in Nordwales stationiert, in einem Ort mit Namen Kinmel Park, und es gab dort nicht genug Decken. Die Männer waren unruhig und wollten nur noch nach Hause. Viele waren an der gefährlichen Grippe erkrankt.

*Die nächste Station wird Liverpool auf der anderen Seite der Bucht sein, aber bisher sehen wir auf den Anschlagtafeln im Lager noch nichts von der Verschiffung. Eine Zeit lang bekamen wir nicht genug zu essen, und einer meiner Freunde – er heißt Victor – und ich machten uns auf den Weg zu einer Baracke vom Roten Kreuz, und da saßen wir im Dunkeln auf dem Boden und aßen das Einzige, was wir finden konnten – Plumpudding aus Kanada; die Portionen waren nicht rechtzeitig verteilt worden, also Weihnachten. Es standen Hunderte davon auf den Regalen. Ich muss allein ein Dutzend gegessen haben. Ich verlor die Übersicht. Aber ich habe ein paar Stunden danach für meinen Appetit bezahlt und konnte dann zwei Tage nichts bei mir behalten. Victor erging es ebenso. Eine Woche später war im Lager die Hölle los. Die Jungs waren gereizt und hatten die Warterei satt, und die Situation wurde brenzlig. Es gab Meutereien, aber wir haben die*

*Ruhe bewahrt. Wir fassen uns in Geduld, halten uns aus allen Schwierigkeiten raus. Wir wollen keinen Ärger und haben nichts anderes vor, als zu tun, was uns befohlen wird, und auf unser Schiff zu warten.*

Ein Pferdeschlitten tauchte auf, und da saß Fry neben Colin, der die Zügel hielt. Grania zog sich schnell Jims Jacke an und lief hinaus. Fry winkte und hatte schon angefangen, Zeichen zu machen, bevor der Schlitten anhielt.

Zwei Frauen, Hotelgäste, kamen nebenan heraus und gingen in dem Moment über die Veranda des Hotels, als Fry vom Schlitten sprang.

Grania umarmte ihre Freundin und drückte sie an sich. Das Erschrecken auf Frys Gesicht, als sie ihre abgemagerte Gestalt und ihre kurzen Haare bemerkte, war ihr nicht entgangen. Sie nahm jetzt einen schwachen Lavendelduft wahr und erinnerte sich, wie ihre Freundin in der Schule Brösel von den getrockneten Stängeln in ihre Schreibtischschublade getan hatte. Die beiden Freundinnen machten schnelle Handzeichen, ebenso Colin. Erst Sekunden später spürte Grania, dass sie von den beiden Frauen beobachtet wurden, und blickte auf. Sie standen auf dem geräumten Gehweg und starrten, als gäben die drei Freunde eine Sondervorstellung. *Dulcie runzelte die Stirn, als sie sah, dass die Reisedamen das nicht billigten.*

Frys Hände sprachen. »Macht nichts.« Ihre Hände fielen zu beiden Seiten herunter, Hände, die sich verstecken wollten. »Wir reden im Haus weiter«, sagten ihre Lippen.

*Wo uns niemand sehen wird.*

Aber Granias Hände brannten darauf zu sprechen. Es war schon Monate her, seit sie sich das letzte Mal unterhalten hatten, sie neigten sich zueinander, ihre Hände und Finger förderten Neuigkeiten zutage.

Colin führte das Pferd nach hinten zu den Schuppen, und Grania und Fry folgten ihm ein Stück und blieben dann an der Seitentür stehen. Fry war ganz still, sie hielt den Kopf leicht gesenkt, während sie wartete, bis sie hineingingen.

Grania betrachtete das Gesicht ihrer geliebten Freundin. Sie ist geduldiger geworden und ich ungeduldiger, dachte sie bei sich. Sie erinnerte sich, dass Fry ihre Enttäuschung deutlich gezeigt hatte, als sie Schülerinnen waren und die Zeichensprache immer weniger benutzt wurde. »Solange wir es zulassen, dass hörende Lehrer unsere Sprache missbilligen«, hatte Fry einmal mit Zeichen gesagt – die Hände in schneller Bewegung –, »werden wir immer wieder dazu gebracht, uns zu schämen.«

Aber Fry würde Grania jetzt nicht antworten. Sie würde warten, bis sie im Haus waren. Unter vier Augen.

Tress kam an die Seitentür und umarmte Fry zur Begrüßung. »Wo ist Colin?«

»Das Pferd«, antwortete Grania. Mit Stimme. Warum hatte sie das Gefühl, Fry zu verraten, wenn sie laut sprach? »Das Pferd musste nach hinten gebracht werden.« Sie zeigte in die Richtung der Ställe.

Und fiel in die dunkle Tiefe. Die dunkle Tiefe, die immer da war, die darauf wartete, dass man zwischen Zeichen und Stimme abrutschte. Sie tauchte in die Erinnerung ein, die sie an den Rand dieses Abgrunds gebracht hatte. Wörter, immerzu Wörter, die wie Steine wogen. *Das Pferd musste irgendwohin gebracht werden.* Auf Lippen in ihrer Umgebung, als sie Kind war, hatte sie gesehen und gelesen: *raufgebracht, aufgebracht.* Manchmal das eine, manchmal das andere. Lange Zeit hatte sie geglaubt, beides sei dasselbe.

»Ich war ganz aufgebracht«, hatte Tante Maggie einmal zu Mutter gesagt, als Grania im Zimmer war. Sie hatte dabei verärgert ausgesehen. Grania beobachtete die Lippen und wusste nicht, um was es in der Unterhaltung ging.

*Aufgebracht wohin? Wohin war sie gebracht worden?*

Grania hatte nie gefragt. Es war noch ein Geheimnis, das sie zu den anderen hinzufügte, die sie schon mit sich herumtrug. Jahre später, in der Schule, als die Wörter schließlich herausstolperten, fing Miss Marks sie ab und erklärte sie.

»Nimm das vordere ›r‹ weg, und der Sinn ändert sich«, sagte sie. »Aufgebracht sein bedeutet ärgerlich, erregt sein über etwas.«

Noch eine Verwicklung mehr. Die Sprache der Hörenden war nie einfach. Die Sprache ist unser Schlachtfeld, dachte Grania. Das, auf dem wir kämpfen, aber ohne Verlangen, Teil des Konfliktes zu sein.

Die Neuigkeit, die Fry und Colin mitbrachten, betraf Colins Beruf. Wieder einmal hatte man ihm Arbeit in einer Druckerei in Toronto angeboten, und dieses Mal hatte er sich entschlossen anzunehmen. Er würde das Semester noch zu Ende bringen, und Fry würde auch bis Juni bei ihrer Arbeit bleiben. Aber es gab eine größere Neuigkeit. Fry würde sich in Toronto nicht nach einer Arbeitsstelle umsehen. Die beiden gründeten eine Familie. Fry wollte es Grania nicht im Brief mitteilen, aber sie erzählte es ihr jetzt begeistert mit Handzeichen. Das Baby sollte im November kommen.

Als es für ihre Freunde Zeit war aufzubrechen, stand Grania an der Tür, während Colin zu dem Schuppen nach hinten ging. Bevor Fry sich die Handschuhe anzog, strich sie Grania mit der Hand über den Kopf und die Haare, die langsam wieder wuchsen. Sie umarmten einander, und Fry wischte sich die Tränen mit der flachen Hand weg, und Grania stand im Eingang und sah noch lange, nachdem der Schlitten verschwunden war, die Straße hinunter.

# KAPITEL 3

*Tramp, tramp, tramp, die Jungs marschieren*
*Ich seh den Kaiser vor der Tür*
*Wir spritzen ihm Zitrone ins Auge*
*Dann gibt es keinen Kaiser mehr hier*

Kinderreim

Sie erwartete jeden Tag Nachricht von Jims Ankunft. Inzwischen war schon April. Sprach sie immer noch im Schlaf? Sie würde Mutter fragen. Wenn ja, wäre sie nicht überrascht. Sie war furchtbar nervös. Jeden Tag um drei Uhr hatte sie das Bedürfnis, sich hinzulegen. Stattdessen ging sie durch den Korridor und half in der Küche oder im Speisesaal aus, bezog Betten oder deckte Tische. Niemals zuvor hatte sie eine solche Müdigkeit erlebt. Wenn Mamo noch lebte, würde sie sagen, Granias Blutdruck sei zu niedrig, und nach dem Siruptrank mit Rum greifen. Aber Grania hatte in der Schule daran gewürgt, jeden Tag einen Löffel voll, und wusste, dass sie ihn jetzt nicht ertragen konnte.

Grew kam nicht mehr in die Hotelhalle, um dort Zeitung zu lesen, aber Grania wünschte, er käme. Kürzlich hatte sie über die Nachwirkungen der Spanischen Grippe gelesen. Viele waren nach der Genesung von dieser Krankheit taub geworden. Der Arzt, der den Artikel geschrieben hatte, sagte, dass die meisten Fälle vermutlich von Dauer seien. Für die Menschen, die ihr

Gehör verloren hätten, sei es so, schrieb er, als fingen sie ihr Leben noch einmal von vorn an.
So wie Grania die Sprache neu gelernt hatte, als sie fünf war? Und Nola? Und Bridie? Und Fry, die sich immer auf die Sprache der Hände verlassen würde? Manche Kinder kamen mit der Stimme zurecht und manche nicht. Jedes der gehörlosen Kinder in der Schule war von Eltern geschickt worden in der Hoffnung, dass ein Wunder sie vorbereiten würde – auf was? Auf ein neues Leben, das auf wunderbare Weise gefunden würde?
Granias Verluste waren anderer Art.
*Mamo.*
Aber sie konnte nicht weinen.
Mutter kam ins Zimmer, schwenkte ein Telegramm. Grania hatte keine Ahnung gehabt, dass der Junge vom Telegraphenamt es an der Haustür abgeliefert hatte. Mutter lächelte, als sie es ihr in die Hand gab, und blieb noch einen Augenblick neben ihr stehen, ehe sie wieder zu ihrer Arbeit zurückging.
Jim würde am nächsten Freitag nach Hause kommen. Er würde den Zug von Halifax nehmen. Grania schrieb sofort an Fry und arrangierte für Donnerstag die Fahrt nach Belleville. Sie wollte eine Nacht vorher bei ihrer Freundin bleiben, aber sie würde Jim allein am Bahnhof abholen. Sie wollte unter allen Umständen allein dort sein.
*Ich habe dir doch gesagt, Grania, dass ich zurückkomme.*
*Ich habe es dir immer gesagt.*

*

Am frühen Donnerstagnachmittag saß sie im Wohnzimmer und versuchte zu lesen. Sie legte die Zeitung nieder; Nachrichten interessierten sie heute nicht. Sie ging zum Fenster und sah hinaus. Ein Auto fuhr langsam auf der von Furchen durchzogenen

Straße vorbei und bog in die Mill Street ein. Zwei Männer saßen darin. Sie ging in die Diele, um die Uhr zu kontrollieren, aber der Minutenzeiger hatte sich seit dem letzten Mal, als sie nachgesehen hatte, nicht bewegt. Sie legte die Handfläche an das polierte Holz und dachte an Mamo.

Sie musste noch vier Stunden herumbringen, bevor sie den Zug besteigen konnte. Ihr Koffer war gepackt. Fry würde sie am Bahnhof in Belleville abholen. Sie ging nach hinten, und an der Tür schob sie die Füße in ein Paar alte Überschuhe von Vater und schlurfte hinaus. Sie schlang die Arme um sich und stand auf der rutschigen Veranda hinter der Waschküche. Vor dem Haus war es windig, aber hier war sie vollkommen geschützt. Sie sah zu den Fenstern des Hotels hoch, wo Bernard das größte Zimmer im hinteren Teil für sie und Jim reserviert hatte. Sie hatte ihre Kleider schon einen Tag vorher hinübergebracht. Das Bett war gemacht – sie hatte es selbst frisch bezogen. Anders als Tress und Kenan hatten sie und Jim kein eigenes Haus und konnten so lange im Hotel bleiben, wie sie wollten. Bis sie sich entschieden, was sie machen und wohin sie gehen wollten. Etwas, was sie ganz bestimmt sehen wollte, war das Meer. In seinen Briefen nach dem Krieg hatte Jim versprochen, im Sommer mit ihr an die Küste zu fahren. Er wollte ihr die Insel zeigen, wo er gelebt hatte und aufgewachsen war. *Es ist wichtig für uns, dorthin zu fahren*, schrieb er. *Bald wirst du auf einer Steilküste stehen können und auf das Meer sehen und den Sand unter den nackten Füßen spüren. Und ich werde dir von dem Tosen des Ozeans erzählen.*

Sie hob das Gesicht zu einem Frühlingshimmel aus dunstigem Blau. Wenn keine Wolken dazwischenkamen, würde es am Abend einen schönen Sonnenuntergang geben. Sie spürte eine Hand auf ihrer Schulter und wäre fast ausgerutscht, als Mutter sie hereinzog. Mutter schüttelte den Kopf, besorgt, dass sie ohne Jacke draußen war, und Grania widersprach nicht.

Aber sie war immer noch ruhelos.

Gerade als sie nach Bernard schauen wollte und überlegte, ob er wohl zu Kay gegangen war, kam er, um ihr zu sagen, dass sie an der Tür verlangt wurde. Die Jamieson-Zwillinge händigten ihr eine Notiz von Tress aus, den sie von einem Ende der Straße zum anderen überbrachten. Sie trugen Tweedhosen, gestrickte Pullover und gleiche Mützen und schienen für einen Moment zu verschmelzen, als sie sich bemühten, jeweils der einzige Bote zu sein. Wichtig streckten sie ihr den Umschlag entgegen und beobachteten ihr Gesicht, als sie las. Die Botschaft war bitter.

*Ich kann hier keine Sekunde länger hin und her laufen. Sag Mutter, du kämst zum Tee. Ich weiß, dass du in ein paar Stunden fährst, aber wenn du fertig bist und gepackt hast, hättest du Zeit vorbeizukommen? Kenan hat schon den ganzen Vormittag im Bett gelegen und will nicht aufstehen. Er dreht sich vom Fenster weg und will nicht mal zum Licht sehen.*

Mit dem Rücken zum Licht. Grania dachte an Miss Marks in der Schule: *Um von den Lippen abzulesen, müsst ihr mit dem Rücken zum Licht sitzen. Das Licht sollte auf das Gesicht des Sprechers fallen.* Aber Miss Marks hatte Kenans halbes Gesicht nicht gesehen. Oder das Gesicht von Tress, seitdem Kenan nach Hause zurückgekehrt war. Vielleicht war nun der Zeitpunkt gekommen, mit dem O'Shaughnessy-Beutel, Mamos altem Uhrenbeutel mit dem Schultergurt, hinauszugehen. *Wenn etwas schief geht.*

*

Sie überquerte die Straße und versuchte, sich zu beeilen, aber eine plötzliche Schwäche im linken Bein überraschte sie. Jedes Mal, wenn sie sich gesund und stark fühlte, machte ihr Körper sie darauf aufmerksam, dass er bei seiner Heilung nicht gedrängt werden wollte. Ihre Glieder bewegten sich zwar, aber in ihrem eigenen Tempo. Das Gewicht des Jutebeutels über ihrer Schulter half nicht. Sie dachte an das *Sonntag*-Buch. *Sich mühsam durch den Wald schleppend.* Ein Junge trug ein Bündel Holz auf der Schulter, seine Knie knickten unter dem Gewicht ein. Ein Hund, die eine Pfote erhoben, schien ihm Hilfe anzubieten – oder wenigstens Ermutigung.

Sie warf einen Blick nach rechts. Trotz der Eisenbahnschienen und der Häuser zwischen der Straße und dem Ufer gewährten die meisten Seitengassen einen Blick auf die Bucht. In der Nachmittagssonne sprang Licht vom alten, schmelzenden Eis ihrer Oberfläche. Onkel Am würde bald ein neues Datum in den Balken des Turms ritzen: *Eis weg.* Der Gehweg war feucht, die Fahrbahn voller Frühjahrsschlamm.

Aber in der Straße war etwas Wildes, Kraftvolles zu spüren. Der Wind war stärker geworden und wehte ihr ins Gesicht. Obwohl sie dadurch und durch das Gewicht des Beutels langsamer gehen musste, schritt sie stetig voran. Sie hob den Gurt ein wenig an, und der Inhalt schlug ihr gegen Hüfte und Oberschenkel. Wenn Cora vorbeikäme, würde ihre Neugier siegen, und sie würde fragen. Aber Grania würde nichts erzählen. »Kartoffeln« oder »Äpfel« könnte sie sagen. Oder: »Der Beutel ist mit den roten Haaren gefüllt, die mir vom Kopf gefallen sind. Ich habe jede einzelne Strähne aufbewahrt.«

Sie ging immer noch jeden Mittwoch in Begleitung von Bernard zu Grew. Jede zweite Woche nahm Grew als Erstes – nach dem Herunterlassen der Rollos – eine Messung an dem Haar vor, das er zum längsten auf ihrem Kopf ernannte. Er tat dies mit einem Stück Bindfaden, das er mit dem Daumen an ihren Schädel hielt und dann knotete. Er legte den Bindfaden an ein Bandmaß, das in einem kleinen messingbeschlagenen Kasten aufbewahrt wurde. Er hielt den geknoteten Bindfaden in die Höhe, und obwohl sie den Eindruck hatte, dass keine neue Länge zu messen war, maß das Haar doch immer ein drittel Zentimeter mehr. Grania wusste nicht, ob die Behandlungen halfen oder ob die Haare ohnehin wieder gewachsen wären. »Du siehst«, sagte Grew zu ihr und lächelte sein trauriges Lächeln, »die Behandlungen schlagen an.« Der Bindfaden wurde über einen eigenen Nagel neben dem Spiegel gehängt. Außer Grania, Bernard und Grew wusste niemand, wofür er da war. Der Knoten, der am weitesten vom Ende des Bindfadens entfernt war, maß jetzt mehr als sechs Zentimeter. Aber das Haar, das wieder gewachsen war, war dunkler und nicht mehr so dick, wie es gewesen war, und es hatte eine tief kastanienbraune Farbe anstelle des leuchtenden Rots von früher. Aber es wuchs wieder. Und weich. Weicher, als es je gewesen war. Wenn sie allein zu Hause war, setzte sie sich manchmal auf den Bettrand und strich sich mit den Händen über den Kopf. Wenn sie die Hand vorwärts schob, war das Haar glatt; wenn sie die Hand zurückschob, war es, als glitten ihre Finger in der verkehrten Richtung durch Samt. Das Wachstum war ungleichmäßig, das Haar war hinter den Ohren etwas länger. »Da ist irgendwo ein Nerv«, hatte Grew erklärt, indem er seine Worte übertrieben artikulierte. »Darum wächst das Haar an diesen Stellen schneller.« In der Scheitelgegend wuchs es langsam. Egal, wie stark Grew massierte, das Haar schreckte vor dieser Stelle zurück.

Nach jeder Behandlung lief Grew immer noch zu dem Schrank, sobald sie und Bernard aus der Tür traten. Er konnte nicht warten. Er schien es nicht bewusst zu verheimlichen, aber er war teilweise verdeckt, wenn er hinter der Schranktür den Kopf zurücklegte und aus der Flasche trank. Er sah ihnen nie in die Augen, wenn sie hinausgingen. Grania ging an Grews Laden vorbei, und sie blickte auf die Fotografie von Richard in Uniform, die immer noch im Fenster stand.

Sie trug ihren Strickhut, und die Frühlingsjacke wärmte sie, aber ein Teil von ihr begrüßte den Wind, der ihr entgegenschlug, während sie ihren Weg zum anderen Ende der Main fortsetzte. Wenn sie nur so viel Kraft hätte wie der Wind. Sie würde laut in ihn hineinrufen. Der Wind könnte ihre Stimme aufnehmen. Den eigenen Ohren fremd, würden ihre Worte in den Himmel entschwinden.

*Sie würde nach Mamo rufen und nach Mamos Leben.*
*Sie würde nach Grews Sohn, Richard, rufen;*
*und Kenan mit seinen Wunden;*
*und Kays Mann und ihren vaterlosen Sohn;*
*und Orryn, der stolz in Bonn einmarschiert war, nachdem der feige Kaiser geflohen war, und der die Helmspitze, Nase und Ohren von der Kaiserstatue geschossen hatte und der in einem Brief an Kenan schrieb, dass ein daneben stehender Deutscher ihn inständig gebeten habe, auch den Kopf wegzuschießen.*
*Sie würde nach Jims Freund Irish rufen, den sie nie kennen lernen würde.*
*Und nach allen Jungen, die gestorben waren, und nach allen Menschen, die trauerten.*
*Der Wind könnte das alles haben.*

Sie dachte an die heimkehrenden Soldaten, die im Krieg taub geworden waren. Es gab so viele in dieser Region von Ontario, Kurse wurden in der Schule in Belleville abgehalten, in denselben Räumen, in denen sie als Kind gelernt hatte. Ein Lippenlesesystem wurde für sie ausgearbeitet; sie wusste nicht, wer das unterrichtete. Fry schrieb, eine Lehrerin sei nach Boston geschickt worden, um sich diese Methode anzueignen, so dass sie nach ihrer Rückkehr die Soldaten unterrichten könnte.
Krieg und Grippe. Verschiedene Ursachen, gleiche Verluste. Taubheit, sogar Kahlheit. An der Heimatfront waren offenbar hunderte, sogar tausende Männer und Frauen aufgrund der Spa-

nischen Grippe kahl geworden. Bis sie las, dass Medikamente dafür gesucht wurden, hatte sie geglaubt, sie wäre die Einzige. Die Einzige, von der sie in Deseronto wusste – wenn andere sich nicht versteckten. Extrem hohes Fieber verursachte den Haarausfall, das sagten jedenfalls die Experten. So viele kühne Behauptungen wurden für Haarwuchsmittel aufgestellt, dass es verwirrend war, die Anzeigen zu lesen. Sich anzupassen, das wurde den kahl gewordenen Personen geraten. Anpassung war etwas, was sie gelernt hatte. Jeder gehörlose Mensch war ein Experte darin.

*Außer wenn dir das Haar ausfällt. Was dann? Macht dich das nicht ziemlich auffällig?*

*Es könnte sein, dass Jim mich nicht wiedererkennt. Er weiß nicht einmal, dass ich krank war.*

Tress stand am vorderen Fenster ihres schmalen Hauses und sah hinaus. Von der Straße aus konnte Grania die verquollenen Augen ihrer Schwester sehen. Sie hatte ihr Gesicht vielleicht mit kaltem Wasser gekühlt, aber es war ihr nicht gelungen, ihren Kummer zu verdecken. Grania betrat die geschlossene Veranda und setzte den Beutel ab. Sie schlüpfte aus ihren Schuhen und in die Pantoffeln, die sie immer hier ließ. Tress führte sie zum Wohnzimmer, zeigte nach oben, zeigte auf die Uhr und sah weg. Kenan könnte vielleicht zuhören. Kenan, der tanzend von hier aufgebrochen war. Seine Zeit als Soldat vorbei. Kenan, der etliche Schritte nach vorn getan hatte, aber nun, in demselben Albtraum gefangen, ständig zurückfiel.

Grania versuchte, sich ihn da oben im Schlafzimmer vorzustellen. Sie dachte an das, was Tress den »toten Arm« nannte, der sie verletzt hatte, der in ihrem Bett zwischen ihnen lag wie eine Leiche. Es war nicht der Arm, es war nicht einmal die eine Gesichtshälfte; es war das Grauen in ihm, das ihn nicht losließ.

»Zieh eine Jacke an«, sagte sie. Sie gab Tress keine Möglichkeit,

alles herauszuschreien, was sie in sich aufgespeichert hatte.
»Pack dich warm ein. Es ist windig.«
Sie ging in die Veranda zurück und holte ihre Straßenschuhe und den Beutel. Sie trug alles durchs Haus zu der hinteren Tür, die auf die Bucht hinausging.
Sie zog ihre Schuhe wieder an und ging in den Garten. Tress folgte. Grania ignorierte das Zeichen *Weshalb?*, das an der Schläfe ihrer Schwester zuckte.
Sie waren durch die Bäume und den Schuppen geschützt und konnten von den Häusern links und rechts nicht gesehen werden. Grania hatte eine passende Stelle entdeckt und zeigte jetzt darauf. Am unteren Rand des Gartens lag ein zerklüfteter Felsbrocken, da, wo der Hang zum steinigen Ufer abfiel. Er war fast einen Meter hoch; Grania und Tress hatten hier im vergangenen Frühjahr gesessen, die Füße unter den Rock gezogen, und zu den kleinen Booten auf der Bucht hinausgesehen. Jetzt standen sie, warm angezogen, etwa fünf Meter von dem Stein entfernt im Wind.
Grania öffnete den O'Shaughnessy-Beutel und griff hinein. Sie tastete vorsichtig und hob eine blassgrüne Tasse heraus und überreichte sie Tress. An ihrem Rand fehlte ein Stück.
»Wirf«, sagte sie. Sie zeigte auf den Felsbrocken.
»Werfen? Bist du verrückt?« Tress machte das Zeichen für Verrücktsein neben ihrem Ohr: *gekrümmte Finger, wackelndes Handgelenk.*
»Nein, nicht verrückt. Mamo und ich, wir haben das manchmal gemacht.«
*Dulcie warf eine gesprungene Tasse gegen den Zaun.*
»Du und Mamo? Wo?«
»Am Wäldchen. Bei der Bucht. Hinter dem alten Kohlenschuppen. Das nächste Mal, wenn wir da spazieren gehen, zeige ich's dir. Wenn wir fertig waren, haben wir die Scherben mit Steinen bedeckt. Jetzt wirf.«

Grania hatte eine milchweiße Untertasse in der Hand. Ein tiefer Sprung zog sich zickzackförmig über ihre Fläche. Sie nahm sie zwischen Zeigefinger und Daumen, neigte sich etwas zur Seite und ließ den Teller los. Sie sah, aber hörte nicht, wie er auftraf, und beobachtete die auffliegenden Scherben. Sie stieß einen Freudenschrei aus, warf beide Hände in die Luft und machte das Zeichen: »Wundervoll!« Sie griff wieder in den Beutel.

Tress beobachtete sie mit offenem Mund.

»Mach den Mund zu«, sagte Grania. »Es ist kalt. Wirf.«

Tress sah auf die eigene Hand, als wäre die grüne Tasse daran festgeklebt. Sie bog den Arm zurück, warf mit voller Kraft und brach in Lachen aus, als die Tasse zersplitterte. Der Wind tobte, als ließe er sich von der Stimmung erfassen. Grüne und weiße Scherben lagen unten an dem großen Stein. »Mehr«, zeigte Tress. *Fingerspitzen berühren Fingerspitzen.* »Mehr.«

Jede warf einen Brotteller mit Monogramm vom Hotel und y-förmigen Sprüngen. Sie ließen sie zusammen fliegen, und die Teller drehten sich in der Luft und fielen herunter.

»Wo hast du die alle her?« Tress krümmte sich vor Lachen. Sie musste die Frage wiederholen, damit Grania sie verstand.

Grania las von ihren Lippen ab und grinste. »Ich hab eine Lieferantin. Wir haben das Zeug aufbewahrt, bis wir es brauchten.«

»Wir?«

»Mamo und ich. Wir haben es zerschmissen, bevor ich damals im Herbst in die Schule gekommen bin und wenn ich dann jeden Juni nach Hause kam. Bei anderen Gelegenheiten auch.« *Wenn etwas schief geht.* »Es gibt noch mehr davon. Mrs. Brant hebt die Stücke mit Sprung auf. Sie ist meine Lieferantin.«

»Und Mutter?«

»Hat es nicht gewusst. Weiß es immer noch nicht. Mamo hat das Geschirr in dem Uhrenbeutel aufbewahrt. In dem O'Shaughnessy-Koffer.«

»Immer wenn ihr, du und Mamo, gesagt habt, ihr sammelt Steine …«

»Haben wir Geschirr zerschmissen. Aber wir haben auch Steine mit zurückgebracht.«

Nun lachte Grania. Sie zog ein Glas heraus und warf es von unten. Es zersprang oben auf dem Stein, und die Splitter steckten in der Mulde wie ein archäologischer Fund. »Das war für Chim«, sagte sie. Jetzt lachte sie nicht mehr. »Für den fehlenden Chim. Für all die Gefahren.«

»Dies ist für Kenan!«

Grania sah den Schrei auf dem Gesicht von Tress. Sie knallte jetzt eine Soßenschüssel seitlich gegen den Stein und ließ den Deckel einer Zuckerdose folgen. »Für den toten Arm. Den schlenkernden Arm.« Sie schrie wieder in den heulenden Wind. »Für sein schönes Gesicht.« Sie sank auf die feuchten alten Grasbüschel, wo sich die letzten Schneereste zusammengeballt hatten, und fing an zu weinen. Der Wind peitschte die Tränen zurück, so dass sie Streifen auf den Schläfen bildeten.

»Steh auf«, sagte Grania. »Steh auf und bring es zu Ende. Das geht nicht, wenn du aufgibst. Kannst du nicht verstehen, dass Kenan erst aus dem Haus gehen wird, wenn er so weit ist?«

Aber Tress blieb, wo sie war.

Grania schleuderte den Stöpsel eines Essigkännchens, der schwerfällig taumelte und zerkrachte. »Das war für Cora. Das letzte Mal, als sie mit mir gesprochen hat, hat sie gesagt: ›Du armes kleines Ding. Es muss schwer sein, so allein ohne deinen Mann zu sein.‹ Weißt du, was ich geantwortet habe? Ich habe gesagt: ›Allein zu sein ist leicht. Aber *mit* Leuten, das ist schwer.‹«

Sie grub in dem fast leeren Beutel. »Dies ist für Mutter. Die versucht, alles zusammenzuhalten, ich weiß. Aber sie hat ihre Schuldgefühle nie aufgegeben, und deshalb kommen wir viel-

leicht nie darüber hinaus.« Es war eine kleine Servierplatte, aber sie war das schwerste Stück, am schwierigsten zu werfen. Sie traf auf den Stein, und die Scherben fielen auf die Erde.
Grania sank zu Boden und legte die Arme um Tress.

*Jeder hatte vor etwas Angst. Grania hatte Angst gehabt, dass Jim nicht wieder nach Hause kommen würde. Kenan wurde von dem gequält, was er durchgemacht hatte. Tress fürchtete das, womit sie und Kenan sich auseinander setzen mussten. Bernard hatte Angst, auf Kay zuzugehen, aber nun, da er begonnen hatte, langsam um sie zu werben, hatte er vielleicht den Mut weiterzugehen. Mutter hatte Angst, als Patrick zu Vince wurde und weglief in den Krieg. Vater hatte Angst, er könne das Hotel nicht halten, um die Familie zu ernähren. Und jetzt fürchteten Mutter und Vater beide die Einsamkeit, die sie zwischen sich geschaffen hatten.*
*Hatte Mamo Angst gehabt? Sie hatte jede Nacht an Granias Seite in dem Schaukelstuhl gesessen, weil sie Angst hatte, Grania könnte sterben. Sie hatte keinen in das Zimmer gelassen, bis das Fieber verschwand, so dass niemand außer ihr selbst in Gefahr geriet. Andere Hände hatten Tabletts mit Essen, frisches Bettzeug, Flaschen durch die Tür geschoben.*
*Grania hatte das Bild mit den Narzissen nicht wieder an die Wand gehängt, und sie würde es auch nicht mehr tun.*
*Grania hatte sich nicht verabschiedet.*

»Du weinst ja«, sagte Tress. »Graw, du weinst.« Tress stemmte sich vom Boden hoch, und sie ergriff Granias Hand, um sie auch hochzuziehen.
Grania empfand die Anstrengung, spürte die Luftsäule, die nach oben stieß. Sie begann zu schluchzen, ihre Brust hob und senkte sich in schnellen Atemstößen. Sie schmeckte Salz. Ihre Tränen waren salzig. Sie konnte vor Weinen nicht sehen. Sie versuchte, in das Dunkel des Uhrenbeutels zu blicken. Ihre Hand tastete und zog zwei Porzellanteller heraus. *Für Mamos Pekoe-Tee.*

»Das sind die letzten«, sagte sie. Ihr Gesicht war nass, sie hatte die Tränen nicht abgewischt. »Die sind für Mamo.«

*Hilf mir. Hilf.*

Sie nahm eine Untertasse und gab die andere Tress. Dabei sah sie nach oben zum Schlafzimmerfenster. Beide blickten hinauf. Kenan hatte den Vorhang zurückgezogen und stand am Fenster, beobachtete sie.

Sie wussten nicht, wie lange er dort schon so stand.

Grania winkte, und Kenan hob den gesunden Arm und machte eine werfende Bewegung in der Luft. Sie und Tress wandten sich zum Stein und warfen die Untertassen mit aller Kraft.

Dann sahen sie beide schweigend auf die Bucht. Grania wischte sich mit der flachen Hand die Tränen ab.

»Jetzt«, sagte sie, »werden wir reingehen. Wir sagen Kenan, dass er zum Tee runterkommen soll.« Mit Daumen und Zeigefinger rührte sie in der linken Hand, *Tee.* »Danach muss ich zum Zug. Und wir werden die Scherben wegräumen, wenn der letzte Schnee schmilzt.«

*

Der Zug erschütterte den Bahnsteig und versetzte Grania innerlich in Aufruhr. Sie stand nahe bei der Menge, aber dahinter, allein und für sich. Eine Musikkapelle spielte auf der linken Seite, etwas im Hintergrund. Ihr Körper nahm den rhythmischen Schlag der Trommeln wahr. Vor ihr, über dem Zug, war der Himmel aus reinstem Blau.

Sie sah ihn in dem Moment, bevor er ausstieg. Augen, die ernst waren, aber alt. *Alte Augen.* Der Zug ragte hinter ihm auf. Er war in Uniform, und sie dachte an die falschen Falten, die sie in die zuletzt von ihm getragene Zivilhose gebügelt hatte.

Er war breiter, sein Gesicht war voller. Er sah größer aus, als wäre er noch gewachsen.

Von ihrem ersten Blick an erkannte sie es. Sie wusste jetzt, dass es wie die Rückkehr aus dem Land war, das *Schule* hieß. Nur dieses Mal kehrte Jim aus dem Land zurück, das *Krieg* hieß.
Sie würde nie wissen, wo er gewesen war. Und er würde nie wissen, wo sie gewesen war.
Er sah sie an. Aufmerksame Augen, wach, das Eigene suchend.
»Frau«, sagte er laut.
Sie trug ihren langen Frühjahrsmantel und einen Hut, den er noch nicht gesehen hatte. Er war blau und hatte einen hochgeschlagenen Rand und war tief in die Stirn gezogen. Er konnte die roten Haare nicht sehen, die nach innen gesteckt sein mussten. Ihre Augen waren rund und groß unter dem Hutrand. Augen und Nase und Lippen und Gesicht. Das Gesicht blass, schmaler, als er es in Erinnerung hatte. Wie sollte er glauben, dass er zu Hause war?
Tränen liefen ihr zum zweiten Mal über die Wangen. Sie beobachtete, wie er sich zwischen Männern und Frauen auf dem Bahnsteig durchwand. Seine Augen ließen sie nicht einen Moment los.
»Frau«, sagte er wieder. Und dann: »*Meine* Frau.« Er konnte das Schluchzen nicht unterdrücken.
»Trauer«, sagten seine Lippen dann. Sein Körper arbeitete sich vor. Die Pfirsichkorb-Dame stand auf dem Bahnsteig und sah zu. Die Männer hingen aus den Zugfenstern, rufend und lachend. Die meisten fuhren nach Toronto und zu Orten, die noch weiter weg lagen.
Grania fing Jims letztes Wort am Rande auf; sie erfasste es von der Seite, als sie um die Menge herumging. Sie fühlte seine Hände, ihr Gewicht auf ihren mageren Schultern. Er zog sie an sich. Hände und Arme hielten sie sanft und eng an der rauen Wolle seiner Uniformjacke. Sie lehnte sich an ihn. Er spürte ihre Stille, ihre Kraft.

*Trauer*, sagte sie zu sich selbst, und sie dachte an Kenan am oberen Fenster des schmalen Hauses, an Mamos Grab, das sie noch nicht gesehen hatte, und an Tress, wie sie die letzte Untertasse aus dem O'Shaughnessy-Beutel warf. *Trauer ist zu ertragen.*

Sie bildete das »C« und das »h«, und sie sagte laut: »Chim.« Sie trat einen Schritt zurück, um ihn sehen zu können, und ihre Hand erhob sich zu seinem Gesicht. Sie strich darüber, erst über die eine, dann über die andere Wange.

Er ist anders, sagte sie sich. Aber manches ist noch genauso. Erst mal werden wir in der Gegenwart leben. Das muss ausreichen. Bis es uns besser geht.

Sie sah auf seine Lippen; sie berührte sie.

»Grania«, sagte er. »Sag meinen Namen. Noch einmal.«

Er hörte das leise Lachen. Ihren Klang.

Ihr Anblick.

Seine Arme zogen sie wieder an sich. Der Zug rollte, glitt hinaus, um quer durch das Land an einen fernen Ozean zu fahren. Dieses Mal trat sie keinen Schritt zurück, um zu sehen, ob er sprechen wollte.

# DANK

Mein aufrichtiger Dank gilt dem Kollegium der Sir James Whitney School (früher Ontario School for the Deaf), Belleville, Ontario, für die freundliche Aufnahme und den Zugang zum Archiv der Schulzeitung aus den Jahren 1900–1919. Die Auszüge aus *The Canadian* sind im Großen und Ganzen unverändert geblieben. Ich danke besonders dem Archival Coordinator Keith Dorschner und seiner Frau Christina, die auf meine vielen Fragen eingingen und jedes Mal, wenn ich die Schule besuchte, ein Treffen ermöglichten; ebenso Cheryl Manning und dem früheren Direktor Paul Bartu.
Mit Dankbarkeit denke ich an die großzügige Unterstützung von Louise Ford, Executive Director des Ottawa Deaf Centre, die es arrangierte, dass ich im Rahmen des Volontär-Programms arbeiten konnte, und die mich zu wichtigen Hilfsquellen führte; und ich danke Jon Kidd, dem Präsidenten des ODC und Leiter der Sign Lines Canada, einem ebenso erfahrenen wie verständnisvollen Lehrer der American Sign Language. Viele andere ertrugen mit Geduld meine zahllosen Fragen, als ich mich bemühte, die ASL zu lernen, darunter Bonet Hebert, Les Sicoli, Maria Bossio und Carol Fowler. Herzlich danke ich Sherri Cranston, die mir bei unseren wöchentlichen Interviews viele Erkenntnisse vermittelte, und Oliver Sacks, dessen aus-

führliche Bibliographie in seinen *Seeing Voices* mir eine große Hilfe war.
Von meinen Helfern bei meinen Recherchen über irische Siedlungen im Tyendinaga Township möchte ich besonders Bernard und Annie Freeman erwähnen, die, bereits in den Achtzigern, auf meine Anzeige im *Napanee Beaver* reagierten und mich zu Gesprächen an ihren Küchentisch auf ihrer Farm einluden. Bernards erstaunliches Gedächtnis füllte die Lücken in der Geschichte der Pionierfarmen auf der Ninth Concession sowie in der Geschichte des Hotels meines Urgroßvaters in Deseronto. Für die Hilfe bei irischen Namen danke ich Dr. Mary Comerton, Barbara Lunney, Maura Strevens und Ronan Murphy. In Deseronto, Ontario, gilt mein Dank Bev Reid von der Town Hall für Hilfe bei jeder sich bietenden Gelegenheit; auch Dennis Vick, Floyd Marlin, Stan Marek, Ken Brown (Archives Coordinator) und Irene und Tom Usher im Town's Edge B&B.
In Bezug auf meine Recherchen zum Ersten Weltkrieg bin ich vielen Freunden, die mir Dokumente übersandten bzw. ausliehen, zu Dank verpflichtet: Margery Dexter und Wendy Scott; Karen Fee, die mich das Kriegstagebuch ihres Großvaters, William George Oak, lesen ließ. Michel Gravel und ich tauschten Bücher, Briefe und Informationen aus. Carol Reid von den Archiven des Canadian War Museum ließ mich mit großer Freundlichkeit an ihrer überragenden Sachkenntnis teilhaben. Zu den gelesenen Dokumenten zählt »A History of No. 10 Canadian Field Ambulance«. Ich bin besonders dankbar, dass ich die Erlaubnis erhielt, die Spuren des Joseph H. Macfarlane von No. 9 Canadian Field Ambulance (Ref. 19800281) zu verfolgen, während ich meine Romanfigur Jim entwickelte. Dank an Jack Granatstein, dass ich in seinem Büro sitzen und meine Fragen wälzen durfte, und an Dennis Fletcher, der mit großer Begeisterung in Vimy House Kriegsfotografien ausfindig machte. Dank

für ihr persönliches Interesse an Barbara Norman von der Musikabteilung der National Library of Canada mit ihrer Fachkenntnis über die Musik im Ersten Weltkrieg. Der Text von »Dear Hame hid awa' in the Glen« stammt von A. D. MacIntyre, 1904. Ich danke Norm Christie in Ottawa, dem Verleger der CEF Books. Von den vielen hilfreichen CEF Books möchte ich hier besonders erwähnen: *Letters of Agar Adamson, The Canadians at Mount Sorrel* und *The Great War As I Saw It* von Canon Frederick G. Scott.

Dank an Bruce Charry, Back Roads Touring in London, U. K., der mich zu den Schlachtfeldern in Frankreich und Belgien gefahren hat; an Susan Zettell, Jane Anderson, Terry Gronbeck-Jones, Rita Donovan, Joel Oliver, Jean Van Loon, Merna Summers, Fran Cherry und Larry Scanlan, die mir Materialien übersandten oder empfahlen. Jackie Kaiser, meine Agentin, hat das Manuskript als Erste gelesen, und ihre Unterstützung und Begeisterung weiß ich mehr zu schätzen, als ihr je bewusst sein wird. Nicole Winstanley, Agentin für den internationalen Bereich, danke ich für ihre Energie und Hilfsbereitschaft. Dankbar bin ich auch meiner amerikanischen Lektorin, Elisabeth Schmitz, von Grove/Atlantic, und der britischen Lektorin, Carolyn Mays, von Hodder & Stoughton, für ihre wertvollen Kommentare.

Als besonders wichtig unter den vielen Büchern, die ich gelesen und aus denen ich zitiert habe, seien hier die folgenden erwähnt: Alexander Graham Bell: *The Mechanism of Speech* (1916); E. B. Nitchie: *Lessons in Lip-Reading* (1905); M. I. Ives: *Illustrated Phonics* (1909); Martha Bruhn: *The Müller-Walle Method of Lip-Reading for the Deaf* (1915) und *Sunday 1894*, ein Kinderbuch, verlegt in London von Wells Gardner, Darton & Co. Weiter möchte ich hervorheben: Clifton F. Garbin: *Deaf Heritage in Canada*; J. Schuyler Long: *1910 Manual of Signs*; The Chaplain Society: *Ontario and*

*The First World War.* Bücher über die Spanische Grippe von Richard Collier und Lynette Iezzoni waren sehr nützlich, ebenso *Whiysky and Ice* von C. W. Hunt. Colonel G. W. L. Nicholson; Kenneth Cameron: *History of No. 1 Canadian General Hospital Expeditionary Force 1914–1919*; Donald M. Wilsons Buch über die Rathbun-Werke und der Film *Hearts of the World* (1918) von D. W. Griffith. Das Kinderlied in Teil V, Kapitel 3, ist eine Variation von »Tramp! Tramp! Tramp!«, einem Lied aus dem amerikanischen Bürgerkrieg von G. F. Root (1820–1895). Jims Sprechgesang »Infirtaris …« stammt aus der Zeit um 1415; die hier verwendete Version von 1842 ist enthalten in der Sammlung *The Oxford Dictionary of Nursery Rhymes* (1980) von Iona und Peter Opie. Es wurden alle Anstrengungen unternommen, die Originalquelle ausfindig zu machen, aber zusätzliche Informationen über das Copyright sind sehr willkommen.

Mit Dankbarkeit bestätige ich die Zuschüsse, die mir für dieses Buch von The Canada Council for the Arts, Millenium Fund, und dem früheren Regional Municipality of Ottawa-Carlton gewährt wurden.

Herzlich danke ich meiner Mutter sowie meinen Tanten und Onkeln, den elf hörenden Kindern meiner verstorbenen tauben Großmutter. Meinem Mann Ted, meiner Tochter Sam, meinem Sohn Russell für die Ermutigung auf der langen heiteren, aber oft auch traurigen Reise; der Sopranistin Aileen Jane Bramhall für ihre fachkundigen Erklärungen über Stimme und Gesang. Dir, Russell, danke ich, dass du mich an deinem außerordentlichen Wissen über Musik, Klang und Stille hast teilhaben lassen.

Last but not least ein riesiges Dankeschön an Phyllis Bruce, meine kanadische Lektorin/Verlegerin, die auf dem ganzen Weg für mich da war, antiquarische Bücher und Notenblätter aus dem Ersten Weltkrieg entdeckte und mir schickte und die geduldig wartete, bis ich das Buch in der Zeitspanne, die meinem Rhythmus entsprach, abgeschlossen hatte. Ich danke dir, Phyllis, für deinen beharrlichen Glauben an dieses Buch und für deine sachkundige Begleitung.